Scarlet
스칼렛

www.bbulmedia.com

춘우

춘우

김청아

장편 소설

SCARLET ROMANCE STORY

차례

서장序章

"옥은 지낼 만하신가, 공주?"

귀에 와 닿은 낮은 음성에, 구석에서 무릎을 그러안고 있던 여인이 고개를 바짝 들어 올렸다. 허공으로 치솟은 고개를 따라 아무렇게나 풀어 헤쳐진 머리가 어깨 위를 타고 흘렀다. 그대로 드러난 고운 얼굴 위로 눈물이 말라붙은 흔적이 기다란 상흔처럼 남아 있었다.

이내 사내를 발견한 여인은 탁한 검은 눈동자를 몇 차례 깜빡이다가, 들었던 말을 되새겼다.

……옥은 퀴퀴했다. 축축한 곰팡이 내음이 뼈마디까지 깊게 서려 있는 곳이 이 옥이란 장소였다. 어둠만이 깊게 내려앉은 이곳에서는 온갖 벌레가 꿈틀거리고 제 팔뚝만 한 쥐마저 나돌아 다녔다. 생전 듣도 보도 못한 생지옥이 이런 곳이리라, 분명 그도 그것을 알고 있으리라. 헌데 옥은 지낼 만하냐 묻는 저의는 무엇인가. 아니…… 그보다 자신은 작금 무슨 말을 하고 싶은 것인가?

상황에 대한 부정? 아니면 애원?

조가비마냥 입술을 꼭 깨문 채 여인은 그저 그 익숙한 사람을 올려다보았다. 아무 말조차 하지 못하는 주제에 간청하는 눈빛이라니. 사내는 인상을 찡그렸다.

"……그렇지는 않은가 보군?"

여인의 눈에 닿은 그의 붉은 입술이 흔들렸다. 동시에 그 시야에 들어오는 것은 그 붉은 입술과 같은 빛깔의 옷자락. 고운 금실로 수놓은 오조룡.

그 익숙한 풍채에 얽힌 추억은 따스한 것뿐이거늘 작금 이 순간은, 그 모든 추억마저 시렸다. 차갑게 온몸을 덮쳐 오는 그 모든 것에, 이 생경하고도 슬픈 현실에 여인은 껍질만이 하얗게 내려앉은 입술을 부들부들 떨었더란다.

"어찌, 어찌……."

말더듬이가 된 양 목소리가 나오지 아니하였다. 곱다랬던 까만 눈동자가 절망으로 가득 들어차, 평소에 옥구슬 같던 그 음성 또한 함께 흔들렸다.

"어마마마께서 그리하셨을 리가 없사와요……!"

선왕의 금지옥엽이라 그 이름을 방방곡곡 알린 명원(明源)의 공주, 엽려(葉黎)는 사내의 발밑에 절실하게 매달렸다. 어미의 얼굴이 자꾸만 눈시울을 가려 왔다. 금족령이 내려진 터, 대비전에서 한 발자국 움직이지 못하는 어미는 어찌 그리하였느냐 언성을 높이는 제 앞에서 생전 처음으로 눈시울을 붉혔었다. 이제 겨우 열 살이 된 어린 대군을 그러안으며 옷고름으로 눈가를 찍어 내었더란다.

— 공주, 이 어미가 그리했을 리 없지 않습니까. 억울합니다, 공

주…….

　물론 공주도 알고 있었다. 속인들이 말하듯 눈앞의 사내에게는, 그니의 오라비에게는 이제 고작 열 살밖에 되지 않은 이복동생이 위험천만한 적이 될 수도 있단 것을. 때문에 이 오라비는 모든 일을 획책하여, 화근이 될 공주의 피붙이인 그 어린 대군을 없애기 위한 명분을 만들 수도 있다는 것을. 머리로는 분명 알고 있는 잔혹한 현실이었건만 가슴으로는 티끌만치도 이해되지가 아니하였다.

　공주가 기억하는 오라비는 다정했다. 늘그막에 본 딸이라, 금지옥엽이라 아껴 주었던 선왕보다 더 아비 같았던 오라비였다. 엄했던 어미가 손수 종아리를 쳤을 때, 그 여린 살에 고약을 발라 주고 당과를 건네었던 자도 당시 세자였던 이 오라비였다. 그 상처가 아려 한동안 걸음마가 불안정하였을 때, 궁인들의 놀란 시선을 묵묵히 받으면서도 그니를 업은 채 아침저녁 문후를 다녔던 이도 이 오라비였다.

　즉위하였을 때, 남몰래 공주를 불러 술 한 잔 건네며 과인은 선왕의 죽음에 울지도 못했다 했던 오라비였다. 뒤늦은 눈물을 보며 함께 손을 잡고 눈물로 밤을 지새웠던 그런 사람이었다. 그랬던 오라비가…….

　공주는 눈앞에서 차게 자신을 내려다보는 오라비의 얼굴을 올려다보았다. 그 시린 얼굴은 뼈마디를 엄습하는 한기가 되었다. 허나 제 몸에 이는 한기 따위, 동생과 어미의 목숨이 풍전등화인 이상 신경 쓸 거리가 못 되었다.

　그녀는 그 발 앞에 온몸을 조아렸다. 이 어심을 돌릴 이는 세상천지, 왕을 오라비로 두고 아비처럼 여기는 저밖에 없었다. 하여 공주의 유달리 새카만 시선이 눈물로 얼룩졌더란다.

"오라버니, 오라버니께서도 알고 계시지 않사옵니까. 어마마마께서는 그럴 분이 아니시옵니다. 어마마마께서 어찌 역심을 품고 계실 수가 있단 말이옵니까……!"

그리 토로하는 공주의 뺨 밑으로 시리고 시린 겨울비가 내렸다. 공주의 어미, 대비 한씨는 본디 그 품성이 곱기로 이름난 여인이었다. 일찌감치 후궁으로 간택되어 빈의 첩지를 받았으나 몇 번의 승은을 입는 중 한씨의 몸에서 씨앗이 움트는 일은 없었다.

후일 선왕의 정후가 빈천하자 지천명이 다 되어 가는 왕은 간택령을 내리기 번거롭다 하며 이를 미뤄 두었다. 허나 국모의 자리는 비워 둘 수가 없는 법. 그리하여 후궁 중 왕후를 뽑길 하였으매 신료들은 입을 모아 한씨를 천거했다. 그니의 성품이 자애롭고 올곧으니 왕후에 알맞다는 미명하에서였다.

그렇게 입후해 중전이 된 이후, 한씨의 몸에 드디어 태기가 돌았다. 그리하여 한씨가 이립(而立), 선왕이 지천명(知天命)이 되었을 때 본 자식이 공주였다.

……그런 대비 한씨의 집안이 풍비박산 났다. 대비가 역천을 도모했단다. 이제 고작 열 살, 지학도 되지 못한 어린아이를 지존으로 옹립하려 하였단다.

대비의 친정은 왈칵 뒤집어져 전부 의금부로 압송되었으매 그는 대비 한씨의 두 소생인 공주와 대군에게도 해당되는 일이었다. 아직 어린 대군과, 아직까지는 왕의 어미로서 대비전을 지키고 있는 대비에게는 금족령이 내려져 각각의 처소에 간히었을 뿐이었다.

허나 혼기가 꽉 찬 공주의 상황은 달랐다. 머잖아 길례를 올릴 공주는 이미 출가외인의 처지, 왕족이되 왕족이 아닌 공주는 철저한 죄인일 뿐이었다. 본디 삼족을 멸하는 것이 역모이지 않은가.

"오라버니, 제발…… 제발 이러지 마소서. 오라버니께서도 알고 계시지 않습니까. 어마마마께서 오라버니의 등에 비수를 꽂을 리가 없단 것을……."

"……오라버니?"

이야기를 가만히 듣던 왕이, 갑작스레 그 말을 한 차례 곱씹었다. 태도가 심상찮으매 곧장 어수를 들어 올린다. 짜악! 한참 어린 공주의 뺨을 냅다 후려갈기는 손속이 매서웠다.

어린 뺨이 홧홧했으나 그보다 더 아린 것은 마음이었다. 그 어수가 단순히 뺨을 후린 것이 아니라 마음마저 날카롭게 할퀴고 지나선 듯, 여인은 제 가슴을 움켜쥐었다. 당장이라도 터질 것 같은 심장이 불온하게 진동해 댔다.

"과인은 네 오라비이기 이전에 국부이니라. 잊었느냐?"

움직이는 입술은 붉거늘, 뚝뚝 떨어지는 음성은 새파랗다. 아니…… 잊지 않았다. 잊지 않았기에, 이리…….

공주의 눈에서 내리기 시작한 시린 겨울비가 그 뺨을 타고 섬섬옥수 위를 도르륵 굴러갔다. 하얀 입술을 바짝 깨무는 모양새에는 당장이라도 손을 뻗어 보듬어 안고 싶게 만드는 가련함이 가득했으나, 왕은 냉정한 입술을 열 따름이었다.

"그래, 네 말대로 과인 또한 처음에는 믿지 않았다. 허나 증좌가 뚜렷했지. 그 증좌는 추호의 의심조차 할 수 없는 것이니라."

"어마마마께서 그러셨을 리 없사옵니다!"

어미의 결백을 외치는 공주의 외침이 어둔 옥 안을 쩌렁쩌렁 울리었다. 왕은 비뚜름하게 웃었다.

"나 또한 작금도 그리 믿고 싶으나 증좌가 있는 한 어찌할 수 없지 않느냐? 역모는 그 삼족을 멸하느니 과인의 뜻만 있다고 하여 그

죄를 덮을 수 있는 것은 아니다.”

삼족. 공주는 다시금 고개를 떨어뜨리었다. 대비라 하여도 예외는 없었다.

공주를 눈물을 찍어 내던 어미를 떠올렸다. 애참하게 아름다운 대비는 그 외양만큼이나 성품도 고왔더란다. 정궁이 되어 대군을 생산한 이후에도 당시 세자였던 오라비에게 사적인 일로 인상 한 번 찌푸린 적이 없었더란다. 두 사람이 인상을 썼던 것은 공주가 사이에 꼈을 때, 그때뿐이었다.

……그래. 그런 어미가 역모를 도모했을 리가 없다. 스스로에게 다짐하듯 지껄인 공주는 다시 고개를 들어 올렸다. 차가운 오라비의 눈에 공포감이 스멀스멀 피어올라 온몸을 덮치었다. 과인의 뜻만 있다고 하여 그 죄를 덮을 수 있는 것은 아니다, 오라비의 힘 있는 목소리가 귓가를 앵앵 울리었다.

허나 공주의 머릿속에 드는 생각은 한 가지뿐이었다. 모든 일은 오라비가 획책하고 벌인 것이니, 오라비가 덮으려 마음만 먹는다면 얼마든지 덮을 수 있다. 오라비가 피의 숙청을 원하지 않는다면, 원치 않게 만든다면 이 타오르는 불꽃은 고요히 사그라질 수도 있다.

“살려…… 주세요. 살려 주세요, 오라버니.”

비참한 옥루가 뺨을 타고 흘렀다. 이러한 사태에서, 무력한 공주가 할 수 있는 것이라고는 동정심에 기대는 것뿐이었다. 공주는, 저를 딸로 여기는 자식 없는 오라비에게, 아비처럼 여겼던 오라비 앞에 두 무릎을 꿇었다. 시린 옥 바닥의 한기는 저를 바라보는 눈만큼 시렸다.

“이리 간청드리옵니다. 오라버니, 제가…… 월우가 이리 비옵니다. 어마마마와 대군을…… 정이를, 부디 살려 주셔요.”

"……네 정녕 그들이 살기를 바라느냐?"

그때 왕이 속삭이매 공주는 고개를 바짝 들어 올렸다. 이윽고 그 입술이 비틀리매, 차게 내뱉어진 말은 몸에 벼락을 내리꽂는 듯했다.

"대국으로 가거라. 가서 네, 달기가 되면 가하지 않겠느냐?"

추상같은 것이 명하는 것은 단 한 가지여서 공주는 주먹을 움켜쥐었다. 며칠 새 길게 자란 손톱이 손바닥을 파고들었다. 단순히 위협적인 동생을 치는 것이라 여기었거늘, 다정했던 이 오라비가 품은 그릇이 생각 외로 넓었던 듯했다.

대국(大國), 무(斌). 천자가 다스리는 광활한 나라.

오라비는 지금 천자를 유혹해 제 치마폭에 감싸 보라고 속삭이고 있다. 주지육림을 만들어 대륙을 유린하란 소리를 전하였다. 포락지형을 펼쳐 대국을 피폐하게 만들어 후일 모국에 넘기면, 그리한다면 어미와 동생을 살려 주겠다는 이야기였다. 헌데 작금 오라비는 그것이 가할 것이라 여기는 것인가? 꼭 움켜쥔 두 손이 떨리는 새, 공주의 하얀 입술이 파르륵 진동했다.

"소녀에게는 정혼자가 있나이다."

"아, 정혼자. 그래, 그런 자가 있었지."

돌려 말하는 완곡한 거절의 표현에 왕은 진득한 조소를 남기었다. 마치 잔상처럼 남은 그것이 비수가 되어 공주의 가슴을 후벼 팠다. 공주의 떨리는 시선을 피해 고개를 돌리매 그곳에 서 있던 나졸이 고개를 숙였다.

"데려오너라."

"예, 전하."

이유 모를 모멸감에 공주가 고스란히 몸을 떨 때 나졸 두 명이 한 사람을 옥 안으로 집어 던졌다. 차가운 한기가 스멀스멀 올라오는 땅바닥 위에 나동그라진 그 사람은 충격을 이기지 못한 채 앓는 소리를 내었다. 그 순간 피비린내가 공주의 코를 덮치었다. 뉘를 내 앞에 내려놓은 것인가, 공주가 그리 생각할 때 나졸이 마치 더러운 것이라도 건드리듯 발로 그자의 얼굴이 돌리었다. 상처투성이가 된 얼굴을 본 순간 공주는 비명을 질렀다. 결단코 잘못 볼 리 없는, 제 정혼자였다.

"아, 아⋯⋯!"

모진 고문의 흔적이 완연한 몰골로 바닥에 쓰러져 있으매 입에서 비명이 절로 튀어나오지 않을 수가 없었다. 공주 된 자로 평생 의연한 모습을 보여야 한다, 그리 배우고 자랐으나 진정 절망스런 상황에서는 가르침 따위는 다 헛것이었다.

"어쩌하냐?"

"오라버니!"

"네 대비가 정녕 자애로운 품성으로 아바마마의 정후가 되었다 생각하느냐?"

허둥지둥 정혼자를 그러안은 공주의 양 뺨 위로 뜨거운 비가 쏟아졌다. 왕은 그니 앞에 쭈그려 앉아 속삭였다. 모멸감 때문인지, 공포 때문인지. 이름 모를 것에 부들부들 떠는 누이의 새카만 눈이 그렁그렁했다. 도대체 소녀에게 무엇을 바라시는 것이옵니까? 끊임없이 진동하는 새카만 눈이 그리 묻고 있었다. 용안 위로 떠오르는 왕의 미소가 어딘지 모르게 애참했다.

"아니지, 대비의 기기묘묘한 방중술에 선왕께서 혼백을 놓으셨다지. 정사가 얼마나 격한지 그 안에 씨앗이 움트지도 못했다지. 몇 번은 흘리기도 했다지 않아. 허니 너 또한 그러한 재능이 있지 않겠느냐?"

이제는 유녀 취급이신가? 모욕이요, 모독이었다. 수치심이 밀려들어 얼굴을 붉힌 채 주먹을 움키는데, 오라비 되는 자는 그 턱을 움켜쥐었다. 가볍기 쥐어 인형을 대하듯 손목을 틀었다. 발끝까지 새빨갛게 달아오른 그 얼굴을 구석구석 살펴본바, 만족스러운 듯 손을 떼어냈다.

"역모는 본디 삼족을 멸한다. 허나 네가 황제의 애첩이 된다면 내 대비와 대군을 살려 주마. 아, 네 옛 정혼자도 기꺼이 살려 주지."

목숨 셋과 자존심 하나.

저울질할 가치가 전무한 일이었다. 왕도 분명 그것을 알고 있기에 이리 나오는 것일 터, 공주의 뺨 위로 새파란 겨울비가 쉴 새 없이 흘러내렸다.

새하얗게 흐려지기 시작하는 폭풍우 속에서 공주는 왕을, 오라비를 보았다. 다정했던 오라비를 그리며 그 등에 업혔던 추억을 하나하나 되새기거늘 그 추억이 마치 눈앞의 모습처럼 아릿하게 흐려졌다. 그럼에도 오라비는 예전 추억처럼, 아무도 부르지 않았던 공주의 이름을 다정하게 불러 주었을 뿐이다.

"어찌하겠느냐, 가랑(嘉娘)?"

선택지는 바이없었다.

1장.
월우月雨

여인은 애참했다. 무거운 어여머리를 한 채 곱다시 하게 꾸며진 신방에 버려진 양, 여인에게는 막 시집온 새색시다움이라고는 바이 없는 터였다.

망연자실한 눈빛이 허공을 훑었다. 겨울날 세상을 포근히 덮은 눈마냥 하얀 살결에 내려앉은 검은 속눈썹이 오래된 고뇌를 토로했다. 곱다랗게 화장을 해 놓아도 가릴 수 없는 수심은 업보인 양 온몸에 들러붙어 가녀린 어깨를 축 까라지게 했다.

대국의 모든 것은 낯설기 그지없었다. 신랑 없는 가례를 치르며 아무도 없는 곳에 절 네 번을 올리고, 복잡한 법도와 절차에 따라 낯선 궁 안에 들어서니 기분이 오묘했다. 붉게 꾸민 신방에 앉아 떨리는 손을 대수삼 아래 숨기고, 천자가 납시길 기다리며 산해진미 가득한 주안상을 바라보고 있노라니 그간의 모든 일이 아득한 옛일 같다.

그 모든 것을 담은 가랑(嘉娘)의 눈은 꿈결인 양 몽롱했다. 이제 명원(明源)의 금지옥엽 엽려공주가 아닌 대국 천자의 후궁, 정2품 빈 소의(昭儀)였다.

비단 첩지를 받으면서도 그녀의 눈에 아른거리는 것은 지나간 눈 물이요, 귓가를 매만지는 것은 정혼자의 음성이라. 옷고름으로 눈가 를 찍어 내며 이 어미가 무력하여 미안하다, 공주를 사지로 내미는데 죽어서 어찌 선왕 앞에 얼굴을 보이겠느냐 속삭이던 것이 눈앞에 선 연했다.

몸이 성하지 않은 정혼자는 기어이 대국으로 떠나가는 제 앞에 나 타났다. 아직 병상에 더 누워 있어야 하건만 있는 힘을 다해 기어 나 온 그는 제 앞에서 기어이 눈물을 보였다. 그에 그녀는 단호하게 일 침을 내렸었더란다.

― ……사내대장부께서 어인 눈물을 보이십니까.

― 그대 없는 저는 사내대장부가 아닙니다. 공주, 이리 못난 자라 부끄럽습니다.

고운 사람의 뺨 위에 흐르는 것마저도 고와야 하거늘, 분노로 가 득 찬 그것은 한가득 서러웠다. 처도 아닌 첩으로, 다른 이와 가례를 올리는 그니를 보며 정혼자는 울었다. 떠나가는 그니의 발걸음을 막 을 수 없어 울었다. 무력한 자신을 원망하며 울었다. 헤어질 수밖에 없는 두 사람의 운명을 저주하며 울었다.

함께 울어야 마땅했건만, 부디 이렇게 나를 보내지 말라 애원하며 정혼자의 손을 놓지 말아야 했건만 민가에서 이야기하듯 개똥밭에 굴러도 이승이 낫다 하였다. 어미와 대군, 정혼자의 목숨은 오롯이 제 자그마한 어깨 위에 놓여 있었다. 그들을 살리려면 이리할 수밖에 없었기에, 그때에는 눈물조차 흐르지 아니하였더란다.

— 내 그대를 잊지 못할 것입니다.

눈을 보며 속삭이는 것에 아니 된다, 잊으시라 이야기해야 하는데 가랑의 입술은 떨어지지 아니하였다. 그대로 그들을 살리기 위해 걸어가는 길이니 이기심은 그 마음 한편에 가랑이 남기를 바랐다. 그러니 봄날 행화 지천의 거리를 보며 살구꽃 같았던 내 볼을 생각하시라, 여름 장마 질 때 빗소리 좋아했던 내 눈을 기억하시라, 가을 단풍 물들 때 고향 생각에 꿈결이나마 잠시 찾아올 날 가엾게 여기시라, 겨울 눈 내릴 때 하얗게 물든 세상이 내 얼굴 닮았다 여기시라……. 그러한 전언을 남기고 싶었더란다.

얼마 안 가 그니와 길례를 올렸을 이는 그리 남이 되어 그녀에게 아린 추억만을 남기었다. 곱고 고왔던 정혼자는 바들바들 떨리는 손으로 가락지 하나 건네었다. 혼례 올리는 날 그 손에 끼워 주고 싶었노라 그리 고하거늘 아무것도…… 느껴지지가 않았다. 가슴 벅찬 감동으로 눈시울을 붉게 물들여야 했었건만, 얼굴을 붉히며 고맙다 속삭여야 했었건만 눈앞에 닥쳐오는 현실은 그조차 허락하지 아니하였다.

제게 가락지를 건네는 손이 파르륵 떨릴 참, 저를 바라보는 시리도록 푸른 눈시울도 새하얗게 흔들렸더란다.

— 마지막으로…… 한 번만 안아 보아도 되겠습니까.
— …….

그리하세요, 그리 원하신다면…… 생각은 앞서 나갔으나 답을 내야 하는 입술이 떨어지지 않았다. 내외의 법도가 이런 때에 다 무슨 소용이던가, 그저 그 품에 안겨 울고 싶었던 마음만 가득할 뿐이건만.

정혼자를 보는 입술이 새파랗게 떨려 왔다. 바라보는 눈시울이 아려 세상이 전복할 때 그가 손을 뻗어 왔다. 창졸간에 끌어당겨진 몸이 단단한 품에 안기었다. 가랑은 고약 냄새가 아련히 풍기는 품이 따스해 기나긴 눈물을 삼키었다. 생전 처음으로 안겨 본 사내의 품은 단단했으매, 그 안에서는 애린 눈물의 향이 났다.

— 무엄하오! 어디 손을 뻗는 것이오!

허나 대국에서 온 이들이 보기에는 눈귀가 찌푸려지는 행동인 참, 그들이 보기에 이미 가랑은 소국의 공주가 아닌 대국의 후궁이었다. 비록 가례는 올리지 않았으나 천자는 이 소국의 공주에게 그에 맞는 예우를 해 주었으니 그도 그리해야만 옳았다. 헌데 어디 감히 외간 사내와 정분을 통하는가?

우악스런 손길은 정인의 품을 헤치고 숙명인 양 그 사이를 갈라놓았다. 우악스런 힘에 바닥에 나동그라진 정혼자가 울분의 통한을 토로할 때 차가운 손은 곧장 가랑의 어깨를 붙잡은 채 가마 안에 밀어넣어 버렸다. 가마꾼들이 매몰차게 몸을 돌릴 찰나 정혼자가 우짖었다. 짐승의 음성을 우렁차게 토해 내는 터에 가슴이 먹먹할 참, 누군가가 가마가 가는 꽃길을 막아섰다. 붉은 곤룡포를 걸친 왕이었다.

— 잠시, 과인이 누이에게 할 말이 있소.

소국의 주인은 대국의 신하였으나 그들이 감히 막아 설 위치는 되지 못하였다. 어느덧 제 곁에 가까이 다가온 오라버니가 그윽하게 속삭인 참, 가랑은 그것이 한 마리 독사가 꾸물꾸물 올라와 제 발을 물어뜯는 것만 같다 여기었다.

— 잊지 말거라. 저들의 목숨이 네 손아귀에 달려 있다는 걸 말이다.

가랑의 손아귀가 파르륵 떨리었다. 저 문 바깥 나동그라진 정혼자를 한 차례 눈에 담은 가랑은 애써 고개를 돌리었다. 당장이라도 쫓아가 그 몸을 일으켜 주고 내 이를 원하지 않았노라, 그 곁에 오래도록 남고 싶노라 내뱉고 싶었지만 불가한 것이었다. 이를 악문 가랑은 입 틈새로 씹어 뱉듯 한마디 내뱉었다.

— ……잘 알고 있사옵니다, 전하.
— 어이 전하더냐? 오라버니, 오라버니 그리 칭하지 않았더냐.
— 그 오라비란 말을 버리게 만든 이가 전하십니다.

믿고 따랐던 아비 같은 전하께서 제 뒤통수를 이런 식으로 내리치셨습니다. 서느런 공기는 다른 사람이 화기애애하다 느꼈던 그 시간마저 차게 얼려 버리었다. 오라비와 깊게 얽힌 시선이 따가웠다. 오라비는 여전히 웃는 낯으로 저를 내려다볼 뿐이었다. 그 웃는 시선에서 뼈가 시린 한기가 느껴진 것은 비단 가랑의 착각이 아니었으리라.

— 그럼, 잘 가거라. 서한을 보낼 터 전서구에 바로 답하지 아니하면 무슨 일이 벌어질지는 네가 더 잘 알고 있으리라 믿는다.

명원의 왕은, 그녀의 다정했던 오라비는 웃으며 그녀에게 손을 흔들 따름이었다. 아무렇지 않게 겁박을 남긴 왕의 잔인한 한마디는 가랑의 시선을 흐리게 물들였다. 절망과 슬픔이 끓어올라 주먹을 움켜쥐자 뼈마디가 아려 왔다. 할 이야기가 끝났소, 왕이 그런 뜻을 담아 이야기하자 가마꾼들이 몸을 움직였다.

— 공주, 공주……!

마지막까지 가랑의 귀에 들린 것은 정혼자의 깊은 우짖음이었다. 눈물 섞인 통한의 소음은 십 리 밖까지 계속되었다.
귀를 막아도 들리는 소리.
눈을 감아도 보이는 참담한 것.
대국의 수도까지 달리는 십오야 동안 가랑은 계속해서 그 우짖음에 시달렸다. 편치 못한 곳에서 선잠에 들 때조차 정혼자는 그 꿈속마저 파고들었다. 바닥에 나동그라져, 성치 못한 몸으로 피눈물을 쏟으며, 언제나 저를 애타게 부른다. 눈물을 흩뿌리며 꿈에서 깨어나면 서느런 현실이 저를 맞이한다. 서러움이 밀려드는 이명은 쉬지 않고 가랑을 괴롭혔다. 그것이 겨우 멈춘 것은 대국에 도달한 이후였다.
도달하자마자 차가운 상궁 나인들의 서느런 대접을 받으며 대례복을 입고 머리를 올리었다. 정신을 차리니 붉은 신방에 앉아 있는 저였다. 대국은 본디 붉은 것을 길하다 여겨 신방의 휘장과 침상, 방을 밝히는 불빛마저 붉게 물들인다 하였던가. 그 눈이 아픈 적색의 환영

속 색이 다른 것은 주안상뿐이라. 더운 김이 모락모락 올라왔던 것은 어느새 차게 식어 있던 터였다.

가랑은 오도카니 앉아 그 산해진미를 내려다보았다. 그저 나라 하나 건너왔을 뿐이건만 가랑이 잘 아는 주안상과는 다른 모양새였다. 상다리가 부러질 듯 화려한 음식은 생전 처음 보는 것이 반수요, 이름 모를 것이 또 반수였다.

사람 입으로 들어가는 음식조차 이리 어색하거늘 인간이 살아가는 모습은 또 얼마나 남다를 것인가. 걱정스런 마음 덕에 머리를 짓누르는 이 화려한 가체의 무게조차 느껴지지 않았다.

남몰래 깊은 한숨을 내쉬며 옷자락 밑 떨리는 손과 손을 맞잡는 사이, 신방을 은은히 밝히던 촛불이 흐릿흐릿해졌다. 촛대를 타고 흐르는 촛농이 바닥에까지 와 닿던 참, 예고 없이 장지문이 드르륵 열리었다. 상궁 한 사람이 고요히 읍하며 신방 안으로 납시었다.

"마마."

······대국의 예는 어떠하던가? 소국의 예로써는 주인의 허락 없이 방에 들어서는 이에게 태를 치니, 이는 주인을 능멸한 죄였다. 가랑은 제 앞에서 거만하게 고개를 까딱이는 상궁의 고요한 음성에서 업신여김과 조소를 읽었다. 비록 예 아닌 소국의 공주였다 하더라도 평생 고귀한 신분으로 대접만 받아 왔던 터, 가랑에게 있어 저런 태도는 익숙지 않은 것이었다.

굽실거리는 허리와 얼굴만큼은 더없이 정중하거늘 저를 대하는 태도는 오만불손하기 그지없었으매, 늙수그레한 상궁은 뱀의 혓바닥을 날름거렸다. 그 오만방자한, 넉넉잖은 도발에 가랑의 눈살이 절로 찌푸려졌다.

"황상께서 오늘 발걸음 하지 못하시겠다 전갈을 보내셨사옵니다."

눈앞이 깜깜해지는 소리는 고스란히 낙뢰가 되어 온몸에 내리꽂혔다.

상궁이 저리 조소하는 이유를 알 만도 했다. 다른 날도 아닌 초야, 이곳은 발 없는 말이 천 리를 간다는 궁이었다. 다른 날도 아닌 초야에 발걸음을 아니한다는 것, 그 의미를 모르지 않기에 가랑은 떨리는 손을 세게 말아 쥐었다. 자그마하게 움켜쥔 주먹이 부들부들 떨리던 참, 그 속을 잘 알고 있음에도 상궁의 언변은 청산유수였다.

"밀린 정무가 바쁘시다 하오니 먼저 침수 들라 하셨나이다."

"……."

가랑은 아무 말도 할 수가 없었다. 다른 날도 아니고 초야였다. 비록 첩에 불과했으나 가랑은 이제 막 가례를 올린 새 신부였다. 정무가 바쁘다고? 하잘것없는 핑계에 불과한 전언은 믿을 수가 없었다. 아무리 바쁘더라도 침수 들 시각은 있을 터, 잠깐 발걸음만 하는 것이 무에 그리 어려운가.

비단 첩지를 받았으면, 머리 위에 올려 정2품 빈임을 증명하면 무엇하는가. 정작 초야에 신랑이 이리 소박을 놓았거늘, 나는 너 따위 필요하지 않으니 그저 장식으로 달아놓은 것뿐이다 행동으로 돌려 말하거늘 첩지 따위가 다 무슨 소용이던가.

기나긴 모멸감에 온몸이 파르라니 떨리는데 바깥 궁인들이 키득거리는 소리가 예까지 들리었다. 그 순간 모멸감이 노기로 뒤바뀌어 머리끝까지 치켜 올랐다.

내 누구인 줄 아느냐, 공주이니라. 왕의 딸이니라. 너희 따위와는 근본부터 전혀 다르단 말이다……! 헌데 어찌 감히 너희 따위가 나를 비웃을 수 있느냐. 내 이리 남의 첩이 된 것도 원통하건만 어찌 너희들이 감히 날 능멸하느냐……!

고향인 소국, 명원(明源)에 있었더라면 당장 저리 고함을 치며 훈계를 놓았을 것이었다. 허나 여기는 무(斌)라는 이름을 지닌 대국이었으며 가랑은 제 처지가 어떠한지 너무나도 잘 알고 있었다. 이곳은 발 없는 말이 천 리를 간다는 궁이었다. 그 와중 황제가 이리 소박까지 놓았으니 제 입지는 나락으로 떨어진 셈이었다.

공주의 남편은 본디 첩을 둘 수 없는 터, 천자라 하여도 처가 아닌 첩이 된 것이 억울하였건만 아랫것들에게까지 이리 무시를 받으니 억장이 무너지었다. 머리로는 잘 알고 있으나 감정이 따라가지 못했다.

"가체를 내려 드리겠나이다."

늙은 상궁의 지껄임에 가랑은 허한다 말조차 하지 않았으나 상궁은 성큼성큼 다가와 손을 놀렸다. 화려한 가체에 늙은이의 거뭇거뭇한 손이 닿는 참, 번개인 양손을 뻗은 가랑은 그 주름진 손을 날카롭게 움켜쥐었다. 공주답게 큰 하얀 손에 힘줄이 솟으매 참을 수 없는 분노 때문인지, 아니면 그 강인한 악력 때문인지 가랑의 손이 파르륵 떨리었다.

"……내가 하겠습니다."

치욕스러운 상황에, 고고한 긍지가 한차례 꺾인 터에 목소리가 흔들릴 것만 같았다. 그리하여 최대한 초연해 보이려고 한 자 한 자 씹어 뱉은 터였다.

그 결연한 음성을 들은 상궁이 뒤로 한 걸음 물러섰다. 어찌 귀인께서 이런 일을 맡아 하십니까, 제가 해야 옳습니다, 그러한 겸양의 말조차 내어 놓지 않는다. 순종적으로 손을 내린 상궁은 가랑을 향해 도도하게 읍하고 그대로 뒷걸음칠 뿐이었다.

"그러면 물러가겠사옵니다."

24

그마저도 마지못해 이야기한다는 기색이 역력했다. 애써 그를 무시한 가랑은 어설픈 손을 놀렸다. 스스로 옷고름을 풀어 거추장스런 대례복을 벗고 어여머리로 손을 뻗었다. 무거운 가체가 바닥에 툭 떨어지었다. 그를 고정시키고 있던 비단 첩지를 내리는데 눈앞이 흐릿하였다.

가랑은 제 손 위에 올라온 자줏빛 첩지를 내려다보았다. 툭, 그 위에 투명한 것이 방울지더니 고귀했던 자주색이 진한 보랏빛으로 변모했다. 억울한 맘에 억장이 무너져, 또 제 처지가 이리될 줄 몰라 서러워 눈물이 났다. 가랑은 침상 위에 누워 숨죽여 울고, 또 울었다. 새벽닭이 울고, 상궁 나인들이 들이닥칠 때까지.

갑작스레 들이닥친 상궁 나인들은 황후께 인사를 드리러 가야 한다 언성을 높이었다. 그것이 대국이든 소국이든 첩으로 온 자의 예임을 아는 터, 대례복을 걸치자 그니들이 머리에 쪽을 지고 가체를 올렸다. 서러운 맘을 심호흡으로 가라앉힌 채 황후전으로 주섬주섬 발걸음을 옮기거늘 옷자락을 뒤흔드는 춘풍마저 따스해 심사가 뒤틀렸다.

황후전에서 황후에게 절을 올리고 천세를 외치었다. 눈을 들어 마주한, 이제 이립이 다 되어 간다 들었던 황후는 아름다웠다. 녹옥과 청옥으로 장식한 떨잠이 가체 위에서 빛을 발했으나 그보다 더 빛나는 자가 황후였다. 가랑을 내려다보는 검은 눈이 호수인 양 맑고 깨끗한 것이, 가랑은 그니를 보며 어미인 대비 한씨를 떠올렸다.

"그래, 소박을 맞으셨다고요?"

애린 상처 위에 아무렇지 않게 소금을 뿌리는 황후의 음성이 온화하다. 저리 맑은 얼굴을 한 채 지금 시비를 거는 것인가? 대수삼 자락 밑에 숨긴 손아귀가 파르륵 떨리는데, 어느덧 가까이 다가온 황후가 그 손을 덥석 움켜쥐었다. 놀란 가랑이 눈을 부릅뜨는데 맞닿은 손이 따스하였다. 그니를 타이르듯 조곤조곤 내뱉는 음성은 그 손보다 더 따사롭다.

"간밤에 마음고생이 크셨을 것입니다. 허나 빈, 황상께서는 원래 그러하신 분이시니 크게 괘념치 마시어요. 예기치 못한 때에 아무 일도 없으셨다는 듯 나타나실 겁니다."

"……황공하옵니다."

가랑이 할 수 있는 말은 그것뿐이었다. 황후는 부드럽게 손을 내려놓았다. 온화한 미소가 황후의 얼굴에 들어섰는데 가랑은 그를 보며 황성의 안주인은 다르구나, 그리 생각하였다. 공주인 제가 첩이 된 것이 원망스러워 속이 뒤틀린다면 황후는 새 후궁이 들어온 것을 경계해야 옳은 법이 아니겠는가. 허나 봄인 양 부드러운 말을 늘어놓는 황후에게는 그런 것 따위, 바이없었다.

"내 간밤에 빈의 시중을 들 궁녀를 몇 뽑아 놓았답니다. 무(斌)가 어색할 빈을 위해 내 명원 출신의 아이들을 뽑았거늘 빈의 마음에 들지는 모르겠습니다."

"감읍할 따름이옵니다."

황후에게는 사람 맘을 평온하게 만드는 재주가 있었다. 사람을 위로하는 부드러운 말씨와 상냥한 마음을 한껏 드러내는 황후는 그야말로 국모요, 관음불의 화신인 양 자애로웠다.

황후는 황성의 일을 하나하나 소상히 일러 주었으매 가랑에게 거주할 처소를 알려 주었다. 처소를 일러 준단 것은 할 이야기가 끝이 났으니 돌아가 보란 것. 왔을 때처럼 황후에게 다시 절을 올린 가랑은 조심스레 뒷걸음질 쳤다. 다음으로는 부인(夫人), 4비(妃)에게 인사를 올리러 가야 했다.

숙비(淑妃), 덕비(德妃), 현비(賢妃)에게 받은 인상은 별것 없었다. 그녀들의 처지 또한 가랑과 크게 다를 바는 없었다. 그저 고귀한 곳에서 간택받아 입궁한 처지, 간밤의 소식을 들은 그녀들은 가랑에 대한 경계를 완전히 놓은 듯 안타깝다며 혀를 끌끌 찰 뿐이었다.

허나 귀비(貴妃)는 달랐다. 귀비는 황제가 현재 가장 귀히 여긴다는 후궁으로 내명부에서 그 위세가 하늘을 찌른다 했다. 허나 그런 귀비의 얼굴은 심히 일그러져 있었으매 가랑을 보자마자 코웃음부터 쳤다.

"네년의 인생도 알 만하구나, 가엾은지고."

그 폭언에 가랑은 맹하게 눈을 깜빡였다. 귀비는 아름다운 얼굴에 걸맞지 않는 앙칼진 음성을 내뱉었다.

"무얼 그리 맹하게 보느냐? 네 처지가 어떤지 정녕 몰라 나를 그리 보는 게야?"

처지가 어떤지는 궁에서 나고 궁에서 자란 가랑, 제 자신이 가장 잘 알고 있었다. 허나 귀비는 혀를 끌끌 차며 제 할 말을 내뱉었을 뿐이었다.

"쯧…… 하긴, 내 가엾은 네년에게 화풀이를 해야 무슨 소용이겠느냐. 어서 물러가거라, 너도 저녁나절이 되면 엊저녁 어떤 일이 있었는지 알게 되지 않겠느냐? 맹한 것, 이리 눈이 어두워서야."

그 단호한 축객령에 한 마디 해 보지 못한 채 황후가 제게 내린 전각으로 발걸음 했건만, 가랑은 그곳에서 어제 일을 곱씹을 시간조차 내지 못하였다. 초야에 소박을 맞았더라도 정2품 빈이었으니 그 아랫것들이 쉬지 않고 하례 인사랍시고 얼굴을 보러 납신 터였다. 많은 이들이 나타났건만, 그들 중에서도 기억에 남는 이가 하나 있었다.

채녀라 하였다. 뒤늦게 홀연히 나타난 그니는 여느 채녀들보다 화사하게 치장한 얼굴로 가랑에게 꾸벅 절을 올리었다. 고개를 들어도 좋다 이야기한 적 없거늘 무엄하게 눈을 치켜떠 눈을 마주하는데 조소하는 기세가 역력한 터, 채녀 주제에 콧대 높은 그녀는 하례드리옵니다, 한 마디 올린 채 저 멀리 사라져 버렸다. 그 무례함과 오만방자함에 어이가 없어 그 뒤꽁무니를 노려보는데 옆에 서 있던 상궁이 고요히 속삭였다.

"엇저녁 승은을 입고 채녀가 된 귀비마마의 궁녀입니다."

"……엇저녁이요?"

가랑이 되묻거늘 상궁이 도리어 어쩔 줄 몰라 하였다. 본디 명원의 사람인지라 고개를 푹 숙인 상궁의 눈시울에 축축했다.

"송구스럽습니다, 공주마마."

그래서 저치가 저리 오만방자했던 것이었나. 빈이 받아야 했을 것을 궁녀인 그니가 받았으니 자연스레 콧대가 높아질 수밖에 없었다.

그를 보며 노기가 치솟을 줄 알았건만, 가랑의 마음은 호수처럼 고요하기만 했다. 도리어 미묘한 안도감이 저 밑에서 고개를 쳐들었다. 오라비의 명을 따라 이리 오긴 했건만, 본 적도 없는 이와 합방을 하는 것이 여인으로서 달가운 일은 아니었기에.

그리 아무런 일도 없이 하루하루가 흘러가는 듯했다. 허나 아무런 일도 없는 곳은 궁이 아닌 터였다. 대국에 와 쓸쓸한 혼인식을 올린 지 이틀이 된 날이었다. 저녁 반상을 들여 한 숟갈 뜨는 둥 마는 둥 하고 있는데 가랑이 부리는 나인 한 명이 혼비백산한 얼굴로 그녀 앞에 뛰어들었다. 상궁이 무엄하다 혼을 내는 것보다 나인의 입술이 열리는 것이 더욱 빨랐다.

"마, 마마, 공주마마……. 황제폐하께옵서…… 귀비마마의 목을 치셨다 하옵니다!"

가랑의 혼백을 쏙 빼놓은 소리였다. 아니 그래도 없던 입맛이 사라지는 터, 한 술갈 겨우 뜨려던 것을 그대로 내팽개친 가랑은 무슨 일이 있었느냐 물어야만 했다.

황제가 귀비의 궁녀를 품고 채녀로 봉하였으니, 그 일로 귀비가 성을 냈단다. 그를 전하는 궁녀의 말이 참으로 실감났다. 가랑이 보기에도 앙칼졌던 귀비가 잔뜩 날을 세우며 황상에게 외치기를,

— 폐하, 너무하시옵니다. 소첩의 궁녀였사와요. 어찌 그런 아이를 품으시어 채녀로 봉하실 수 있사옵니까!

하였단다. 당연하게 따지고 드는 말에 비뚜름하게 웃던 황상이 한마디 했단다.

— 귀비께서 지금 투기하시는 거요?
— 투기라니요? 천부당만부당하신 말씀이시옵니다.

칠거지악 중 으뜸인 투기를 걸고 넘어가자 귀비도 자연스레 몸을 낮출 수밖에 없었다. 허나 그래도 끓어넘치는 분을 참을 수 없는 참, 고요히 숨을 삭이던 귀비가 다시 황상에게 대들었단다.

— 투기이기 이전에 이는 소첩에 대한 예가 아니지 않사옵니까? 황성 안에 궁녀는 밤하늘의 별인 양 많사옵니다. 허나 하필이면 왜 소첩의 궁인이냔 말씀이옵니까! 어제까지 눈도 마주치지 못하였던 그 계집이, 두 눈 똑바로 뜨고 소첩에게 조소를 남길 때의 모멸감을 아

시옵니까?

　궁녀는 귀비께서 참으로 간이 크시다 너스레를 떨었으나 가랑의
생각은 조금 달랐다. 황제의 총애를 받는 귀비였으니 황성의 그 누구
보다 황제의 성품에 대해 잘 알고 있었을 것이었다. 평상시 황상께서
는 저 정도의 행동을 그저 예쁘다 하고 넘어갔으리라. 성을 내고 분
을 뿜어도 다 내가 잘못했느니 하며 귀비를 안아 주었을 터, 그러니
귀비도 저리 성을 내며 나선 것이 아니겠는가.

　허나 황상은 이번에 그 행동을 고깝게 여기었다. 마치 귀비가 저
리 소란을 피우기를 기다렸던 듯 황제는 검을 빼어 들었고, 투기는
칠거지악의 으뜸이라 이야기하며 그대로 목을 쳤다.

　'……실로 무서운 이가 아닌가.'

　그 이야기를 듣던 가랑은 뼛속을 스미는 한기에 몸서리를 치었다.
공주로 왕실에서 귀하게 자라난 가랑은 왕실의 암투에 대해 누구보
다 잘 알 수밖에 없었다. 황제의 저러한 처사는 잔인했으나 실로 현
명한 방식이지 않는가. 새삼 그 철두철미한 방식에 소름이 돋았다.

　"마마…… 이 일을 어찌하옵니까."

　궁인이 우는 소리를 내는 터, 가랑은 그 궁인을 돌아보았다. 어린
티가 얼굴에서 보이는 참 이 아이 따름으로는 걱정이 되는 것일 터
였다. 그 화근이 여기까지 튀면 어쩌겠느냐 하는 마음에서였으리라.
총비의 목마저 쳐냈으니 얼굴 한 번 보지 못한 후궁들을 내치는 것
은 일도 아닐 터. 그리 여길 수도 있었겠으나, 가랑의 생각은 조금
달랐다.

　"……귀비마마의 사가에 노리개 하나 보내면 화근이 여기까지 튀
지는 않을 것이니, 나가보세요."

그 말에 안도한 듯 나인은 고요히 읍하며 종종걸음으로 뛰어나갔다. 상궁에게 저녁상을 치우라 명한 가랑은 답답한 마음에 서책을 꺼내 들었다. 여인답잖게 자수를 놓는 것보다는 서책을 더 좋아하는 터, 심란한 일이 있으면 한적한 곳을 거닐며 서책을 읽던 것은 가랑의 오랜 습관이었다. 어미, 대비 한씨는 그런 가랑을 보며 심심찮게 종아리를 치곤 했으나 아비였던 선왕은 그 모습을 보고 허허 웃을 뿐이었다. 오라비였던, 그때 세자였던 현왕은 가랑을 옆에 끼고 글을 함께 읽곤 했다.

　— 월우, 오늘은 손자를 읽을까? 육도삼략은 어떻겠느냐?

　가랑은 병서를 좋아했으매 그때의 오라비는 다정하였더란다. 오라비는 가랑 옆에서 항시 어려운 글자를 알려 주고, 그 뜻을 풀이해 주며 서책에 주석을 달아 주곤 했었다. 사내들의 세계라 계집다운 일을 하라며 어미가 그리 종아리를 쳐 대도 그것이 그리 흥미롭지 않을 수 없었다. 아니…… 정확히 이야기하자면 그 병서 자체도 재미있었지만 주석을 달아 주곤 했던 오라비의 품이 더 좋았던 것 같다.
　서책을 손끝으로 조심스레 어르던 가랑은 그 옛 생각이 나자 머리를 절레절레 흔들었다. 무겁게 올린 가체가 흔들리어 거추장스러웠다. 손을 놀려 가체를 내려놓으니 머리 위에 앉은 첩지마저 무겁게 느껴져, 그조차 떼어 내니 이제야 무거운 짐이 내려앉은 듯 홀가분하였다. 가랑이 서책을 끼고 밖으로 기어 나오니 상궁 나인들이 혼비백산하며 이구동성으로 외치었다.
　"마마, 이 야심한 시각에 어딜 가시옵니까!"
　"잠시 바람 좀 쐬고 오겠습니다."

아랫것들에게 흐트러진 모습을 보일 수 없기에 가랑은 선히 웃는 낯으로 답하였다. 가랑이 움직이자 상궁 나인들이 따라나서려던 참, 가랑은 매몰차게 손을 들었다. 저를 걱정하는 것은 잘 아는 터였으나 소란스러운 것은 두통을 부를 따름이었다.

"따라오지 말아 주셔요. 혼자 가고 싶습니다."

"하오나 마마……!"

"금방 돌아오겠습니다."

돌려 말했으나 그보다 단호한 명이 없기에 상궁 나인들은 그저 고개를 숙이었다. 한 손에 서책을 낀 가랑은 단호한 발걸음을 옮기었다.

어둔 밤하늘에 박혀 세상에 은은한 빛을 내리는 선아(仙娥)는, 그 곁에서 반짝이는 성좌(星座)는 고향 땅과 다를 바가 바이없거늘 이 주변은 전혀 익숙지 못하였다. 그저 발길이 닿는 대로 정처 없이 걷던 참, 가랑은 자그마한 못과 정자를 발견했다. 야심한 시각인지라 주변에 사람 한 명 없이 고요한 것이 가랑의 마음에 쏙 들었다.

정적에 감싸인 그 정자 위에 올라 달빛을 벗 삼아 서책을 펼쳐드는데 날이 지나치게 어두워 글자가 보이지 아니하였다. 초라도 가져와야 할 참, 다시 서책을 끼고 정자를 주섬주섬 내려오는데 문득 바람 소리가 들렸다.

휘익!

자연스러운 것이 아니라 인위적이고도 날카로운 바람 소리였다. 고요한 곳에서 갑작스레 나는 소리에 가랑은 자연스레 고개를 돌리었다. 높은 정자 위에서 보니 저편, 무성한 풀숲 뒤에는 널따란 공터가 있었다. 공터에서는 무관 한 사람이 검을 든 채 검술을 연습하고 있는 참, 평소 병서를 좋아했던 만큼 검술을 구경하는 것 또한 좋아했던 가랑은 그 자리에 그대로 멈추었다. 부드럽게 이어지는 초식들이 여인의 새까만 눈에 아로새겨지었다.

호랑이가 숲에 숨어 먹이를 지켜보듯 적을 경계하는 맹호은림(猛虎隱林). 검을 좌우로 감아 방어를 한 이후 정면에 있는 적을 공격하는 안자……. 부드럽게 이어지는 춤사위 같은 그 검술은 가랑이 익히 아는 본국검이었다. 명원의 검술이었다.

익숙한 마음에 정자를 내려가 풀숲을 헤치니 그 초식들이 더 자세히 보였다. 멀리서 볼 때에는 검무인 양 한들한들거리는 광대놀음 같았는데 가까이서 보니 군더더기 없이 깔끔한 동작들이 절도가 있었다.

……헌데 여기서 왜 명원의 검술을 하는 자가 있는 것인가. 명원의 사람인가? 가랑이 그리 생각할 때에도 그자의 검술이 이어졌다. 발밑에서 제 발목을 물어뜯으려 대가리를 치켜드는 뱀을 베는 발초심사(撥艸尋蛇). 좌우로 검을 감은 다음 훌쩍 도약해 저를 먹으려 달려오는 표범의 머리를 찌르는 표두압정(豹頭壓頂)……! 허나 그자가 노리는 표범은 허공이 아닌 가랑이었다.

"……!"

순간 그를 보던 가랑의 눈이 흔들렸다. 순식간에 제 눈앞을 가로막은 검이 달빛 밑에서 새하얗게 퇴색되었다. 마치 제가 본국검의 표범이 된 양, 제 이마를 향해 겨누어진 그 검에서는 시린 한기가 느껴졌다.

"누구더냐."

검을 쥔 사내가 입을 열었다. 그 순간 가랑은 당황하였다. 제 머리를 노리고 있는 검 때문이 아니라 제게 누구냐 묻는 저 목소리 때문이었다. 아직까지 가랑은 스스로 제 위치를 가늠하지 못하였다. 무에 온 지 고작 사흘, 제가 소국 명원의 공주 엽려인지 천자의 후궁 소의 유씨인지 아직도 잘 알 수가 없었다. 첩지는 받았으나 소박을 맞은 자가 후궁이던가? 제 나라를 떠나 이리 시집온 여인이 소국의 공주던가? 해서 무어라 대답해야 하는지 고민할 찰나 눈앞의 사내는 제 질문에 자답을 하였다.

"정인과 정을 통하러 나온 궁녀더냐? 한 무관은 오늘 일찌감치 퇴궐했거늘 소식을 못 들은 모양이구나."

……궁녀? 그리고 보니 가체도 첩지도 집어 던지고 온 터, 거추장스런 대례복은 어제부로 벗어 던진 터라 궁인과 그녀를 구별할 수 있는 것은 옷의 빛깔일 것이었다. 허나 이런 늦은 밤, 제가 입은 옷은 어둠에 묻혀 색상을 구분할 수 없으니 이 사내가 저를 궁녀로 착각하는 것은 무리도 아니었다. 차라리 다행이다 싶었다. 궁녀로 여겨지는 것은 달갑잖았으나 공주든 천자의 후궁이든 제 스스로 그리 말하는 것보다는 나았으므로.

"……서책을 읽으러 나왔을 뿐입니다."

허나 정인과 정을 통하러 나왔다는 오해를 그대로 쓰고 있을 수는 없었다. 가랑이 침착하게 대꾸하자 사내는 눈을 내리깔았다. 한쪽 팔에 낀 서책을 본 터, 어둠 속에서도 용케 그 제목을 낚아챈 사내의 눈이 기괴하게 일그러졌다. 이어 내뱉는 말은 조소로 가득 차 새파랗게 날이 서 있었다.

"한비자? 계집이 병서를 읽는단 말이냐? 그것도 죽은 황녀의 사당이 있는 이곳에까지 와서? 발칙한 것 같으니, 정인에게 가져다주려 서고에서 훔치었구나."

이제는 도둑질이라? 실로 단정이었다. 하필이면 들고 온 것이 또 한비자인 모양, 가랑은 한비자를 그리 좋아하지는 아니하였다. 어미였던 대비 한씨의 가르침과 정면으로 충돌하는 이야기를 하기 때문이었다. 대비 한씨는 사람을 덕으로 이끌어라 가르쳤던 터, 한비자는 덕을 무시하지는 않았으나 결국 법으로써 사람을 다스리는 게 옳다 이야기했다. 허나 지금 중요한 것은 이런 것이 아니었으매 가랑은 붉은 입술을 열었다.

"범세지난 재지소설지심 가이오설당지(凡說之難 在知所說之心 可以吾說當之)."

한비자 중 세난(說難)에서 나오는 구절이었다. 사내의 검 끝이 미묘하게 흔들릴 즈음 가랑은 조곤조곤 말을 이었다.

"무릇 설득의 어려움은 상대의 의중을 살펴 자기의 이야기를 적중시키는 데 있다 하였습니다."

다시 말하자면 가랑은 사내에게 나는 네 의중을 읽어 이야기를 가볍게 적중시켰다고 하는 것이었다. 이리 한비자의 한 편을 인용할 수 있으니 정인에게 가져다주기 위하여 서고에서 훔친 것이 아니라, 내 자신이 읽고 있었다는 것을 증명하는 것이지 않은가. 그런 고로 한비자가 주장했던 세난을 가볍게 독파했으니 의심을 풀어 달라, 그리 돌려 말하는 것이었으나 사내는 눈 하나 깜빡하지 아니하였다.

"세난이라, 유명한 구절이지. 현명한 선택이었으나 의심을 털어내기에는 그 구절이 너무 널리 알려졌다 여겨지지는 아니하더냐?"

"……인간은 이기적이기에 진정 나라를 위하는 충신은 애초에 있을 수 없다 하지요."

조곤조곤한 음성이 내뱉는 것은 한비자의 핵심이었다. 이번에는 사내의 눈이 동그래졌으매 한비자의 내용을 입으로 담는 가랑의 목소리가 떨떠름했다.

"군주 된 자는 이를 잘 파악하여 법을 통해 권위를 세우고, 신하

35

가 백성을 위하도록 감시하며 엄격한 상벌을 통하여 신하의 충성심을 유지하라 하였습니다. 군주는 법치를 실행해야 하며 신하의 힘으로는 법치를 행할 수 없으니, 이를 위해 군주가 경계해야 할 일과 해도 좋은 일이 있다 하였지요. 하오나……."

가랑은 조그마하게 사족을 달았다. 공주, 아랫사람은 덕으로써 대하는 것입니다. 한비자의 글에 관해 이야기를 하노라니 대비 한씨가 항시 귀에 속삭이던 것이 머릿속을 어른거리는 터였다.

"사람은 덕으로써 다스리는 것이지 법으로써 다스리는 게 아니라 생각합니다."

가랑의 속삭임에 사내가 검을 스르륵 내리었다. 의심을 푼 모양, 그 예리한 것을 가볍게 돌려 검집에 집어넣자 두 쇠붙이가 맞닿아 기묘한 울림을 냈다. 스릉…… 천지가 개벽하듯 크게 다가오는 소리였거늘 가랑은 도리어 그 울림에 안도하였다. 이제야 눈에 거슬리는 검이 눈앞에서 사라졌기에 단단히 여미었던 긴장이 풀렸던 참이거늘 사내가 싸늘히 내뱉었다.

"당돌하구나. 네 고양이라도 되는 게냐? 이 무에서 감히 그런 소리를 지껄이니 말이다."

옛이야기에서 고양이의 목숨은 아홉 개라 하였으니, 저 지껄임은 지금 그런 말을 함부로 내뱉다가는 목숨이 위태롭단 것이 될 수도 있단 소리였다. 저 내뱉음에 얼추 짐작이 가는 바가 있긴 하였으나 가랑은 입 밖으로 내지 아니하였다. 저 사내의 말대로 이곳은 무였고, 가랑은 입조심을 해야 할 필요가 있는 계집이었으니.

"덕으로 다스린다…… 이상을 꿈꾸는군. 허면 이번 궁인들 사이에서 시끄러운 일이 하나 있을 터. 덕으로 가르쳐야 한다 이야기하신 궁녀께서는 이번 일에 대해 어찌 생각하고 계신가?"

가랑이 입을 다물자 사내가 다시 물어 왔다. 궁인들 사이에서 시끄러운 일이라면 단 하나였으나 가랑은 부러 되물었다. 앞서 아는 체를 했다가 고양이 소리를 들었으니 이번에는 맹한 체해 보는 것이었다.

"예?"

"황상이 귀비의 목을 쳤다 하지 않았던가."

가랑의 되물음에 사내가 답하였다. 궁인들 사이에서 시끄러운 것처럼 조정에서도 들쑤실 게 뻔한 사항이긴 했다. 가랑은 가만히 눈을 감았다.

부러 제게 묻는 까닭은 겁은 치웠으나 그 의심이 다하지 않았기 때문이었으리라. 허면 무어라 대답해야 하는가? 제 자신이 솔직히 느낀 바를 그대로 이야기하면 옳은가 싶어 눈을 떴을 때 사내의 얼굴이 흐릿한 달빛에 비추어졌다. 짙은 눈썹 밑에 자리 잡은 새카만 눈동자가 유달리 예리했으니, 차마 거짓을 말할 수가 없었다. 자연스레 진실을 토로하게 만드는 눈이었다.

"……황상께서 현명하시다."

가랑은 고요히 숨을 내뱉었다. 그래, 그 일을 들으면서 가장 먼저 생각한 것이 황상이 현명하다는 것이었다. 지나치게 명석하여 무서웠다. 그리 생각하는 제 자신의 머리가 이율배반적이라 느꼈으면서도 평생 그러한 것을 지켜보며 살아온 가랑은 황제의 권모술수가 능하다 생각할 수밖에 없었다. 그 예리한 눈을 똑바로 올려다보며 가랑은 이어 덧붙였다.

"그리 생각하였습니다."

"……어찌하여?"

재미있다는 기색이 역력한 한 마디에 담긴 것이 많았다. 화근이 떨어지지 않을까 두려워 후궁조차 몸을 사리거늘, 덕으로써 사람을 다스려야 한다는 궁녀께서는 어찌 황상이 현명하다는 모순적인 생각을 하셨는가? 저를 보는 두 눈이 그리 묻는 듯하여 가랑은 고개를 치켜들려 하는 의혹을 감출 수가 없었다.

이자가 정녕 몰라서 묻는 것이던가? 아닐 것이다. 이조차도 병서를 읽는다는 저를 시험하는 것이리라. 허면 증명해 드려야 하지 않겠는가. 한동안 꺾여 있던 자존심이 저 밑바닥에서부터 꾸물꾸물 고개를 쳐들었다.

"……풍문을 따르자면 귀비마마의 목이 쳐진 까닭은 칠거지악을 행했기 때문이라 하였습니다만."

"그랬지."

사내가 동의하였다. 본디 칠거지악이란 아내를 쫓아내기 위한 것. 굳이 황상이 귀비의 목을 친 것은 폐출시키기에는 곤란한 상황이 있기 때문이었다. 가랑이 추측하건대, 귀비를 폐출시킨 것으로 끝을 냈더라면 세도가인 귀비의 가문에서 언제라도 득달같이 달려들어 귀비의 복위를 주장할 것이기 때문이리라.

그 이유하에서라도, 진정 냉혹하게 이야기하자면 권력을 가진 이가 내릴 판단으로는 죽이는 것이 가장 깔끔한 해결책이긴 하였다. 가랑은 그러한 제 머리의 판단을 애써 무시하며 입술을 뗐다.

"제 추측하건대, 황상께서는 귀비마마의 가문을 탐탁잖게 생각하셨지 않으셨을까요? 설상가상으로 귀비마마를 등에 업고 득세를 하니, 귀비마마와 그 가문을 칠 명분이 필요하셨겠지요. 예로부터 투기란 황후마저 폐출시킬 수 있는 명분이었으니 그를 택하셨던 것이 아니었을까 합니다."

황제가 귀비의 목을 쳤노라, 그것은 궁인들이 떠들어 대듯 단순히 총비의 목을 친 것에 그친 것이 아니었다. 정1품 부인, 비의 위치는 아무나 오를 수 있는 것이 아니었다. 타국의 공주인 가랑마저 정2품 빈에 그쳤으니 정1품 부인은 실로 대국 내에서 어마어마한 위세를 떨친 가문의 귀한 아가씨가 간택된 것이었으리라.

그런데 그런 사람의 목을 그 자리에서 내리친다? 이는 귀비의 가문을 적으로 돌리는 것과 매한가지였다. 때문에 황제에게는 명분이 필요했으리라.

그 명분을 위해 황상은 귀비의 궁녀를 취하였다. 귀비가 황상에 대해 잘 아는 만큼 황상 또한 귀비에 대해 잘 알고 있을 터, 저리하면 가랑이 보기에도 앙칼지었던 귀비가 단박에 미끼를 물으리라 여겼으리라.

그리하여 그 궁녀를 취한 날, 가랑이 소박을 맞았던 밤의 일은 실로 황제에게 득이 많은 일이었다. 새로 맞이한 후궁은 병풍일 뿐이다 공표하여 황후를 안심시킬 수 있으니 그 첫 번째 득이요, 귀비의 트집을 투기라는 칠거지악으로 몰아 귀비의 가문이 황제의 행동에 반발할 수 없으니 그 두 번째 득이요, 귀비의 목을 쳐 총애를 받는다던 귀비의 위세를 등에 업고 득세하고 있던 귀비의 가문을 견제할 수 있으니 이가 세 번째 득이었다.

허나 이러한 제 측을 그대로 이야기할 수 없는 법, 가랑은 부러 뱅에둘렀으나 눈앞의 사내는 알아듣지 못한 눈치가 아니었다. 한 바퀴 뱅글 돌린 말의 핵심을 그대로 집어내더니 가랑이 부러 꺼내지 않았던 말을 입술에 얹었다.

"허면 황상이 귀비의 궁녀를 이용했단 것이냐?"

"……짧은 식견으로는 그리 생각합니다."

"허면 황상께서는 네 이용했다 주장한 귀비의 궁녀를 왜 내치지 않느냐. 굳이 첩지까지 내리며 왜 옆에 끼고 있겠느냐?"

사내는 지금 네가 진정 병서를 읽을 정도의 머리가 된다면 이 상황을 제대로 읽을 수 있지 않겠느냐 그리 이야기하는 것과 진배없었다. 때문에 은근히 떠보는 참, 겉보기에는 저 말이 옳은 것 같기도 하였다.

하지만 가랑이 생각하기로 저것은 틀린 판단이었다. 한 번 이용한 것은 철저히 이용하는 것이 권력을 지닌 자들의 습성인 바, 가뜩이나 궁녀 출신의 후궁 채녀 따위는 이용하기도 쉽고 버리기도 쉬운 장기짝이지 않은가.

"저 같으면 그대로 두겠습니다."

"어찌하여?"

"명분을 정당화한 도구이기에, 채녀가 남아 있는 한 귀비마마의 가문에서 황상의 뜻을 안 이후에도 감히 나설 수 없겠지요. 또한 궁녀 출신이니 황상께서 굳이 처분을 결정하지 않으셔도 홀로 바스라질 것입니다."

그러하니, 저 같으면 그대로 두어 황상의 자비가 남아 있음을 보이실 겁니다. 몸을 사리는 후궁들에게 너희에게까지 화근이 퍼지지 않을 것이니 네 가문을 안정시키라 간접적으로 여지를 보일 겁니다. 그리 말하는데 마치 제 처지를 이야기하는 것 같아 가슴이 아릿하였다. 동시에 제 앞에서 온갖 오만을 떨었던 그 채녀가 가여워 혀를 쯧쯧 찼는데, 그 순간 가랑은 그 궁녀의 처지나 제 처지나 크게 다를 바가 없는 것을 깨닫고야 말았다. 어차피 같이 뒷배가 없는 처지이니, 이대로 앉아 있으면 누구의 손에 의해서든 어느 순간 무너져 버릴 것이었다.

"……간과한 게 하나 있다고 생각하지 않느냐?"

간간이 고개를 주억거리며 동의를 표하던 사내가 되물어 왔다. 가랑이 고개를 바짝 치켜들었다. 쌀쌀한 밤바람이 귀밑머리를 스치자 여린 초목들이 함께 뒤흔들렸다. 미풍에마저 휩쓸리는 그 초목들이 가련함과 동시에 어둠 속에 흩어지는 그것들이 마치 날개를 단 채 승천하는 양 했으니, 가랑의 눈에 담기는 그것들이 그저 서글펐다. 가랑이 답하지 않자 사내는 허공을 휩쓸던 초록빛 낙엽을 낚아채었다.

"황상의 마음 말이다."

그리하여 지금 황상의 마음이 저 흩날리는 낙엽과 같다 그리 이야기하는 참인가? 왜 저런 이야기를 꺼내는지 의도를 알 수 없어 가랑이 인상을 찌푸릴 찰나, 사내는 그 예리한 것으로 허공을 훑어내었다.

"그래도 총비였지 않느냐. 총비에게 빠진 역대 황제들이 어떤 일을 저질러 왔느냐. 고작 가문이 마음에 들지 않는다 하여 직접 총비의 목을 쳐낸단 말이냐?"

"……제가 아는 이가 있었습니다."

가랑은 생긋 웃었다. 부드럽게 흩어지는 미소는 미풍에 이는 그 이파리들처럼 공허했다. 그녀가 웃으매 사내가 돌아보았다. 짙은 어둠에 묻혔음에도 사람이 공허하게 웃고 있음을 온몸으로 느낀 듯했다.

"한 사내에게 제 연치와 비슷한 계모가 있었고, 죽은 제 딸과 비듬한 연치의 여동생이, 그보다 어린 남동생이 있었습니다. 사내의 아비가 살아 있을 적 그 가족은 화목한 듯 보였으나, 아비가 죽고 아비의 위치를 차지한 사내는 돌변했습니다."

제 이야기였다. 빗대어 이야기함에도 가슴이 아려 왔다. 날카로운 것을 콕콕 쑤시는 듯 아려 오던 참, 이러한 처지가 되었음에도 오라비의 다정했던 모습이 기억 속에 그대로 박혀 아른거리었다. 그 상념을 말끔히 씻어 낼 수 없기에 슬며시 고개를 튼 가랑은 먼발치 달을 바라보았다. 흐린 달빛이 쏟아지는 저 미물조차도 그대로였거늘, 어찌 모든 것이 변하였단 말인가.

"……어릴 적에 아명마저 지어 줄 정도로 귀애했던 여동생을 감금하고, 동생과 어미, 그리고 그 정혼자를 살리려면 옆집 대부의 첩이 되어 그 대부의 모든 것을 앗아 오라…… 그리 명하였지요."

다시 고개를 돌린 가랑은 사내를 응시했다. 칠흑마냥 새까만 눈에는 오래된 감정이 묵었으니, 되묻는 그 음성이 흔들리지 않을 수 없었다.

"허면 여기서 그 사내는 어떤 마음이었겠습니까? 그가 아끼었던 가족이지 않았습니까."

"네 이야기에서 가능성은 하나이지 않느냐? 애초에 그리 아끼었던 것이 거짓이었겠지."

가랑의 심장을 후벼 파는 소리였으나, 그녀가 기다린 말 또한 저런 것이었다. 저 사내의 말대로 거짓이다. 오라비가 저를 대했던 다정함도, 업어 주며 그녀를 달래던 너른 등도 그 시절의 모든 것들 또한 거짓이다. 허면 진실로 남은 것은, 미풍에 스러지는 이 잎새 같은 제 운명뿐.

"……저 또한 그리 생각합니다."

허니 황상도 저 이야기 속의 사내와 같을 터였다. 굳이 이 이야기를 꺼낸 것은 한비자의 세난을 예로 들었기 때문이었다. 몇 마디 나누었으나 사내의 성정이 눈에 보인 터, 속에 담아 둔 것을 그대로 이야기했다면 또다시 꼬투리를 잡았으리라. 고목 밑동을 걷어차 나무

를 흔들어 놓았으니, 이제는 잔가지를 뒤흔들어 열매를 따야 할 참이
었다.

"애초에 황상의 총애조차 거짓이었던 것이겠지요."

그것도 귀비의 가문을 치기 위한. 결국 귀비의 죽음은 처음부터
황상이 계획하고 있었단 이야기에 사내는 허를 찔린 표정이었다. 그
반쯤 넋 나간 얼굴은 차츰 웃음으로 화하더니, 시간이 흐른 후에는
시원하게 터져 버리었다.

이것이 재미있는 이야기인가? 가랑이 속으로 실소를 머금을 무렵,
사내가 눈으로 가랑을 훑었다. 머리부터 발끝까지 조심스레 살피는
참 한동안 예리했던 그 눈매가 부드럽게 풀리었다.

"무에 온 지 얼마나 되었느냐?"

이번에는 가랑의 눈이 예리해졌다. 소국 명원으로부터 달린 것을
추가하면 보름이 조금 넘었으나 이 황도에 도착한 지는 기껏해야 사
흘이 되었을 뿐이었다. 허나 저자는 가랑을 궁녀로 알고 있었으매,
궁인은 당연지사 어린 시절에 뽑는 터이니 저런 질의가 나오는 것이
이상하지 아니하던가? 때문에 되묻는 가랑의 목소리가 한 박자 늦었
다.

"……예?"

"네 하는 말은 거진 들어맞는구나. 귀비가 세도가의 딸인 것은 맞
도다. 허나 그 가문이 권세를 얻은 것 그 딸이 후궁이 된 이후였다."

그 말 한마디가 가랑의 뒤통수를 후려치는 듯하였다. 단순한 것일
지도 모르겠으나 사내가 내내 저를 떠보았음을 알게 하는 한마디였
다. 모든 것을 알고 있었음에도 계속해서 물어 왔던 것은 가랑을 시
험하기 위해서가 아닌, 이 시각 이런 곳에 홀로 있는 가랑이 의심스
러워서 그런 것이었다. 이것이 제 부러진 자존심에, 그저 이 얄팍한

지식을 자랑하려다가 제 입으로 저에 대해 조곤조곤 털어놓은 꼴이 아니고 무엇이겠는가?

괜스레 당한 듯한 기분이 들어 제 입술을 물을 때, 사내는 가랑이 몰랐던 이야기들을 그 귓가에 바람결인 양 남겨놓았다.

"대를 거슬러 올라가면 귀비의 가문은 물론 명문이다. 허나 이미 쇠퇴한 지 오래되어 귀비가 후궁이 되기 전, 그니의 집안은 입에 풀칠하기조차 어려웠다 하더군. 그러한 귀비의 가문은 황상이 3부인과 황후의 가문을 견제하기 위해 키운 곳이다. 이는 이미 무에서는 유명한 소문이지."

……그러나 그것이 지나쳐 귀비의 가문이 지나친 세도를 얻었다. 이제는 그 세도를 준 황상을 공격하려 드니, 혹은 더 이상 그 세가 커져서는 아니 되겠다 판단한 황상이 귀비의 목을 친 것이었으리라. 저 말로 미루어 본바, 그 세도는 귀비로 인해 얻은 것이니 귀비가 사라지면 곧장 스러질 허망한 것이었으니.

"헌데 넌 그를 모르는 듯하니, 무에 발걸음 한 지 얼마 되지 않은 자가 아니더냐?"

"……."

사내가 한마디를 더 던지자 가랑은 차마 뭐라 답을 할 수가 없었다. 부정해도 사내는 믿지 않을 것이요, 그렇다고 긍정하자니 저자는 저를 궁인으로 알고 있지 않은가.

이도 저도 하지 못한 채 그저 얼굴을 바라보며 눈을 깜빡이고 있노라니 사내는 제 나름대로 수긍한 듯, 말머리를 틀었다.

"병서를 읽는 계집이라……. 똑똑하구나. 어느 곳의 궁녀더냐?"

어디라 대답해야 하는가? 생각은 길게 갈 것도 없었다. 그녀의 말씨에서는 명원의 것이 묻어났을 게 뻔하였고, 황후가 그녀를 위해 명

44

원 출신의 사람을 뽑아 궁인으로 채웠다 했으니 제 처소의 궁인인
양 행세할 수밖에 없었다.

"……새로 오신 소의마마의 궁인입니다."

"허면 무에 익숙하지 않을 법도 하구나. 이름은 무엇이냐?"

"……."

가랑(嘉娘). 아름다운 아가씨. 이미 알 사람들은 알 자신의 이름인
지라 차마 그리 대답할 수 없었던 가랑은 또다시 무슨 말을 내뱉어
야 할지 고민했다. 살며시 눈을 굴리자 하늘에 박힌 달빛이 은은하게
쏟아져 내린 터, 가랑의 기억을 스치는 것이 하나 있었다.

— 월우, 오늘은 손자를 읽을까?

오래된 기억 속에 머문 그 이름이 생각난 가랑은 고요히 답하였
다.

"월우(月雨)……라 합니다."

"운치 있는 이름이구나. 허나 어린 계집애에게 붙이는 이름은 아
닐 터."

사내가 잘라 말하였으매 가랑이 생각하기에도 어린 계집애에게 붙
이는 이름은 아니었다. 월우, 달의 비. 밤에 은은히 세상을 비추는
달빛을 그리 부르기도 하였으니 어린 계집애에게 붙이기에는 무거운
것이었다. 어린아이들에게 어울리는 이름이라고는 개똥이 정도이니
조금 자란 이후에 다른 이가 붙여준 것일 터, 사내도 그리 생각하기
에 그 이름을 입에 넣고 곱씹은 것이었으리라.

"월우, 달 비라……. 그 이름을 붙여 준 이가 너를 꽤나 아끼었나
보구나."

사내의 한마디에 가랑은 쓰게 웃었다. 눈을 감으면 아직도 기억나는 그 어린 날의 기억은 가슴 선연한 또 다른 것이었다. 세자의 자줏빛 옷자락을 잡던 제 고사리 같은 손은, 또 웃으며 답하는 오라비의 모습은 아직도 생생하거늘,

　— 오라버니, 오라버니는 왜 저를 월우라 불러요? 아바마마 어마마마는 저를 가랑이라 하시는데.
　— 네가 태어나던 날은 보름이었단다. 쏟아지는 달빛이 그윽할 참 너를 처음 보았으니, 네가 달빛인지 달빛이 너인지……. 내 장주지몽을 그때 이해하겠더구나. 그리하여 아바마마께 네 이름이 월우가 어떻겠느냐 올렸더니, 아바마마께서 어린 네게 너무 무거운 이름이라 하였지. 허나 난 네게 이보다 더 잘 어울리는 이름은 없으리라 생각되는구나.

　……제가 서 있는 이곳은 어찌 이리도 생경한 것인가. 그때 고사리 같았던 제 손을 맞잡은 오라비는 그림마냥 고운 미소를 간직하며 속삭였었더란다.

　— 넌 내게 있어 달빛과 다름없으니.

　밤을 밝히는 달빛은 어깨를 잔잔히 적셔 오는 희망과도 같은 것이었으니…… 그때부터 오라비가 저를 저리 부르는 것이 좋았었다. 헌데 어느 순간 오라비의 입에서 나온 그녀의 이름은 저 아명이 아닌 가랑이었으니. 지금 생각하건대, 어쩌면 그 오라비가 저를 월우가 아닌 가랑이라 불렀을 때부터 모든 것이 뒤바뀐 것은 아니었을까.

— 치, 그게 뭐예요. 가랑이는 가랑이예요. 그런데요, 오라버니…….

오라비, 그리고 저. 지금보다 작은 제 손, 지금보다 덜 주름진 오라비의 손. 개나리가 화사하게 피어난 궁의 정경 앞에서, 마치 어린 닭 같았던 그녀는 오라비의 품에 파고들었다. 어렸던 가랑은 맞닿은 손의 소중함은 몰랐으나 그 온기만은 누구보다 잘 알고 있었다. 오라비가 하는 말의 의미는 알 수 없었건만 그 어린 나이에도 오라비의 성숙한 눈이 슬퍼 보였으니 제가 위로를 해 줘야 한단 생각이 들었을 따름이었다.

— 오라버니니까 뭐라 불러 줘도 좋아요. 오라버니께는 가랑이가 아닌 월우가 될게요. 왜냐하면…….

이어 제 머리 위에 올라온 손이 따스하고 포근하였다. 오라비이되 아비였고 아비이되 오라비였던 그. 잊을 수 없던 그날의 정경이 생각나자, 한순간에 가랑이 아닌 월우가 된 그녀는 쓰게 웃었다.

"……그랬었지요."

— 과인은 네 오라비이기 이전에 국부이니라.

순간 겹쳐진 기억에 뺨에 불이 붙는 듯하였다. 저도 모르게 뺨을 감싸 안는 사이 수많은 상념이 가슴을 울컥 채웠다. 그날, 오라비가 제게 쏟아부었던 시린 말의 비는 아직도 심장을 움켜쥔 채 그녀를 조롱했다. 말 한마디에 뼈가 시렸으매 아직도 어린 날을 기억하는 가랑에게는 그 모든 것이 꿈결 같았으니.

"어찌하여 과거형인가?"

그런데 냉정한 물음이 떨어지었다. 가랑은 멍하니 서 사내를 올려다보았다. 밤하늘마냥 새까만 눈동자는 제 마음을 읽는 듯했다. 그 입술에서 나오는 소리 하나하나가 지독한 비수가 되었다.

"지금은 아닌가 보구나. 혹여……."

사내가 잠시 말을 끊었다. 아까 있었던 일을 곱씹는 모양, 마침내 그 입에서 가랑이 듣고파하지 않는 이야기가 흘렀다.

"그 이야기가 네 것이더냐?"

― 가랑이는 오라버니가 세상에서 제일 좋거든요. 어마마마 아바마마께는 비밀이어요!

그 목소리와 아득한 기억이 겹쳐 가랑은 고개를 돌리었다. 그 이야기가 내 것이던가. 그때의 기억마저 아낌마저 거짓이라 속삭였던 그 이야기가 내 것이던가.

저 말에 답하고 싶지 않았던 가랑은 손을 움켜쥐었다. 뒤죽박죽 섞여 버린 속이 아렸다. 작금, 오라비가 저를 아끼지 않음을 믿고 싶지 않았다. 머리로는 오롯이 받아들이는 사실이나 가슴으로는 무리였다. 제 그럼 흔들림을 인정하고 싶지 않아, 가랑은 사내가 다시 입술을 떼기 전에 먼저 선수를 치었다.

"……곧 인경이 울릴 것 같으니 먼저 들어가겠습니다."

사내가 뭐라 입술을 뗐으나 가랑에게는 먼 데에서 들려오는 소리일 뿐이었다. 뒤도 돌아보지 않은 가랑은 그대로 그 자리를 벗어났다.

✳

가랑이 제 처소로 돌아왔을 즈음은 자시에서 축시가 되는 그 사이였다. 수라상을 물리자마자 출발했거늘 이리 늦게 도달한 것을 보아 제가 꽤 멀리 간 법도 하였다. 아니, 아직 익숙하지 못한 지리 덕에 처소까지 오는 데 몇 번을 헤맨 까닭도 있을 터였다. 황성의 길이란 어찌나 복잡한지, 이 길도 이 길 같고, 저 길도 이 길 같았다. 어찌 되었든 가랑이 처소에 발을 들여놓자 잠도 들지 못한 채 가랑을 기다리던 상궁 나인들은 시퍼렇게 뜬 눈을 들이밀었다.

"어찌 이제 오시옵니까!"

그중 지밀상궁의 목소리가 유달리 높았으니, 가랑이 어인 일이냐 물었을 때 상궁이 자리에 엎드리며 외치었다.

"방금 황상께서 다녀가셨사옵니다!"

"……예?"

들리는 소리에 눈앞이 암담했다. 되물은 가랑은 지난 낮에 무언가 다녀갔나 생각을 하였다. 황상이 후궁의 처소에 발걸음을 할 때에는 그 전에 미리 연통을 주었는데, 그 상징으로 비단 첩지를 보내곤 하였다. 이때의 첩지는 머리 위에 쓰는 장신구가 아닌 일종의 상징 같은 것이었다. 허나 그런 것이 오지 않았으니, 가랑은 그 사실을 입에 담았을 뿐이었다.

"허나 비단 첩지도 도달하지 아니하였습니다. 황상께서 어찌……?"

"지나가는 터에 들르셨다 하셨사옵니다. 마마께서 계시지 아니하시온다 말씀 올리니, 조만간 만날 것이라 하시오면서……."

다시 가셨나이다. 현기증을 느낀 가랑은 다리가 풀려 그대로 자리에 주저앉을 뻔하였다. 허나 아랫것들 앞에서 그리 허망한 모습을 보일 수가 없기에 그 자리 그대로 서서히 무릎을 꿇었다.

제 복을 제 발로 찬 꼴이 아니던가. 나가지 아니하였더라면, 답답한 마음에도 그저 앉아서 그림처럼 자리를 지켰더라면. 그랬더라면 황제의 애첩이 되든 말든, 오라비가 명한 것에 한 발 다가갈 수 있을 터였다. 허면 동생과 어미와 정혼자를 구명할 수 있었으리라. 헌데 어찌…….

가랑은 지끈해진 머리를 짚었다. 붉은 입술 밖으로 그 화사함과 어울리지 않는 어두침침한 음성이 흘렀다.

"……침수 들겠습니다."

"마마?"

"나가 주세요."

갑작스런 말에 상궁 나인들이 되물을 찰나, 가랑은 매섭게 그들을 내쫓았다. 그들이 우르르 몰려나가자 지나치게 넓은 처소가 마치 제 마음인 양 했다. 쓴웃음을 가득 머금은 가랑은 머리를 틀어 올린 비녀를 빼고 자리에 누워 무거운 금침을 덮었다. 아무 생각도 하고 싶지 않던 가랑은 그대로 눈을 감았다.

그리고 다음 날부터 가랑은 거의 한 달여, 두문분출하였다. 제 나간 사이 황상이 온 것이 마음에 걸렸기 때문이었다. 허나 그날 이후 황상은 코빼기조차 보이지 아니하였다. 그리하여 승은조차 입지 못한 버림받은 후궁이라는 소문이 퍼지고, 고국도 먼 곳이니 궁녀들의 태도가 하루가 멀다 하고 달라지기 시작했다. 지나다닐 때 없는 사람

취급하는 것 정도야 별것이 아니었다.

모멸감이 느껴져도 가랑은 공주였으매, 본디 궁녀 따위가 함부로 보아서는 안 될 위치라 그리 다독였다. 또한 어미인 대비 한씨가 평소 덕으로 사람을 이끌라 속삭였던 것 때문에 함부로 나설 생각조차 들지 아니하였다.

허나 그 무시가 먹는 것으로, 또 입는 것으로 오기 시작하자 평생 쌓아 두었던 고고함이 한꺼번에 무너지는 기분이었다. 덕으로 다스리면 무슨 소용이던가, 언제나 주먹으로서 사람을 다스리면 금세 반응이 나오는 법이었다. 이대로 가만히 앉아 있어서는 정녕 아니 된다는 생각이 든 것은 그로부터 며칠 후였다.

그동안은 국이 짜다거나 싱겁다거나, 밥에 돌이 있다거나 하는 것 정도였다. 간은 어쩌다 보니 맞추지 못할 수도 있는 것이고, 쌀을 씻다가 돌이 들어갈 수도 있는 것이니 그저 모르는 체하려 했었다. 허나 오늘 저녁상은 잡곡밥에 간장 종지만 덩그러니 올라왔으매, 세답방에 보낸 빨래마저 그 상태 그대로 되돌아왔다.

몸이 부들부들 떨리는 일이었다. 이를 어찌 처리해야 옳은가, 가랑이 머리를 짚을 때 전서구가 날아들었다. 오늘은 또 무슨 겁박을 남기시려 그러십니까? 가랑은 떨리는 손으로 오라비의 서찰을 뜯었다.

이제는 궁인들에게까지 무시를 당해? 가랑, 넌 공주다. 그것도 무가 아닌 이 명원의 공주란 말이다.

오라비의 필체는 고아했다. 그 고아한 것으로 남긴 질책에 평생을 쌓아 왔던 자존심이 깎여 나가는 느낌이었다. 오라비의 말대로 가랑은 무가 아닌 명원의 공주, 타국의 공주였다. 그러니 그리 무시를 하는 것이었다. 본디 궁녀들이란 일자무식에 가까웠으니 후궁인 가랑과 공주인 가랑이 같되 다른 인물이란 것을 전혀 인지하지 못하였다.

허나 그것을 어찌 심어 줄 수 있겠는가? 고작 며칠 새에 머리가 굳은 듯 움직이지 않을 때, 오라비가 짧게 덧붙인 것이 가랑의 눈에 담기었다.

삼십육계를 다시 보는 게 어떻겠느냐?

삼십육계? 가랑은 곧장 저 밑에 가라앉아 있는 삼십육계를 찾아내었다. 책장을 넘기자 간만에 보는 익숙한 것들이 눈에 들어섰다.

제1장, 승전계(勝戰計). 제1계, 만천과해(瞞天過海). 주도면밀하게 준비를 하면 나태해지고, 자주 보면 의심하지 않게 된다. 제2계, 위위구조. 적을 공격하는 것은 분산시키느니만 못하고 공개적으로 공격하는 것은 비밀리에 공격하느니만 못하다……

주욱 읽어나갈 때에 가랑의 눈에 패전계(敗戰計)의 34계가 유달리 눈에 밟히었다. 고육계(苦肉計).

순간 잘 짜인 계획이 가랑의 머리를 스치었다. 제 한 생각에 가랑은 제 무릎을 탁 치었다. 오라비의 말대로 가랑은 무가 아닌 명원의 공주, 비록 소국이었으나 그 소국 왕의 딸이었다. 그런 가랑이 잘못된다면 명원에서 들고 일어날 것이었으니 제 몸은 괴로워도 딱 알맞은 것이었다.

허나 이를 어찌 시행한단 말인가. 우물에 독을 치는 것이 제일이었으나 그리하면 기미 상궁이 먼저 쓰러질 터, 제가 생각한 것에 다가갈 수가 없었다.

가랑이 고민을 할 무렵 천운이 다가왔다. 때마침 봄장마가 졌다.

송화가 날리어 노란 비가 세상을 촉촉이 적셨으매, 그 날도 어김없이 세답방에 보낸 옷들이 되돌아왔다.

"마마…… 세답방의 보림이 비도 오고 송화가 날리어 지금 당장 못하겠다며……."

상궁 나인들이 가랑의 눈치를 보는 참, 가랑은 그저 웃었다. 오도카니 주먹을 쥔 가랑은 세답방에서 그대로 돌아온 옷들을 집어 들었다. 그를 제 품에 안고 발을 놀리는 참, 그녀가 부리는 이들이 다시 목소리를 높였다.

"마마, 험한 날씨에 어디를 가시옵니까."

"가만히 앉아 있어 해결될 일들은 없습니다."

"허나 마마, 세답방의 보림은 황후폐하의 명이 아니면 듣질 않는 이옵니다. 귀비마마께서 생전에 그리 방약무인한 자는 처음 보았다 하셨을 정도로……."

상궁이 말끝을 흐트러뜨렸다. 가랑은 보림이라면 그럴 만도 하리라 생각했다.

후궁으로 보림에 오르는 것과 궁녀로 보림에 오르는 것은 차이가 큰 법이다. 이 궁에서 궁녀로서 보림에 오를 정도라면 그 노련함이 상당할 터, 허나 내명부를 관장하는 황후의 명만큼은 거절할 수 없기에 고요히 따르는 것이었으리라.

허나 그러한 노련함은 있을지라도 일자무식인 것은 매한가지일 터. 가랑은 후궁이기 이전에 타국의 공주였다. 궁인들은 몰라도 황후라면 그 의미가 무엇인지 알 터, 황후가 모르더라도 후궁을 이용할 정도인 황제는 이리 처박아 둔 가랑의 위치가 무엇인지 알 터였다. 가랑은 상궁에게 고요히 되물었다.

"언제 제가 세답방에 간다 했습니까?"

"허면 이 궂은 날 어디를 가시옵니까."

"더러운 것을 이고 어디를 가겠습니까? 미령한 손으로 빨아야지요."

"마, 마마!"

쇤네가 하겠사옵니다, 그리 외친 상궁이 가랑 앞에 엎어졌다. 옆에 서 있던 나인이 품에 한아름 안은 옷들을 빼앗으려 손을 들던 참, 가랑은 매정히 뒤로 한 발자국 물러섰다. 그니의 손이 허망이 허공을 움킬 찰나 가랑은 그들을 말로써 제지했다.

"보고 있으세요. 내가 해야 합니다."

"허나 공주마마, 귀하신 분께서 어찌 그런 일을 하신단 말씀이시옵니까. 쇤네가 불민한 탓이니 쇤네가 하겠사옵니다."

"……공주라?"

가랑은 되씹었다. 황후든 다른 궁녀들이든 모두 가랑을 소의, 빈이라 부르던 참 명원 출신인 이들은 아직까지도 가랑을 공주라 불렀다. 그것이 고마우면서도 비수처럼 가슴을 찌르고는 하였는데, 작금은 상궁이 말을 참 잘 꺼냈다 생각하였다.

"그 말씀대로 난 공주입니다. 보림이라 하여도 감히 제게 기어오를 수는 없습니다."

그대로 옷자락을 움켜쥔 가랑은 싸늘하게 한 마디 덧붙였다.

"허니 주제를 모르는 것들에게는 그 한계를 가르쳐야지요."

허나 가랑이 직접 나서 나는 공주인데 네가 어찌 이럴 수가 있느냐, 소리치면 패악질에 불과할 것이었다. 분명 씨알도 먹히지 않을 것이니 황제나 황후를 움직여 그 머리에 가랑이 공주라는 것을 심어주는 것이 우선이었다. 묘책이라 할 것은 없으나 그녀는 타국의 공주였기에 그 '공주'의 위치를 이용해야만 했다.

그리 옷가지를 들고 나간 가랑은 우물가 옆에서 호되게 봄비를 맞더니, 그대로 혼절하여 처소로 업혀 되돌아왔다. 상궁이 짚어 본바 이마가 불덩어리였다.

그니들이 이를 어쩌나 발을 동동 굴렀다. 나인 한 명이 서둘러 태의감으로 달려갔으나 궁인들조차 무시하는 후궁인데 태의라 하여 별다를 것이 있겠는가? 오지 않는다 하면 어찌해야 하는 것인가?

그니들이 그리 고민하고 있을 때 태의감이 황후와 함께 뛰어 들어왔다. 관음불의 화신 같다, 그리 이름을 알린 황후의 얼굴이 기괴하게 일그러져 있었다.

"소의께서 어찌 이러신가!"

오자마자 황후가 한 것은 호통을 치는 것이었다. 태의가 맥을 짚는 것을 확인한 지밀이 읍하며 조곤조곤 속삭이자 황후의 목소리가 높아졌다. 명원의 출신이라 하여도 궁에 들어온 지 30여 년이 다 되어 가는 상궁은 이 황후가 이리 화를 내는 것을 처음 보아 놀라울 따름이었다. 어떤 오해가 자신을 둘러싸더라도 웃으며 답하던 이였거늘.

"네년들은 그걸 보고만 있었더냐? 이 험한 날씨에 웃전이 나가신다 하셨으면 목에 칼이 들어와도 말려야 하는 게 너희들 아니었더냐!"

"하오나 공주마마께서 꼭 해야 하시는 일이라 하셔서……."

혼나는 것이 억울했던 듯 뒤에 있던 나인이 칭얼거렸다. 상궁이 재빠르게 눈치를 주었을 때에는 이미 늦어 있었다. 고개를 돌린 황후는 붉은 입술을 깨물었다.

"꼬박꼬박 말대꾸를 하는 것은 뉘에게 배운 예더냐?"

"소, 송구하옵니다."

나인이 고개를 바짝 숙이자, 황후는 그대로 몸을 일으켰다.

상궁 나인들이 가슴을 쓸어내릴 때에 놀라운 소식들이 귀에 하나둘 들어왔다. 황후가 세답방의 최고상궁, 보림의 직을 받은 그 상궁을 끌고 와 야단을 쳤단다. 소의가 승은을 입지 못하였어도 소국의 공주이니 혹 잘못될 시 우호를 유지하던 명원과 사이가 틀어지면 어찌하겠느냐, 네가 그 책임을 질 것이냐 그리 음성을 높였단다.

그에 그치지 않고 황상을 본 황후는 세답방과 어선방의 궁녀들이 기고만장하니 그것은 궁녀 주제에 직책이 높기 때문이지 않겠느냐 그리 이야기하였으매, 황제는 옳다 하였다. 결국 그 날, 보림으로 군림하던 그 상궁들은 강등되어 어녀가 되었다.

가랑은 폭풍우가 한 바퀴 궁을 휘감고 난 다음에서야 눈을 떴다. 고열에 시달려 핼쑥하여도 그 고아함을 숨길 수 없는 터, 상궁들은 가랑이 진정 공주거니 그리 생각을 했다. 그 앞에서 있었던 일을 하나하나 털어놓자 그럴 줄 알았다는 듯 담담히 고개를 끄덕이는 모습은 소름이 돋을 지경이었다.

허나 막상 그 일을 계획한 가랑의 마음은 편치 아니하였다. 결국 가랑은 한 달 만에 서책을 들고 전의 그 정자로 발걸음을 옮기었다. 슬픈 풀벌레가 울었다. 봄바람이 잔잔히 부는 날, 바람에 휩쓸려 불분명한 불빛 밑에서 글을 읽으니 눈이 침침하였다.

『養其亂臣以迷之, 進美女淫聲以惑之, 遺良犬馬以勞之, 時與大勢以誘之, 上察而與天下圖之.』

서책의 같은 장을 계속해서 노려보던 가랑은 문득 어깨가 무거워짐을 알았다. 순간 제 어깨를 보니 매끄러운 짐승 가죽으로 만든 모포가 있는 참, 누가 이런 친절을 베푸나 싶어 고개를 들 때 그 사람의 얼굴보다 목소리가 먼저 가랑에게 와 닿았다.

"봄바람이 차다."

그때 그 사내였다. 그가 나타나자 고즈넉하게 울던 풀벌레들이 모두 사라진 듯 사위가 고요하였다. 어쩔까 싶어 당황하던 참, 바람이 쌀쌀한 것은 사실이었기에 가랑은 모포 위에 양손을 올렸다.

"……감사합니다."

"한 달 만이구나. 월우라더니 보름 때만 나타나는군. 정말로 달 비인 게냐?"

그 소리에 가랑은 곁눈질로 흘끗 하늘을 바라보았다. 총총히 박힌 별들이 빛을 흩뿌리는 사이에 걸린 고운 선아는 샛노란 빛으로 반짝였으매 그가 완연한 둥근 모양이었다.

수많은 별들과 달이 그저 아름다워 가랑이 웃을 때에 제 손에 부드러운 것이 와 닿았다. 따스한 것 같기도, 차가운 것 같기도 한 그것이 사내의 손이란 걸 알고 기겁할 무렵, 사내는 가랑이 읽고 있던 서책을 쓱 들어 올렸다. 창졸간에 가까이 붙은 사내는 가랑의 귓가에 대고 고요히 속삭였다.

"양기란신이미지, 진미여음성이혹지, 유량견마이로지, 시여대세이유지, 성찰이여천하도지(養其亂臣以迷之, 進美女淫聲以惑之, 遺良犬馬以勞之, 時與大勢以誘之, 上察而與天下圖之)라."

나지막한 낮은 목소리가 가랑의 귓가에 걸쳤다. 제가 계속해서 읽고 있던 구절이 귀에 와 닿으매 가랑이 눈을 내리깔았다. 단단한 갈색 바닥이 눈에 닿자 비 내음이 올라오는 듯했다. 여린 물안개가 핀 기나긴 밤에 올라오는 비 내음이란 오묘할 따름이었다.

"육도삼략이라……. 네 무슨 태자라도 되는 게냐?"

"농이 지나치십니다."

"말이 그렇다는 게지. 계집이 병서를 읽는 것이 신기할 따름이지 않느냐."

많이 들어온 말이라 가랑은 그저 웃을 따름이었다. 병서를 읽으니 어미에게도 심심찮게 종아리를 맞았고, 계집이 어찌 그런 데 관심을 갖느냐는 말도 많이 들었다. 그것을 용인해 준 자는 오라비와 아비뿐. 다시 아른거리는 것이 생각날 때 사내가 운을 뗐다.

"허나 어찌 예 있느냐? 소의의 궁은 작금 바쁠 터."

"……이제 괜찮으십니다. 허니 제가 나온 것이고요."

"진정 그리 생각하느냐?"

가랑이 눈을 치켜 올리자 그 위에 자리 잡은 속눈썹이 진동했다. 무엇 때문에 저리 묻는 것인가? 가랑의 새카만 눈에 의구심이 가득 들어찼을 적, 사내는 저번처럼 질문을 내던졌다.

"그래, 이번에는 어찌 생각하느냐?"

"무엇을 말입니까?"

"소의가 한 행동 말이다."

제가 한 짓이 무엇이 어찌하였다고. 대놓고 경고를 던진 것과 다름이 없는 일이었으나 크게 문제 될 것은 없을 터였다. 명원에서 직접 공주의 대우를 개선해 달라 요구한 것도 아니었다. 만일 명원에서 그러한 요구를 했더라면 대국의 천자는 소국조차 품지 못한다 하여 그 평판이 바닥으로 떨어졌을 터, 그런 일은 일어나지 않았으니 황상이나 무에는 크게 누가 될 일은 없었다. 허면 도대체 왜 이리 묻는 것인가?

"고육계란 본디 최후의 수단이다. 배수진이나 다름이 없지. 허니 네 주인이 택한 것에 할 말이 많을 것 같은데…… 아니 그러하냐?"

그런 고로, 사내는 작금 가랑이 전에 황제의 속을 꿰뚫은 것처럼 소의의 속을 꿰뚫어 보라 그리 이야기하는 것이었다.

허나 제 자신이 저지른 일이니 딱히 꿰뚫어 볼 것도 없던 터. 가랑은 사람의 심성을 고스란히 읽는 듯한 사내의 새카만 눈을 보며 말머리를 틀었다. 제가 한 일에 대해 제가 미주알고주알 털어놓는 것 또한 우스운 일이 아니겠는가 싶었으니, 그저 저 말의 의미를 알아듣지 못한 체하였다.

"……배수진이지요. 소국에서라면 모르겠으나 무에서라면 무력한 공주가 택할 수 있던 유일한 방안이었습니다. 허니 몸이 아파 부모의 마음에 대못을 박은 것을 제외하고는 잘한 일이라 생각합니다."

"공주의 부모는 명원에 있으니 소식을 접하지도 못하였을 터. 허나 왜 말을 돌리느냐? 주인의 일이라 함부로 얘기하고 싶지 않으냐? 아니면 모르는 게냐?"

허나 사내는 가랑이 제 말의 뜻을 파악한 것을 단박에 알았다. 가랑도 저 말에서 그를 읽었으매 그저 사내를 가만히 올려다보았다. 제 앞에 가까이 붙어 앉은 사내는 수려했다. 사람을 꿰뚫는 듯한 눈빛과 제 서 있는 주변을 단번에 장악하는 존재감을 지녔으나, 굳이 사내를 닮은 짐승을 뽑자면 뱀이었다. 날카로운 혀를 날름거리며 희생자를 답삭 물어 한 입에 삼키는 요사스러운 뱀을 닮았다.

"고육계로 공주가 노린 것은 두 가지였겠지. 첫째는 무에서 천자의 후궁이 아닌 타국의 공주로서 제 위치. 둘째는 궁인을 다스리는 황후의 입지."

가랑은 웃었다. 귀인의 목을 쳤던 일이 황상에게 이득이 많은 것이었더라면 이번 일은 가랑에게 득이 많은 일이었다. 비록 몸은 아팠으나 가랑이 공주라는 것을 아랫것들은 물론, 이번 일을 들었을 대소

신료들에게까지 각인시킬 수 있었으니 그게 첫째요, 그런 공주가 직접 일을 하러 나갔으매 그 심성이 곱다고 알려질 것이었으니 그게 둘째요, 이 일을 겪은 궁인들이 두 번 다시 가랑을 업신여기지 못할 것이니 그게 세 번째 득이었다.

"생각은 좋았다. 시도 또한 좋았다. 허나 무에 온 지 이제 한 달이던가? 황후에 대해 전혀 모르는군."

"자애로운 분이시다…… 관음불의 화신이니라 하는 이야기는 많이 들었습니다."

"글쎄."

이야기를 나누던 사내의 얼굴이 기괴하게 물들었다. 무슨 생각을 하는 것인가, 그 표정을 가랑이 괜스레 읽으려 할 때에 사내의 입술이 열리었다.

"이로써 황후와 척을 지었으니, 네 지켜보면 알지 않겠느냐?"

"고작 그로 황후폐하와 척을 지었단 겁니까?"

"고작이라……."

가랑의 말에 사내가 말꼬리를 잡았다. 느끼는 바가 다른 법, 가랑이 황후였더라면 어린 게 수를 쓰는구나 생각하고 넘어갔을 터였다. 이제 이립이 다 되어 가는 황후에게 가랑은 그저 어린아이에 불과할 터였으니. 허나 눈앞의 사내는 제 생각이 오산이었음을 조곤조곤히 일러주었다.

"최고상궁들을 강등시킨 황후다. 네 말대로 고작이라면 황후가 그리했겠느냐?"

"그니들이 한 짓에 황후폐하의 입지가 흔들리니 그리하신 것 아닌지요?"

가랑이 되물었다. 황후가 그 보림에게 왜 역정을 냈겠는가. 소국과 대국은 우호관계를 유지하며, 명원의 왕은 표면적으로나마 우호를 돈독히 할 생각으로 공주를 천자의 후궁으로 밀어 넣었다. 공주는 천자에게 소박을 맞았으니 우매한 궁인들이 공주를 뒷배 없는 후궁으로 여길 터.

실제 후궁에서는 그럴지 모르겠으나 정사 쪽에서의 공주는 다른 의미를 지니었다. 소국이 대국과 우호를 지키겠다는 상징이었으매, 그런 그녀가 무에 온 지 며칠 만에 세상을 뜨면 두 나라의 관계가 틀어졌으리라. 가랑은 그를 생각했으매, 부러 제 정치적인 입지를 후궁으로 끌고 들어온 것이었다.

여기서 저러한 사달을 만든 것은 궁인들의 태도였다. 황후는 가랑이 술수를 쓴 것을 알 것이었으나 세간에서는 이를 다르게 평할 것이었다. '웃전을 모셔야 할 세답방에서 웃전의 옷을 세탁하지 않았으니, 순진했던 공주는 그 궁인들을 혼낼 생각을 하지 아니한 채 제가 직접 일을 하러 나섰다. 허면 여기서 공주가 왜 궁인들을 혼내지 아니하였겠는가? 궁인들을 다스리는 것은 내명부를 다스리는 황후의 소임이기 때문에 월권이라 생각했거나, 아니면 황후 그 자체가 두려웠거나 둘 중 하나일 것이다.' 이런 평이 나돌아 다닐 게 뻔했으므로 황후는 보름을 잡아다 역정을 낸 것이었다. 저런 평은 빙 에두르고 있기는 하였으나 결론적으로 황후는 궁인들을 잘 다스리지 못하는 우매한 이라고 이야기하는 것이었으므로.

"허면 그리 만든 자가 누구냐?"

사내가 되묻자 순간 가랑은 할 말을 잃었다. 제가 저런 일을 한 원인은 궁인들에게 있었고, 황후가 궁인들을 잘 다스리지 못하는 우매한 자란 소문이 날 상황은 고스란히 제가 만들었기에.

"공주 아니더냐?"

사내가 재차 묻듯 답을 내린 것이 그대로 못 박히었다. 잠시 숨을 고른 가랑이 물었다.

"……허면 공주께서 어찌했어야 합니까?"

"후에게 갔어야지. 가서 궁녀들이 저를 핍박한다 말을 올렸어야지."

"그리하였더라면 궁인들의 태도가 바뀌었을까요?"

"물론 그는 아니다."

사내가 단언하는 것에 가랑은 순간 어이가 없었다. 바뀌지도 않을 것이었더라면 결국 가랑이 이런 술수를 부렸어야 했단 것이고, 그는 결국 황후와 척을 지게 되었다는 지금 상황과 다를 바가 없지 않은가. 헌데 굳이 왜?

"허나 공주는 명분을 만들었어야 옳았다. 황후가 거절하면 그때 행했어도 늦지 않았다는 소리다. 더 좋았겠지, 황후에게 날 무시하면 대국의 평화가 위협당할 수도 있음을 알릴 수 있었으니."

생각해 보건대 황후는 두고두고 이 일을 곱씹을지도 몰랐다. 황후가 깎인 평판을 다시 회복하려면 오래 걸릴 터. 이 일이 계속해서 회자될 터. 궁인들조차 제대로 부리지 못한다는 세간의 평판은 계속해서 나돌아 다닐 터. 그래, 어찌 보면 20여 년간 제가 쌓아 올린 것이 한꺼번에 무너질지도 모르니 황후가 이를 갈지도 몰랐다. 그제야 가랑은 제 행동이 경솔했음을 알았다.

"허나 부리는 이가 현명하니 모시는 이 또한 마찬가지구나."

"……공주께 그리 전하도록 하겠습니다. 하온데……."

그를 무어라 불러야 하는가? 무사 나리? 무관님? 차마 그리 부를 수는 없어서 가랑은 결국 다른 법을 택하였다.

"함자가 어찌 되십니까?"

62

"류(柳)."

참 빨리도 물어보는구나, 사내가 덧붙였으나 가랑에게는 닿지 않
는 소리였다. 가랑은 그저 저 이름을 곱씹었다. 버들이라……. 부드
러이 휘어지는 버들의 잔가지, 그 새파란 잎과 땅을 향해 휜 가지가
바람에 나부끼는 모습이 눈앞에 선했다. 그러나 그 나무와 눈앞의 사
내는 전혀 어울리지 아니하였다. 기름과 물인 양 그리 상반되었다.
그 생각이 얼굴에 고이 드러나기에 사내가 웃으며 물었다.

"왜, 어울리지 않는다 생각하느냐?"

"……버들보다는 대나무가 더 어울리니, 죽(竹)은 어떠하신지요?"

"……내가 곧으냐?"

한 박자 늦게 묻는 사내의 음성에 가랑은 고개를 저었다. 부러질
지언정 휘어질 것 같지는 않은 자가 눈앞의 사내였다. 허나 그것을
곧다 표현하기에는 무언가 걸리는 바가 있다. 곧다기보다는…… 무
어라고 표현해야 옳을까, 잠시 고민하던 가랑의 머릿속에 좋은 표현
이 하나 스쳐 지나갔다.

"뻣뻣합니다."

"……칭찬으로 들으마."

그 떨떠름한 말에 가랑이 빙그레 웃었다. 시린 봄바람이 옷자락을
스치며 책상 위 서책을 뒤집어 놓았으니, 이 사내와 저 또한 그럴 터
였다. 저 책장과 스쳐 지나가는 바람처럼 두 번 다시 만날 사람은 아
니다, 그리 생각한 가랑이 살며시 발걸음을 떼거늘 갑작스레 손목이
무거워졌다. 사내의 손이 제 손목을 틀어쥐고 있는 참, 당혹을 삼킨
가랑은 눈을 동그랗게 늘였다.

"왜 그러십니까?"

묻는 것과 동시에 가랑은 손목이 다시금 가벼워진 것을 알았다.

제 손이 허공에서 부드럽게 떨어지던 그 참, 사내가 속삭였다.

"아무것도 아니다."

가랑은 그 음성이 미풍처럼 여리게 흩날린다고 생각했다. 스스로의 행동에 놀란 사람이 낼 법한 음성. 사내는 그 손을 가만히 내려다보더니 가랑보다 먼저 발걸음을 옮길 따름이었다. 그를 가만히 바라보던 가랑도 몸을 틀었다. 그리고 제 처소로 돌아오며 그 이름을 기억 저편으로 묻어 버리었다.

※

무정히 흐르는 시각은 그 누구도 놓아주지 않은 채 제 발걸음만을 보챌 따름이었다. 가랑은 어연 제가 명원을 떠나온 지 두어 달이 다되어 감을 알았다. 그간 있었던 일이 궁인들 사이에 빠르게 퍼져 나갔으매, 이제 그 우매한 것들도 가랑이 지닌 '공주'라는 이름이 무슨 의미인지 알아 더없이 깍듯해졌다.

그러하니 비록 천자의 후궁이라 할지라도 명원에서의 일상과 제 일상은 크게 다를 바가 없었다. 공주이되 후궁으로, 후궁이되 공주인 가랑이 할 일이라고는 서책을 읽거나 후원을 거닐거나 하는 것밖에 없었다.

오라비조차 그때 두어 번을 제외하고는 전서구를 보내지 않아, 가랑은 제 위치를 망각하고 있었다. 그저 제가 아직도 '명원의 공주'일 뿐이며 오라비가 저를 여기에 보냈다는 사실조차 차츰차츰 잊어 갈 무렵이었다.

"마마, 소국의 주상 전하께서 성혼을 축하하신다며 하례품을 보내셨사옵니다."

갑자기 명원의 왕, 가랑의 오라비는 하례품이라며 함 하나를 보내었다. 성혼을 올린 지 두 달 만에 보내는 하례품이라, 묘하게 이상한 기분이 들었으나 그때까지만 해도 내심 가랑은 제 오라비를 믿고 있었다. 이리 사지로 저를 보냈으나 그것은 진심이 아닐 것이라, 제게 전서구를 보내 독촉조차 하지 아니하니 필시 무슨 곡절이 있어 저를 무로 보낸 것이라 그리 생각하고 있던 터였다. 정혼자와 어미, 제 동생을 걸고 한 겁박이 있었음에도 두어 달 동안 오라비가 아무런 소식을 전하지 아니한 것이 가장 컸다. 그리하여 가랑은 별 의심 없이 그 하례품을 받아들였다.

하례품을 꼼꼼히 감싼 비단 자락을 걷어 내자 기다란 함이 하나 있었다. 자개로 짜여 보기만 해도 값비싸 보이는 것이, 그 안에 들은 물품이 범상치 않다는 것을 알리는 듯하였다.

도대체 오라비가 무엇을 보낸 것인가? 가랑은 고민을 거듭하다가 수줍은 손을 내밀었다. 달칵, 묵직한 나무함이 열리는 소리가 요란스러웠다. 허나 이윽고 그 안을 들여다본 가랑의 눈이 경악으로 딱딱하게 굳어 버리었다.

흑진주인 양 새카만 눈에 비추어진 물품은 새하얗다. 아니, 누러면서도 하얗다. 마디마디는 가느다랬고, 본디 그 곁에는 살이 붙어 있어야 했을 것 같은…… 그 '것'이 무엇인지 인식한 가랑의 눈초리가 부들부들 떨리었다. 그 손이 떨리자 함도 함께 진동했으매 나무끼리 부닥치는 소리가 요란스러웠다. 마침내 가랑의 눈이 그 끝에, 왼쪽에서 두 번째요, 오른쪽에서 네 번째인 가느다란 것에 끼인 가락지를 보았을 때, 가랑은 저도 모르게 입을 벌리었다.

흔들리는 시선이 제 손을 내려다보았다. 제 왼손에 끼인 가락지와 같은 것이었다. 이는 분명 정혼자가 준 것이 아니던가……?

그대로 상 위에 함을 둔 가랑은 정신을 놓은 것인 양 눈을 굴렸다. 끊임없이 굴러가는 눈동자가 저 밑에 떨어진 비단 자락 위에 놓인 서찰을 보았다. 연신 흔들리는 손이 서찰을 집어 들었다. 분명 오라비의 고아한 필체로 꼼꼼히 수놓아진 것이었다.

내 네게 누누이 일렀지 않느냐. 내 인내심은 그리 길지 아니하다고. 허나 이를 어쩐다? 선비가 오른팔을 잃었으니 그는 죽은 것과 진배없지 아니하느냐? 다음에는 네 두개골을 구경할지도 모를 터. 네 이래도 가만히 앉아 있을 게냐?

그를 읽는 가랑의 동공이 늘어났다. 파들파들 떨리는 눈이 다시 함을 내려다보았다. 새하얀, 아니 누렇게 하얀 그것. 마디마디가 가느다랗고 본디 살이 붙어 있어야 할 그것은…… 사람의 팔뼈였다. 저 가락지를 보아하면, 오라비의 편지를 보아하면 틀림없이 정혼자의……. 차츰 그것을 깨달아 가는 가랑의 얼굴이 사색이 되었으매, 그 심상찮은 모습에 상궁이 그녀를 불렀다.

"마마? 어찌 그러시옵니까?"

그 말에 기겁을 한 가랑이 고개를 바짝 들어 올렸다. 쉴 새 없이 흔들리는 눈동자 속에 상궁이 들어섰다. 평생 쌓아 왔던 습관은 이럴 때에만 유용한 법, 아랫것의 앞에서 흔들리는 모습을 보일 수 없었던 가랑은 순식간에 평정을 되찾았다. 마치 방금 전까지 떨린 것이 거짓인 양 평온해진 가랑은 상궁이 보지 못하도록 재빠르게 함을 닫았다. 마치 소중한 것이 들은 양 조심스럽게, 그러나 강하게 함을 압박했다. 상궁이 이를 열까 두려운 마음도 있었지만 제 떨리는 손을 가리기 위함이 컸다. 상궁을 향해 사근사근 웃은 가랑은 부드러이 속삭였다.

"아무것도 아닙니다. 전하께서 좋은 선물을 보내셨습니다."

"그러셨사옵니까. 참으로 자애로우신 분이시옵니다."

그 속을 모르는 상궁은 환하게 웃으며 으레 늘어놓는 입 발린 말을 내뱉었다. 허나 순간 가랑은 그 웃는 낯을 갈가리 찢고픈 포악한 충동을 느끼었다. 자애로우신 분이라고? 그런 분이 누이에게 이런 서찰을 남긴단 말이냐? 정혼했었던 이의 팔을 잘라 보내, 이곳이 살얼음 위였다는 것을 이리 깨닫게 만든단 말이냐? 허나 아무것도 모르는 이에게 화를 내어 무슨 소용이 있겠는가.

가랑은 주섬주섬 자리에서 일어섰다. 습관대로 서책을 들고, 함을 안고 그대로 처소 밖으로 빠져나갔다. 이제 가랑의 이런 행동이 익숙한 터, 상궁 나인들은 그저 고개를 숙인 채 늦지 않게 돌아오시라 이야기했을 뿐이었다.

정처 없이 걸으니 몸에 습관이라도 밴 듯, 예전 그 정자에 도달했다. 또다시 한 달 만에 온 곳은 여전히 고즈넉했다. 널따란 못 위로 잉어들이 팔딱거렸다. 주변에 가득 심은 장미가 이제 한참 곱게 펴 햇살 밑에서 흐드러지거늘, 평소라면 그 모양새가 아름다워 다가가 구경했을 것이거늘 가랑의 눈에는 그러한 것이 와 닿지 않았다.

노란 나비가 꿀을 빨고 팔랑거리는 새, 정자 위로 주섬주섬 올라간 가랑은 옆에 함을 놓아둔 채 서책을 펼쳤다. 그 함에 담긴 것을 잊으려 글자를 눈에 담았다. 허나 하나하나 스쳐 지나가는 것들이 모두 추억인 판, 어느 순간 그 서책 위의 먹물이 번지었다. 제 눈으로부터 시작해, 뺨 위를 구르는 것들이 그 위로 뚝뚝 떨어져 먹물을 좀 먹었다. 하얀 종잇장이 새카맣게 변모하고 고왔던 글자들이 읽을 수 없게 될 때가 되어서야, 가랑은 제 뺨 위를 타고 구르는 것이 눈물임을 알았다.

그대로 서책을 집어 던진 가랑은 함을 붙잡았다. 잘못 본 것이겠지. 아닐 것이리라. 오라비가 그럴 리가 없다. 그리 생각한 가랑은 떨리는 손으로 그를 다시 열었다.

……그 안에 있는 것은 변함이 없었다. 다를 게 없다. 노란 빛을 띤 하양, 가느다란 뼈마디…… 그리고 그에 끼워 놓은 가락지까지.

하염없이 그를 내려다보는데 지독한 마음이 턱 하고 심장께 걸쳐 버리었다. 토악질이 올라왔다.

어찌, 이러셨는가?

— 오라버니, 이는 어찌 읽어요?

— 어디 보자…… 오두막집 려(廬) 자란다. 십팔사략을 읽고 있었구나.

그 아득한 기억은 십팔사략에 수록되어 있는 와신상담 편을 읽던 도중이었다. 오라비의 손이 글자를 스쳐 가는 기억이 가랑의 눈에 생생하였다.

아는 글자보다 모르는 글자가 많던 그 시절, 오라비는 저를 옆에 낀 채 그 뜻과 음에 대해 일러 주곤 했었다. 가랑은 그때 서책의 글자를 짚던 손이 무엇보다 아름답다 느꼈었다. 그 손이 댕기를 드리웠던 제 머리를 다정하게 쓸어 줄 것이었으니 더욱 기꺼웠다. 허나 그 손이, 그 따스했던 것이,

— 공주, 시화를 그리다 보니 그대 생각이 나서……. 졸렬한 필체

라 부끄러울 따름입니다.

　……다른 이의 손을 잘랐다.

　그 날, 정혼자에게서 받은 것은 부채였다. 대나무로 만든 부채 위에 새겨진 것은 군상억(君相憶). 졸렬한 필체라 부끄럽다 이야기하건만 그 필체가 가히 아름다워, 지나가는 이마다 붙잡고 자랑하고 싶을 지경이었다. 더운 여름 날 바람을 만들라 준 것이었건만 그를 쓰기가 아까워, 이마 위로 땀방울이 구르는 날 가랑은 부채를 부치는 대신 몇 번이고 그 시를 읽었다.

　　『憶君無所贈 그대를 생각하여도 마땅히 줄 것이 없어
　　贈次一片竹 이에 한 조각 대나무를 주려 하니
　　竹間生淸風 그 대나무 사이에서 맑은 바람 불거든
　　風來君相憶 그 바람 따라 서로 생각하기를 바랍니다.』

　가슴 아픈 시구였으나 정혼자가 생각하기로, 대나무 부채를 주었으니 그 대나무 부채가 등장하는 시구를 찾았을 터였다. 군상억의 편죽(片竹)은 죽선(竹扇)으로 해석되기도 하였으니 딱 알맞은 시구가 아니던가.

　어찌 되었든 정혼자는 가랑에게 그 죽부채를 주려, 오른손을 들어 먹을 갈고 자그마한 세필로 한 땀 한 땀 글을 새기었을 것이었다. 그나마도 가랑에게 주려니 가장 아름다운 것을 고르려 몇 번이고 다시 썼으리라.

　그런데 작금 그 오른손이, 그 오른팔만이 제 곁에 있다. 그 고운 사람은 있지 아니한데, 제게 그 추억을 안겨 준 그 팔만이 제 곁에 있다. 그 따스했던 것은 이리 차게 식어 제 앞에 있다.

가랑은 함 안에 고요히 누워 있는 뼈를 향해 손을 내밀었다. 손이 흔들리는 것인지 제 시야가 떨리는 것인지 구분되지 않는 사이 그 '것'이 손끝에 닿았다. 분명 머나먼 과거 제 뺨에 닿았던 것은 따스했는데, 지금 제 손 끝에 닿은 것은 차갑기 그지없었다.

끓어오르는 격정에 그것을 와락 제 품에 안는데 하염없이 눈물이 쏟아졌다. 하얗게 비워져버린 머릿속에는 같은 말이 뱅뱅 돌았다. 결국 가랑은 어느 순간 끓어오르는 것을 참지 못하고, 제 품에 고이 갈무리했던 그것을 냅다 집어 던지었다. 정자 바닥을 굴러가는 뼛조각이 처량하였다.

"어찌, 어찌……!"

다 내뱉지 못한 말이 마음속에서 앵앵 울려 댔다.

어찌 이러실 수 있습니까. 그 고운 이에게 어찌 이러실 수 있단 말입니까. 그리 정갈한 필체를 지녔던 이의 팔을 어찌 이리 자를 수 있습니까. 어찌 오라버니께서 제게 이리하실 수 있단 말입니까?

들리지도 않을 터였다. 닿지도 않을 터, 그러니 대답조차 없을 것이었다. 그러나 가랑은 물을 수밖에 없었다. 그리 되뇌지조차 아니하면 정신을 놓아 버릴 듯했다.

오열하기 시작한 가랑은 저 멀리 제가 내팽개친 뼈를 보았다. 주섬주섬 기어가 다시 그를 품에 안자 섬뜩한 그 끝이 제 뺨에 닿았다. 제 뺨을 어르는 것은 뼛속마저 얼릴 정도로 시린 한기였다.

"내가, 내가 어리석었어요……. 미안해요……."

닿지도 않을 말이 입 밖으로 삐져나왔다. 제가 어리석었음을 이제야 깨달았다. 가랑은, 그래, 가랑은 마음의 한 단편으로나마 오라비를 믿고 있었다. 어린 시절의 다정했던 오라비를, 저를 월우라 부르며 귀애했던 그 모습을 기억하고 있었다.

때문에 어미가 그 친정과 역모를 도모하였다 저를 옥에 가두었을 때마저 오라비가 의도한 바는 아니었으리라 생각했었다. 그저 증좌가 나오니 조정이 들고 일어나서 그랬을 것이다, 그리 여겼다. 하여 오라비가 어미와 동생, 정혼자를 살리려면 네가 큰일을 해야 한다 속삭였을 때에는 절망했었다.

허나 이리 대국으로 발걸음 한 이후에 그때 느꼈던 것들은, 두어 달이 지난 지금은 스러져버리었다. 몸이 멀어져 버렸으니 한순간의 분노보다는 지난날 아름다운 것들이 더욱 기억에 남는 법, 가랑도 그리하였다. 그래서 모르고 있었다. 아니, 잊고 있었다.

오라비가 진심이었단 그 진실 하나를.

그리 귀애했던 가랑을 첩으로 보내 버린 것도, 제 뺨을 후려쳤던 것조차 모두 그 마음에서 나온 것이었다. 오라비는 그녀가 정녕 가만히 앉아 있으면 다음에는 정혼자였던 이의 팔이 아닌 목을 잘라 보낼 이였다. 그리하여도 가랑이 움직이지 아니하면 다음에는 어린 동생의, 그리고 어미의 목을 칠 것이리라. 아니, 어미와 동생은 그리 쉽게 죽이지는 않을 것인가? 오라비는 제 원하는 것을 내어 줄 때까지 차근차근 가랑의 목을 옥죄여야 할 것이니.

헌데 그것을 왜 이제야 깨달은 것인가.

……그저 가랑은 믿고 싶지 않았을 뿐이었다. 오라비와의 다정했던 추억에 기대, 아비 같았던 오라비가 변했음을 믿고 싶지 않았다. 공주의 남편은 첩을 두지 못하므로 첩이 있는 남편을 만나게 된 것을 믿지 못하였다. 또한 제 자신이 첩이 된 것조차 오롯이 받아들일 수 없었다. 그러니 궁인들이 저를 무시하는 것을 용납하지 않았다.

저는 공주일 뿐이었다. 공주이고 싶었다. 낭군이라는 황제가 그녀를 찾지 않으니 그 환상은 현실과도 같았다. 모든 현실을 보지 않은 채, 그저 제 자신이 믿고 싶은 것을 따랐을 뿐이었다. 그런 제 어리석음이 이런 결과를 낳았다. 고운 이의 미래가 잘려 사방으로 흩어져버리었다. 그리고 지금 제 앞에 서 있는 것은, 오롯한 현실이었다.

"오늘은 어인 눈물 바람인가?"

오늘도 어김없이, 두 번 만났을 때처럼 그 사내는 홀연히 제 앞에 나타났다. 상념에 취해 있던 가랑은 그저 입을 다문 채 제 품에 안긴 뼈를 강하게 쥐었다. 또각, 사람의 힘을 이기지 못한 것이 기괴하게 비틀어졌다. 그사이 어느덧 제 앞에 드리운 그림자란 불쾌한 것일 뿐. 하염없이 흐르는 눈물을 소매로 닦은 가랑은 시리게 내뱉었다.

"가 주십시오."

"여긴 내 것이다."

"……허면 제가 일어나겠습니다."

말을 남긴 가랑은 그대로 일어섰다. 허나 제 대수삼 자락을 낚아챈 것은 단단한 손이었다. 작금 제가 안고 있는 뼈와 다른, 힘줄이 돋은 강인하고 단단한 팔. 저를 움직이지조차 못하게 하는 억압에 억장이 무너져 내리는데, 달빛 밑에 울려 퍼지는 사내의 음성은 가랑이 그간 들었던 것과는 달랐다. 사람을 다스리려는 것이 아닌 다정한 빛이 뭉실뭉실 풍기는 것이었다.

"기쁨은 나누면 갑절이 되고, 슬픔은 나누면 반절이 된다 하지 않느냐."

그리 말한 사내가 한마디 덧붙였다.

"내 후원에서 우는 이에게 사연은 들어도 될 것 같거늘."

지난 기억에 비추어 본바, 누군가에게 털어놓으면 속이 시원해질지도 몰랐다. 괴로울 때 제 이야기를 들어 주었던 자는 어미가 아닌 오라비였다. 헌데 그랬던 오라비가 지금 매정히 저를 내치었다. 선명한 겁박을 남겨 제 곁에 보내었다. 그런 이야기를 어찌 털어놓을 수 있는가? 그 누구도 믿으면 안 된다는 것을 선명히 깨닫게 해 주었는데.

그저 가랑은 다시 바닥에 그대로 주저앉았다. 황망한 제 몸이 파들파들 떨리는 참, 상궁 나인들 앞이었으면 아랫것들이라 생각해 이런 모습을 보이는 것조차 수치스러워했을 것이었다. 허나 작금, 피폐해진 마음에서는 그 무엇도 올라오지 아니하였다.

"쌍 지환을 나눈 것이냐?"

사내가 입술을 떼었다. 멍하니 그 시린 것을 끌어안고 있던 가랑은 고요히 고개를 끄덕였다.

"……그런 듯합니다."

"정혼자의 것이냐?"

처음 만났을 때 사내에게 들려주었던 제 이야기가 떠올랐다. 그때에도 사내는 가랑에게 그것이 네 이야기냐 묻고, 그녀는 답하지 아니하였으니 사내는 그 나름대로 결론을 내렸을 터. 아니, 가랑에게는 아무럼 좋았다. 가랑은 그저 조개인 양 입술을 물었다. 가랑이 답하지 않으니 사내가 다시 물었다. 어쩐지 그 음성에 노기가 서리었다.

"그리하여 울고 있는 것이고?"

묻는 것은 묻는 것이 아니었다. 그저 단정 짓는 것을 질문 형식으로 던지는 것일 뿐. 제 뺨을 타고 구르는 것을 덥게 부는 바람이 닦아 내었다.

허나 길을 튼 것은 도무지 멈추는 일이 없었다. 하염없이 흐르고, 구르고, 또 바닥으로 떨어져 내릴 때에 수많은 풀벌레가 시끄럽게 울어젖혔다. 고즈넉한 못 주변에서 울어젖히는 풀벌레들의 합창은 사람 사이에 떨어진 침묵을 꿰뚫고, 입을 다문 두 사람을 대신해 말을 하였다.

그 사이 사내는 여인을 바라보고, 여인은 제 품을 바라보며 울고 있을 따름. 이윽고 사내는 그 풀벌레 울음소리를 꿰뚫었다.

"네 혹, 정혼자를 은애하였느냐?"

가랑은 한동안 답을 내어놓지 않았다. 사람의 마음이 다 무슨 소용이던가? 이미 일은 이리되어 여기까지 굴러온 것을. 가랑이 정혼자를 연모하였더라면 무엇하던가? 인연이 아니었던 것을. 그리하여 잘린 고운 이의 미래를 안고 목 놓아 우는 게 제가 할 수 있는 일의 전부인 것을.

허나 사내는 그리 생각하지 않았던 듯, 사냥감을 목전에 둔 맹수마냥 가라앉은 눈을 한 채 침착하게 그 답을 기다렸다. 채근하지도 않고, 여지껏 그랬듯 다른 말을 내어놓지도 않았다.

그것에서 가랑이 입을 열지 않으면 결단코 물러서지 않겠다는 기색이 엿보였다. 저를 잡고 있는 손 또한 오롯한 것이, 그를 통해 제 뺨에 닿는 것과 다른 온기가 전해져 오는 것이 묘한 안도감을 불러일으켰다.

그래, 그 말대로 슬픔은 나누면 절반이 될지도 모른다. 혼자 꽁꽁 숨겨 두는 것보다야 하룻밤 듣고 털어낼 이에게 말을 전하는 것이 나으리라. 그리하여 한참 만에 겨우 울컥이는 마음을 가라앉힌 가랑은 겨우 말문을 텄다.

"……잘 모르겠습니다."

평상시와 다름없이 조곤조곤한 것이었다. 그는 분명 사실인 답이었다. 가랑도 잘 몰랐다. 제 정혼자는 분명 고운 이였다. 저를 위하는 태도며, 말이며 그 모든 것이. 흔히 부마 된 이들은 망나니가 많았거늘, 가랑도, 대비도, 심지어 그 오라비조차 그 정혼자는 그럴 기색조차 없어 보인다 하였다. 올곧다는 말을 이런 자에게 쓸 수 있었으리라. 어떤 여인이든 저만을 바라보는 그런 사람을 기꺼워할 터, 헌데도 그를 은애했느냐 물으면 잘 모르겠다 대답할 수밖에 없었다. 정녕 가랑은 잘 알지 못했다. 그리하여 제 팔을 잡고 있는 자에게 매달려 물었다.

"……은애가 무엇입니까?"

우는 여인이란 언제나 처량한 법, 가랑은 그런 것으로 사내를 올려다보았다. 어둠에 묻혀 확연히 보이지 않는, 그나마도 흐린 시야 덕에 제대로 가늠할 수 없는 사내의 눈. 그를 통해 알 수 있는 것은 그저 그 사내의 눈이 새까맣다는 것뿐이었다. 그 이름이 뭐라 하였던가, 류였던가. 어울리지 않는 이름을 지닌 자를 쳐다보는 가랑이 여린 달빛에 촉촉이 젖었다.

"그와 혼례를 올려도, 그의 지어미가 되어 그를 지아비라 부르며 살아가는 삶도 기꺼울 듯했습니다. 그 아이를 낳아 키우는 제 모습이 어색하지 않았습니다. 그와 함께하는 미래를 그리면 나쁘지 아니하였습니다. 허면 그런 것이 은애입니까?"

듣는 이는 답이 없었다. 그저 쥐고 있는 제 대수삼 자락을 놓아주지 않을 뿐이었다. 제가 지아비로 모시고 살았어야 하는 이의 손은 이리 제 품에 있는데, 그 팔만이 제 품에 있는데 어느 순간 홀연히 나타난 사내는 제 옷자락을 쥐고 있었다. 제 옷자락을 쥐고 제 팔에 그 온기를 맞대고 있다. 그 모순적임에 가랑은 제 머리를 쥐어뜯었다. 깔끔하게 틀어 올린 머리채가 흐트러지는데, 작금 마음이 흐트러진 가랑에게는 신경 쓰일 거리가 못 되었다.

"저는, 저는 진정 모르겠습니다. 헌데, 은애하지 않았더라면 그런 그를 위해 울어서도 안 되는 겁니까?"

"물론 그는 아니다."

퉁! 곱던 머리채에서 달랑거리던 비녀가 바닥으로 떨어져 묵직한 소음을 냈다. 몸체가 화려한 비녀는 그대로 저 멀리 굴러가더니 정자를 벗어나 못에 제 몸을 던졌다. 풍덩! 낙화하는 그것이 순식간에 탐욕스런 아가리를 벌린 못에 삼켜졌다. 그 소리에 운율을 맞추듯 가랑의 새까만 머리칼이 어깨를 타고 어지러이 흩어졌다.

허나 마주 앉은 두 사람 중 누구도 그에 신경 쓰는 이는 없었다. 가만히 가랑을 보는 사내가 입술을 뗐다.

"좋잖은 일이 있을 때 저를 위해 울어 주는 이가 있다는 건, 세상을 헛되이 살지 않았다는 증좌가 아니겠느냐. 네가 그리 눈물을 보이니 네 정혼자였던 이 또한 너를 위해 울어 주지 않겠느냐?"

"그리하면 무엇 합니까?"

저를 위로하려 던지는 말이었음이 분명했다. 허나 가랑은 대차게 고개를 좌우로 흔들었다. 제가 일으킨 바람에 풀어헤친 머리가 어지러이 흩날리는 참, 가랑은 평상시였으면 결코 보이지 않을 추한 모습임을 인지조차 하지 못하였다.

"이미 그 사람의 미래는 잘렸습니다. 지금까지의 삶이 헛되지 않다 할지라도, 앞으로의 삶은 어찌 살아가겠습니까?"

선비가 오른팔을 잘렸다. 그는 평생 검을 쥐어 온 무관의 오른팔이 잘려 나간 것과 동일한 것이었다. 왼손을 쓰는 자로 태어나도 오른손만을 쓰게 교육시키니 실상 인생이 잘려 나간 것과 진배없었다.

지금부터 왼손을 쓴다 하더라도 오른손으로 이룬 경지를 찾으려면 족히 십여 년은 걸릴 것이요, 그마저도 사방에서 곱지 않은 시선으로 볼 것이니 실로 미래가 잘린 것이 맞았다. 그 현실을 익히 모르지 않는 가랑은 제 품 안의 가녀린 것을 더욱 세게 그러안았다.

"그 모든 게 저 때문입니다."

오라비가 진심이란 것을 일찌감치, 심장으로 받아들였어야 했다. 그리하여 죽이 되든 밥이 되든, 무례하단 말을 듣더라도 황제를 찾아갔어야 했다. 아니면 황후에게 앙탈이라도 부렸어야 옳았다.

제 어미와 제 동생과 제 정혼자의 목숨을 담보로 하고 온 곳이었음을 망각하고 있었다. 그것이 현실 같지 않았었다. 평생 처로 살아갔을 제가 첩이 되었음을 믿고 싶지도 않았다. 저는 공주였다. 대국의 상궁 나인들조차 그녀를 공주라 부르니 그녀는 오롯이 공주일 뿐이었다.

헌데 오라비는 그녀에게 내뱉었던 말대로 정혼자를 위협하고, 그 팔을 보냈다. 네가 처한 것이 분명한 현실이라 그리 이야기했다.

가엾은 이. 왜 하필 많고 많은 이들 중에 저와 정혼을 하여서 이런 꼴이 되었단 말인가. 길례를 올렸다 치더라도 벼슬조차 하지 못한 채 평생 쌓아 올린 것을 그저 속으로 삭였어야 할 가여운 이였다. 하여 그녀가 이리 떠났을 때, 정혼자에게 잘되었던 일은 그가 조정에 나갈 수 있던 것이었으리라.

허나 그마저도 이리 처참하게 부수어져 버렸다. 그저 이제는 그가 가여워 닭똥 같은 눈물을 그저 굽이굽이 흘려 보내는데, 먼저 말을 걸었던 사내가 진중한 음성을 냈다.

"하여 지금부터 오라비가 시키는 대로 움직일 게냐?"

"그도 모르겠습니다. 아니……."

다음에는 네 두개골을 구경할지도 모를 터. 오라비의 필체가 눈앞에 어른거린 가랑은 고개를 저었다. 모른다고? 무엇을 모르는가? 오늘 일로 확연히 깨닫지 않았던가?

다시 생각난 오라비의 겁박은 안일했던 제 정신을 찬물에 담가 버렸다. 매몰차게 쳐내 빠뜨리고, 두 번 다시 건져 내지 아니하였다. 볼을 타고 줄줄 흐르던 눈물이 찰나에 멈추어 버렸다.

"해야겠지요. 하지 않으면 다음번에는 그 사람의 목을, 동생과 어미의 목을 치겠지요."

창졸간에 지독한 현실을 깨달은 여인이 개화했다. 제 옷자락을 쥐어 잡은 손에 하얀 힘줄이 섰다. 정갈했던 새까만 눈동자가 타락하는 것은 한순간이었다. 공포와 슬픔, 증오와 배신감으로 범벅이 된 끈끈한 것이 그 새까만 것 안에서 끈덕지게 번들거렸다.

그 변화를 어렵잖게 감지한 사내의 얼굴에 웃음이 떠올랐다. 기가 막혀 나오는 조소였다.

"너 혼자서 가능하겠느냐?"

"해 봐야 아는 법이지 않겠습니까?"

"그리 말하는 이가 왜 아직도 눈물을 보이고 있느냐?"

"……모르겠습니다."

세 번째, 모르겠다는 답이 그 입술에서 떨어졌다. 그 이름이 어울리지 않는 사내는 박장대소를 하고 싶은 것을 참아 내는 모습이었다. 사내의 섬세한 눈초리 안에 백골을 안은 기괴한 여인이 담기었다. 여전히 눈물은 뺨을 타는데 그 눈빛이 처음 본 것과 판이하게 달라져 있었다.

"아는 게 무엇이냐?"

"없습니다. 허나……."

어찌 그리 무모한가? 사내는 그리 되물으려 했으나 여인의 답이 더 빨랐다. 서늘하게 내뱉는 목소리가 지금껏 알던 이의 것이 아닌 양 어색했다.

"이리 앉아 있으면 죽는다는 것만은 압니다."

그 죽는 이들은 이리 타국에 있는 자신이 아닌, 제 고국에 두고 온 소중한 이들이란 것도. 어찌 되었든 천자의 후궁이란 이름뿐인 것도 함께 지닌 저를 건드리지는 못할 것이니.

제가 서 있는 곳이 어떠한 곳인지, 또 제가 무엇을 해야 하는지 이제야 선명히 보였다. 그러자 머리가 점차 차게 식어 갔다.

어느 순간 솟구치던 감정을 정리한 가랑은 아직도 제 팔을 잡고 있는 손을 떼어 냈다. 섬세한 여인의 섬섬옥수가 제 왼손에 자리 잡은 가락지를 빼내었다. 달빛 밑에서 곱게 빛나는 그 장신구를 바라보는 여인의 눈이 애틋했다.

여인의 손에서 벗어난 가락지는 백골의 뼈마디로 옮겨 갔다. 두 달 만에 다시 한 쌍이 된 가락지는 그 자태가 고왔다. 고운 이가 골랐던 것이라 더욱 아름다웠다.

이윽고 눈을 질끈 감은 가랑은 원래 있던 그대로, 함 안에 팔뼈를 조심스레 담았다. 뚜껑을 닫고 단단히 잠근 이후, 그대로 못에 집어 던지었다.

첨벙! 시원스런 소리가 이른 여름밤을 씻겼다. 아까 굴러갔던 비녀와 마찬가지로, 무거운 자개로 짜인 함은 서서히 그 밑으로 가라앉았다.

가랑은 뒤도 돌아보지 않은 채 그대로 발걸음을 옮기었다. 서글픈 달 밑에 선 여인은 아까와 같되 전혀 다른 여인이었다. 그리 제 처소를 향해 발을 놀리는데 퍼뜩, 그동안 하지 아니하였던 의심이 심장을 때렸다.

저 사내는 도대체 누구인가?

첫날 그저 검을 휘두르기에 무관인 줄 알았다, 그것도 명원 출신의. 허나 생각해 보면 그럴 리가 없지 않은가. 지금 시각도 해시가 넘었으니 무관이 한가롭게 이런 곳에 앉아 있을 리가 없었다.

문득 깨달은 것에 가랑은 고개를 돌렸다. 먼발치 정자가 눈에 담겼으나 그 위에 자신과 함께 앉아 있던 사내는 없었다. 나타날 때처럼 바람마냥 사라진 것이, 가랑에게는 꼭 귀신에 홀린 것만 같았다. 허나 이곳에 발걸음 할 때마다 만났으니, 나중에 다시 오면 또 만날 것이다. 그리 생각한 가랑은 한적한 길을 따라 처소로 잰걸음을 놓았다.

허나 단 세 번만 온 곳에서 제 처소를 찾는 것은 쉽지 않은 일이었다. 황궁의 길이 복잡하니 그랬고, 평소 제 처소 밖으로 잘 나오지 않으니 더 그랬다.

우여곡절 끝에 제 처소에 발을 들이미니 난리가 나 있었다. 가랑이 발을 들이밀자 상궁 나인들이 우르르 밀려들며 그 앞에 엎드렸다.

"마, 마마, 어찌 이제 오시옵니까!"

"웬 소란들입니까."

"비단 첩지가 도달했사옵니다. 어서 채비하셔야 하옵니다."

그 말에 놀란 건 가랑이었다. 하필이면 오늘? 허나 가랑의 그러한 마음을 모르는 상궁은 떨리는 손을 들이밀었다. 그 위에는 곱다시 한 비단 첩지가 제 위용을 자랑하고 있었다. 한 땀 한 땀 정성껏 수놓은 봉(鳳)은 금방이라도 날개를 펼치고 날아갈 듯 생동감이 넘쳤다. 그를 향해 손을 뻗는 가랑의 손끝이 흔들렸다. 떨리는 그 끝에 와 닿는 것이 보드레했다.

이제 와서.

허망한 웃음을 흘리려는 찰나 상궁 나인들은 단장을 해야 한다며 가랑을 이끌었다. 그래, 어찌하겠는가. 후궁이라면, 혼인을 한 여인이라면 다 이러한 것을.

그니들 손에 가랑이 순순히 이끌리자 일은 일사천리로 진행되었다. 그저 제 옷매무새를 다듬고 얼굴에 분칠을 하는 그 손길에 순응한 가랑은 멍하니 자리에 앉았다. 풀어헤친 머리카락을 촘촘한 참빗으로 빗어 다시 틀어 올리었다. 머리에 꽂은 것은 평상시 하고 다니던 것보다 두어 배는 커다란 취옥이 가득 달려 있었다. 늦은 밤인지라 화사한 녹의홍상(綠衣紅裳) 대신 하얀 적삼만을 걸치게 하니 제가 무슨 기녀가 된 느낌이었다.

이윽고 얼굴 위에 하얗게 분칠을 하고 입술을 붉게 물들이니, 가랑이 보기에도 면경 안의 여인이 낯설었다. 섬세한 면경을 손끝으로 어를 때에 바깥에서 환관이 왔음을 고했다. 뒤뚱거리며 걸어 들어온 환관이 가랑에게 고두를 올리었다.

"불초한 소인, 소의마마를 뵈옵니다. 천세 천세 천천세."

형식적인 예를 차린 환관이 일어나, 다시 형식적인 법도에 맞추어 방 구석구석을 살피었다. 혹여 황상에게 위해를 가할 것이 없나 찾는 것이었다. 구석구석을 뒤지던 그는 별달리 나올 것이 없었던지 다시 가랑 앞에 엎어져 고개를 숙였다.

"황제폐하께서 곧 도착하실 것이옵니다. 소의마마, 홍복을 누리소서."

다시 몸을 들어 올린 환관이 장지문 사이로 뒷걸음질 쳐 물러섰다. 그가 나가자 궁인들이 상다리가 휘어질 듯 차려 놓은 주안상을 들여놓고 원앙금침을 깔았다. 제 처소였건만 윗자리가 아닌 아랫자리에 앉아 주안상 옆다리를 툭툭 건드리던 가랑의 귀에 황제폐하 납시오, 하는 소리가 스치듯 들렸다. 시간이 흐를수록 그 소리가 점점 더 가까이, 더 크게 들려오는 참 가랑은 주먹을 움켜쥐었다. 마침내 제가 앉아 있는 장지문 바로 바깥에서 상궁이 고요히 읍하였다.

"황제폐하 납시오."

가랑의 답 따위는 필요가 없으니 그저 문이 드르륵 열리었다. 제아무리 후궁이라 하여도 황제가 허하기 전까지 그 얼굴을 보는 것은 허락되지 않으니 가랑은 신하가 되어야 했다. 가랑은 법도에 따라 그에게 예를 갖추어 몸을 낮추고 머리를 숙이었다. 파르륵 진동하는 눈초리에 담긴 것이란 황제의 하얀 버선발과 그 바로 위에 닿은 황금빛 옷자락뿐이었다.

제 부모에게조차 이런 식으로 인사를 올린 적이 없기에 속이 쓰라릴 참, 옆에서 그녀에게 예를 속삭이던 상궁이 가랑을 건드렸다. 그제야 가랑은 제가 한동안 인사말을 올리지 않았음을 알고, 입술을 뗐다. 처음 나오는 목소리가 흔들렸다.

"소……첩 소의, 황상을 뵈옵니다. 만세 만세 만만세."

"어서 일어나시오."

냉정한 옥음이 떨어졌다. 가랑은 저 음성을 어디서 들어 본 것 같다는 생각을 하며 상궁의 말을 따라 서서히 고개를 들었다. 버선발, 황금빛 용포, 검고 윤이 흐르는 신대(紳帶), 가슴께에 수놓인 용, 단단한 어깨와 목, 용안…….

그 눈이 용안에 닿는 순간 가랑은 딱딱하게 굳었다. 방금 전 보았던 사람이 가랑을 내려다보는 참, 그 입매가 비뚤어졌다. 한순간 석상이 된 가랑은 저도 모르게 그 사내가 알려 주었던 이름을 입에 얹었다.

"……류."

그 사내는 도대체 누구인가?

여태껏 그를 몰랐던 제가 바보가 되는 순간이었다.

2장.
대국大國

……정녕 몰랐던가?

아니, 생각을 거듭하고 또 곱씹었더라면 처음 만났을 때 그가 황상이란 것을 알아야만 했다. 어떤 무관이 그리 거만한 어투를 쓰겠는가. 어느 무관이 저 사람처럼 황궁에 이리 잘 어울리겠던가. 저는 저 사람에게 얼마나 무례했었던가.

허나 남의 팔이 부러진 것보다 제 생채기가 더 아픈 것이 사람이라. 되돌아 생각해 보면 제 무례함보다, 황상이 저를 바보 취급했던 일이 더더욱 뇌리를 맴돈다. 저와 만난 날 놀리듯 제 처소에 다가가, 결국 처소에 틀어박혀 있게 만들지 않았던가? 황성에 대해 그리 잘 안다고 떠들어 대고, 가랑이 황제가 한 일에 대해 평가하자 보복이라도 하듯 가랑이 한 일에 대한 평을 놓지 않았는가?

제 황망한 시선이 파들파들 떨리던 참 성큼성큼 걸어 들어선 황상은 금침에 자리를 잡았다.

' "소의께서는 서 계시는 걸 좋아하시오? 앉으시지 않고?"

"……예."

머뭇거리다 짧게 답한 가랑은 그를 따라 방석 위에 자리를 잡았다. 눈앞의 얄미운 황상께서는 자연스레 술잔을 잡으신다. 술을 한 잔 올리라 그리 얼굴로 말씀하시는 참이라 차마 움직이지 아니할 수가 없었다. 다소곳하게 앉아 주전자를 기울이는데 그 주둥이에서 나온 술이 샛노랬다.

"소의께서는 술을 하지 않으시오?"

"……아니옵니다."

가랑이 답하자 황상께서 주전자를 잡으신다. 가랑이 술잔을 내밀자 푸른빛 잔 안에 노란 액체가 가득 차올랐다. 색상은 더없이 고운데 내음이 독했다. 초야에 마시지 못했던 합환주를 이제 털어 넣는 듯, 함께 술을 마시는데 목이 타들어 가는 듯 썼다. 가랑의 얼굴이 순식간에 벌겋게 달아올랐다. 그 시뻘건 얼굴을 보더니 황상께서 한마디 건네신다.

"원래 그리 말이 없소?"

……원래 말이 그리 없냐고? 아니, 지금 감히 무슨 말을 해야 할지 모르겠어서 입을 다물고 있는 것뿐이었다. 이 상황 자체가 당혹스럽다. 그저 황상이 황상으로 느껴지지 않았을 때에는 아무렇지 않게 사족을 달았을 터였으나 지금은 불가한 것. 하루 종일 일어났던 일 때문에 머리가 아팠으나 황상이 볼 때 그저 입을 다문 것으로 보일 터였다.

"아니겠지. 짐 앞에서 짐이 한 일에 대해 논한 것도 기억하거늘. 방금 전에는 해 봐야 아는 법이라고 하지 않았던가?"

그 말에 괜스레 찔린 가랑이 몸을 움찔거렸다. 제대로 되는 일이 하나 없었다. 이곳이 무라는 것을, 제가 털어놓은 것을 비밀로 삼아 저를 위해 입을 다물어 줄 사람이 바이없다는 것을 잊고 있었다. 침묵은 곧 제 목을 보전하는 일이었음을 이제야 깨달았다. 그리하여 가랑이 입을 다물자 황제는 술을 따르며 속삭였다.

"허면 짐이 소의에게 홍등을 선사하면 어떻게 할 것……."

홍등이란 후궁 전에 밝히는 붉은 등으로써 총애의 상징이었다. 가랑이 막 무에 도달했을 때에는 귀비전에 그 홍등이 달려 있었으매, 눈앞의 황상은 그러한 귀비를 이용하고 목을 쳤다. 가랑이 생각하기로 이 황제가 이유 없이 홍등을 내리지는 않을 터.

그러나 말끝을 흐리는 터라 가랑이 가만히 눈을 들자 그 새까만 눈과 시선이 마주쳤다. 사람으로 하여금 진실을 털어놓게 만드는 눈이었으니, 그는 존재감으로 사람을 잡아 꼼짝하지 못하게 만드는 황상과 무척이나 잘 어울리는 것이지 않은가.

"말을 편히 하겠다. 그래도 되겠느냐?"

아무래도 조금 전까지 편하게 말을 낮추다가 지아비와 지어미로 만나 격식 있는 어조를 쓰니 그리했던 모양, 표면상에서만 묻는 것이었지 실상 이미 말을 낮추었다. 딱히 거절할 필요성도 느끼지 못했기에 가랑은 그저 고개를 숙였다.

"그리하십시오."

"내 너까지 편하게 말하라 한 적은 없었다."

"……그리하소서, 황제폐하."

꼬리를 밟히면 그를 사려야 하는 법, 황상의 눈에 장난기가 가득했으나 가랑은 눈을 내리깐 터에 그를 읽지 못하였다. 한 번 더 자작을 즐긴 황제는 예리한 눈을 가늘게 뜨며 웃으매, 그가 틀림없이 뱀을 닮았다.

"내 네게 홍등을 주마."

아까도 들었던 것이건만 다시 들으니 무언가 기분이 이상했다. 가랑이 고개를 바짝 들어 황상과 눈을 마주했다. 아무리 후궁이라 할지라도 황제의 얼굴을 직접 보는 것은 불경이었으나, 작금 가랑의 머리는 복잡해 그런 것을 신경 쓰지 못하였다.

홍등이 달렸던 귀비의 목을 친 황제다. 귀비전에 홍등을 걸었던 이유도 있었다. 황상이 정녕 아무 이유 없이 제 전에 홍등을 걸려 하는 것인가? 제게 원하는 것은 무엇인가?

"오라비가 어미와 동생의 목을 두고 겁박을 한다고? 어디 한 번 원하는 대로 움직여 보아라."

"……정녕 그리하여도 되옵니까?"

되묻는 가랑의 목소리가 어울리지 않게 조심스러웠다. 제가 예전에 털어놓은 적이 있으니 황상은 제 모든 것을 알 터였다. 허면 무슨 목적을 지니고 이리 앞에 앉아 있는지 잘 알 것인데, 어찌 저리 이야기하는가?

의구심이 차올랐으나 황상은 그저 고개를 끄덕였다. 그간 있었던 일로 미루어 본바, 믿을 수 없는 노릇인지라 가랑은 다시 입술을 뗐다.

"어찌 그러시옵니까?"

"그저 내가 너를 정녕 총애한다, 그리 받아들이면 안 되겠느냐?"

가벼운 목소리에 얽힌 것은 말도 안 되는 소리였다. 그저 세 번 만났을 뿐이었다. 이리 제 처소에 앉아 있는 것을 포함한다면 네 번. 그 짧은 시간에, 그것도 징검다리마냥 건너져 있는 시간 사이에 정녕 총애한다는 말이 나올 만한 정염이라도 있었던가. 그저 서로 일방적인 이야기를 나누었을 뿐이기에 가랑은 저 말이 흰소리라는 것을 잘

87

알았다.

"내 네게 첫눈에 반했다 하면 되느냐?"

이어 내뱉는 황상의 음성에는 웃음기만 가득하였다. 허나 그 웃음과 다르게 가랑의 속은 타들어 가는 듯했다.

홍등을 내릴 테니 어디 원하는 대로 움직여 보라고? 가랑이 황상에 대해 아는 것이 전무하다면 기꺼이 받아들일 것이었다. 그는 오라비의 속삭임을 따르는 것으로 제 어미와 동생과 정혼자의 구명줄이 될 수 있을 것이니. 허나 가랑이 황상에 대해 아는 것은 그가 굉장히 정치적으로 뛰어나다는 것, 그것 하나뿐이었다. 가뜩이나 황상은 귀비의 홍등을 이용한 적이 있다. 가랑도 똑같은 꼴이 되지 않으리란 보장은 없었다.

"……그를 믿으면 마음은 편하겠지요."

또한, 사람의 말은 믿는 것은 헛된 일이다. 가랑은 믿었던 오라비 덕에 이 꼴이 되지 않았던가. 짧은 시간에 오라비에게 그것을 배웠으니 허탈할 따름, 황상의 얼굴에서, 화려한 주안상에서 시선을 뗀 가랑은 중얼거리듯 말을 덧붙였다.

"하오나 인간의 마음이란 백 년이고 천 년이고 계속되지 않는 부질없는 것입니다. 진정 총애라 하시면 그 또한 언제 사라질지 모르는 것이 되겠지요."

오라비가 제게 그랬듯이. 그리 아끼고 어여삐 여겼으나 단 한 순간에 차게 뒤돌았듯이. 냉소적인 한마디가 입술 위로 떨어졌다. 그 말을 가만히 듣던 황상의 얼굴에 미소가 그려졌다. 이 앙큼한 것이 무슨 생각을 하는 것인가? 황상이 계속해 보라는 듯 술잔을 손에 쥐매, 그를 눈치로 알아챈 가랑은 조곤조곤 속삭였다.

"폐하께서 그런 것 때문에 홍등을 내리실 분이라 생각되지는 않습니다. 허니 소첩은 황상께서 제게 홍등을 내리신 연유가 있을 거라 사료되옵니다."

저라고 했다가, 소첩이라고 했다가…… 그니는 알고 있을런지. 그런 주제에 할 말은 끝까지 하니 그가 앙큼하지 않을 수가 없었다. 제 손으로 의대를 풀고 침의 차림이 된 황상은 침상 위에 삐딱하게 걸 터앉았다. 베개 위에 팔을 걸쳐 몸을 기대고는, 주안상 앞에 다소곳 한 여인을 그대로 내려다보았다. 비녀 끝에는 커다란 취옥이 달랑거 렸고, 하얀 적삼 밑으로 비추어지는 하얀 속살은 그저 여인다운 것이 다. 허나 그 머리에 들은 것은 여인다운 것이 아니니 의뭉스러울 뿐, 이윽고 그의 단단한 입술이 열렸다.

"그럼 무엇이라 생각하느냐?"

"처음 뵈었을 때 황상께서는 명원의 검술을 하고 계셨습니다."

내뱉는 가랑은 그 날을 떠올렸다. 가랑이 본 것은 몇 되지 않은 짧은 초식이었으나 분명 본국검이었고, 이 대국에서는 명원 출신의 사 람 외에는 알 길이 없는 검술이었다. 가랑이 눈을 들어 슬며시 황상을 살펴본바, 그 짙은 눈매가 휘어져 있었다. 날렵한 눈이 휘어지니 그는 분명 즐거워하는 눈빛이매, 가랑은 다시 세 치 혀를 놀렸다.

"그는 즉, 폐하께서 주변에 명원의 사람을 두고 있단 것으로 사료 되옵니다."

"그래, 내 위장군이 명원 출신이다. 그리하여?"

황상이 느긋하게 고개를 끄덕였다. 위장군이란 황상의 호위로 명 원의 운검과 같은 직책이었다. 항시 황제의 곁에 붙어 혹시나 모를 위협으로부터 그를 보호한다. 즉 위장군이란 신뢰를 받는 측근이 맡 는 것이었으매, 그런 이가 명원 출신이라는 것은 황상이 또 다른 속 내를 지니고 있음을 의미했다. 가랑이 추측컨대 아마 황상은 명원 출신의 인재를 등용하고 싶어 하는 것이었으리라.

예로부터 명원에서는 이 대국으로 유학을 많이 왔었으나 대부분 무에서 내린 벼슬을 사양하고 명원으로 귀향하여 명원의 왕 곁을 지키는 경우가 많았다. 가랑은 이윽고 붉은 입술을 열었다.

"……본디 귀비마마는 황후폐하와 3부인마마의 권세를 견제하기 위해 택하셨다 들었습니다."

그러나 그 입술을 비집은 것은 지금까지와 다른, 죽은 귀비의 이야기였다. 귀비는 4부인이라 이야기하나 실상 무품이었으니 황후의 밑이요, 부인의 위로 대우받았다. 그러한 귀비의 가문은 뼈대 깊은 곳이었으나 가세가 기운 지 오래되어 입에 풀칠하기조차 힘든 재력을 지녔다 하였나.

어찌 되었든 황상은 그런 귀비를 택하여 세력을 키워 다른 이들을 견제하다가, 도리어 그 세가 너무 커지니 그를 잘랐다. 헌데 황상이 다른 세력을 키웠다는 이야기가 없으니 이는 균형이 맞지 않았다. 그를 보고 속삭이는 것이었으니, 가랑의 말에 황상은 그저 고개를 끄덕였다.

"우연히 그랬다. 귀비마저 세도가의 여식을 뽑기에는 무서웠던 황후께서, 뼈대는 있으나 그 가문에 재물이 없는 이를 앉혀 놓았었지."

"허나 폐하께서는 그런 귀비마마의 목을 치셨습니다. 허면 이제 필요하시지는 않으신지요?"

"무엇이 말이냐?"

"물론 황후폐하와 비마마의 가문을 견제할 또 다른 세도지요."

총애를 받아 그 세력이 넓어졌던 귀비의 가문은 쇠퇴의 길을 걷고 있었을 터였다. 허면 다시 황후와 그 3부인의 권세를 견제할 가문이 없어지는 터. 허면 황상은 다시 필요할 터였다. 황후와 3부인의 가문을 견제할 곳은 물론이요, 쇠퇴하고 있다고는 하나 아직까지는 그 권세가 넓을 귀비의 가문을 견제할 이도.

가랑이 입에 담은 것은 그러한 것인 터, 그 순간 즐거웠던 빛이 가득했던 눈빛이 한 순간에 식었다. 그와 반대로 입꼬리의 미소는 진해졌으니, 가랑은 그 속에 든 뜻을 읽을 수가 없었다. 이윽고 새파란 눈이 저를 머리끝부터 발끝까지 세세히 살피는데 괜스레 소름이 쭈뼛 돋았다. 마침내 그 발끝을 훑어 내린 눈이 그녀의 눈을 쏘았다.

새카만 시선 두 개가 허공에서 올올이 얽혔다. 하나는 노련한 뱀의 눈이요, 또 하나는 아직 자라지 못한 햇병아리의 순수한 눈이었으나 먼저 그 시선을 피한 것은 뱀이었다. 고개를 맵차게 꺾은 황상이 입술을 뗐다.

"……필요할 것 같으냐?"

다른 사람이었으면 그 침묵의 시간에 느낀 바가 있어 입을 다물었을 것이었다. 그 묘한 정적에 중압감을 느껴 한마디 말을 던지지 않은 채 그저 꼬리를 사렸을 것이었으나, 이럴 때의 가랑은 당돌했다.

"예. 그리하여 소첩에게 홍등을 내리시는 것이 아니시옵니까?"

"왜 그리 여기느냐?"

"위장군이 명원의 사람인 것으로 보아, 폐하께서는 명원의 사람들을 등용하실 마음이 있어 보이시옵니다."

그것은 사실이었다. 명원의 유학자들은 그 재능이 제법 출중했다. 몇 대 전 황제는 그들의 재능을 아깝게 여겨 그들을 등용하는 전문 과거 시험을 따로 만들었을 정도였다. 허나 그들은 충심이 깊어 다시 제 고국인 명원으로 돌아가곤 하였으니, 인재를 생으로 앗기는 기분이 들었으나 그 발걸음을 막을 명분이 없었다. 타향에서 공부를 좀 하다가 제 고향으로 돌아가겠다는 발걸음을 누가 어떻게 말리겠는가?

"또한 소첩은 명원의 공주이지요. 폐하께서 제게 말씀하셨던 '명분'이 되지 않사옵니까?"

— 허나 공주는 명분을 만들었어야 옳았다. 황후가 거절하면 그때 행했어도 늦지 않았다는 소리다. 더 좋았겠지, 황후에게 날 무시하면 대국의 평화가 위협당할 수도 있음을 알릴 수 있었으니.

예전에 그가 했던 말이 두 사람의 머리를 동시에 스치었다. 그래, 실로 명분이 될 수 있는 게 가랑의 위치였다. 가랑은 선왕의 적녀였으며, 동시에 현왕이 귀히 여긴다 했던 이였다. 비록 그 현왕이 이리 보내었으나 유학자들에게까지 그런 소문이 돌지는 않았을 터. 왕실의 입지가 달려 있으니 명원에서도 어떠한 일이 있었는지는 입단속을 단단히 시킨 채, 그저 공주는 대국과 우호의 표시로써 가례를 올린 것이라 이야기했으리라. 그러던 차, 선왕이 귀애하는 공주가 있는 이곳에서 벼슬길에 나서는 것 또한 명원에 대한 충심에 어긋나지 않는 것이라 설득할 수 있지 않겠는가. 비록 출가외인이라 할지라도 정사적인 입장에서는 '출가외인'으로 끝나는 위치가 아니었으니.

가랑이 하려는 이야기는 간단했다. 가랑이 명원 출신의 유학자들을 묶어 놓을 수 있는 명분이 될 수 있으니, 그를 이용하여 명원 출신을 등용하면 새로운 세력을 만들 수 있다. 그리하면 귀비가 죽어 사라진, 황후와 3부인의 가문을 견제할 수 있는 세력으로써 성장할 수 있지 않겠는가.

만일 그리 세가 형성된다면 세력의 구심점은 명원의 공주인 가랑이 될 것이었으매, 그녀는 황제의 첩이었으니 언제든 황제가 쥐락펴

락할 수 있는 위치였다. 함부로 목을 칠 수 있는 존재는 아니나 이전 귀비의 처지와 비등한 것.

공주가 조곤조곤 내뱉는 말은 틀리지 않았으나, 한 가지 걸리는 것이 있었다. 황상은 그를 입 밖으로 내보냈다.

"그와 홍등이 무슨 관련인 게냐?"

귀비는 애초에 그 뒷배가 미비해 홍등과 그의 총애가 절대적으로 필요했던 이였다. 허나 가랑은 그와 관계없이, 그녀가 마음만 먹는다면 얼마든지 세를 모을 수 있을 법했다. 가랑이 지금 내뱉는 것과 홍등은 관계가 먼 것이었으나 굳이 끼어 말하는 것을 보면 이유가 있을 터. 황상이 그리 물으매 가랑은 눈을 내리깔며 여전히 그림인 양 웃었다.

"폐하께서 제게 황후폐하와 척을 지었다 하시지 않으셨습니까."

"분명 그랬었다."

"홍등이 있으면 황후폐하께서 감히 저를 함부로 대하지 못하시겠지요. 그를 노리신 것 아니옵니까? 폐하께선 제 가족을 구원해 주실 수 있으시니 저 또한 폐하께 도움을 드려야 응당 마땅한 이치, 허나 제 한 몸 보전할 수 없다면 애초에 불가능한 거래지 않겠습니까."

그에 황상은 제 이마 위에 손을 얹더니…… 그대로 박장대소하였다.

시원스레 터진 웃음이 높았으니, 실로 촌철살인이란 말은 이럴 때에 쓰는 법. 옳은 말이었다. 구구절절 틀린 소리가 없었다. 가랑이 홀로 움직여 얼마든지 세력을 쌓을 수는 있을 터였으나 앞뒤로 풍파가 만만찮을 것이었다. 입지가 두 개니 신경 쓸 거리도 배였고, 적도 배가 될 것이다. 특히 당장 내궁에는 황후라는 호랑이가 한 마리 있었으니, 가랑이 작금 가장 조심해야 할 것은 그 내궁의 호랑이였다.

그를 피하기 위해 가장 좋은 것은 황제의 총애, 홍등이 맞았다. 제 아무리 황후라 하여도 황제의 아내이기 전에 신하인 법, 황제가 비호를 한다는데 감히 건드리지는 않을 것이다. 새로운 세력을 만드는 데 필요한 명분을 지킬 수 있으니 이 얼마나 좋은 것인가.

"역시 예상과 다르지 않구나. 현명한 것은 좋으나, 입을 다무는 법을 배워야 할 것 같군."

어느 순간 웃음을 거두어들인 황상의 목소리가 맵고 찼다. 황상은 그 어둔 밤에 만났던 사람과 다르지 않은 것으로 책망을 내리었다. 물론 그때는 지나가는 사람에게 내리는 따끔한 것이었으나, 지금은 한 배를 탄 사람에게 내리는 것이었다.

"네 명원에서는 어땠을지 모른다. 물론 금지옥엽이라 했으니 사방천지가 다 네 편이었겠지. 허나 여기에서는 입조심하는 게 살 길이다."

"……명심하겠습니다."

다소곳하게 답한 가랑은 여전히 얼굴에 걸친 미소를 지우지 않았다. 그를 한 차례 훑은 황상은 그대로 침상 위에 누웠다. 가만히 눈을 감은 그는 그대로 침수에 드는 듯했다.

헌데 가랑은 어찌해야 할지 감을 잡을 수가 없어 그 자리에 굳은 듯 앉아 있었다. 늦은 밤이라 저도 눈을 붙여야 하건만 제 침상을 빼앗겼으니 어찌할 수가 없었다. 그렇다고 저 옆에 슬며시 누울 수도 없는 참, 황망하여 가랑이 그를 내려다보는데 황상이 눈을 번쩍 떴다. 그를 내려다보는 가랑과 눈이 정면으로 딱 마주해 가랑은 저도 모르게 뒤로 두어 걸음 물러섰다.

"……무얼 그리 보느냐?"

그리 내뱉는 검은 눈에 제 모습이 담겼다. 두 눈은 동그랗게 늘어나, 새하얀 그 침의가 안쓰러웠다. 저를 마주했던 검은 눈빛도 그리 생각한 듯 둥글게 휜 입매가 짓궂었다.

"아쉬운 게냐?"

그게 무슨 의미인지는 알아듣기에는 시간이 조금 걸렸다. 허나 그 의미를 깨달은 순간 가랑의 양 뺨에는 붉은 꽃물이 들었다. 정사에 대해 떠들어 대도, 사람의 속내를 읽어도 아직은 어린 계집애 불과한 터. 그저 황망해 가랑이 시선을 슬그머니 피하자 황상이 그 자리에서 몸을 일으켰다. 이윽고 손수 주안상을 들어 옆으로 치우더니 가랑을 향해 손을 내밀었다.

"이리 오너라."

"……."

무얼 어찌해야 하는가? 그저 입을 다문 가랑이 아무것도 하지 못한 채 온몸만 붉히었을 때, 오라 이야기했던 황상이 성큼 다가왔다. 이윽고 제 머리 위에 올라온 손이 제법 묵직했다.

크고 단단한 손이 머리를 틀어 올린 비녀를 거두어들이니, 능라마냥 고운 머리채가 폭포수 치듯 바닥으로 굽이쳤다. 하얀 적삼 위로 흐트러지는 머리채가 비단결 같았으니 그는 귀히 자란 이의 것이었다. 적삼 밑으로 비추는 젖빛 피부는 아기의 살결인 양 희고 고왔으니 그 또한 오롯한 귀인의 것. 그를 내려다보던 황상이 가랑의 귀에 입술을 바짝 대고 부드러운 바람을 만들어 냈다.

"월우라 하였지."

"……가랑이옵니다."

그리 답한 가랑이 입술을 사리물었다. 곱게 연지를 바른 입술에 실핏줄이 돋아났다. 오라비가 붙인 어린 시절의 이명(異名)이니 오라비만 부를 수 있는 것이었으나, 이제 그리 부를 수 있는 오라비는 없다. 이제 월우는 없고 가랑만이 오롯이 남았을 뿐이었다. 허나 황상은 그러한 것을 신경 쓰지 않은 채 은밀한 속삭임을 남기었을 뿐이었다.

"이를 어쩌느냐, 나는 대접받는 것이 더 익숙한데."

이 와중에 저 말이 무슨 의미인지 알아듣지 못할 리가 없었다. 시선을 피하다 마침내 고개를 숙인 가랑의 목덜미가 불긋하게 달아오르는 참, 굽이치는 머리칼 틈에서 그를 본 황상의 입에서 실소가 흘렀다.

"……순진하여 놀리지도 못하겠군."

그에 가랑이 고개를 바짝 들었을 때, 황상은 느긋한 걸음을 놀려 다시 침상 위에 엎어진 참이었다. 그가 눈을 감자 가랑은 홀로 제 몸을 불태우고 있는 촛불을 불었다.

※

축시에서 인시로 넘어가는 그 무렵, 가랑은 잠에서 깼다. 뉘가 옆에 누워 있는 것이 익숙하지 않아 깊은 잠을 이룰 수가 없었다. 한참을 뒤척이다가 고요한 사위에서 몸을 일으킨 가랑은 무심코 옆자리에 누운 사람을 돌아보았다. 어둠 속에 묻힌 그자는 고요한 숨을 내뿜고 있었다. ……참으로 짐작할 수 없는 이이지 않은가.

이 사람과 가례를 올렸다. 부부가 되었다. 첩이긴 하였으나 어쨌든 가랑은 그의 지어미였고 그는 가랑의 지아비였다. 부부 사이에 무슨 일이 있겠는가, 그를 모르지 않아 어느 정도 각오는 있었다. 허나 손발이 덜덜 떨리는 것은 어쩔 수가 없는 법, 차마 그 옆으로 다가갈 수가 없어 어둠 속에서 그리 떨며 있는데 황상이 어이가 없다는 듯 한마디 했다.

— 왜 그러느냐?

가랑이 굳어서 그저 입술을 뗐다 붙였다만 반복하매 어둠 속에서 웃음기 서린 음성이 들렸다.

— 바들바들 떠는군. 내 너와 운우지락이라도 나눠야 하느냐?

홍등과 비단 첩지의 의미는 그런 것이 아니었던가. 황실의 합방이 란 모두 후사와 관련된 것이었고 현 황상에게는 후사가 없었으므로. 그저 가랑이 할 수 있는 건 고개를 숙이는 것 뿐, 그게 보였던 듯 황 상은 한마디 더 던지었다.

— 정혼자 때문에 울 때는 언제고? 그래, 실컷 울었느냐?

노기 서린 음성은 아니었다. 담긴 것은 웃음기와 장난. 보통 그런 상황에서는 성을 내지 않던가? 어찌 되었든 아내가 다른 사내를 위 해 우는 것이었으므로. 헌데 저런 반응이라니, 생각지도 않은 것이라 차마 뭐라 답할 수 없었던 가랑은 틀에 박힌 것을 내놓았다.

— ……송구하옵니다.
— 송구? 무엇이 그리 송구하더냐?

유구무언, 말 그대로 입이 뚫렸는데 말을 할 수 없는 것을 처음 경험했다. 그리하여 아무 말도 못하는 와중 이어 내뱉는 황상의 음성이 다정했다. 어둠 속에서 들리는 것은 그저 낮은 음성뿐, 그곳에는 앞서 있었던 웃음기도 장난기도 존재치 아니하였다.

— 내 너를 죄어치려 이러는 것이 아니다. 속이 상하면 눈물이라도 지어야 하지 않겠느냐?

그리 남긴 황상이 한마디 덧붙였다.

— 가뜩이나 타향, 네 의지할 이도 없지 않느냐.

그저 그런 말뿐이었는데 거짓말처럼 눈물이 흘렀다. 깊게 가라앉은 공기 속에서 눈물의 향을 맡은 양, 황상은 손을 뻗어 가랑의 어깨를 끌어당겼다. 창졸간에 안기게 된 품이 따스했다. 그 다정한 너른 곳에서는 어린 시절 알았던 오라비의 품과 비슷한 향이 났다. 그리하여 더욱 서러웠던 듯싶다. 그 다정한 향이 이제 제 곁에 없어서.

……어찌 되었든 가랑의 눈에 황상은 기묘한 이가 되었다. 가랑은 다시, 제 곁에 누워 있는 황상을 바라보았다. 어둠 속에 파묻힌 그의 숨결이 고른 터, 아직 잠들어 있는 듯했다. 고개를 꺾은 가랑은 창에 다가섰다. 슬며시 창을 열어 바라본 저편의 달이 밝거늘, 가랑은 월우(月雨)답게 달구경을 나가고 싶었다. 여름이 다 되어 가니 바깥바람도 차지 않고, 야심한 시각이니 사람도 많지 않을 것이었다.

그리 생각한 가랑은 몸을 틀어 문을 열었다. 문을 여니 침전을 지키는 상궁 하나가 그 자리에 앉은 채 꾸벅꾸벅 졸고 있었다. 굳이 깨울 필요가 없어 밤손님이라도 된 양 살금살금 걸어 전각 바깥으로 빠져나오자, 철통인 양 그 곁을 지키던 사람 한 명이 고개를 숙였다.

"공주마마."

가랑을 소의나 빈이 아닌 공주로 읊는 자들은 명원 출신이었다. 이 시간에 이곳에서 저리 서 있을, 명원 출신의 사람은 단 한 명뿐. 위장군이리라, 그리 생각한 가랑은 그저 고개를 꺾었다. 디딤돌 위에서 침의에 어울리지 않는 고운 비단신을 신고 있는데 그가 가랑 앞을 가로막듯 섰다.

"어딜 가십니까."

"……잠이 오질 않아 바람 좀 쐬려 합니다만."

말을 남긴 가랑이 그 옆으로 뱅 둘러 지나가려 하는데, 위장군은 마치 막아서듯 옆으로 비켜섰다. 그것이 기묘하게 맞물려 가랑 앞을 그대로 가로막은 꼴이 되었다.

어이가 없어 가랑이 그 자리에 굳어 그를 올려다보는데 정작 위장군은 허리를 숙여 꾸벅 인사를 올렸다. 그는 주먹과 손바닥을 맞대어 하는 무 식의 인사도 아니었고, 바닥에 엎드려 올리는 고두도 아닌 그야말로 명원의 것이었다.

"따르겠습니다."

"위장군은 폐하를 호위하는 분이 아니셨습니까?"

그런데 어찌하여 폐하가 계신 곳을 벗어나십니까? 그런 뜻을 담은 그 말은 결국 따라오지 말라는 소리였다. 원체 혼자 다니는 것을 좋아했던 터라 상궁 나인들조차 물리니, 사내 한 명이 따라오는 것이 기꺼울 리가 없었다. 허나 눈치가 없는 것인지, 부러 그런 것인지 위장군은 꼿꼿했다.

"소인은 무의 위장군이기 이전에 명원의 신하입니다."

"……허면 명원으로 돌아가 제 오라비를 섬기셔야지, 어찌 예서 이러고 계십니까?"

가랑의 음성에 날이 섰다. 그 비꼬는 말 또한 혼자 갈 테니 여기에 남아 있으란 이야기였다. 헌데 여전히 고개를 숙인 위장군은 따박따박 대답했다.

"아직 돌아갈 때가 아닙니다."

"……혼자 가고 싶습니다, 위장군께서 이를 못 알아들으신 것은 아니실 것이라 믿습니다."

그 꼿꼿함에 가랑은 결국 단호하게 말했다. 사람이 뒤에 따르는 것은 익숙할 수밖에 없지만 그것이 번거로운 것은 어느 곳에서나, 또 어느 때에서나 매한가지인 법. 맵차게 몸을 틀어 걷는데 그림자같이 그 뒤를 따라오는 위장군이 세 치 혀를 놀렸다.

"주상전하께서, 구중궁궐에서 새벽녘 암습을 받은 적이 있지 않으십니까."

그 순간 허공에 발을 놀리던 가랑은 그 자리에서 석상이 되었다. 주상전하라 함은 그 오라비를 이르는 것이 틀림없던 터, 저 말이 진실인가.

작금 가랑에게는 명원의 소식줄이 전무하였다. 그나마 오라비가 보내는 전서구만이 명원과의 유일무이한 연통일 뿐, 그마저도 오라비가 일방적으로 전하는 것이라 명원의 소식이 전혀 귀에 들리지 않았다. 그 때문에 정혼자였던 이의 오른팔이 잘린 것 이외의 다른 일들에 대해 아는 것이 전무하였다.

헌데 오라비가 새벽녘에 암습을 받았노라? 저것이 진실이든 거짓이든, 오라비가 이리 저를 보냈든 말았든 아직까지 오라비를 생각하는 마음은 남아 있기에 두근거리는 심장 소리가 기묘했다. 그리하여 뻣뻣하게 굳어 서서히 고개를 트는데 위장군이 한마디 덧붙였다.

"혹 공주마마께 그런 일이 있으면 어찌합니까? 하여 소인, 따라서 야겠습니다."

"그런 일이 있었더라면 더더욱 고국으로 돌아가셨어야 옳은 일이지 않겠습니까."

석상이 된 듯 뻣뻣하게 굳어 그저 숨을 쉬는 것만 편하였던 와중, 그나마 살아 제대로 움직이는 것이 세 치 혀였다. 가랑은 돌마냥 뻣뻣한 손을 들어 억지로 틀어 머리를 짚었다. 태연하려 애를 쓰는 참 바깥으로 흐르는 것은 읊조리는 듯한 것이었으매 평소의 가랑다운 것은 아니었다.

"오라버니께 암습이 있었노라…… 제가 작금 그 말을 믿어야 합니까?"

"……모르셨습니까?"

위장군이 진중하게 묻는 것은 더욱 황당한 것이었다. 몰랐느냐고? 그럼 제가 알 것 같은가? 가랑에게는 명원의 소식을 전해 줄 이가 한 명도 없었으니, 그쪽에서 무슨 일이 있었는지 전혀 알 수가 없었다. 가랑의 앞에 선 위장군이 둔탁한 입술을 열었다.

"달포쯤 되었습니다. 동온돌에서 서온돌로 가시는 사이였다 합니다."

달포가 되었으면 오래된 것이지 않은가. 가랑은 문득 그 달포 전부터 바로 어제까지 오라비가 서찰을 보내지 않은 것을 떠올렸으매 무언가 아귀가 맞아떨어지었다. 그게 가랑을 두고 보아 그러한 것이 아니라 암습을 받아, 앓아누워 어찌할 수 없었던 것인가. 허면 작금은 안온한 것이고? 가랑의 잇새가 부들부들 떨리었다.

"……누가 주상전하를 습격한단 말입니까."

"가능하신 분이 단 한 분, 그 궁에 계시지 않습니까."

위장군이 답이 가랑의 심장을 곧게 찔렀다. 단 한 분이 계신다고 한다. 저리 이야기하매 가랑도 그 답을 모르지 않았다. 대국에서는 소국의 일에 신경 쓰지 않으니 결국 소국의 사람을 의미하는 것이매, 왕보다 높지는 않아도 왕과 비등한 지위를 가진 자가 있으니 그가 바로 대비와 중전이었다. 중전은 제 명줄을 왕과 함께하니 왕을 향해 검을 빼 들 필요가 없다. 그런바 의미하는 것은 단 하나, 가랑은 눈을 질끈 감고 고개를 틀었다.

"……어마마마께서 그러셨을 리 없습니다."

그래, 가랑이 아는 대비라면, 그 어미라면 결단코 그러지 않았으리라. 그는 혈육에 대한, 또 그녀를 낳고 그녀를 키운 이에 대한 본능적인 확신이었다. 대비가 남을 사주해 그런 짓을 했다, 전혀 믿기지 않는 일이었다.

항시 덕으로 사람을 다스리라 속삭였던 어미는 엄했다. 가랑이 병서를 읽으면 계집아이가 그런 것을 읽어 어찌하겠느냐며 종아리를 쳤다. 그 소식을 듣고 오라비가 찾아오면, 그에게는 그 체면을 생각해 싫은 소리 한 마디 못 했던 계모였다.

오라비가 상처에 약을 발라 주면 가랑은 다시 대비를 찾아가곤 했다. 그러면 대비는 그 고운 얼굴에 옥루를 뚝뚝 떨어뜨리며 가랑을 품에 안았다. 대비가 때린 것은 가랑의 종아리만이 아니었으므로.

……대비 한씨는 그런 어미였다. 그니의 마음 씀씀이가 곱다는 것은 하늘이 알고 땅이 알았다. 친자가 아닌 세자에게는 달랐지 아니하였겠느냐고? 가랑은 터울이 많이 나는 어린 동생을 그렸다. 그 아이가 태어난 것은 그야말로 천지신명의 보살핌인 터, 정궁의 몸에서 태어났으매 배다른 오라비에게는 당연지사 적이 될 수밖에 없는 어린 아이였다.

가녀린 어미는 가랑을 낳고서 자초와 백선피를 먹었더란다. 대군을 생산하면 당시 세자였던 현왕과 척을 질까 봐, 또 자신이 혹여 다른 마음을 먹을까 무서워서 눈을 질끈 감고 수태를 막는 약을 삼켰다. 가랑의 어미는 중전일 적 현모양처의 화신이라 불렸던 그런 여인이었더란다. 그런데 그런 어미가 누군가를 사주해 오라비를 암습하였다고? 그것이 가당키나 한 소리인가?

"오라버니를 친자인 양 대하셨던 분이십니다. 제게 매를 들으셨어도 오라버니께는 싫은 소리 한 마디 하신 적 없으신 분이십니다. 그러하신 어마마마께 역도라 하신 것도 억울하거늘, 이제는 정녕 반역자로 만드실 생각이십니까?"

"전하께서도 마마께서 말씀하신 그러한 분은 아니십니다."

당돌한, 그야말로 건방지단 말이 딱 어울리는 답이었다. 대국에서 살다 보니 간 크기도 대(大)가 된 양, 지금 뉘에게 저리 지껄이는지 알고 있는 것인가. 괜스레 속으로 분기탱천한 가랑의 입술에서 흐트러지는 한 마디 한 마디가 서늘하기 그지없었다.

"오라버니께서는 제 정혼자였던 이의 팔을 잘랐고, 그를 제게 보냈습니다. 그게 바로 작일이었지요. 그때 알았습니다, 전하께서는 그런 분이시라는 것을요."

속에 담아 둔 것을 시원스레 쏟아부은 가랑은 차게 고개를 돌렸다. 그는 명백한 불쾌의 표식이었다.

"……내 위장군과 왜 이런 이야기를 해야 하는지 모르겠군요."

"소인이 주제가 넘었습니다."

그 안에 담긴 책망을 읽었기에 위장군이 고개를 숙였다. 허나 그리 순종적인 것은 아니었다. 그저 저보다 높은 이가 불쾌하다 속삭이니 고개를 숙이는 것뿐, 이로 언쟁을 하고 싶지 않아 그러는 것뿐.

아니면 아예 속에 든 뜻이 달라 부딪히면 사달이 날 것을 짐작하고 있는 것. 무어라 한 마디 더 할까 하다가 가랑은 입술을 사리물었다.

그대로 몸을 튼 가랑은 고운 비단신을 앞으로 뻗었다. 여린 새벽녘 이슬에 촉촉이 젖은 땅바닥이 부드러이 발을 감싸올 참, 제 처소의 문이 왈칵 열렸다. 하얀 침의 자락을 걸친 채 디딤돌 위로 발걸음을 내딛는 그는 단지 그것으로 가랑의 발을 붙잡았다. 제 호위인 위장군과 가랑의 뒤통수를 한 차례씩 돌아본 그가 입술을 뗐다. 이윽고 내뱉어진 옥음은 반쯤 잠겨 있었다.

"왜 여기서 떠들고 있느냐?"

"……폐하."

다시 뒤를 돈 가랑이 꾸뻑 고개를 꺾었다. 위장군은 그림자인 양 어둠 속으로 몸을 묻었으나, 자다 깨 머리채가 흐트러진 황상은 그 어둠 속과 가랑을 다시 한 번 돌아보았다. 무엇을 물으려 둘을 번갈아 보는가? 가랑이 그리 여길 때 황상의 입에서 나온 소리는 의외로운 것이었다.

"이제 인시니라. 명원분들은 잠이 없느냐? 아니지, 김 상궁은 잘 자고 있던데."

"……송구하옵니다."

결국 시끄러워 잠이 깼다는 소리라 가랑은 그저 읍했다. 가랑은 황상이 저와 위장군이 떠드는 소리를 모두 들었음을 그저 감으로 알아차렸다. 앞서 처소에서도 침수에 들지 아니하였던가? 아니, 가랑은 분명 그가 곤히 자고 있는 것을 확인했다. 허면 위장군과 제가 왈가왈부하는 것을 듣고 깬 모양, 잠귀가 밝은 듯하였다.

결국 가랑이 내뱉은 것은 시끄럽게 굴어 송구했단 언변이었으매, 황상은 그게 또 마음에 들지 않았던 듯 한 마디 더 보탰다.

"너는 갑자기 내 앞이 어려워진 게냐. 잘 말할 때가 있었던 것 같거늘."

"……송구하옵니다."

"송구하옵니다."

그러던 참 황상과 가랑의 입술에 동시에 열리었다. 제 답을 예측한 양 같이 흘러나온 소리는 그저 가랑을 놀리려는 것이라, 그녀는 굳은 고개를 바짝 들었다. 샛노란 달빛 덕에 드러난 그 입술이 부드럽게 휘어 있으니 그는 필시 즐거워하는 기색이었다.

"내 그럴 줄 알았지."

"……폐하."

"월우는 말이 많았던 것으로 기억하거늘. 고작 몇 시진이 지났다고 송구, 송구를 입에 달고 있느냐?"

황상은 제 머리 꼭대기에 앉아 있다. 그를 다시 한 번 알게 된 참, 가랑은 제 한심했던 작일의 모습에 침을 뱉고 싶을 지경이었다. 저런 이에게 어쩌자고, 의심 한 점 없이 제 속을 그대로 털어놓았던가. 허나 그때로 되돌아가더라도 가랑은 그저 입을 놀려, 또다시 제 속을 그저 이야기했을 것이었다. 그런 제게 성큼성큼 다가온 황상은 어깨 위에 가만히 손을 얹었다. 귓가에 가까이 다가온 숨이 더웠다.

"한숨도 못 잤을 터, 들어가서 침수나 들지 그러느냐?"

그러니 예서 시끄럽게 떠들지 말고 들어가서 잠이나 자란 것이었다. 허나 들어가서 자리에 눕는다 한들 잠에 취할 것 같지는 아니하였다. 그렇다고 뾰족한 수도 없는 법. 가랑은 괜스레 고개를 들어 올려 하늘을 보았다. 한껏 차올랐다가 기울기 시작하는 달빛이 화사하였으매 가랑은 그저 입술을 달싹였다.

"……달이 밝습니다."

"달구경을 가시겠다?"

"그래도 되겠사옵니까?"

"그러다 또 태극궁의 정원으로 발을 옮기지는 말라."

태극궁(太極宮)이란 황제가 거주하며 국정을 논하는 곳이었다. 가랑은 그저 먼발치에서 보기만 했을 뿐, 눈으로 담은 적은 있어도 발로 담은 적은 없었다. 그리하여 황상의 말이 의아했다. 그곳의 정원으로 발을 '또' 옮기지 말라고? 제가 도대체 언제…… 생각을 거듭하던 가랑의 얼굴이 새파래졌다.

황상을 만났던 세 번의 밤. 지난밤에 다녀갔던, 그저 정처 없이 발을 놀려 도착했던 곳. 그곳은 분명 잘 꾸며 놓은 정원이었다. 고운 꽃들이 바람이 흐드러지고, 새파란 연못에는 잉어들이 팔딱거리는……. 황상의 말로 미루어 본바, 그곳이 태극궁이었단 것인가. 후궁이라면 황제가 부르기 전까지는 감히 발걸음조차 해서는 안 되는 곳. 가랑은 입술을 달싹였다.

"망극하옵니다."

"송구하…… 이번에는 망극이로구나."

가랑의 입술이 움직이는 것을 보고 따라 읊는다. 그것이 장난인지, 진담인지 도무지 구분할 수가 없었다. 달빛에 바래 가는 용안을 가만히 쳐다보는데, 가랑은 갑작스레 불쑥 치솟은 오기를 참을 수가 없었다. 그리하여 입을 열었더란다.

"……죽을죄를 지었다고 하면 되옵니까?"

"무슨 말이냐?"

"허가 없이 태극궁에 발을 들였으니…… 이는 중죄이지 않사옵니까? 허니 사죄해야 옳지 않겠사옵니까?"

"그게 중죄던가? 그리 생각했더라면 내 너를 처음 본 날 가만두지

106

않았겠지?"

맞받아치는 음성이 어깨를 감싸 온다. 차마 무어라 할 말이 더 없어 가랑이 입술을 사리물 때 황상이 몸을 틀었다. 처소 안으로 들어가는 그를 따라 발걸음을 옮겼으매 그 옆은 문풍지 사이에서 희미한 빛이 흐르던 채였다. 침소로 들어서자 분명 제가 나설 때까지만 해도 없던 서탁이 있던 터, 그 위에 놓여 있는 것들은 가랑이 주로 읽는 서책들이었다. 아무래도 이를 보며 위장군과 가랑이 하는 이야기를 들었던 듯.

헌데 그 서책들이 제 치부 같았다. 그를 고스란히 드러낸 듯 부끄럽다. 어미에게 심심찮게 종아리를 맞았던 것 또한 함께 떠올랐으매, 그리하여 자리에 선 채 고개를 푹 내린 채 그저 내뱉는 것만이 가했다.

"……타인의 것을 함부로 보는 것은 군자답지 않은 행동이라 사료되옵니다만."

"황제는 무치라 하였지."

……황상이 그저 툭 내던졌으매 본전조차 찾지 못하였다. 기어가듯 가까이 다가간 가랑은 탁상 앞에 그림인 양 앉았다. 희미한 촛불 밑, 황상이 작금 그 눈에 담은 것은 손빈이었다. 진중한 눈으로 그를 살피는바 가랑은 물끄러미 그 손끝을 눈으로 훑았다. 단단한 손에 어둔 그림자가 드리우는데 그 모양새가 제법 아름다웠다. 팔랑, 그 손끝에서 얇은 책장이 노닐다 바닥으로 툭 떨어지었다.

"이제 와 침수 들기는 그른 듯하니 서책이나 읽지 아니하겠느냐. 내 오랜만에 보니 제법 흥미롭구나."

"……그리하겠사옵니다."

어차피 잠이 올 것 같지는 아니하여, 가랑도 순순히 서책을 집어

들었다. 그저 책장을 넘기니 그 한 마디 한 마디가 모두 흥미로워 시간이 흐르는지를 알지 못하였다. 그저 어느 순간 눈을 들으니 촛농이 촛대 옆에 가득 굳어 있으매 상궁 나인들이 기침하였느냐 물어 오고, 조반을 내어 왔다.

조치, 숙채, 생채, 구이, 조림, 전, 적, 자반, 젓갈, 편육, 장과, 어채가 오른 12첩 반상으로, 조반이기에 그나마 적은 찬이었다. 그 화려한 것을 그저 삼키고 상궁들이 내가는 양을 지켜본 참 밤새 같이 서책을 읽던 황상이 한마디 했다.

"길경(吉慶)에는 손도 대지 않는군."

숙채로 도라지가 올랐던 것을 보고 하는 소리였다. 딱히 음식을 가리는 편은 아니었으나 가랑이 딱 하나 들지 않는 것이 있으니 그가 길경이었다. 헌데 이 와중에도 그를 보았나?

무심코 입을 열어 송구하옵니다, 그리 답하려던 가랑은 조금 전 새벽녘 황상이 저를 놀렸던 것을 떠올렸다. 그를 생각하니 또 그리 답할 수가 없어, 재주는 없으나 가랑은 말을 늘였다.

"……어린 시절 길경을 먹고 탈이 난 적이 있습니다. 그 이후로는 바라보기조차 싫사옵니다."

"앞으로 소의의 상에는 길경을 올리지 말라 해야겠군. 헌데 월우야."

"가랑이옵니다."

그러니 월우라고 부르지 말라는 것이었으나 황상은 저번처럼 그를 귀담아듣지 아니하였다. 그저 제가 해야 할 말을 담담히 내뱉을 따름이었다.

"네 내게 할 말이 있을 것이다. 오반 때 부를 터이니 그리 알고 기다리거라."

"……고할 말씀이라니요?"

그런 것 없다는 의미로 되물은 것이나 황상은 그저 웃었다.

"필시 생길 게다."

이후 궁인들이 들어와 의복을 갖추고, 황상은 그리 자리를 떴다. 밤새 잠을 청하지 못하였으니 잠시나마 눈을 붙이려 할 참, 황후가 보냈다며 태의가 들이닥쳤다. 황상에게 이야기를 들은 게 있어 어색할 따름, 허나 거부할 명분이 없었기에 가랑은 그저 제자리에 앉아 있었다.

가느다란 실타래로 손목을 묶고, 저 멀리 맥을 짚는 태의가 눈으로 바닥을 보며 고개를 끄덕였다. 황후가 무슨 꿍꿍이를 지닌 것인가, 가랑이 속으로 뇌까릴 때 태의가 되었다고 고하자 옆에 서 있던 상궁이 실타래를 거두어들였다. 고개를 숙이고 그대로 물러간 태의는 한 식경도 채 되지 않아 황후가 내렸다며 어마어마한 양의 약재를 들여다 놓았다.

그것이 기껍든 기껍지 아니하든 그러한 것을 받고 가만히 있는 것은 예의가 아닌 것이 법도였다. 황후가 무슨 속셈으로 이러는 것인지, 아니면 진정 순수한 마음에서 우러나오는 것인지 궁금했던 차 황후전으로 발걸음을 옮기었다.

황후전에는 이미 3부인이 앉아 차를 들고 있는 참이었다. 저마다 화려한 녹의홍상과 화려한 어여머리로 한껏 치장을 한 그녀들은 충분히 아름다웠다. 자매인 양 닮은 듯하기도 하였으매, 그 정점에 선 황후는 가랑을 보며 환하게 웃었다.

"빈, 어서 오세요. 간밤에 평안하셨습니까?"

"심려해 주신 터라 평안하였사옵니다."

"어서 앉으세요. 감로차가 아주 좋답니다."

그 말을 따라 가랑이 앉으매 궁인이 다기를 하나 더 들여왔다. 감로차. 수국차의 잎을 따서 만든 차로 단맛이 나며, 정하게 하여 부처님 앞에 올리는 차라고 하였던가.

여전히 다정한 음성으로 사근사근하게 내뱉는 황후는 처음 봤을 그때와 다른 게 없어 보였다. 온화한 미소를 만면에 드리우며 그와 어울리는 부드러운 말씨와 상냥한 마음을 드러낸다. 부처님 앞에 올리는 감로를 즐기는 여인답게 관음불의 화신인 양 자애로운 그 모습은, 가랑이 잘못 본 게 아닌 듯 자연스러웠다. 그리하여 황상의 말과 혼동이 되는 참, 우아하게 차를 들이켠 황후는 그 상냥한 음성을 냈다.

"그래, 어인 일로 오셨나요?"

"태의를 보내셨기에…… 감읍하다 말씀드리러 왔사옵니다."

"내가 해야 하는 일인 것을, 무에 그리하십니까. 손이 귀한 황실입니다. 빈께서는 수태에 힘쓰세요."

그리 말하는 황후의 미소가 비틀린 듯 보이는 것은 착각인가. 그를 피한 가랑은 눈앞에 놓인 차를 들이켰다. 감로차란 본디 단맛이 강한 차로 당과와 함께 먹으면 혀가 얼얼할 정도였다. 허나 방금 마신 것은 어쩐지 모르게 씁쓸함이 강해, 가랑은 저도 모르게 눈살을 찌푸렸다. 무의 감로차는 이런 맛인가? 꼭 설익은 녹차를 생으로 씹은 듯 강렬한 쓴맛이다. 여우마냥 얄팍한 눈초리로 가랑을 살피던 황후가 오지랖을 펼치었다.

"차가 입맛에 맞지 않으십니까?"

"아, 아니옵니다."

실제로는 입에 맞지 아니하였다. 입안을 감싸는 향긋한 차향은 익숙한데 맛은 씀바귀와 비등하였다. 그 씁쓸함을 삼키기 위해 가랑은 눈앞에 있는 당과를 집어 입에 넣었다. 쓴맛과 단맛이 섞여 입안이 그저 어지러웠다. 그러나 그것을 아는가, 모르는가 황후는 여전히 사근사근한 눈웃음을 지으며 상냥한 말씨를 내뱉었다.

"그래요. 입맛에 맞다 말씀해 주시니 기쁘군요. 감로는 본디 명원에서 들여오는 것이니, 빈의 입맛에 맞는 감로라면 뉘 입인들 맞지 않겠습니까."

언중유골(言中有骨). 가랑은 그 상냥함 안에서 오묘한 적의를 느꼈다. 그것은 이 오묘한 맛을 내뿜는 감로와 같은 것이라 무어라 형용하기 난감한 것이었다. 아마도 그것 때문이었을 것이었다. 처소로 돌아온 가랑이 황후와 척을 지었다는 황상의 말을 곱씹어, 황후가 보냈다는 약재를 살피러 간 것은.

그야말로 어마어마한 양이었다. 수많은 약재들 중 가랑이 얼추 이름을 알 수 있는 것들이 있었다. 숙지황(熟地黃), 백작약(白芍藥), 천궁(川芎), 당귀(當歸), 인삼, 백출(百朮), 백복령(白茯苓), 감초(甘草). 이는 팔물탕의 재료였다. 본디 숙지황과 백작약, 천궁과 당귀를 넣고 달이는 것을 사물탕이라 하여 그는 혈허증과 혈병(血病) 및 부인병에 사용하는 약이었다. 그에 인삼과 백출, 백복령과 감초를 가하면 팔물탕이 되니 그는 기와 혈을 보태 준다 하였다. 허니 수태에 힘쓰라는 황후의 말과 일맥상통하는 것, 딱히 의심할 거리가 없었다.

헌데…… 그 안에서 기묘한 것을 발견한 가랑은 그것을 집어 들었다. 괜스레 코에 가까이 대 문향해 보게 되는.

이 특유의 진한 향은…… 틀림없는 백선피였다. 그 순간 머릿속에 벼락인 양 스쳐 지나가는 것이 있었다. 그것이 상황과 기괴하게 맞물려 끔찍한 소리를 내거늘, 가랑은 제 뒤를 그림자처럼 따라 다니는 상궁을 불렀다.

"김 상궁."

"예, 마마."

"······황상께는 후사가 계시지 않으신가요?"

갑작스런 하문에 상궁이 고개를 주억거렸다. 뻔히 아는 것을, 뉘나 아는 것을 묻는 가랑이 이상하기도 하였으나 그리 답하는 것이 그니의 의무였다. 그림자인 양 가만히 고개를 숙이는 상궁은 정중했다.

"그러하옵니다."

머리에 무언가가 스쳐 지나갔다. 가랑은 제가 손끝에 잡은 것을 강하게 눌렀다. 잘 말린 그 뿌리가 그 손에서 산산조각 나거늘 가랑은 이가 무엇인지 잘 알아 어이가 없을 따름이었다.

백선피와 자초.

그 둘 다 분명 피부질환에 쓰이는 약재이기도 하였으나 후사가 필요한 사람들에게는 쓰지 아니하였다. 그는 수태를 막기 때문이었으매, 황후가 제게 이런 약을 내린 것과 현 황제가 나이가 있음에도 불구하고 후사가 전무한 이 상황이 묘하게 맞물리지 아니하던가. 설마 지금껏 모든 이에게 이런 것을 내려, 그를 먹인 것인가. 머리가 아파 온 가랑은 이마를 짚었다.

"여태 태기를 보였던 이들도 없었던가요?"

"그렇사옵니다."

정중한 답이 떨어졌다. 혹시나 했던 것이 진실이 되자 그야말로 기가 막혔다. 이가 말이 되는 일인가. 후사가 없는 황실과 조정이란 언제나 위태롭기 마련이다. 본디 후사를 둘러싼 갈등은 첨예할 수밖에 없었으매, 황상에게 자식이 없는 한 그 형제들과 사촌들까지 언감생심 후사 자리를 노리지 않겠는가. 헌데 황후가 앞장서서, 그리될 줄을 알면서도 후궁들에게 백선피를 내렸노라고? 가랑은 문득 황상이 아침나절 남기고 간 말을 떠올렸다.

— 네 내게 할 말이 있을 것이다. 오반 때 부를 터이니 그리 알고
기다리거라.

이것 때문이던가.

필시 생길 것이라 덧붙였으니 틀림없다. 그야말로 제 머리 위에,
또 황후의 머리 꼭대기에 앉아 사태를 관망하는 것이 아니던가. 허면
어이하여 이런 짓을 저지르는 황후를 그저 두고 보시는가? 명원에서
는 왕후가 이따위 짓을 저지른다면 벌써 폐출되고도 남았을 터, 지난
역사를 두고 보았을 때 왕후가 후궁을 비방하였다 하여 폐출된 이후
사약을 내린 경우도 있지 아니하던가. 헌데 대국의 예는 또 다른 것
인가?

어찌 되었든 황상에게 생각이 있으니 저리 내버려 두는 것일 터였
다. 허면 가랑에게 있어 따라오는 문제는, 이리 보낸 것들을 어찌 처
리하느냐는 것이었다. 황후가 직접 보낸 것이니 버리기는커녕 먹지
않을 수도 없지 아니한가. 물론 뾰족한 수가 없는 것은 아니었으나
가랑 혼자의 힘으로는 불가능했다. 허면 황상에게 매달려야 하는가?

가랑이 제 입술을 사리물 때에 황상의 상궁이 들어와 읍했다. 오
반 시간이 되었으니 태극궁 뒤뜰 정원으로 납시라 명하셨다, 그리 전
하였다.

상궁 나인들의 안내를 받아 태극궁 후원으로 갔으매 그야말로 눈
에 익은 곳이었다. 밤의 정원이 정적인 멋을 간직했더라면 낮의 정원
은 고혹적이다. 갖가지 색상의 장미가 못 주변을 둥글게 채우고, 스
산하게 부는 바람에 흩날리는 나뭇잎들이 제각각 부딪혀 사각사각,

여린 화음을 만들었다. 화사하게 피어난 고고한 장미가 목을 꺾으면 그 밑에는 설상화 같은 보랏빛 수레국화가 장미를 마주했다.

그간 제가 정녕 발걸음 한 곳이 이곳이 맞았구나. 새삼 그를 깨달으며 정자에 오르자 황상이 그곳에서 미소로 가랑을 반기었다. 홍등을 내리겠다 했으니 보는 눈이 있을 때에는 저리 행동하려는 듯, 황상은 그야말로 다감한 부군이 되어 가랑을 감쌌다. 함께 오반을 들고 남은 시간은 산보를 나서겠다 하였으매 상궁 나인은 물론 환관까지 그 뒤를 졸졸 쫓았다.

"소의."

정자에서 내려와 장미가 화사한 못 주변을 거니는 와중, 저를 그리 부르는 황상의 목소리가 그저 어색할 따름이었다. 지난밤은 물론이요, 오늘 아침까지 너, 네가, 월우, 그런 식으로 불렀던 데다가 그 음성에는 힘이 그득한 것이었다. 헌데 작금 들리는 목소리는 봄바람인 양 살랑살랑거리었다. 듣는 이가 녹아내릴 지경이다.

"짐에게 할 말이 있지 않소?"

아랫것들이 보는 참이라 편히 하대하지는 않는 듯하였으나 묻는 것은 변함이 없었다. 필시 확신, 여린 바람이 불어와 황금빛 용포를 뒤흔들어 놓았다. 뙤약볕 밑에서 고생하는 농민들의 땀을 닦아 줄, 그러나 흐르는 눈물은 말리지 못할 바람을 그대로 마주하던 가랑은 그를 향해 고요히 고개를 숙였다.

"있사옵니다."

"예서 들을 만한 이야기는 아니라 사료하오?"

"짧은 식견으로는 그리 생각하옵니다."

그린 듯 떨어지는 대답에 황상은 그저 웃었다. 모든 것을 다 알면서 물어보는 것이니 가랑이 그 속내를 도무지 읽을 수 없다고 여길 때, 황상이 갑자기 가랑에게 성큼성큼 다가왔다. 본디 두어 보가량 떨어져 그 주변을 걷고 있던 와중이었으나 창졸간에 제 눈앞에 가득 들어온 황금빛이 그저 찬연했다. 무엇 때문에 이러시는가? 곧게 올려다보는데 가까이 다가온 눈이 초승달인 양 휘었다. 간반에 곱다고 생각했던 손끝이 가랑의 뺨을 건드렸다.

"폐……."

하, 어찌 이러시옵니까? 뒤를 이어 나와야 할 말은 황상의 손끝에 먹혀 버리었다. 뺨을 스친 단단한 손이 그 입술 위로 올라와 가벼이 누르는데, 그 온기의 이질적임은 너무도 생소한 것이라 혀마저 굳어 버린 듯 움쩍할 수가 없었다. 까마귀마냥 새카만 눈동자에 비친 황상의 미소가 어색하였다. 이윽고 그의 입술이 달싹였다.

"날은 더운데 뺨이 차군."

……무슨 의미인 것인가? 허나 황상이 저런 말을 내뱉는 그 순간 옆에 시립해 있던 상궁 나인들은 물론 환관들마저 고개를 숙인 채 몸을 틀었다. 눈을 튼 황상이 그를 보더니 고개를 숙였다. 가랑의 편협한 시야가 그로 가득 들어차고, 뺨과 뺨이 맞닿았다. 뒤로 주춤 주춤 물러선 아랫것들이 백 보 바깥으로 비켜섰다.

황제는 무치(無恥).

말 한 마디보다 행동 하나가 그를 확연하게 알려 주는 참, 허나 그 친밀한 행동에 가랑은 뻣뻣하게 굳었을 따름이었다. 숨소리마저 공유할 정도로 가까이 다가붙은 가랑의 바로 귓가에서 불어오는 더운 바람은 그저 나지막한 음성일 뿐이었다.

"……그래, 무엇이냐?"

그나마도 백 보 바깥의 아랫것들이 들을까 봐 목소리가 낮았다. 뺨을 건드리고 입술을 훔쳤던 어수가 하얗게 드러난 어깨 위로 올라오자 가랑은 괜스레 그를 흘끗거렸다. 어깨 위에 올라온 어여쁜 손은 의외로 단단하고 묵직하고, 또 따뜻했다. 가랑이 이를 어찌 생각하든 간에, 누구든 스쳐 지나가는 사람은 황상이 마음에 든 후궁을 희롱하는 것이라 그리 여길 터. 홍등에 관한 의심을 지울 수단이리라, 그리 여긴 가랑은 그를 따라 조용히 읊조렸다.

"……황후께서 백선피를 보내셨사옵니다."

가랑은 부드러이 어깨 위에 올라온 손이 순간 굳었다고 생각했다. 허나 그도 잠시, 곧장 방향을 튼 그 손이 가랑의 목덜미를 향했다. 느긋하게 위로 타고 올라 귓불을 매만지고, 다시 뺨을 감싸는 그 손길이 간지럽다. 헌데 그 우아한 행동과 다르게 귓가에 다가오는 음성이 서늘했다.

"후궁들에게 백선피를 먹이는 건 황후의 취미지. 죽은 귀비에게는 두어 번 낙태약을 먹인 적도 있었느니."

어느 찰나 가깝게 붙어 있던 온기가 멀어졌다. 맞닿았던 뺨이 가랑의 눈앞에 오롯이 서고, 그마저도 두어 걸음 멀어졌다. 뺨에 닿은 손이 그대로 내려가 가랑의 대수삼 자락을 움켜쥐었다. 그대로 뒤돌아선 황상이 발걸음을 옮겼다. 단단히 붙들려 있는 대수삼 자락 덕에 가랑은 그 뒤를 그저 따라 걸을 수밖에 없었다.

방금 전 황상이 내뱉은 것은 그야말로 제 귀를 의심할 소리였다. 황후가 무슨 짓을 하는지 필시 알고 있으시다. 그리고 뭐? 귀비가 살아 있을 때 두어 번 무엇을 먹이었다고? 그야말로 경을 칠 일들, 백선피는 그렇다 치더라도 귀비에게 먹인 것이 발각된다면 실로 구족을 멸할 일이 아닌가.

그러나 이 모든 것을 알면서도 가만히 지켜보는 황상의 저의는 도대체 무엇인가? 그가 황후를 묘사하는 말을 보아하면 황후에게 애정이 있어서 그러는 것도 아니었다.

"······하온데 왜 그리 두시옵니까?"

"증좌가 없지 않느냐."

가랑이 물으매 앞서 걷던 황상이 조그마하게 속삭였다. 분명 황후가 가랑에게 내린 약재에 백선피가 섞여 있고, 귀비가 살아 있을 적 낙태약을 먹었다는 것을 황상이 아는데 증좌가 없다고. 그는 오묘한 모순이었으매, 한참을 걸어 아랫것들이 점으로 보일 만큼 떨어져서야 황상이 걸음을 멈추었다.

"말로써는 황후가 내리는 것일지 모르겠으나 실상 약재는 모두 태의감을 통해 전달되는 데다가, 고작 백선피 정도로 황후를 치기에는 그 세가 만만찮다."

고작 백선피. 후사를 막아 종묘사직을 위태롭게 만들며, 백성들이 사속지망을 바라게 하는 그 일이 '고작'이었다. 그런 것을 '고작'이라고 만들 정도면 그 세가 정말 만만찮다는 것을 의미하는 바. 도대체 어떤 권문세가이기에 대국의 황제가 몸을 숙이고, 때를 기다리며 지켜보고만 있는 것인가? 공주로 귀히 자란 가랑이 그런 빛으로 쳐다보자 황상이 덧붙였다.

"황후의 아비가 승상이다. 오라비가 다섯이 있는데 그 다섯 다들 한자리씩 차지하고 있지. 특히 승상의 장남과 차남이 이부와 병부에 시랑으로 있으니."

그야말로 득세한 외척이었다. 승상과 이부와 병부, 그도 시랑(侍郞)이다. 시랑이란 육부(六部)의 장관인 상서(尙書) 바로 밑의 벼슬로 후일 상서가 될 자들이 앉는 요직이었다. 가뜩이나 이부는 관리들의 인사권을, 병부는 병권을 맡고 있어 육부 중 그 권한이 막강한 곳이기도 하였다. 그런 자들이 공모한다면 그야말로 골치가 아픈 일이 되리라.

헌데 그 둘이 힘을 합치어도 용서받지 못할 대죄가 하나 있으니 그가 바로 역모였다. 황상에게 반하는 자들은 구족을 멸한다. 그는 황후가 했던 짓 또한 해당이 되는 것이었으매, 가랑은 속에 걸리던 것을 입 밖으로 내뱉었다.

"허나 귀비마마 생전에 낙태약을 먹이셨다고 하셨지 않으셨사옵니까?"

"내 너를 대하는 태도를 보면 귀비에게 태기가 있을 성싶더냐?"

간결하게 대답하는 것을 뒤따랐다. 지난 밤 일을 생각하건대…… 귀비에게도 그리 대했더라면 틀림없이 아니었다. 귀비의 홍등도 분명, 일반적인 '총애'의 홍등이 아니었으므로. 허면 귀비가 황제에게 바락바락 대들었다가 목이 쳐졌던 그 일도 얼추 이해가 갔다.

아랫것이었던 궁인이 저를 올려다보는 것에 모멸감이 느껴졌다고 했던가, 반가의 여인도 아니고 고작 하룻밤 가지고 그리 나서기에는 귀비가 가진 것이 너무나 많았다.

가뜩이나 황상이 그 뒤로 바로 찾아간 것이 아닌가. 허나 정녕 어제처럼 귀비와 황상에게도 아무 일이 없었더라면, 제 궁인이 채녀가 되었다는 소식에 눈이 뒤집힐 만했다.

"진정 귀비가 아이를 흘렸으면 사달이 일어났겠지만 그 비슷한 일조차 없었다. ……헌데 너와 백선피도 딱히 상관없지 않느냐?"

"……모름지기 약이란 좋은 것도 계속 복용하면 해가 된다고 하였습니다만."

맞지 않는 약을 먹으면 탈이 나기 십상이었다. 가뜩이나 백선피는 성질이 차 장기 복용을 하면 안 되는 것으로 알고 있다. 피부 질환에 당장에는 도움을 줄지 몰라도 오랫동안 복용하면 독이 뵈는 법. 그에 피식하고 입술 사이로 바람이 삐져나가는 소리가 가랑의 귓가를 부드러이 얼렸다.

"네 몸은 돌볼 필요가 있다? 황후가 내린 것이다. 그를 먹지 않을 방안이라도 있는 게냐?"

물론 그가 없는 것은 아니었다. 아까부터 생각한 것이 있던바, 그 어마어마한 양의 약재들을 보자마자 생각난 것이 있던 터. 가랑은 앞에 선 황상을 올려보았다. 덥게 물들어 가는 오후의 햇살이 따사롭기 그지없었는데, 가랑의 머릿속에서 돌고 도는 생각은 따가울 뿐이었다.

"내리신 것을 먹고 탈이 나면 되겠지요. 제가 명원의 사람이니 대국의 약재가 맞지 않는다 그리 소문을 내면 되옵니다."

"그렇지. 헌데 먹고 탈이 나는 게 어렵지 않겠느냐?"

"약재를 적절히 섞으면 되지 않겠사옵니까? 헌제 제가 아는 것은 기껏해야 십팔반뿐이옵니다."

십팔반(十八反). 의학에서 오두와 감초, 여로에 대해 언급한 것으로 각각 특정한 약재와 함께 사용하면 독이 생기니 그 쓰임을 조심하라 일렀다. 황후가 내린 것 중에는 저기서 언급한 감초가 있었으매, 십팔반에서 감초는 대극, 원화, 감수, 해조와 함께 쓰면 독이 생긴다 하였으니.

허나 가랑이 의녀가 아닌 이상, 그 네 가지 약재는 당장 주변에서 구하기 어렵기도 한 것이었다. 당장 태의감으로 달려간다 할지라도 황후가 내린 팔물탕의 약재를 익히 알고 있을 테니 절대로 내어주지 않으리라.

"허면 그 십팔반을 따르면 되는 것 아니겠느냐."

"……하오나 의단(醫斷)을 보면 상외상반지설심무위야 고인제방전

119

부구우차여감초원화 미견기해야기타역가이지이(相畏相反之說甚無謂也 古人製方全不拘于此如甘草芫花 未見其害也其他亦可以知已)라고 하지요."

이는 십팔반을 정면으로 부정한 것이었으매, 실제 십팔반에서 독이 된다 하여 배합을 피하라 했던 약재들도 함께 사용하여 탕약을 만들기도 했다. 당장 감초만 하더라도 황달에는 대극과 함께 쓰지 않던가.

"병서에 이어 의서까지 읽었느냐? 헌데 네 그가 백선피인 것은 어찌 알았어."

"……어린 시절 어마마마께서 드시는 것을 본 적이 있사옵니다. 수라 후에 항시 드셨사온데, 어린 나이에 그가 참 궁금했었지요. 하여 몰래 먹었다가 쓴맛에 기겁을 하고 도망쳤사온데 아바마마께서 오셔서 말씀해 주셨던 적이 있습니다."

새벽에 '송구'로 몇 번 놀림받은 탓, 가랑의 입술에서 과거의 이야기가 술술 튀어나왔다. 헌데 저 말이 무언가 이상했다. 나라의 중전이 백선피를 먹어 수태를 막았다? 어딘가 기괴하게 어긋난 것이니 필시 곡절이 있을 터, 허나 황상이 신경 쓸 거리는 못 되었다. 그 딸인 가랑조차 신경 쓰지 않으니, 의심조차 하지 않으니 더더욱.

헌데…… 저 이야기에서 걸린 것은 가랑의 어미일 뿐이 아니었다. 소국의 중전, 현 대비가 먹었다는 백선피. 가랑이 먹고 탈이 났다던 길경.

"……네 길경을 먹고 탈이 난 적이 있다 했는가?"

"그러하였사옵니다만."

"혹 네 대비의 탕제를 훔쳐 먹은 그 날에 탈이 났더냐?"

아득한 옛일인데 그 날이 정확히 기억이 날 리가 없었다. 허나 생각해 보건대 비슷한 것 같기도 하여 가랑이 눈을 내리깔았다. 아비, 선왕이 어미가 먹는 약이 백선피를 달인 것이라, 그 약재를 직접 눈앞에 놓고 이야기를 해 주었다. 그때 아비와 같이 도라지를 씹었다가 그대로 탈이 났으니, 아비가 저를 찾아온 날과 어미의 약을 몰래 먹은 날이 같은 날이라면 황상의 말에 긍정을 해도 되었다.

"신농본초경집서(神農本草經集註)에서 이르기를 백선피는 길경과 함께 쓰면 아니 된다 하였다."

가랑이 답을 하지 않자 황상이 그리 나섰다. 아무래도 눈을 내리깔은 것을 그저 긍정으로 알아들은 모양, 그 와중 가랑은 황상의 박식함에 놀랐다. 경서만 읽어도 십 년은 족히 걸릴 터인데 어찌 의서까지 잘 안단 말인가.

"네 의단을 예로 들었으나 그는 사람에 따라 천차만별. 네게는 상외상반이 잘 듣는 듯하니 그를 쓰면 옳겠구나. 헌데……."

바스락, 황상이 발걸음을 옮기매 바닥에 옅게 깔린 푸른 초원이 진동하였다. 그가 가랑을 향해 허리를 숙이자 황금빛 용포자락이 가랑에게로 쏟아져 내리었다. 시야가 아찔한 금빛으로 샛노랗게 물들어 내리는 그 참, 따스한 숨결이 귓가에 닿았다.

"……난 네가 이해가 가지 않는다. 분명 똑똑한 것 같긴 한데 가끔 가다 보면 멍청한 것과 종이 한 장 차이니. 천재와 둔재가 종이 한 장 차이라는 말이 이래 나온 것인가?"

"예?"

"난 네게 분명 황후와 척을 지었다 했다. 네 그를 알았으면 황후가 태의를 보낸 것부터 의심해야 하지 않겠느냐? 거기서 약재는 왜 보고 있느냐."

그런즉, 황상이 들으려 한 말은 황후가 태의를 보내고 약재를 보냈단 것이었으리라. 황상이 애초에 한 말이 있으니, 가랑이 황후가 하는 모든 짓거리를 의심할 것이라 그리 여겼던 것이다.

가랑은 조금 전, 제가 백선피를 읊을 때 황상의 손이 퍼뜩 굳었던 것을 떠올렸다. 저리 여기었으니 가랑이 백선피를 읊은 것은 생각지도 않았으리라. 생각하건대 황상의 말을 그대로 믿었더라면 누구든, 황후가 태의를 보낸 것부터 의심했을 터.

가랑도 그를 의심하지 않은 것은 아니었다. 그래서 황후를 찾아간 것 아니었는가? 그를 생각하던 가랑은 그저 빙그레 웃었을 따름이었다.

"폐하의 말씀 또한 오롯이 신뢰할 수 없지 않겠사옵니까?"

겁 없이 당돌한 말이었다. 입조심하라 타박을 놓았었던 황상도 저 말에는 허가 찔린 듯, 곁에 나란히 붙었던 숨이 찰나 그대로 멈추었다. 적진에 떨어진 자는 원래 그 누구도 믿지 않아야 옳았다. 자신에게 호의적인 자일수록 더더욱. 남을 믿지 않는 새, 남은 저를 믿게 만들어야 하는 것이 병서의 기본. 반간계(反間計)의 정석.

이어 입술을 떼 나오는 그의 음성이 떨떠름하였다. 허나 그 입가 가득히 핀 것은 분명 웃음이었다.

"……맹랑한 것 같으니."

✻

그 날, 저녁 수라를 들은 이후 바로 탕약이 올라왔다. 검은빛에 가까운 고동색 탕약에서는 쓴 내음이 강하게 풍기었다. 물끄러미 그를 내려다보자 잔잔히 요동치는 그 진득한 것 위에 제 모습이 비쳐 보이는 터, 괜스레 약기를 손끝으로 어루만진 가랑은 두 번 볼 것 없이 약을 들이켰다. 내음만큼이나 쓴맛이 입안에 감돌았다.

약기를 물리니 입가심을 하시라며 맹물이 올라왔고, 입을 헹구자 곧바로 차가 올라왔다. 분명 감모에 걸렸을 때 즐겨 자시는 도라지 차였다. 허나 가랑에게 있어 꼴도 보기 싫은 것이라 찻잔을 집는 그 손끝이 부들부들 떨렸다. 그리고 그예 사달이 일어났다.

……가랑은 그저 도라지 차를 마셨을 뿐이었다. 도라지 차는 몸에 좋다 하여 뉘든 어느 때고 즐겨 마시는 차 중 하나였으나 그를 들이켠 순간 가랑의 얼굴이 새파래졌다. 붉은빛이 감돌아 혈색이 좋아 보이던 얼굴이 새파랗게 질리고 입술까지 푸르게 물드는 참, 숨이 턱턱 막혀 왔다. 척 보아도 상태가 심상찮은 것을 본 지밀이 태의를 부르겠다며 뛰쳐나갔다.

그 모습을 황망히 지켜보는데 헛구역질이 올라왔다. 바들바들 떨리는 손등 위로 붉게 올라오는 두드러기들이 시선에 닿았다. 두드러기가 올라오면 그 곁이 간지러운바 저도 모르게 손을 들어 올릴 때 현기증이 밀려들더니, 그 이후로는 까맣게 암전이었다.

급히 달려온 태의와 지밀이 발견한 것은 숨조차 제대로 쉬지 못하는 가랑이었다.

「소의 유씨가 쓰러졌다, 황후가 보낸 탕약을 든 직후에.」

누구든 차보다는 탕약에 원인을 둘 터였으니, 이어 황성에 퍼진 소문은 저런 것이었다. 상궁 나인들의 입방아로 삽시간에 퍼진 풍문을 들은 황후는 그야말로 기함하여 자리를 박차고 일어섰다. 방금 전까지 상쾌하게 느껴졌던 박하차가 씀바귀보다 더 썼으니 입안을 감도는 것은 그저 소태였다. 그 공주가 어떤 이인지는 저번에 익히 알았기에 진정, 단순히 탕약을 먹고 쓰러진 것이라 생각되지는 아니하였다. 그 앙큼한 것이 이번에는 무슨 생각을 가지고 이런 짓을 저질렸는가?

이를 바득바득 간 황후 문씨는 소의의 전각으로 향하며 속이 아린 제 가슴을 부여잡았다. 그녀가 다스리는 내궁은 완벽해야 했다. 백여 명의 후궁도, 삼천 명의 궁녀들도 오롯이 황후의 소유였으매 그녀가 이끄는 대로 따라서야 옳았다.

황후의 뜻대로 이루어지지 않는 내궁이란 가치가 없는 것, 지금까지는 그 항해가 순조로웠다. 그 발칙했던 귀비마저도 그녀의 말 한 마디에 움쩍하지 못하였으니, 비록 귀비가 오만방자했다 할지라도 크게 괘념치 아니하였다. 허나 작금 이는 무엇인가, 미꾸라지 한 마리가 웅덩이를 흐리지 아니하던가.

분기탱천한 황후가 소의의 침소 앞에 도달해 오롯이 섰으나 나인들이 문을 열 생각을 하지 아니하였다. 그에 황후를 병풍인 양 따르는 상궁이 재빠르게 눈치를 주었다.

"무엇하고 계시는가."

"황상께서 들어 계시옵니다."

조곤조곤한 속삭임은 분명 황후의 귀에 닿았다. 그에 황후의 머릿속 실타래가 복잡하게 꼬였다. ……황상이? 소의에게 홍등을 걸어 주겠다 했던 그 황상이? 석반을 이제 막 마친 시각이니 평상시 황상이었더라면 마지막 강연에 들었으리라. 헌데 그 강연조차 거르시고 이곳에 와 계신 연유는 무엇인가? 쓰러졌단 소문을 듣고 단박에 뛰어오셨는가? 생각을 이어 나가던 황후의 짙은 고동색 눈빛에 불길이 일었다.

"열거라."

황후의 붉은 입술이 비틀렸다. 그에 황망한 것은 그저 상궁일 뿐, 양 폐하의 사이가 좋지 않음을 익히 알기에 토를 달지 않을 수가 없었다.

"하오나 황후폐하, 황상께옵서……."

"내궁은 황상이 아닌 내 소유이지 않는가. 내 말이 틀렸는가?"

"황공하옵니다."

제 말을 단호하게 자르는 황후의 말씀이 지엄했으매 틀린 바가 없었다. 내궁은 오롯한 황후의 소유, 황제보다 황후의 권한이 높을 때가 있었으니 작금이 그러한 시기였을지도 몰랐다. 평상시 관음불의 화신이라 하사, 후궁들의 몸도 직접 챙겨 왔던 황후였으니 나쁜 뜻은 없을 터였다. 그리 생각한 상궁이 고요히 읍하자 나인이 문을 열었다. 활짝 열린 그 침소 안으로 들어서는데 황후의 눈에 기묘한 것이 담기었다.

소의의 침소는 초라했다, 황후의 눈 안에서는 그리 비추어지는 곳이었다. 소박한 것을 넘어서 그저 여염 아낙의 방과 같았다. 상과 침상, 달랑 놓여 있는 장은 분명 고급스러운 목재로 짜인 물품이었으나 단지 그뿐, 여인의 것답잖게 투박한 모양새였다. 장식품은 존재치 아니하였으매 흔하디흔한 화병조차 없는 바, 다른 후궁들의 처소와 다르게 있는 것이 없었다. 그저 서고인 양 한쪽 귀퉁이에 서책이 가득 쌓인 것이 특이할 뿐, 그나마도 이 처소는 무채색의 향연이라 부를 만했다. 소의는 분명 아름다웠으나 이 처소는 그 주인과 다르게 아름다움이라고는 바이없었다.

헌데 그런 곳에 가득 들어선 황상이, 침상 위에 누운 소의를 향해 손을 뻗고 있다. 그 가느다란, 모양새가 섬려한 손끝에서 무명천이 대롱거렸다. 서서히 움직이는 그 두 가지가 소의의 이마를 닦고 뺨을 어르고 목덜미를 스치었다. 정성스러운 손끝이 섬세하게 움직이매 그 끝에 걱정이 뚝뚝 묻어나는 터, 다른 이들이 보면 그야말로 그림

같은 광경이었으리라.

쓰러진 지어미를 정성스레 간병하는 지아비라, 이 어찌 갸륵하지 않은 정경이랴? 황후의 눈에도, 아름다움이라고는 존재치 않는 이 처소에서 유일하게 아름다운 것이라 그리 느꼈다. 허나 그것이 진정으로 아름답기만 한 것이라면 그 향취에 취하여 마음이 누그러져야 옳거늘, 도리어 성이 돋았다.

"……폐하, 강연을 하실 시각이 아니시옵니까. 어찌 예 계시옵니까."

다행히 흐르는 목소리는 평상시와 다름이 없었다. 듣기 싫은 것을 들었음이 분명하건만 황상은 돌아보지조차 아니하였다. 그저 식은땀을 닦아 내는 그 손끝은 진심이 가득 담긴 양 차분하였다. 하얀 무명이 식은땀에 젖고, 그를 행하는 손길이 다정도 하사 속이 뒤틀리었다. 이윽고 무명천을 물이 그득한 대야에 올려 두고 나서야 황상이 한 마디 했다.

"황후께서야말로, 이런 곳에 일일이 발걸음 하는 분이셨소?"

책망이자 조롱이었다. 자리에 그대로 선 채로 그 뒤통수를 가만히 노려보던 황후는 대수삼 자락 밑에 감춰 둔 손을 말아 쥐었다.

"내궁은 신첩의 소관이옵니다. 후궁들 또한 신첩이 돌보아야 할 사람들이지요. 하온데 신첩이 쓰러졌다는 후궁의 처소에 방문한 것이 그리 이상하옵니까?"

"황후, 그대 말이오."

그러자 황상이 뒤돌아 황후를 마주했다. 황후를 보는 눈이 시리기도, 형형하기도 하사…… 아니, 무심한 것 같기도 하였다. 그 새카만 눈을 마주한 황후는 그림인 양 웃으며 고개를 숙였다. 지아비이자 군주인 황상에게 향하는 간단한 예였다. 화사한 가체가 함께 내려가니 새파란 나비 모양 떨잠이 파르륵 진동하고, 금으로 용을 만들어 호박으로 그 눈을 장식한 비녀가 그대로 드러났다.

화사하게 꾸민 황후 문씨는 예나 지금이나 한결같이 어여뺐다. 그 외면만큼은 화중화 중의 으뜸이었으니 그 누구든 우러러보았다. 허나 그는 그 속을 모르는 자들의 이야기.

"소의에게 무엇을 먹인 것이오?"

"손이 귀한 황실이지 않사옵니까. 신첩 그저 몸을 보하는 탕약을 내리라 했을 뿐이옵니다."

황후가 내리려 했던 것은 후사를 막는 백선피였을 뿐, 알면서 물어보는 이에게 믿지 않을 답을 한다. 서로에게 익숙한 만큼 먼 사이인 그들은 눈 하나 깜빡하지 아니하였다. 그야말로 너구리들의 싸움, 도리어 황상은 저 답이 마음에 쏙 들었던 듯 비뚜름하게 웃었다.

"그랬지, 팔물탕이었지. 기와 혈을 보해 주는 보혈(補血)이라, 좋은 핑계지. 허나 말이오, 후(后)."

다시 몸을 튼 황상이 손수 물에 젖은 천을 꼭 쥐어짰다. 투박한 손놀림이 쓰러진 이의 이마와 목덜미를 섬세히 닦아 내었다. 그 단순한 것에 정성이, 애정이 여과 없이 뚝뚝 묻어 나오는 듯 보이는 것은 황후의 눈에 담긴 착시일 뿐인가.

"그를 먹고 빈이 이리되었지."

이어지는 것은 단호했다. 단순한 말이었으나 속뜻은 모호했다. 황상은 황후가 후궁들에게 백선피를 먹이는 것을 이미 알고 있었다. 그를 관망하는 것은 아직 황후를 칠 힘이 모자라기도 하였으매, 외척이라는 든든한 우방을 잃고 싶지 않은 마음이 있기도 하였으나 가장 큰 것은 황상이 작금 후사를 볼 마음이 없으셨던 것이었으리라. 허니 작금 저 뜻은 소의가 이리되었으니 다시는 약재를 보내지 말라는 소리인가? 아니면 소의에게서는 후사를 보겠다는 의미인가? 둘 다일 수도 있으나 어찌 되었든 둘 다 좋은 것은 아니었다.

"……하여 신첩의 탓이라는 말씀이시옵니까? 신첩 그리 행한 것은 종묘사직을, 사속지망을 위한 마음뿐이었사옵니다."

뉘에는 그야말로 가증스러운 답, 허나 눈 하나 깜빡하지 않은 황후는 완벽한 예로 그 자리에 앉는 여유까지 보였다. 화사하니 아름다운, 이립이 다 됨에도 방년 같은 여인의 얼굴에 미소가 돌아났다.

좋은 패가 없으니 황상을 최대한 떠보아야 했다. 내궁이 오롯한 황후의 것이었으면 외궁은 오롯한 황제의 것, 황후가 정사에 참여하는 법은 제 사람들을 부리는 것뿐이었고 권세는 한 번 쥐면 놓을 수가 없는 것이었으니. 허나 황상은 답을 내리지 않았다.

"그가 제 탓이라 하오신다면 기꺼이 죄를 빌 것이옵니다. 소의에게 신첩 무릎을 굽히고 석고대죄라도 올리면 되옵니까?"

"황후께서?"

그는 조소였다. 오색 찬연히 빛나는 조롱이었다. 네가 퍽이나 그리하겠다, 그런 뜻이었다. 허나 황후는 저 뜻을 앎에도 미소를 지우지 아니하였다. 보아 줄 이 하나 없건만, 황상마저 싸늘히 몸을 틀은 채 시선조차 맞대지 아니하건만 그림인 양 웃는 것은 가진 것이 많은 황후의 여유요, 허세였다.

"예. 응당 잘못을 저질렀으면 사죄해야 하는 것이 사람의 도리이지 않겠사옵니까?"

"그 말 기억하시오. 속이 쓰라리시겠군, 훗날 무릎을 꿇으시려면."

"여부가 있겠사옵니까. 소의에게 내려진 것들은 모두 불사르라 이르겠사옵니다."

이미 그 탕약을 먹고 쓰러졌다 소문이 파다했으니 소의에게 그것들을 먹이는 것은 불가능했다. 불사르지 않으면 필시 다른 이가 언젠가 시비를 걸 터, 없애는 것이 이득이다. 그러한 계산을 마친 황후는 무릎으로 기어 황상에게 가까이 다가갔다. 정성껏 움직이는 그 팔목을 움켜쥔 황후의 음성이 부드러웠다.

"또한 폐하, 천자께서 이러시는 것이 보기 좋지 않사옵니다. 신첩이 하겠나이다. 신첩이 미덥지 못하시온다면 아랫것들을 시키시지요."

"되었소."

허나 곁 하나 내어주지 않은 황상은 차게 손을 뿌리쳤다. 매몰차게 거절당한바, 황후의 얼굴 위 부드럽게 떠올랐던 미소가 조각났다. 그나마 아랫것들이 지켜보지 않았기에 망정이지 한 사람이라도 지켜보고 있었더라면 조롱거리가 될 뻔하지 않았는가.

입술을 앙물며 황상의 뒷모습을 지켜보는데 이곳에 들어서면서부터 좋잖았던 속이 한 차례 뒤집혔다. 작금 황상이 저를 한 차례 할퀴었으니, 저도 같이 응수를 해 줘야 공평한 법이었다. 또한 사람을 상처 입히기 가장 좋은 것은 과거의 기억, 결단코 돌이킬 수 없는 일들.

눈초리가 샐쭉하게 휘어지는 그 참, 황후는 식은땀을 뻘뻘 흘리는 그 소의를 내려다보았다. 정2품 빈, 소의 유씨, 명원의 공주. 그런 소의에게 친밀히 지내는 배다른 오라비가 있다 하였고, 그 오라비가 소국의 왕이라 하였는가. 그리 귀애받는 공주를 보는 황상의 눈빛이 애틋한데 어쩐지, 그 두 가지가 맞물려 옛 기억이 하나 황후의 뇌리를 스치었다. 그것을 떠올린 황후의 눈에 거센 불길이 일었다.

"……이제 보건대."

황상이 지금까지도 저리 애틋한 눈으로 보는 이가 또 하나 있었더란다. 물론 그이는 죽어 곁에 돌아올 수 없지만.

"소의가 천혜(天暳)를 닮았군요."

물론 생김새가 아닌 또 다른 것이. 뒷말은 일부로 삼켰으니 반응이 즉각적이었다. 그저 황후는 내뱉고, 황상은 그를 담았을 뿐이나 이마의 식은땀을 훔치던 황상의 손길이 굳었다. 무명천을 있는 힘껏 움켜쥔 황상이 싸늘하게 고개를 꺾었다.

"이제는 미치셨소? 모후께서 들으셨더라면 뒤로 넘어지셨을 터."

"태후폐하보다는 황상께서 먼저 뒤로 넘어지실 듯하옵니다만."

비꼬는 실력은 그야말로 일취월장하였다. 황성에서는 그 누구도 이름을 꺼내지 않는 자가 둘 있으니, 천혜는 그 둘 중 하나였다. 일종의 금기와도 같은 이름을 꺼낸 주제에 그 당사자는 얼굴색 하나 바뀌지 아니하였다. 미동조차 없이 그저 앞을 응시하는 당당함은 사람을 기함하게 만드는 재능이었으매 황상은 저도 모르게 내뱉었다.

"짐이 잊고 있었군, 황후께서 양심도 없으신 분이란 것을."

"신첩이 왜 그런 말씀을 들어야 하옵니까? 천혜가 그리 죽은 것이 신첩의 잘못이옵니까?"

"그러면 누구를 탓해야 하는가?"

단언은 노기로 들끓었다. 그때 일에 성이 나 그런 것이 아니라, 그 이름 자체를 꺼낸 것이 가증스러워 그러는 것이었다. 선제에게는 수많은 비빈이 있었고 그로부터 본 자식 또한 많았으나, 적통은 단둘이었으매 그가 현 황상과 천혜황녀였다. 천혜황녀는 현 태후가 단산한 줄 알았다가 늦게나마 얻은 딸로, 오롯한 같은 피를 받은 남매는 의가 두터웠다.

본디 태극궁의 뒤뜰 정원과 그 못은 선제가 만든 곳이었다. 허나 선제 시절 그곳은 가꾸지도 않고 관리조차 하지 않은 삭막한 장소였다. 선제께서 못을 파 놓기만 하고 흥미가 식었던지 그대로 내버려 둔바, 그 주변에 이끼가 가득 돋아났다.

물을 만나 피어난 이끼는 미끄러웠으니 발을 잘못 디뎌 못에 빠진 이들이 그리도 많았었다. 못은 깊고 푸르렀으매 제때 구조되지 못한 자들이 꽤 많이 죽어 나갔더란다. 그리고 가엾은 황녀, 천혜가 죽은 곳도 바로 그곳이었다.

그 날은 뙤약볕에 내리쬐던 더운 여름날이었다. 현 황후가 태자비 던 시절, 그녀는 천혜와 12황자 윤(贇)을 대동하여 태극궁 뒤뜰에 놀러 갔더란다. 결과는 뻔하지 않았겠는가, 귀히 자랐던 그 셋은 못 주변에 가지 말라는 아랫것들의 말을 무시하고 그 곁에 다가갔다가 그대로 실족하였다. 상궁 나인들이 헤엄을 칠 수 있을 리가 만무한 터, 뒤늦게나마 달려온 환관들이 그들을 끄집어냈으나 12황자는 이미 숨이 멎은 채였고 황녀는 며칠 사경을 헤매다 그예 명을 달리하고 말았다.

……이가 기록된 것이었으나 실상은 아무도 모르는 것이다. 황후가 천혜와 12황자를 못에 밀어 버렸을 수도 있는 법이지 않는가? 허나 선제가 저리 결론을 내고 그대로 덮은 일이었기에 모두들 쉬쉬하는 사건이 되어 버렸다. 이는 그전부터 데면데면한 사이였으나 황후를 사람 취급하던 황상이 완전히 돌아서게 된 계기가 된 일이었으매, 그는 이전부터 황후를 싫어하던 황상의 좋은 핑계였다.

"신첩도 죽을 뻔하였사옵니다."

"허나 홀로 살았지."

"신첩이 죽기를 바라셨사옵니까?"

무슨 답이 나올지 뻔히 알면서 괜스레 묻는 것이었다. 눈길조차 주지 않은 황상이 차게 내뱉었다.

"천혜와 그 어린아이가 죽는 것보다는 그편이 낫지 않았겠는가?"

태자비는 또 누구든 얻을 수 있을 것이니.

본전도 찾지 못하는 입담 끝에 황후는 매섭게 자리에서 일어섰다. 찬바람이 나는 그 행위 위로 모멸감으로 떨리는 손끝이, 조각조각 흩어지는 미소가 새파라니 서늘했다. 허나 그 얼굴보다 더 차가운 것은 황상의 뒷모습이었으니, 그를 노리는 황후의 시선이 애참했다.

"허나 폐하, 작금 황후는 신첩이옵니다. 그를 잊지 마소서."

뒷걸음질 치매 문이 왈칵 열렸다. 뒤도 돌아보지 않고 그대로 전각을 벗어나 황후전으로 돌아가던 황후는 문득 자리에 멈추어 섰다. 뒤따라오던 아랫것들 또한 함께 멈추어 섰으매, 고개를 꺾어 달을 올려다보던 황후가 입술을 뗐다.

"아지(阿之)."

가장 가까이 붙어 있던 상궁이 허리를 숙였다. 이미 정이 떨어진 지 오래된 부부 사이이기에 남보다 못한 법, 작금 황후에게 중요한 것은 황제의 심정이 아닌 제 권세였다. 헌데 걸리는 것이 있어 황후는 까뜩 입술을 씹었다. 뇌리에 오래도록 남은 것은 그 애틋했던 태도다. 소의에게만은 백선피를 먹이지 말라는 그 간접적인 명이다. 기나긴 한숨이 자그마한 입술을 파고들었다. 황후는 지나가듯 자그마한 음성으로 읊조렸다.

"내…… 폐하의 저런 용안을 처음 봐."

왔던 길을 되돌아보는 눈빛이 어딘지 모르게 구슬펐다. 어딘지 모르게 꺼림칙하고 불안한 마음이 자꾸만 어깨를 짓눌렀다.

3장.
염정炎程

— 네 이제 괜찮은 게지? 어디 따로 좋잖은 곳은 없고?

새까만 어둠 속을 헤매는 것은 그리운 음성이었다. 아픔마저 어루
만지는 따스함은 찬연한 품속에서 출발하여 가랑의 가슴 위에 번지
는 비가 되었다. 그 여린 비에 젖어 촉촉해진 가랑은 그 음성을 향해
손을 뻗었더란다.

앞서 보이는 제 손이 고사리만큼 자그마했다. 돌아가고 싶은, 아름
다워 슬픈 그 시절의 아이는 다정한 옷자락 밑에 매달렸다. 어린 마
음에 눈물을 보이면 이내 커다란 품에 가득 안겨, 눈앞이 고귀한 붉
은 옷자락으로 가득 찼다.

— 내 얼마나 놀랐는지 모르겠지. 아프지 말거라, 항시 네가 아프
면 내 대신 아파 주고 싶은 걸 아느냐.

이마 위로 방울지는 땀을 닦아 주는 손조차 서럽다. 숟가락을 들
어 탕약을 먹여 주는 그 손이 그리웠다. 입술을 달싹이는 것조차 힘

겨워 그 진득한 것이 반쯤 흘러 침의를 적시고, 그 정갈한 손을 더럽혔다. 싫은 내색 하나 없던 그 사람은 티끌 하나 없는 새하얀 천을 들어 '월우'의 턱을, 목덜미를 훔치었다.

— 월우야, 어서 털고 일어나야지. 행화가 지천이니 오라비와 함께 꽃구경을 가야 하지 않겠어.

……그가 언제였던가. 감모에 걸렸을 때인가, 아니면 늦게나마 홍역을 앓았을 때던가. 도라지를 먹고 탈이 났을 때던가? 셋 모두였을지도 몰랐다. 아픈 그녀를 돌보고 밤새 그 곁을 지킨 자는 저를 저리 부르는 사람이었지, 어미가 아니었으므로.

어쨌든 그 품이 따스해 그저 오라버니, 오라버니 그리 소리 내어 부르고 싶었더란다. 오라버니가 저를 내치는 무서운 꿈을 꾸었다 속삭이고 싶었더란다. 차가운 손으로 뺨을 가르고, 네가 내 뜻대로 하지 않으면 어미와 동생과 정혼자를 죽이겠노라 겁박했다고 말하고 싶었다. 허면 어둠 속의 그 사람은 네 악몽을 꾼 것이라 속삭이며 머리를 쓰다듬어 주리라.

제대로 가눌 수조차 없는 몸으로 그저 발버둥 치려 애를 쓰건만, 제 품에 가득 찬 붉은색 옷자락이 어느 순간 황금빛으로 바뀌었다. 익숙한 얼굴이 무뎌지고, 저를 똑같이 월우라 부르는 한 사람이 그 자리에 홀연히 나타났다. 저를 안고 있던 자는 오라비가 아니었다. 가랑은 멍한 눈을 끔뻑였다. 마주한 눈이 새카맣다.

"……폐하?"

가득 잠긴 입술 바깥으로 흐르는 제 목소리가 어색했다. 사방으로 갈라지는 그것이 그저 깔깔하니 제가 듣기에도 거슬렸다. 그리하여 희미하게 미소 지었더니, 황상은 그저 저를 내려다보기만 했다. 그 눈빛이 그저 황망할 참 가랑은 제가 자리에 멍하니 누워 있단 것을 알았다. 이 또한 불경이기에 자리에서 일어나기 위해 비틀거리자 황상의 손이 움직였다. 창졸간에 팔을 잡아당겨 가랑을 와락 그러안았다. 자연스레 머리가 닿은 그 품 안이 단단했다.

"가만히 있거라. 되게 앓지 않느냐."

……처음으로 안겨 본 사내의 품이 단단하고 애린 눈물의 향이 나는 것이었더라면, 두 번째로 안긴 사내의 품은 걱정으로 가득 찬 것이었다. 어린 시절 오라비의 것과 같은 향이 나는 그 품 또한 단단했으나 깊이 차오르는 안도감으로 그 마음을 충만하게 하였다.

오롯이 그 팔 안에 갇힌 가랑은 저도 모르게 그 어깨를 따라 그러안았다. 손 안에 가득 찬 어깨가 단단했다.

"……내 걱정했느니."

걱정으로 가득 들어찬 목소리가 가랑의 귓가에 잔잔히 부서졌다. 커다란 손이 머리를 받치는데 그 손길이 다정하였다. 그렇잖아도 머리가 지끈거리고 무거워 가누기가 힘든 참이었으니.

"길경을 먹고 탈이 난단 소리가 이런 것인지는 몰랐지 않느냐. 하여 괜한 짓을 시킨 건 아닌가 싶었다."

진정 미안함이 듬뿍 담긴 음성이었다. 가랑이 대충 말한 터였기도 했다. 어린 시절 길경을 먹고 탈이 난 적이 있습니다. 그 이후로는 바라보기조차 싫사옵니다. 누가 저 말을 듣고 이리 제대로 앓아누울 것이라 생각할까, 기껏해야 체한 것 정도로 여겼으리라.

그 머나먼 날에도 명원의 궁이 왈칵 뒤집혔었다. 왕의 금지옥엽인 어린 공주가 그대로 절명하는 것이 아닌가 싶어 국상이 일어날지도 모른다며 쑥덕거렸으매, 침방에서는 감히 수의를 짓고 있다고 하였던가. 나중에 그 일을 알았을 때 불같이 화를 냈던 기억이 아직도 선명하였다. 그때 기억이 아득히 스치자 가랑은 저도 모르게 웃었다.

"……두 번 다시 길경 따위는 입에 대지도 않으렵니다."

따스하게 와 닿은, 너른 품 위에서 웃는 소리가 그대로 내려왔다.

"네 농도 할 줄 아는구나."

"……진담이옵니다."

황상은 가랑을 안은 팔에 힘을 주었다. 무뚝뚝한 듯하나 재잘재잘 잘 떠들던 것이 쓰러졌다는 소리를 들었을 때 얼마나 기함했던가. 태의가 전하기를 죽을 뻔하였다니, 황상이 식겁한 것은 당연지사였다. 하여 그런 길경을 쓰면 되겠다 호언장담했던 것이 미안하여 그저 그 곁에 붙어 있을 수밖에 없었다.

가랑은 얼마 지나지 않아 자리는 털고 일어났으나 두드러기는 쉬이 가라앉지 아니하였다. 새하얀 피부에 울긋불긋하게 올라온 오돌토돌한 것이 보기 흉하기도 하사, 한동안 두문불출하며 침을 맞았다.

처소 안에 틀어박혀 있는 동안 들리는 것은 그저 궁인들의 입방아뿐, 시도 때도 없는 그니들의 입에서 가장 많이 나오는 소리는 황후에 관한 것이었다.

자애롭기 그지없는 황후는 궁인들마저 살뜰히 챙기니 그야말로 현후(賢后)라, 그리 칭송하는 소리가 높았더란다. 얼마 전에는 황후전과 3부인의 궁인들에게 삼작노리개를 하나씩 내렸는데 비취와 금, 옥으로 알알이 꾸민 그것 하나가 노복과 값이 같다 하였다. 먼발치서 들은 것이었건만 부러움 반이 담긴 그 음성들이란.

새삼 가랑은 제가 궁인들에게 잘해야 한다는 것을 깨달았다. 명원에서는 공주였으니 그저 가만히 앉아 있어도 섬김을 받았더란다. 허나 이곳에서는 많고 많은 후궁일 뿐, 궁인들은 제 알아서 챙겨야 하는 수족이었다.

그러던 와중 가랑은 홍등의 힘을 실감했다. 제 몰골이 추해 바깥으로 나서지도 않았건만 찾아오는 이들이 늘어나기 시작했다. 하루가 멀다 하고 찾아오는 이들은 온갖 금은보화를 가져다 놓았는데, 물리고 또 물리어도 다시 들고 나타났다. 이름하야 뇌물이란 것.

나중에는 포기하고 그저 그들을 받았으매 놓고 간 금은보화가 그득하게 쌓여 햇살 밑에 찬연히 빛나니 눈이 부실 지경이었다. 상궁나인들을 생각하자면 저것들을 그들에게 조금이나마 나누어 주어야 하건만 아직은 때가 아니었다. 가랑의 코가 석 자였으므로.

저녁나절이 되자 태의가 침을 놓으러 들렀다. 한 식경 정도는 침을 그대로 달고 있어야 하니 가만히 누워 천장을 바라보는데, 활짝 열린 창문 틈새로 신선한 바람이 불어오더니 비둘기가 날아들었다. 자라 보고 놀란 가슴 솥뚜껑 보고 놀란다는 옛말처럼 오라비가 보낸 정혼자의 팔이 생각나, 심장이 밑으로 쿵 떨어지는 듯했다.

비둘기는 오색 찬연한 날개를 퍼덕여 자연스레 가랑의 어깨 위에 앉았다. 부들부들 떨리는 손이 그 발목에 묶인 종잇장을 풀었다.

보아라. 네 작심하면 되지 않아. 네 이제 송사로서 세를 키우는 일이 시급하다.

송사라 함은 베갯머리에서 나는 것을 의미하는 것일 터, 그런 일은 바이없었건만 세간의 시선은 그러하리라. 조정에 조금이나마 가랑에게 유리한 처사가 고개를 들어 올린다면 모두 가랑의 베갯머리 송사라 여길 것이었다. 홍등까지 달렸으니 오죽하겠는가.

눈앞에 비추어지는, 변함없이 정갈한 글씨에서는 기쁨이 올올이 묻어 나왔다. 왜? 그가 이리 기쁜 일인가? 아끼었던 누이가 애첩의 표식으로 홍등을 받았으니 기쁘던가? 서신을 주저 없이 화톳불에 던져 버릴까 고민을 하던 가랑의 머릿속에 또 다른 것이 스치었다.

— 주상전하께서, 구중궁궐에서 새벽녘 암습을 받은 적이 있지 않으십니까. 달포쯤 되었습니다. 동온돌에서 서온돌로 가시는 사이였다 합니다.

……파르륵, 가랑의 손끝에 제 몸을 내맡긴 가엾은 종이가 몸을 비틀었다. 행우(幸祐)는 짧고 마음은 길며 뒤돌아본 과거는 언제나 아름다워, 오라비와의 일들은 잊지 못할 추억이었다. 저를 이러한 처지로 만든 것도 오라비였으나, 지금의 가랑을 만든 것 또한 오라비였다. 업어 주던 너른 등과 아플 때 머리맡을 지키던 다정함, 그리 깊었던 옛정은 언제나 애틋한 법이어서 좋잖은 소식을 들을 때 애참하지 않을 수 없었더란다.

깊은 숨을 들이켠 가랑은 세필을 들었다. 하얀 화선지 위에 검은 글씨가 새까맣게 개화했다.

암습을 받았다 들었는데 괜찮으십니까, 전하.

떨리는 손이 서신을 비둘기 다리에 묶고 그 가여운 새를 널리 날려 보냈다. 지칠 줄도 모르는 비둘기는 잿빛 날개를 푸드덕거리며 힘차게 청공을 날아올랐다. 그 미물이 점이 될 때까지 그 뒤를 지켜보는데 저 멀리 황제 폐하 납시오, 하는 소리가 들렸다.

이제 아흐레째, 황상은 정무가 파하면 어김없이 가랑을 찾았다. 하는 이야기는 별것 없으나 황상과 함께 있으면 시간이 금방 흘러가는 바, 가랑도 그가 오면 이제는 그저 기꺼웠다.

이윽고 문이 열리고 황금빛 옷자락이 보이자 가랑은 예를 갖추었다. 이제는 제법 익숙해진 대국의 예법이 몸에 자연스럽게 밴 참이었다.

"폐하를 뵈옵니다."

"일어나거라. 병자에게 예를 받아 무엇하겠느냐."

퉁명스러운 타박이 뒤를 이었으나 행동은 다른 법, 커다란 손이 가랑의 팔을 움켜쥐었다. 일어서는 것을 도와주려는 것, 주변에서 보면 그윽한 총애라 그리 생각할 광경이었으나 가랑은 그 철두철미함이 놀라울 뿐이었다. 오롯이 몸을 펴 마주한 새카만 눈이 장난기로 부드럽게 휘니, 그 섬려한 손끝이 가랑의 얼굴에 꽂힌 침을 건드렸다.

"고슴도치 같구나."

고슴도치도 제 새끼는 함함하다 하였다. 그 말인즉슨 누구든 자식 사랑이 각별하다는 것이었으나, 그 험하게 생긴 고슴도치조차 험한 제 새끼를 함함히 여긴다는 것이니 작금 꼴이 추하다고 이야기하는 것과 진배없었다. 가랑의 얼굴에 희미한 미소가 그려졌다.

"곧 태의가 올 것입니다. 허면 고슴도치가 아니겠지요."

"이제는 많이 나아졌군."

그는 가랑의 손목을 움켜쥐며 하는 소리였다. 바닥으로 사박사박 떨어지는 옷자락 밑 드러난 하얀 피부는 마냥 하얗지만은 않았다. 중간중간 울긋불긋한 것이 흠이라면 흠, 그나마 온몸을 뒤덮었던 것이 이제 거의 사라졌으니 많이 좋아지긴 했다. 그대로 걸어 좌정한 황상이 활짝 열린 창문 밖을 눈초리로 흘끗거리며 물었다.

"그래, 오늘은 누가 다녀갔느냐?"

누가 와서 뇌물을 바치고 갔느냐는 것이었다. 아직 무의 사정에 대해 잘 알지 못하는바, 정확히 그가 누구인지 알 수가 없었다. 누구인지 말을 하고 가도 많은 이들이 오는 터 가랑이 일일이 기억할 수가 없기에, 가랑은 그저 고개를 숙였다.

"송구하옵니다."

모른다는 것이었다. 탁상 위에 자연스레 어수를 올린 황상의 눈이 휘었다.

"많이 쌓아 두기나 하거라. 언젠가 요긴하게 쓰일 데가 있지 않겠느냐."

재물이 있으면 모든 일이 더 쉬워지는 법, 재물이란 없는 것보다야 있는 게 언제나 나은 법이었다. 그를 알아듣지 못할 가랑이 아니었기에 그저 만면에 웃음꽃을 떠올릴 따름, 이윽고 등받이에 편히 몸을 기댄 황상은 턱을 괴었다.

"고민은 끝났느냐?"

처음 한 거래에 대한 질의였다. 황상의 곁에 있음으로써 가랑은 고국에 두고 온 이들을 지킬 수 있다. 도움을 받은 가랑은 그를 도와, 그가 원하는 일을 이룩할 수 있게 해야 했다. 그래야만 계속 이곁을 지킬 수 있지 않겠는가.

"……한 가지 생각은 있사온데, 소첩 아직 무에 대해 잘 모르옵니다."

"폐하, 태의 들었사옵니다."

그때, 태의가 들었다. 들어서던 태의가 황상을 보고 고두를 올리었다. 이윽고 얼굴과 팔에 빼곡하게 들어선 침을 빼내고 두드러기에 좋다는 탕약을 올리는데 황상이 급작스레 몸을 숙였다. 가랑을 곰곰이 뜯어보는 눈이었다. 가랑의 새카만 눈에는 움직이는 어수가 비치어졌다. 다정한 손끝이 여린 혈점이 비치는 곳을 어루었다. 그곳이 괜

스레 홧홧한 것은 침을 놓은 자리라 아프기 때문일까, 아니면 그 손
이 따스하기 때문이던가.

"이제 고슴도치에서 벗어났군."

귓가에 닿는 음성이 당과인 양 달콤하였다. 황상은 생각 외로 장
난을 좋아했으니 가끔 이리 나올 때 당황하는 자는 가랑이었다. 태의
가 물러서 처소 밖으로 나서자 가랑은 슬며시 그 손길을 피해 고개
를 꺾었다. 뺨에 닿은 손이 귓가로 또 머리채로 미끄러졌다. 익숙하
지 않은 그 손길이 서서히 미끄러지며 번지는 온기. 사소한 것에 목
까지 새빨개진 가랑은 눈을 내리깔았다.

"……하여 현 정세가 어떤지 물어도 되겠사옵니까."

쯧, 혀를 찬 황상이 손을 거두어들였다. 다시 느긋하게 몸을 기대
는 그 눈길이 나른하게 흘러내렸다. 본론인 참, 곁에서 가랑이 하는
이야기를 귀에 담고 있으면 즐겁기는 했으니 황상은 그런대로 만족
이었다.

"명원에는 당과가 그 스승에 따라 나뉜다지?"

입술을 떼 나온 소리란 명원에 대한 것이었다. 명원에서 당과가
생긴 까닭은 두 유명한 학자가 경서에 대해 해석을 달리 하였기 때
문이었던가. 각각 그 학자를 따르던 유생들끼리 싸움이 일어난 것이
정사에까지 이어졌으니, 어찌 보면 사소한 것일지도 모르나 실상 그
만한 명분도 없는 법이었다.

경전이란 나라를 다스리는 기본 원리. 네 뜻이 나와 다르니, 그저
칠 뿐이다. 그리하여 생긴 싸움이 치열했으니 오라비가 그 일로 꽤나
고심했었다. 본디 오라비의 모후와 현 대비 한씨의 당과도 달랐으매
그나마 대비 한씨가 가랑을 낳고 오랫동안 자식을 보지 못하여 폐단
이 일어나지는 않았었다. 허나 부왕이 승하한 이후에 그리하여 사달

이 벌어지지 아니하였던가.

"그렇사옵니다만."

"무에는 훈구들과 신흥 귀족이 있으나 후자는 있으나 마나 하다."

훈구(勳舊)란 대대로 나라나 군주를 위하여 드러나게 세운 공로가 있는 집안이나 신하를 이르는 것이매, 결국 개국공신들로부터 이루어진 계보이다.

물론 초창기 개국공신들은 나라를 애정으로 돌보았다. 아비의 벼슬과 봉토를 물려받는 음보제(蔭補制)는 그런 개국공신들의 마음을 갸륵히 여겨, 그들이 남기고 갈 후손을 위한 것으로 만들어진 것이었으나 후대로 이어지며 나라를 위하는 애틋한 마음은 사그라지는 법.

애국은 사리사욕을 위한 것으로 바뀌어 이는 곧 폐단으로 이어졌다. 음보제로써 5품 이상의 직책을 훈구들이 독점하다시피 하였으니 실상 훈구들의 시대가 열린 것이다.

황상이 이르기를 삼사(三師)와 승상, 이부와 병부마저 오롯이 훈구의 손에 있다 하였다. 내궁마저 그리하였으매 황후는 승상의 딸이요, 3부인은 삼사의 손녀들이었으니 후대까지 권세를 이을 생각을 하는 것이다.

외척이 든든하단 것은 황상에게 이로운 일도 있으나 폐가 더 많은 법. 그 이야기를 가만히 듣던 가랑은 황상이 목을 쳤다던 귀비를 떠올렸다. 그때 황상이 가랑에게 무어라 하였던가.

— 대를 거슬러 올라가면 귀비의 가문은 물론 명문이다. 허나 이미 쇠퇴한 지 오래되어 귀비가 후궁이 되기 전, 그늬의 집안은 입에 풀칠하기조차 어려웠다 하더군. 그러한 귀비의 가문은 황상이 3부인과 황후의 가문을 견제하기 위해 키운 곳이다. 이는 이미 무에서는

유명한 소문이지.

"……하여 귀비마마의 목을 치신 것입니까?"

황상의 어수 끝을 바라보던 가랑이 조곤조곤 읊조렸다. 그때는 그저 귀비의 세력이 너무 강대해져서 그리 친 것인 줄 알았다. 헌데 귀비의 가문이 물론 명문이라 했으니 그쪽 또한 신흥 귀족이 아닌 훈구이지 않은가.

"귀비의, 현(玄)씨 일족은 본디 개국공신의 후손이었으나 오래전 투쟁에서 밀리었지. 하여 저를 밀어내 입에 풀칠조차 어렵게 만든 자들에 대해 원혼이 있으리라 여겼건만, 세를 얻으니 다시 훈구 쪽에 알랑거리더군. 어찌하겠느냐, 내 뜻과 반대로 나아가는 것을."

그 말에 소름이 올올이 돋았다. 가랑이 길을 어긋나면 귀비와 똑같은 처지가 될 수 있으니 더욱 어려웠다. 황상이 원하는 것은 균형일 터, 훈구가 아닌 신흥 귀족들의 힘을 키워 주기를 원할 것이다.

허나 귀비의 전처를 밟지 않기 위해서는 고려해야 할 것이 많았다. 대신들을 움직일 수 있을 정도로 입김이 적당히 세야 하며, 그 세의 크기가 황상의 비위를 거스르면 아니 된다. 물론 그 중심은 훈구가 되면 아니 되었으니, 허면…….

"……곧 과거가 있다 들었습니다만."

"명원시를 말하느냐?"

명원시란 오로지 명원의 유학자들을 위한 과거였다. 보통 명원 출신들 중 대국에 정착할 이들이 많이 보곤 했으나 대부분 고관은 되지 못하였다. 역대 황제가 명원 출신을 아끼긴 했으나 관리들의 인사는 이부에서 맡는 데다가, 말단들이 황상의 눈에 들어서는 것은 불가능에 가까웠다.

그렇기에 명원시에 급제한 이들은 더더욱 가랑과 그 홍등을 보고 그 주변으로 몰려들 터였다. 가랑에게 달라붙으면 황상의 눈에 들 가능성이 높아질 것이므로. 하여 작금 가랑의 관심사는 명원시를 보는 자들이 아니었다.

"아니옵니다. 명경과를 이름이옵니다."

과거 시험 중 가장 중요한 시험이 명경과(明經科)였으니, 초창기 명경과는 유교경전에 대한 해석을 가지고 답을 쓰는 것이었다. 그를 위해 오경정의(五經正義)를 편찬하고 오직 그에 의한 해석만을 가지고 답을 써야 했으나, 후일 공론이 일어 다양한 경전에서 그 시제를 내게 되었다. 헌데 그런 명경과를 이르다니, 의구심 가득 담긴 검은 눈빛 밑으로 인상이 흐려졌다.

"명경과를?"

"명경과를 이용하면 어떻겠사옵니까?"

"네 게서 시제라도 쓰려 하느냐?"

가랑의 조심스런 어투에 단호한 답이 떨어지었다. 노기가 어린 것은 아니나 너무도 똑 부러지게 이야기하는 것이었다.

"그것이 가능하리라 보느냐? 네 게가 금녀의 구역이란 것을 모르지는 않을 터."

"아옵니다."

"허면 어찌 그러느냐. 명원시라면 우격다짐으로 얼마든지 욱여넣을 수 있을 터, 명경과에서는 그러할 명분이 부족하다."

결국은 명분, 충분한 이유를 든다면 얼마든지 허가하겠다는 이야기였다. 그야말로 세난(說難). 본디 세난은 한비가 신하가 군주에게 유세하기 어렵다는 점을 터득하고 진언의 방법을 서술한 편 중에 하나였으니, 작금 제 상황이 딱 그러하였다. 결국 설득의 어려움을 설

파한 한비는 스스로도 거기에서 벗어나지 못했으니 그를 홀로 슬퍼할 따름이건만(余獨悲 韓子爲說難 而不能自脫耳 ─사마천).

"소첩, 생각하건대 범인(凡人)들이 타인을 만나는 이유는 단 하나이옵니다. 그 사람이 필요하기 때문이지요. 그는 대신들도 다르지 않습니다."

가랑이 여태껏 보아 온 바로는 그러하였다. 당파가 이루어진 까닭도 권세를 위해 필요했기에 그런 것이니, 신료들에게 있어 사람을 재고 필요에 의해 만나는 것은 더욱 심하지 덜하지는 않을 것이었다. 허나 가랑은 제 말에 황상의 안색이 변한 것을 보지 못한 채 그저 나불댔을 따름이었다.

"명원시를 치른 자들은 자연스레 제 곁에 모일 것입니다. 허니 굳이 그쪽에 힘을 들일 필요는 없습니다. 하지만 명경과를 보는 이들은 언제고 돌아갈 것을 생각하는 이들일 것이니 잡고자 하면 그쪽을 잡아 둬야 황상께서 원하시는 세가 되겠지요."

명원시가 있음에도 굳이 명경과를 보는 까닭은 경전을 논하는 제 자신의 실력을 평가하기 위함이지, 무에 남아 벼슬을 하기 위함이 아니었다. 가랑은 고요히 고개를 숙였다.

"명원의 공주 엽려는 나와 시제를 적으라…… 그리 한 말씀만 해 주시면 되옵니다. 아니 되겠사옵니까?"

후궁이 아닌 공주로서 나서겠다는 이야기였으매, 투전 한 번 해 보아도 나쁠 건 없었다. 허나 곧은 입매를 문 채 고개를 돌린 황상은 한동안 말이 없었다. 황상이 무슨 고민을 하는 것인가. 무언은 긍정을 의미하듯 저 말이 없음은 긍정을 의미하는 바인가.

짙은 어둠을 밝히는 촛불이 자그마한 몸놀림 덕에 부드럽게 일렁이고, 음울하게 일어선 검은 그림자가 바닥을 덮쳤다. 일그러지는

달빛이 쏟아지는 창가 새 어둡게 가라앉은 황상의 눈이 유달리 새카
맸다. 그리하여 한참 만에 내뱉는 음성은 묘하게 한기가 돋는 것이었
다.

"……네 방금 사람은 필요에 의해 만난다 하였느냐."

가랑은 제가 방금 전 내뱉은 말을 곱씹었다. 범인(凡人)들이 타인
을 만나는 이유는 단 하나이옵니다. 그 사람이 필요하기 때문이지요.
간단하게 정리하면 황상의 말이 옳았으매 그저 입을 다문 채 눈을
내리깔았던 참, 제게로 쏟아지는 황상의 음성이 제법 매서웠다. 제게
이런 음성을 내는 것이 처음이라 적잖게 당황할밖에.

"네가 나를 만난 것처럼 말이더냐?"

"……."

— ……어릴 적에 아명마저 지어 줄 정도로 귀애했던 여동생을 감
금하고, 동생과 어미 그리고 그 정혼자를 살리려면 옆집 대부의 첩이
되어 그 대부의 모든 것을 앗아 오라…… 그리 명하였지요.

예전에 제가, 아무것도 모른 채 나불댔던 것이 떠올라 말문이 턱
막히었다. 가랑 또한 범인이었으니 저 말이 옳았으매, 가랑에게 황상
이 필요한 까닭은 저것이었다. 아직 어린 정이, 어미 대비 한씨, 팔
이 잘린 정혼자, 그 셋의 목숨.

그때 저 말은 에둘러 내뱉은 것이었으나 가랑의 상황과 비슷한
터, 황상이 가랑이 무슨 목적을 지니고 이곳에 왔는지 눈치채지 못할
리가 없었다.

"허면 너는 어찌할 생각이냐?"

제법 시린 목소리가 가랑을 죄어치는 참, 가랑의 머릿속에 세난에

이어 한 구절이 스치었다. 군주에게도 거꾸로 난 비늘이 있으니, 유세하는 사람이 군주의 거꾸로 난 비늘을 건드리지 않을 수 있으면 잘하는 유세라고 할 수 있다. 헌데 방금 제가 한 유세는 잘한 것인가?

마주한 시선은 휘었다. 그러나 그 부드러움을 간직한 휘어짐은 진득한 조소이자 비소일 뿐, 가랑은 제가 한 말이 황상의 심기를 거슬렀다는 것을 그제야 알았다. 작금 가랑이 보는 것은 그저 새파랗게 빛나는 눈, 나무 사이를 숨 쉬듯 어루만지던 봄바람은 어디론가 사라졌을 따름이다. 그 서슬 푸름에 황망할 뿐, 입술이 떨어지지 않았다.

작금 황상께서 무슨 답을 원하시는 것인가? 가랑이 그저 입술을 달싹이매 날카로운 채근이 그 뒤를 따랐다.

"또 벙어리가 되었느냐? 나불나불 잘 말하더니 어찌 물으니 답이 없어."

"……송구하옵니다."

"내가 원하는 것이 송구가 아니란 걸 알고 있을 터. 모르고 있었더라면 작금 알게 되었겠지. 허면 말해 보거라, 미인계를 쓰러 오신 공주께서는 무슨 생각을 지니고 계신지 궁금해서 못 참겠으니."

사정없이 비꼬는 말이 비수와도 같다. 오롯이 박힌 것에 지난 상처가 벌어졌다. 미인계를 쓰는 공주께서, 라고 이르셨다. 가랑도 모르지는 않았다. 어떤 방법을 써도 좋으니 총희가 되어라, 달기처럼 나라를 네 손 안에 쥐고 흔들어라. 이왕이면 명원에 도움이 되도록 대국을 망치는 쪽을 택하거라. 허면 네 목숨을 바쳐 아끼는 이들을 살려 주마. 오라비가 시킨 것은 그러한 것이었다.

헌데 막 움직이기 시작한 저의 행보는 무엇인가. 오라비가 시킨

147

대로라면 그저 황상을 좇아 그 눈을 가리고 귀를 막아야 옳았다. 간신을 등용하고 주지육림을 만들어, 그 전서구에서 이르듯 베갯머리 송사로 모든 것을 해결하면 간단했다.

헌데 그리하지 못한 까닭은 무엇인가, 가랑이 공주여서? 황상이 모든 것을 알고 있어서? 아니, 그런 것은 아니었다.

"……소첩도 모르겠습니다."

할 수 있는 전언은 그저 모르겠다는 회피. 가랑은 저를 보는 시선을 피해 눈을 내리깔았다. 애참한 눈썹이 하얀 피부를 덮어 눌렀다. 기다랗게 드리워지는 그림자는 마치 시름인 양 애교 살 밑으로 들러붙었다.

"허나 폐하께서 하찮은 미인계에 넘어갈 분은 아니라는 것을 아옵니다."

"하찮은 미인계라……. 같은 책략이라 하더라도 상대에 따라 그 쓰임이 다르니 미인계도 마찬가지이다. 그저 예쁘기만 한 것을 가져다 놓으면 그게 눈요깃거리에 불과할 뿐. 과거 총희에게 빠진 황제가 악덕한 짓을 많이 저지르긴 했다만, 총희들이 어여쁨받는 까닭은 내조자로서 그 지아비에게 충실했기 때문이다."

즉, 상대방에게 맞는 짝을 가져다 놓는 것이 진정한 미인계란 것이었다. 내조자로서 그 남편에게 충실했단 것을 다르게 표현하자면 지아비의 입맛에 딱 맞는 지어미였다는 의미.

청렴결백한 이에게 아름답고 사치스러운 이를 붙여 놓으면 화합이 이루어지지 아니하고, 평생 선비다움을 고집한 이에게 희대의 요부를 들이밀면 그 관계가 비틀리듯 단지 절색을 데려다 놓기만 한다고 모든 미인계가 성사되는 것은 아니었다.

"네 참 재미있는 계집이다. 사람은 필요에 의해 타인을 만난다, 물론 틀린 소리는 아니지. 궁에서 살아온 자로서 지나치게 많이 본 광경일 게다. 헌데 그것 아느냐?"

가랑이 고개를 바짝 들어 올렸다. 새카만 눈에 이유 모를 예기가 돋았다.

"나는 굳이 네가 필요한 것이 아니다."

그는 황제, 가랑은 그저 많고 많은 후궁 중 하나. 궁녀들까지 합하면 그저 꽃나무 하나에 달린 꽃에 불과했다. 그래, 가랑이 생각하기로도 굳이 가랑을 택할 연유는 바이없었다. 도리어 가랑이 이곳에 온 까닭을 명백히 아는 이상 버리는 것이 더 현명할 수도 있다. 제 말이 틀렸음을 뻔히 내뱉는 참, 황상이 한마디 더 덧붙였다.

"허면 나는 왜 필요 없는 너를 왜 만나고 있느냐?"

그 소리에 가랑은 아무런 답을 할 수가 없었다. 혹, 이윽고 매섭게 날아간 불빛이 사라진 그 자리가 차갑기 그지없었다.

✳

이른 아침나절, 소리 소문 없이 떠난 황상의 빈자리가 싸늘했다. 정사가 급하셔서 새벽같이 떠나셨노라, 상궁이 그리 일렀음에도 이런 적은 처음이라 가랑은 적잖게 당황했다. 그 마음 씀씀이가 다정했던 황상이었으니, 급해도 항상 오반은 같이 들고 가곤 했었다.

가랑은 작야 제가 말했던 어떤 것이 황상의 심기를 단단히 거슬렀음을 뒤늦게야 알았다. 이를 어찌 수습해야 하나 난감했으나 도대체 무엇이 그 심기를 거슬렀는지 알 수가 없던 참, 나인 한 명이 뛰어들어왔다.

"공주마마, 황후폐하께서 찾아 계시옵니다. 황후전으로 어서 납시라 명하셨사옵니다."

자신이 이곳까지 납시셨으면 납셨지 결단코 사람을 오라 가라 한 적이 없던 황후였으니, 그야말로 이상한 분부였다. 허나 그 황후보다 한참 밑인 가랑으로서는 거절할 명분도, 무슨 일인지 물을 권리도 없었다.

자비를 놓아라 명을 내려놓고 상궁의 손길 아래에서 단장을 했다. 무에서는 귀인들이 입는다는 붉은 능라로 지은 대수삼을 걸치고, 그 위에 투명한 천으로 만든 피백을 입었다. 가체를 높게 올려 그 위에 목단 화관을 얹고 갖가지 떨잠과 비녀로 장식을 해 놓으니 제가 보기에도 화려한 모양새였다.

분을 바르고 연지를 찍은 후 살포시 발걸음을 옮기자 옷자락 스치는 소리가 사박사박 풍경처럼 울리었다. 이윽고 길을 떠나자 화사한 치마 밑단이 흙더미를 긁고 흙먼지를 흩뿌렸다.

그리 도달한 황후전은 그야말로 으리으리했다. 그 권세와 재력을 보여 주듯 듣도 보도 못한 진귀한 것들로 가득 차 있었으매, 궁인들이 서 있는 자세 하나조차 흐트러짐이 없었다. 그는 안에 들어선 가구들 또한 매한가지였다. 각을 잡듯 놓인 장이며 침상까지 위화감이 들 정도로 반듯했다.

상궁들이 가랑을 위해 꺼내어 놓은 그 방석마저 그리하였으니 질서가 정연하다기보다는 묘하단 생각이 먼저 들 참, 황후의 눈길이 가랑을 훑었다. 온화하나 뼈가 있는 듯 보이는 것이었다.

"······꾸미니 보기 좋군요, 빈. 참으로 어여쁘지 않습니까. 몸은 괜찮으십니까."

그 목소리가 산뜻하니 나긋나긋했다. 그야말로 진심이며 순진무구한 감탄인 양. 몇 번 마주하지 않은 황후이기에, 그저 황상의 말만 듣고 판단하기에는 저런 모습이 너무나도 마음에 걸렸다. 궁인들에게조차 평판이 좋으니, 그 심성이 오죽 곱겠는가. 허나 제게 보낸 백선피를 생각하면 황상의 말이 백번 옳았다. 가랑은 고요히 고개를 숙이며 입술을 뗐다.

"심려해 주신 터, 많이 나아졌사옵니다."

"어서 앉으세요. 좌정하셔야 아랫것들이 다과상이라도 내어 오지요."

"송구하옵니다."

그대로 자리에 앉으며 송구하다 입에 담자 황상이 생각났다. 가랑이 송구하다 이야기할 때마다 장난스럽게 타박을 놓았던 그 입술이 생각나는데, 그와 반대로 황후는 싸하게 웃었다. 가랑이 앉자 마치 기다렸다는 듯 납신 궁인들이 다과상을 놓고 종종걸음으로 물러서자 황후는 옥빛 찻잔을 잡았다.

"이른 아침부터 미안합니다. 허나 내 꼭 말씀드려야 할 것이 있어서 부득이하게 여기까지 오라 하였습니다."

할 말을 남긴 황후가 차를 들이켰다. 가랑은 물끄러미 제 앞에 놓인 차를 보았다. 싱그러운 초목을 닮은 액체가 그 안에서 짤랑이고, 부드러운 향이 코를 간질였다.

허나 차마 마실 수가 없었다. 제게 백선피를 보낸 것도, 또 황상이 이야기한 것도 멀쩡히 뇌리에 남아 있었다. 죽은 귀비에게 두어 번 낙태약을 먹인 적이 있다고 하지 않았는가? 문득 저번에 황후전에서 먹었던 쓰디쓴 감로가 생각나는지라, 그때 마셨던 감로는 물론이요, 눈앞의 이것이 차가 맞는지조차 의심되었다.

"……하문하시옵소서."

"빈, 그대는 무의 소의입니다. 소국의 공주가 아닌 엄연한 내궁의,

내 사람이에요."

나긋나긋한 황후의 음성이 어딘지 모르게 사람을 벨 듯했다. 그야말로 언중유골이라. 출가외인, 그 낙인 하나가 가랑의 이마 위에 섬세히 새겨졌다. 마치 낙인인 양 내리누르는 그것이 그저 불안하기만 해 가랑은 눈을 내리깔았다. 저를 내려 보는 그 눈빛이 온몸을 저릿저릿하게 만들었다. 도대체 무슨 말씀을 내뱉으려고 저러시는가?

"명원에서는 어찌하였는지, 내 잘 모릅니다. 허나 무에서의 법도는 엄연히 다른 법, 정비인 저조차 정사에 참여할 권한은 없습니다. 그는 내궁의 사람인 소의 또한 마찬가지예요."

"무슨 말씀을 하시는지, 불초한 소첩, 잘 모르겠사옵니다."

"명경과에서 시제를 공표하신다고요."

그 여유로운 속삭임에 가랑은 순간적으로 고개를 치켜들을 뻔했다. 허나 그런 것을 드러내면 저 말이 사실이란 것을 뻔히 인정하는 터, 가랑이 생각하기로 일단 해야 할 일은 발뺌이었다. 그저 순순히 인정하기에 황후가 한 말이 너무나 마음에 걸렸다.

너는 내궁의 사람이다, 공주가 아닌 후궁이다, 정비인 황후조차 정사에 참여할 권한은 없다……. 황후가 방금 저리 말했으매, 명경과에서 시제를 내리는 것은 정사에 참여한다는 의미였으니 잘못 대답했다가는 황후를 능멸했다 하여 사달이 날 수도 있었다. 정비인 황후가 나서지 못한 사항에 후궁에 불과한 가랑이 나섰으니 명분은 충분했다.

제아무리 명원을 등에 업었다곤 하나 대국의 위세에는 조족지혈인 법, 궁인과 황후는 천지 차이였으니 황후에게 있어 가랑의 명줄은 그저 하찮은 것에 불과하리라. 그때처럼 공주의 위치로서 황후를 겁박하기에는 부족하단 것이다.

헌데 걸리는 것이 있었다. 명경과에서 시제를 공표해도 되겠느냐고한 것은 바로 지난밤. 저를 어찌 아셨는가?

가랑은 입술을 물었다. 답은 금방 나왔다. 내궁의 소문을 전하는 것은 궁인이었다. 그 입방아는 금세 다른 사람들의 귀로 전해졌으니 실로 비밀이란 것은 없었다. 제 궁인들은 황후가 직접 뽑은 이들이니, 황후에게 소식을 전해 주는 궁인이 있다 해도 이상하지 않은 일이다. 처소에 돌아가자마자 엊저녁 제 침소를 지킨 궁인이 누구인지부터 알아봐야 할 참, 황후는 여전히 부드러운 말씨로 가랑의 속을 긁었다.

"빈, 미자하의 이야기를 아십니까?"

미자하, 여도지죄(餘桃之罪). 왕의 총애를 받는 미자하란 남총이 있었다. 미자하는 어머니가 병이 났다는 전갈을 받고 허락 없이 임금의 수레를 타고 집으로 달려갔으매, 당시 허락 없이 임금의 수레를 타는 사람은 월형이라는 중벌을 받게 되어 있었다. 그런데 미자하의 이야기를 들은 왕은 오히려 효심을 칭찬하고 용서했다.

또 한 번은 미자하가 왕과 과수원을 거닐다가 복숭아를 따서 한 입 먹어 보더니 아주 달고 맛이 있어 왕에게 바쳤다. 왕은 제가 먹을 것도 잊고 과인에게 주었다며 그 충심을 갸륵하게 여겼다. 허나 흐르는 세월과 더불어 미자하의 자태는 점점 빛을 잃었고 왕의 총애도 엷어졌으매, 어느 날 미자하가 처벌을 받게 되자 왕은 지난 일을 상기하고 덧붙였다.

「미자하는 언젠가 몰래 과인의 수레를 탔고, 먹다 남은 복숭아를 과인에게 먹였느니라.」

"황상께서 무슨 생각으로 허가하셨을지는 모르나 후일 소의께 화가 미칠 수도 있어요. 하시면 아니 되는 일입니다."

뺑 둘러말하는 저것은 필시 가랑에게 남기는 겁박이었다. 황상이
말씀하시기를 황후의 아비는 승상이요, 훈구의 정점이었으니 가랑에
게 화가 미칠 수도 있다며 남기는 저 말은 가랑을 위한 것이 아니었
다. 가랑이 시제를 쓰면 그는 내궁의 사람이 아닌 명원의 공주로서
나서는 일이었으니, 그 근처에 몰릴 이들을 경계하려 이러는 것일
터. 귀비와의 일도 있으니 황상이 무슨 생각을 가지고 있는지는 가랑
보다 더 잘 알 터. 그런 황후가 무슨 생각을 하고 있는지 어렵잖게
짐작이 갔다.

허면 여기서 해야 할 일은, 당연하게도 발뺌. 가랑은 고개를 바짝
들었다. 밤하늘을 닮은 새카만 눈동자 위로 일렁이는 것은 필시 눈물
이었다.

"억울하옵니다. 소첩 모르는 일이옵니다, 황후폐하."

눈을 깜빡이자 그 뺨을 타고 눈물이 도르륵 굴렀다. 황후는 그 눈
물에 당황한 듯 순간 그대로 굳어 버리었다. 허공을 향해 올라가던
찻잔이 그 자리에 그대로 멈추어 섰으매, 그림 같던 미소가 조각조각
흩어졌다. 아름다운 입술 틈새로 흐르는 것 또한 조각난 미소처럼 사
방으로 흔들렸다.

"……모르는 일이라고 하셨습니까?"

작금 나보고 그 말을 믿으라고 하는 것이냐? 내가 분명 들은 것이
있거늘. 황후의 눈이 그런 이야기를 하고 있으매, 이번에 가랑은 그
대로 엎드려 읍소했다. 타인의 앞에 엎드리는 것이 내키지는 않았으
나 저는 그저 후궁이요, 눈앞의 여인은 황후이니 어미에게 엎드리는
것이라 그리 여기면서.

"어느 안전이라고 거짓을 고하겠사옵니까. 과거는 금녀의 영역,
소첩 어찌 감히 그곳에 들어갈 생각을 하겠사옵니까. 하물며 시제를

내리다니요, 천부당만부당한 일이옵니다."

황후의 태도를 살피려 부러 말을 끊었으나 황후에게선 답이 없었다. 그저 저를 지켜보고 있으리라, 허면 일단 나불대야 옳았다. 머릿속을 떠도는 수많은 것들을 하나 붙잡으니 그저 말이 되는 참. 가랑은 우는 목소리를 내려 입술을 물고, 혀를 샜렸다.

"만일 과거장에 들어간다 하더라도 그는 황상의 뜻이니 소첩, 거부할 수가 없사옵니다. 허니 황후폐하…… 소첩을 살려 주시옵소서."

"살려 달라니요? 그는 또 무슨 말씀이십니까. 뉘가 감히 폐하의 총희를 해치겠습니까."

그리 답하는 목소리가 떨떠름했다. 그에 가랑은 한술 더 떴다.

"황후폐하의 말씀을 받자 오면, 황상께서 저를 금녀의 구역에 밀어 넣으시려는 것이 아니옵니까. 신료들이 당장 소첩을 내치라 하지 않겠사옵니까. 황후폐하를 능멸했다며 냉궁에 유폐시키지 않겠사옵니까. 후일 황상께서 여도지죄를 묻지 않으시겠사옵니까. 폐하, 소첩 간절히 청하건대 폐하께서 황상께 이런 일은 불가한 것이라 고해 주시옵소서."

"……."

차마 더 할 말이 없었던 황후는 고이 입술을 물었다. 가랑은 속으로 실소했다. 황후는 작금 내가 그렇게 하겠노라, 답할 수도 없고 더 죄어칠 수도 없었으리라. 궁인들에게 박힌 인상이 있는 터, 여기서 가랑을 더 몰아붙였다가는 십수 년 쌓아 올린 제 모든 것이 깨어질 수 있을 것이니 고민을 하고 있으리라. 울면서 읍소하는, 황제의 총애를 받는 소의를 관음불의 화신이신 황후께서 죄어쳤다. 얼마나 좋은 소문이랴?

가랑이 보기에도 저리 앉아 다정한 음성을 내는 황후는 진정 관음불의 화신이었다. 남몰래 후궁에게 수태를 막는 백선피를 내린, 궁인들을 시켜 처소의 일거수일투족까지 감시하는 그런 사람이 관음불의 화신과도 같다. 그러한 사람이니 누구를 타박하는 것조차 그러한 인상을 무너뜨리기 좋은 구설이었다.

그 어느 순간 가랑은 제 앞에 그림자가 드리우는 것을 보았다. 제 손을 덮은 피백 위로 황후의 피백이 겹치었다. 그 투명한 천 밑으로 드러난 황후의 섬지(纖指)에는 마노와 홍옥으로 곱게 장식한 가락지가 그 빛을 발했다.

사그락, 이윽고 옷이 접히는 소리가 들리었다. 제 앞에 앉은 황후가 눈이 시릴 정도로 따스한 음성을 냈다. 마치 고운 음률을 뽑아내는 이호의 음색과도 같은 것이었다.

"내 곡해를 했나 보군요. 소의, 이러지 마세요. 내 면구합니다."

결국 황후가 택한 것은, 그간 쌓아 올린 신망이 있기에 가랑을 달래는 것이었다. 손에 겹쳐진 것이 이윽고 어깨를 붙잡았다. 일어서는 데 도움이라도 주듯 부드러운 손놀림이었다. 가랑이 그 손길을 따라 일어서매 황후는 손수 눈가 옆을 구르는 눈물마저 닦아 주며 가랑을 달래었다.

"소의, 미안해요. 내 아침부터 미안합니다. 간밤에 침수조차 제대로 들지 못하셨을 것인데…… 내 생각이 짧았어요."

한마디를 더 할까? 잠시 그리 고민하던 가랑은 저를 보는 상궁 나인들의 눈초리가 곱지 않은 것을 보았다. 궁인들이 전부 황후의 편이었으니 한마디를 더 했다가는 궁인들에게 밉보일 수가 있었다. 하찮은 궁인들이라도 황궁 내에서는 수족이나 다름없는 법. 가랑은 그저 황후를 향해 눈시울을 붉히며 다시 읍했다. 그것이 최선이었다.

"망극하옵니다."

"폐하께는 내가 잘 말씀 올려 보겠습니다. 돌아가서 쉬세요."

그대로 뒷걸음질 친 가랑은 한달음에 제 처소로 되돌아왔다. 황후가 갑작스레 마음을 바꿔 저를 잡을까 무서워서였다.

침소 내에서 자리에 좌정한 가랑은 제 머리를 짚었다. 작금은 황상이 없으면 아무것도 할 수 없는 몸, 황상이 오기 전까지 아침나절 잠깐 있었던 이 일을 곱씹고 또 곱씹어야 했다.

작금은 이러한 처지가 나쁘지 않았다. 갑갑하긴 해도 생각을 할 시간이 많았으므로. 그리하여 황후와 있었던 일을 하나하나 씹는데, 문득 가랑은 황후가 제 처소에 궁인들을 심어 놓았던 것을 떠올렸다. 그가 하나인지 둘인지는 모르나 누구인지 알아보는 것은 어렵지 아니하였다.

가랑은 그림자인 양 고개를 숙인 상궁을 불러, 작야 처소를 지킨 궁인이 누구인지를 물었더니 이 나인이라 하였다. 이름은 경아로 연치에 비해 영민한 아이라 하였으매, 애초에 황후께서도 꽤나 귀엽게 여기며 예뻐하셨노라 그리 고했다. 당장 궁인을 바꾸어야 하나 고민을 하던 가랑은 삼십육계를 떠올렸다.

패전계(敗戰計), 패세에 몰린 싸움에서 기사회생하여 승리를 이끌어내는 계책. 그 33수에 나온 것이 반간계였다. 적의 첩자를 이용하여 적을 제압하라. 궁인을 바꾼다 할지라도 그는 오롯한 황후의 권한이었으매 다시 제 사람을 심는 것은 어렵지 않을 것이다. 허면 이대로 두고서는 필요할 때 이용하는 것이 나을 지도 몰랐다.

그래…… 언젠가는 쓸모가 있을 터였다. 그래, 언젠가는.

저녁나절이 되어, 여느 때와 다름없이 황상이 처소를 방문했다. 황후와 있었던 일이며, 제 궁인들의 일이며 명경과와 관련된 일이며…… 할 말이 많았으나 황상은 법도에 따라 자리에 엎드린 제게 일어서라 소리조차 하지 않았다. 작야의 일이 염통에 딱 걸리는 그 순간, 위에서 떨어지는 옥음이 차갑기 그지없었다.

"……내 오늘은 미복잠행을 나서는 날이다."

그런 것도 나서셨던가? 가랑은 제 오라비가 가끔 어염의 선비인 양 차려입고 궁 밖을 나가는 것을 보긴 했었다. 태어난 이후 꾸준히 궁에서 살았으매 작금도 황성에 갇힌 신세, 그 바깥 세계를 구경한 적이 바이없던 가랑에게는 신기한 일이었다. 바깥세상이란 그저 동경의 대상이었다. 도성이 어찌 생겼냐 묻는 가랑에게 오라비는 웃으며, 네 길례를 올리면 질리도록 구경할 것이라 답하곤 했었다. 결국 제 꼴은 이리되었건만.

"내 본디 너를 데려갈까 하였으나 아직 병자인 터, 다음번으로 미루자꾸나. 달포에 한 번은 나가니."

날이 선 새파란 음성이었다. 다정한 말 한 마디 없이 그대로 뒤를 돌아 성큼성큼 빠져나가는 황상이 어색했다. 평소였더라면 조금 더 미안해하셨을 것이다. 어느새 그에게 익숙해진 가랑은 세 치 혀로써 그 발걸음을 붙잡았다.

"폐하."

그 한 마디에 황상이 뒤를 돌았다. 법도에 따라 황후가 아닌 후궁인 가랑이, 그 명 없이 볼 수 있는 것은 그저 버선코뿐. 그 위로 흔들리는 음성이 유성우인 양 가랑에게 쏟아져 내렸다.

"어찌 부르느냐."

"언제쯤 환궁하시옵니까."

"글쎄…… 축시쯤일 것이다. 늦으면 인시겠지."

황상은 볼 수도 없었을 터였건만, 가랑은 습관인 양 미소 지었다. 하루 종일 생각을 거듭하다가 뒤늦게 알아차렸더란다. 황후와 있었던 일만이 머릿속을 매암 돌았으나 그 이야기를 누구에게 하는가. 옆에서 저를 지키는 상궁을 보며 떠드는가? 그 오라비에게 서찰을 보내랴? 가랑이 하루 종일 있었던 일들을 들어 줄 사람은, 그저 소소한 이야기를 털어놓을 수 있는 사람은 황상뿐이었다. 고향 땅에서는 오라비가 제 이야기를 들어 주곤 했는데, 이곳에서 그가 가한 자는 황상뿐이셨다. 하여,

"……기다리고 있겠사옵니다."

그저 기다리는 것이 가랑이 할 수 있는 일. 물론 황상이 돌아오면 작야 제가 실언한 것부터 바로잡아야 하니, 무엇 때문에 그리 성을 내셨는지 물으리라. 가랑이 내뱉으매 황상이 한 박자 늦게 되물었다.

"……무어라?"

"환궁하실 때까지 기다리고 있겠사옵니다."

허니 이곳에 돌아와 쉬시옵소서, 그런 뜻에 황상이 낮게 웃는 소리가 가랑의 귓가에 걸렸다. 허나 답 없이 그대로 침전을 빠져나가는 터, 가랑은 그가 무언의 허가인 것을 알았다.

그가 나선 이후에서야 몸을 일으켜 앉아 서책을 읽는 것이 가(可)하였다. 일렁이는 불빛이 그림자를 드리우는 그 밑에서 그저 새까만 것은 글자일 따름이었다.

✲

사람이 타인을 만나는 까닭은 필요에 의해서이다. 그는 지독히도 궁에서 태어나 자라 온 사람다운 말이었다. 일찌감치 적장가로 태어나 동궁으로 살아온 터, 류는 그를 뼛속까지 절실히 느끼었다. 황후에게서 돌아선 까닭이 무엇이던가. 천혜의 일은 그저 명분이 되었을

뿐, 황후 주변의 세도 세이거니와 그저 황제란 권력을 배분하는 이일 뿐이었다.

모든 신료들이 찾는 황제란 그저 권력의 정점에 선 것일 뿐, 사람이 아니었다. 그 주변에 황상을 찾는 이들은 모두 그가 권세를 나누어 주는 이로서 필요했기 때문이지, 그란 인간이 보고파 그런 것은 아니었다.

하여 황제란 위치는 항시 고독했으매, 때문에 그 소리를 듣는 순간 사람 향기를 풍기던 공주가 한순간에 황후와 똑같은 이로 보였다.

물론 그가 저를 향한 소리가 아니었음을 잘 안다. 류가 황제이듯 가랑은 공주였으매 누구보다 그러한 것을 많이 보고 자랐으리라. 평생을 그리 살았으리라.

황도를 걸으며 평소처럼 빈민가로 향하던 류의 눈에는 오늘따라 모든 것들이 담기지 않았다. 평생 이러한 곳을 구경조차 하지 못하고 살았을 가랑이 생각났다. 그리고 기다리고 있겠다 속삭이던 그 목소리도.

앙큼하지 않은가. 그저 남긴 것이었을 터였건만 류에게는 유달리 뇌리를 덮는 말이었다. 가랑이 그런 식으로 나온 것이 처음이기 때문이었을지도 몰랐다.

가랑은 공주답게 받는 게 익숙한, 그리하여 수동적인 여인이었다. 명원의 선왕이 뒤늦게 본 금지옥엽이라 하였으니 평생 오죽 귀히 자라 왔겠는가.

오죽하면 류가 그 처소에 갔을 때조차 그리하였다. 그저 그것이 당연한 것인 듯 받아들였으매, 심지어 그를 잃는 것조차 당연하다 여길 여인이었다. 아니, 빼앗긴 적이 없기에 쉽사리 포기하지 않을지도 모른다. 여러모로 재미있는 공주이긴 했다.

빈민가에 도달하였음에도, 평소처럼 그들을 살핌에도 머릿속 한편에는 계속해서 가랑이 떠돌았다. 상념을 접기 위해 잠시 하늘을 올려다보았는데 그 달이 밝았다. 하늘의 달조차 고우니, 달 비가 쏟아지던 날 만났던 가랑이 또다시 머릿속에 담기었다. 그때 이름조차 월우라 하였으니 달은 그저 가랑이요, 가랑이 또한 달이었다.

영민한 듯하나 아직 연치가 어려 한참 모자란 계집아이. 하는 이야기 마디마디가 재미있을 뿐이었거늘 어찌 이리 계속 생각이 나는가.

결국 그 생각이 어른거리는 터 류는 환궁을 서둘렀다. 서둘렀음에도 시간이 많이 흘러가 있는 터, 그가 소의전으로 발걸음 했을 때는 당초 얘기했던 것보다 늦어 거의 묘시에 가까운 시각이었다. 불빛이 희미하게 새어 나오는 것을 보면 기다리겠다는 말은 진심이었던 듯, 서둘러 잰걸음을 놓는데 그 바깥에서 나인이 앉아 졸고 있었다.

손수 문을 열고 들어섰는데 가랑의 모습에 웃음이 나왔다. 가랑이 책을 베개 삼아 책상 위에 기대어 곤히 자고 있었다.

기다리겠다 호언장담을 해 놓고 졸고 있는가? 허나 피곤했던 듯, 제가 잠이 든 것조차 의식하지 못한 채 곯아떨어진 모양새였다. 피백조차 벗지 아니하였으매 고계 위에 얹은 목단 화관과 갖가지 떨잠조차 그대로였다.

그 모습이 처량도 하사 가까이 다가간 류는 목단 화관부터 내려놓았다. 고계에 달린 떨잠을 빼내고 고계를 벗기어 한쪽에 가지런히 놓아 둔 후 비녀를 내려놓자 흑단 같은 검은 머리채가 흐트러졌다.

엎드려 잠든 모습이 불편해 보여 침상에 뉘려 했는데, 슬며시 벌어진 옷자락 틈새로 그 속살이 비치어 보였다. 하얗디하얀 속살 가운데 탐스러운 도홧빛 정점이 눈에 스치었다. 그것이 면구스러워 괜스레 눈길을 틀었으나 그예 문득 마주한 그 입술이 붉었다. 앵두를 닮아 탐스러웠다. 그리하여 순간 숨이 멎는 듯했다. 맛보면 다디달 것 같다.

필요 없는 가랑을 왜 만나느냐는 말에 당혹해했던 그 얼굴이 아직도 눈에 선했으나 그는 나름대로의 심술이었다. 가랑을 만나는 이유는 하나였다. 가랑이 재미있기도 했으나, 가랑이 인간의 향을 풍기는 여인이기에 그런 것이다.

그리하여 그대로 허리를 숙인 사내는 수줍은 여인의 입술 위에 살포시 제 입술을 얹었다. 혀끝으로 가지런한 숨결을 앗으니 그 안에선 청명한 바람의 향이 났다.

나비가 꽃을 찾아 꿀을 탐하는 것은 당연한 이치. 깊은 곳에 숨은 여린 살을 탐하고 희롱하니 가슴 안으로 빠듯하게 들어차는 무언가가 있다. 그는 오랜만에 느끼는 새파란 격정이었다. 그대로 밤새도록 탐하고 싶은, 그 충동 하나가 뇌리에 오롯하게 들어찼다. 자그마하게 오물거리는 입술도, 겨울날 세상을 덮는 눈을 닮은 설부(雪膚)도 그저 탐스러울 따름이니 시야 안이 어지러웠다.

제 안으로 번지는 빠듯함이 달콤하니 그저 기꺼워, 의식하지 못한 사이 움직이는 손길이 여인의 섬섬옥수를 어르고 가느다란 손목을 훑었다. 동그란 어깨까지, 그 손끝을 타고 흐르는 보드라운 살결은 그야말로 귀인의 것. 생긴 것만 보아서는 그 성품 또한 유수인 양 부드러울 것 같거늘, 그 아래 갇힌 여인은 나긋나긋함과는 거리가 멀었다.

가느다랗게 오르락내리락하는 숨결 한 자락마저 오롯이 앗고, 뇌리를 새하얗게 만드는 생각 하나에 조심스레 입술을 비집는 순간이었다. 그저 달착지근함에 취해 새하얗게 바래 가는 정신머리 밑, 앓는 소리가 울려 퍼졌다.

"아⋯⋯."

그는 퍼뜩 정신을 들게 하는 속삭임이었다.

하얗게 굳어 가는 뇌리가 일순간에 바랜 터, 퍼뜩 입술을 뗀 류는 제 밑에 깔린 가랑을 내려다보았다. 새카만 눈에 일렁이는 것은 고이 잠든 여인의 모양새. 가느다란 목덜미 여전히 두드러기 덕에 붉고 오돌토돌했다.

손끝으로 그 가엾은 것을 훑는 와중 새하얀 얼굴을 타고 눈물이 방울졌다. 달싹이는 입술이 익숙지 않은 명원의 말로 몇 마디 내뱉거늘, 무슨 말인지조차 모를 그것이 눈물과 어우러져 처량했다.

그저 좌정한 그는 제 무릎을 베개 삼아 가랑을 누였다. 눈물로 얼룩진 그 눈가를 가볍게 쓸어 넘겼다. 가만히 내려다보거늘, 그 모든 것이 오롯한 여인다움이었다. 여명이 밝아 오는 새벽녘 그 얼굴을 요모조모 뜯어보아도 질리지가 아니하였다.

❋

그저 가랑이 눈을 뜬 것은 이른 아침이었다. 속눈썹이 파르륵 떨리고 유달리 까만 눈을 세상에 드리웠다. 새카만 눈에 류가 가득 들어찼다. 몽롱한 눈빛이 두어 번 눈꺼풀 밑으로 숨어들었다. 이윽고 혈색 좋던 얼굴이 새파랗게 질렸다.

"폐하."

"이제 일어났느냐? 내 다리가 저리는구나."

그 말 한마디에 가랑이 발딱 일어섰다. 그 기세가 매서울 정도로 세찬 움직임인지라 주변에서 파공음이 울리는 듯, 바람 소리에 귀가

163

멍멍할 지경이었다. 겁이라도 먹은 듯 눈을 동그랗게 뜬 그녀는 곧장 바닥에 엎어졌다. 새카만 머리채가 그 등허리와 바닥에 어지럽게 흐트러졌다.

"송구하옵니다."

"그놈의 송구."

지치지도 않는 저 송구 타령에 류가 혀를 찼다. 바닥에 엎어진 여인의 어깨 위에 손을 올리자 용케 그 의미를 알아들은 가랑이 발딱 일어나 고개를 숙였다.

"송구는 어지간히 찾는구나."

갈 곳을 잃은 가랑의 눈이 그 옆선을 타고 굴렀다. 당혹한 듯 바르르 떨려 오는 어깨가 그저 황망하거늘, 류는 그 여린 어깨를 타고 흐르는 검은 머리채가 순간 탐이 났다. 바라는 대로 손을 뻗어 윤이 흐르는 머리채를 섬지로 말아 쥐었다. 이윽고 그 위에 가볍게 입술을 맞대자 눈앞에서 저를 보는 여인의 얼굴이 새빨갛게 달아올랐다.

"또 말이 없구나. 재잘재잘 할 말이 많지 않느냐?"

"아니, 그게…… 저…….."

물론 할 말이야 많았으리라. 필요에 의해 사람을 만난다고 지껄였으면서 늦게까지 기다리겠다고 말했으니 오죽 많았겠는가. 허나 가랑은 입술을 달싹이던 가랑은 다시 고개를 푹 숙였다. 그 모습을 가만히 지켜보던 류와 그 눈길을 피한 가랑의 입술이 동시에 열렸다.

"송구하옵니다."

"송구하옵니다. 보거라, 네 이가 입버릇이구나."

그러니 고쳐 보는 건 어떻겠느냐? 그리 내뱉자 저를 올려보는 눈이 일렁였다. 마치 울기 직전의 어린아이처럼 촉촉이 젖은 처량한 눈인지라, 언뜻 훑어보기에는 눈물로 점철된 것인 듯했으나 실상 저는 당혹한 것이었다. 저런 시선을 처음 보는 이를 충분히 미혹시킬만한 것이지 않은가. 우는 줄 알고 손을 뻗어 위로하려 할 터이니.

"여남은 이야기는 저녁나절 하자꾸나. 헌데 내 하나 청이 있다."

"……하문하시옵소서."

"내 밤새 네 덕에 침수 들지 못하였으니, 오수라도 들어야 하지 않겠느냐?"

반은 억지요, 반의반은 진담이요, 남은 반의반은 장난이었다. 허나 눈앞의 순진한 여인은 눈을 깜빡였을 뿐이다. 의도치 않은, 그러니 네 말을 경청하겠다는 의미였다.

"오후에 네 무릎이나 빌려 다오. 네 밤새 내 무릎을 베고 잤으니, 허면 공평하지 않겠느냐?"

그 말에 가랑의 얼굴이 꽤나 볼만해졌으니, 그는 혼자 보기 아까운 구경거리였다.

4장.
연정戀情

수염(秀艶) 6년, 우월(雨月) 초파일 명경과가 열리다.

생전 처음 보는 과거 시험장의 모습은 생경하기 그지없었다. 끝조차 보이지 않는 넓은 곳이 인산인해를 이루었으니 그야말로 사람이 바글바글했다. 각자 자리를 찾아 좌정을 하는 참, 가랑은 상석 바로 옆에 앉아 깊은 숨을 내쉬었다.

이제는 무의 복식이 아닌 명원의 복식을 한 제 모습이 어색했다. 젖가슴의 반을 드러내는 무와 다르게 명원의 복식은 낙낙했다. 무의 복식이 색스럽다면 저고리와 당의, 넓게 퍼지는 홑치마는 고즈넉한 미가 있었다. 이를 고작 몇 달 보지 아니했을 뿐이거늘 몇 년 만에 본 듯하다.

모두들 좌정하자 기나긴 연설이 그 뒤를 따랐다. 수염 없이 민둥한 턱을 한 환관 한 명이 줄줄이 음성을 높이건만 모두들 지루한 기색 없이 그 말을 경청했다. 좋은 날을 점지하여, 천지신명께서 보살펴 날이 좋으사…… 그런 입 발린 소리가 길게 흘렀으매 마침내 환관이 뒤로 주춤주춤 물러서자 상석에 선 황상이 가랑을 돌아보았다.

"명원의 공주, 엽려는 나와 시제를 적으라."

힘 있는 옥음이 떨어지었다. 주변이 술렁이는 것도 잠시, 그가 손수 건넨 시제를 받아 바닥에 있는 거대한 화선지 앞으로 걸어가거늘 부드럽게 떨려 오는 손길 위 새카만 글자가 진동했다. 가랑은 고이 접힌 그 종잇장 안에 적힌 시제를 슬그머니 훔쳐보았다.

……해괴하기 그지없는 시제였다.

『初面(초면)』

단지 그것뿐. 커다란 종이에 유려한 필체로 적힌 것은 그저 저 한 단어뿐이었다. 과거에는 유교경전의, 지금은 모든 경서의 해석을 내는 명경과에서…… 초면이라? 처음 본 얼굴? 정녕 이를 시제라고 낸 것인가?

가랑은 슬쩍 눈을 틀어 황상을 보았다. 마주한 눈이 웃고 있었다. 순간 깨달은 바에 눈앞이 아득해졌다. 이 '시제' 자체가, 황상이 제게 내리는 시험이었다.

초면.

처음 본 얼굴. 처음 본 사람.

……분명 과거에 낼 법한 시제는 아니었다. 허면 있는 그대로가 시제가 되는 것은 아닐 터, 작금 가랑더러 저를 해석하라는 것이었다.

초면, 그 단순한 두 음절 말에 얽힐 수 있는 것은 수천 가지가 넘었다. 경서 하나만 하더라도 초면이란 저 말과 끼워 맞출 수 있는 것은 수백 가지가 넘을 것이리라. 허나 새하얗게 바랜 머릿속에 그동안 읽었던 서책들은 무용지물일 뿐, 슬쩍 마주한 눈빛으로 가랑은 새파란 원망을 쏟아부었더란다.

'작금 이러시면 어찌하라는 것이옵니까?'

마주하며 쏟아지는 눈빛이 부드러이 휘었다. 흰 채로 쏟아지는 그는 그대로 말이 되었다. 황상께서는,

'네 계책이지 않느냐. 네 획책했으니 명분도 네가 만들어 줘야 하지 않겠느냐?'

라고 하는 듯했다.

가랑은 흔들리는 시야로 거리를 재었다. 이제 고작 다섯 보가량 남은 거리였다. 멈추어 서 이를 고민할 수도 없으니 가는 도중 결판을 내야 할 터.

한 걸음, 더 내딛으며 가랑은 생각을 거듭했다.

두 걸음, 초면이란 것은 무엇을 의미하는가? 순간 황상과 처음 만났던 그때가 뇌리를 스치었다.

세 걸음, 가랑은 그때 한비자를 들고 있었다. 네가 읽는 게 맞느냐하는 음성에 세난을 들먹였었다.

네 걸음, 한비자가 마음에 들지 않는다 지껄였을 때에 황상께서는 감히 이곳에서 그런 말을 지껄이느냐 했었다.

다섯 걸음, 허면 이 대국에서는 한비자를 공맹만큼이나 중히 여긴다는 의미였을 터.

거대한 화선지 앞에 오롯이 서, 가랑은 황상이 내린 시제를 펼쳤다.

初面. 그 오롯한 글자가 눈에 담길 때 옆에 선 환관이 눈을 새치름하게 뜨며 거대한 붓을 주었다. 먹물을 그 고아한 끝에 듬뿍 묻히

는 찰나 생각나는 것은 하나. 혹 황상께서 의도한 것이 아니라면, 이미 지정해 신료들에게 공표한 시제가 아니면 사달이 나는 것이니 그는 가랑이 오롯이 책임져야 할 것이었다.

허나 이렇게 된 시각, 밑져야 본전이라는 생각이 뇌리에 가득 들어찼다. 무에서는 한비자를 중히 여기고, 가랑과 황상이 초면일 때에 내뱉었던 것은 세난의 한 구절. 또한 과거를 보는 이들은 황상과 초면.

이윽고 흔들리는 손이 커다랗게 한 자, 한 자 그 위에 검은 글씨를 새겨 나갔다.

凡說之難 在知所說之心 可以吾說當之(범세지난 재지소설지심 가이오설당지)

무릇 설득의 어려움은 상대의 의중을 살펴 자기의 이야기를 적중시키는 데 있다.

……처음 만났을 때 가랑은 황상께 저를 읊었었다. 세난의 수많은 구절 중 가장 많이 회자되는 것으로, 적어도 이 자리에 모인 이들 중 이 구절을 모르는 사람은 아무도 없을 터. 일필휘지, 단박에 써 내려나간 가랑은 눈을 들어 황상을 돌아보았다.

미소가 걸리는 순간 둥, 둥! 하고 북이 울렸다. 시험의 시작을 알리는 것이었으매, 가랑에게는 그가 제 심장 소리인 듯하였다. 고요해진 사위에 울려 퍼지는 것은 먹을 가는, 붓이 움직여 부드러운 한지 위에 스치는 소리뿐.

사박사박 걸어 다시 상석으로 다가가 앉거늘 황상이 귓가에 대고 자그마하게 속삭였다.

"잘 알아맞히면서 엄살을 부리느냐."

틀리지는 않았는가 보다. 명경과인 데다가 가랑의 언질이 있었기에 황상이 직접 이리 나선 것이지 평소였더라면 그저 구경만 했을 참, 과거 시제란 황상 혼자 내는 것이 아니었다. 그 전날 대소신료들이 모여 시제로 쓸 만한 것 몇 가지를 뽑아 황상께 전달했을 것이고, 지난날 저녁 가랑에게 아직 시제를 확정하지 않았다 했으니 오늘 아침에서야 확정했을 것이었다. 만에 하나 잘못 썼더라면 일파만파 파란이 일어났을 터.

상상의 아득한 벽 앞에서 염통이 두근두근 떨리는 것이, 금방이라도 바닥으로 주저앉을 듯했다. 무저갱을 향해 달려가는 기분이었다. 헌데 그 파리한 얼굴을 보았는가, 보지 못하였는가 웃는 음성이 나지막이 귓가에 감겨들었다.

"너라면 무어라 답을 쓸 게냐?"

"……."

세난에 대해 무슨 답을 쓸 것이냐고? 세난이란 본디, 한비가 신하가 임금에게 유세하는 것이 어려우니 그를 잘해야 한다고 이야기하는 것이었다. 제 뜻대로 임금을 설득하기 어려우니 말을 잘해야 한다는 것이다.

그를 생각하매 문득 초면이라 쓴 저 말의 뜻이 이해가 갔다. 단순히 가랑과의 만남을 의미하는 바는 아닐 터. 황상은 이들을 처음 보는 것이었으매, 또한 밑에서 시험을 보는 이들도 황상을 처음 보는 것이었으니 결국 과거 시험의 의미는 한 가지이지 않던가.

경서의 해석이라 할지라도 처음 보는 사람을 설득하는 일이다. 결국 나는 경서의 구절에 대해 이러저러하게 생각하니, 이 해석을 옳다 여기면 나를 뽑아 달라 이야기하는 것이니.

그 와중에 세난이라, 잘 어울리는 구절이 아닌가. 나를 설득하기는 어렵겠지만 어쨌든 너희들은 나를 설득해야 관직에 오를 수 있다, 그러니 나를 설득해 보거라. 아마 그러한 것을 염두에 둔 것일 터, 가랑은 쫄깃해진 염통의 진동을 뒤로한 채 목소리를 낮추었다.

"본디 세난은 한비가 신하가 임금께 말을 올릴 때에 입조심을 해야 한다며 지은 문장이라 하였습니다만."

"하여?"

"다른 유학에 비해 해석의 갈래가 적을 듯하니, 단순히 해석을 쓴다고 하여 타인들보다 우위에 설 수는 없겠지요. 허면 저를 뽑아야만 하는 이유에 대해 구구절절 늘어놓으렵니다."

그를 읽는 자들이 무릎을 치며 오만방자하며 건방지구나, 그리 외칠지라도 차라리 그편이 나을 듯싶었다. 그 답에 황상이 낮게 웃었다.

"네 사내로 태어났어야 했다. 허면 무의 동량이 되었을지도 모르겠구나."

"사내로 태어났더라면 무에 오지 않았겠지요."

걸러 낼 것도 없이 가랑은 매섭게 내뱉었다. 이리 염통을 쫄깃하게 만든 황상에 대한 소심한 보복이었거늘, 황상의 웃음은 도리어 짙어졌다. 그늘이 있는 웃음은 아니었다. 기분 상하라 내뱉은 말에 기분이 상한 것 같지도 아니하였다.

커다란 손으로 마치 수고했다 치하하듯이 어깨를 두드린 그가 입술을 뗐다. 언제나처럼 가랑은 그저 본전조차 되찾지 못하였다.

"허나 네 계집이고, 작금은 내 지어미지. 불온한 소리는 삼가야 옳지 않겠느냐?"

새싹 돋는 봄날 꽃비를 흩뜨리는 바람인 양 다정한 속삭임이었으나, 저 말에 소름이 오싹 돋은 까닭은 가랑조차 알 수 없는 일이었다. 어깨에 올라온 손도 다정하거늘 그저 시린 비인 양 새파란 것이 무슨 의미인지 가랑은 알지 못하였다.

아무렇지 않은 듯 보이나 실상 뒤틀린 것은 깊숙한 곳 한 편의 심사이듯, 가랑은 문득 예전에 어미 대비 한씨에게 들은 말을 떠올렸다.

— 공주, 잘 들으세요. 좋아하는 걸 좋아한다 말할 권리가 있기에 싫어하는 걸 싫어한다고 말할 권리도 있습니다. 바른 것을 바르다 얘기할 수 있으니 그른 것을 그르다 얘기할 수도 있어요. 공주, 싸움이 일어나는 근본적인 원인은 사람들이 저를 인정하지 아니하기 때문입니다. 자신의 생각과 호불호만이 모든 것이요, 세상의 진리라 여기니 어찌 투쟁이 일어나지 않을 수 있겠습니까. 그러니 공주, 타인을 이해하는 법을 먼저 배우도록 하세요.

— 어마마마, 그래서 소녀…… 어마마마의 말씀대로 침선보다는 병서들이 좋다 속삭이는 것이 아니옵니까. 경서에는 사람들을 이해하는 법이 담겨 있사온데…….

— 공주는 공주이지 왕자가 아닙니다. 영명하신 공주께서 어찌 그를 모른단 말씀입니까.

호되게 종아리를 맞은 날, 뒤늦게 가랑을 그러안은 대비가 울며 속삭였던 말이었다. 그 어린 시절에는 무슨 말인지 의미를 몰라 고개를 갸웃거렸으나 머리가 조금 큰 이후에는 그 의미를 알았다.

아비인 선왕도 가랑을 감싸들고 세자인 오라비도 어여삐 여겼으니 그야말로 어린 시절의 가랑은 천상천하 유아독존, 하늘 아래 무서운

것이 없었다. 하물며 아비와 오라비는 가르침에 있어서조차 제한을
두지 아니하였으니 대비가 보기에는 그가 그저 걱정이었을 따름이었
다. 계집이니 할 수 없는 일이 많았을 뿐, 배움에 목말라 온갖 것을
독파하더라도 가랑은 그저 그를 안으로 삭여야 할 인생이었으니. 가
랑이 하는 것은 그저 서책을 읽는 것뿐이었거늘, 모두들 그가 그른
것이라 외치니. 그가 황상의 말과 묘하게 겹쳤으매, 결국 가랑이 지
닌 것은 한계였다. 쓴웃음이 그 얼굴 위에 가득 피어났다.

"……송구하옵니다."

"그놈의 송구. 네 어찌 그리 나를 어려워하느냐? 지난날 태극궁
뒤뜰에서 본 여인은 무서운 것이 없던 이였거늘."

"그때는 폐하께서 폐하이신 것을 몰랐사옵니다."

제법 사늘한 답이었다. 희미한 웃음이 겹친 그것은 그늘진 것이라
가랑이 듣기에도 제 음성답지가 않았다. 한 박자 늦은 황상의 목소리
가 그 숨결과 함께 귓가로 감겨드는데, 떨어지고 드리워지는 그것이
그저 살을 엘 듯 홧홧했다.

"……내가 나임을 몰랐다? 아니지, 네 그때 관심이 없던 것뿐이
지. 그때 네 정신머리는 다른 곳에 팔려 있지 않았었느냐?"

……홧홧한 것은 저 숨결 대문이 아니라 사람 속을 꿰뚫어 보는
저 말 덕에, 속이 뒤틀려서 그러한 것이리라. 그리 여긴 가랑이 시선
을 피해 고개를 꺾었으나 황상의 손이 그 뒤를 따랐다. 음성은 여전
히 나지막했으나 얼굴을 틀어 버리는 손은 나지막함과 거리가 있었
다. 강제로 꺾여 오롯이 마주한 황상의 눈빛이 시렸다.

"강자에게 태도를 바꾸는 것이 여반장이라…… 그는 소인배나 할
짓이 아니더냐."

"……폐하의 말씀대로 계집일 뿐이옵니다. 소인배든 대인배든 하

등 관련이 있겠사옵니까? 그저 소첩, 폐하의 말씀대로 폐하의 후궁 중 하나일 뿐이옵니다."

그래, 대비의 말대로 경서를 읽어 그 뜻을 세상에 펼칠 수 있는 이들은 사내였지 계집이 아니었다. 하물며 소인배면 어떠하고 대인배면 어떠하던가? 어차피 정사에 나설 일이 없는 것을, 가랑이 그를 이용해 펼칠 곳은 바이없건만. 허나 턱을 강하게 쥔 손은 파르륵 떨려 왔다. 그 떨리는 것과 매한가지로 휜 입꼬리가 흔들렸다.

"후궁이기 이전에 공주겠지."

말 한마디에 온몸이 베이는 듯했다. 그저 웃는 낯으로 던지는 것이었으나 그 의미는 맘 편히 웃을 수 있는 것은 아니었다. 턱을 잡던 손이 떠나가자 여린 바람이 빈 곳을 가득 들이 채웠다. 여름날의 뜨거운 바람이었으나 빈자리를 서늘하게 어루만지니 그 의미를 가랑은 알 수가 없었다.

황상이 다시 과거장을 향해 고개를 돌리었으매 가랑도 그를 따라 그 먼발치를 바라보았다. 수많은 사람이 게 있었으나 여인은 아무도 없었다. 아직도 먹을 가는 이, 단박에 써 내려가는 이, 벌써 답을 다 작성하여 내는 이…… 그 모두가 사내들이었다.

이곳에 앉은 가랑이 오직 이질적인 것이라 저를 흘끗흘끗 보는 시선은 온갖 것으로 범벅이 된 끈적한 것이었다.

금녀의 구역.

머리로는 알고 있었으나 실상 이를 겪어 보니 기분이 오묘했다. 오늘은 과거에 황상이 직접 납시었으니 하루의 정사는 모조리 내일로 밀릴 터. 허면 당장 내일이 되면 조정에서 이 일을 가지고 들쑤실 것이었다.

어찌 되었든 황상께 그 방도가 있으니 이리 허가를 한 터, 저들을 보니 속이 쓰려 가랑은 눈을 내리깔았다. 붉은 융단이 그득하게 깔린 단상에는 장원과 방안, 그리고 탐화에게 내릴 하례품이 가득했다.

"바깥나들이 한 번 못 해 본 공주를 위해 바깥나들이나 가지 않겠느냐?"

그를 눈으로 의미 없이 훑을 때 들려온 것은 황상의 속삭임이었다. 바로 옆에 앉은 가랑에게만 들릴 정도로 낮은 음성인지라 가랑은 저도 모르게 되물었다.

"……예?"

"네 정사에 나서려 했으니 백성이 사는 모습은 봐야 하지 않겠느냐."

그는 대인배든 소인배든 무슨 관련이라 비뚤어진 맘으로 물었던 제 말에 정면으로 반박을 하는 것이어서, 가랑은 차마 뭐라 답을 내어놓을 수가 없었다. 그저 쫄깃해진 염통이 세차게 진동하고 있을 따름이었다.

늦은 밤이 되어, 황상은 정녕 가랑을 이끌었다. 거친 무명천이 온몸을 긁는 감각이 생소했으나 황성 문 밖으로 나서는 순간, 무명천의 껄끄러움 따위는 더 이상 신경 쓰이지 않았다.

항시 보던 달무리가 진 달도, 검은 밤하늘에 총총히 박힌 별도 그대로건만 황성 바깥은 공기부터 다른 듯했다. 법도와 법식으로 가득 찬 곳에서 기어 나오니 모든 것이 허물없이 보이는 터, 활기와 생기로 가득 차 시끌벅적한 곳이 그저 별천지 같았다. 가랑의 눈에는 남루해 보이는 옷을 입은 채 그저 웃고 떠드는 사람들이 순수해 보이기도 하사, 상인들의 호객 소리가 드높았다.

선과(仙果)의 시기가 온 양 어둔 밤거리에도 선명히 보이는 그 분

175

홍빛 곡선이란 먹음직스러운 빛깔이었다. 비록 황성에 올라오는 것들만큼 품질이 좋지는 아니하나 한 입 베어 물면 단물이 쏟아질 것만 같았다.

과일을 파는 이들을 지나니 온갖 장신구를 파는 이들이 나타났다. 조잡한 물건들이었으나 그 하나하나에는 정성이 서린 터, 황성에서 곱게 다듬어진 그 시린 것들과는 거리가 있어 아름다웠다. 사람들의 온기를 품은 빛있음이라고 해야 할까. 괜스레 그것에 안겨 그 끝을 만지작거리자 상인이 눈을 흘겼다.

"사실 거우?"

"……."

그리 묻는데 생전 처음 경험한 것이라 무어라 답해야 할지 난감하기만 했다. 달싹이는 입술이 그저 흔들리거늘 황상이 불쑥 고개를 숙였다.

"뭐가 탐이 나느냐?"

그 음성이 귓가에 감겨드는 그때, 황상이 가랑이 매만지고 있는 것을 눈에 담았다. 가랑이 무의식적으로 그 손끝에 담은 것은 옥가락지였다. 이름난 장인이 만든 것이 아니라 조잡한, 그러나 옥 특유의 빛깔이 빛있는 자그마한 가락지.

가랑은 그를 보며 저도 모르게 정혼자를 떠올렸다. 그에게 받은 것이, 그의 백골이 또 제가 뒤뜰 못에 던져 버린 자개와 가락지까지. 낮에 들었던 불온한 소리는 삼가야 옳단 소리가 귓가에 어른거려, 제가 퍼뜩 품은 마음이 불경스러워 가랑은 그 가락지에서 손끝을 떼었다.

"……아니옵니다."

"아니기는. 내 저를 보니 생각나는 게 하나 있구나."

제 생각을 읽은 듯, 그리…… 상인에게로 곧장 몸을 튼 황상이 가락지를 집어 들었다. 동그란 엽전 하나를 상인에게 그리 건네더니 가랑의 손을 붙들었다. 그게 당혹스러워 불쑥 한 발 물러설 새 차가운 것이 검지손가락 안으로 빨려들었다.

사람의 온기가 담겨 따스한 빛을 품던 그 가락지가, 가랑의 검지 위에서 연한 옥빛으로 부끄러운 듯 몸을 틀었다. 이를 어찌 받아들여야 하나 난감할사, 가랑은 앞서 발걸음을 옮기는 황상의 뒤를 졸졸 좇았다. 바람결에 흩어지는 음성이 가랑의 귓가를 얼렀다.

"정혼자 생각을 했느냐."

가랑은 제 검지에 끼워진 옥가락지를 다른 쪽 손으로 덮었다. 따스한 빛을 품은 것에 반해 그 가락지의 온도는 너무 시렸다. 저 말을 부정해야 했거늘, 황상은 이미 제 머리 꼭대기 위에 앉아 있기에 가랑은 그저 입 발린 소리를 늘어놓았다.

"……송구하옵니다."

"네 너를 죄어치려는 게 아니다. 네 두고 온 것을 애틋하게 여기지 아니하였으면 곁에 두고 보지도 않았다."

"폐하, 허나……."

가랑이 무어라 답하려 그를 부르는데, 지나서던 황상이 그 자리에 멈추어 섰다. 달빛 밑으로 기다란 그림자가 드리워지는 참, 가랑이 황망이 그를 올려다볼 때 그의 고개가 꺾였다.

"예에서도 그리 부를 참이더냐?"

"……허면 무어라 해야 하옵니까?"

"네가 가랑이듯 내게도 이름이 있지 않아."

……처음이었다, 황상이 가랑을 가랑이라 이르는 것이. 그날 밤의 기연처럼 황상은 가랑을 매번 월우라 하였을 뿐이다. 허나 저 말에

177

괜스레 대경실색한 것은 가랑을 가랑이라 불렀기 때문이 아닌, 존함을 입에 담으라 했기 때문이다. 되묻는 가랑의 음성이 새파랬다.

"허면 존함을 이르라…… 그 말씀이시옵니까?"

"불리라 있는 것이 명(名)이다."

말을 남긴 황상이 다시 걸음을 옮기사, 가랑도 그 뒤를 따랐다. 말한 마디 없이 걸어가는 사이 생기가 넘치던 시전이 그 곁을 스치었다. 그러자 남은 것은 어둠에 감싸인 초가삼간과 울창한 숲, 그리고 물 흘러가는 소리와 풀벌레 울음……. 그 모든 것이 어우러져도 사위는 그저 고요하니 정적에 감싸였을 뿐이었다.

황상이 그리 이끈 곳은 악취가 나는 곳이었다. 가랑이 저도 모르게 인상을 찌푸릴 정도로 지독한 악취 속, 그곳에 있는 것이라고는 허름한 지푸라기 몇 채였다.

도대체 이곳에 왜 온 것일까? 저도 모르게 손을 들어 올려 옷자락으로 코를 가릴 때에 그 허름한 지푸라기 속에서 사람이 튀어나왔다. 기껏해야 일고여덟 즈음, 까무잡잡한 피부 위로 땟국물이 줄줄 흐르는 계집아이였다.

그 생전 처음 보는 너더분함에 가랑이 기겁하였을 때, 그 계집아이는 황상을 향해 졸졸졸 달려왔다. 황상은, 음성을 높이면서 제게 와락 안겨 들은 계집아이를 번쩍 안아 들었다.

"어, 나리!"

"연(蓮)이냐. 그간 잘 지냈느냐?"

그 말에 아이는 입을 벌리며 웃었다. 껍질이 바삭하게 내려앉아 하얀 입술과 다르게 드러난 이가 새카맸다. 아이가 움직일 때마다 기묘한 내음이 가득 풍기는 터, 그 내음은 빈말으로나마 괜찮다 이야기할 수 없는 것이었다.

"연이는 잘 지냈어요. 나리는 무탈하셨사옵니까?"

"그새 그런 말도 배웠느냐. 못 본 새에 또 키가 자랐구나."

"정말이에요? 연이, 연이 키가 자랐어요?"

호탕하게 웃은 황상이 그 어린아이의 머리채를 흐트러뜨리더니 바닥에 내려놓았다. 헌데 저 어울리지 않는 모습에서 왜, 먼 옛날 오라비와 제 모습이 떠오르는가.

가랑이 그에 눈을 돌릴 때에 아이가 종종종 뛰어가며 오라비를 데리고 오겠다 그리 외치었다. 그제야 황상이 가랑을 돌아보거늘, 코를 가린 그 옷자락을 보며 대충 상황을 짐작한 듯했다. 훌쩍 다가온 그가 반 억지로 그 손을 떼어 놓더니 비웃듯 한 말씀 남기었다.

"네 정사에 발을 디디고자 한다면 반드시 알아야 할 이들이다. 네 호의호식할 때에 저리 빌어먹고 사는 이들이 있느니. 네 따스한 곳에서 편히 잠을 청할 때에 한겨울 옷조차 없이 바깥에 내몰린 저런 이들이 있느니라. 정사를 행하려면 항시 저들을 잊어서는 아니 된다."

그 말을 듣는 와중 바람을 타고 몰아치는 악취가 코를 찔렀다. 별수 없이 드러나는 불쾌감이 고스란히 가랑을 덮쳤다. 일그러지는 것은 비단 이마뿐이 아니었다. 생전 처음 느껴 보는 감각에 마음이 일그러지고, 온몸의 감각이 바스러지는 양 끔찍한 것들이 마음속 깊은 곳에서 꾸역꾸역 숨을 토했다. 생전 처음 느껴 보는 지독한 불호의 감각에 제가 당황할 때 황상의 손이 와 닿았다.

단단한 어수가 구겨진 이마를 스치었다. 이윽고 그 손끝으로 꾹꾹 눌러 일그러진 인상을 펴 주거늘, 가랑은 그 안에서 오묘한 다정함을 읽었다. 그래…… 저 뛰어가는 계집아이에게조차 다정한 황상이거늘 가랑에게 다정하지 않을 이유가 없었다.

헌데 그가 묘하게 속이 뒤틀리는 것이었다.

"평상시에는 전혀 그리 보이지 않더니…… 귀히 자란 것을 이럴 때에 드러내고 있느냐. 네 아랫것들이 있었더라도 그리 아미를 찌푸렸을 것이더냐?"

당연히 아니었다. 지켜보는 이가 있었더라면 그를 의식해 아무 일도 없는 양 그림자처럼 서 있었을 터였다. 제아무리 악취 덕에 불쾌감이 밀려든다고 할지라도 가랑이 듣고 배워 온 것은 그러한 것이었기에.

그 손길을 피해 한 발짝 물러선 가랑은 입술을 뗐다. 코끝을 찌르는 악취가 있었음에도 불쾌감은 이미 저 안으로 갈무리된 이후였다. 평소와 다름없이 평온한 얼굴이, 그린 듯한 미소가 그 입가에 걸려나는데 가히 가식적이었다.

"……폐하께서는 어찌하여 이러한 곳에 오시는 것이옵니까?"

"나마저 이곳을 돌보지 않는다면 세상천지 뉘가 이들을 돌보겠느냐. 이들 또한 무의 백성이 아니더냐."

……그러한가? 가랑이 무어라 입술을 더 떼려 할 때에 아까 먼발치로 뛰어갔던 어린 계집아이가 어느 사내아이 서너 명을 데리고 달려왔다. 하나같이 반가운 얼굴을 한 채 황상께 거의 달려들 듯 뛰어들거늘, 황상은 차례차례 더러운 머리를 쓰다듬어 주었다.

이어 허름한 지푸라기 새로 아이들 손에 이끌려 들어간 황상이 아이들을 앉히고 천자문을 이르기 시작했다. 지필묵이 없는 허름한 곳인지라 흙바닥 위에 손으로 쓰는데 가랑이 황공할 지경이었다.

庶幾中庸 勞謙謹勅(서기중용 노겸근칙)
거의 중용에 이르려면 근로하고 겸손하며 신칙해야 한다.

……제법 진도가 나간 듯, 천자문은 거의 끝에 다다라 있는 것이었다. 아이들이 그 글을 따라하매 즐거운 듯 저마다 웃음꽃이 가득했다. 그에 가랑은 황상께서 정녕 글을 가르치기 위해 아이들에게 천자문을 읊어 주는 것이 아님을 알았다. 그저 그 다정한 심성에 저 더러운 것들이 좋아하니까, 즐거워하니까 읊는 것일 뿐이었다.

때가 덕지덕지 낀 낮은 것들에게조차 다정하사…… 그를 보는 가랑의 심사는 결단코 좋지 아니하였다. 그런 제 마음이 어리석어 바닥에 한 자 한 자 새겨지는 글을 보거늘, 아까 처음 보았던 계집아이가 불쑥 말을 걸었다.

"……마님께서도 글을 아시어요?"

마님? 그 처음 듣는 말이 당혹스러웠다. 가랑이 평생 듣던 소리는 마마, 어린 시절에는 애기씨……. 명원에서 계속 살았더라도, 정혼자와 혼례를 올렸더라도 가랑은 그저 공주였다. 선왕의 금지옥엽, 엽려. 결국 마님 소리를 들을 처지는 아니었으니 저리 다가오는 말이 어색할 뿐이었다.

저를 그리 어색한 것으로 부르니 무어라 답하지 못하고 그 얼굴을 보는데, 땟국물이 줄줄 흐르는 새카만 얼굴 위로 떠오르는 미소는 그저 순수할 따름이었다.

"저도 글을 배우고 싶어요. 허나 아버지께서 계집애가 무슨 글이냐면서…… 이렇게 멀리서 구경만 하라셔요. 구경하는 건 괜찮다고요."

— 어마마마, 왜 소녀는 병서를 읽으면 아니 되어요?

아이의 말과 과거의 아득한 기억이 겹치었다. 가랑도 꼭 저만한

181

나이에 서책을 안고, 종아리를 때리는 어미 앞에서 눈물을 보인 적이 있었다. 신분이 신분이었으니 계집애가 무슨 글이냐 이야기하지는 아니하였건만, 대비의 손에서 가랑이 읽을 수 있는 것들은 기껏해야 내훈이나 열녀전 따위의 지겨운 것들이었다.

때문에 아이의 속삭임에서 먼 옛날 제 모습이 보이거늘, 가랑은 그 머리 위로 손을 뻗으려다가 저도 모르게 멈칫거렸다. 제대로 씻지 않아 기름이 지고, 새하얀 머릿니가 꾸물꾸물 기어 다니는 그에서 느낄 수 있는 것은 하나였으므로.

"……글은 왜 배우고 싶으니?"

"저도 잘 모르겠어요. 그런데요, 배우고 싶은 데 이유가 필요한 건 아니잖아요?"

― 열녀전도, 내훈도 모두 같은 서책입니다. 왜 그리 병서를 고집하십니까. 공주, 이 어미 그 영문을 도저히 모르겠습니다.

― 그저 좋사와요……. 병서를 읽고 싶사와요…….

……가랑도 어미의 말에 차마 제대로 된 답을 놓을 수가 없었다. 가랑도 굳이 병서에 끌리는 이유를 잘 몰랐음으로. 생각하건대 작금이 아이가 하는 말이 옳았다. 뭐든 배우고 싶은 데 그 이유가 필요하지는 아니하였으므로. 그 신분이 천하든 귀하든 간에 배움에 대한 욕구는 같은 듯.

허나 차마 가랑은 제가 가르쳐 주겠다 이야기하지 못하였다. 예에서 가랑이 느끼는 것은 그저 생전 처음 보는 더러움에 대한 경악과 불쾌감뿐이었다.

아이와 주거니 받거니 이야기를 하는 새 희미한 빛이 지푸라기 새로 쏟아지었다. 그제야 황상이 자리에서 일어서거늘 아이들이 아쉬운 소리를 내었다. 다음 달 이맘때 즈음 또 오겠노라 속삭이매 가랑과 이야기를 나누었던 연이는 눈물마저 보였다.

지푸라기로 듬성듬성 지은 집 밖으로 빠져나오자 그 틈으로 희미한 빛이 들었던 것과 다르게 사위가 흐렸다. 잿빛으로 물든 세상을 돌아보던 황상이 길을 걸으며 한마디 했다.

"비가 올 성싶구나."

그러고 보니 지난밤 달무리가 졌던 것 같다. 달무리가 지면 비가 온다는 말이 있으니. 슬며시 돌아 가랑을 바라본 황상의 입꼬리가 휘었다.

"……나는 젖어도 멀쩡하건만 네 귀한 몸, 감모라도 걸리면 사달이 날 터. 가의(加衣)라도 하나 마련해야겠다."

……방금 전 그 아이들 앞에서 태도가 마음에 들지 않는 듯, 적당한 조소가 담긴 속삭임이었다. 허나 황상은 시전으로 들어서 정녕 가의와 삿갓을 두 개씩 샀다. 삿갓이라면 모를까, 가의라면 가랑이 처음 보는 것이기에 그 모양새 또한 신비했다.

모초(茅草)와 볏짚, 밀짚으로 촘촘히 엮은 그것을 손수 가랑의 어깨에 걸쳐 주고 삿갓마저 씌워 주자 그야말로 완벽한 우장(雨裝). 그리 뒤집어쓴 가의를 손끝으로 단단히 여며 주는 그 참, 거짓말처럼 빗방울이 떨어졌다.

쏴아아…….

방울진 것들이 장대비가 되어 시원스런 소리를 내는 것은 순식간의 일이었다. 머리로, 어깨 위로 드리우는 청량한 것들은 사람을 피해 가는 법이 없었으매, 거리를 걷는 그들의 삿갓을 타고 두르륵 굴렀다. 삿갓 위에서 노닐던 물방울들이 어깨 위 가의에 가득 고여 그 밑으로 흘렀다.

시간이 많이 흘렀으매 환궁을 위해 사박사박 걸어가던 와중, 그들은 어느 대갓집 처마 밑에서 오들오들 떨고 있는 계집아이를 보았다. 비에 젖어 입술이 푸르게 젖은 채 발을 동동 구르거늘, 그 모습이 꽤나 가여웠다.

가랑보다 서너 살 어려 보이는 그 아이는 신조차 없는 맨발이었다. 본디 희었을 발자취는 진흙과 피로 범벅이었다. 그러나 단지 가여워 보이는 그것뿐, 손을 뻗을 생각조차 하지 못한 가랑은 그저 고개를 틀었으나 황상은 다른 듯했다.

오던 길을 그대로 되돌아가⋯⋯ 황상이 마침내 정착한 곳은 비에 젖은 그 아이 앞이었다. 올려다보는 아이의 눈은 눈물로 그득했으매 황상은, 새파랗게 젖은 아이를 무슨 눈으로 내려다본 것인가.

뒷모습밖에 볼 수 없던 가랑은 알 수 없는 것이었다. 허나 어느 순간 주섬주섬 어깨가 움직였다. 황상이 입고 있던 가의가 그 옥체에서 벗어났다. 그를 손수 어린 계집아이에게 둘러 주거늘, 아이의 눈물 돋은 눈이 고마움과 황망함으로 반짝였다.

비에 젖어 축축한 그 머리를 쓰다듬어 주던 황상이 삿갓마저 벗었다. 아이의 머리 위에 푹 눌러 주고, 길을 떠나는 아이에게 황상은 손마저 흔들어 주었다.

그 모습을 보던 가랑의 심장이 불온하게 진동했다. 하루 종일 좋잖은 마음으로 흔들렸던 그것이 이윽고 밑으로 쿵, 하고 떨어졌다.

제게 특별한 의미를 지닌 사람에게, 제 자신이 특별하지 아니하다면 그때 사람은 어떤 마음을 품게 되는가.

제 방에 걸린 홍등이 생각나거늘, 그 붉은빛이 눈앞에서 바람이 이는 양 한들한들 흩어지었다. 그 손에 얽힌 다정함을 지켜보는 가랑은 한순간 저 손에 목이 쳐진 귀비가 되었다. 제 궁녀를 품은 황상에게 대들어, 투청의 칠거지악이라 죽임을 당했단 귀비가 되었다.

저는 그러지 않을 것이라 여겼거늘, 이런 상황이 목전에 닥치자 그런 귀비의 심정이 이해가 갔다. 저도 모르게 대들었다던 그 소문의 이야기가 그때는 이해되지 않았으나 작금은 이해가 갔다.

황상은 모든 이에게 다정했다. 저리 낮은 이들에게까지 그럴진대 항시 곁에 있는 이들에게는 아니 그러겠는가. 허나 별수 없는 여인의 습성이란, 그를 머리로는 아는데 가슴으로는 받아들이지 못하였다.

홍등의 의미를 떠올리고 총희의 의미를 되새기는 그 속이 타들어 갔다. 그 타오르는 마음을 토로할 자는 황상밖에 없다.

가랑이 그렇듯, 죽은 귀비도 매한가지였으리라. 세간의 눈에는 홍등까지 걸린 총희였건만 실상 둘은 아무것도 아닌 관계였으니 타인에게 건네지는 저 다정함 한 자락에 얼마나 서러웠겠는가.

죽은 귀비는, 그래도 홍등까지 내걸렸으니 황상께 조금이나마 특별한 사람이라 생각하고 있지 않았을까. 그래서 투정을 부렸으리라. 그래서 언성을 높였으리라. 다정한 황상이니 받아줄 것이라 기대하고서, 빈말이라도 좋으니 나는 그 궁녀보다는 네가 더 소중하다 이야기해 주기를 바라면서.

그러나 그러한 말 대신 황상은 검을 겨누었다. 그를 노리고 있던 듯 주저 없이 목을 쳐냈다.

……제아무리 장례가 화려했으면 무엇하는가? 동병상련이라, 그저 그리 죽은 귀비가 가여웠다. 가랑은 그러한 마음이 귀비보다 더하면 더했지 결단코 덜하지는 아니하였다.

지나간 세월 제 곁에 있던 이들이 떠올랐다. 아비, 선왕은 무조건적으로 가랑을 예뻐했다. 수많은 옹주들이 있었음에도 공주는 오로지 가랑 하나였기에, 늘그막에 본 막내딸이었기에 그 누구보다 귀히 여겼다. 오라비도 매한가지, 이유는 모르겠으나 언제나 가랑은 특별 취급이었다. 상궁 나인들도 가랑을 떠받들었고, 그 주변인 모두에게 그런 대우를 받았다. 누구 하나 가랑을 그저 다른 사람과 똑같이 대우하는 이는 없었다. 헌데 황상은 어찌하셨던가?

지금껏 나누어 온 이야기들이 있기에 자신이 조금은, 황상께 있어 특별한 사람인 줄 알았다. 허나 그가 착각임을 이리 명백히 깨달았다. 황상이 제게 다정한 것은 본디 다정한 성품을 지녔기 때문이었지, 제가 특별해서가 아님을.

허나 가랑에게 있어 황상은 여태껏 그 곁에 둔 사람 누구보다 특별했다. 원치 않게 맺어지긴 하였으나 어찌 되었든 지아비였다. 제 사람 한 명 없는 이 무에서 유일하게 속을 털어놓을 수 있는 사람이었으매 유일한 말동무였다. 그리고 또한…… 사내였다.

쏴아아…….

빗소리가 시원스레 울려 퍼졌다. 가랑의 새카만 눈앞으로 투명하게 방울지는 것들이 한 순간 황금빛으로 물들었다. 저편에서 비를 맞으며, 흙탕물을 연하게 튀기며 걸어오는 사람. 그가 다가오는 만큼 그에게 성큼성큼 다가간 가랑은 저도 모르게 얼굴에 손을 뻗었다. 비로 젖은 뺨이 까슬까슬했다.

"감모 걸리시면 어찌하시려고……."

"이 정도 비에 앓을 정도로 허약하진 않다. 네 걱정이나 하거라."

"하오나……."

눈앞에 지난 모습이 스치었다. 제 몸에 스치던 그 손길이 기억나고, 그 아이에게 가의를 걸쳐 주던 모습이 뇌리를 오갔다.

괴로움으로 가득 찬 눈빛이 그를 올려다보았다. 새카만 머리채에

서 함초롬한 물빛이 방울졌다. 그것이 황망하여 가랑은 제가 쓰고 있
는 삿갓을 고정시킨 끈을 잡아당기었다.

매듭진 것이 손끝에서 부드러이 풀려나가는 감각이 생생하게 온몸
을 진동시킬 때에 큰 손이 덥석 제 손을 움켜쥐었다. 비로 젖어 촉촉
하고 차가운 그것. 이러한 사소한 접촉은 평상시에도 여러 번 있었던
것인데,

"되었다. 네 비를 맞는 것보다 내가 젖는 게 낫지 않겠느냐."

말 한마디가 그를 더하자 심장이 다시금 밑으로 흘러내리었다. 모
든 이에게 다정한 황상이거늘 저러한 말 덕에 모든 것이 흔들렸다.
자꾸만 착각하게 만드는 무언가가 있다.

꼼꼼한 손길이 반쯤 풀린 매듭을 다시 묶어 주고 떠나가거늘, 그
허전함에 남은 곳이 시렸다. 그 떠나간 손 자리를 제 손으로 감싸는
참, 검지에서 반짝이는 옥가락지가 새파랗게 다가왔다. 먼저 앞서 떠
나가는 황상의 뒷모습이 비에, 가랑의 눈짓 너머에 아련하게 젖어 왔
다.

가랑은 흙바닥에 아로새겨지는 그의 발자취를 그대로 밟았다. 그
발자국에 오롯이 들어차는 제 발이 자그마했다. 작금 협소한 것은 무
엇인가. 그 발자취 안에 담긴 제 발인가, 아니면 제 마음인가.

그 협소한 제 마음조차 부끄러움을 이기지 못해, 흙 위에 남은 새
파란 자취는 흐르는 빗망울에 몸을 내맡기더니 이윽고 더 큰 바다
안에 흐물흐물 녹아 버리었다.

그대로 환궁한 가랑은 밤새 돌아다닌 터에 곤한 몸을 뉘려 했건
만, 쉴 새 없이 몰아닥치는 사람들 덕에 그러할 수가 없었다. 홍등을
보며 뇌물을 바치는 이, 엊저녁 과거에 급제한 이…… 그리 두 분류
였는데 결론은 자신들을 잘 대해 달라는 것이었다.

가랑은 그저 저를 찾아온 이들에게 그간 쌓인 제물을 아낌없이 풀었다. 급제를 경하한다는 말과 함께 진귀한 것들을 그 품 안에 찔러 넣었다. 거부하는 이들도 있었으나 결국 뜻을 같이할 것을 아는 그들은 주저 없이 제물을 품에 넣었다. 그리 그들을 대하고 있으니 하루해는 금방 저물었다.

저녁나절이 되어서야 무례임을 안 사람들이 처소를 찾지 아니하였다. 피로가 가득 들어찼으나 자리에 가만히 앉은 가랑은 제 손을 내려다보았다. 황상이 저번 밤에 사 주신 옥가락지가 섬지 위에서 고운 빛을 발하는 채였다.

가랑의 눈에는 이가 그 무엇보다 어여뻐 보였다. 물론 제 처소에는 이보다 더 예쁜 것이 많았다. 패옥이 달린, 홍옥으로 장식된, 취옥으로 만든…… 그 온갖 귀중한 것으로 만든 가락지가 몇 개나 되었다. 허나 아무런 무늬조차 없는 이 조잡한 가락지가 가장 마음에 들었다. 이유는 가랑 자신도 몰랐다, 단지 황상께서 사 주셨기 때문이란 것 외엔.

그 하나 때문에, 이 조잡한 것이 가랑에게는 십 년의 추억보다도 더 소중했다.

손바닥에 맞닿은 옥가락지가 따스했다. 제게 전해지는 마음인 양, 지난날 맞닿았던 손길인 양. 두근두근 진동하는 심장 소리가 귓가 가까이에서 큼지막이 울렸다. 그리고 그 음성도.

— 나는 굳이 네가 필요한 것이 아니다. 허면 나는 왜 필요 없는 너를 왜 만나고 있느냐?

……그러니, 당신에게 필요 있는 사람이 되고 싶다. 이유 모를 욕

망이 가슴 안에서 타올랐다.

※

매일 밤 처소에 들던 황상이었는데 연통이 없던 것은 처음이었다.
처소에 홀로 앉아 자리를 지키던 가랑은 옆을 지키는 상궁에게 무슨
일이 있느냐 스치듯 물었다. 상궁은 오늘이 십여 년 전 돌아가신 선
제의 적녀, 즉 황녀의 기일이라 했으니 필시 태극궁 뒤뜰에 있는 사
당에 가 계실 것이라 했다.

가만히 앉아 오도카니 주먹을 움켜쥔 가랑은 사뿐히 몸을 일으켰
다. 상궁이 어디 가시냐 물으며 그리 뒤를 좇거늘, 답하지 않은 가랑
은 그 사당을 향해 발걸음을 옮기었다.

— 월우야.

……기일이라 하니 생각나는 것은 지난 것들. 가랑이 겪은 기일은
아비의 것이었다. 선왕이 붕어했을 때 가랑은 그저 목 놓아 울었다.
국상이 있는 내내 울다 혼절하고, 눈을 뜬 다음 또다시 우는 것을 반
복했다.

저를 얼마나 귀애하던 아비였던가. 그런 이가 떠나간 것에 서럽고
서러워 애타는 맘을 그저 눈물로 표출했거늘 그 모든 것을 주도하는
오라비의 등은 태산처럼 단단했었다. 하여 묻고 싶었더란다, 오라비
는 슬프지 아니한가.

헌데 국상이 끝난 이후 오라비는 남몰래 가랑을 불러들였다. 편전
에 들어서자 오라비는 홀로 술잔을 기울이고 있었다. 상궁도 내관도

없이.

— 눈이 부었구나. 나도 너처럼, 보는 눈 신경 쓰지 않고 곡을 하고 싶었단다.

본디 졸곡(卒哭) 이전인 26일간은 공제(公除)로, 왕위에 막 오른 신왕은 빈소를 지키며 주야로 곡을 하는 것이 풍습이었다. 허나 보는 눈이 있는데 그가 가능하던가? 풍습은 어디까지나 풍습일 뿐, 그게 그대로 지켜질 수는 없었다.

움직이는 목울대와 일그러지는 인상 속에서, 어렸던 가랑은 생전 처음이자 마지막으로 오라비의 눈물을 보았다.

— 이제 이 오라비는 왕이다. 아바마마께서 승하하셨음에도 내, 아바마마를 위해 눈물조차 보이지 못했구나. 그들에게 있어 나는 신왕이요, 아바마마는 사왕(死王)이니 승하하신 아바마마는 안중에도 없더구나. 아비를 잃은 자식의 슬픔을 모르는구나. 사람이 죽었는데, 신료들의 눈에 왕은 사람이 아닌 왕일 뿐인가 보다…….

……가랑도 오라비가 그리 눈물을 보일 때 알았다, 왕도 사람이란 것을. 돌아가신 아바마마도 사람이었고, 이리 즉위한 오라비도 사람이었다. 왕이란 그저 또 다른 이름일 뿐, 그 자리를 차지하였다 하여 사람이 변하는 것이 아니었다. 사람이, 사람이 아니게 되는 것이 아니었다.

허면 황상도 같을 것이리라. 죽었다는 그 황녀를 위해 울지도 못했을 터, 사람이니 그 서러움이 가득 쌓였지 않았을까. 십여 년이 지난 지금도 이리 사당을 찾을 정도면 그 정이 남달랐지 않았을까, 예의 오라비와 가랑처럼.

사람을 위로하는 법 따위는 모르지만 그래도, 가랑은 그런 황상의 마음을 이해할 수 있을 듯하였다.

태극궁 뒤뜰은 여전히 고즈넉했다. 흐드러지게 피어난 수줍은 꽃향기가 코를 간질였다. 한쪽 구석에 박힌 사당을 찾아가는 터, 가랑은 그 근처에서 외로운 뒷모습을 보았다. 소복인 양 새하얀 옷자락을 걸친 여인의 높이 올린 고계가 새카맸다.

허나 그 밑으로 들어선 머리털이 그저 새하얄 뿐이었다. 못 가까이에 선 하얀 여인은 가만히 그 주변에 주저앉더니 잉어들을 향해 먹이를 던지었다. 그녀를 몇 번 본 적이 있던 가랑은 그 옆에 다가가 예를 갖추었다.

"태후폐하를 뵈옵니다."

음성을 들은 태후가 서서히 고개를 틀었다. 그 못을 향해 주름진 손을 두어 번 털던 태후가 자리에 서 그 인사를 받았다.

"빈. 어찌 예까지 오셨소?"

"황상께서 계시다 하여 발걸음 하였나이다."

답을 내려놓자 풀벌레 울음이 널따랗게 울려 퍼지는 그 고즈넉함 속에서 태후가 쓴웃음을 그렸다. 시선을 한 번 마주한 태후는 다시 눈을 틀어 먼발치를 바라보았다.

본디 나이보다 훨씬 늙어 보이는 태후는 숨소리조차 내지 않는 듯 고요한 사람이었다. 허나 아랫것인 이상 웃전이 말하기 전까지는 함부로 입을 놀릴 수 없는 터, 가랑은 그 고요함에 물들어 눈을 내리깔았다.

"……빈에게도 수많은 오라비가 있었겠소."

못을 가만히 지켜보며 한참 만에 한 말이란 그런 것이었다. 물론 오라비라 불렀어야 할 군(君)들은 많았다. 가랑이 태어났을 때에는 모두 이미 길례를 올린지라, 법도에 따라 궐이 아닌 바깥의 사가에서 살기에 얼굴조차 몇 번 본 적은 없었다. 때문에 특별히 기억나는 오라비는 현왕 하나뿐. 가랑은 입술을 달싹였다.

"예."

"혹 유독 사이가 좋은 이가 있었소?"

이번에는 가랑이 쓰게 웃을 번이었다.

"……예."

"그랬소……."

먼발치를 그저 응시하는 태후의 턱 밑으로 은빛이 반짝였다.

"내 정후이나 뒷배가 미약해 황상께 모질었고, 황상께서는 황상을 잘 따르는 천혜를 그리 예뻐했소. 천혜가 일찌감치 세상을 떴을 때 내 황상을 위로조차 할 수가 없었다오. 내 뒷배가 미약해 황상께 줄 수 있는 것이 없었으니."

그러니 유독 사이가 좋은 남매였다, 그 소리였다. 평소였으면 뒷배가 미약하단 말에 집중하였을 터였으나 작금은 달랐다. 내리깐 눈 새로 새파란 풀잎이 바람에 한들거리는 모양새가 담기었다.

"마음속 깊이 생각하는 이를 두 번 다시 볼 수 없다는 것은 생각 외로 끔찍한 일이오. 빈께서 그를 잘 아시리라 믿소."

말을 남긴 태후는 절뚝거리며 발걸음을 옮겼다. 주름진 얼굴만큼 이나 온몸도 노쇠한 듯, 움직이는 걸음걸이 마다마다 서슬이 퍼랬다. 한 걸음에는 지나간 한이, 또 한 걸음에는 기나긴 설움이……. 그리 가랑을 스치던 태후는 중얼거리듯 한 마디 덧붙였다.

"자식 잃은 어미는 죄인이오. 죄인이지……."

부모는 죽은 자식을 가슴속에 묻는다 하였던가. 쓰라린 속삭임을 남긴 태후는 그대로 짙은 어둠 속에 몸을 묻었다. 시린 그 나날을 지켜보던 가랑은 이름 모를 애달픔에 태후의 뒷모습을 향해 고개를 숙였다. 새하얀 어둠 저편으로 사라지는 태후의 모습에 명원에 있는 대비 한씨가 생각이 나 가슴이 저렸다.

가랑은 제 가슴 위에 손을 얹었다. 염통의 진동이 손끝 위로 느껴질 참, 가랑은 그대로 자그마한 발을 뻗었다. 새파란 풀들이 비단신 밑에서 시리게 찢어졌다. 그리 풀벌레의 울음과 잡초의 비명을 들으며 사당에 다가간 가랑은 섬섬옥수를 뻗었다.

달빛 밑에 옥빛 가락지가 번뜩일 참 문이 열리매 익숙한 뒷모습이 그 자리에 있었다. 그리 넓지 않은 사당 안은 깔끔했다. 단 하나만 놓인 위패와 그 옆에 걸친 초상이 아리고 아린 상흔처럼 번뜩였다. 회색빛 연기로 망울지는 향이 너울너울 타올랐다.

"……폐하."

가랑은 조심스레 입술을 뗐다. 잠시 어깨를 편 황상은 뒤조차 돌아보지 않은 채 그저 용음을 냈을 뿐이다.

"예는 어찌 알고 귀한 발걸음을 옮겼느냐."

"궁인들에게 들었사옵니다."

사뿐히 발걸음을 옮긴 가랑은 가만히 그 뒤에 앉았다. 가랑은 눈을 들어 초상 속의 여인을 보았다. 여인이라기보다도 소녀라 해야 옳을 판, 정이와 비등한 나이로 보였다. 기껏해야 열 살은 되었을까.

하늘인 양 새파란 피백을 걸친 황녀는 더없이 순수해 보였다. 세상천지, 근심조차 모르는 듯 웃고 있다. 마치 몇 달 전 가랑인 양. 그 모양새를 보던 가랑은 그저 입술을 떼 나불거렸다.

"송구스럽게도 몰랐사옵니다."

"네 아는 게 없지 않아. 새삼스럽지도 않다."

기껏 한 말에 들린 답은 타박에 가까운 것이었다. 허나 이제는 그가 황상의 말버릇이라는 것을 잘 알았다. 소리 없는 미소를 그린 가랑이 그 뒷모습을 응시하는 참, 그의 입술이 스르르 벌어졌다.

"네 오라비는 네게 어떤 사람이었느냐."

의외로운 질의였다. 오라비가 어떤 사람이었느냐고? 가랑은 그저 먼 옛일을 하나하나 떠올렸다. 언제나 슬픈 기억보다는 좋았던 기억이 먼저 떠오르는 터, 어미가 종아리를 치면 와서 고약을 발라 주는 오라비의 너른 등은 가랑의 가마였다. 슬픈 일이 있을 때에는 귀신같이 알고 다가와 말없이 안아 주었던 어린 시절의 그 포근함을 뉘가 알까. 마지막에 그 차가운 말의 비에 젖어 나갔던 것은 사실이었으나 따스한 조각들은 지워지지 아니하였다. 가랑의 입가에서 그 누구도 보지 못할 비소가 아련히 걸쳐졌다.

"아바마마보다 더 아버지 같으셨습니다. 작금은 다르시지만 분명 몇 달 전까지만 해도 그리하였나이다."

"……천혜는 내 황성에서 유일하게 인간이다 그리 느낀 아이였다."

궁이란, 황성이란 수많은 사람이 살아감에도 사람의 향이 느껴지지 않는 곳이었다. 그런 곳에서 인간이란 당최 무엇인가. 명원에서 가랑이 사람이라 느낀 자들은 어미와 동생, 오라비와 아비뿐이었다. 하여 황상의 말이 무슨 뜻인지 이해가 갔다. 새파란 피백, 순수한 눈동자…… 그것이 한들한들 어우러진 초상에서도 그가 보였다.

"내 곁에 붙는 이들은 전부 권세를 탐할 뿐이었으니 어찌 아니 그랬겠느냐. 그때 사심 없이 다가온 이가 이 아이였으니, 내 어찌 아니 예뻐할 수 있었겠느냐."

……먼 옛 기억 속의 오라비와 비등한 것이라, 그리 여겨지는 마음이다. 오라비가 과거 가랑을 예뻐했던 이유도 비슷했으리라. 하여 다른 사람도 아닌 가랑 앞에서 술을 마시며 눈물을 보이지 아니하였겠는가. 그런, 왕이었던 오라비는 틀림없이 인간이었다. 눈물을 알고 슬픔도 알며, 인간의 향을 그리워한 인간이었다.

허면 황상도 매한가지, 천자(天子)란 무엇인가. 그 존귀함을 나타낸다 하더라도 같은 숨을 쉬며 살아가는 자가 아니던가.

"……폐하께서도 사람이시옵니다. 하여 소첩이……."

눈앞을 가득 채운 사내의 등이 가녀려 보인 가랑은 그저 그 여린 것을 가만히 응시하다 손을 뻗었다. 주춤주춤 움직인 그 소심한 손이 단단한 어깨 위에 자리를 잡았다. 생소한 접근 속에 황상이 뒤를 돌았다. 여인의 입술이 흔들렸다.

"……폐하께 그런 사람이 되고 싶사옵니다."

멀리서 아련히 들리는 풀벌레의 울음, 귀를 기울이면 몸을 부비는 나뭇잎의 노래……. 그 속, 두 사람의 손이 겹치었다. 그리 마주한 손이 따스했다.

※

붉은 입술에서 흐르는 한들거리는 바람에 촛불이 날아 섰다. 새까만 정적의 어둠이 순식간에 빛을 앗으사, 인세 위에 남은 것은 오롯한 달빛뿐이었다. 은은히 쏟아지는 은빛 달이 화사한 금침을 비추었다. 하얗게 빛나는 금침 위에 앉은 사내와 여인의 두 눈이 서로를 품었다.

사내의 손이 움직여 기다란 그림자를 드리웠다. 머리 위에 화사하게 자리 잡은 목단 화관이 고운 손끝에 붙들려 바닥으로 내려섰다. 이윽고 무거운 고계가 목단 화관과 나란히 바닥 위를 뒹굴었다. 이 무거운 것을 어찌 지탱하였는가 의문이 들 정도로 가녀린 목덜미 위, 취옥으로 장식한 비녀가 새파란 빛을 발했다. 곧 그것도 손끝으로 거두어 들이사, 머리카락이 비류(沸流)인 양 굽이굽이 바닥으로 흘러내렸다.

달빛 밑에서 퇴색되는 새하얀 피백이 바닥으로 툭 떨어졌다. 사내의 손길이 대수삼의 옷고름을 붙잡을 적, 대수삼 밑에 감추어진 여인의 손끝이 덜덜 떨리었다. 그 위, 사내의 나지막한 음성이 함께 흔들렸다.

"떨리느냐."

"……."

여인이 입술을 달싹이는 터, 그는 음성으로 화하지 않았다. 대신 옷고름이 스치는 소리가 아스라이 울려 퍼질 따름, 고운 붉은빛 대수삼이 바닥으로 툭 떨어졌다.

풍염한 젖가슴이 흐릿한 빛 밑에서 새하얗게 빛날 참 여린 몸이 차가운 금침 위에 닿았다. 뜨거운 손길이 동그란 어깨 위를 스치는 찰나 사내는 달싹이는 여인의 입술을 훔치었다. 사내의 혀가 가지런한 치아를 샅샅이 훑고 그 안의 여린 살을 감싸 왔다.

얽힌 살덩어리가 마음을 어르듯 부드럽게 달래는 그 순간 치맛자락이 매끄러운 살결 위에서 미끄럼을 탔다. 오롯이 태곳적의 몸으로 돌아간 여인의 얼굴은 창백한 달빛과 다르게 붉었다. 다정한 손길이 얼굴을 스치는 그 참, 닿는 곳마다 올올이 아릴 그 참 묵직한 음성이 다시 흔들렸다.

"부끄러우냐."

"……아니……옵니다."

거짓이 분명한 속삭임에 사내가 웃었다. 뺨을 스치는 손길이 목덜미를 타고 어깨를 타고 가느다란 팔목으로 흘러내렸다. 단순한 행위가 는실난실하사 손끝이 타고 간 그 살결에 닿는 모든 것이 간질간질할 참, 입술이 목덜미를 간질였다. 서서히 타고 내려오는 그것이 풍염한 가슴을 넘나들고, 그 정점에 솟은 수줍은 선과를 훔치었다.

부끄러움에 붉게 달아 오는 얼굴을 저도 모르게 손을 들어 가리는 터, 조심스레 움직이는 혀가 그 구슬을 굵었다. 빳빳하게 선 그 정점, 수줍은 물은 것을 한껏 물고 희롱하자 여린 처녀가 몸을 움찔움찔 떨어 왔다. 그 끝에서 흐르는 청초한 향이 이성을 흐릿하게 가려왔다. 매끄럽게 흔들리는 미뢰 너머로 다디단 과즙이 가득 쏟아질 때 한껏 붉게 달아오른 입술 틈새로 수줍은 음성이 흘렀다.

"아……."

가누지 못할 감각 속, 매끄러운 살결을 타고 흐른 그 손끝이 저 밑의 여린 풀숲을 헤집었다. 여린 풀숲을 헤집은 손끝이 그 밑에 고이 숨겨 둔 꽃망울을 조심스레 건드렸다. 수줍게 닫힌 꽃망울에 맞닿은 따스함은 생경한 감각을 불러일으켰다. 간지럽기도 하사, 허공에 붕 뜬 기분 같기도 하사…… 벼락이 내리꽂힌 듯 짜릿하기도 했다. 온 몸을 후려치는 것은 생소한 이름의 환희인지라, 풍염한 가슴을 지분거리는 손길 밑 실낱같은 붉은 입술에서 아찔한 소음이 터졌다.

"폐하…… 하……."

마침내 생명의 모든 것, 여인조차 알지 못했던 습윤한 여성에 손이 닿았다. 소중한 보물을 대하듯 섬세히 어르는 그 숨결 너머 사내는 오롯이 제 품에 갇힌 여인을 내려 보았다.

새하얀 달빛을 빛바래게 만드는 여인의 빛있음이란 염통을 두근이

게 만드는 것, 제 손길 하나에 헐떡이는 모습마저 그저 기꺼우니 그대로 밤새도록 탐하고 싶었다. 생소한 감각에 몸부림치면서, 새빨갛게 달아오른 얼굴 위로 달빛이 흘러내렸다.

"……정녕 월우이지 않아."

사내의 나직한 중얼거림에 여인이 앓는 소리를 냈다. 오롯이 드러난 나신을 샅샅이 훑어 한껏 달아오르게 만드는 손길이 빠듯했다. 다시 고개를 숙여 목덜미에 입을 맞추고, 그대로 미끄러뜨려 온몸에 흔적을 새겨 나가는 것들은 그저 낙인이었다. 입술이 지나간 자리에 붉은 반점이 들어서는 터 그가 꼭 꽃물이 든 양 고왔다.

바르작거리며 어깨를 떤 여인이 저도 모르게 단단한 사내의 몸을 그러안자, 사내는 맞닿은 여인의 귓가에 더운 바람을 불어 넣었다.

"……후회하지는 않겠느냐."

이어 들리는 음성은 색욕에 가려 낮았다.

"고통스러울 거다."

"……지아비시옵니다."

허락을 구하는 사내의 단단한 몸 밑에서 여인이 희미한 미소를 그렸다. 그가 사랑스러워 사내는 여인을 그러안았다. 여린 양 뺨과 목덜미에 쪼는 듯 입술을 맞추며 고운 꽃망울 속으로 제 분신을 묻었다. 순간 여인의 몸이 경직되었다. 저조차 몰랐던 제 안으로 파고드는 뜨거운 것 덕에 아렸다.

여린 살을 헤집는 듯 밀려드는 둔탁한 통증에 눈가는 샘이 되었다. 함초롬히 고인 이슬을 닦는 손길이 따사롭다. 잔뜩 일그러진 눈가에 살며시 입술을 맞추는 참, 작금 여인이 얻은 것은 고통이나 사내가 얻은 것은 따스한 열락이었다.

여인의 시야에서 양상에 그려진 용이 일그러졌다. 제 안에서 꾸물거리던 것이 도약했다. 처음엔 헤집는 것이 그저 아릴 뿐이었는데 어느 순간 그 생소한 감각은 정염이 되었다. 붉게 타오르는 불꽃이 되어 가슴 안에서 저를 토해 달라 울부짖는 터 여인은 그 품 안에서 새파랗게 헐떡였다. 기나긴 밤을 지세는, 오롯이 얽힌 손마디가 올올이 잡혔다.

5장.
미망迷妄

기나긴 새벽녘, 처량한 달빛이 고이 잠든 여인의 나신을 씻겼다.
탐스러운 젖빛 피부를 매끄럽게 적셔 나가는 터 그 군데군데가 붉었
다. 꽃물이 든 듯 붉은 그것이 사랑스러워, 류는 고개를 숙였다.

가느다랗게 패인 쇄골 위에 입술을 맞추는 참 새파랗게 진동하는
심장 소리가 맞닿은 입술을 통해 그의 심금을 울리었다. 두근, 두근.
따스하게 다가오는 그 온몸의 감각이란 마음을 빠듯하게 채우는 것
이었다. 수줍은 진동 소리와 곱게 내뱉는 숨소리가 섞여 깊은 삶 속
으로 미끄러졌다.

— ……폐하께서도 사람이시옵니다.

그 수줍은 한마디에 머나먼 저편에서 별이 쏟아지는 듯했다. 가슴
속에 응어리진 것을 단숨에 녹여내는 따스한 햇살. 이 구중궁궐에서

그는 인간이 아니었다.

어린 시절에는 동궁, 후일에는 황제…… 그저 권세의 정점에 있는 또 하나의 존재일 뿐 그 누구도 그를 인간으로 보지 않았었다. 때문에 예로부터 진정 듣고 싶었던 것은 저런 말이었을지도 몰랐다.

내리누른 쇄골 밑에서 심장이 팔딱팔딱 뛰었다. 그 사소한 진동에 온 마음이 뿌듯하게 아려 왔다. 맞닿은 것 하나만으로도 빠듯하게 들어차니 이러한 것이 은애인가 싶었다.

그 가느다란 어깨가 안쓰러워 이불을 끌어다 덮어 줄 참, 바깥에서 묵직한 음성이 들리었다.

"폐하. 소인 무진(霧鎭)이옵니다."

위장군이었다. 들라 이야기하려던 때 고이 잠든 가랑이 눈에 스치었다. 입술을 떼려던 대신 류는 바닥에 떨어진 침의를 주워 들었다. 주섬주섬 옷을 걸치는 참 그의 입술이 흔들렸다.

"내 나가마."

단아하게 움직이는 손이 침의의 옷고름을 매었다. 문을 여매 눈을 마주한 위장군이 고개를 꾸벅 숙이었다.

"폐하, 야심한 시각에 송구스럽사옵니다만 소인 급히 아뢸 말씀이 있사옵니다."

"무엇이냐?"

"명원으로 돌아가야 할 듯하옵니다."

주저함조차 없이 내뱉는 소리에 류의 눈이 순간 굳었다. 위장군은 믿을 만한 사람이었으매 제법 마음에 차는 인재였다. 그리하여 반대와 우려의 목소리가 쏟아짐에도 불구하고 그 뒤를 맡긴 것이었다. 허나 위장군은 언제나 소신(小臣)이라 이야기한 적이 없었다. 때문에 언젠가 명원으로 돌아갈 것은 알고 있었으나 이럴 때에 갈 것이라 생각지는 아니했다. 그것도 이리 갑작스럽게.

"⋯⋯네 그 갑자기 무슨 소리냐?"

"주상께서 실정(失政)을 하셨다기에 우려의 목소리가 높습니다."

"실정?"

그리 반문하는 류의 음성이 날카로웠다. 실정이라, 류가 들은바 명원의 왕은 덕과 예를 아는 자라 하였다. 백성 또한 제 몸처럼 아낀다 하였으니 군자이자 성현이라 불리기도 했으매, 그야말로 이상적인 군주라 하지 않았던가. 그간 업적이 있으니 어지간한 것으로는 실정이란 소리를 듣지는 않을 터였다. 심지어 정혼자가 있었던 공주를 예로 보낸 것도 그저 잘 한 외교라 그리 부를 것이었다. 허면 도대체 무슨 짓을 저질렀기에 실정이라 명명하는가?

"무슨 짓을 저질렀기에?"

"들리는 풍문에 의하면 정사를 돌보시지 않으신다 하옵니다."

정사를 돌보지 않는다? 고작 그 정도로 실정을 했다 그러는가? 잘하던 이가 갑작스레 그러지 않으면 의아할 만하긴 하건만, 고작 며칠 정사를 돌보지 않은 것으로 실정을 했다 말하지는 않을 것이었다. 역대 왕 중에 제대로 정사를 돌본 이가 몇이나 되던가? 반수는 애첩에 빠져 정사를 소홀히하였고, 반수는 외척에 밀려 제대로 된 목소리조차 내지 못하지 않았던가.

"그뿐이냐?"

차갑게 묻는 그것은 사람을 죄어치는 것이었다. 알고 있는 사실 그대로 이야기하라는 것, 그 의미를 알아들은 위장군이 고개를 좀 더 깊이 숙였다. 제 고국의 치부이니 함부로 말하기를 꺼리는 것이라는 건 알았으나, 고작 저런 것을 가지고 위장군이 돌아간다고 이야기할 리는 없을 터였다. 가뜩이나 명원이면 가랑의 고향이 아닌가. 무슨 일이 있든 간에 가랑은 예민하게 반응할 터였다.

허나 위장군은 그저 입술을 물 뿐이었다. 그를 어렵잖게 본 류는 다시 한 번 물었다.

"그뿐이냐 물었다."

"……망극하옵니다."

고집 센 위장군은 그저 한 마디를 남긴 채 굳게 입을 다물었다. 입을 열지 않을 심사였다. 명원의 사람들은 이런 것인가? 가랑도 곧잘 이러거늘.

"네 예에 공주가 있는 것을 알고도 그러느냐."

한마디 던지자 한동안 위장군은 답이 없었다. 명원에는 주상이 있고, 이 무에는 그 주상이 귀애하는 누이가 있었으니. 주군의 피붙이란 주군과 다를 바가 없는 법이었다.

머뭇거리던 위장군이 마침내 입을 떼사 기가 차는 답변이 들리었다.

"……출가외인이시옵니다."

"공주가?"

류가 실소했다. 짧은 질문이었으나 많은 것이 담긴 터였다. 위장군은 움쩍하지 않았으나 얼추 비치어지는 얼굴에서 난감함이 읽혔다. 이어 흔들리는 입술이 부들부들 떨리었다. 그 입술 틈으로 나오는 소리는 그답잖게 더듬더듬거리는 것이었다.

간단하게 정리하자면 현왕이 광증을 보인다 하는 것이었다. 들리는 말에 의하면 얼마 전 갑작스레 선왕의 출궁한 후궁들의 목을 베었다고 한다. 그 이후 매일같이 연회를 벌이며 충신을 멀리하고 간신들을 가까이했으매, 내탕비의 충당을 위해 혹독한 가렴주구를 행했다고. 역대 쫓겨난 국왕들의 행보를 그대로 답보하고 있다고 했다.

"……허면 네 돌아가서 무엇을 하겠느냐?"

"고국입니다. 소인, 고국에 돌아가 선산에 묻히겠나이다."

퉁명스러운 핀잔에 단호한 답이 이어졌다. 고국이니 일단 죽이 되든 밥이 되든 돌아가 상황을 살피겠다는 절개였다. 저러니 말릴 재간도, 핑계도 없다. 아니, 애초에 그 발목을 붙잡는다 하여 남을 이가 아니었다. 파직을 시키지 않겠다 이야기하면 죽더라도 명원으로 돌아갈 이였다.

"못난 놈."

차게 던진 것이었다. 위장군이 그의 곁에 머문 지 어언 오 년. 믿을 만한 이였으매 그 시간 동안 정이 붙기도 하였다. 그러나 여전히, 미동조차 없이 그림인 양 고개를 숙인 위장군의 그 모습에서 읽을 수 있는 것은 돌아가겠다는 확고한 의지뿐이었다. 저리 나오는데 어찌하겠는가? 곱게 돌려보낼밖에.

"내 명원의 무술에 관심이 많거든. 네 게을러 아직 본(本)은 가르치지 않지 않았더냐? 후임에게 인수인계나 똑바로 해 놓고 가거라."

"성은이 망극하옵니다."

"입 발린 소리는 가서 하거라."

그 뒤틀린 소리에 위장군은 고개를 들었다. 희미한 미소가 떠오른 그 얼굴로 다시 허리를 숙이고는 주저 없이 발을 놀렸다. 아까운 인재이긴 했으나 떠나가는 이에게 미련을 두는 것은 한심한 일인 터, 그저 그 뒷모습을 눈으로 쓸어 담은 류는 그대로 몸을 틀었다.

다시금 처소 안으로 들어서는데 아까는 없었던 희미한 불빛이 그 자리를 차지하고 있었다. 살랑거리는 것 위로 가랑이 머리를 빗고 있었다.

새하얀 손이 쥔 것은 상아로 만든 빗이었다. 흑단인 양 새카만 것을 빗어 내리면 윤기 나는 그것이 가느다란 몸을 감싸 안았다. 그저 출렁이는 그 새카만 실타래조차 는실난실하거늘, 그 새카만 것이 하얀 손 안에서 너울너울 놀아났다. 헌데 마주하는 눈빛이 어딘지 모르게 새파랬다. 곱다란 붉은 입술이 새파랗게 휘어지는데 그 안에서 나오는 음성이 물기로 촉촉하였다.

"……왕께서 실정을 하셨다니, 그 무슨 말씀이십니까?"

그리 떠나왔어도 고향에 대한 미련을 못 버리는 듯, 그 오라비에 대한 걱정을 하는 듯……. 하긴, 혈육의 정이란 언제나 그리 애틋한 법이었다. 가랑이 저리 구니 더 인간 같게 느껴지는 것이다.

류는 그저 그 옆에 가만히 앉았다. 무릎 위에 가지런히 내려놓은 손을 붙잡자 가랑이 순하게 눈을 내리깔았다.

"네 들었느냐?"

"……들었나이다."

순한 답이 그 뒤를 따랐다. 잠시 숨을 고른 가랑이 류의 어깨에 머리를 기대었다. 새카만 머리채가 밑으로 굽이치며 그의 팔을 간지럽혔다. 기나긴 한숨이 입술 틈새를 희롱하다가 마침내 음성이 흘렀다.

"……납득이 되질 않습니다."

의아함은 그녀도 느낀 성싶었다. 하기사, 그녀가 여기까지 온 연유를 생각해 보건대 왕이 실정이 저질렀다는 것은 그야말로 어불성설. 제게 득이 될 것은 하등 없는 짓이었다. 류는 제게 기댄 가랑의 어깨를 강하게 끌어당겼다. 한 손에 들어선 어깨가 조그마하고 동글동글했다. 그 속에서 가랑이 여린 입술을 빠득빠득 깨물었다.

"제가 아는 전하께서는……."

그럴 분이 아닙니다, 그리 속삭이려 했던 가랑은 입을 다물었다. 정녕 제가 아는 오라비가 그럴 사람이 아니던가? 정녕 지금도 백성을 사랑하는 자애로운 국왕이던가? 과거에는 그랬을지도 모른다. 허나 혈육조차 버린 이가 백성을 생각할 리가 있던가?

눈을 감으면, 뇌리를 잠식하는 수많은 기억이 어지럽게 얽혔다. 파르르 떨리는 속눈썹 밑으로 새파란 이슬이 돋았다.

친절했던 오라비. 욕심 많은 오라비. 다정했던 오라비. 권세에 취한 오라비. 저를 달랬던 다정한 그 손. 남의 팔을 잘라 버린 시린 그 손.

그 모든 것이 하나였으매 시간이 흐른 작금 가랑의 안에서 오라비의 모든 것이 뒤흔들렸다. 그런 가랑의 속을 어렵잖게 읽은 류는 어깨를 잡은 손에 힘을 주었다.

"그것 아느냐. 사람은 한순간에 변하지 않는다."

가랑이 고개를 들어 눈을 마주했다. 류는 하얀 얼굴을 손끝으로 쓸어 넘기었다.

"네 오라비도 나름의 곡절이 있지 않겠느냐."

"……그랬었던 것이었으면 얼마나 좋을까요."

한결 가벼워진 어투 안에는 뼈가 있었다. 곡절. 왕이란 그 위치가 위태로웠던 것이 그 곡절이 되었을 수도 있다. 헌데 그래서 가랑조차 내쳤더라면 실정을 했다는 지금은 그야말로 모순이었다. 가랑은 그의 넓은 품에 안겨 눈을 감았다.

— 허면 여기서 그 사내는 어떤 마음이었겠습니까? 그가 아끼었던 가족이지 않았습니까.

— 네 이야기에서 가능성은 하나이지 않느냐? 애초에 그리 아끼었던 것이 거짓이었겠지.

……다시 떠올려도 심장을 후벼 파는 소리였다. 그래, 차라리 곡절이 있어 사람이 변해 버린 것이었더라면. 허나 애초에 그리 아끼었던 것이 거짓이라 했던 저 말이 다 옳은 듯하였다. 가랑이 알기로, 오라비가 그리 변할 만한 곡절은 없었으므로.

"헌데…… 오라버니를 미워할 수가 없어요."

안 그런 듯 보여도 정 많은 이가 자그마한 목소리로 중얼거리는 것이란 그런 것이었다. 정혼자의 팔을 잘라 보냈던 그때가 생각나면 아리긴 했다. 하지만 인간의 이기적인 마음 한 편으로 느꼈던 것이란, 그게 정이의 손이 아니라 얼마나 안도했던가. 미워할 수가 없다, 이어 한마디 더 중얼거린 가랑이 눈을 감았다.

류는 그 뺨을 따라 그림을 그리듯 입을 맞추었다. 하얗게 패인 쇄골 위까지 부드러운 온기를 전했다.

❋

실정이라니, 제가 잘못 들은 것이겠지요?

휘갈겨 쓴 새카만 글자가 꼭 제 글씨체가 아닌 듯했다. 허나 급한 와중에 다른 것을 신경 쓸 여유는 없었다. 곧장 비둘기를 날려 보내고 초조한 마음으로 답을 기다렸다. 거진 달포 만에 돌아온 답이란 이상한 것이었다.

네가 신경 쓸 거리가 아니다. 네 할 일이나 잘 하고 있거라.

그는 매우 비뚠 것으로 평상시 정갈했던 오라비의 글씨가 아닌 양 했다.

가랑은 한동안 서신을 만지작거렸다. 오라비가 보낸 것이 맞는가?
어이하여 서체가 이런 것인가? 고민을 가득 담던 가랑은 저도 모르
게 스르륵 잠이 들었다. 더운 바람이 귀밑머리를 스치는 와중 가랑은
여린 꿈을 꾸었다.

철모르던 어린 시절이었다. 새빨갛게 퉁퉁 분 종아리는 아렸고, 제
등을 토닥이는 손은 따스했다. 다정한 등 위에 까라진 가랑은 어깨
위에 양팔을 얹고 그의 목을 그러안았다. 주변에서 내관과 상궁들이
말리어도 오라비는 단호했다. 그에 철모르며 업힌 가랑은 자그마한
입술로 옹알거릴 따름이었다.

— ……아무래도 어마마마께서는 가랑이가 싫으신 게 틀림없사와
요.

가랑은 입술을 비죽 내밀었다. 저를 업은 오라비가 허허 웃는 소
리가 밑에서 들려오거늘, 어린 눈에 그가 그렇게 얄미울 수가 없었
다.

— 어찌 가랑이만 이리 때리신단 말이어요? 서책을 잃는 게 그리
나쁜 것이어요?

— 나쁜 것이라 그런 게 아니란다, 월우야.

한 발, 한 발. 오라비가 발을 뗄 때마다 너른 등 위에 매달린 어린
몸이 흔들렸다. 위로, 아래로 움직이는 것이 어린 시절에는 썩 재미
있었다. 꼭 떨어질 듯 아슬아슬할 때에 오라비의 목덜미를 세게 그러

안으면 오라비는 업은 저를 안은 팔에 힘을 주곤 했다. 꼭 맞닿은 등과 양손이 따스하니 기분이 좋았다. 가랑은 등이 얼굴을 묻으며 어린양을 떨었다.

　─허면 왜 그러시는 거여요? 오라버니도 아바마마도 뭐라고 하지 않으시잖아요. 가랑이 종아리가 남아나질 않겠사와요.
　─ ……오늘은 무엇을 읽었다가 그런 게야.
　─ 저…… 논어(論語)여요.

머뭇거리며 답기는 속삭임에 오라비가 한숨을 푹 내쉬었다. 이제 논어까지 손을 댔느냐 그런 의문이 담기었거늘, 어렸던 가랑은 그를 전혀 눈치채지 못하였다. 그저 얼굴을 비비적거리며 새된 음성으로 중얼거렸을 뿐이었다.

　─ 읽는데 어마마마께서 갑자기 오시더니……. 그런데 어마마마께서는 어찌 가랑이가 서책을 읽을 때에만 그리 오시는 걸까요?

허나 가랑은 진정으로 저것이 궁금했다. 평상시에는 잘 오지 않던 대비는 가랑이 서책을 읽을 때를 귀신처럼 알고는 그때에만 가랑에게 와 종아리를 치곤 했으니. 그 순진한 투정에 오라비의 한숨은 웃음으로 화했다. 동궁에 거의 도달하였을 무렵 오라비가 가랑을 바닥에 내려놓았다. 비틀비틀 바닥에 선 가랑은 오라비를 그저 올려다보았다. 다정한 얼굴에 그늘진 것은 어린 가랑이 전혀 모를 것이었다.

　─ 오늘은 어려운 말이 없었니?

— 저, 있사온데……. 공자께서 말씀하시기를, 속수 이상의 예를 행하면 내 일찍이 가르치지 않은 적이 없다.

자왈 자행속수이상, 오미상무회언(子曰 自行束脩以上, 吾未嘗無誨焉). 논어의 술이(述而)에 나오는 구절이었다. 속수란 육포 한 묶음으로 건포를 열 장 묶은 것을 의미한다.

예로부터 서로 마주할 때에는 반드시 폐백을 올리는 것을 예로 삼았으니 속수는 그중에 지극히 약소한 예를, 다시 말해 최소한의 예의를 이르는 것이었다. 즉 술이 중 한 구절인 저 말은 공자가 배우기 위한 예를 아는 이에게는 공평하게 가르침을 행하겠다고 선언한 것을 의미하는 것이었다.

오라비는 이제 저를 술술 읽는 가랑의 머리를 가볍게 쓰다듬었다. 대견기도 하고, 안쓰럽기도 하고…… 복잡한 큰 손이었다.

— 잘 알면서 무얼 물어보려고.
— 속수(束脩)란 육포를 묶은 다발이옵고, 스승께 속수 열 개를 드리고 가르침을 청하지 않사옵니까? 헌데 속수 이상의 예를 청하는 것이 어찌하여 가르침을 공평하게 행하겠다고 하신 것이옵니까?

그러니까 결국은 물질적으로 무언가를 받지 않았느냐를 지적하는 것이었다. 허면 속수조차 마련할 수 없을 정도로 가난한 집안에서는 어찌해야 하는가?

— 월우야, 네 그 말이 옳을 수도 있겠다. 하지만 논어에서 이르려고 하는 것은 다르단다.

가랑은 두 눈을 깜빡였다. 유달리 새카만 눈이 눈꺼풀 밑으로 스며들 때 다정한 손이 머리 위에 올라와 있으니, 그에서 가장 큰 안도감을 얻었다. 오라비는 무엇이든 다 알 것 같았다. 그러니 지금 하는 말도 무엇이든 옳을 터였다. 오라비의 뒤를 좇아 디딤돌 위에 서는 순간 그 조곤조곤한 목소리가 귀에 닿았다.

　— 예서 이야기하는 것은 학문은 자발적으로 배우는 것이라는 거란다. 제자가 스승을 찾아오면 스승은 기꺼이 제자를 받아들여 가르칠 것이나, 스승이 제자를 찾아가 가르치는 일은 없다는 것을 말하는 거지. 그러니 찾아오는 제자들에게는 차별 없이 공평하게 가르침을 행사하겠다는 뜻이 담겨 있는 말씀이란다.
　— 그런 것이옵니까? 아, 요왈(堯曰)도 읽었사온데 요왈은 아무것도 모르겠사와요.

　요왈이란 논어의 마지막 편이었다. 스산한 미소를 그린 오라비는 자리에 앉아 가랑의 비단신에 손을 뻗었다. 주변에서 천한 짓이라 아무리 말려 대도 소용이 없었다. 손수 신을 벗기고 고사리마냥 작은 손을 붙들고 동궁 안으로 걸어 들어가매, 가랑의 눈에 익숙한 복도를 지나며 오라비가 입술을 뗐다.

　— 요임금께서 말씀하시기를, "아, 그대 순이여. 하늘의 역수가 그대 몸에 있으니 진실로 그 중도를 지켜라. 사해가 곤궁하면 천록이 영원히 끊어질 것이다."

요왈 중 제 1편의 첫 부분이었다. 오라비의 말을 듣다 보니 어느새 오라비의 처소 안에 도달해 있던 터, 퉁퉁 분 가랑의 종아리에는 어느 순간 지독한 냄새가 나는 고약이 얹어져 있었다. 그 끔찍한 내음과 퉁퉁 분 종아리의 고통이 어우러져 가랑이 인상을 찌푸리는 참 오라비는 말로써 가랑의 시야를 돌리었다.

— 임금이 정사를 잘 돌보지 못하여 사해의 인민이 곤궁해지면 임금의 부귀 또한 끊어질 것이라는 말씀이다. 임금의 부귀는 곧 백성의 부귀에서 온단 거란다.

— 허면 임금이 잘살려면 백성이 잘살아야 한단 말씀이어요?

— 그런 거지.

중도란 결국 군자의 덕, 삼성(三星)의 왕도정치를 중도라고 표현한 것이다……. 오라비가 그런 말을 덧붙여 했으나 어렸던 그때에는 그런 게 귀에 들어오지 않았었다. 다정한 손길이 따끔거리는 상흔 위를 다정하게 어르는 터라 도리어 얼굴 위에 미소가 한가득 피어났다. 그야말로 만천의 순진무구함이었다.

— 허면 오라버니께서 상감마마가 되었을 때에는 백성들이 다 부귀하겠사와요?

순진무구한 속삭임에 종아리에 와 닿던 손길이 그 자리에서 뚝 멈추었다.

— 무슨 소리를 하는 게야.

— 임금이 잘살려면 백성이 잘살아야 한다고 하셨잖아요? 가랑이
가 잘살려면 임금이신 오라버니께서 잘 살아야 하니, 오라버니는 가
랑이를 위해서라도 틀림없이 그렇게 하실 거여요.

가랑은 목을 꺾어 오라비와 눈을 마주했다. 어린아이의 순진무구
함이 마음에 들었던 듯 오라비가 눈을 고운 반달로 접었다. 가랑이
볼 수 있던 것은 그저 그 미소뿐이었다. 그 안에 그늘진 것도, 슬프
게 드리워지는 그 복잡한 의미도⋯⋯ 알 수 없는 것에 사무친 그 감
각조차, 그 시절의 가랑은 아무것도 읽을 수가 없었다.

— ⋯⋯그래. 그래야만 하고말고.

그리고 눈을 돌리자 익숙하되 익숙하지 못한 방의 천장이 가랑의
눈을 간지럽혔다. 명화가가 고이 그려 두고 간 도화(桃花). 선명한
분홍으로 점찍은 그것들이 금방이라도 저를 향해 화우를 흩뿌릴 듯
했다.

그에 괜스레 눈이 시려 앞을 가리려 든 제 손이 더 이상 자그마하
지 아니하였다. 가늘게 뻗은 손가락 위에 자리 잡은 조잡한 옥빛 가
락지란 제가 혼인을 했다는 것을 여실히 알려 주었다. 그저 그리운
날의 꿈, 헌데 그랬던 오라비가 실정이라? 이 무슨 모순이란 말인가.

들어 올린 손은 곧장 머리로 향했다. 관자놀이를 지그시 누르며
상궁을 부르려는 찰나였다. 문득 인기척이 느껴진 가랑은 고개를 돌
렸다. 제 앞에 다소곳하게 주저앉은 여인이 가랑과 눈을 마주한 채
화사하게 웃었다.

"⋯⋯좋은 꿈을 보셨나 보옵니다. 태몽이라도 꾸셨사옵니까?"

기겁한 가랑은 저도 모르게 벌떡 일어나 자세를 바르게 했다. 궁녀들이란 보통 옥색 피백이나 녹색 피백을 걸치는 터, 당장 옆에서 발을 동동 구르는 상궁만 보더라도 녹색 피백을 걸치고 있었다.

허나 여인이 걸친 것은 고운 자색이었다. 가체는 보통 궁인과 비슷했으나 여인의 첩지는 연작이었다. 헌데 어딘지 모르게 안면이 있다. 기껏해야 제 상궁이나 황후의 상궁 정도를 알아보는 가랑이 도대체 어디서 저 여인을 본 것인가?

고민을 하던 가랑이 새파란 눈길로 그녀를 쓸어내리는 참 여인이 꾸뻑 허리를 숙이었다.

"무례를 용서하소서. 노비 채녀 백여언이라 하옵니다."

"공주마마, 송구하옵니다. 말리셔도 도무지……."

옆에서 발만 동동 구르던 상궁이 한마디 했다. 그래, 상궁이 어찌 채녀의 발걸음을 막겠는가. 궁녀인 보림조차 후궁인 채녀를 말릴 수가 없는 것이 황성의 법도였다.

손짓으로 상궁을 물리고 다시 그 여인을 바라보는 참, 가랑은 그제야 그녀가 누구인지 알 것 같았다. 귀비의 궁녀였다던, 황성에 처음 들어왔을 때에 제게 인사를 올리러 왔던 그녀였다.

……그것이 거의 반년 전의 일이건만 속이 뒤틀렸다. 사정없이, 마치 맷돌 위에 놓인 메주콩이 된 양 짓밟히고 뒤틀렸다. 황상의 다정했던 손길이 눈앞에서 어른거렸다. 입술을 떼는데 그것이 제 목소리가 아닌 양 했다.

"……무슨 일로 예까지 발걸음 하셨습니까."

"일이라 할 것까지 있겠습니까. 그저 담소나 나눌까 하였지요."

이어 나인들이 다과를 들여다 놓았다. 매작과부터 송화다식, 월병, 율란…… 대여섯 가지의 다과와 수정과가 올라온 상이란 분명 가랑을 위한 명원의 것으로 가득 찬 것이었다. 평소였으면 그저 손을 뻗어 맛을 보는 시늉이라도 하였을 것이었으나 작금은 그리할 수가 없었다. 한 입이라도 먹으면 그대로 얹힐 양 속이 배배 꼬였다.

"처음 보는 것들이군요."

속삭이며 먼저 손을 뻗는 채녀는 그 잠깐 보았을 때처럼 오만한 듯했다. 마음이 비뚤어지지 않았으면 천진난만하다, 아래에서 자라 위의 예를 모른다 그리 받아들일 수도 있는 것이었으나 작금은 그럴 수가 없었다. 윗사람이 손을 뻗지도 않았는데 감히 아랫것이. 제 이상한 속을 가라앉히려면 그녀를 빨리 내보내야 할 성싶었다.

그리 여긴 가랑은 그 채녀를 나무라는 대신 억지 미소를 그렸다.

"……무슨 담소를 나누시려 오셨습니까."

"마마께 올릴 말씀이야 많사옵니다. 황후폐하와 연관된 것도 있으매…… 아, 먼저 귀비마마에 대한 말씀부터 올리오까?"

어제까지 눈도 마주치지 못하였던 그 계집이, 두 눈 똑바로 뜨고 소첩에게 조소를 남길 때의 모멸감을 아시옵니까? ……궁인이 실감 나게 속삭였던 그 말이 가랑의 귀를 감싸고 돌거늘, 무슨 할 말이 있다고 이러는가. 매작과를 오독오독 씹어 삼킨 채녀는 수정과에 손을 뻗고 그 다디단 감미를 즐겼다.

"마마, 풍문이 무엇이라 생각하시옵니까?"

"……그 무슨 말씀입니까."

"노비가 궁녀로 오래 지내지는 않았으나 깨달은 바는 하나이옵니다. 풍문 중 진실인 것은 백분지 일도 되지 않는다는 것이지요."

탁, 채녀가 내려놓는 찻잔 소리가 유달리 새파랗게 울려 퍼졌다. 그는 정말 예의를 차리지 않는 짓이었다. 그래서인가, 그니를 처음 본 날이 떠오른다. 그때 저를 노려보았던 그 눈이 생각났다. 얄쌍한

215

눈매에 담겼던 것은 선명한 조소였었다.

"공주마마, 비단 첩지가 도달하였나이다."

그때 상궁이 고하는 소리가 울려 퍼지었다. 그 말을 들은 채녀 백씨는 다시 허리를 꾸뻑 숙이며 물러가겠나이다 고하더니 그대로 귀신인 양 걸어 사라지었다.

……도대체 왜 온 것인가? 고민할 시간은 없었다. 비단 첩지가 도달하였으니 어느 때처럼 예를 갖추고 자비를 놓아야만 했다. 턱이 민둥한 환관이 들고 오는 붉은 비단 첩지에 형식적인 절을 올리거늘, 오늘따라 그 비단자락에 마음이 시렸다.

수수하게 분을 바르고 연지를 칠하는 와중 환관이 들어섰다. 형식적으로 구석구석 살피는 모양새를 보는 와중에도 가랑은 부글부글 끓는 속을 가라앉힐 수가 없었다. 홍복을 누리소서 그리 고하며 물러서는 환관의 턱이 민둥했다.

머리를 다시 빗어 쪽을 져 주는 상궁의 손길 밑에서 고요히 눈을 감을 때에 황제폐하 납시오 하는 소리가 점차 가까워졌다. 마침내 문이 열리고 황금빛 용포가 보이는 터, 보는 눈이 있는지라 가랑은 그 밑에 납작 엎드렸다. 허나 가랑이 엎드리는 것과 그가 손을 뻗어 어깨를 붙잡은 거의 동시였다.

"네 오늘은 낯빛이 좋지 않구나."

……얼굴을 마주하자마자 하시는 말씀이었다. 차마 채녀가 다녀간 것에 속이 뒤틀린다 이야기 할 수가 없었다. 제 그런 뒤틀림이 무엇을 의미하는지는 가랑도 뻔히 알았으므로.

무에 온 지 어언 반년, 후궁이라는 제 위치에도 어느 정도 익숙해진 듯했다. 허나 본디 공주의 남편이란 첩을 둘 수 없는 것이 법도였다. 평생 그리 살아왔으니 고작 반년 만에 모든 것을 잊을 수는 없는

노릇이었다. 그 와중에 저보다 낮은 위치의 첩실을 보니 속이 뒤집히
는 것은 당연한 것이었으리라.

상석에 정좌한 그가 눈짓으로 상을 보더니 그 위의 서신을 쓸었
다. 명원으로부터 온 서신이 그대로 놓여 있는지라 가랑의 낯빛이 어
두운 까닭은 그것 때문이라 여긴 듯, 여린 미소를 그린 그가 상을 한
쪽으로 밀더니 양팔을 벌리었다. 가랑이 멀뚱히 그를 보는데 마치 안
기라는 듯 양팔을 흔들었다. 그리고 아주 잠시, 가랑은 고민했다. 뒤
틀린 속 덕에 아주 한 순간 저 품이 미워 보였으나, 차마 제 속을 그
대로 말할 수 없던 가랑은 발걸음을 옮기었다. 주춤주춤 다가가 그
품에 안기자 그의 단단한 팔이 가랑을 오롯이 감싸 안았다.

"무슨 일이 있었느냐."

그러고는 봄바람인 양 부드럽게 물어 온다. 채녀 때문에 속이 뒤
틀렸다…… 보기가 싫다…… 그리 말할 수가 없던 가랑은 그 이전
일을 떠올렸다. 그리운 날의 기억이었다. 그의 너른 품에 안겨 괜스
레 비비적거리던 가랑은 자그마하게 속삭였다.

"……꿈을 꾸었사옵니다."

"꿈?"

"어린 시절의 일이었습니다."

보통 어린 시절의 일을 꿈으로 꾼다면, 그 추억이 떠올라 아련함
에 눈물짓는 것이 사람이었다. 허나 아련한 얼굴과 어두운 낯빛은 분
명히 다른 것이매 가랑의 낯빛이 어두운 것을 보아서는 그리 좋잖은
추억을 떠올린 게 틀림없었다. 아니면 명원이 그리운 것이거나. 그는
보듬어 안은 팔에 힘을 주었다. 가느다란 몸이 바르작거린다.

"그리우냐."

이어 따스하게 물어 오는 것은 고향이 그립냐는 소리였다. 명원이

그립지 않다면 거짓이다. 허나 작금 속이 뒤틀린 것은 제 마음이 협소해서였다. 저를 단단히 그러안는 그의 품 안에서 가랑은 그저 안온함을 느꼈다.

그리하여 이런 품을 다른 이가 알지도 모른다는 것이 싫었다. 제 등을 단단히 안은 팔을 다른 이가 알고 있다는 것이 끔찍했다. 이 품에서 또 안온함을 느낀 이가 몇이나 있을 것인가? 가랑은 그저 쓴웃음을 가득 머금었다.

"……어마마마께서는 어린 시절에 서책을 읽는 제 종아리를 치곤 하셨습니다. 오라버니께서는 그런 제 종아리에 고약을 발라 주곤 하였지요."

어린 시절 추억 한 자락을 입술 위로 나불거렸다. 그 말을 들으며 류가 대충 처소를 살피는바, 아녀자의 방답잖게 서책이 그득하였다. 그나마 있는 서책이 내훈이라든가 열녀전이라든가 하는 것이라면 충분히 여인의 방다운 것이겠거늘, 있는 것의 태반은 병서였다. 류에게 있어서는 익숙한 것이나 여인이 이런 서책만 읽는다면 진정 어린 시절에 종아리가 남아 남지 않을 법했다.

"경서 때문이냐?"

"예. 헌데 병서를 제외한 나머지는 구미가 당기지 아니하여 많이 읽지는 아니하였사온데…… 어마마마께서는 소첩이 서책을 읽을 때를 귀신같이 알곤 하셨사옵니다."

가랑은 쓰게 웃었다. 그때는 그저 가랑에게 자주 오지 않던 대비가 서책을 읽을 때를 귀신같이 안 것이라 여겼다. 지금 생각건대 대비는 가랑에게 자주 오지 않았을 뿐, 가랑에게는 많은 관심과 정성을 쏟았던 것이었으리라. 허니 일거수일투족을 듣고, 보고, 또 담았다. 그리하여 경서를 읽을 때에 딸의 미래가 걱정되어 발걸음을 하였다.

218

그때를 생각하니 그저 웃음이 흘렀다. 가랑은 저도 모르게 툭 내뱉듯 한마디 던지었다.

"……어마마마와 정이가 보고 싶사옵니다."

생이별이란 것은 이런 것을 이르는 말일 터, 차마 위로의 말 한마디조차 던질 수 없는 그런 것에 커다란 손이 머리를 쓰다듬었다. 가랑이 제아무리 보고 싶어 하더라도 결단코 볼 수 없는 이들이었다. 특히 동생인 대군이라면 모를까, 어미인 대비 한씨는 두 번 다시 볼 수 없는 이였다. 일국의 대비가 궁 밖에 행차하는 것조차 있을 수 없는 일이거늘, 타국으로 나서는 것이면 더더욱 불가했다. 그를 잘 알기에 머리를 어르는 손길은 안쓰러움이 담뿍 담긴 것이었다.

그를 잘 알기에 가랑은 품 안에서 얼굴을 비비적거렸다. 너른 품은 따스하고 저를 쓰다듬는 손은 다정하다. 그러니 이는 가랑의 것. 이어 제 뺨에 맞닿는 입술에서 가랑은 평안을 찾았다. 다정한 손은 어깨를 타고 흘러와 옷고름에 닿았다.

❉

이른 아침 수라를 물린 직후였다. 그의 의관을 갖추기 위한 궁녀들이 들기 전 가랑은 눈으로 바닥에 떨어져 있는 신대를 만지작거렸다. 궁인들이 하는 양을 매번 보더니 이제는 그 정경이 눈에 익었다. 먼저 궁인들이 들어서 밤새 흐트러진 머리를 올리고, 의관을 정제했다. 분명 명원에 있을 적 어미에게 들은 바가 있었다. 그는 길례를 올리면 낭군을 위해 할 수 있는 몇 가지 중 하나였다. 제 손이 닿은 것을 걸치고 나가 돌아오는 모양새는 꽤나 마음에 담기는 일일 듯했다.

때문에 유달리 신대를 노려보는 시선이 강렬했다. 후식으로 차를 들며 궁인들이 오기를 그저 느긋하게 기다리고 있던 류는 가랑의 시선이 비틀린 것을 알아차렸다. 그것도 하필이면 신대를 보며 그러는 것이라 도무지 왜 그러는지, 그로서는 알 수가 없었다.

"왜 그러느냐."

가랑은 잠시 머뭇거렸다. 눈을 돌려 류를 마주한 가랑의 시선에서 이름 모를 아쉬움이 뚝뚝 떨어졌다.

"어마마마께서 혼례를 올린 여인의 즐거움 중 하나는 낭군의 의관을 매만지는 것이라 들었습니다. 그가 떠올라서……."

그런 말도 들었던가? 류가 눈썹을 꿈틀거렸다. 저번에 보니 침선조차 제대로 할 줄 모르는 이가 가랑이었다. 보통 여염에서라면 소일 삼아 가르치곤 하건만 공주이니 침선은 전부 수방에서 담당했을 터, 못 하는 것이 당연하기도 했다. 하여 서책만 옆에 끼고 사는 줄 알았거늘, 또 그러한 점도 마음에 들었으나 저런 말을 입에 담으니 의외로 귀여웠다. 여성스러움이라고 해야 하는가, 이어 짓궂게 묻는 눈이 한가득 휘었다.

"하여, 네가 해 주겠다고?"

속내를 들킨 가랑의 얼굴이 달아올랐다. 얼굴로 쏠리는 열기를 깨달은 가랑은 재빠르게 고개를 숙였다. 허나 이미 목덜미도 손끝도 울긋불긋하여 온몸이 벌겋게 달아올랐단 것을 모르는 이는 없을 터였다. 그걸 모르는 이는 고개를 숙인 본인뿐이었으리라. 그는 꽤나 우스운 것이어서 그는 그저 눈을 고운 반달로 접었다. 입귀가 길게 늘어지었다.

"……하, 하오나 손재주가 미령하옵니다. 폐하의 의관이 어설프면 어찌하옵니까?"

그야 물론 마음이 담기는 일일 것 같긴 하나 그는 황제였다. 그리고 가랑은 그런 일을 한 번도 해 본 적이 없었다. 공주로 태어나 공주로 자라, 심지어 제 머리조차 제대로 쪽을 지어 본 적이 없었다. 그녀가 스스로 하기 전에 주변에서 알아서 해 주었으므로.

"미령하더라도 네가 해 주는 게 몇 갑절은 나을 듯싶다."

그리 내뱉는 그의 음성이 휘어진 눈만큼이나 짓궂었다. 발가락 한 마디까지 새빨개진 가랑은 푹 숙인 고개를 더욱 수그렸다.

"신료들이 의아한 눈으로 볼까 저어되옵니다."

"황제는 무치라고 하였다."

……그 말은 이럴 때에 쓰는 것 같지는 아니하였다. 허나 황상은 재미를 붙인 듯, 이어 들어오려 하는 궁녀들을 정녕 물리었다. 궁녀들이 놓고 간 옷자락을 보더니, 여전히 침의를 입은 상태로 양팔을 벌리었다.

"어서."

이렇게까지 나오니 어찌할 수가 없었다. 궁인들이 놓고 간 옷가지를 바라보며 그니들이 어떻게 했나 기억을 되살렸다. 어쩔 수 없이 가느다란 빗 위에 손가락을 놓았는데 그가 가늘게 진동했다. 그게 가슴이 벅차 그런 것인지, 아니면 긴장해서 그런 것인지 알 수가 없다.

어설프게 흉내 내는 것은 어렵지 않다. 제 머리를 빗듯 떨리는 손으로 헝클어진 머리를 올리었다. 살며시 빗어 밤새 삐져나온 두발을 정리하는 것까지는 어렵지 않았는데 그를 고정하는 손이 허술했다. 용잠을 아무리 되게 놀려도 궁인들의 손놀림마냥 깔끔하게 정리되지는 않아, 별수 없이 허술한 채로 그 위에 관을 올려야 했다.

이어 미령한 손으로 고부터 차례대로 의관을 정제하거늘, 의관의 경우에는 그나마 두발보다 상태가 나았다. 포를 걸치고 그 위에 신대를 매만지고 나서야 겨우 끝이 났다.

무엇이 그리 좋은지, 이어 고개를 들어 마주한 그는 웃고 있었다. 웃는 낯으로 시험 삼아 한 걸음 걷거늘 틀어 올린 머리와 관이 동시에 흔들렸다. 그가 불편할 법도 하거늘 그는 여전히 웃는 낯으로 가랑을 향해 어수를 뻗었다.

"나쁘지는 않구나."

⋯⋯그가 불편하지는 않으시냐, 그리 물으려 하는데 어깨 위에 손이 답삭 올라왔다. 어깨 밑으로 미끄러지는 손이 밤새 고이 내려온 가랑의 머리카락을 슬며시 어루만졌다.

"어디 보자⋯⋯ 답례로 나는 네 머리를 올려 주면 되지 않겠느냐?"

"⋯⋯폐하?"

얼떨떨하게 그를 불렀는데 어느덧 어수가 움직이고 있었다. 위에서 어수가 움직이는 것이 느껴지거늘 꽤나 솜씨가 좋은 양 했다. 제 어깨 밑으로 길게 내려온 머리털이 서서히 정리되기 시작하더니 어느덧 위에서 단단히 쪽을 지는 것이 느껴졌다. 류가 보기에도 그 모양새가 꽤나 만족스러운 듯 가랑의 귓가에 더운 숨결이 닿았다.

"좋지 않아. 여염집 같구나."

"여염에서는 이리하옵니까?"

"그래."

대비에게 들은 바는 있었으나 여염에서 이리하는 줄은 몰랐던 터⋯⋯ 그것에 생각이 닿자 가랑은 바싹 얼굴을 곧장 치켜들었다. 사뿐히 몸을 틀어 그를 마주했다.

"⋯⋯헌데 폐하께서는 그를 어찌 아시옵니까?"

"귀비에게 들었지."

그 한마디에 밤새 잠잠하던 가랑의 속이 다시금 뒤틀렸다. 상냥했던 마음이 뒤집어지는 것은 그저 한순간, 차라리 묻지 말 것을. 새파란 감각이 온몸을 들쑤시는 터 그를 똑바로 마주할 수가 없었다. 엊저녁 들었던 이야기도 뇌리 속에서 뱅글뱅글 돌고, 귀비와 그 채녀의 얼굴이 또다시 섞여 가거늘 그로 가득 찬 시야가 새파랗게 진동했다. 추악하게 일그러지는 마음에 손이 차갑게 식어 가거늘 갑자기 황상이 고개를 숙이었다.

"네 낯빛이⋯⋯."

그 소리에 가랑은 또다시 고개를 내리 숙였다. 제가 지금 어떤 얼굴을 하고 있는지는 모른다. 허나 마음이 비틀어졌으매 얼굴 또한 추하게 일그러져 있을 터, 그런 모습을 보이고 싶지는 아니했다. 허나 그때 황상이 한마디 했다.

"네 투기하느냐."

쿵, 심장이 바닥으로 흘러내리는 듯했다. 엊저녁 채녀의 속삭임과 저 말이 어쩐지 묘하게 연결된 듯했다. 그니의 말을 그대로 믿을 수는 없으나 분명한 것은 하나, 황상은 귀비의 목을 쳤다. 투기했다는 칠거지악의 죄목을 들어서. 그간 이야기해 본바, 사람됨은 따스했으나 정치에 있어서는 냉정한 면이 있었다. 그런 군주이자 인간이었으니, 일단 부인해야 했다.

"⋯⋯어찌 소첩이 감히 그러겠사옵니까. 아니옵니다."

그리 말하는데 음성이 저도 모르게 달달 떨리었다. 이어 괜스레 제 위로 떨어지는 옥음에 새파란 얼음이 맺힌 듯했다.

"그것 아느냐? 네 생각은 얼굴에 그대로 떠오른다."

"⋯⋯."

그것이 그저 하는 말인지, 아니면 진정인지 구분할 수가 없었다. 그저 이성적으로 생각하면 틀린 말이 되었을 터였건만 지금은 그리 생각할 여유조차 없었다. 가까워야 할 방바닥이 아득해 보인다. 검게 물들어 간다. 어쩌지 현기증이 이는 듯 아찔하여, 할 말이 없어 입을 다물었는데 이어 그의 매서운 목소리는 죄어치는 듯 들려왔다.

"그런데도 아니라고 할 참이냐?"

"……모르겠습니다."

"모른다?"

그가 나지막이 웃는 소리가 제 위에서 울려 퍼졌다. 시야가 아른 아른 번져 나갔다. 이제 저는 어찌 되는가? 이 와중 제 몸을 감싼 옷 자락이 고마웠다. 새하얀 한기가 일어, 옷자락 밑에 숨어 있는 손도 발도 달달달 떨리는 듯하였으니.

"난 네 이런 모습이 더욱 보기 좋거늘. 네 내게 사람의 향이 나는 사람이 되어 주겠다 하지 않았느냐."

……허나 들려오는 말은 의외로운 것이라 가랑은 고개를 바짝 치켜 올렸다. 웃는 낯이 새까맣게 물들어 가는 시야를 가득 채웠다. 따스한 손이 식어 버린 뺨을 건드려, 그 손의 온기가 유달리도 뜨거운 듯했다. 괜스레 겁을 집어먹어 온통 새카맣게 붙잡힌 세상에 한 줄기 빛이 찾아들었다.

"허면 그리해야지."

옷자락 밑에 숨은, 차게 식어 버린 손을 붙드는 어수가 햇살인 양 따사로웠다. 맞닿은 것을 통해 전달되는 온기가 노도(路鼗)의 음색인 양 온몸으로 퍼지사, 검은빛으로 물든 세상이 차츰 맑아지기 시작했다. 아득해진 낭떠러지는 따사로운 초원이 되어 저를 단단히 받치고, 그 손마냥 다정한 눈빛이 가랑을 평유하게 했다.

"그가 싫으냐?"

힘 있는 목소리로 물어 오기에 가랑은 조심스레 고개를 도리도리 저었다. 그에 웃는 낯을 그대로 내비친 황상이 서서히 손끝을 들어 올려 그대로 입술을 부비거늘, 그 끝에서 전달되는 새빨간 것은 그저 부끄러운 것이었다.

가랑의 손등 위에서 그 부끄러움이 부드럽게 움직였다. 진중한 음성이 그 안에서 흐르거늘, 가랑에게 있어 그 부드러운 움직임과 어우러지는 더운 숨결은 그저 간지러울 따름이었다. 불쾌한 간지러움이 아니라 기분 좋은 간지러움이었다.

"허면 그리해 주겠느냐."

"……소첩이 어, 어찌하면 되옵니까?"

수줍은 여인다운 부끄러움 덕에 말마저 오롯하지 아니하였다. 그러자 뜨겁고 간지러운 것이 손등에서 멀어졌다. 닿아 있을 때에는 그가 그렇게 부끄럽더니, 한순간 멀어진 온기는 또다시 아쉬움이 되어 가슴속에 불씨로 남았다. 가랑의 아른거리는 눈빛에 그의 웃는 모습이 담기었다. 그 모든 것은 서로의 가슴으로 파고드는 곰다시 한 것이었다. 황상은 이윽고,

"네가 그리되어 주겠다면서, 내게 그를 물으면 어찌하느냐."

하시더니 느긋한 발걸음을 옮기었다. 가랑이 미령한 손길로 틀어 올린 머리카락이 관과 함께 불안하게 흔들렸으나 그는 그가 안중에도 없는 듯, 새하얀 구름 위를 사뿐히 걸었다. 문이 여닫히는 소리가 오늘따라 유달리 크게 울려 퍼지니, 그가 마치 가랑의 심장의 진동인 양 했다.

황상이 돌아간 것을 확인한 궁인들이 들어와 침소를 정리했다. 야무진 손끝으로 요를 개는 나인들이 물러가고 난 이후 수발상궁이 옷

을 들여왔다.

　수발상궁의 도움을 받아 옷을 걸치는 참 가랑은 제가 정녕 이런 일을 해 본 적이 단 한 번도 없음을 새삼 깨달았다. 그저 제가 할 줄 아는 일이라고는 서책을 읽고, 그 서책 안에 들어 있는 이해하기 어려운 말들을 줄줄 읊는 것일 뿐. 제가 살아생전 재미를 느낀 것도 오로지 그런 것뿐이었으니 진정 여인답지 않은 일들뿐이었다. 그런 저라도 나름대로 예뻐하는 이가 있으니 그가 기쁨인 양 했다.

　오늘도 아침부터 할 일이 없기에 그저 서책을 꺼내 읽고 있거늘 유달리 잠이 쏟아졌다. 평소라면 서책에 푹 빠져 시간을 보냈을 터였건만 온몸이 노곤하니 자꾸만 까라졌다.

　결국 앉아서 꾸벅꾸벅 조는 가랑을 발견한 상궁이 보다 못해 눕는 것이 어떻겠느냐 물어 왔다. 다른 때였더라면 아랫것들의 앞에서 이러한 추태를 부리지 않았었을 터였건만, 눈이 감기면 그저 오수를 들겠다 이야기하고 자리에 누웠으련만 오늘은 상궁이 속삭이는 목소리조차 먼 데에서 들려오는 것이었다.

　저도 모르는 새 스르르 잠에 빠져 가랑은 서책 위에 얼굴을 묻었다. 상궁이 다시 한 번 말 할 틈도 없던 새였다.

　꿈조차 꾸지 않은 채 정신없이 잠에 취한 사이 정오가 되어 해가 중천에 떴다. 그때 뒤늦게 눈을 뜬 가랑은 눈앞에서 황금빛 옷자락이 반짝이는 것을 보았다. 눈을 마주하니 그가 화사하게 웃거늘 마치 주변에서 빛이 쏟아지는 양 했다.

　"잘 잤느냐?"

　여린 눈에 비치는 빛이 움직였다. 가랑은 몸을 벌떡 일으켰다. 그러자 아침나절 그가 올려 준 머리칼이 스르륵 그 밑으로 미끄러졌다. 투둥, 묵직한 비녀가 덩달아 바닥으로 향하거늘 허공으로 한 번 튀어

오른 그 은빛이 마치 숭어를 보는 듯했다. 한 박자 늦게 가랑은 거의 소리를 지르듯 외치었다. 제 꼴이 추레해진 것을 깨닫지 못했을 정도로 정신머리가 없었다.

"……폐하!"

"뭘 그리 놀라느냐. 내가 못 올 곳을 왔느냐?"

그가 퉁명스럽게 물었다. 분명 황제가 후궁의 처소에 오는 것은 모난 일은 아니었다. 과거 후궁 처소에 들어 칠 주야를 나오지 않다던 황상도 있다 하였으나, 눈앞의 황상이 어떤 분이시던가? 무슨 일이 있건 간에 자신이 해야 할 일은 결단코 잊지 않는 이였다. 이런 시간에 이리 납실 리가 없는 사람이었다. 그제야 그 모순을 깨달은 가랑은 눈을 끔뻑였다. 허나 눈앞의 황금빛은 빛바래지 아니하였다.

"……어찌 이런 시각에 발걸음 하셨사옵니까."

"아침에 너무 짓궂었던 듯해서 말이다."

……아침에? 그 말을 듣고서야 문득 떠오르는 바가 있어 가랑의 시선이 그의 머리에 닿았다. 사소한 동작에도 연약하게 달랑거리는 그의 관. 그가 아직까지 그리하고 있어 고맙기도 하였건만 부끄러운 마음이 더욱 컸다. 가랑은 옅은 입술을 달싹였다.

"……왜 아직도 그리하고 계시옵니까."

"무엇이 어때서?"

그는 정말 아무것도 아니라는 듯 무심하게 답하였다. 그 말을 듣고 보니 순간 제 귀가 팔랑귀가 된 듯, 정말 무엇이 어떤가 싶었다. 그러나 가랑은 오랜 시간 궁에서 살아온 사람답게 저런 것을 그냥 보고 넘길 수 있는 이가 아니었다. 가뜩이나 제 손놀림이 미령하니 더더욱 그랬다. 저를 그냥 두고 볼 수 없는 까닭은 두 가지였으매 첫째는 예가 아니기 때문이요, 둘째는 저리 하찮은 손놀림이 제 것이기 때문이었다. 때문에 입 밖으로 나불대는 것은 하찮은 핑계일 뿐이었다.

"소첩의 손길이 미령하여…… 폐하의 위엄을 좀먹을 듯하옵니다."

"이런 것에 좀먹힐 위엄이라면 애초에 필요 없다."

진정인지 거짓인지 구분 가지 않는 낮은 용음은 그저 가랑을 꿀 먹은 벙어리로 만드는 것이었다. 마주한 눈은 언제나처럼 새카맸다. 즐거운 양 여린 웃음을 담은, 그 선명한 따스함……. 헌데 마치 그 눈이 거짓말하지 말라는 듯 이야기하는 것 같아, 나름대로 마음이 찔린 가랑은 눈을 틀었다.

"하오나……."

"그리 마음에 걸리느냐?"

……그야 마음에 걸리지 않을 리가 없지 않겠는가. 류는 내리깔은 가랑의 시선에서 그를 읽었다. 티 없이 맑은 것은 세상에 바이없었으니, 그것은 가랑의 새카만 눈도 마찬가지였다. 아무래도 내내 신경을 쓰고 있던 양, 마음에 걸렸던 양 유달리 까매 흑진주 같은 눈길에 흠집이 엿보였다.

"허면 다시 해 보면 되지 않겠느냐."

"……."

그는 가랑이 무엇 때문에 이러는지 정확하게 알고 있었다. 다시 슬며시 눈을 들어 올려 시선을 마주하는데, 화사하게 휘어진 눈매는 틀림없이 웃는 낯이었다.

가랑은 저도 모르게 바짝 얼굴을 들이밀었다. 부드럽게 풀린 머리카락이 밑바닥으로 길게 흐트러졌다. 그 주제에 가체까지 얹고 있으니 이보다 더 어울리지 않는 모습이 없을 터, 허나 그조차 인식하지 못한 가랑은 바짝바짝 타들어 가는 입술을 억지로 비집었다.

"어찌 이러시옵니까?"

그것도 이리, 답잖게 예기치 못한 때에 갑자기 나타나셔서.

허나 황상은 대답 대신 바닥으로 흐트러진 가랑의 머리카락을 집어 들었다. 가느다란 손가락에 올올이 감겨드는 새카만 실타래가 그 무엇보다 색정적이었다. 고개를 숙인 황상이 그 위에 가볍게 입술을 맞대거늘 아침에 맞닿았던 그 부드러운 것이 뇌리를 채웠다.

"……나보다는 네 몰골이 더욱 만만찮구나."

웅얼거리듯 낮게 속삭이는 음성이 무엇보다 부드러우니 달콤하다. 헌데 담는 말씀이 심상찮았다. 무려 몰골이라신다. 몰골이란 무엇인가, 볼품없는 모양새를 말하는 것이 아닌가. 제 꼴이 그리 추레한가? 가랑이 눈을 깜빡 깜빡일 때 웃음기 가득한 눈동자와 마찬가지로 그 입귀가 부드럽게 늘어졌다.

"내 손이 더 미령했던 듯하구나."

이어 허공으로 흩날리는 제 머리카락이 마치 그 손가락 끝에서부터 시작된 것인 양 했다. 이어진 것이 한순간 끊기는 감각이란 처연하기까지 했으니 알다가도 모를 판, 가랑은 저 새카만 눈 안에 오롯이 가두어진 저를 보았다. 제가 꼭 덜미를 물린 짐승 같았다. 그나마 육식 동물에게 물린 초식 동물이 아니라, 어미 고양이에게 덜미를 물려 사지를 축 늘어뜨린 아기 고양이를 닮았다는 것이 나은 것이었다. 사지를 축 늘어뜨렸음에도 불구하고 어미 품에서 안도감을 느끼는 그 어린 짐승은 평온해 보였다.

방금 전까지 머리카락에 닿아 있던 손가락이 뺨을 스치었다. 그는 미묘한 온도였다. 뙤약볕에 내리쬐는 기나긴 여름날에는 묘하게 서늘하게 다가오는 온기였다. 이런 접근이 익숙지 않은 것은 아니었으나 해가 중천에 떠 있는 터, 가랑은 괜스레 몸을 뒤로 빼냈다.

"……잠에 취하면 당연히 이리되옵니다."

미령하기는 무슨, 제 손이 부끄러울 정도로 황상의 솜씨는 일품이었다. 그저 정신없이 잠에 취한 터에 흐트러졌을 뿐. 도리어 민망한 것은 제 손놀림이었다. 아침나절 괜한 소리를 꺼낸 자신을 괜스레 자책하는데 웃는 음성이 새파랗게 울려 퍼졌다.

"나도 마찬가지지 않겠느냐."

"……정사를 돌보시는 중에 졸고 계실 분은 아니시라 사료되옵니다만."

가랑은 더듬더듬 답했다. 미행을 나가는 날이면 어김없이 빈민가에 들러 살뜰하게 그들을 챙기시는 모습까지 보이시는데, 평상시 돌보는 정사에서는 그보다 더 엄할 게 틀림없었다. 그런데 강연 중에 조는 황상이라니 전혀 어울리지 아니하였다. 신료들과 이야기하다가 그 머리를 꾸벅꾸벅 숙이며 존다……. 상상만 해도 무언가 어긋나거늘, 마주친 눈은 여전히 웃음기가 가득했다. 그에 가랑의 머릿속에 한 가지 스치는 것이 있었다. 별수 없이 그녀는 입술을 오물거렸다.

"……작금 소첩을 놀리시옵니까?"

황상의 웃음이 짙어졌다. 가랑은 그제야 깨달았다. 황상은 저를 놀리는 데 맛이 든 게 틀림없었다. 이리 짬을 내어 오시는 것을 보면 단단히 맛이 들린 게 틀림없던 터라, 가랑은 평소와 다르게 당돌한 목소리로 물었다.

"어찌하여 소첩을 놀리시옵니까?"

"네 내 왜 왔느냐 물었더냐?"

……헌데 황상께서 이르시는 것은 조금 다른 것이었다. 이어 그가 가랑을 잡아당기었다. 창졸간에 그 품에 안긴 가랑이 큼지막한 눈을 그저 끔뻑일 때에 낮은 음성이 귀에 감겨들었다.

"보고 싶어서 왔느니."

진담인가, 아니면 농인가? 놀린다는 것을 인정하지 아니하기 위한 속삭임인가? 다른 때 같았으면 복잡하게 돌아갔을 머리였으나 지금은 한쪽으로 마음이 기울었다. 어딘지 모르게 믿을 수밖에 없는 속삭임이었으니 가랑은 널따란 품에 얼굴을 묻었다.

"그면 된 것이 아니냐."

이어지는 말 한마디에 마음속으로 따스하게 번져 나가는 것은 깊은 충만함이었다. 말 한마디에 번지는 환희가 가느다란 몸을 휘감았다. 대국으로 건너와 처음으로 얻은, 마음을 터놓을 수 있는 이였다. 마음에 온기가 번져 나가니 얼굴에도 따스함이 함께 퍼져 나간 터, 가랑은 순수함으로 가득 찬 미소를 그렸다. 저도 모르게 그린 것이라 사심 한 점 없이 맑은 것이었다. 저를 그러안은 품이 그저 따스하고 기꺼워 가랑은 너른 품에 얼굴을 비비적거렸다. 매끄러운 비단이 뺨 위로 미끄러졌다. 단단한 손이 제 머리를 받쳤다.

"네 작금 어리광을 부리는 게냐."

"부리면 아니 되옵니까?"

누구든 제 편에게는 대담해지는 면이 있듯, 작금 가랑도 마찬가지였다. 이른 아침에 겁먹어 한마디도 못 한 채 피하던 이라 생각되지 않을 정도의 대담함이었다. 마치 어미 품을 찾은 병아리인 양 품 안의 향을 들이키는데 허허 웃는 소리가 머리맡에서 울려 퍼지었다.

"아니 되지는 않지."

중얼거린 황상이 슬며시 멀어졌다. 맞닿은 눈빛이 감미로웠다. 내려다보는 눈빛을 오롯이 올려다볼 때 그가 점점 더 가까워졌다. 약간 거친 듯한 입술이 보드라운 입술을 찾았다. 가지런한 앞니가 가랑의 입술을 물었다. 경미한 통증에 어깨를 떨자 마치 다독이듯 잡아 주는 손길이 있다.

검은 동공이 기다랗게 늘어날 적 매끄러운 혀가 입술을 황홀하게 쓸어 넘기며 달달하게 감겨들었다. 깜짝 놀라 수줍게 피하는 입 안의 것을 요구하고, 갈망하더니 이어 냅다 낚아챘다.

찰나의 짜릿함에 취한 가랑은 저도 모르게 몽롱한 눈을 감았다. 그의 손이 가느다란 머릿결 새를 파고들었다. 뉘의 것인지 모르게 뒤섞인 타액이 농밀하고 달콤했다. 가지런히 치아를 쓸어 넘기는 불덩어리 같은 부드러움이 수줍은 여린 살을 앗아 갔다.

아득한 마음에 각인되는 것은 기나긴 향이었다. 그저 심적으로 바라보는 것은 빛나는 두 눈. 그 향과 빛에 취기가 일어 정신이 몽롱할 때에 가랑의 안을 가득 채우던 부드러움이 사라졌다. 여린 눈이 서서히 세상을 향해 드리워지니, 그 새카만 것과 발갛게 물든 얼굴이 묘하게 고혹적이었다.

"······시간이 모자란 게 아쉽구나."

한숨 섞인 속삭임이 아롱아롱 퍼져 나갔다. 가느다란 손가락이 가랑의 통통한 뺨으로 감겨들었다. 여린 볼우물이 팬 그곳을 가볍게 건드리면 탄력 있는 뺨이 바깥으로 통 튀었다. 슬며시 몸을 일으킨 황상이 한마디 했다.

"밤에 보자꾸나."

그가 어떠한 것을 의미하는지는 가랑도 분명히 알았다. 이제는 제법 익숙해진 터라 얼굴을 붉힐 만한 일은 아니었거늘, 감성은 이성을 따라가지 못하였다.

붉게 물든 얼굴을 숨기려 고개를 숙이는 가랑의 귓가로 바람 소리가 울렸다. 그는 그가 지나가는 자리에서 울려 퍼지는 고고의 소리거늘, 그것이 꽤나 수줍게 느껴진 터라 가랑은 재빠르게 눈을 굴렸다.

텅 빈 자리에는 아까 제가 보려 펼쳐 둔 서책이 있었다. 누군가가 휘갈겨 쓴 글자가 그대로 눈에 박히거늘, 그것이 괜히 서슬 푸른 비수가 되어 한순간에 허망한 모래성을 휘감고 돌았다.

『上乖下離
윗사람이 어그러지면 아랫사람이 분산되니

若此之類是伐之因也
이와 같이 하는 것이 바로 그 나라를 칠 수 있는 원인인 것이다.』

태산 위로 솟았던 마음이 순식간에 추락했다.

아려 오는 머리를 골똘히 붙잡은 채 가량은 눈앞을 스쳐 가는 서책을 그저 바라만 보았다. 분명 제 손이 움직이고 종잇장이 스치었다. 눈에 들어오는 것은 있으나 그것이 머릿속에서 말로 화하지는 아니하였다. 의미 없이 팔랑거리는 얇은 것은 그저 종이요, 새까만 것은 그저 먹물이 지나간 흔적일 뿐이었다.

두터운 위료자의 말씀들이란 그저 어렵고 어려워 그가 무엇을 이야기하는지 이해가 가지 않았다. 윗사람이 어그러지면 아랫사람이 분산된다…… 그저 보았던 것이, 한순간에 무너져버린 것이 곱게 남을 따름이었다.

무간지옥에서 끓어오른 기나긴 한숨이 방바닥을 향했다. 무엇 하나 해결된 일은 없었다. 아직도, 실정을 펼쳤다는 오라비의 손에 소중한 이들의 목숨이 달려 있다. 황상이 저를 어여삐 여기는 듯도 하니 한 걸음 나선 것은 맞았을지도 모른다.

헌데 그 누군가가 바라는 대로 눈을 가리고 귀를 막는 것은 불가했다. 귀비의 전례가 있다. 어여삐 여기는 것과 별개로 황상은 나라를 뒤흔드는 것을 가만 보고 있을 위인이 아니었다.

최근 들어 그저 욕심이 났다. 어미와 어린 동생과 두고 온 정혼자 따위는 신경 쓰지 않은 채 황상과 해로하였으면. 가슴속 깊은 곳에 쌓아 둔 이기심이 바짝바짝 머리를 쳐들었다. 다른 이들은 신경 쓰지 않은 채 오직 제 일만 바라보고 싶었다.

"……공주마마, 채녀 백씨 들었사옵니다."

그때 상궁이 약간 떨떠름한 음성으로 고하는 것이 들려왔다. 그가 마치 이기적인 생각을 품은 저를 혼내는 것 같았다. 아무런 의미 없는 서책을 덮어 누른 가랑은 쓰린 속을 억지로 내리눌렀다. 그러다 그 쓰라림은 애꿎은 채녀에게로 향했다. 저치는 왜 자꾸 가랑을 찾는 것인가? 하루 종일 처소 안에 틀어박혀 있으니 적적함을 달래 줄 이가 오는 것은 분명 기꺼운 일이어야 했다. 허나 옹졸한 여인의 속이란 기꺼운 이가 있으면 기껍지 않은 이도 있는 터, 애석하게도 채녀 백씨는 기껍지 않은 쪽이었다. 어찌 보면 악연 중의 악연이었다.

채녀 백씨가 누구인가. 본디 주인이었던 이의 목을 베게 만든 명분을 제공한 이였다. 제 초야 날 승은을 입었다는 귀비의 궁녀였다. 작금도 그때를 생각하면 절망으로 땅이 꺼지는 듯하였으나, 작금은 그 위치가 바뀌어 있으니 저이의 속도 꽤나 쓰릴 터였다. 역지사지, 좋게 생각한 가랑은 한숨 섞인 음성을 흩뿌렸다.

"……뫼시게."

나인들의 머뭇거림이 두터운 장지문에까지 전달된 듯, 평상시와 달리 힘없이 열리는 문소리가 유달리도 요란했다. 성큼성큼 걸어 안으로 들어오는 채녀의 발걸음이란 조금 전에 마주했던 덕비와는 전혀 다른 행동거지였다. 궁에 어울리는 듯하였으나 고귀한 이의 것은 아니니 그야말로 아랫것의 걸음걸이, 마음이 비뚜니 모든 것이 비뚤게 보였다. 그나마 예를 갖춰 고두를 올리거늘 가랑은 그를 말릴 생각조차 하지 아니하였다.

"빈마마를 뵈옵니다. 천세 천세 천천세."

"……일어서세요."

다소 흔들리는 제 음성에서 저어함이 그대로 묻어 나왔다. 마지못해 답한다는 것이 여실히 드러나는 터라 평상시 제 음성답지 아니하였다. 가랑은 입 안에 숨은 날카로운 제 창을 물었다. 부드러운 얼굴로 속마음을 숨기는 제 모습이란 익숙한 것이었음에도 토악질이 나올 듯 가식적이었다.

말 한 마디에 고개를 바짝 들어 올린 채녀는 처음 봤을 때처럼 오만해 보였다. 다른 채녀들보다 몇 배는 화사하게 꾸민 그니는 분칠도 연지도 모두 진했다. 마치 분칠을 처음 해 본 어린 계집아이인 양 피부는 지나치게 하얗고 입술은 지나치게 붉었으나, 그가 그니와 한 몸인 양 자연스러워 보였다. 가느다랗게 휘어지는 눈이 초승달 같으니 그야말로 는실난실했다. 가랑은 제 앞에서 화사한 눈웃음을 흩뿌리는 그니에게 고요히 물었다.

"어쩐 일이십니까."

"말동무나 해 드릴까 하고요."

그 말에 기막힌 심사가 된 가랑은 눈귀를 떨었다. 말동무? 그 말의 의미를 곱씹을 때 아랫것들이 들어 다과상을 놓고 물러섰다. 손님이 왔으니 당연한 처사였으매, 오늘도 명원의 손으로 만든 명원의 다과가 가득했다.

그저 그를 내려 보거늘 오늘따라 매작과가 유달리 먹음직스러워 보였다. 본디 매작과는 가랑이 가장 좋아하는 다과였으매, 조청의 단내를 맡으니 갑작스레 식욕이 동했다. 잠에 취해 오찬조차 들지 않았으니 공복은 당연한 것, 그저 본능적으로 손을 뻗어 다과를 집어 들었으니 입 안에 퍼지는 쌉싸래한 생강 향이 일품이었다.

"마마께서는 노비가 기껍지 않으시옵니까?"

가랑이 다과를 씹을 때 채녀는 호선을 그린 얼굴로 담담하게 물었다. 기껍지 아니하냐고? 내심을 그대로 이야기하자면 제가 옹졸했고, 옹졸한 그 속을 숨기기에도 속이 편치 않다.

차마 뭐라 답할 수가 없었던 가랑은 미소를 그리며 차를 들이켰다. 그러나 다음 순간 채녀가 한 말에 삼키던 차를 입 밖으로 내뿜을 뻔했다.

"노비도 마마가 기껍지 않사옵니다."

……차의 온도는 그리 높지 않았으나 입천장을 델 듯 뜨거웠다. 그래도 아랫것의 앞인지라 차마 내색하지 아니한 채 그림인 양 앉아 있거늘, 그래도 귀히 자라온 터에 생전 처음 들어 본 말이었다. 항시 아부하는 이들의 곁에 둘러싸여 있었으니 당연한 결과였으매 생전 처음 들어 본 말에 어안이 벙벙했다. 이어 그녀가 화사하게 웃는 얼굴로 한마디 내뱉거늘 차마 반박할 수 없는 것이었다.

"허나 마마, 기껍지 않은 이들과도 웃으며 보아야 하는 것이 황성이지 않사옵니까."

황성에서 살아가는 것이란 봄철의 살얼음 위를 걷는 것과 같다. 궁에서 오랜 시간 살아온 가랑은 그를 머리로는 잘 알고 있었다. 제아무리 기껍지 않은 이라 하여도 항상 웃는 낯으로, 반갑다는 듯 맞이하는 것이 일상이었다. 같은 후궁의 위치라면 더더욱 그리해야만 했다. 돌려 말하는 것은 실상 저를 나무라는 것이었으나 틀릴 것이 없는 소리기에 뭐라고 할 수도 없었다. 아랫것에게 듣는 나무람이란 기분이 좋을 리가 없는 것이었기에, 끓어오르려는 속을 억지로 가라 앉히며 가랑은 떨리는 입술을 애써 매만졌다.

"……기껍지 않을 리가 있겠습니까. 그저 자주 뵙지 않았던 터에 이러니 당혹스러울 뿐입니다."

"황송하옵니다. 마마께 밉보이면 어쩔까 싶었는데 그는 아닌 듯하여 노비, 십년감수하였나이다."

비꼬는 것인지 아부를 하는 것인지 구분이 가지 않았다. 웃는 것이 습관인 양 여전히 웃고 있거늘, 그니에게 뒤통수를 한 대 맞은 듯 게가 얼얼하였다. 가랑은 민망한 손을 놀려 매작과를 집어 들었다. 단맛과 쌉싸래한 향이 깊게 풍기니 그저 좋았다. 텅 빈 배 속이 먹을 것을 더 달라고 울부짖었다. 삼욕 중 하나인지라 어찌할 수 없는 욕망이었다.

"황성의 모든 눈이 마마께 쏠려 있는 것은 알고 계시옵니까? 오찬 시각, 강연이 끝나자마자 황상께서 곧장 달려오셨다고 들었사옵니다만."

채녀가 읍하며 속삭이는 것에 가랑은 순간 당황했다. 그를 어찌 알았는가? 감미가 가득 퍼지는 입안과 다르게 속이 쓰리다. 애써 아무렇지 않은 척 답하기에는 제법 시간이 걸렸다.

"……황성에는 비밀이 없는 모양입니다."

"예. 황후폐하께서 그리 만드셨사옵니다."

— 명경과에서 시제를 내리신다고요.

잔잔한 황후의 속삭임이 바람결을 타고 귀에 스치는 듯하였다. 황후가 심어 둔 나인이 제 처소에 있다는 것은 알고 있다. 이름도 얼굴도 분명히 안다. 허나 그 아이는 고요했다. 황후께 제 처소에서 있던 일을 전하는 것 빼고 모난 점이 전무한 아이였다.

……그를 생각건대 가랑의 머리에 스쳐 지나가는 것이 있었다. 제게 뱅뱅 둘러 이야기하는 채녀의 속내가 무엇인지 그제야 알 것 같았다.

"……채녀께서 제게 무슨 말씀을 하려 하시는지 알겠습니다."

궁인 출신인 채녀가 이야기하고자 하는 것은 둘 중 하나였다. 재물이라도 뿌려 궁인들을 제 편으로 만들라는 것이거나 황후에 대한 경각심을 세우라는 소리였다. 나름대로 충고를 주려 납신 듯했으나 둘 다 생각지 아니했던 것은 아니다.

헌데 아직은 모든 것이 시기상조였다. 타국에서 온 가랑에게는 뒷배가 없다시피 했다. 그리고 무엇보다, 황상에게 많은 이야기를 들었으나 가랑은 아직 황후에 대해 호감도, 불호감도 없었다. 겉과 속이 다른 인물이라 들었으나 직접적으로 경험한 것은 기껏해야 백선피뿐이었다.

허나 백선피란 약재로 쓰일 때도 있었으니 속단하기라도 일렀다. 자초까지 함께 보냈으면 용도가 그야말로 확실하건만, 그도 아니었으매 그 일이 있던 이후 황후는 다시 약재를 보낸 적이 없었다.

"허나 내궁은 황후폐하의 소유입니다. 황후께서 원하시는 대로 흘러가야 평온하지 않겠습니까."

"……황후께서 어떤 분이신지 아시옵니까?"

채녀가 물으매 문득 황상께 들은 말이 생각났다. 황후가 무서운 분이다 그리 말씀하시건만, 여지껏 겪은 바로는 그저 좋은 사람에 불과했다. 다정한 어투로 사람을 토닥일 줄 아는 국모다웠다. 가랑을 보며 쓴소리를 했던 것조차 과거 시험과 연관된 그때 한 번뿐이었고,

과거가 끝난 이후에는 일언반구조차 하지 않았다. 어쩌다 마주치면 그저 웃는 낯으로 인사를 하고, 덕담을 한 채 그림자처럼 사라지곤 했었다. 그리하여 혼란스러웠다. 황후는 진정 어떤 이인가.

"황후께서 원하시는 평온함이란 마마를 땅에 묻어 버리는 것 외에는 없을 것이옵니다."

채녀가 웃으며 담담하게 하는 말에 소름이 쭈뼛 돋았다. 손발이 차게 식는 듯했다.

그렇게 하루가 멀다 하고 발걸음 하는 채녀는 속을 긁는 듯했다. 따져 보면 틀린 말을 하는 것은 아니었다. 도리어 천인이었던 주제에 사리가 제법 밝아, 하는 말은 구구절절이 옳았다.

헌데도 사람을 저어하는 마음은 맞는 것조차 비뚤게 여기었으니 가랑은 괜스레 그니의 얼굴을 보는 것이 꺼려졌다. 그는 저답지 않은 일이라 이상할 따름, 생전 처음 경험해 본 감정은 그야말로 싱숭생숭한 것이었다. 가뜩이나 나날이 찌는 듯한 더위가 이어져 짜증이 치솟으니 괜스레 지나가는 이를 붙잡고 화풀이를 하고 싶을 지경이었다.

그러던 어느 날 시원스레 비가 쏟아졌다. 개구리가 유달리 시끄럽게 울거늘, 가랑은 처량하게 울부짖는 비를 보다 발걸음을 옮기었다.

쥐 죽은 듯 처소 안에서만 숨을 쉬던 가랑은 정녕 오랜만에 바깥 공기를 들이켰다. 축축한 대기의 향이 코를 찔러 오거늘 그에서는 그리운 고향의 것과 같은 내음이 났다. 산뜻한 것은 아니나 그 특유의 축축한, 대리석이 젖어가는 하얀 내음.

그 내음을 맡고 있노라니 찌는 듯한 더위도, 마음을 가득 채운 짜증도 한 걸음 뒤로 물러서는 듯했다.

가랑은 축축이 젖은 녹음의 길을 따라 서서히 발을 놀리었다. 한 발짝 두 발짝 걸어가거늘 단단한 대리석 위에 고인 물과 비단신이 마주하자 찰박, 찰박 소리가 새파랗게 울려 퍼지었다.

사방으로 튀는 물방울에 몸을 내맡긴 얇은 비단 자락이 짙게 물들었다. 그림자같이 뒤를 따르는 상궁들의, 자태가 고운 차양을 제게 드리우며 대신 비를 맞는 나인들의 발밑에서도 같은 소리가 울려 퍼졌다.

찰박거리는 물소리가 청량한 음률과도 같아 가랑은 괜스레 미소를 그렸다. 음울했던 마음이 한순간에 밝아지사 제가 지금껏 이리 변덕스러웠던 적이 있었나 싶었다. 항시 진중하게 생각하고 행동하라는 대비 한씨의 가르침마저 잊은 듯 행동했으니 아랫것들도 슬금슬금 제 눈치를 보는 듯했다.

발길 닿는 대로 정처 없이 걷거늘 느긋한 걸음은 언제나 익숙한 길을 따라 걷는 법, 가랑은 태극궁의 뒤뜰로 기어 들어와 눈에 익은 정원을 살피었다. 끊임없이 쏟아지는 비와 그를 맞이하는 연못. 투명한 물끼리 마주하는 소리가 청명하니 그 위로 잉어들이 가무라도 가하듯 펄떡거렸다. 그를 가만히 보던 가랑은 희게 웃었다.

이곳에서 처음 황상을 만났었다. 만에 하나 그 날의 일이 아니었더라면 황상과 마주할 일도 없었을 터, 하여 그가 고작 몇 달 전의 일이건만 몇 년 전의 일처럼 아득하였다. 비 오는 날의 고즈넉함과 깊은 추억에 취해 홀로 미소 짓거늘, 갑작스레 주변 궁인들이 고개를 더욱 깊숙이 숙이었다. 필시 약소한 인사인지라 뉘가 온 것이 틀림없었다.

"빈이 아니시오."

가랑이 몸을 틀기도 전, 단아한 목소리가 귀를 간질였다. 슬며시 몸을 틀어 마주한 얼굴이 어딘지 모르게 황상과 닮았다. 주름이 자글자글한 눈매가 부드러운 미소를 간직하고 있었으매, 가랑은 그녀를 따라 미소를 그리며 약식으로 허리를 숙였다. 본디 예법으로는 바닥에 엎드려 고두를 올려야 했으나 처소가 아니기에 이가 가한 것이었다.

"태후폐하를 현알하옵니다."

"그래요, 오랜만이오. 어인 일로 산보를 다 나오셨소?"

웃으며 묻거늘 태후는 정녕 사람이 좋아 보였다. 그래서인가, 불쑥 고향 땅 명원에 있는 어미 대비 한씨의 얼굴이 가슴을 쳤다. 그곳을 떠나던 마지막 날, 옷고름으로 눈시울을 찍어 내며 손을 뻗던 어미의 모습이 아득한데, 평상시에는 그리 생각해도 덤덤했거늘 작금은 기분이 이상했다. 저런 것이 자식을 떠나보낸 어미의 마음이라, 그리 생각하거늘 눈시울이 뜨겁다. 가랑은 눈시울이 붉어지는 것을 숨기려 고개를 숙였다.

"빗소리가 듣기 좋아서 이리 나왔사옵니다."

"가끔 바람도 쐴 겸 나오시오. 빈께서 두문불출하신단 풍문은 이미 너무 유명하니, 내 귀에까지 들어오지 않소."

그리 답하시는 태후의 입술에서 혀를 차는 소리가 울려 퍼지었다. 그리운 고향, 어린 동생을 그러안고 어찌 사는지 모르는 어미도 저런 식으로 혀를 차곤 했었더란다. 어미가 혀를 차는 것은 아랫것들이 안타까워 그리하는 것이었으니 태후도 필시 그럴 것이다 싶었다.

허면 제 무엇이 그리 안타까워 저리 혀를 차는 것인가. 그 얼굴조차 뵌 적이 몇 번 없거늘, 태후께서는 안타까운 한숨마저 곁들이셨다. 가랑은 가만히 눈을 내리깔은 채로 고요한 입술을 움직였다.

"……태후폐하께서는 이른 아침부터 이리 발걸음 하시옵니까. 옥체 미령해지실까 우려되옵니다."

"늙은이가 할 일이 많겠소? 그저 가여운 딸의 명복을 빌어 주는

241

것이 내 할 일이니."

여린 웃음소리가 뒤따르는데 가슴속으로 무거운 것이 쿵 떨어지는 듯했다. 그 감각의 이름은 알 수 없는 것인지라 그저 황망한 고개를 내리 숙이고 있는데, 먼발치 웅장하게 선 태산을 응시하는 태후의 여린 웃음은 어느 순간 쓴웃음으로 탈바꿈했다. 노쇠한 입술이 느긋하게 벌어졌다.

"부모란 자식을 항시 가슴에 묻고 있는 법이니…… 아침부터 우울한 이야기를 해 내 면구스럽소, 빈. 그대가 이해해 주길 바라오."

"……폐하, 소첩도 태후폐하의 자식이나 마찬가지이지 않사옵니까."

그러니 얼마든지 그런 말씀을 하셔도 된다고, 그런 의미를 담은 것을 그저 지껄인 가랑은 저도 모르는 사이 혀를 깨물었다. 시어미의 자식이란 아들의 정실뿐 그 첩은 해당되지 않는 법, 제아무리 황실이라 하여도 가랑은 정후가 아닌 일개 후궁이었다. 어찌 저리 경솔하고 무엄한 소리를 내뱉은 것일까. 뉘가 들으면 필시 무엄한 소리라고 뒷말이 오갈 터, 가랑은 의문이 들었다. 그저 생각조차 거치지 않고 입 밖으로 나오는 대로 지껄이는 이는 저다운 것이 아니다. 요즘 저가 왜 이러는 것인가? 허나 태후께서는 그저 웃으셨다.

"따지고 보면 그렇구려. 빈, 오신 김에 이 늙은이 말동무나 해 주겠소?"

"황송하옵니다."

얼결에 덜덜 떨리는 속삭임을 남기자 태후가 발걸음을 옮기었다. 그 뒤를 따라 걷는데 친근하게 울리는 빗소리가 아득하고, 눈 밑으로 보이는 땅이 새하얗다. 고명한 땅이 왜 이리 가깝게 느껴지는가. 추적추적 쏟아지는 비 내음이 코를 간질이는 와중 정좌 위에 올라서는 태후의 뒷모습조차 아득하니 점점 멀어졌다. 어느 순간 하늘이 뱅글 돌았다. 먹장구름이 가득한 하늘이 눈에 가득 담기는데, 그 하늘이 새까매야 했거늘 이상하게도 샛노랬다. 어찌 저리 노란가? 눈을 멍하니 끔뻑이는데 저 먼 곳에서 궁인들이 외치는 소리가 시끄럽게 귀를 울렸다.

"마마!"

왜 그리 소리를 지르느냐, 귀가 따가우니 경거망동하지 말거라, 그리 속삭이려 하였건만 손도 발도 혀도 말을 듣지 않았다. 노란 하늘이 점점 더 멀어지던 와중 가랑은 태후를 보았다. 노쇠한 얼굴과 금빛 피륙이 순식간에 흩어져 고매한 비단신까지 오롯하게 들어섰다. 그것들이 왜 가만히 서 있는 제 눈에 비치는가? 다급하게 소리치는 태후의 음성이 뇌리에서 뱅뱅 돌았다.

"어서 태의를 부르거라!"

가랑의 아득한 시야 속에서 궁녀가 달려가니 그를 보며 가랑은 멍하니 눈을 끔뻑였다. 손도 발도 힘이 들어가지 않아 눈만 끔뻑이는데 낯선 온기가 손을 움켜쥐었다. 꿈결 속의 것인 양 몽롱한 감각 끝에 느껴지는 온기는 보드레하여 안도감이 심장 위에 들어섰다.

괜찮으냐 묻는 음성이 저 먼발치에 앵앵 울려 퍼지더니 노란 하늘이 새카맣게 물들었다. 태후는 그 가녀린 어깨를 붙잡으며 다급한 소리를 냈다.

"빈, 어찌 이러시오. 괜찮으시오?"

이어 눈을 감은 어린 여인에게서는 답이 없었다. 함초롬히 감은 눈 밑으로 새카만 속눈썹이 길게 드리워지는데 그 얼굴이 어쩐지 창백했다. 쏴아아…… 스산한 빗소리가 처량하게 울리거늘 저 멀리서 태의가 뛰어 들어왔다. 비에 새파랗게 젖은 손으로 서둘러 맥을 짚거

243

늘 태의의 얼굴이 미묘하게 변모했다.

✳

가랑은 힘없이 눈을 끔뻑였다. 분명 저는 후원에서 태후와 이야기를 나누고 있었건만 어찌 눈에 담기는 것은 분홍빛 도화란 말인가. 이름난 화공이 한 땀 한 땀 새기고 가 그 형상이 생생하여 아름다운 분홍빛 꽃망울. 그에서는 금방이라도 꽃향기가 맑게 풍길 법하여 저도 모르게 감각을 세우게 된다.

허나 코를 간질이는 것은 향기로운 도화가 아닌 축축한 비 내음이었다. 대리석이 젖어 가는 그 내음은 마치 옥의 것과도 같았다. 멀지 않은 날에 보았던 쥐며 온갖 벌레들이며…… 그 모든 것이 꿈틀거리는 끔찍한 옛 기억이 뇌리를 잠식하자 욕지기가 올랐다. 버둥거리며 몸을 움직이고, 급한 대로 고이 장식된 항아리에 토악질을 해 대었거늘 다스한 손이 등을 툭툭 두드렸다. 허나 그저 헛구역질일 따름 이 밖으로 뱉어지는 것은 바이없다.

"괜찮으냐."

등을 두들기는 손길이 물어 왔다. 그 익숙하고도 묵직한 용음에 가랑은 애써 몸을 바르게 했다. 작금 몇 시 정도 되었던가? 어찌 황상께서 이곳에 계신가?

서둘러 물으려 했으나 머리가 지끈거렸다. 어설픈 눈빛에 비치는 흐린 하늘은 미묘한 빛을 품고 있었으매 그리 늦은 시각은 아닌 듯했다. 가랑은 잘 움직이지 않는 입술을 애써 달싹였다.

"폐하, 어찌 예 계시옵니까."

"내 예 있는 게 이상하냐?"

"그런 것이 아니오라 작금 정사를 돌볼 시각이 아니시옵니까?"

"그깟 것이 너보다 중하겠느냐. 내 소식을 듣고 달려왔느니."

……정사더러 그깟 것이라 하셨다. 무엇보다 황상답지 않은 의미를 담은, 낮게 가라앉은 목소리가 따스하게 귀에 감겼다. 다른 때 같았더라면 어찌 그리 이야기하시느냐 물었을 터였건만 작금은 그가 듣기 좋았다.

흔들리는 손길이 가랑을 그러안았다. 가랑은 그 익숙한 손을 저도 모르게 붙잡았다. 제 손 안 가득 차는 커다란 것은 귀인의 것이건만, 일이란 것을 전혀 해 본 적이 없어 부드러운 제 손과 다르게 다소 거칠었다. 거센 비바람에 상한 손은 문인의 것이 아닌 무인의 것이다. 허나 그 거칠고 단단한 것과 다르게 다정한 목소리는 언제나처럼 상냥하다.

"내 무심했던 것 같아 미안하구나."

"예?"

"월우야."

그리 저를 부르는 음성이 낮고 진중했다. 황상께서는 항시 저를 저리 부르셨다. 보는 눈이 있는 데에서나 격식을 갖추어 빈, 소의 그리 이야기하였지 항시 입술에 얹는 것은 가랑이 아닌 월우였다.

오라비가 불렀던 추억 속의 이름인지라 괜스레 눈시울이 뜨거운데, 빈틈없이 안아 주는 그 양팔이 따스했다. 가느다란 숨결이 귓가에 그대로 와 닿거늘 무엇보다 진중한 것이 귓가에서 부서졌다.

"……고맙다."

……무엇이? 가랑은 멍청하게 눈을 끔뻑였다. 따스하고 다정한 등 뒤에서 빗소리와 섞여 울려 퍼지는, 기쁨에 흔들리는 소리.

"네가 회임했다는구나."

회임했다는구나, 했다는구나, 했다는구나…….

그 짧은 말이 귓가에서 앵앵 메아리쳤다. 처음 그를 인지했을 때에는 귀를 의심했고, 그 의미를 알아들었을 때에 손이 덜덜 떨리었다. 사고가 굳은 듯, 그다음 순간에는 머리가 멍해졌다. 새하얗게 물들어 버린 그 주변에서 들려오는 것은 아득한 빗소리. 그가 숨을 쉬는 소리. 그리고 제 심장이 뛰는 소리.

그의 손을 붙잡았던 가랑의 손이, 의식하지 못한 새 스르륵 내려왔다. 제 어깨선을 스치는 손이 찾아간 곳은 아랫배였다. 옷자락 밑에 숨은 제 배가 납작하다. 그런데 숨이 차오른다.

코를 간질였던 비 내음은, 아련한 빗소리는 벅찬 마음이 되어 눈시울을 자극한다. 이번에는 그 내음이 역하지 않다. 떠오르는 것은 그저 포근한 기억들뿐, 그동안 몸이 곤하였던 게 이 때문이었던가. 마침내 눈이 흐릿해져 참지 못할 지경이 되어 가랑은 목소리를 짜내었다.

"정녕……이옵니까."

"내 이런 일로 거짓말을 하겠느냐."

다정한 손이 뺨을 탔다. 제 뺨 위로 물기가 번져 나가거늘 그제야 가랑은 눈물이 범람한 것을 알았다. 왜 눈물이 나는가? 가슴이 이리도 벅차오르는데 어찌하여 눈물이 샘이 솟는가.

제가 손을 들어 올려 흐르는 것을 닦기 전, 애린 것을 닦아 주는 손이 뜨겁다. 그리하여 매달릴 수밖에 없다. 등 뒤로 빈틈없이 와 닿은 품이 단단한데, 귓가에서 부서지는 속삭임은 어딘지 모르게 연약했다.

"……허나 마냥 기뻐할 수만은 없어 미안하다."

그 말에 심장이 덜컹했다. 저는 이리 기쁜데, 마냥 기쁘기만 하거

늘. 그리하여 가슴이 벅차오르고 숨조차 제대로 고를 수가 없거늘,
황상께서는 마냥 기뻐할 수만은 없다 하신다. ……왜?

다른 때 같았더라면 가랑도 머리를 굴렸을 것이었다. 이 다정한
이가 무슨 사정이 있어 이런 말을 꺼내는지, 제가 아는 모든 것을 동
원하여 추측하였으리라.

허나 작금 그는 불가한 것 중에 하나였다. 예민한 감정이란 사고
마저 붙잡는 법이니 작금 제대로 된 판단을 내릴 수가 없었다. 그저
감당조차 할 수 없는 감정이 이리저리 튀어 올라 난동을 부릴 뿐.

"후사가 없으니 온갖 이목이 네게 쏠릴 터. 음해하고자 하는 이들
도 늘 것인데 아직 네 울타리가 단단하지 못하지 않느냐."

걱정이 가득 담긴 음성이 어지러운 뇌리를 꿰뚫었다. 혼란스러운
와중에도 정돈되는 것은 있다. 제가 회임한 것이 사실이라면 첫 후사
였으매 온갖 이목이 집중될 터였다. 음해하고자 하는 이들이 생길 것
이다. 특히 훈구들은 이를 원치 않을 테니 하다못해 푸닥거리라도 벌
이는 이들이 있을 수도 있었다.

허나 어디까지나 그뿐, 직접적으로 해를 끼치는 이들은 없을 것이
리라. 푸닥거리야 기껏해야 심술 정도로 무난히 넘어가겠지만 감히
손을 쓴다면 구족을 멸하는 중죄가 되지 않는가.

"……허나 어찌 감히 나서는 이가 있겠사옵니까."

그 조심스러운 한마디에 황상께서도 읽으신 바가 있었던 듯하다.
다정한 손이 서서히 머리를 쓰다듬거늘 작금 감히 볼 수 없는 용안
이 어떤 얼굴을 하고 있는지 궁금했다. 허나 뵐 수 없으니 추측할 수
밖에, 가랑이 지금 알 수 있는 것은 귓가로 감겨드는 음성이 봄바람
인 양 부드럽다는 것이었다.

"명원에서는 그러한 일이 드물더냐."

"허니 소첩이 태어났고, 정이도 태어났지요."

"터울이 많이 지지는 않느냐?"

황상이 물으매 가랑은 어미와 대군을 머릿속에 그렸다. 고향에서 저는 정혼자가 있었으매 혼기가 꽉 찬 와중에도 혼례는 차일피일 미루는 도중이었지 않은가. 그러다 결국 이리 시집을 온 반면 정이는 고작 열 살로 아직 길례조차 치르지 않은 어린아이였다. 왕실에서 그 정도 터울이 진다면야 많은 차는 아닐 터였으나 동복이라면 이야기는 다른 법.

허나 정이와 제가 왜 그리 터울이 생겼던가? 가랑은 어미가 항시 삼키던 다갈색 탕약을 떠올렸다.

"허나 그건 어마마마께서 자초와 백선피를 자셨기 때문이었사옵니다."

"모후폐하께서는 뒷배가 없으신 분이셨다. 하여 슬하 자식이라고는 나와 천혜, 둘뿐이었지."

제 속삭임에 명원과 무의 사정이 다름을, 소국과 대국의 차이를 한 자 한 자 말씀하신다. 저리 말씀하시니 자식이 왜 둘뿐이었는지 어렵잖게 머릿속으로 들어오건만, 왜 저리 말씀하시는지 알 것 같건만. 그저 걱정으로 가득 차오른 속삭임이란 것을 머리로는 분명 알건만 가슴이 그를 이상하게 받아들였다. 그런 제가 한심해 가랑은 입술을 깨물었으나 그를 볼 수 없는 황상은 한마디 덧붙였을 뿐이었다.

"왜 그런 것 같으냐."

"……그……."

무어라 속삭이려 입술을 열었건만 가랑은 차마 답할 수가 없었다. 그는 다른 분들이 손을 썼기 때문이었을 것이다, 황후께서 백선피를 보내신 적이 있듯 비슷한 방도가 있으리라…… 머리로는 그리 생각하거늘 가슴이 답답했다. 제가 왜 그러는지 영문조차 알 수 없는데 숨이 차오르고 눈이 뜨거워 혀가 말렸다.

아무런 힘도 없는 타국의 공주가 회임을 했다. 후사가 있었더라면 그 누구도 신경 쓰지 않는 일이었을 것이나 작금은 후사가 없었다. 황성에서 태기를 보인 이조차 없었으니 오죽 이목이 집중되겠는가. 내궁의 다른 이들이 하늘과 땅을 바라보며 가만히 앉아 있겠는가. 끼리끼리 머리를 모으고 힘을 모을 것이 뻔했다.

분명 걱정하시는 이유는 너무나도 잘 알았다. 다른 때였더라면 가랑도 그에 대해 진지하게 생각할 법했건만 작금은 그저 이가 섭섭할 뿐이었다. 그저 순순히 기뻐해 주시면 아니 되시는가. 내일은 걱정으로 날을 지새워도, 그저 지금만큼은.

가랑은 양손에 제 얼굴을 묻었다. 손바닥이 축축한데 이것이 기뻐 흐르는 것인지 서러워 흘러나오는 것인지 알 수 없었다.

"왜 그러느냐."

황상의 묵직한 용음이란 언제나 듣기 좋은 것이었으나 작금은 왠지 두려웠다. 걱정을 담은 우려는 불안함을 불렀으매 가랑은 입술을 바들바들 떨렸다. 이런 속삭임은 또 제대로 흘렀으니 그야말로 창과 방패였다.

"……분명 기쁜 일이온데…… 다른 걱정을 해야 하니 기분이 이상합니다."

뱅 에두른 말, 황상은 그제야 그것이 섧다 속삭이는 것임을 알았다. 분명 이는 가랑답지 않은 일 중 하나였다. 분명 다른 때였더라면 제가 먼저 상황에 대해 파악하고, 어찌하겠다며 속삭였을 이였다. 여인이 수태를 하면 감정적이 된다더니 이가 그런 것인가.

품에 오롯이 전달되는 온기가 파르라니 흔들렸다. 울먹이는 음성이 귀에 아득하게 다가왔다.

"폐하께서는 기쁘지 않으시옵니까?"

"……그럴 리가 있겠느냐. 태어나 이리 큰 환희를 맛본 것은 오늘이 처음이다."

진중하게 속삭이는 그 말 한마디에 예민한 감수성이 몸부림쳤다. 섭섭했던 마음이 삽시간에 가라앉는다.

가랑은 몸을 휙 돌려 그 목을 와락 그러안았다. 찰나의 순간 연삽하게 웃는 용안이 눈에 담기었다. 황상은 그저 저를 안아 머리를 바치고 등을 토닥거렸을 뿐이었다. 이제 앞서 갈 길은 구만리였거늘, 여린 비의 장막 속에서 두 사람의 그림자가 겹쳐지는 것이 아득하니 아름다웠다.

6장.
환락歡樂

배 속의 자그마한 핏덩이는 어미에게 제가 있음을 서서히 고했다. 처음에는 쏟아지는 졸음으로, 시간이 흐른 이후에는 입덧과 예민해진 성질로. 온갖 내음이 역해 토악질만 반복해 대니 주변 이들의 걱정이 이만저만이 아니었다.

아이를 가진 여인이라면 누구나 다 겪는 일이건만 유달리 우려의 음성이 높으니 도리어 가랑이 좌불안석이었다. 허니 속이 뒤집어져도 억지로 한술 떠야 했고, 그 한술을 뜬 대가로 위액마저 토해야 했다. 그나마 입덧 없이 잘 넘기는 것이 매작과여서 가랑의 침소에서는 어느 순간부터 생강 내음만 진득하게 풍겼다.

그나마도 물려 먹지 않으면 상궁의 잔소리가 이어졌다. 가뜩이나 예민하여 사소한 것에도 짜증이 솟는데 주변에서마저 가만두지 않으니 그야말로 사람이 사람답잖게 되는 양 했다.

오늘도 잔소리하에 다과를 수라인 양 챙긴 가랑은 바늘을 들었다.

분명 처음에는 심경을 가라앉히는 데 좋다 하는 말을 듣고 시작했으나 아이를 품으면 여인다워지는 듯, 그 좋아했던 병서들도 이제는 뒷전이었다. 그저 아직 태어날 날이 먼 아이를 위한 배냇저고리를 만들어 가는데 그간 규중칠우를 가까이한 적이 없었던 것이 어찌나 후회되던지.

황성의 것이니 상품 피륙을 들고 오면 무엇하누, 가랑의 손에서 상품 피륙은 거친 삼베만도 못하게 되었다. 마름질부터 엉망이요, 바늘이 지나선 자리는 삐뚤빼뚤했으니 그야말로 면구스러운 솜씨이지 않은가. 결국 매일같이 찾아와 말동무를 자청하는 채녀 백씨는 그를 보며 한마디 했다.

"마마, 손을 찌르실 것 같사옵니다."

"예?"

가랑은 저도 모르게 되물었다. 민망한 제 솜씨에 한숨이 나오니 그야말로 얼굴이 붉어질 듯했다. 바늘이 지나선 자리는 비뚤고 그나마 그 실의 땀마저 고른 크기를 지니지 못했으매, 그나마 바늘도 정녕 채녀의 말대로 천이 아닌 제 손을 향하고 있지 않은가. 날카로운 그가 제 손을 찔러 금방이라도 고운 피륙에 붉은 꽃을 피울 것만 같았다.

이는 규중칠우를 가까이한 적이 없기에 이런 것일까, 아니면 제 손재주가 원래 이리도 미령하던가. 머리를 무겁게 만드는 병서 대신 규중칠우를 가까이 했더라면 이리 민망한 솜씨는 보이지 않았을까.

뒤늦은 후회를 곱씹던 가랑은 부드럽게 웃었다. 채녀 백씨로서는 처음 보는 마음에서 우러나오는 웃음이었다.

"수예에 익숙하지 않아 그렇습니다."

조심스레 답을 남기고 바늘을 다시 드는데 채녀가 갑자기 천과 손을 덥석 붙들었다. 그간 가시 돋힌 말은 남기어도 이리 무례한 적은 없어 놀란 것은 순간이었다.

가랑은 조심스레 손을 비틀려 했다. 허나 생각 외로 제 손을 붙잡은 채녀의 힘이 강했으매 그니는 낮은 음성으로 한마디 했다.

"이리 주시옵소서."

"……괜찮습니다."

"마마의 손에서 혈을 보면 황성이 발칵 뒤집힐 것이옵니다. 노비가 하겠사옵니다."

채녀의 진중한 눈빛에 괜스레 고민이 된다. 정녕 그러한가. 아니 그래도 작금 입덧과 빈혈 덕에 보생탕과 귀비탕을 먹고 있으니 사소한 것 하나에 예민한 반응이 올 게 뻔했다. 황상께서든 태후께서든, 하나 같이 날을 세우고 계시는 것은 사실이었으니. 가랑의 일거수일투족에 가랑 자신보다 관심이 더 많으시매 지나친 걱정을 쏟으니 그가 더 껄끄러웠다.

여린 고민은 시름인 양 얼굴에도 드러나는 법, 그를 어렵잖게 잡아 챈 채녀는 다시 입술을 뗐다.

"침방 궁인들의 솜씨에는 못 미치옵지만 어느 정도 할 줄은 아옵니다. 노비가 하겠사옵니다."

……저리 말하니 마음이 흔들린다. 하여 미소를 그리며 손을 놓았건만 그를 가져간 채녀의 손놀림은 실로 놀라웠다. 그니의 손이 지나간 자리는 정갈했다. 가랑이 비뚤게 바느질 해 놓은 것까지 완벽하게 고쳐 놓기 시작하거늘, 심지어 그 크기가 고르지 못했던 바늘땀마저 바르게 해 둔 그 솜씨가 실로 놀라웠다. 삼베만도 못했던 피륙이 순식간에 제 진가를 찾았으매 가랑은 그를 보며 쓰게 웃었다. 지금만큼은 채녀가 세상 그 누구보다 부러웠다.

"……잘 하는군요."

"마마께서는 입궁하시기 전 명원의 공주셨지 않사옵니까."

여전히 손을 놀리며 채녀는 아련한 눈빛을 남기었다. 입은 입대로 손은 손대로 따로 놀건만 한 점 흐트러짐이 없으니 그야말로 침방 궁인의 솜씨인 것 같았다. 그 솜씨를 가만히 보노라니 채녀가 말하는 것에 귀를 자세히 기울일 새도 없었다.

"노비는 귀비마마의 몸종이었사옵니다. 귀비마마의 옷을 기우는 것이 노비의 일이었사와요."

뒤늦게 울려 퍼지는 음성에 가랑은 위화감을 잡아내었다. 남 이야기를 하는 것을 즐기는 이가 사람인 만큼 가랑도 그러한 듯, 순식간에 머릿속에 옛이야기들이 정리가 되었다. 채녀의 손놀림은 여전히 신묘했건만 호기심이 동한다.

죽은 귀비의 가문은 기울어져 가는 곳이라 하였다. 뼈대 깊은 곳이었으나 그 가세가 기울어져 입에 풀칠조차 하기 어려웠으매, 그리하여 황상께서 세를 불린 곳이라 하였다. 몸종이라면 귀비가 후궁이 되기 전 들어온 이였으니 가난한 시절에 동고동락했던 이일 터, 입에 풀칠조차 하기 힘들었다는 주제에 몸종을 부릴 사치는 있었단 말이던가.

"……현가는 가세가 기울어져 가는 곳이라고 들었습니다만."

에두른 것이 무얼 이야기하고파 한 것인지 채녀는 금방 깨달은 듯 눈웃음을 그렸다. 이어 순순히 그 입술을 열었다.

"권문세가란 그런 이들이옵니다. 입에 풀칠을 할 수는 없어도 고래 등 같은 집과 종들은 내놓지 아니하는 이들이지요."

"……."

……그런 것인가? 그 음성에서 이름 모를 한이 느껴져 가랑은 차

마 무어라 더 지껄일 수가 없었다. 허나 채녀는 이러한 질의가 익숙한 듯 여전히 손을 놀리면서, 미소 어린 다른 말을 남길 뿐이었다.

"마마, 배냇옷에 들어갈 수라도 놓아 보시는 것은 어떻사옵니까?"

그가 말머리를 돌리고 싶다 속삭이는 것을 어렵잖게 알았다. 수라도 놓아 보는 건 어떻겠느냐고.

바느질이나 수를 놓는 등의 수예는 여인의 기본이었으나 가랑은 태어나서 단 한 번도 해 본 적이 없는 일이었다. 분명 어미, 대비 한씨는 몇 번 가르치려 했으나 오라비와 선왕이 나서서 무마시키곤 했었다. 그저 일방적인 내리사랑으로, 선왕과 오라비는 가랑이 하고픈 것만 하게 했다. 그때가 생각나 아련히 젖은 가랑은 어설프게 웃었다.

"수를 놓아 본 적이 없어서……."

"……허면 서책을 보소서. 태임의 일화가 있잖습니까."

……눈으로 사나운 빛을 보지 않았으매, 귀로 음란한 소리를 듣지 않았으매 입으로는 오만한 말을 내지 않았다. 이어 문왕을 낳았으니 총명하고 사물에 통달하여 태임이 하나를 가르치면 백을 알았다(目不視惡色耳不聽淫聲口不出敖言生文王而明聖太任敎之以一而識百).

언젠가 눈에 담았던 한 구절이 머릿속을 지나가거늘, 성현들의 좋은 말을 읽고 또 읽는 것 또한 태교였다. 결국 사람은 항상 했던 일을 하게 되는 법인 양, 그윽하게 내려앉은 눈매가 서책을 찾았다.

눈에 들어서는 온갖 것들은 그저 병서들이었다. 어린 시절부터 책이 닳도록 읽어, 오라비는 바쁜 와중에도 몇 번이고 필사를 해 주었었다. 그 정도로 읽어 댔으니 이제는 눈을 감아도 그 내용이 머릿속에 남아 있다. 하여 제 자신을 위해서라면 굳이 다시 볼 필요는 없을 것 같거늘, 그래도.

아랫배에 손을 얹은 가랑의 얼굴이 충만하게 물들었다. 이가 필요한 이는 제가 아니라 배 속의 핏덩이였다. 무에서는 한비자를 숭상한다 하였으니 가랑은 갑작스레 벅차는 마음으로 손을 뻗어 서책을 넘기었다.

서책의 세계는 신비하고 넓었으매 아는 내용임에도 또다시 그 속에 빠져들게 되는 바, 서로 할 일을 찾은 두 여인의 사이에 침묵이 찾아들었다.

가랑이 서책 한 권을 거의 다 읽어 갈 즈음 채녀도 바느질을 끝낸 듯 자그마한 옷가지를 살피고 있었다. 그것을 보며 제 자신이 흡족한 듯 두 눈에 만족감을 가득 담은 채녀는 문뜩 생각난 것이 있던 듯 무거운 입술을 뗐다.

"……헌데 마마, 하나 여쭤도 되겠사옵니까?"

그 음성에 서책 끄트머리를 붙잡고 있던 가랑이 고개를 들어 올렸다.

"무엇입니까?"

"어찌 소문을 내셨사옵니까?"

그 물음에 가랑은 눈썹을 흔들었다. 곱다란 아미가 청아하게 흔들리거늘 그가 무슨 의미냐 되묻는 것임을 뉘든 어렵잖게 깨달았다. 여린 고개를 숙인 채녀의 비녀가 흔들렸다. 홍옥으로 장식된 그것에서는 유달리 맑은 소리가 울렸다.

"보는 눈이 많아지면 해하는 이들도 느는 법이 아니옵니까. 입조심시키는 것이 낫지 않겠사옵니까?"

……글쎄, 왜 그랬던가. 가랑은 손끝으로 서책을 만지작거렸다. 비가 내린 덕에 눅눅해진 서책은 보드라울 따름, 가랑의 눈에 마지막

편의 여린 글자들이 담기었다.

『凡畸功之循約者難知過刑之於言者難見也(범기공지순약자난지과형지어언자난견야).』

우연으로 세운 공로도 이미 있었던 약속에 따른 것이라면 우연이라 할 수 없는 것이며, 과실의 형적도 말만 가지고서는 식별하기 어렵다. 제가 무슨 생각을 했는지는 모르나 가랑은 저도 모르게 여린 입술을 열었다.

"……모두들 공인하는 일이 되어야 누구든 함부로 움직이지 못할 거라고 여겼습니다."

※

달이 밝은 밤이었다.

유달리 동그란 달이 가랑을 졸졸 따라와 빛을 흩뿌리거늘 그 하얀 것이 고아하니 애련했다. 그저 아득히 바라보면 아름답건만 동시에 가슴 미어질 듯 슬픈 빛을 품은 것이다.

그에 취한 가랑은 달을 향해 손을 뻗었다. 나긋나긋하게 뻗어 나가는 귀인의 하얀 손길 끝에 가득 차오르는 달 너머 익숙한 얼굴이 그려졌다.

그가 그저 반갑기만 해 가랑은 붉은 입술을 열었다. 오라버니, 오라버니. 그리 소리 내어 부르면서 활짝 웃었다. 오라비도 따라 웃는 듯했다. 그가 반가워, 또 기뻐 경망스럽게 달려 나가거늘 그 그리운 얼굴이 가까워질수록 저를 업어 기른 이의 애운한 눈빛이 차츰 매섭게 변모한다. 부드러웠던 미소는 차츰 냉엄한 무표정으로, 봄바람 같았던 얼굴은 한겨울 빙설로.

그것이 무서워 자리에 멈추어 섰거늘 오라비는 차갑게 뒤돌아섰다. 은은하여 처량하던 달이 한순간 지고 눈부신 태양이 떠올랐다. 이글이글 타오르는 주홍빛이 중천에 걸쳐 따사롭게 내리쬐는데 그 한가운데 선 오라비의 몸이 한들한들 흔들렸다. 총기로 넘쳤던 두 눈이 풀린 채 어깨를 덩실거리는데 그 양 광대가 연지로 물들인 듯 새빨갛다. 그 오라비 옆으로 그 누구보다 화사하게 치장한 여인들이 술을 따르고 있거늘 는실난실한 교태가 마디마디 가득했다.

도대체 이가 무슨 사태인가, 어안이 벙벙하거늘 저 먼발치에서 옥루를 흩뿌리며 뛰어오는 여인이 있다. 이어 차갑고 시린 바닥에 무릎 꿇고 눈물로써 읍소하는데 오라비는 버럭 성을 내며 술잔을 집어 던지었다. 바닥과 매섭게 마주한 그 잔이 새파랗게 산산조각 났다. 뺨을 스친 도자기 조각 덕에 여인의 눈물에 붉은 혈이 섞였다.

가랑은 방울지는 그것이 처량하여, 또 가슴 아파 그를 닦아 주려 손을 뻗었다. 헌데 그 순간 새가 날갯짓하는 소리가 귀에서 새파랗게 울려 펴져, 가랑은 번쩍 눈을 떴다.

지독한 악몽이었다.

느긋한 오수 속, 잠에 취해 허우적거리던 가랑은 숨을 몰아쉬었다. 푸드덕, 새가 날갯짓하는 소리가 다시금 앵앵거린다. 평소였더라면 듣지도 못할 자그마한 소리였건만 유달리 예민해진 작금 그 퍼덕거리는 소음이 뇌성과도 같았다.

눈을 돌리자 뉘엿뉘엿 지기 시작한 햇볕에 기댄 비둘기 한 마리가 구구구구 울고 있거늘, 그 미물은 가느다란 발목에 흰 서한을 맨 채였다. 마치 자랑이라도 하듯 가랑이 손을 내밀자 발을 들이민다. 그간 잊고 있던 게 뇌리에 떠올라 가랑의 손이 절로 떨렸다.

방금 전 꿈에서 보았던 것 덕에 마음이 좋잖았다. 폭정을 하셨다 했으니 은연중에 신경 쓰고 있어 그런 것을 본 양, 가랑은 긴 숨을 들이켰다. 이번엔 무엇을 속삭이시려고? 아이를 가진 것이 벌써 게까지 알려진 것인가? 허나 마침내 펼친 것 위에는 진정 오랜만에 본 낙관이 찍혀 제 진가를 뽐내었다. 가랑의 동공이 길게 늘어섰다.

'……!'

엽려(葉黎).

검은 잎사귀를 새긴, 폭포수가 흐르듯 굽이치는 검은 글씨…….
사내의 것인 양 힘으로 충만한 것은 아니나 여인의 것치고는 지나치게 강렬했다. 교묘하게 굽은 등이며, 시원하게 뻗은 획이며 무엇 하나 강렬하지 않은 것이 없다. 마치 본인의 기개를 이야기하듯 진가를 자랑하는 그는 어미, 대비 한씨의 필체였다. 그를 살피는 가랑의 눈이 파들파들 떨렸다. 눈이 떨리니 손도 함께 흔들린다. 어마마마 소리 내어 부르고 싶었는데 차마 그리할 수가 없어, 불러도 닿지 않으니 흐릿한 시야로 서한을 살필밖에.

내 이리 공주를 부르니 어색할 따름입니다.

……가랑도 어미가 저를 엽려라 이르는 것이 어색했다. 실로 있으나마나 한 것이었다. 오라비는 저를 월우라 일렀고, 아비인 선왕은 저를 가랑이라 했으매 어미는 항상 공주라 불렀다. 허나 오랜만에 보는 제 봉작명에 기분이 묘했다. 그 하나가 저가 왕의 딸이라는 것을

확연히 이야기해 주는 듯하여.

앞서 미안하다 속삭여야겠습니다. 그간 서한 한 통 없는 어미가 무심하지는 아니하였습니까. 허나 내 겨우 이제 금족령에서 풀려 겨우 전서구를 들일 수 있었으니, 또한 바로 공주께 이리 서한을 쓰니 아량 넓은 공주께서 살펴 주시기 바랍니다. 그간 창살 없는 옥에서 어미도 공주를 많이 그렸다는 걸 알아주세요. 하늘을 봐도 공주가 생각났고 땅을 봐도 공주가 떠올랐습니다. 하여 가장 먼저 묻고 싶은 것이 있습니다. 공주, 잘 지내고 계십니까.

잘 지내느냐고? 그래…… 가랑은 습관마냥 배 위에 손을 얹었다. 엄밀히 말하면 쫓겨난 것과 다름이 없으매, 그리하여 대국의 후궁에 똬리를 틀었으나 작금은 잘 지내다 못해 행복이 넘치었다. 배 속의 핏덩이는 그 증좌였으매…….

그를 깨달은 가랑은 미묘한 죄책감이 시달렸다. 어미가 제게 서한을 보내지 않은 만큼 저도 고국에 무심하지 않았던가. 오라비가 폭정을 했단 것을 듣긴 하였으나 그저 그뿐, 가랑은 그 이상은 묻지도 않았다. 정확히 이야기하자면 관심이 없었던 것일지도 몰랐다. 네가 신경 쓸 것이 아니라고 남겼던 그 전서구 이후 오라비는 아무런 전언도 남기지 않았다. 하여, 어느덧 잊고 있었다.

어미는 잘 지내고 있습니다. 이 참 모순이지 않습니까. 제 배로 낳은 자식이 살았는지 죽었는지 소식 한 점 들은 바 없거늘, 속이 허하면 수라가 목구멍으로 넘어가니 인간이란 참 간사하다 생각했나이다. 대군 또한 잘 지내고 있었습니다만 얼마 전 주상께서 궁 밖으로 보내었으니 작금은 모르겠습니다. 의젓하긴 하여도 아직 어린아이기에 작금 어미를 찾아 울지 않을까 걱정이 됩니다. 명원의 사정이 좋지가 아니하기에 더욱 그렇습니다.

공주께서 잘 지내시는지는 모르겠으나 예 계신 것보다는 대국이 나으리라 믿습니다. 주상께서 최근 성총이 흐려지셨어요. 편전에서 널리 울리던 강연 소리는 어디론가 사라지고 풍악만이 들려옵디다. 중전께서 도대체 왜 이러시느냐 몇 번 울며 읍소했지만 주상께는 닿지 않는 듯 최근에는 기녀들마저 들이셨어요. 가까이하던 신료들마저 내치고 주색잡기에 여념이 없으시니 걱정이 이만저만이 아닙니다. 공주께서 이를 보지 않아 다행입니다. 공주께서 예 계셨으면 편전 앞에서 석고대죄를 올리실 모습이 눈에 선하니 이 어미, 가슴이 철렁했습니다. 또 공주께서 예 계시지 않아 안도했나이다.

조곤조곤 이야기하는 대비의 목소리가 귓가에 아른거리는 것만 같았다. 저 말에 제 모습이 어렵잖게 상상되어 가랑은 저도 모르게 웃었다. 명원에 있었더라면, 하여 오라비가 그릇된 일을 저질렀더라면 배운 바대로 행동했을 것이었다. 편전 앞에 거적을 깔고 주제넘은 모습을 보이며 선왕의 금지옥엽이란 지위를 얼마든지 활용했으리라. 명원에서 가랑은 그래도 되는 존재였다.

반면 어미는 하루하루가 무섭고 두렵습니다. 태양을 보면 내일 저를 다시 볼 수 있을까 두렵고, 달을 보고 눈을 감으면 눈을 다시 뜰 수 있을까 무섭습니다. 어미는 불안합니다. 공주를 두 번 다시……

"……마마, 태극궁에서 환관이 찾아왔사옵니다."

상궁이 급작스레 올리는 소리에 퍼뜩 놀란 가랑은 얼결에 서한을 숨기었다. 어미가 정성을 다해 적었을 서한이 사정없이 구겨져 기다란 줄무늬가 피어났다. 무어라 적으셨는지 궁금하거늘, 답신도 보내야 하거늘 태극궁에서 사람이 찾아왔다면 그 일이 먼저였다. 작금 가랑은 소국의 공주가 아닌 대국의 후궁이었기에.

들이라 목청을 높이니 턱이 민둥한 환관이 엉덩이를 씰룩거리며 바닥에 엎어졌다. 그치는 형식적인 예를 갖추고 천세를 외치며 입에 발린 말을 내뱉었다.

"불초한 소인 소의마마를 뵈옵니다. 소인 감히 아뢰옵건데 폐하께서 미복을 준비하여 북문으로 오라 하셨사옵니다."

미복? 그러고 보니 어느덧 그리되었던가. 과거시험이 있던 날 처음 황도를 방문했으매 그 이후로 황상께서 잠행을 나갈 때마다 꾸준히 그 뒤를 좇았다. 백성이 사는 모습을 보사 항상 마지막에 들르는 곳은 빈민가였다. 이제 제법 그 빈민가 아이들하고 친해졌으나 여전히 그 내음은 익숙해지지가 않으니, 작금 상황으로서는 그리 반가운 곳은 아닌 터였다.

허나 이리 처소 안에 틀어박혀 있는 것보다는 활기찬 도성을 눈에 담는 편이 나았다. 알겠노라 답하니 환관이 물러간 터, 가랑은 장 안에 누워 잠든 미복을 꺼냈다. 아랫것들의 도움을 받아 의복을 갈아입고 뒤돌아서는데, 구겨진 대비의 서한은 상 위에서 뒹굴 따름이었다.

✳

땅거미 진 하늘이 새카마니 사위도 어두웠다. 어둔 사위와 다르게 사람들의 음성은 밝고 활기차다. 바야흐로 여름의 정점, 이마 위로 땀이 송골송골 구르고 더운 바람이 귀밑머리를 스치었다. 정적인 황궁과 다르게 항시 활기찬 이들은 생기가 넘치었다. 하여 보고 또 보아도 신묘하고 질리지 않는다.

그런 것이 사람의 생기인지라 빈민굴로 느긋한 발걸음을 옮기면서까지 계속 바라보거늘, 시끄럽게 울리는 것들 사이로는 온갖 물건이 가득했다. 그 틈으로 엿볼 수 있는 월병이며 전병이며 각종 화과자며…… 시선을 앗는 것은 그저 먹음직스러운 것들이니 침이 꼴깍꼴깍 넘어갔다. 가뜩이나 요즘 들어 다과를 수라처럼 들었던 참인지라 더욱 그리하였다.

"……먹고 싶으냐?"

가랑의 시선이 먹거리에 닿은 것을 눈치챈 듯 옆에서 나란히 걷던 황상이 속삭였다. 가랑은 아니라 답하려 했는데, 그로부터 시선이 도무지 떨어지지가 않았다. 생각하거늘 배도 고픈 듯했다. 그저 바라보는 것들은 황성의 것들처럼 모양새까지 탐스러운 것은 아니었으나 다소 거친 듯한 윤이 흐르는 터, 한 입 베어 물면 달콤한 풍미가 입 안에 가득 들어찰 듯했다. 이 또한 탐욕이라면 탐욕이라, 가랑은 답도 하지 못한 채 시선을 굴렸다.

그가 귀여웠던 듯 상인 앞에 앉으신 황상께서는 월병 몇 개와 전병, 그리고 색이 고운 화과자를 잔뜩 집어 오시었다. 한지로 곱게 감싼 다과들은 혼자 먹기에는 진정 양이 많아 가랑은 손사래부터 쳤다.

"……이렇게 많이는 못 먹사옵니다."

"남으면 가서 아이들 주거라. 임부는 잘 먹어야 하느니."

속삭인 황상은 손수 월병 하나를 건네 왔다. 입으로 그를 받은 가랑은 그저 오물거렸다. 팥 앙금이 톡톡 터지자 소박한 단맛이 입 안

263

에 가득 퍼졌다.

"신통하구나."

"……예?"

"다과만 잘 삼키는 게 말이다. 이러할 때면 어린아이 같구나."

희미한 웃음기가 그 안에서 가득 묻어났다. 제대로 된 수라상이면 전부 토해 내는 주제에 다과는 순하게 삼키니 가랑이 봐도 제 모습이 어린아이와 다를 게 없었다.

허나 황상께 그런 말을 들으니 괜스레 부끄럽고 수줍다. 이제는 어미가 되어 가는 몸이건만 소녀다움은 바래지 아니하니 신묘한 터, 그는 대수삼 자락 속에 숨은 가랑의 손을 움켜쥐었다. 가느다란 손마디가 손 안에 가득 들어차거늘 고개를 들어 황상을 올려다보는 가랑의 눈이 동그랬다.

"어디 불편한 점은 없느냐."

"없사옵니다. 다들 예민해진 것을 빼면……."

"나도 말이냐?"

웃음기 가득한 말씀에 가랑은 그저 입술만 달싹였다. 가장 예민한 이는 저가 아닌 황상이었으니 나란히 걸음을 옮기며 가랑은 조심스런 속삭임을 입술에 담았다.

"……예."

"다른 때였더라면 네 그를 이해하라 속삭였겠건만 작금은 아니 되겠군. 내 어떻게 해 주면 좋겠느냐."

"걱정을 조금 더시면 아니 되겠사옵니까."

가랑의 조심스러운 속삭임에 그의 웃음소리가 울렸다. 가랑은 그의 옆얼굴을 조심스레 훔쳐보았다. 빛있는 웃음을 보인 그 입술이 늘어졌다.

"그가 쉽지 않으나…… 노력은 해 보마."

가랑은 그를 따라 희게 웃으며 어느 찰나 손아귀에 쥐여 준 월병을 씹었다. 팥 앙금이 그저 달달하니 잘 넘어갔다. 제아무리 매작과가 입덧 없이 넘어간다고 하더라도 한동안 그만 먹어 생강 향에 물린 터, 간혹 입에 대는 이 대국의 다과가 그저 반가웠다. 황상께서 이를 잘 넘기는 것을 보았으니 아마 내일부터 생과방에서는 각종 다과를 만드느라 손이 바쁠 터였다.

도란도란 이야기를 나누는 와중 시끌벅적한 시전을 지나 섰다. 이제는 익숙하여 한적하게 다가오는 숲을 지나, 적막한 어둠을 뚫고 도달한 곳은 언제나처럼 허름한 지푸라기 몇 채를 집으로 삼는 빈민가였다. 이제 그 악취가 제법 익숙하다 생각했건만, 얼마 전에 왔을 때에는 어린아이를 안아 주기도 했건만 오늘따라 속이 몇 배는 역했다. 말로 형언할 수 없는 지독한 내음에 그저 속이 뒤집히니 가랑의 얼굴이 파리해졌다.

그 괴로움을 전혀 모르는 어린 계집아이는 그들이 온 것을 귀신처럼 알아내 도도도 달려와, 이제 익숙해진 가랑 앞에 함박웃음을 지으며 섰다. 애정을 갈구하며, 손을 내밀어 머리를 쓰다듬어 달라는 듯.

헌데 기름진 머리카락을 바라보는 그 순간, 땟국물이 줄줄 흐르는 너저분한 얼굴을 본 순간 그대로 욕지기가 치켜 올랐다. 도무지 가라앉힐 수가 없어, 한쪽 구석으로 달려간 가랑은 그대로 속을 게워냈다. 막 씹어 삼켰던 월병이 반쯤 흐물거리며 바닥으로 쏟아졌다. 걱정으로 가득 찬 큼지막한 계집아이의 눈동자가 가랑을 빤히 응시했다.

"마님…… 괜찮으세요? 어디 많이 편찮으셔요?"

연이었다. 이제 몇 번 본 터라, 붙임성 있는 아이는 가랑에게 유달리 친근하게 굴곤 했다. 이 빈민가에서 고만고만한 계집아이라고는 연이가 유일했으니 더욱 그럴지도 몰랐다. 가랑은 애써 희미하게 웃었다.

"괜찮다."

허나 말로써 답한 이는 가랑이 아닌 황상이었다. 어느덧 뒤에 가까이 붙은 황상께서 등을 두드려 주고 계셨다. 어린아이가 가랑의 눈앞에 바짝 고개를 들이밀거늘, 그에 가랑의 가슴은 미안함으로 가득 찼다. 하여 이런 모습을 보여 미안하다 속삭이려 했으나 한 번 시작된 토악질은 그치지가 않는다. 등을 두드리는 소리가 한적한 곳에서 유달리 널따랗게 울려 퍼지거늘 황상께서 한숨을 푹 내쉬었다.

"연아, 가서 아이들에게 좀 기다리라고 전해 다오."

"알겠사와요, 나으리."

씩씩하게 대답한 아이가 도도도 뛰어가는 소리가 점점 멀어졌다. 어느덧 이마에 식은땀이 송골송골 맺혀 뺨을 굴러, 가랑은 손등으로 그를 닦으며 속삭였다. 기어 들어갈 듯 작은 목소리였다.

"……송구하옵니다."

"아니다. 내 고려했어야 하거늘…… 함께 나오지 말 걸 그랬다."

그 말에 괜스레 심장이 철렁했다. 한 번 내어 주셨던 이 옆자리를 다시 물리겠다는 것으로 들리는 듯해서. 역사를 거슬러 올라가 보더라도, 황성 여인들 중 황상과 이리 함께 나오는 이가 몇이나 있었겠는가. 마음이 선득해지자 욕지기마저 잊어버렸다. 가랑이 고개를 모로 꺾거늘 뺨을 바투 움켜쥐는 손이 커다랗다.

"네 힘들 것을 전혀 생각하지 못했다. 오늘은 아이들에게 인사만 하고 돌아가 푹 쉬는 게 좋겠다."

말 한마디에 찾아온 선득함은 말 한마디에 그대로 날아가 버렸다.

가랑은 그저 눈을 내리깔았다. 다시 숨을 들이키는데 그 잠깐 사이 코가 길들여진 듯 역한 내음이 더 이상 느껴지지 않았다. 허니 더 이상 속이 뒤집히지도 않는다. 뺨을 매만지던 어수가 이마를 구르는 식은땀을 훔쳐내었다. 이어 고개를 숙이사 뺨과 뺨이 맞닿았다.

그대로 닿은 안온한 온기에 이유 모를 충만함을 느낄 때에 저 멀리서 연이가 쪼르륵 뛰어왔다. 어느새에 우물에 다녀왔는지 조롱박에 물을 한가득 떠 온 채로.

"마님, 물 드시어요."

이 어린것이, 제가 입 안이 텁텁한 것을 어떻게 알고. 조롱박을 받은 가랑은 입을 헹구기 전 아이를 돌아보았다. 지저분한 몰골과 다르게 아이의 천진난만한 얼굴은 빛이 쏟아지는 듯 드맑았다.

"고마워, 연아."

"……별말씀을요. 아프시면 아니 되어요, 마님."

텁텁한 입 안을 헹구고 있는데 걱정 어린 연이의 음성이 가랑의 가슴에 닿았다. 반짝이는 눈동자는 목소리만큼이나 걱정으로 가득 차 있거늘, 황상은 아이의 더러운 머리 위에 손을 얹었다. 이어 황상은 아이의 시선을 마주하며 자리에 앉아, 상냥한 음성으로 다정히 아이의 걱정을 어루만졌다.

"……아파서 그런 게 아니다."

"그럼요?"

"아이를 가졌거든."

이어지는 속삭임에 아이의 눈이 휘둥그레졌다.

"……정말이어요?"

"그래, 오늘은 그 이야기를 하려 왔다. 하여 한동안 마님께서는 이곳에 발걸음 하지 못할 성싶구나."

휘둥그레진 눈은 금세 처량함을 머금고 황상을 마주했다. 가랑은 저 소리에 아연실색해졌다. 어린 병아리를 돌보는 어미닭 같은 마음임을 아나 가랑은 처음 듣는 소리라, 동공이 절로 기다랗게 늘어섰다. 허나 황상께서는 입술을 비죽 내민 아이에게 여전히 상냥한 음성으로 속삭였을 따름이었다.

"왜 그러느냐."

"섭섭해서요…… 허면 마님께서 아이를 낳으면 그때, 아가도 함께 오는 것이어요?"

그 속삭임에 황상의 눈이 찰나의 순간, 굳었다. 허나 아직 어린아이는 그를 모르는 듯 초롱초롱한 눈빛으로 황상의 눈을 마주했다. 그는 섣불리 약언할 수 없는 것이었기에 차마 입을 함부로 놀릴 수가 없는 종류였다. 허나 저 찬란한 눈빛을 바라보건대 아니 된다 답할 수도 없어, 류는 별수 없이 피식 웃었다.

"그래, 그러마."

"정말이요?"

연인은 두 손을 마주하며 자리에서 폴짝폴짝 뛰었다. 기쁘기 한량 없다는 듯 온몸으로 천진난만하게 그 감정을 표현한다. 그를 보며 가랑은 문득 생각했다. 어린 시절 오라비 앞에 선 저도 저런 모습을 하고 있지는 않았을까. 아무것도 모르고, 있는 그대로를 포장하지 않은 채 모든 것을 드러내고 저리 천진난만하게 웃으면서.

"헌데 신묘해요. 황제폐하께서도 후사를 보신다고 하시던데!"

발 없는 말이 천 리를 가는 법, 순진한 속삭임에 가랑은 당황을 삼켰으나 황상은 여전히 미소를 그린 채 되물었다. 헌데 그 눈은 여전히 가라앉은 채였다.

"그를 어디서 들었느냐?"

"시전에서 들었사와요. 풍문이 파다한걸요? 황제폐하께서 아끼시는 빈마마가 아이를 가지셨다고, 어디에 줄을 서야 하느냐며……. 하온데 줄을 선다는 건 무언가요?"

"음, 그는 말이다……."

줄을 선다, 그 너른 의미의 말을 차근차근 되짚으며 속삭이실 때 저 멀리서 사내아이 몇몇이 뛰어왔다. 가랑은 그저 미소로써 그 어린아이들을 반겼다, 시전에서 산 다과들을 마치 너희를 위해 사 왔다는 듯 손에 쥐여 주면서. 이어 황상께서는 다과를 오물거리는 아이들에게 마님께서 한동안 오지 못한다, 그러한 사정이 있다 속삭이시고는 정녕 오늘의 짧은 나들이를 끝냈다.

황성으로 돌아오는 길이 오늘따라 왜 그리 멀게 느껴지던지. 가랑은 저도 모르게 왔던 길을 계속 되돌아보았다. 앞서 걸으며 뒤를 돌아보고, 검은 하늘을 올려다보았다. 아직 채 사그라지지 않은 달빛이 드맑게 비추어지니 그 또한 어색할 따름이었다.

매번 여명이 밝아 오는 날 새벽이슬에 젖어 가며 귀환하다 구름 사이에 살포시 몸을 숨긴 초승달을 보니 그가 시린 터, 사박사박 울리는 발걸음 소리가 그저 새하얗다. 허면 그 발걸음 소리가 울리는 제 뒤를 다시 돌아보다가, 저 먼발치 두고 온 아이들을 향해 시선을 보내다가……. 아무래도 그새 어린아이들에게 정이 들었던 모양, 한동안 보지 못한다니 아쉬운 맘이 가득했다.

그를 반복하다 보니 어느덧 황성에 도달한 터, 늦은 시각이거늘 유달리 황성이 부산스러웠다. 이런 일은 처음 있던 터라 가랑도 류도 서로의 얼굴을 멀거니 돌아보았다. 아무래도 무슨 일이 있는 듯한데 그에게 있어 가랑을 걱정시키고 싶지는 아니한 마음이 큰 터, 일단 소의전으로 발걸음을 옮기었다.

허나 가까이 다가갈수록 어두워야 할 밤이 대낮처럼 밝아졌다. 무언가 이상하다 싶을 때에 가랑의 수족, 김 상궁이 목청을 높였다.

"……폐하! 빈마마!"

그 다급한 음성을 듣는 순간 가랑은 물론 황상마저 굳어, 못 박인 듯 그 사태를 지켜볼 수밖에 없었다.

타오르고 있었다.

가랑이 일 년이 다 되도록 살아온 처소가, 새빨간 억겁의 겁화에 잡아먹힌 채.

사정없이 날름거리는 붉은 혓바닥은 하늘마저 시뻘겋게 물들이고, 자리에 선 여인의 검은 눈동자마저 붉게 일렁이게 만들었다. 먼발치서 있는 이들에게까지 고스란히 전달되는 시뻘건 열기는 짧았던 일여 년 간의 추억을 고스란히 집어삼키었다. 불길이 치솟고, 기둥 하나가 무너지고, 환관들이 물을 쏟아붓고…….

몇 시진 전까지 제 앉아 있던 처소가 타오르는 것을 보고 있노라니 억장이 무너지는 듯했다. 타오르는 것은 그저 황성의 많고 많은, 몇 백 년을 살아온 집 한 채였건만 고작 일여 년간 저곳에서 살아온 제가 타오르는 것만 같은가.

……수많은 사람들이 물을 옮기고 불길을 잡거늘 그 겁화는 사그라질 생각을 하지 않았다. 마치 생명을 지닌 미물인 양, 물을 뿌릴수록 살기 위해 발버둥 치는 그 불은 걷잡을 수 없이 커져만 갔다. 황상께서 손을 뻗고, 다정하게 빛나는 눈으로 무어라 속삭이거늘 그마저 귀에 담기지 아니하였다.

눈앞에 불길이 어른거렸다. 그리고 그 안에 어미의 서한이 겹쳐졌다. 채 다 읽지 못한, 제가 아무렇게나 두고 나왔던 그 서신. 어미가 눈물로써 썼을 것이 분명해, 또 고국을 떠나오던 그 날 보았던 어미의 옥루가 마음에 걸려…… 가랑은 저도 모르게 몸부터 움직였다. 새파란 불길을 향해, 자그마한 몸이 날렵하게 날았다. 불길은 뜨거운 데 위험하단 생각은 전혀 들지 아니하였다. 그저 어미의 서한을 마저 읽고 싶었을 뿐.

허나 여린 몸은 그 자리에서 발만 움직일 따름이었다. 달려가려 하면 그 부질없는 움직임은 그대로 녹아 허공에 부닥쳐 땅 위로 올라와 버렸다. 제자리에 선 가랑은 깊은 숨을 들이켰다. 폐부 깊은 곳까지 차오르는 매캐한 향에 정신이 아찔한 그 와중 제 팔에 맞닿은 온기는 억셌다. 단단히 붙잡고 놓아주지 않는다.

지나칠 정도로 소란스런 사위 속, 가랑은 그 입술이 움직이는 것을 보았다. 아까부터 내내 무어라 속삭이고 계셨거늘 이제야 겨우 귀에 그 말씀이 닿았다.

"……왜 그러느냐."

……여느 때와 다름없이 침착한 음성이었으나 저를 잡은 손이 불안하게 흔들리고 있었다. 정처 없이 굴러가는 가랑의 눈동자가 그와 타오르는 제 처소를 번갈아 보았다. 분주한 이들이 물을 뿌리고, 불길을 잡으려 애를 쓰건만 계속해서 번져 나가는 불길은 사그라지지 아니한다.

반편에는 저를 잡은 황상이 있었다. 까만 눈동자가 안타깝게 저를 보는데 그가 꼭, 위험한 일을 하려는 저를 책망하시는 듯했다. 하여 가랑은 아무런 말을 할 수가 없었다. 그저 입을 꾸욱 다물고 그를 올려다보는 것이 할 수 있는 일의 전부였다.

"……."

"네 처소에 내 모르는 귀한 물품이라도 있는 게냐."

책망하는 듯하나 실상은 가벼운 농이었다. 이 사태에서 농이 나오십니까? 그리 묻고 싶었으나 입이 떨어지지 않았다. 어미의 서한이 머릿속을 뱅, 뱅 돌며 기묘한 소리를 만들었다. 그리하여 가자고 속삭이시는 것이 먼발치에서 들려오는 양 아득하다.

이끄는 팔을 따라 발이 움직인다. 걸음이 그 뒤를 좇고, 열기에서 멀어지고 눈부시게 환한 불길에서 멀어져만 갔다. 눈앞에서 자꾸만 읽다 만 서한이 아른거려 눈을 감았다.

어미는 불안합니다, 공주를 두 번 다시……. 그 뒤에 무어라 하셨을까. 기나긴 그리움을 토로하셨을까, 아니면 불안함을 담으셨을까.

숨을 깊게 들이켜거늘 아까와 다른 물의 향이 났다. 귀를 기울이니 첨벙, 첨벙…… 잉어들이 뛰노는 소리가 아련하게 울려 퍼졌다. 뒤돌아보거늘 분주한 저편은 대낮처럼 밝아, 그 반대편에 두둥실 떠올라 세상을 비추는 달이 초라하다.

하염없는 한숨만이 입술을 타거늘 어느덧 익숙한 정자 위에 제가 앉아 있었다. 방석이 없는 터라 단단한 나무 바닥에 부닥친 엉덩이가 욱신거리는 것이 생소하다. 이어 큰 손으로 얼굴을 붙드는 손이 다정해 눈을 끔뻑이거늘 그 목소리가 부드러이 귀에 감겨들었다.

"……별일 아닐 것이니 정신 차리거라."

……처소에 불이 난 것이 별일이 아닐 수가 있던가? 그래, 가랑이 생각건대 그럴 수도 있었다. 많고 많은 황성의 전각 중 하나가 불타고 있을 뿐이었다. 그가 다른 곳까지 번져 가면 그야말로 참사가 벌어질 터였으나 지금 다들 불길을 잡느라 애를 쓰고 있지 아니하던가. 허면 최악의 상황은 피해 갈 터, 그럼에도 불편한 마음은 무엇인가. 제가 오래 살아온 명원의 처소가 타오른 것도 아니매, 고작 한 해가 안 되는 시간 동안 살아온 곳이거늘.

조금 더 머리를 굴리면 그에 대한 결과가 나올 것이었으나 작금은 그런 생각을 거듭할 수가 없었다. 진이 빠져 가랑은 입술을 잘근잘근 씹었다. 저 깊은 마음에 걸리는 것이 있다면…… 그저, 하나.

"정녕 숨겨 둔 게 있더냐?"

그때 마침 스쳐 지나가듯 가벼운 것이 들리었다. 하여 가랑은 입 밖으로, 마음속에 걸리는 그것을 더듬더듬 내뱉었다.

"처음으로 온 어마마마의 서한을…… 아직 다 읽지 못해서……."

초라한 종잇장은 불꽃에 몸을 내맡기고 한들한들 타올라 갔을 터, 그 안에 적힌 것은 두 번 다시 볼 수 없다. 어린 시절부터 보아 온 어미의 필적은 그저 생생하게 기억나건만 무어라 적으셨던지, 그 내용은 망각의 늪으로 점차 빨려 들어갔다.

가랑은 희미한 웃음을 그렸다. 달리 생각하면 타오르는 것은 제 처소와 어미의 서한, 그리고 몇 권의 서책일 따름이지 저 자신과 황상이 아닌 것이 얼마나 다행이던가.

"허나 나가 있을 때에 불이 난 것을 그나마 다행이라 여겨야겠습니다."

하여 그대로 내뱉으며 저는 괜찮다 읊조렸으나 황상의 용안은 순식간에 심각해졌다. 한순간에 변모한 것이 어색하다 생각하기도 전 딱딱한 용음이 그 밖으로 그대로 흘렀다.

"……아니다."

의외로운 말씀이었다. 저를 내려다보는 그를 마주하고 가랑은 고개를 바짝 들었다. 이어 흐르는 용음은 평상시 저를 향한 것과 다른 빛을 품었다.

"확실치는 않으나 나가 있는 것을 알기에 불을 낸 것일 거다."

"……예? 그 무슨 가당찮은 말씀이시온지……."

당최 그 말씀을 알아들을 수 없사옵니다, 그리 내뱉으려 했으나 가랑은 말을 마칠 수가 없었다. 기다란 손가락이 어느덧 제 입술 위에 얹어졌으므로. 가볍게 얹은 그 섬지가 의미 모를 것으로 다가와 어둠 속에 몰래 숨어 앉은 얼굴이 뜨겁다.

왜 이러시는 것인가. 재잘재잘 시끄러우니 조용히 하라 이러시는 것인가? 뜨거운 얼굴로 눈만 끔뻑이는 그 순간, 정녕 창졸간에 그 품에 빈틈없이 맞닿았다. 큰 손이 등을 가볍게 두드리는데 꼭 어린아이 취급하는 것만 같다.

"많이 놀라지는 않았느냐."

다정한 음성이 귀에 떨어졌다. ……놀랐던가? 생각건대 저보다는 황상이 더 놀랐을 성싶었다. 타오르는 처소를 보면서도 서한 생각에, 고향에 계실 어미의 마음에 무작정 달려든 이는 저였으니.

가랑은 품에 안겨 그저 고개를 저었다. 단단한 가슴팍에 대고 비비적거리는 것 같았으나 아무렴, 무엇이든 좋았다. 그저 이 따스한 품에 안겨 있으면.

"작야는 일단 태극궁으로 가자. 내 너를 내 처소에 싸매 두고 싶으나……."

그 은밀한 속삭임이 점차 낮아졌다.

"……법도니 뭐니 시끄러울 터, 승상이 가만 계시지 않을 터. 한동안 처소를 옮겨야겠구나."

예, 하고 순하게 대답하려 했으나 가랑은 순간 제 몸이 두둥실 떠오르는 것을 깨달았다. 저를 단단히 붙들고 있던 바닥과 멀어져, 황상의 양팔 위에 축 늘어져…… 가랑은 순간 버둥거렸다. 작살 끝에 매달린 가엾은 물고기가 이런 기분이지 않을까. 물론 인간에게 먹힐 그 가엾은 미물처럼 고통에 눈을 뒤집은 것은 아니나 구경거리가 되어 부끄러울 그 점은 매한가지였다. 하여 끊임없이 눈망울만 굴리거늘 제 등 밑과 무릎 밑을 받친 손이 단단히 제 몸을 그러안고, 발걸음을 옮기기 시작했다.

"……무겁사옵니다."

한 걸음 떼었을 때 몸이 위아래로 들썩여, 가랑은 겨우 입술을 달싹였다. 그러니 내려 달라, 내 발로 걸어가겠노라 그리 읊조리는 것이었으나 가벼운 답이 들렸다.

"안 무겁다."

"내려 주소서."

"싫다."

"폐하!"

폐하, 폐하, 폐하……! 어느덧 정자에서 내려가, 밝은 달빛과 푸른 바람을 먹고 자란 아름다운 녹음이 우거진 한적한 길을 따라 걸어가거늘 가랑은 저도 모르게 목소리를 높였다. 파르라니 메아리치는 제 목소리가 유달리도 날카로워, 제 목에서 나간 것이건만 제 귀를 사정없이 쑤셨다. 작금 걸음 마디를 따라 오르락내리락하는 제 몸처럼 산만한 것에 가랑은 아미를 찌푸렸으나, 올려다보는 황상의 입매는 부드러이 늘어졌을 따름이었다.

"황제는 무치라 하였다."

황상의 음성이 아늑한 밤바람을 탔다. 아늑한 밤바람에 흔들리는 것은 그저 목소리뿐이 아니었다. 길을 따라 크게 늘어진 새파란 나뭇잎이 바람에 온몸을 맡기고 저마다의 신체를 부비자, 기묘한 소음이 어둔 사위를 가득 채웠다. 그 두 가지 소리를 들으며 가랑은 멍하니 생각에 잠기었다.

그, 무치. 황제의 행위에는 부끄러움이 없다. 도대체 저 말씀을 몇 번이나 들은 것일까. 분명 틀린 말씀은 아니나 매번 저 말을 듣고 입을 다물 수밖에 없으니 이제는 억울할 뿐이었다. 늘어진 입매를 보건대 황상은 저를 놀리는 것을 재밌어 하시는 것이 틀림없었다.

"……왜 이럴 때만 그러시옵니까?"

솟아오른 억울함은 그저 억하심정이 되어 바깥으로 흘렀다. 다른 때였더라면 결단코 꺼내지 않았을 말임을 알기에 류도 그저 웃을 따름, 가랑의 그녀 답잖은 볼멘소리가 아늑하게 세상을 감싸는 바람을 타고 황홀한 무도를 가했다.

"저를 놀리시는 게 즐거우십니까?"

"그래. 그걸 이제 알았느냐?"

웃음기 가득한 음성은 부정조차 하지 아니한다. 그때 고개를 숙인 황상과 눈이 마주쳤다. 그야말로 즐거움이 가득하사, 보는 이마저 유쾌해질 지경이었다. 그저 저를 보며 모든 것을 잊고 함께 너털웃음을 지으면 얼마나 좋을꼬. 그 너른 품에 매달린 가랑도 이가 타인의 일이라면 분명 황상께 동화되었을 터였으나 당사자였으매, 애석하게도 작금 그녀의 속은 티끌과 다를 바가 없었다.

"……너무하시어요."

소심한 반항이 입술에 얹어지사 가랑은 저도 모르게 입술을 비죽 내밀었다. 마치 세 살짜리 어린아이가 된 양, 그 시절에 오라비를 대하듯……. 머리로는 제 졸렬함을 익히 알았으나, 그저 황상을 따라 웃을 수도 있었으나 앵돌아진 속은 그저 스스로 가라앉힐 수가 없었다. 가랑은 그 맑게 웃는 낯을 올려다보며 정녕 어린아이가 된 양 끊임없이 칭얼거렸다.

"소첩을 어찌 그리 놀리실 수 있사옵니까. 눈알만 떼굴떼굴 굴리는 절 보시는 게 그리 즐겁사옵니까?"

"……송구하옵니다, 그 말만 나불거리던 이는 어디로 갔느냐."

그리 말씀하시기에 가랑은 순간, 제 나불거림에 황상께서 화를 내시는 줄 알았다. 허나 이 또한 저를 놀리느라 하시는 말씀인 것을 깨달았을 때, 가랑은 다시 한 번 목소리를 높일 수밖에 없었다.

"폐하!"

그 높은 목소리마저 기꺼운 듯 황상께서 웃음을 터뜨렸다. 그 걸음을 따라, 또 웃음을 따라 그에게 안긴 가랑은 한들한들 흔들렸다.

녹음이 우거진 한적한 오솔길을 지나서자, 어느덧 높고 웅장한 태극궁이 그들을 반기었다. 장지문을 열고 들어서자 환관들이 재빠르게 바닥에 머리를 조아렸다. 가장 깊은 곳으로 들어가니 은은한 촛불이 여린 침소를 밝히고 있었다. 몇 달 전, 꽃잠을 잤던 그곳이었다.

그제야 가랑은 겨우 황상의 품에서 벗어날 수 있었다. 등이 안온하고 푹신한 침상 위에 닿으니 마음도 함께 놓였다. 그 위에서 황상이 저를 오롯이 내려다보거늘, 그가 얄미워 가랑은 고개를 휙 모로 꺾었다. 고개를 돌린 터라 고스란히 드러난 귓가로 그의 음성이 쏟아져 내렸다.

"어찌 그러느냐."

"……"

폐하께서 얄미워서 그렇사와요, 차마 그리 답할 수가 없어 가랑은 그저 입술을 물었다. 그러다 문득 놀란 가랑은 눈을 또다시 동그랗게 늘였다. 아까 황상께서 말씀하셨듯 송구하다만 입에 달고 살던 게 고작 몇 주 전이었다.

헌데 어느덧 옛날 오라비를 대하듯 친근하게 속삭이고 있으매 이리 투정까지 부린다. 작금도 차마 말로 내뱉지 않았을 뿐 속은 한 가득 앵돌아 있었으매, 그는 예전이었더라면 상상조차 하지 않았을 불경이었다.

도대체 언제부터, 황상께서 이리 편한 이가 되신 것인지. 저는 어찌 이걸 이제야, 제 처소에서 불이 나 꽃잠을 들었던 곳에 찾아온 이후에야 깨달은 것인지.

그 와중에 제 뺨을 쓸어 가는 섬세한 손길이 따스하사, 가랑은 조금 전 맞닿았던 온기를 그 뺨에서 깨달았다. 봄바람을 맞은 눈처럼, 앵돌아진 마음이 스르륵 녹아내렸다.

비죽 내밀어져 있던 입술이 절로 제 자리를 찾아 걸음을 옮기었다. 슬며시 눈을 틀어 용안을 마주하사, 그 온화한 눈빛에 모든 것을 잊을 듯했다. 가랑은 저도 모르게 손을 내밀었다. 희미하게 뻗어져 나가는 섬섬옥수가 홀로 달에 비치니, 그가 시리다.

"……까?"

가랑은 기어 들어가는 목소리로 솔직한 바람을 나불거렸다. 자그마한 것이라 들리지 않는 것은 당연지사, 뺨을 어르던 손이 이마에 닿았다. 홀로 달에 비쳤던 손이 이윽고 한 쌍이 되니, 이제 더 이상 시리지 않다.

"무어라 했느냐. 내 듣지 못했느니."

"……안아 주시면 아니 되옵니까?"

수줍은 부탁에 말보다 행동이 앞서는 터, 서로의 얼굴이 눈에 아스러지게 각인되었다. 일렁이는 촛불 밑에 비친 두 사람의 그림자가 가까워지더니, 오롯한 하나가 되었다.

그 위에 굳건히 선 가랑은 눈을 감았다. 하얀 얼굴에 기다란 그림자를 드리우고, 그의 어깨 위에 살포시 내려앉은 고운 속눈썹이 파르륵 떨리었다.

깊게 숨을 들이켜자 옷자락에 밴 향이 느껴졌다. 그의 품에서 풍기는 불 내음이 아련했다. 조금 전 코를 찔렀던 내음과 뜨거운 열기가 그 옷자락에 물들어 있는 양…….

"……곤할 터이니 눈 좀 붙이거라."

안타까운 음성이 산산이 부서졌다. 다정한 온기 속, 등을 두드리는 손의 감각이 부모의 것과 비듬한 듯하여…… 문득 아랫배가 뜨거웠다. 제 심장이 팔딱팔딱 맥동하매 배 속에서 숨을 쉴 핏덩이의 심장도 진동하는 듯했다.

아아, 그래. 고요한 잠에 취해 가며 새삼스러울 것도 없을 사실 하나가 머리에, 가슴에 오롯이 새겨졌다. 가랑은 그의 아이를 가진 것이었다. 기밀 이 하나 없었던 이 대국에 와 처음으로 생긴, 가랑의 소중한 가족이었다.

※

따사로운 햇살이 눈을 파고들어 기나긴 어둠이 바래기 시작하자 눈이 부셨다. 그제야 눈을 비빈 가랑은 몽롱한 검은 눈빛을 세상에 드리웠다. 곧장 저를 반기는 것은 햇살이었다. 그는 드맑진 이슬빛이 여명에 비출 때가 아닌, 남중했다가 서서히 저물기 시작할 때의 진한 노란빛이었다. 아무래도 엊저녁 곤했던 모양, 그림마냥 일어난 가랑은 제가 눈을 뜬 곳이 익숙지 않아 눈을 끔뻑였다.

허나 익숙지 않은 것은 변치 않았다. 작금 올려다보는 천장마저 달랐다. 제 처소의 천장에는 분명 황홀한 분홍빛 도화가 분분히 흩날리고 있거늘, 올려다본 곳은 그저 새하얘 정갈해 보이나 그 마디마디가 시렸다. 분명 아는 곳 같거늘 묘하게 익숙하지는 않은 곳이었다.

가랑은 그 드넓진 곳에 홀로 누워 있었다. 아무도 없는 곳에서 눈을 뜨는 것이 그저 어색했다. 뉘 옆에서 잠드는 것은 기껏해야 일 년조차 되지 않은 일이거늘, 옆에 그 뉘가 없으니 오한이 일었다.

한기가 온몸을 잠식해 어깨를 감싸거늘, 그리하여도 그리운 이는 보이지 않는다. 아무래도 황상께서 곤히 자는 저를 깨우지 않고 정사를 돌보러 가신 모양, 그 다정함에 사배를 해도 모자라건만 도리어 섭섭함만 가득할 뿐이었다. 널따란 처소에 홀로 있으니 이유 모를 외로움이 가슴에 가득 들어찼다.

가랑은 텅 빈 금침 옆자리를 내려 보았다. 괜스레 고개를 숙여 아무도 없는 금침에 얼굴을 묻었다. 양껏 숨을 들이켜자 보드라운 금침에 밴 익숙한 향이 코를 찔렀다. 그립고 애절하게 다가오는 그 향은 황상의 것인지라, 수줍은 가랑의 양 뺨 위로 온통 그윽한 붉은 물이 들었다.

당장 뵙고, 그 너른 품에 안겨 얼굴을 부비고 싶었다. 허면 황상께서는 저를 월우라 부르시며 다정히 품에 안아 주지 않으실까. 어찌 이른 아침에 저를 깨우지 아니하시고 홀로 나서셨는가.

익숙한 향 끝에 아련하게 흩어지는 그리움이란 가슴 미어지는 감각인지라, 가랑의 눈가가 저도 모르게 찡하게 울려 왔다. 닿을 수 없는 것에 눈앞이 아른거려 흐릿해질 무렵, 조곤조곤한 음성이 침소에 드넓게 울리었다.

"빈마마, 기침하셨나이까."

그에 가랑이 그렇노라 답하자 소세 물을 올리겠다 속삭인 그니들이 문을 왈칵 열었다. 따스하게 데운 소세 물로 세안을 하고, 이어 단장해 주는 궁인들의 손길 밑에서 가랑은 한껏 치장되었다.

자색 대수삼과 피복을 걸치고 황실의 법도를 따라 고계를 높이 올리거늘 오늘따라 유달리 그가 무거워 목이 아리었다. 자꾸만 밑으로 가라앉으려 하는 고개를 애써 뻣뻣이 펴고, 허리를 바르게 곧추세우거늘 단장이 끝나자 처음 보는 상궁 하나가 고요히 읍했다.

"기침하시면 새 처소로 모시라는 폐하의 분부시옵니다. 노비를 따르소서."

……작야도 분명 황상께서 그런 말씀을 하신 것 같았다. 그가 황성의 법도라 하였던가. 본디 황후를 제외하고는 황제의 처소에서 아침에 눈을 뜨는 일도 없어야 했거니와, 감히 사적으로 발걸음 하는 일조차 없어야만 하는 것이 옳긴 하였다.

제가 지금 예서 눈을 뜬 것 자체가 특혜였으매 있어서는 안 되는 일이지 않은가. 그러한 것들을 머리로는 분명 잘 알고 있는데 이유 모를 섭섭함이 저 깊은 곳에서 고개를 들어 올렸다. 곤한 것을 알고, 일부러 잠에 취한 저를 깨우지 않은 맘은 알겠으나 그래도 평소처럼 용안을 뵙고 싶었다.

전각이 타올라 이리 다른 곳으로 가는 와중, 황상께서도 그 곁에 없으니 마치 내쳐지는 기분이 들었다. 마치 고향을 떠나 대국에 처음으로 왔던 그때처럼…….

"……알겠네."

그러나 마음뿐, 순순한 답을 남긴 가랑은 그림인 양 고요히 걷는 상궁의 뒤를 좇았다. 발걸음마저 고요한 그니의 뒤를 따르다가, 가랑은 황궁이 이리 넓단 것을 처음 알았다. 누구든 항시 발걸음 하는 곳만 알 뿐이었고, 가랑이 발걸음 해 본 곳이라고는 고작해야 황후전이나 태극궁뿐이었다. 다른 이들의 처소에는 가 본 적도 없으매 후미진 곳은 물론 풍경이 좋다던 전각마저 구경조차 하지 않았으니, 항시 보던 곳이 좁을 수밖에 없었다.

하여 상궁이 앞서는 길을 그대로 좇으며 주변을 살피매, 여름의 정점에 도달해 한참 아름답게 물든 초목이 따사로운 햇살 밑에서 푸

른 물결을 자아냈다. 분주하게 돌아다니는 아랫것들은 발걸음 소리
조차 없이 고요하니, 푸른 물결을 자아내는 그 소리가 유달리 크고
스산하다.

말 한 마디 없이 고요한 아랫것의 뒤를 좇아, 새파란 바람 소리에
취해……. 그리 한참을 걸어 다리가 아플 즈음 도달한 곳은 참으로
구석진 곳에 위치한 전각이었다. 건물 자체는 깔끔했으나 바로 뒤에
는 산이 험난했고, 정원은 오랫동안 버려둔 듯 꽃 한 송이도 보이지
않고 잡초만이 무성했다. 그야말로 삭막하기 이를 데 없었다. 그 앞
에 서자 상궁은 허리를 숙였다.

"예서 한동안 계셔야 하옵니다."

……그 말만 남긴, 오늘 처음 본 상궁은 가타부타 말도 없이 쌩하
니 사라져 버리었다. 하여 그저 문을 여니 오랫동안 쓰지 않은 곳을
부랴부랴 정리한 느낌이 여실해, 이게 어쩐 일인가 싶었다.

삭막한 곳에 선 가랑은 고요한 고민에 휩싸였다. 본디 황제의 총
애를 받는 후궁이란 항시 황제의 처소와 가까운 곳에 그 침소를 받
거늘, 어찌 이리 먼 곳까지 제가 나와 있는 것인가. 혹, 남은 전각이
없었던가. 주인이 없는 처소가 없기에, 이리 먼 곳에서 제가 지내야
하는 것인가?

제 고향인 소국, 명원에서는 후궁들이란 모두 개인 전각을 하사받
았으나 대국에서는 다르매 2품 이상이 아닌 후궁은 개인 전각을 받
을 수가 없었다. 그 또한 법도인지라, 다르게 표현한다면 2품 이상의
후궁들은 다른 이들과 처소를 함께 쓸 수 없다는 것이었다.

허니 개인 전각 중 남는 곳이 없다면 쓰지 않은 곳을 정리하여 내
어 준 것일 수도 있으나, 그는 아닐 터였다. 가랑이 알기로 황상의
후궁 중 구빈은 저 하나였으니. 허면 도대체…… 왜?

막 닦은 흔적이 가득한 바닥 위로 발을 디딜 때, 문득 드는 의문이 있었다. 저를 모시러 왔던 상궁은 분명 폐하의 분부라 하셨다. 허면 황상께서 무슨 생각을 하셨기에 저를 일이 멀찍이 두시는 것인가. 아침나절 깨우지도 않고, 용안도 보이시지 않고 가신 것이 가슴에 덜컥 소리를 내며 걸릴 때에 상궁의 목소리가 다시 머리를 스치었다.

— 기침하시면 새 처소로 모시라는 폐하의 분부시옵니다.

헌데 '폐하'라 불리는 이가 대국에서 황상 하나시던가?
"마마, 마마!"
그때, 가랑의 궁인들이 먼발치에서 잰걸음을 놓았다. 흙먼지를 흩뿌리며 뛰듯 걸어오는데 높은 음성이 상당히 다급했다. 잠도 제대로 들지 못한 듯 상궁 나인들의 얼굴이 온통 누렇고, 하얗던 흰자위에는 붉은 핏발마저 선 채였다. 가까이 다가와 허리를 꾸뻑 숙이거늘 하나같이 입술을 한껏 벌리고 호들갑이었다.
"옥체 평안하시옵니까? 미령하신 곳은 없사옵니까?"
……암만 보아도 가랑보다는 그들의 얼굴이 더욱 안 되어 보였거늘, 어미닭처럼 걱정만 가득한 모습에 가랑은 웃는 낯으로 괜찮다 속삭여야만 했다. 그리 그니들을 추스르고 처소에 가만히 앉아 있거늘 이 근방은 지나치게 고요했다. 후미진 전각이니 고요한 것은 이상하지 않으나, 발걸음 하는 이 없다는 것은 묘하게 거슬리는 일이었다.
처소에 홍등이 걸린 이후 이러한 적은 없었다. 도리어 물리고, 또 물려도 하루 종일 사람들이 다가와 시끄러운 말을 늘어놓곤 했다. 평소였더라면 찾아와 시답잖은 이야기를 늘어놓았을 그 채녀조차 발걸음 하지 않으니, 이 어찌 아니 이상한 일이겠는가.

283

가만히 앉아 있던 가랑은 고개를 갸웃거렸다. 저를 깨우지 않으신 황상. 후미진 곳에 위치한 새 처소. 물리고 또 물려도 왔던 사람들이 발걸음 하지 않는 것. ……그 모두 이상한 일이었으나, 아무리 생각을 해도 어찌 이러는 알 수 없는 것들이었다.

괜스레 불안한 마음에 입술을 깨물자 아랫배가 욱신거렸다. 본능적으로 배를 감싸 안은 가랑은 깊은 숨을 들이켰다. 어미가 불안하면 배 속의 아이도 안다 하였다. 하여 마음을 평안케 하는 것이 가장 중요하다 하였으매…… 불안한 생각은 무엇이든 접어 두라 하였다. 마음을 가라앉히는 데 가장 좋은 것은 서책인 터, 가랑은 빠르게 눈을 돌렸다.

이전 이곳을 쓰던 이는 꽤나 고풍스러운 취미가 있던 듯 시집만이 가득했다. 그저 손이 닿는 데로 뽑아 드니 동문선(東文選) 제5권이었으매, 그를 펼치자 오래도록 읽은 양 절로 펼쳐진 장에 적힌 시란 8월 9일 밤에 앉아(八月初九日夜坐)였다.

『皇天分四時 하늘이 사시를 나누었으니
寒暑各有節 춥고 더움에 각각 절후가 있다.
祝融何不廉 축융이 어찌 청렴하지 못한가.
八月尙炎熱 팔월이 아직도 불꽃처럼 덥구나.
今霄金氣應 오늘 밤에 가을 기운이 움직이니
揮扇始得輟 부채 흔들기를 비로소 멈추었다.
悠然坐南榮 한가히 남쪽 처마 밑에 앉아서
仰視乾文列 벌여 있는 달과 별들을 우러러본다.
月在析木津 달은 석목진에 있건만
不見西柄揭 서병 드는 것이 뵈지 않는구나.』

284

─ 달은 서목진에 있건만 서병 드는 것이 뵈지 않는다…… 공주께
서는 서목진이 무엇인지 압니까?

……그를 보는데 문득 옛 기억이 뇌리를 스치었다. 어미는 가랑이
병서를 읽는 것이라면 학을 떼곤 했으나 이런 한시라면 비교적 너그
러웠기에, 몇 되지 않는 다정한 음성은 그러한 것에서 나오곤 했다.
또한 이 동문선은 분명 대국이 아닌 명원의 것, 이어지는 기억의 흐
름은 자연스러웠다.

─ 모르옵니다. 서목진이 무엇이어요, 어마마마?
─ 동문선 제37권, 조사사은기거표(詔赦謝恩起居表)에는 이러한
말이 나옵니다. 북신(北辰)이 제자리에 있음에 아래로 석목진(析木
津)에 임하였고, 동해에 봉강(封疆)을 지키매 위로 반도(蟠桃)의 나
이를 빌겠나이다.
─ 반도란 서왕모의 수밀도로 삼천 년을 이르는 것이겠고…… 동
해의 봉강도 나왔으니, 허면 석목진은 영토의 이름이어요?
─ 성좌(星座)의 이름입니다. 논어에서 정치를 덕으로써 하는 것
은, 비유하면 북신(北辰)이 제자리에 있으면 모든 별이 그리로 향함
과 같다고 하였지요……. 조사사은기거표는 게서 인용한 겁니다.

그야말로 사람을 덕으로 다스리라 속삭였던 대비 한씨다운 말이었
다. 북신이 제자리에 있으면 모든 별이 그리로 향한다, 결국 덕으로
써 정치를 하는 것은 이상적이며 바람직하단 이야기가 아닌가.
논어에 대해 제대로 알지 못했던 가랑은 그를 어렴풋이 이해했다.

허나 어찌 어미가 제게 그런 말을 하는지 이해할 수가 없어, 대비의 당의를 붙잡고 다시금 물었더란다.

— 허면 그가 무슨 연관이 있는 것이어요?
— ······.

허나 대비 한씨는 저 이후로 입을 다물었다. 왜 그러셨는지는, 작금 생각해도 그 연유를 알 수가 없었다. 허나 어미와의 일이 떠오르자 어제 타올랐던 전각과, 그 안에 두고 온 서한에 생각이 되돌아가······ 아무래도 답신을 적어야 할 듯싶었다. 채 다 읽지 못한 것이나 제가 어미를 그리워하는 만큼 어미도 저를 그리워할 터, 허면 대비에게 제가 잘 지낸다는 소식을 전해야 옳았다.

가랑은 주섬주섬 먹을 갈고 붓을 찾았다. 마침내 찾은 가느다란 붓에 먹을 듬뿍 묻히고, 화선지로 옮기는 그 손끝이 덜덜 떨렸다.

무슨 말을 써야 할까.

마치 처음 연서를 보내는 어린 계집아이가 된 양 머릿속이 새하얘졌다. 화선지 위 한가득 떨어진 먹물방울들이 가여운 점을 새겼다. 떨어지고 드리워져, 하얀 것 위에 새카맣게 번져 나가는 그것에 이상하게도 마음이 애렸다.

새카만 흔적이 남은 얄따란 화선지 위해 붓이 닿았다. 그저 생각나는 대로 더듬더듬 이야기를 엮어 나갔다. 어마마마, 저는 잘 지내고 있사와요······ 황상께서는 좋은 분이시고······ 어마마마와 정이 그립고······ 무슨 말을 써야 할지 고민했던 것은 거짓인 양, 하얀 종이 위에 가득 들어차는 것은 지나간 마음들이었다. 애틋했던 정은 새카만 수려함으로 남아 가랑의 눈시울에 닿았다.

답신을 다 완성해 갔을 즈음, 늦게 시작한 하루해가 저물었다. 사위가 새카맣게 물든 그때까지도 찾아오는 이가 아무도 없었다. 심지어 황상의 비단 첩지마저 도달하지 아니하였으니, 저번에 있던 처소보다 훨씬 좁은 이곳이 유달리 넓어 보였다.

서신을 조심스레 접은 가랑은 굳게 닫힌 장지문을 멍하니 바라보았다.

"오늘은 아니 오시려나 보옵니다."

"······."

그 시선을 눈치챈 양, 상궁의 조심스런 한마디에 가랑은 무어라 답할 수가 없었다. 이런 적은 처음이었다. 아침에도 먼저 가시더니 보러 오지도 않으신다······ 이유 모를 불안함이 심장을 두근거리게 했다. 하여 가랑은 고개를 저었다, 늦게나마 오시겠거니······ 정사가 바쁘시겠거니······.

허나 시간이 흘러도, 아무리 늦은 밤이 되어도 황상께서는 오지 않으셨다. 전갈조차 한마디 없으시니, 그에 좁은 마음이 자꾸만 앵돌아져 섭섭함만 가득해졌다. 헌데 있었던 일과 황상께서 연통조차 주지 않으시는 것이 묘하게 마음에 걸려, 그가 이상해 머리를 갸웃거릴 때였다.

― 흑, 으흑, 흑······.

······어디서, 누군가 우는 소리가 가랑의 귓전을 때렸다.

순간 소름이 쭈뼛 돋은 가랑은 고개를 두리번거렸다. 허나 눈앞에는 김 상궁이 그림마냥 다소곳이 앉아 있을 뿐, 흐느끼는 이는 바이 없었다. 잘못 들은 것인가? 오늘 하루 종일 겪은 것이 이상한 것처럼?

그리 생각하고 다시 가만히 앉아 의미 없는 서책에 눈을 돌렸는데, 다시금 흐느끼는 소리가 귀를 잠식했다.

— 흑, 으흑, 으흑…….

……억누르고 우는, 서럽고도 처량한 소리였다. 허나 한밤중에 들려오는 곡소리란 섬뜩하기 그지없는 것인지라, 가랑의 동공이 절로 늘어섰다.

"마마, 왜 그러시옵니까?"

궁에서 오랜 시간 살아온 자답게 웃전의 기분에 민감한 김 상궁이 빠르게 물었다. 그저 평소처럼 아무것도 아니다, 그리 답하려던 가랑의 귓가에 다시금 곡소리가 부닥쳤다. 그에 온몸을 오스스 타고 오르는 것은 섬뜩한 한기였다.

"김 상궁, 무슨 소리가…… 들리지 않나요?"

"마마, 고정하소서. 아무런 소리도 들리지 않사옵……."

가랑의 말에 웃으며 속삭이던 김 상궁은 순간 말을 멈추었다. 웃전의 말씀인지라 자연스레 귀를 기울였던 터, 누군가 서럽게 우는 소리가 김 상궁의 귀에도 닿았다. 으흑, 흑……. 그 억눌린 울음소리가 유달리도 섬뜩해, 가랑과 마주한 김 상궁의 얼굴이 순식간에 창백해졌다.

"……김 상궁 귀에도 들리나요?"

가랑의 물음에 김 상궁은 이쪽저쪽으로 눈알만 굴려 댔다. 필시 답을 회피하려 그러는 것일 터, 허나 두 사람의 귀에 선명히 들리는 것은 구슬픈 울음소리일 뿐이었다. 무엇이 그리 서러운지, 처음에는 섬뜩하게만 들리던 것에는 깊은 처량함도 함께였다.

제 귀에만 들렸더라면 귀신인 줄 알았을 것이었으나 다행히 김 상궁도 들린다 한다. 허면 귀는 아닐 터, 꺼이꺼이 목 놓아 우는 것은 틀림없는 인간의 소리였다. 어차피 적막한 밤에 할 일도 없거니

와…… 누가 울고 있는 것인지, 호기심이 불쑥 솟아올랐다.

틱! 서책을 소리 나게 덮은 가랑은 몸을 일으켰다. 높이 올린 고계가 머리를 무겁게 짓누르고, 바닥을 매끄럽게 쓸어 가는 자색 옷자락이 시리다.

"마, 마마! 이 야심한 시각에 어딜 가시옵니까!"

그대로 발걸음을 옮기자 김 상궁이 기겁을 했다. 새파랗게 질린 낯은 분명 들려오는 울음소리 덕에 겁을 먹은 것이 틀림없었다. 가랑 또한 깊은 밤에 들려오는 울음소리가 섬뜩하긴 했으나 어디까지나 그뿐이었다. 냉정하게 생각하면 무서워할 것도 없었다. 그저 서럽고 서러우니 누군가 우는 것일 터.

침소 밖으로 반쯤 몸을 뺀 가랑은 황망하게 굳은 상궁을 돌아보았다. 몇 달 전까지만 하더라도 야밤, 서책을 들고 홀로 나가곤 했으니 김 상궁도 말로만 물을 뿐 이것이 몸에 밴 모양이었다. 하여 가랑은 한 마디 내뱉었다.

"따르세요."

놀란 듯 토끼처럼 눈을 늘인 김 상궁은 순순히 일어서 가랑의 뒤를 좇았다. 당차게 문을 열어젖히자 일그러진 달빛이 화사하게 쏟아지는 정원이 눈에 담겼다. 밤에 보니 낮보다는 갑절로 삭막해 보이는 정원 위에 드리워진 달그림자가 바람에 일그러졌다.

귀밑머리를 스칠 듯 연하게 흐르는 바람을 타고 들리는 울음소리가 제법 큼직했다. 침소 안에서 들을 때는 몰랐으나, 밖에서 들으니 그 억눌린 음성은 제법 앳되었다. 아무래도 뒤뜰에서 시작되는 것만 같아 사뿐히 몸을 트는 그 찰나였다.

"마, 마마!"

"……."

갑작스레 날아든 흰 소복이 얼굴을 덮친 터, 가랑은 황망히 굳어 무어라 말할 수가 없었다. 미풍에도 휩쓸리는 것의 가냘픔이란 그리 안타까운 법인지라, 가랑은 제 품에 안겨 든 소복을 손끝으로 집어 들었다. 깨끗하긴 하나 손끝에 닿는 감각이 까끌까끌하니 척 보기에 도 질이 그리 좋아 보이지는 않는 무명천이었다.

 그를 가만히 내려다보던 가랑은 머리를 짚었다. 원래 지내던 전각 에는 불이 났다. 하여 옮겨 온 처소는 후미진 곳에 있다. 옮겨 온 당 일 황상께서는 오시지 않으신다. 밤이 깊어 전각 근처에는 뉘인가 울 고 있으매 흰 소복마저 날아다닌다.

 ……그저 우연의 일치라고 하기에는 무언가 꺼림칙했다. 뉘가 하 는 장난일지는 모르겠으나…… 질이 좋지는 않지 않은가.

 가랑은 매섭게 몸을 틀었다. 다급하게 걸어 뒤뜰로 향하니, 과연 그에 가까워질수록 울음소리는 더더욱 크게 들렸다. 처소 안에서는 단지 울음소리만 들을 수 있었거늘 가까이 가니 중간중간 앓는 소리 가 섞여 더욱 가여웠다. 어린아이가 어머니를 찾는 양 애타게 갈라지 는 음성은 가슴이 미어지는 슬픔을 함께 품고 있었다.

 "흐, 흐끅!"

 얼마나 울었던지, 이제는 딸꾹질마저 하는 모양이었다. 황망하게 넓은 뒤뜰은 불에 타 버린 전각과 다르게 정돈된 맛이 없었다. 아무 렇게나 자란 풀만이 무성하게 숲을 이루고 있으매 그야말로 어디에 선가 귀가 튀어나와도 이상하지 않을 것만 같았다.

 그런 풀숲을 헤치고 울음소리를 따라간 가랑은 구석 즈음, 무성히 뻗은 풀에 몸을 숨기고 우는 자그마한 계집아이를 발견했다. 기껏해 야 일곱 살 정도 되었음직한 아이와 눈을 마주하고 쪼그려 앉아, 그 어깨를 건드리니 고개를 바짝 치켜든다.

"흐, 흐엑!"

……그리고 고함이 귀청을 꿰뚫었다. 메아리칠 듯 큼직한 음성에 순간 놀란 가랑은 저도 모르게 그대로 주저앉을 뻔하였다. 허나 뉘가 있는 앞에서 그런 볼썽사나운 모습을 보인 적이 없기에, 최대한 평정을 유지하며 거칠게 뛰는 제 가슴 위에 손을 얹을 뿐이었다.

가슴을 뚫고 나올 듯 거세게 두근거리는 심장 소리가 귀에 바짝 다가와 앉으니 심호흡을 해야 할 판, 괜스레 놀란 가슴을 가라앉히고 있을 때에 김 상궁의 호통이 뒤뜰을 쩌렁쩌렁 울렸다. 황궁에서 오래 지낸 만큼 잔뼈가 굵은 김 상궁은 그야말로 궁인다웠다.

"무례하구나! 빈마마시다. 어서 인사 올리지 못하겠느냐. 무엇하고 있어!"

가랑과 눈을 마주하고 있던 아이가 눈을 동그랗게 늘였다. 그러더니 곧장, 바닥에 엎어져 머리를 땅에 맞대었다. 딸꾹질 반, 말 반이 섞인 음성이 그 조그마한 입술에서 흘렀다.

"비, 빈마마를 뵈옵니다. 천세 천세 천천세."

"고개를 들어 보렴."

가랑의 말에 아이가 고개를 바짝 들어 올렸다. 무례하게도 감히 눈을 마주치거늘, 그 작태에 기겁한 김 상궁이 무어라 지청구를 늘어놓자 그대로 겁을 먹은 아이가 몸을 움츠리고 고개를 숙였다.

지나치게 처진 모습이 안쓰럽기도 하였으나 아랫것은 아랫것인 법, 가랑은 딱히 그 움츠러든 아이를 달래 줄 생각을 하지는 아니하였다. 아이를 달래고 김 상궁을 나무란다면 황성의 위계가 뒤틀리는 일일 것이었으니, 그저 눈물로 얼룩진 뺨을 살피면서 물을 뿐이었다.

"왜 여기서 울고 있니?"

"……소, 송구하옵니다."

풀이 무성하다고는 하나 바닥은 흙이었으매, 눈물로 얼룩진 덕에 그 얼굴이 진흙투성이가 되는 것은 당연지사였다. 헌데도 가랑의 물음에 아이는 바닥으로 다시 납작 엎드렸다. 그러면서 읊는 저 송구합니다 덕에 몇 달 전의 제가 생각나는 까닭은 무엇인가. 그때 제 대답을 듣던 황상께서 이런 마음이 들지는 않으셨을까. 하여 가랑은 그저 웃으며 같은 말을 다시 입술에 얹었다.

"이 야밤에, 왜 여기서 울고 있니."

"……빈 전각이라 들었사옵니다……."

허니 이번에는 조금 다른 답이 들려왔다. 아직 어린 데다가 울고 있기까지 하니 발음이 오롯하지는 않았으나 알아듣지 못할 정도는 아니었다. 빈 전각이라 들었다? 마음에 걸리던 것이 어딘가 아귀가 맞아떨어지매, 가랑은 웃는 낯 그대로 굳어 버리었다. 허나 아직 어려, 상전의 눈치를 제대로 살피지 못하는 아이는 계속 입술을 움직일 뿐이었다.

"어, 어머니께서 몸이 좋지 않으시온데…… 뵐 수가 없어서……."

"그렇다고 웃어른께서 계시는 곳에 와 그리 청승을 떨면 되겠느냐!"

억센 김 상궁의 지청구에 아직 어린아이는 말도 못 하고 눈물만 줄줄 흘려 댔다. 가랑도 어미가 아파 걱정에 가득 찬 아이의 마음을 모르는 것은 아니었으나, 끼워 맞춰진 조각에 머리가 아파 그 아이에게 신경을 쓸 겨를이 없었다. 도리어 김 상궁은 매서운 목소리로 가여운 아이를 죄어쳤을 따름이었다.

울고 있던 아이는 침방의 애기나인이라 하였다. 어미가 앓은 지는 이미 오래되었다. 본디 하층민의 삶이 그렇듯, 집안에 병자가 있으면 가세는 더더욱 기우는 법. 아이는 어미의 병구완을 하려 황성에 들어

왔으나 어린 맘에 오죽이나 어미 걱정이 되었겠는가.

허나 동무들이나 언니들 앞에서 울 수는 없었기에 밤마다 빈 전각이라 들은 이곳 앞에 와서 밤마다 울었으니, 아랫것들은 그 울음소리를 들으매 귀신이 나타난다 쑥덕거리었다. 궁인들의 입단속이란 언제나 대단한 법인지라 지밀들에게까지는 그 이야기가 전달되지 않은 모양이었다.

……헌데 어찌하여 가랑이 이곳까지 기어 들어왔는가. 황상께서 태극궁과 먼 이곳까지 보내신 것은 분명 아닐 터, 허니 황상께서도 이곳에 오지 않으심이 틀림없었다. 본디 새 처소로 삼으려 하신 곳이 다른 곳이라면, 가랑이 이곳에 온지 모르실 터이니.

허면 뉘가 가랑을 이리로 보냈는가? 후궁의 처소에 대해 왈가왈부할 수 있는 사람은 황성에 단둘뿐, 이 와중 황상이 아니시라면 그분은 또 다른 폐하였다.

7장.
암운暗雲

황후, 문씨.

이름은 향(香)으로 승상 문남(文楠)의 고명딸이다. 승상이 아들 다섯 끝에 본 딸 하나로 어린 시절부터 옆에 끼고 귀애하였다. 본디 계집아이에게는 글을 가르치지 않는 것이 일반적이건만 승상은 딸을 남달리 아끼어 그 오라비들하고 함께 수학시켰으매, 배우는 속도가 남달라 혀를 내둘렀다고 한다. 그런 문씨는 어린 시절부터 총명하고 아름다운 것으로 이름이 자자한지라 선제가 직접 태자비로 간택했던 여인이었다.

그 교지를 받은 승상은 입으로는 광영이라 했으나 딸의 입후를 바라지는 않았다. 승상은 딸의 성품을 누구보다 잘 알았다. 겉으로는 그만큼 음전한 규수가 없었으나 어린 시절부터 귀히 길렀던 것이 문제였던지, 속은 누구보다 방약무인하며 잔인하기까지 하였다.

아마 문씨가 5살 때였던가, 돌아오는 탄신일을 맞아 승상은 문씨에게 자그마한 새 한 쌍을 선사한 적이 있었다. 문씨는 그 새를 꽤나 예뻐하였으나 어느 날 알을 품은 암컷이 그 손을 부리로 쪼았으매, 그에 분노한 문씨는 새장 문을 열어 두고 뱀을 풀어 놓았다. 뱀은 새를 한입에 답삭 삼키고 품던 알을 전부 부수었으매, 후일 그 일을 안 승상이 딸에게 왜 그랬느냐 물었다. 그리 아끼던 것을 단 한 순간에 내쳐 버리었으니 승상의 어안이 벙벙하던 차, 문씨는 저 새가 손을 쪼아 피를 보았다고 답했다. 단지 그것뿐이었으나 승상은 제 딸의 성품이 만만찮다는 것을 그제야 깨달았다.

그런 딸이 자신보다 더 높은 이를 만나 편하게 살 리가 없을 것을 잘 알았던 승상은 입후를 극구 반대하였으나, 그 딸인 문씨는 달랐다. 아비와 어미의 속을 할퀴고 기어이 황궁으로 들어간 문씨는 처음 일 년은 그런대로 견디는 듯 보였다. 허나 그 이후 승상의 우려는 현실이 되었다.

무엇보다 그때 당시 태자였던 황상과 문씨의 성품은 극과 극을 달렸다. 걸핏하면 싸우기 일쑤였던 데다가 귀히 자란 만큼 문씨는 참을 줄을 몰랐다. 당하면 당하는 것의 갑절로 사람을 할퀴어야 속이 풀리는 성미여서 승상이 몇 번이고 가서 황후를 타일러야만 했다. 황상과 승상의 사이는 나쁘지 않았으나 도리어 그 황후 문씨 때문에 틀어질 지경이었다.

선제는 뒤늦은 한숨을 내쉬었으나 어찌 되었든 며느리를 예뻐하는 마음이 컸던 듯, 태자의 전각이 시끄러우면 문씨를 감싸곤 했다.

그 타고난 것을 누가 바꾸겠는가. 그러한 성품은 이립이 다 되어 가는 지금도 변치 않았다.

단 20여 년을 황성에서 살아간 만큼 황후 문씨는 교묘해졌다. 본디 현명했던 데다가 경험까지 겹치니 그야말로 금상첨화, 눈앞에서 직접 사람을 할퀴는 대신 우회하여 뒤통수를 치는 데 선수가 되었다.

국구(國舅)인 아비는 일찌감치 승상이었으매 그 오라비들도 한자리씩 차지하고 있는 데다가 자신이 황후이기까지 했으니, 무의 사람들은 그야말로 그녀 눈 밑에 있는 존재들이었다.

"폐하!"

오늘도 어김없이, 황후궁에 발걸음 한 아비는 음성을 높였다. 시선마저 우아한 황후는 읽던 서책을 다시금 눈으로 훑었다.

당 태종의 문덕황후는 처음 세민에게 시집을 갔다가 친정으로 돌아왔는데, 외사촌 고사렴의 첩이 천마가 두 장이나 되는 것이 후사 밖에 서 있는 것을 보고 두려워 점을 치니 곧, 지, 태가 나왔다.(唐太宗文德皇后初嫁世民歸寧舅高士廉妾見天馬二丈立后舍外懼占之遇坤之泰).

문덕황후의 이야기가 눈에 담기었으매 황후는 장난인 양 고운 아미를 찌푸렸다.

"……아버님, 소녀 귀 떨어질 것 같사옵니다."

"허면 이 아비가 진정하게 생겼습니까?"

"제가 무얼 어찌했다고 그리 야단이십니까?"

황후의 말에 할 말을 잃은 승상은 입을 벌렸다. 아비의 속이 타들어 가는 것을 아는지, 모르는지 황후는 서책을 한 장 넘겼다.

주자가 말하기를, 4효가 변하면 지괘의 변하지 않은 두 효로 점을 치는데, 아래를 효의 위주로 한다(朱子曰 四爻變則以之卦二不變爻占以下爻爲 主).

촛불에 비치는 가느다란 책장이 투명하니 새까만 것은 그저 글씨라, 섬세하게 적힌 것은 누구의 필체일지 그저 곱게 수놓인 자수와도 같았다.

"소녀, 그저 사소한 심술을 부렸을 따름입니다. 저도 그만한 심술을 부릴 자격은 있지요."

"황상께서 어찌 생각하시겠습니까. 폐하, 부디 자중하소서."

……아비의 목소리에 황후는 붉은 입술을 매끄럽게 말았다. 그런 것을 일일이 염두에 둘 것이었더라면 애초에 납작 엎드려 있었을 것이었다. 황상께서 어느 후궁에게 가시든, 뉘가 회임을 하든 얌전하게 앉아 허수아비로 살았으리라.

허나 그는 처음부터 불가능한 것이었다. 애초에 가진 것은 권세뿐이니 잃을 것도 권세뿐. 그는 한 번 손에 쥐면 결단코 잃어서는 아니 되는 것이기에 가지고 있어야만 한다. 손 안에 오롯이 잡힌 이것은 결단코 놓으면 아니 되는 것이었다.

"아버님마저 이젠 절 허깨비로 보십니까? 가문에 분명 누가 되지 않을 거라 말씀 올렸지 않습니까."

"그런 것이 아님을 잘 아시지 않습니까."

저를 달래듯 내뱉어진 승상의 말은 한숨이 가득했다. 그래, 황후도 모르지는 않았다. 아비의 저 가슴 가득 담긴 걱정을.

"……아버님, 황상과 사이가 원만하지 못할지라도 소녀 황후입니다. 허나 어디까지나 황후일 뿐입니다."

하여 황후는 읽던 서책을 소리 나도록 덮었다. 턱, 종잇장끼리 맞닿는 소리는 거세지도 유약하지도 않았으나 유달리 기묘했다.

"사내든 계집이든 황성에서 아이 울음이 울리면 어찌 될 것 같습니까. 소녀가 이름뿐인 자리를 유지할 수 있을 것 같습니까?"

붉은 입술 바깥으로 내뱉어진 그것은 황후의 불안이었다. 평생 권세의 반석 위에서 살아온 자의 불신. 달콤한 꿈에 빠져 있으면서도 가지고 있는 것을 잃지 않을까 걱정해야만 하는 세도가의 심정. 권세란 그런 것이었다. 가지고 있어도 불안하나 가지지 않을 수는 없는 법. 놓고 싶으나 놓을 수 없는 것. 권세를 지닌 자가 그를 잃는 순간, 소유했던 자는 물론이요, 피붙이마저 영영 세상의 빛을 보지 못하게 되는 것은 너무나도 선명한 것이었다. 그에 승상은, 딸아이의 어깨가 굉장히 좁았단 것을 겨우 깨달았다.

"만에 하나 소녀가 폐위 된다면……."

"어찌 그런 망극하신 말씀을 입에 올리십니까."

"……우리 가문은 멀쩡할 것 같습니까?"

딸아이의 선명한 질의에 아비 되는 자는 감히, 답하지 못했다. 황상이 지금 황후와 사이가 좋잖더라도 두고 보는 까닭은 황후의 세가 조정을 장악하고 있는 탓이었다. 황후를 건드리면 도리어 그 세력에 물릴 수가 있으니 두고 볼 수밖에 없다.

헌데 황후를 칠 만한 명분이 생긴다면, 그 황후의 세를 칠 명분도 함께 따라 생기는 법. 그를 모를 승상이 아니기에, 여세를 본 황후는 차게 식은 검은 눈동자를 굴렸다.

"아직은 아니 됩니다. 아니, 명원의 계집은 아니 되어요. 죽은 귀비가 살아 돌아왔으면 하는 소망마저 생길 지경입니다."

그나마 귀비는 그들과 대립각을 세우지 않았다. 아니, 도리어 귀비의 가문은 언제든지 손을 보탤 기운을 풍겼으매 지난 옛일을 그리던 황후는 제가 한 일을 처음으로 후회했다.

그리하여 곱씹고 또 곱씹었다. 애초에 후궁에 백선피를 내리지 않았더라면 지금 이리 골이 아픈 상황이 발생하지는 않았을 터. 후사가 많은 황실에 하나가 더해지는 것과, 후사가 없는 황실에 처음 생긴 황손이란 엄연히 다른 법이었으니 결국 모든 일이 제 무덤은 판 꼴이 되었다.

승상이 보기에도 죽은 귀비가 살아 돌아오는 것이 차라리 나은 듯했다. 허나 그대로 딸아이의 편을 들어주기에는 무언가 꺼림칙했다. 척 보기에도 딸아이의 머릿속에 돌아가는 생각은 위험했다.

　물론 그가 당장의 불을 끄기에는 좋은 것일지 몰라도 언젠가 무슨 일이 벌어질지 모르는, 양날의 검이었다. 당장의 불은 미래에 겁화가 되어 그들을 집어삼킬 것은 틀림이 없으나, 이 불을 끌 물 또한 범람하여 그들을 집어삼키리라. 어느 쪽이든…….

　결국 승상은 쓴웃음을 가득 머금을 수밖에 없었다.

　"……하오나 심술이라 하셔도 이번은 너무하셨습니다."

　"내궁 또한 외궁과 다를 바 없답니다. 황성에는 수많은 궁인들이 있지요, 아버님."

　황후는 이로 입술을 짓씹었다.

　"그들을 부를 때에는 명분이 필요 없을 줄 아십니까?"

　옮겨 간 처소를 엉뚱한 전각으로 알려 준 것은 그저 사소한 심술이었다. 이미 전각에 불이 나 크게 놀란 상태이니, 거기서 사람이 울든 귀신이 나타나든 더 크게 놀라지는 않을 터였다. 허면 왜 그런 심술을 부렸던가?

　황후는 손을 세게 말아 쥐었다. 고이 자라 백옥 같은 손등 위로 시퍼런 핏줄이 울긋불긋하게 돋으니, 그는 황후가 평생 보지 못한 추함이었다.

　— 소의께서 많이 놀라시지는 않았니?

　……뒤돌아보아도 자꾸만 걸리는 그 머나먼 날의 일은 이 나인을 불러다 물을 수가 없었다. 잔뜩 공을 들인 이 나인은 움직이는 손발

이 되어 줘야 하니, 사소한 것으로 영영 버릴 수는 없는 법이었다. 하여 불이 났으니 소의의 용태를 묻겠답시고 그 아랫것 하나를 불러들였다. 의심 없이 순순히 발걸음 한 자그마한 궁인은 그저 고개를 조아렸다.

— 혹 말이다……. 내 물어도 되겠니?

— 하문하시옵소서, 폐하.

— 내 저번 일이 있으니, 소의께 감히 태의감 얘기조차 꺼내지 못하겠구나. 허나 다른 이가 그 약재를 먹었을 때에는 아무런 이상이 없었다. 하여 의아했다. 혹, 십팔반이라도 잘못 자신 게 아니니? 그 날 소의께서 무얼 자셨는지 기록해 둔 게 있지 않아?

— 찾아보겠사옵니다.

순순히 물러간 궁녀는 금세 돌아와 머리를 조아렸다.

— ……일지를 보았사온대 그 날 소의마마께서 자신 것은 황후폐하께서 내리신 약재와 도라지 차뿐이옵니다.

— 도라지 차? 길경…… 말이니?

— 예, 그러하옵니다. 소의마마께서는 길경을 입에 대지 않으시옵니다. 그 날 이후, 황상께서 길경으로 만든 것들은 빈마마께 올리지 말라 명하시기도 하셨나이다.

……아귀 하나가 딱 하고 맞아떨어졌다. 무엇이든 기록하는 황성의 특성이란 이럴 때 좋은 법. 황후의 고운 얼굴에 검은 상흔이 아로 새겨졌다.

창공에 푸르게 빛난 별이 물가에 잔잔한 윤슬을 만들어 내더니, 이윽고 청아한 햇살이 사위를 비추었다. 태양빛을 보고 눈을 뜬 새들이 지저귀는 소리가 아롱아롱 그늘졌다.

비틀린 마음으로 밤을 새는 것은 썩 좋은 경험이 아닌 터, 가랑은 이른 아침 맑진 새 소리에조차 날을 세우는 저를 발견하고 소스라치게 놀랐다. 잔뜩 날이 선 심중의 예기란 무엇보다 추악한 것인지라, 깊은 숨을 들이켠 가랑은 새하얀 빛이 쏟아지는 처소를 눈으로 살피었다. 익숙지 않은 곳은 아침에 보아도 삭막하기 그지없는 와중, 엊저녁 울던 아이는 제 옆에 앉아 꾸벅꾸벅 졸고 있으매 그는 그나마 정겨운 것이었다.

자그마한 머리가 위 아래로 계속 움직여 대니, 그가 가여워 바닥에 뉘여 주고 싶었음에도 가랑은 그저 웃을 뿐이었다. 이미 밤에 몇 번, 아이에게 손을 뻗었다가 김 상궁이 펄쩍 뛰며 반대한 터였다.

그리 가만히 앉아 일출을 구경하고 있노라니 두통이 일었다. 그는 단순히 눈을 뜬 채 하염없이 시간을 보냈기 때문인가, 아니면 밤새도록 곱씹고 또 곱씹어도 결말이 나오지 않은 일 때문인가. 황상께서 하신 말씀 하나하나가 걸리매 그 채녀가 지껄였던 말들도 머릿속을 앵앵 돌았다.

그리고 뒤늦게야 알았다, 어찌 되었든 제가 안일했음을. 부모자식 간에도 양도할 수 없는 것이 권세라 하였으매, 그는 제가 고국이 아닌 대국에 있는 연유만 알아도 보이는 것이었다.

어찌 되었든 일찌감치 황후와 척을 지어, 작금은 황후께서 저를

경계하는 것이 틀림이 없으니 이를 어찌 해결해야 옳은가, 가랑은 가
만히 아랫배 위에 손을 얹었다.

"······소의마마, 황후폐하께서 찾아계시옵니다."

태동이 이는 듯 미묘한 진동이 오는 그 속, 바깥에서 궁인이 속삭
이는 소리가 널따랗게 울려 퍼지었다. 올 것이 온 양, 새하얗게 주먹
을 움켜쥔 가랑은 그대로 일어섰다. 곱다한 자색 능라가 방바닥을 쓸
어 넘기는 소리마저 화사하니 눈처럼 하얀 손끝마저도 섬려했다.

우아한 자태로 허리를 세운 가랑은 바닥에 앉아 꾸벅꾸벅 졸고 있
는 계집아이를 가만히 내려다보았다. 직전까지만 하여도 그가 가여
워 뉘여 주고 싶은 맘이 가득했건만, 사람이란 간사한지라 작금은 그
런 생각은 바이없었다.

가랑은 제가 일어서자 그림자인 양 따라 일어선 김 상궁을 슬며시
돌아보았다.

"깨우거라."

그 연유가 궁금할 법도 하건만, 순종적인 김 상궁은 꾸벅꾸벅 조
는 어린 계집아이를 흔들어 깨웠다. 그 손길에 벌떡 고개를 세운 아
이는 주변을 둘러보더니 저를 내려다보는 가랑과 눈을 마주했다.

잠이 덜 깬 순진무구한 눈동자가 두어 번 안검(眼瞼) 속으로 스며
들더니, 이어 발그레하게 혈색이 돌던 얼굴이 파르라니 물들었다. 순
식간에 창백해진 계집아이는 팔딱 일어섰다. 그러더니 입 주변에 허
옇게 말라붙은 침 자국을 닦아 내고 천진난만한 미소를 그린다. 그를
가만히 내려다보던 가랑은 냉엄히 한 마디 했다.

"따르거라."

"예?"

조막만한 아이가 되묻자 옆에 선 김 상궁이 어디서 토를 다느냐며

음성을 높이었다. 웃전이 시키면 시키는 대로 하는 것이라며 매섭게 목소리를 높이거늘, 혼나는 것에 익숙한 아이는 그저 시키는 대로 고개를 조아릴 뿐이었다.

그를 지켜본 가랑이 몸을 틀자 김 상궁이 문을 열어젖혔다. 덜컹, 유달리 거슬리는 소음을 낸 장지문이 힘에 못 이겨 몇 차례 그네를 탔다. 이어 기다랗게 이어진 복도를 따라 바깥까지 걸어 나오매 어제 태극궁에서 보았던 상궁이 허리를 정중히 숙였다. 그러더니 아까 외친 말을 다시 한 번 반복했다.

"마마, 폐하께서 찾아계시옵니다."

— 기침하시면 새 처소로 모시라는 폐하의 분부시옵니다. 노비를 따르소서.

……그 속삭임이 생각나자 서느런 속삭임이 등골을 훑는 것만 같았다. 어제 들었을 때에는 그저 황상이시거니 여겼거늘 작금 생각하니 폐하라 이르는 분이 황상뿐은 아니지 않은가? 방금 전 황후께서 찾으신다 외치었으니 저 상궁은 틀림없이 황후의 사람인 터, 허면 엊저녁이나 작금이나 저 폐하는 틀림없는 황후를 의미하는 것이었다.

가랑은 보랏빛 대수삼 밑에 숨긴 손을 세게 움켜쥐었다. 시퍼렇게 올라온 힘줄이 부들부들 떨리는 참, 가랑은 시린 그 상궁의 눈과 시선을 맞대었다.

"……어느 폐하를 이르는가?"

입술 새로 흐르는 제 음성은 빙설인 양 차가워 스스로 듣기에도 어색했다. 그 시린 질문에도 눈 하나 끔뻑하지 않은 상궁은 고요히 입술만 열었다.

"황후폐하시옵니다. 따르소서."

마찬가지, 의무적인 답을 남긴 상궁은 몸을 틀더니 차가운 걸음을 바닥에 새겨 나갔다. 무례하기 그지없는 행동이었으나 그는 황후전 궁인들의 위세인 법, 차마 무어라 지껄일 수가 없으니 그에 속이 뒤틀렸다. 다소 빠른 듯한 그니의 뒤를 좇으며 가랑은 욱신거리는 머리를 짚었다.

이른 아침 서느런 공기를 맞으며 사박사박 걷는 와중 마침내 익숙한 길에 발을 디디었다. 쓰르람, 쓰르람…… 더위는 한풀 꺾이어 가건만 나무마다 들러붙은 쓰르라미의 음성은 지칠 줄을 몰랐다. 여름의 막바지를 아는 것인지 아침부터 짝을 찾아 목청껏 울어 대거늘, 그 소리에 젖어 나가며 가랑은 깊은 숨을 들이켰다.

마침내 웅장한 황후전과 눈이 마주치니 꼭 움켜쥐고 있는 손이 파들파들 떨리었다. 가랑은 이 손이 떨리는 연유를 알지 못했다. 그저 작금 새로이 깨달은 것은 하나, 황후전은 웅장했으나 그를 올려다보는 자신은 너무나 자그마한 것이었다.

"폐하, 빈마마 모셔왔사옵니다."

상궁이 고하매 문이 왈칵 열리었다. 저처럼 잠을 설치셨던가, 아니면 일찍 눈을 뜨셨던가. 이른 아침임에도 황후의 치장은 완벽했다. 높이 올린 고계가 단아하매 화려한 뒤꽂이들이 오늘도 어김없이 아름다운 빛을 발하건만, 그 미는 아래에 앉은 여인의 미색에 비할 바는 못 되었다.

가랑이 보기에도 황후는 아리따웠다. 그윽하고 고아하매 섬려하기까지 하사, 그 외모만큼이나 심성도 고울 것만 같은 여인이었다. 하여 그 앞에 서면 입을 벙긋하기가 힘이 드니 그것이 황후의 위엄이라면 위엄인 터였다. 허나 뉘가 그랬던가, 아름다운 것에는 독이 있노라고.

"소의."

그런 화중화의 입술이 서서히 열리매 음성 또한 그윽하였다. 다정하고 자애로우사 그야말로 국모의 것. 가랑은 그런 황후의 모습에서 어미 대비 한씨의 모습을 그리었다. 닮은 점은 바이없어야만 하거늘 어찌하여 겹쳐 보이는 것인가. 곰곰이 저를 뜯어보는 상냥한 눈길이 사나워 보이는 것은 그저 착각인 것일까.

가벼운 목례를 취한 가랑이 좌정하자 아랫것들이 여느 때와 같이 다과상을 내어오는 터, 윤기 나는 매작과는 한 입 베어 물면 다디달 듯했다.

"얼굴이 상하셨습니다. 간밤에 주무시지 못하셨습니까?"

"……이 아이가 밤을 새워 우는 터라 눈을 붙일 수가 없었사옵니다."

설전의 위, 소심한 공격이었다. 황후께서 뒤따라 들어온 계집아이를 살피니 괜스레 맘이 찔린 가랑은 두 눈을 내리깔았다. 방바닥에 널리 펼쳐진 제 옷자락은 자색이요, 황후의 것은 금빛이다. 눈을 붙이지 못하여 그런 것인지, 급격하게 밀려오는 피로감 덕인지 그 화사한 금빛이 눈을 아프게 쏘아붙였다. 아른거리는 빛 번짐 속 다가오는 황후의 음성은 다정하면서도 매서웠다.

"……너는 어찌하여 소의 앞에서 밤을 새워 눈물을 보인 게니. 소의께서는 귀하신 몸이신데 만에 하나 놀라셨으면 어찌할 뻔했어."

"아뢰옵기 황송하오나…… 빈 전각이라 들었사온데……."

다른 궁인이었더라면 감히 답도 하지 못하였을 것이나, 애기나인인지라 아직 황성에 익숙하지 못하니 푹 잠긴 목소리로 잘도 속삭였다. 차마 다 끝마치지 못한 말은 불경스러운 것이었으나 황후는 도리

305

어 부드러운 웃음을 전할 따름이었다.

"소의께서 버젓이 계셨잖니. 애초에 웃전들이 계실지도 모르는 전각에 발걸음을 하는 것은 아니 되는 일이야."

"……주, 죽여 주시옵소서."

다정하지만 은근히 나무라는 것에 눈이 그렁그렁해진 아이는 바닥에 넙죽 엎드렸다. 저런 소리를 어디서 배웠는지, 저리 나오니 궁인들에게 자애로운 황후께서는 차마 더 물을 수가 없던 모양이었다. 때문에 황후의 혓바닥은 다시금 가랑을 향한 터, 아이에게 향하는 것보다 더 부드러우니 그야말로 봄바람 같은 것이었다.

"소의, 본디 이는 불경으로 물볼기로 다스려야 하지만 아직 어린 아이입니다. 이 어린것을 가엾게 여기시어 윗사람 된 아량으로 너그러이 용서하세요. 그 또한 미덕이요, 태교랍니다."

……그 봄바람 같은 음성으로 선수를 치셨다. 그러더니 갑자기 손을 옴켜쥐시매, 그 친밀한 행동에 놀란 가랑은 어깨를 들썩였다.

"……너그러이 넘어가시겠지요?"

허면 일국의 황후가 이렇게 나오는데 어찌 반감을 가질 수가 있겠는가. 어찌 저 말을 거역할 수 있겠는가. 저 아이를 걸고 넘어갈 생각은 애초에 없었건만 저리 나오시니 제가 악인이 된 기분이 가시지 않았다. 하여 뼈 있는 말을 한마디 던지고자 하였으나 차마 대꾸조차 수 없으니 이 또한 묘한 것이요, 가랑은 그저 잡힌 손을 부르르 떨 뿐이었다.

웃는 낯에 침 뱉지 못한다 한 옛말이 딱 옳은 터, 뉘 황후를 생불이라 하였는가. 부드러운 웃음은 분명 자애로워 보이긴 하였으나 그는 부처의 자애로움이 아닌 양 했다. 이제 겨우 그 미묘한 차이를 알판이었으나 작금은 그저 고요히 읍할밖에.

"……그리하겠나이다."

"고맙습니다. 마음 씀씀이도 아리따우시니 복중태아께서도 고이 자라실 겁니다."

진심인지, 거짓인지……. 엊저녁 일을 생각하면, 또 그간 들은 바에 의하면 틀림없이 비틀린 맘을 지녔을 황후셨건만 이리 말씀하시는 것을 보아하면 또 미묘한 차이가 있다. 이어 황후께서 그 어린아이에게 나가 보라 속삭이시니 아이는 어깨를 들썩이며 뒷걸음질 쳤다. 가만히 가랑을 내려다보던 황후는 붉은 입술을 달싹였다.

"……그리고 미안합니다, 소의. 내 아랫것이 실수를 한 모양이에요."

가랑의 눈에 비친 황금빛 옷자락이 아스라이 흔들렸으니, 그건 제 눈이 흔들린 탓일지도 몰랐다. 미안하다 속삭이는 황후를 보면 뉘든 기함할 터, 그는 가랑도 마찬가지였다.

이어지는 음성 또한 사근사근하사…… 가랑은 그 목소리를 들으며, 어제 품었던 의심 한 자락마저 놓아 버릴 수밖에 없었다. 이리 나오는데 제가 따지고 든다면 황성 안에 풍문이 어찌 돌지는 보지 않아도 눈에 선했다.

"귀비전을 깨끗이 정리해 두라 했건만 마침 덕비께서도 전각을 옮기시어 착각했나 봅니다. 내 엄히 꾸짖을 테니 소의께서는 마음을 푸세요."

부러 두루뭉술하게 말씀하시니 저는 틀림없는 핑계일 터였다. 허나 그저 듣고 있으려니 망극한 말씀이매 저 말씀이 진실이라면 뉘든 착각하지 않을 수 없는 것이었다.

황실에는 지엄한 법도가 있는 법, 빈인 가랑보다는 비인 덕비가 웃전이었다. 당장 뉘의 처소에 홍등이 있건 말건, 아랫것이 듣기로 덕비가 그런 후미진 처소로 옮긴다는 것이 믿어질 리가 없을 터였다. 당장에 가랑이 아랫것이었더라도 빈과 비가 있으면 비의 처소가 더 좋은 전각이라 생각할 것이요, 그가 법도였으니. 황후께서 저리 교묘한 말씀을 늘어놓으시니 간밤에 속 끓인 것은 전부 무용지물이 되어 버렸다. 감히, 따지고 들 수가 없다.

"사람이 살며…… 실수할 수도 있는 것이지요. 괘념치 않습니다."

애써 입술을 열어 마지못한 답을 내어놓으니 황후께서 소리 내어 웃으셨다.

"양해해 주시니 감읍할 따름입니다. 마침 오셨으니 다과나 들고 가셔요. 소의께서 수라는 못 드시어도 다과는 잘 젓수신다 하여 소국의 것을 내어왔답니다."

가랑은 그 만면의 부드러운 웃음 속에서 만족감이 떠오른 것을 보았다. 선명하게 내비치는 그 감정을 왜 여지껏 보지 못했던 것인가.

고개를 갸웃이매 황후가 먼저 매작과를 자시는 터라, 가만히 있으면 아랫사람의 예가 아니었으니 가랑도 따라 다과를 집어 들었다. 한 입 베어 무니 달콤한 조청이 입안에 가득 고이는 터, 그제야 가랑은 제가 허기진 것을 알았다. 배 속이 진동하매 저도 모르게 집어 삼킬 수밖에 없었다. 입안에서 아스라이 부서지는 부스러기들을 오물거리면 조청의 단맛이 더욱 진해지니 자연스레 갈증이 일었다.

허니 절로 갈증을 가시게 할 차를 찾게 되는 터, 가랑은 지극히 자연스레 찻잔을 집어 들었다. 진한 다갈색 찻물이 짤랑이는 터 손을 움직이니 잔잔한 수면 위로 파문이 일었다. 찻잔머리에 입술을 대니 뜨거운 김이 얼굴을 덮치고, 그 속에 함께 묻어져 나오는 기묘한 향취에 가랑은 순간 멈칫했다. 쓰디쓴 듯, 상쾌한 듯……. 익히 아는 것인지라, 혹여 잘못 맡았나 싶어 가랑은 다시금 코를 킁킁거렸다.

"왜 그러십니까?"

그에, 황후께서는 환하게 웃는 낯으로 물어 온다. 혹시나 싶은 것에 가랑은 조심스레 찻잔을 내리었다. 어지럽게 소용돌이치는 다갈색 액체란 눈에 담고 싶지도 않은 것이라, 가랑은 눈을 질끈 감았다.

"송구하옵니다. 다향이 역하여 결례를 범하였나이다."

"저런, 소의."

옥구슬이 굴러가는 듯 맑은 음성에는 뼈가 있다. 마치 기미라도 하듯, 보란 듯, 과시하듯 황후께서는 보기조차 싫은 그것을 들이켰다. 우아한 손짓이 찻잔을 매만지매 가장 귀한 차를 자신 듯, 찻물을 내려다보는 눈빛 한 자락마저 고매했다.

"맛이 아주 좋군요. 보시다시피 독도 들지 않았어요."

"그런 것이 아니오라……."

"소의, 몸에 좋은 길경차입니다."

딱 잘라 말씀하시니 소름이 오싹 돋았다. 이마 위로 식은땀이 송골송골 맺히는 듯하거늘, 사근사근한 황후의 입술이 잔독하게 흔들거렸다.

"소의, 부디 제 성의를 보아서 역해도 들이켜 보세요."

……저를 보는 눈빛이 간곡하사, 진퇴양난이란 말은 이럴 때에 쓰는 것일 터였다. 들이켜 보시라 속삭이신 저 말이 명인 것은 뉘든 알 것이었다.

눈을 내리까니 어지러이 소용돌이치는, 사약의 빛깔을 낸 듯한 차 위로 풍기는 향이 그저 서럽다. 그 설운 것은 진한 다갈색이거늘 그에 비치는 제 얼굴은 하얗고 파리했다. 이마 위로 송골송골 땀이 맺히는 것마저 그대로 비추어 보이니 이가 면경인 듯싶었다.

황후는 그런 가랑을 얄팍한 눈매로 훔쳐보더니 다시금 보란 듯이 차를 들이켰다. 쌉싸름하면서도 상쾌한 향이 입안에 가득 풍기니 어김없이 좋은 풍미인 터, 황후의 입꼬리가 요염하게 말리었다.

"왜 그런 얼굴을 하십니까. 어디 좋지 않으십니까?"

"……아니옵니다. 그럴 리가 있겠사옵니까."

"그러신가요? 참, 소의. 제가 참 재미있는 이야기를 들었답니다."

그 사근사근한 속삭임에 가랑이 다시 눈을 치켜뜨니 황후의 곱게 말린 입꼬리가 보이사 괜스레 염통이 쫄깃했다. 재미있는 이야기를 들었다고? 과연 어떤 이야기를 들으셨기에 저런 말씀을 하시는가.

두근, 두근. 바로 귀밑에서 울리는 양 심장 소리가 커다라니 등골이 서느랬다. 이는 시린 손아귀가 척추를 올올이 훑는 느낌이니 죄지은 자의 심정과 다를 바가 없었다.

"……무엇이옵니까?"

"소의께서 제가 보낸 약재를 드시고 쓰러지신 날 말씀입니다. 이 길경차도 함께 드셨다 하더이다?"

답신이 떨어지매 제 손 위에 있던 찻잔 위로 찻물이 범람했다. 진한 보랏빛 옷자락에 검흔 상흔이 아로새겨지니, 가랑은 그가 흡사 사약을 먹은 이가 내뱉는 핏물 같다 생각했다. 죽으며 토해 가는 그 섬뜩한 피가 말라 붙은 짙은 빛깔.

자그마하고 뜨거운 물방울에 한껏 익은 옷자락이 축축하건만 그보다 더 차갑게 젖어 버린 것은 제 등골이었다. 식은땀이 송골송골 맺히고 식어 가, 더운 여름임에도 오한이 일었다.

……그래, 물론 그러던 일이 있었다. 그랬던 적이 있었다. 그는 약재에 수태를 막는다는 백선피가 섞여 들어왔기 때문이었으니 그 약재를 물릴 방도를 찾아야만 했다.

허나 황후가 후궁에게 보낸 것을 함부로 버릴 수도 없던 터, 그를 먹고 않는 것이 가장 좋은 방안이었기에 그리 택한 고육계였다. 본디 명원에 있을 때부터 길경을 먹으면 탈이 났으매 꺼림칙해하면서도 삼킨 것이 도라지 차가 아니던가. 허면 어찌하여 황후께서 이를 물으시는가.

가랑은 저도 모르게 고개까지 바짝 치켜 올렸다. 만약 제 아랫것이 제게 그랬다면 당장 호통을 쳤을 터였건만 황후는 무에가 그리 즐거운지 아리따운 웃음꽃만 가득이었다.

"이 참 재미있는 이야기 아닙니까? 그 이후로 길경도 들이지 말라 하셨다지요? 허니, 지금 소의께서 자셔 보시면 알겠지요. 제가 내리었던 약재에 문제가 있었던 것인가……."

황후는 가만히 눈을 내리깔았다. 이어 매끄럽고 섬려한 손이 찻잔 머리를 살포시 쓰다듬는다. 손을 들어 올려 살포시 코끝을 건드리니 잠깐 사이에 손끝에 밴 특유의 향이 짙으매, 작금 이 순간 길경 특유의 향취는 천혜와 다를 바가 없었다. 황후는 다시금 눈을 들어 가랑을 마주했다.

"아니면, 소의께서 길경을 기피하시는 것인가."

……그 한마디에 가랑의 심장이 철렁했다. 천지가 개벽하니 눈앞이 뱅글 돌아, 새카만 동공이 기다랗게 늘어나 시야마저 오롯하지 아니하였다. 난관이란 이러한 것을 이름이 아니겠는가. 황후의 약재를 물렸다. 그것도 약재에 이상이 있는 척하며, 또 다른 술수를 부려서.

분명 황후의 약재를 그러한 식으로 물린 것은 황후를 믿지 못하겠다 시인한 것이니 이는 황후를 능멸한 것이었다. 그는 곧 황실에 대한 능멸이요, 피치 못할 대죄임은 틀림없는 사실이었다. 이가 황후를 능멸하려 한 것이 아님을 증명하려면 약재에 이상이 있음을 증명하면 되었다.

허나 지금 당장 약재가 없으니, 눈앞에 있는 이 길경차를 마시고 탈이 나지 않으면 약재에 이상이 있음을 반증할 수 있었다. 허나 길경을 먹으면 탈이 나는 것은 너무나도 자명한 일인지라…… 그러기는 불가했다. 또한 만에 하나, 이를 혀에 대고 탈이라도 나면 배 속의 핏덩이는?

황후께서는 이마저도 염두에 두신 것이 틀림없었다. 상냥한 음성이 귀를 어루만지는데 그가 왜…… 명원을 떠나올 때에 오라비에게 맞았던 차가운 말의 비 같은지.

"소의, 그가 소의의 자작극이었더라면 황후를 능멸한 대죄입니다. 허니 어서 자셔 보시면 될 것 아닙니까? 날 능멸한 것인지, 아니면 정녕 약재가 잘못된 것인지."

"황후……폐하."

그리 입에 담자 어디 한번 얘기해 보라는 듯, 황후는 눈웃음을 그렸다. 가랑은 바닥에 늘어진 제 자색 치맛자락을 움켜쥐었다. 이리 나오는데 이 길경차를 삼키지 않을 수가 없었다. 무슨 짓을 해서든 황후께서는 이를 제 입에 털어 넣을 터…… 어차피 막다른 골목, 쥐도 궁지에 몰리면 고양이를 무는 법이었다.

"소첩…… 신첩은…… 수태하였사옵니다."

결국 내뱉은 것이란 간곡히 돌려 말하는 것이었다. 수태하여 이를 들이켤 수 없다, 다시 말하자면 이를 마시면 사달이 난다. 모체의 몸이 허하면 태아도 버틸 수가 없음은 뉘든 익히 아는 바, 허니 수태한 자신은 차마 마실 수가 없다.

결국 잘못된 것은 약재가 아니었으매, 그저 가랑이 길경을 기피하는 것이 맞으매 이는 곧 황후를 능멸함이요……. 뉘든 귀가 있고 머리가 있으면 알아들을 터, 이는 명백한 시인이었다.

"······그래서요?"

허나 차분히 되묻는 황후의 눈웃음이 짙어졌을 뿐이었다. 황후는 느긋하게 허리를 펴더니, 높이 올린 고계가 무거웠던 듯 팔걸이에 팔을 기대고는 손으로 머리를 받치었다. 한껏 요염한 향취를 내는 황후는 호랑이가 된 양, 나른하고도 상냥한 어조로 서서히 목을 졸라 왔다.

"아직 태어나지도 못한 핏덩이가 소의보다 고귀한 이임은 맞습니다. 허나 저는 황후입니다. 만에 하나 그 핏덩이가 나를 능멸했다면······ 그때에도 그 핏덩이가 무사할 수 있을 것 같습니까?"

서서히 설명해 주시매, 답은 '무사할 수 없다'였다. 가랑도 그를 잘 알았다. 황실에서 태어난 모든 아이들은 황후의 자식인 터, 자식이 어미를 능멸하고도 무사할 성싶은가. 불효란 오만 죄의 근원이었으매 그는 무치라 속삭이는 황제조차 웬만하면 피하는 일이었다. 그리고 가랑은, 애석하게도 제 배 속에 품은 핏덩이보다 낮은 위치였다.

아니, 애초에 그런 것을 따져야 무엇하누. 황후가 지닌 권력이랑 명분만 있더라면 뉘든 칠 수 있는 무소불위의 것이 아니던가. 이어 울부짖는 맹수의 목소리란, 상냥함에도 추상과도 같이 서늘했다.

"허면 그대가 날 능멸했다면 무사하겠습니까?"

— 내가 해야 하는 일인 것을, 무에 그리하십니까. 손이 귀한 황실입니다. 빈께서는 수태에 힘쓰세요.

그리 속삭이시매 문득 옛 기억이 아스라이 스쳐 지나갔다. 물론 그 비틀린 미소며 쓰디쓴 감로차며, 그때에도 걸리지 않는 것은 없었다. 그간 비빈들에게 백선피를, 자초를 내리어 수태를 막은 것은 알았다. 허나 뉘든 이렇게까지 나올 것은 상상조차 하지 못할 것이 뻔했으매 가랑도 그랬다. 하여 흔들리는 입술로 옛일을 들먹였다.

"수태에 힘을 쓰라 하신 분은 황후폐하시지 않사옵니까."

"빈."

그 반발을, 황후에게 있어서는 반항으로조차 보이지 않는 것을 그녀는 부드러운 웃음으로 대했다. 누구든 멈칫할 수 없는, 웃음 속에 숨은 예기였다.

"소의께서 얼마나 영명하신지는 제 잘 압니다. 헌데…… 맹한 것들처럼 왜 그러십니까."

직접적으로 토설하는 바는 전무했으나 가랑은 눈치로, 이성으로 알아들었다. 이 사근사근한 속삭임이 뜻하는 바는, 그때의 말은 입발린 소리였다는 것. 미소를 그린 그 부드러운 눈이 차가울 리 없었으나, 안어를 전달할 리 없었으나 가랑은 분명히 들었다. 내게는 다른 비빈의 아이 따위는 필요가 없노라고, 그리 말씀하시는 것을.

탱…….

……손이 떨린 탓일까. 가만히 쥐고 있던 찻잔이 바닥을 뒹굴었다. 온통 다갈색 범벅이 되니 기껍지 아니한 향이 코를 찔렀다. 헌데…… 시리디시린 그 빛깔이 마치 사약을 엎어 놓은 것 같다. 가랑은 저도 모르게 목덜미를 매만졌다. 분명히 목 조르는 이 없건만, 누군가 서서히 손을 뻗어, 서느런 손으로 목을 꽉 움켜쥔 듯했다. 숨 쉬기가 힘들었다.

"애초에 그를 잘 받아 드셨더라면 이런 상황도 없었겠지요. 날 능멸한 대가치고는 값싸지 않습니까?"

그 말씀이 의도한 바는 하나였다. 기껏 이리 길경차를 준비한 까닭도 하나였다. 아직 태어나지도 못한 이 핏덩이가 눈에 거슬려, 눈엣가시여서 없애고자 함이다. 황손이란 함부로 없앨 수 없는 존재지만 다른 사람들은 먹어도 아무렇지 않은 음식을 먹고 탈이 났다는데, 뉘가 뭐라 하겠는가. 또한 만에 하나 그리된다면 이가…… 값이 싼 대가던가?

황후에게는 필요 없는 후사에, 제 권력을 위협할지도 모르는 핏덩이에 불과하나 가랑에게는 아니었다. 후사이기 이전에, 권세에 설 높은 자이기 이전에 자식이었다. 아직은 핏덩이에 불과한, 태동조차 없는 이 핏덩이는 기댈 이 하나 없었던 이 대국에 와 처음으로 생긴 가랑의 소중한 가족이었다. 고국에 있는 어미는 눈물바람이었으나 미약한 힘으로나마 저와 동생 정이를 지키려 하였다.

그것이 어미의 마음인 터, 가랑도 그리해야만 했다. 옛말에 호랑이굴에 들어가도 정신만 차리면 산다 하였으매, 흔들리는 혀를 애써 고부린 가랑은 떨리는 손발을 옷자락 밑에 고이 감추었다. 온몸을 부들부들 떨리게 만드는 공포에 정신이 오롯하지 못하여도, 무엇이든 해 보리라.

"……못 하옵니다."

자그마하나 단호한 한마디에 정적이 떨어졌다. 황후가 서글서글한 눈매를 두어 번 끔뻑이매, 그예 주변의 공기마저 사늘하게 식어 버리었다.

그때, 가랑은 황후가 입술을 무는 것을 보았다. 섬섬옥수란 말이 걸맞은 황후의 하얀 손아귀가 서서히 웅크러드사 손가락 마디마디가 말리는 것을 보았다. 그가 마침내 오롯이 말아 쥐어져, 파르륵 진동하는 것까지……. 마치 어린아이가 화를 삭이듯 행해지는 것 끝에 가득 짓이겨진 소음이 났다.

"……지금 무어라 하셨습니까?"

마치 참을 수 없는 모욕을 받은 양, 붉으락푸르락 이는 입매마저 시리게 흔들렸다. 단아한 아미마저 매섭게 치켜 올린 황후의 입매가 서서히 돌이 되어 갔다.

부드럽게 말렸던 입꼬리가, 상냥하게 휘었던 미소마저 사그라지자 가랑은 그 순간 관음불 같다 여기었던 얼굴이 매섭노라 생각했다. 항시 웃던 이가 저리 굳으매 더욱 무서운 터, 그는 그저 무표정이었으나 호랑이가 노려보는 양…… 마치 그 앞에 선 토끼가 된 양 섬뜩해 오한이 일었다. 긴장한 덕에 절로 침이 목구멍을 타고 넘어갈 때에 귀를 스치는 그 음성이 심히 떨리었다.

"내가 잘못 들은 것 같습니다. 다시 한 번 말씀해 주시겠습니까?"

"……그 값이 싸다는 대가조차 치르지 못하겠노라 하였습니다."

"그리하여 못 하겠다?"

당돌하게만 느껴지는 반항에 황후는 진정 머리끝까지 화가 치솟은 양, 하얗던 양 뺨이 시뻘겋게 물들었다. 평소 형형했던 눈이 차갑게 가라앉아 순식간에 고양이 눈매처럼 예리해지거늘 그가 매섭게 가랑을 노리었다. 여지껏 상냥했던 그 음성 또한 순식간에 식어 버리었으니 그야말로 빙설을 방불케 했으매, 그예 실신한 듯 정신이 혼미하였으나 사람은 지키고자 하는 것이 있을 때에 강해지는 법이었다.

"소첩, 길경을 먹으면 사경을 헤매옵니다. 하여 기피합니다. 다른 때에 이러셨더라면 폐하의 말씀에 순응하실 것이오나, 제가 지금은……."

가랑은 부러 아랫배에 손을 얹고, 그를 자랑스럽다는 듯 내려다보았다. 따스한 배 위에 얹은 손끝에서 제 심장이 맥동하거늘 그가 유달리 빨랐다. 다시 고개를 들어 올리니 피백 자락이 매끄럽게 흘러내리는 소리가 제 목소리와 함께 섞였다.

"홀몸이 아니지 않습니까."

그 얼굴을 또렷이 살피며 미소까지 덧그리니, 그야말로 사람 속을 긁는 발언이 되었다. 제가 생각해도 앙큼한 짓이다. 황제와 황후의 사이는 좋지 않은 바, 그는 처음 국혼을 올렸을 때부터 그리했다 하였는가? 허나 양전의 사이가 좋건 나쁘건 후사가 없는 것은 칠거지악 중 하나로 종묘사직을 뒤트는 것이었다. 작금 황후는 저 발언을 저를 놀리는 것으로 받아들일 게 틀림없었다.

황후는 큰 눈을 서서히 한 번 감았다 떴다. 검은 동공이 안검 속으로 사라지었다가 다시 나타난 그 순간, 황후는 사정없이 앞에 놓인 탁상을 내리쳤다. 쾅! 그 단단한 나무판이 조각나는 양 끔찍한 굉음이 울리었다.

"지금…… 빈 따위가 나를 조롱하는 겁니까? 지금 그를 말이라고 하신 겁니까?"

그 소름 끼치는 굉음에 저도 모르게 몸을 움츠렸을 때에, 황후는 매서운 목소리로 가랑을 몰아붙였다. 저를 노려보는 그 눈에서 시퍼런 불이 쏟아졌다

"내 살다 살다 이런 하극상은 또 처음입니다. 소국에서 윗사람을 대하는 예는 이따위입니까?"

"다시 한 번 말씀해 보라 하신 분은 황후폐하십니다."

한 번 대꾸를 하기 시작하니 두 번, 그리고 세 번은 쉬웠다. 혼미한 정신을 붙잡으며 머릿속을 어지러이 떠도는 생각조차 가다듬지 않은 채, 그저 나오는 대로 또박또박 내뱉으매 황후는 상 위에 올린 손을 파르륵 떨었다. 가랑을 노려보는 그 눈만큼이나 매섭게 고개를 꺾은 황후는 장지문 밖을 향해 목소리를 높였다.

"열이야, 열이 게 있느냐?"

"찾아계시옵니까."

순식간에 문이 드르륵 열리었다. 덩치가 좋은 나인 서너 명이 우르르 몰려들어와 정중히 허리를 숙이거늘, 그 순간 널따란 황후의 침소가 좁아 보일 지경이었다. 황후는 턱짓으로 가랑을 가리켰다. 매서운 입술이 거침없이 화기를 토로했다.

"꼴도 보기 싫으니 일단 치우거라."

궁인들은, 마치 이러한 일이 익숙한 듯 가랑에게 가까이 다가와 손을 뻗었다. 방금 전까지 도라지 차를 먹이려 하셨던 분이 갑자기 왜 이리 나오시는가……? 불안함이 갑작스레 엄습했다. 일단 치우라 하셨다. 허니 본능적으로 알았다, 이대로 끌려 나가면 죽는다는 것을.

제가 죽으면 어찌하는가? 제 한 몸 죽는 것이라면 체념하련만 가랑은 홑몸이 아니었다. 홑몸도 아니었으매, 제가 죽으면…… 고국에 있는 오라비는 어찌 나오시려는가? 어마마마와 동생은?

가랑은 그 손길을 피해 몸을 비틀었다. 허나 나인은 많았고 저는 혼자였으니 우악스런 손을 피할 수가 없어 그대로 붙잡혔다. 양어깨를 잡아 제압하더니 소리를 내지 못하도록 하는 양손으로 입을 틀어막았다.

마치 개돼지가 된 양 질질 끌려가기 시작하매 당혹스러운 것은 찰나였다. 버티려 안간힘을 쓴 덕에 그대로 뒤로 나자빠져, 텅! 무거운 고계가 바닥을 찧는 소리가 널리 울려 퍼졌다. 눈앞에 아득한 별이 보일 정도로 고통스러웠으나 그저 이 사태가 치욕스럽고, 앞으로 다가올 일이 어렵잖게 상상이 되어 눈앞이 캄캄했다.

올려다보는 황후가 서서히 멀어졌다. 그럼에도 보였다, 실핏줄이 도드라지는 입술을 깨물고 굳게 움켜쥔 주먹마저 파들파들 떨리는 것이. 제가 한 말이 그리 속을 긁었던 것인가?

온갖 발버둥을 쳐 보았으나 황후의 얼굴이 점점 작아져만 갔다. 제가 점점 멀어질수록 딱딱하게 굳었던 황후의 입술은 서서히 여유로워졌다. 유해지더니, 부드러운 미소마저 품는다.

가랑은 그예 정신을 놓고 싶을 지경이었다. 어찌, 어찌, 어찌 이런……. 가랑이 누구던가? 명원의 공주, 선왕의 금지옥엽이었던 엽려였다. 평생 고이 자라 왔던 제가 왜 이런 꼴을 당해야 하는가……? 고국을 떠나왔기에? 고국의 왕인 오라비가 더 이상 저를 아끼지 아니하여서?

……허면 오라비가 변하지만 않았더라면 지금 자신은, 정혼자와 혼례를 올려 이런 일은 겪지 않고 다복하게 살았을까.

"화, 화, 황후폐하!"

그때, 장지문이 왈칵 열렸다. 얼굴이 시퍼렇게 질린 상궁 하나가 눈을 동그랗게 뜬 채로 뛰어 들어와 바닥에 그대로 엎어졌다. 황후의 카랑카랑한 음성이 메아리쳤다.

"웬 경거망동인 게야?"

"저, 그, 그것이……!"

상궁의 말은 채 끝맺어지지도 아니하였다. 가랑은 누군가 방 안에 들이닥치는 것과, 그 사람들이 황망히 굳어 버린 것을 온몸으로 눈치 챘다. 지금 상황에서 볼 수 있는 것은 황후의 차가운 눈빛과 어울리지 않는 미소뿐, 황후의 새카만 눈동자 안에 두 개의 금빛 옷자락이 아른거렸다.

그 순간 가랑은 반쯤 들려 있던 몸이 그대로 바닥에 부닥친 것을 알았다. 붙잡고 있던 궁인들이 순식간에 손을 떼고 뒤로 물러선 것이었다. 정신이 몽롱하니 고통마저 느껴지지 않은 터, 이어 귓가에 그리웠던 음성이 울리었다.

"이게 무슨 짓이오?"

"납시셨사옵니까?"

황후는 감히 일어설 생각조차 하지 않았다. 마치 습관인 양 미소는 그렸지만 여전히 꽉 움켜쥔 손이 파들파들 진동하니 속이 가라앉지도 않은 듯했다. 가랑은 그런 황후를 보며 눈만 멀뚱히 끔뻑이는 것이 가했다. 이어 그리운 이의 음성이 한 차례 더 널리 울려 퍼지었다.

"짐이 지금, 무슨 짓이냐 물었소."

"내궁의 일입니다. 황상께서 신경 쓰실 일이 아니십니다."

내궁과 외궁은 분리되어 있으매, 외궁과 정사가 오롯이 황상의 소유라면 내궁은 황후의 소유이다. 황후가 내궁을 다스리는 일에 있어서는 무슨 짓을 하건 간에 황제는 관여할 권한이 전무했다. 황후는 분명 그를 들먹이는 터였으나 황상께서는,

"내 신경 쓸 일이 아니다?"

기가 막히신다는 듯, 헛웃음 섞인 음성을 내었다. 그 차가운 것은 자신을 향할 때와 또 다르니 어색할 따름, 어느덧 다가온 상궁들이 바닥에 널브러진 가랑을 서서히 앉혔다.

황상과 함께 오셨던지 어느덧 가랑 앞에 서신 황태후께서 괜찮으냐 묻는 음성이 아롱거리거늘 가랑에게는 그저 먼 데에서 들려온 소리였다. 사위가 고요하니, 그 와중 뚜렷이 울리는 것은 황상의 용음뿐이었다.

"도대체 어제부터 승상과 무슨 작당을 한 것인지 모르겠군. 지금 눈앞의 빈은 회잉한 이오."

"그래요, 회임한 이는 맞습니다."

황후의 웃음이 순식간이 사그라졌다.

"허면 그 잘난 핏덩이 때문에 신첩을 능멸해도 된단 말씀이십니까? 황후인 신첩을?"

발악하듯 소리치는 그 음성에 황상이 웃었다. 얼굴을 가로지르고 새겨지는 그 웃음이란 그저 비틀린 것, 눈앞의 상대방을 어김없이 조롱하는 것이었다.

"못 할 것도 없지."

"폐하!"

"황상, 그쯤하시오."

가랑의 몸을 받쳐 주시며 손수 일어서는 것을 도와주시던 황태후께서 황상을 말리었다. 지나치게 묵직하지는 않으나 황태후다운 위엄이 가득한 터, 빽 소리를 질렀던 황후도 그런 황후를 나무라고 있던 황상께서도 함부로 입을 열지는 못하였다. 두 사람을 한 번씩 돌아본 황태후의 노쇠한 입꼬리가 조심스레 움직였다.

"빈께서 많이 놀라신 듯하오. 황후는 내 잘 타이를 터, 가서 달래주시오."

그 말씀에 황태후를 향해 고개를 숙인 황상께서 가랑에게 가까이 다가왔다. 겨우 마주한 용안에 근심이 가득하거늘, 고작 하루를 안 뵌 것이건만 왜 몇 달 만에 뵌 것만 같은지. 따스한 손으로 손수 지탱을 해 주사 황후전을 그리 빠져나오매, 가랑은 제 다리가 풀린 것을 그예 알았다.

애써 힘을 주고 비틀비틀 걷는데 따사로운 햇살이 눈을 파고드니 그마저도 불가능한 참, 자연스레 몸이 비틀거렸다. 다른 때였더라면 결단코 허가하지 않을 몸가짐이었다.

"……네, 괜찮으냐."

다정한 음성과 동시에 손이 가랑에게 뻗어졌다. 상냥하게 뺨을 어루만지고 목덜미를 감싸 오니, 가랑은 그대로 품에 폭 안기었다. 너른 품이 따스하니 절로 눈이 감겨 온다. 겨우 긴장이 풀리니 피로가 한꺼번에 몰려드사 잠이 오는 양 온몸이 노곤하고, 나른했다.

"왜 이제 오셨사옵니까…… 밤새 기다렸사와요."

"……미안하다. 내 입이 열 개라도 할 말이 없느니."

한숨 섞인 음성에 그저 묻고 싶은 것이 많았다. 어찌 알고 오셨느냐, 어제는 도대체 무슨 일이 있던 것이냐, 왜 연통조차 주실 수 없으셨던 것이냐…… 묻지 않아도 황후께서 술수를 부린 것은 자명한 터였으나 작금은 그런 생각조차 할 수가 없었다.

궁금증은 입 안에서 뱅뱅 돌거늘 가랑은 황상을 향해 환하게 웃었다. 눈앞의 황상이 두 분으로 보이사 이어 사위가 새카맣게 물들었다. 까무룩 눈을 감기 전 황상께서 월우야, 그리 외치시는 걸 들은 것만 같다.

❋

소의 유씨와 황후 문씨가 기 싸움을 벌였다. 소의 유씨의 빈정거림에 격분한 황후 문씨는 궁인들을 시켜 그니를 끌어내기에 이르렀다. 발 없는 말이 천 리를 간다 했으니 황궁 안은 온통 쑥덕이는 소리로 가득하매 후궁들은 물론이요, 궁인들까지 저마다 잇속을 따지느라 입방아를 찧어 대었다.

훈구의 여식이요, 모자란 것 하나 없이 기세등등한 황후의 편에 서는 것이 유리한가, 아니면 황제의 총애를 받는 소의의 편에 서는 것이 유리한가.

회잉을 하였다 하나 아직 낳지도 못한 핏덩어리일 뿐이매, 귀비의 전철도 있으니 황상의 총애도 절대적인 것은 못 될 터였다. 반면 황후의 권력은 공고했으나…… 만에 하나, 소의 유씨가 황자를 낳으면 어떻게 되는 것인가?

잔뜩 날을 곤두세운 이들의 이목이 내궁에 집중되었으매 개미 한 마리 기어가는 발걸음 소리조차에도 경기를 일으키는 이들이 생길 지경이었다.

그리 혼란스러운 시국, 늦은 밤이 되어서야 겨우 눈을 뜬 가랑은 제 옆에 그림자인 양 다가붙어 앉아 있는 황상을 보았다. 고작 하룻밤 떨어져 있었거늘 몇 년 만에 뵌 듯하사 반갑기도 하였건만, 울컥 솟은 것은 서러움이 먼저였다. 저도 모르게 쌓아 온 것이 있는 양, 심화가 터지어…… 가랑은 손끝으로 기어가 바닥에 아련하게 흩어진 황금빛 옷자락을 움켜쥐었더란다. 힘없이 주저앉은 옷자락이 마치 가랑의 목소리인 양 여린 손끝에서 파르륵 떨리었다.

"……밉사와요."

깊디깊은 내부에서 스며든, 깊숙한 속삭임에는 오래 묵은 듯한 감정이 넘실거렸다. 생각을 거듭할수록 분통이 터지는 일이었다. 금수 마냥 그리 끌려가는 일은 처음이었다. 언제나 저는 끌어내는 입장이었지 끌려 나가는 이가 아니었다.

대국에서는 아무것도 아닐지 몰라도 고국에서는 그 얼마나 귀한 왕의 딸이었던가. 하여 가랑은 그저 투정을 부리었다, 어린 시절 가까운 이들에게 그리하였던 것처럼.

"어찌 이리 늦으셨사와요? 십년감수할 뻔하였지 않사옵니까……."

그러니 소리 소문 없이 안아 주는 품이 있다. 그가 따스한데, 따스

323

한 만큼 한없이 미워져 가랑은 주먹을 움켜쥐었다. 자그마한 주먹으로 넓은 가슴을 툭툭 때리니 이는 다른 때였더라면 결단코 하지 못할 행동이었으매, 스스로 하는 짓에 놀라면서도 멈출 수가 없었다. 그리 툭 치면 황상께서는 그저 저를 당겨 품에 더욱 꼭 안으셨다.

이름조차 알 수 없는 깊은 설움은 눈으로 흘러 구슬프게 솟구치니, 가랑은 그저 흐느끼며 그 품에 얼굴을 묻었다. 축축이 젖어 가는 황상의 용포가 제 얼굴에 들러붙는데 그가 그저 구슬프다.

"……미안하다. 내 너무 안일했구나."

등을 토닥이는 손길이 따스하던 그 참 머리 위에서 조곤조곤한 음성이 들리었다. 미안하고, 안일하다. 말씀만 받자오면 황송하고 민망하기 그지없는 것이었으나 작금은 그런 말씀을 듣고 싶은 것이 아니어서, 가랑은 황상의 어깨를 꼭 움켜쥐었다.

"간밤에 무엇을 하셨사옵니까. 어찌 연통도 없으셨던 것이시옵니까."

"승상이 독대를 청하였다. 내 전갈을 보냈건만…… 아침에 보니 허튼짓이지 않았느냐."

한탄 섞인 속삭임이 가랑을 구슬프게 그러안았다. 승상이 독대를 청하였다 하시니 그는 곧 정사의 일이요, 허니 차마 무어라 더 투정을 부릴 수가 없었다. 제게 황상이 특별한 이이긴 하였건만, 후궁에 눈이 팔려 정사에 소홀한 이는 가랑이 아는 황상이 아니었으므로.

허나 뒤집어 생각해 보면 이 참 잘 계획된 사건이 아니던가? 황후의 아비가 승상이었으매 저는 황후께, 황상께서는 승상에게 붙들렸으니 이 그냥 간과할 일은 아닌 듯하였다.

가랑은 까득 입술을 짓씹었다. 이리 나오셨으니 앞으로는 거리낌 없이 할퀴려 들 터, 갈 길은 더욱 구만 리인 법이었다. 배 속의 핏덩이를 지키려면 최대한 몸을 사리는 수밖에 없었다.

허나 내궁은 오롯한 황후의 소유이니 그야말로 독 안에 든 쥐, 넙죽 엎드리기에는 이미 너무 멀리 걸어와 버리었다. 저를 잡아채는 손아귀를 피할 수 없더라면 그 손아귀를 꽁꽁 묶어, 움직이지 못하도록 하는 것이 해결책이었으나…… 그가 가능하던가?

슬그머니 그 품을 벗어난 가랑은 몸을 바르게 폈다. 흰 손등으로 얼굴에 번져 나간 눈물을 닦아 내니, 머릿속을 뒤집었던 안개도 말끔히 사라지는 듯했다.

"……황후에게 근신이라도 명할 수 있으면 좋을 것만 같거늘."

아무래도 황상께서 가랑과 같은 생각을 하신 양 스쳐 지나가듯 중얼거렸다. 근신에 금족령까지 붙여 두면 그야말로 완벽한 방비책일 터, 가랑은 명원에 있던 때를 그리었다.

그때 오라비가 어미인 대비를 대비전에 묶어 둘 수 있던 까닭은 오라비가 왕이기도 했으나 명분에 나무랄 데가 없기 때문이었다. 계모의 역모라니, 그 얼마나 좋은 명분이던가.

허면 지금 황상께서는 황후를 근신에 처할 명분이 있으신가? 전무한 것은 아니었으나 그 명분은 황후께 먼저 있었다.

"황후께 근신 처분을 내리신다면 소첩은 냉궁으로 쫓겨날지도 모르옵니다."

"허니 차라리 태극궁으로 거처를 옮기는 건 어떻겠느냐."

다소 과장된 답에 황상께서 거침없는 답을 내놓으셨다. 그 말을 되씹고 가만히 생각에 잠긴 가랑은…… 이어 고개를 바짝 치켜 올렸다. 흑단 같은 머리채가 길게 흩어졌다.

"예?"

"내 궁으로 거처를 옮기는 게 어떻겠느냐 물었느니."

"허나 그는 법도에 어긋나지 않사옵니까. 바로 엊저녁에도 그리 말씀하셨지 않사옵니까?"

— 작야는 일단 태극궁으로 가자. 내 너를 내 처소에 싸매 두고 싶으나…… 법도니 뭐니 시끄러울 터, 승상이 가만 계시지 않을 터. 한동안 처소를 옮겨야겠구나.

토씨 하나 틀리지 않고 기억하고 있으매, 분명 그리 말씀하셨다. 허나 문득 깨달은 바가 있었다. 법도야 황상께서 말씀하시면 뉘든 쉬이 넘어갈 것이었으매 그가 잘못되었다 말할 이가 승상이었다. 잘못되었으니 그리하면 아니 된다, 신권으로 몰아붙였으리라.

허나 작금 황후가 벌인 일을 뻔히 알 터였으니 승상도 감히 무어라 말하지 못할 터였으매, 승상이 잠잠하면 그 휘하들도 감히 나서지 못할 것이었다.

명분이란 그러한 것, 무엇보다 정확하고 잔독한 검이었다.

"황후가 이리 나온 판국이니 방도는 두 가지뿐이다. 숨거나, 도타하거나. 허면 이 시국에 법도 따위가 중하겠느냐, 네가 중하겠느냐."

"……."

저를 내려다보는 눈이 달콤도 하사, 가랑은 그대로 말을 앗겼다. 말 한 마디에 천 냥 빚을 갚는다 하였으매 그가 이러한 것인 양…… 진중한 눈빛에 그대로 가두어진 가랑은 그대로 허우적거렸다.

문뜩 맞닿은 손이 따스해, 그가 살포시 저를 감싸 안는 한 줄기 빛인 양 한껏 수줍어진 가랑은 그대로 고개를 숙였다. 뺨이 홧홧하니 그대로 익어 가는 참 부끄러이 열린 입술이 달싹거렸다. 다른 대였더라면 저 두 가지 방도에 대해 생각하느라 골머리를 앓았을 것이었으나 작금은 그저 저는 뒤로 밀어 버려도 좋았다.

다정함에 취해 한껏 허우적거리는 가랑에게 황상께서는 입술을 비집어 열고, 다정한 음성을 건네셨다.

"내 그간 네게 잘해 주지 못한 게 마음에 걸린다. 너도 내게 많이 섭할 터, 허나 내 진실로 너를 은애하고 있음을 알아 다오."

오롯이 맞닿은 손 안에서 가랑은 손끝을 바르작거렸다. 그저 지금은 이로 좋았다. 사람의 삶이 충만해지는 까닭은 생각 외로 사소했으매, 또한 순식간이었다. 말 한 마디, 손짓 하나, 얼굴에 떠오른 표정…… 단지 그것만으로도, 그것뿐으로도 가슴속에 뿌듯하게 들어차는 무언가가 있다. 그저 단 한 순간, 가랑의 세상이 온통 새하얗게 물들어 버리었다.

"……폐하."

소심한 음성은 그 마디마디가 깊게 흔들렸다. 쌓였던 서러움도 터져 버린 섭섭함도 단 한 순간에 녹아내리어, 그저 먹먹한 가슴이 울렁거렸다.

그리 올려다보는 눈에 파도가 넘실거려 새하얗게 일렁거리는데, 문득 황상께서 양팔을 벌리시더니 손끝을 움직이신다. 꼭 다가와서 안기라는 듯……. 가랑이 물끄러미 올려다보매 황상께서 그 품 안을 툭툭 치는 시늉을 하시지 않는가.

"어서."

이어 한 마디, 장난인 양 덧붙이는 것이 뒤따랐다. 그러니까 지금 다가오라는 것인가? 허나 수줍어서, 또 부끄러워서 가랑은 괜스레 고개를 숙이고 쭈뼛거렸다. 얼굴을 붉게 달아오르게 만든 여린 마음은 손끝에까지 나타나매 가랑은 저도 모르게 대수삼 자락 밑에 숨은 손을 바르작거렸다.

"왜…… 어찌하여 그러시옵니까."

하여 소심한 음성으로 되묻거늘, 그저 맑은 웃음을 용안에 그리신 황상께서 가랑에게 가까이 다가왔다. 너른 품에 다시금 폭 안겨, 부끄러운 얼굴을 감추려 고개를 모로 꺾자 귀가 황상의 가슴팍에 닿았다. 의도한 바 아니나 그리 귀를 맞대고 있자 여린 심장 소리가 그대로 들리었다. 두근, 두근…….

그 진동에 맞추어 미소를 그리거늘 중얼거리는 음성이 나지막이 떨어졌다.

"이상도 하지."

"……무엇이 말씀이시옵니까?"

옷자락에 먹힌 입술은 어린아이의 옹알이 같은 소리만 낼 뿐이어서, 가랑이 듣기에도 알아듣기 힘든 구석이 있었다. 입 속으로 웅얼거리는 것을 들은 황상의 웃음소리가 다시금 귓가에 떨어졌다.

"무릇 예쁨을 받고 자란 여인들이란 사내를 녹이는 교태를 지니고 있거늘, 네 그리 귀히 자랐는데 그런 게 전무해서 말이다."

말씀을 받자와, 저에 대해 생각해 보았거늘 진정 여인다움이란 없는 것만 같았다. 좋아하는 것은 자수나 침선이 아닌 서책이요, 그렇다고 하여 사람을 녹이는 요염한 교태라도 있던가. 스스로도 잘 아는 모습이었건만 저리 들으니 기분이 또 오묘했다.

"……하여 싫으십니까?"

"그럴 리가 없지 않아."

귓가에 부서지는 속삭임은 분명 강건한 것인데, 왜 제게는 그리 잔약하게만 다가오는 것인지. 가랑은 순식간에 그저 햇살을 향해 자라나는 꽃이 되었다. 강건한 속삭임에, 너른 품에 꼭 파묻혀 깊은 온기를 느꼈다.

그러자 뒷머리를 쓰다듬는 어수가 뒤따르거늘, 꼭 제가 고양이가 된 듯했다. 그 조막만한 고양이는 때로 주인에게 발톱을 세우기도 하는 터, 방금 들었던 바가 묘하게 거슬렸던 가랑은 고개를 바짝 치켜 올렸다.

"……하온데 어찌 그리 잘 아시옵니까?"

……그가 답하기 곤란한 질의였던가? 황상께서는 그저 복잡한 얼굴을 하실 따름이었다. 한 번 더 칭얼거려 보면 사소한 핑계라도 나올는지, 미묘한 재미를 느낀 가랑은 다시금 입술을 떼었다.

허나 이어 나간 것은 제 목소리가 아니었다. 홧홧한 입술이 그대로 다가와 조인을 찍으니, 그대로 말문이 막힌 가랑은 혀를 고부렸다. 그걸 순식간에 낚아채 탐하는 온기가 마치 아이를 어르듯 부드러이 달래니, 가랑은 그저 모르는 척 눈을 감았다. 그러다 문득 깨달았다, 그에게는 저처럼 어여쁨을 받고 자랐을 누이가 있었음을. 저 또한 저를 아꼈던 오라비에게는 아낌없는 애정을 보였음을.

❋

그 이튿날 바로 궁을 옮기매, 소식을 들은 채녀가 바로 들이닥쳤다. 가랑도 작금은 그니를 꺼려하는 마음 따위는 없었다. 단 하루였으나 찾아오지 않으니 제법 허전한 것이, 이제는 어느 정도 그니에게 익숙해진 듯했다.

갑작스레 들이닥친 그니는 인사를 하는 둥 마는 둥, 눈을 동그랗게 늘인 채 시선으로 사방을 탐했다. 언감생심, 채녀 따위는 꿈도 못 꾸었을 곳에 발을 디디니 기분이 오묘한 모양이었다.

본디 법도에 따르면 황후 외에는 감히 발걸음조차 할 수 없는 곳이 황제의 궁이니, 그저 눈으로만 사방을 훑던 채녀는 방석 위에 철푸덕 주저앉았다. 그러더니 잇새로, 스쳐 가듯 중얼거렸다.

"귀비마마께서도 감히 들어오지 못한 곳이었사온데⋯⋯."

"예?"

"⋯⋯아니옵니다. 소의전이 참으로 흉악해졌사온데, 혹 가 보셨나이까?"

가랑은 그저 고개를 저었다. 물론 그간 들어온 재물, 직접적으로 표현하자면 뇌물들은 이른 아침에 이쪽으로 옮긴 터였다. 그도 저는 갈 필요가 없으니 애꿎은 아랫것들만 고생을 한 참, 허나 불에 타 버렸으니 값진 피륙이나 자개로 짜인 농 같은 것들은 그대로 잿더미가 되었을 것이었다. 성한 것이라고는 금덩어리 따위였으리라.

가랑의 시선을 피한 채녀는 평소와 다르게 소심한 음성으로 속삭이듯 내뱉었다.

"⋯⋯노비가 아침에 발걸음 하였다가 비둘기 한 마리를 보았사옵니다. 다리에 서한을 매고 있어 떼어 왔지요."

비둘기? 서한? ⋯⋯고국의 전서구? 가랑의 머릿속에서 순식간에 모든 것들이 차근차근 지나쳤다. 이어 채녀가 자그마한 서한을 건네거늘, 가랑은 그것이 오라비가 보낸 것임을 바로 알았다. 어미의 서한은 얼마 전에 받았으매 그는 불에 탄바, 저에게 서한을 보낼 만한 이는 오라비밖에 없었다.

가랑은 채녀의 소맷자락에서 삐져나와 그 손끝에 얌전히 앉아 있는 서한을 그저 바라보았다. 떨리는 손이 빼앗듯 그것을 낚아챘다.

"긴말은 않겠사옵니다만⋯⋯ 마마 같은 분께서 왜 예까지 오셨는지 알 법하옵니다. 복잡한 사정이 있었겠지요."

"⋯⋯채녀께서 상관할 바가 아닌 줄 압니다."

애써 차갑게 대꾸한 가랑은 파르륵 떨리는 종잇장을 재빠르게 펼쳤다. 필체는 사람의 마음을 대변한다 하였던가, 심히 비뚤어진 글씨는 눈에 익지 않은 것이었으나 묘하게 익숙했으니 그가 모순이었다. 그 정갈했던 본질은 변하지 않은 양…… 망가져 버린 듯했으나 변치 않는 빛이 있는 필체로 담은 말은 설운 한 마디였다.

아들이어야 한다.

턱……. 힘없이 떨어진 팔이 탁상에 부닥치매 흰 종이가 허공에 어지러이 흩날렸다. 지는 목련인 양, 처량하게 살랑이는 그 하얀 것이 슬프다.

헌데 그보다 더 가슴 아린 것은 순식간에 처량해진 제 마음이었다. 아들이어야 한다고? 사소한 말 한 마디에 얽힌 것은 너무나 많아, 차마 무어라 말문을 뗄 수가 없는 것이었다. 가랑에게는 둘도 없는, 이곳에 와 처음으로 얻은 가족인 이 핏덩이가 오라비의 눈에는 그저 야욕을 위한 도구일 뿐이었다. 그를 그저 단 한 마디로 속삭이고 있었다.

"요 사이…… 마마께 악운이 닥친 듯합니다."

눈치 빠른 채녀는 상전의 그 변화를 익숙하게 파악하고 그저 눈을 내리깔았다. 사람을 떠보는 듯한 한마디에 퍼뜩 정신을 차린 가랑은 입술을 물었다.

"……괜찮습니다. 인생은 새옹지마라지 않습니까."

가랑이 한숨을 내쉴 적 장지문이 부드럽게 열렸다. 나인 하나가 쪼르륵 걸어와 다과상을 내려놓고는 뒷걸음질 쳐 그대로 빠져나갔다.

가랑은 멍하니 다과를 내려다보았다. 흑요석인 양 새카만 시선에

가득 담긴 것은 이름조차 모르는 당과였다. 어느 것은 분홍빛, 또 어
느 것은 진한 초록빛……. 색상도 가지각색이요, 조청을 듬뿍 얹어
윤이 좌르르 흐르는 게 참 먹음직스러웠다. 평상시와 조금 다르게 차
려진 상, 그를 보던 채녀가 자그마하게 중얼거리었다.

"귀비께서 즐겨 자시던 것이었사온데…… 이리 다시 볼 줄은 몰랐
습니다."

즉 여염의 것이기에 황성에서 먹을 정도로 질 좋은 당과는 아니
다, 그런 의미거늘 귀비 이야기를 들은 가랑의 머리에는 엉뚱한 것이
스치었다.

채녀는 제 스스로 죽은 귀비의 사람이라 하였다. 그 귀비의 목을
친 이는 황상이었으매, 허면 주인을 죽인 자에 대한 원망을 분명 존
재할 터. 허면 어찌 황후에게 그 화살이 꽂히는가?

"……헌데 채녀께서는 어찌 그리 황후폐하를 꺼려하십니까?"

신중히 고른 말들이었다. 그리 뱅 에두른 질의를, 궁인이었던 채녀
는 단박에 알아들었다. 그니의 얼굴에 쓴 미소가 가득 떠올랐다.

"마마께서는 정녕 황상께서 귀비마마의 목을 치셨다고 생각하십니
까?"

짧지 않은 시간, 함께 지내 본바 그럴 분이 아니신 것은 알았다.
빈민가의 백성들을 돌보는 것을 보아한데 황상께서는 생명의 귀중함
을 알았으매, 그를 허투루 다스리는 분은 아니셨다.

허나…… 들리는 말은 분명 그랬다. 황상임을 몰랐을 적, 그 사실
을 읊는 가랑에게 부정조차 하시지 않으셨었다. 그럼 그것이 진실이
아니냐, 채녀는 눈으로 묻는 가랑을 피해 고개를 꺾었다.

"귀비마마께서는……."

그 입술이, 어울리지 않게 여리게 흔들렸다. 가랑은 저도 모르게

귀를 기울였다.

"자진하신 것이옵니다."

"……무슨 말씀이십니까?"

채녀의 속삭임은 되물을 수밖에 없는, 그러한 것이었다. 허나 평상시 말 많던 그니는 눈을 내리깔며 어울리지 않는 미소를 그릴 뿐이었다.

가랑은 그 미소에서 가히 복잡한 것을 보았다. 원망, 슬픔, 또 가랑으로서는 이름 모를 것……. 가랑은 일순 그 가여운 아랫것에게 느끼는 연민을 깨달았다. 꼭 그 얼굴이 어미를 잃은 아이 같았으매 오래지 않은 제 처지가 생각났다. 저도 분명 그 멀지 않은 시절에는 저런 얼굴을 하고, 오라비를 올려다보고, 늦은 밤에 만난 황상을 바라보았을 것이었다.

"……마마, 섭생 조심하소서. 노비는 이만 물러가겠사옵니다."

구슬픈 눈을 한 채녀는 그리 내뱉으며 횡하니 뒷걸음질 쳤다. 넓은 처소에는 미묘한 바람이 불 뿐, 하여 가랑은 방금 들었던 말을 되새기었더란다. 귀비에 관한 이야기는 처음 이곳에 발을 디딘 그 날에 있었던 풍문이었다. 궁녀들이 호들갑을 떨며 말을 하던 것들이 아직도 뇌리에 남아 있었다.

— 마, 마마, 공주마마……. 황제폐하께옵서…… 귀비마마의 목을 치셨다 하옵니다!

— 폐하, 너무하시옵니다. 소첩의 궁녀였사와요. 어찌 그런 아이를 품으시어 채녀로 봉하실 수 있사옵니까!

— 귀비께서 지금 투기하시는 거요?

— 투기라니요? 천부당만부당하신 말씀이시옵니다. 투기이기 이전

에 이는 소첩에 대한 예가 아니지 않사옵니까? 황성 안에 궁녀는 밤하늘의 별인 양 많사옵니다. 허나 하필이면 왜 소첩의 궁인이냔 말씀이옵니까! 어제까지 눈도 마주치지 못하였던 그 계집이, 두 눈 똑바로 뜨고 소첩에게 조소를 남길 때의 모멸감을 아시옵니까?

그에 황상께서는 귀비가 투기했다 하여 그 목을 치셨다. 분명, 그리하였다. 헌데 그가 사실이 아니고 귀비는 자결을 한 것이란다. 후궁의 자진은 죄라면 죄였으매…… 채녀의 말이 사실이라면 그 뒤에 떠돈 풍문들은 모두 황상께서 만든 것이란 말인가. 저 때 들었던 궁녀들의 그런 속삭임마저 모두……. 그리 생각을 이어 나가는데 문득, 오래지 않은 기억이 또다시 뇌리를 스치었다.

— 간과한 게 하나 있다고 생각하지 않느냐? 황상의 마음 말이다.

그에 저는 무어라 답했었던가? 뱅 둘러 무어라 길게 이야기하긴 하였으나 결론은 단 한마디였다.

— 애초에 황상의 총애조차 거짓이었던 것이겠지요.

……심장이, 덜컹거렸다. 미묘한 괴로움이 마음을 파고들어 가랑은 제 가슴 위에 손을 얹었다. 왜 그런 말을 내뱉었던지. 무엇이 진실이고 무엇이 거짓이든 간에 귀비의 죽음이란 그에게는 상처였을 것을. 하여 뒤늦게 알았다, 그리하여 저 때 그 마음에 대해 언급했단 것을.

하여 가랑은 궁금해졌더란다, 그 기나긴 오해와 잔혹한 풍문 속에서 묵묵히 제 할 일을 다 하고 있던 그는 도대체 어떤 생각을 하고 있는지. 무슨 마음을 지녔는지.

왜인지, 지금 당장 그가 보고 싶었다. 어울리지 않는 충동에 가랑은 버둥거리며 자리에서 일어섰다. 사뿐히 걸어, 아직까지는 익숙지 않은 궁을 걷거늘 디딤돌 위 신에 막 발을 집어넣을 때였다. 하루 사이 제법 쌀쌀해진 바람이 옷자락을 휘감더니 바로 옆에 커다란 그림자가 드리워졌다.

"어딜 그리 급하게 가시오?"

보는 낯이 있으매, 익숙한 목소리는 정중한 속삭임을 내었다. 고개를 돌린 가랑은 햇살 밑으로 아련하게 흩날리는 그의 황금빛을 보면서, 저도 모르게 미소를 그리었다. 가까운 거리였으나 거의 달리듯 다가가, 다른 이들의 이목은 뒤로한 채 그의 품에 와락 안겨 들었다. 너른 품에서는 햇볕 내음이 났으매, 그의 향이 태양을 닮은 것인지 태양의 향이 그를 닮은 것인지. 어찌 되었든 좋았으매 가랑은 양껏 숨을 들이켰더란다.

"……폐하를 찾고 있었사와요."

수줍게 속삭이자, 저를 품 안에 가득 안아 단단히 가두는 강건한 팔이 미묘하게 흔들리었다. 그 품의 온기에서 무한한 다정함을 느끼었으매, 가랑은 괜스레 채녀의 말이 진실일 수밖에 없음을 다시 한번 깨달았다. 여지껏 제게 하심을, 빈민가의 가장 낮은 이에게 하심을 보아하건대…… 그 두 가지만을 보아도, 분명 그리하였다. 사람이 귀한 것을 아시매 이유 없이 함부로 대하실 분은 아니셨다.

"……바람이 차다. 들어가자꾸나."

귀에 음성이 닿으매 가랑은 그에게 다가붙어 왔던 길을 다시금 되돌아갔다. 처소에 나란히 앉아 바람결에 흩어진 옷자락을 정리하매 울리는 음성이 떨떠름했다.

"놀라지 않았느냐. 갑작스레……."

"……망극하옵니다."

가랑은 그저 슬그머니 꼬리를 말았다. 진정 송구하고 망극한 것은 아니었다. 그저 귀비는 진정 자결한 것이냐, 그리 묻고 싶었거늘 그 답을 듣지 않아도 진실이 눈앞에 고스란히 들어왔다. 하여 그저 눈앞에 앉아 있는, 가장 높은 자리에 선 이가 한없이 가여웠더란다. 갑작스러운 위로의 말을 던질 수도 없으매 그런 재주도 없었으니 그저 마주 앉아, 송구하게도 그의 걱정을 들을밖에.

"화생초로구나."

빙그레 웃으며 건네시는 말씀이 꼭, 네 오늘도 다과만 먹는 게냐 그리 이야기하시는 것만 같았다. 그러고 보니 벌써 오찬 시각, 가랑은 대나무 빛깔이 고운 소반을 가만히 내려다보았다. 이 처음 보는 다과의 이름이 화생초인 양 모양도 모양이요, 윤도 윤이니 생김새는 참으로 먹음직스러웠다.

"폐하를 뵈러 가느라 잠시 잊었사옵니다. 처음 보는 다과이온데……."

슬며시 마주 잡힌 손이 단단히 겹쳐지자 가랑은 채반을 가만히 내려 보았다. 빛깔이 고와, 봄날의 꽃인 양 화사한 다과는 참으로 눈에 좋은 떡이었다. 맛도 있을 법했다. 가뜩이나 제게 도움을 받은 덕비가 주고 간 것이니 의심할 여지도 없었다. 하여 입에 넣고 굴리니 미뢰에 퍼지는 맛이 세상 그 무엇보다 달았다. 눈에도 좋은 것이 입에는 더 좋은 양, 가랑은 그 오묘한 맛에 취했다. 그리 소반 위 다과를 삼키고 차를 들이켜려던 찰나였다.

……쨍강!

가랑의 손에서 미끄러진 찻잔이 바닥을 뒹굴었다. 사방으로 튄 녹색 찻물이 서럽게 흐트러졌다. 한껏 인상을 쓴 가랑의 얼굴이 시퍼랬다. 가득 당황을 머금으신 황상께서 다가와 가랑의 흔들리는 손을 붙드신다. 왜 그러느냐 물으시며 제 이마에 손을 얹으시거늘 그가 가랑의 귀에는 먼발치에서 들려오는 소리였다.

갑작스레 숨을 쉴 수가 없었다. 마른 숨조차 제대로 들이켤 수가 없을 지경, 가랑은 흔들리는 시선 속 제 손 위로 새빨간 발진이 돋은 것을 보았다. 이 열꽃이 눈에 익은 것은 아니나…… 어떤 때 생기는 것인지는 익히 알고 있었다.

길경을 먹었을 때.

손발이 부들부들 떨려 왔다. 숨을 쉴 수가 없어 밭은기침을 내뱉을 때 갑작스레 배가 아파 왔다. 그악스레 몰려오는 고통은…… 도대체 무엇인가.

아랫배가 마치 찢기는 양, 극심한 고통에 인상을 찌푸리던 가랑은 문득 제 다리 사이가 축축하단 것을 알았다. 떨리는 시선을 내리었을 때 옷자락이 서서히 물들어 가고 있었다. 새빨간, 그 섬뜩한 빛으로…….

태의를 불러오라는 황상의 음성이 쩌렁쩌렁 울리었다. 하늘이 노랗게 물들었다. 어느덧 황상의 품에 폭 안긴 가랑은 까무룩 눈을 감았다.

※

소주방에서 만든 다과를 먹고 소의가 소산(小産)을 했다.

조사한 바로는 다과에 소의가 먹으면 탈이 나는 길경이 들어 있는 것이 틀림없다 하였다. 그리 기괴한 소문이 황성을 들쑤시는바 황상의 격노가 하늘을 찔렀다.

황후전에 들른 소의의 나인 이 씨는 파리하게 질린 얼굴로 그 앞에 엎드렸다. 눈치가 있으니 일이 어찌 돌아간 것인지는 어렴잖게 알았다. 어제 황후께서 불러 발걸음 하였더니 황후께서 말씀하시기를,

— 내 너무 흥분해 소의께 심한 짓을 저질렀단다. 사과의 뜻을 전하고 싶은데 내 이름으로 전하면 아니 될 듯하구나. 허니 소의께 이 다과를 좀 전해 주련?

하셨다. 그 또한 황후의 자애로움이라 여기었거늘, 그리하여 의심 없이 따랐거늘 상전이 그를 자시고 소산을 했단다. 어마어마한 사건이었으매 대노한 황상께서 즉각 그를 만든 나인들을 하옥하고, 그때 곁에 있었던 채녀마저 하옥했단다. 심문이 계속되면 결국 저에게 화살이 날아올 터, 어찌 되었든 그를 올린 것은 저였으니.

"……폐하, 노비를 살려 주시옵소서."

하여 황후의 앞에 엎드려 빌었더란다. 결자해지, 황후가 시킨 일이었으니 저를 그저 버리지는 않을 터였다. 허나 황후는 눈을 끔뻑거릴 뿐이었다. 흑요석인 양 새카만 눈동자가 그윽할 정도로 아름다웠으나 이 나인이 보기에는 잔독할 따름이었다.

"무슨 말이니?"

"노, 노비도 다른 나인들처럼 하옥될지도 모르옵니다. 아니, 그럴 것이옵니다. 허, 허면 폐하께서도……."

하옥되면 배후를 밝히려 들 터, 그때 황후를 들먹이겠다는 소리였다. 감히 황후를 향해 날리는 겁박임을 뒤늦게 깨달은 이 나인은 제

혀를 물었다. 허나 이미 때는 늦은 바, 물은 쏟아져 버리었다. 이 나인의 눈에 비친 황후의 그윽한 미소는 연옥의 두억시니를 닮았느니.

"너는 소의의 궁인이잖니."

상냥한 음성은 다름없는 황후다움이었으나 소름이 올올이 돋은 까닭은, 이 나인도 알 수 없었다. 아름답고 그윽한 음성이 너울너울 울려 퍼지었다. 허나 그 담긴 내용마저 아름답지는 아니하였다.

"이런 이야기는 어떠니? 황상의 총애를 등에 업은 소의가, 황후를 모함하려고 제 수족과 함께 일을 벌였다."

그 이어지는 속삭임에 이 나인은 입을 떡 벌렸다. 황후는 그 무례함에도 그저 웃으며 산뜻한 국화차를 입 안 가득 머금었다. 향은 그윽하나 혀끝에 닿는 것은 어딘지 모르게 씁쓰름하다.

"황성이란 그런 곳이란다."

얼마든지 이익에 따라 말을 바꾸고, 거짓 섞인 풍문은 진실이 되고…… 그런 곳이 황성이었다. 황후의 눈에 비친 이 나인의 모습이란 버림받고 비에 젖은 개를 닮아 있었느니. 안달복달하는 것이 눈에 선하니 즐거운 터였다.

"폐하, 허나……."

"그래…… 물론 네가 끌려가 그딴 소리를 지껄이면 분명, 나를 쳐내고 싶어 하시는 황상께서는 좋은 명분을 얻게 되겠지?"

무섭게 중얼거리는 소리와 쿵! 거센 소리가 울려 퍼지었다. 조심스레 눈을 든 이 나인이 바라본바 화사한 금비녀가 게 있으매 필시 챙기시라 던진 것이었다. 자주 있는 일이었으나 손을 뻗어도 되는 것인지 고민이 될 때 상냥한 음성이 저를 향해 쏟아져 내리었다.

"황성 밖으로, 도망치렴."

"……예?"

"지금 문을 열어 줄 테니 도타하렴. 그리고 몸이 좋지 않다는, 네 자당과 함께, 숨어."

서서히 내뱉는 한 마디, 한 마디가 무간지옥 속 망자들의 소음과도 같았다. 웃으며 숨으라 속삭이시거늘 이 나인은 그가, 숨지 않으면 없애 버리겠다는 말인 것을 본능으로 알았다.

서둘러 금비녀를 챙겨 뒷걸음질 치매, 황후는 그니가 사라지는 모습을 그저 눈으로 지켜보았다. 문이 여닫히는 소리가 유난히 크게 울렸을 때 황후는 남몰래 손톱을 씹었다. 상냥하던 눈빛이 진중하게 가라앉으매 홍초를 머금은 듯 붉은 입술이 흔들렸다.

"건이 게 있느냐?"

거짓말처럼 슬그머니 나타난 사내가 고요히 읍했다. 느긋하게 머리를 괸 황후는 이 나인이 나간 자리를 턱짓으로 가리켰다.

"……저 아이의 뒤를 밟으렴."

요요하게 빛나는 검은 눈빛은 나른하기 그지없었거늘, 울려 퍼지는 음성은 그러하지 못하였다. 평상시와 다름없이 상냥하고 다정하였으나 그리하여 더욱 잔혹한 것이었다.

"그리고, 없애 버리렴."

그 명을 들은 장건은 남몰래 한숨을 내쉬었다.

�֎

……가랑은 짧은 꿈을 꾸었다.

눈을 들어 올려 살핀 공간은 삭막했다. 메마른 대지는 쩍쩍 갈라져 무간지옥의 구덩이인 양, 그 탐욕스러운 입술을 벌린 채 희생자를 기다렸다. 가지 마디마디가 앙상한 나무는 희게 꺾여 말라 죽어 갔다. 건조한 바람이 귀밑머리를 스치는 틈새에서 사람의 비명 소리가 들리는 듯했다. 생전 처음 보는 넓고, 공허한 곳은 죽음의 그림자를 드리우는 듯 섬뜩하고 잔인한 공기만을 남기었다.

눈을 뜬 가랑은 그 한가운데에 놓인 조그마한 강보를 발견했다. 가랑이 발견하기를 기다렸던 양, 눈처럼 새하얀 강보가 꿈틀거리었다. 가랑은 연하게 젖은 눈으로 그 강보를 지켜보았다. 이윽고 자그마한 아이가 꾸물꾸물 기어 나와, 가랑과 눈을 마주하고 환하게 웃었다.

가랑이 저도 모르게 따라 웃는 순간, 빛에 감싸인 아이가 자라기 시작했다. 몸이 커지고, 머리카락이 길어지고 이목구비가 뚜렷해진다. 자그마한 아이는 단 한 순간에 청년이 되어 가랑을 내려다보았다.

그 청년의 귀밑머리를 스치는 건조한 바람에서 생명의 향이 짙게 풍기었다. 달빛이 부서져 아름다운 은하수를 이루는 기나긴 밤, 봄맞이를 위해 제 몸을 단장하던 나무들이 구슬피 울었다. 한 순간 화사하게 개화한 그 아름다운 연분홍 꽃이 그들 위에서 흐드러졌다. 쩍 갈라져 있던 땅이 생기를 되찾고, 보드레한 풀이 그들의 맨발을 간지럽혔다. 옅게 부는 바람 속에서 두 사람의 같은 빛깔을 띤 머리카락이 뒤흔들렸다. 칠흑마냥 새카만 그것이.

……가랑은 본능적으로 알았다. 먼발치에서 가랑을 보는 얼굴이 익숙한 청년은 제 자식이었다. 어미인 그녀를 닮은 것은 부드럽게 흩어지는 새카만 머리카락이었다. 아비인 류를, 황상을 닮은 것은 선명하고 강건한 눈빛이다. 마주하는 눈이 가랑의 눈에는 그토록 사랑스러웠다. 그리운 사람을 쏙 빼닮은 그 얼굴에 여린 미소가 피어올랐다. 안녕히, 하고 손을 흔든다.

그 아련한 미소는 한순간이었다.

눈이 시릴 정도로 애틋하고 사랑스러운 그는 싸하게 몸을 틀었다. 가지런한 걸음이 저 멀리 떠나간다. 미련조차 없는 듯, 홀로 선 그녀를 버린 채.

……가지 마.

가랑은, 여린 손을 뻗었다. 그의 발걸음이 옮겨 가자 한순간이나마 아름다워졌던 공간이 다시금 삭막해졌다. 급격하게 개화했던 꽃은 그 순리를 따르듯 순식간에, 아름다운 화우(花雨)를 흩뿌린다. 분분한 비화는 옅은 상흔을 남기고 기나긴 추억을 되새긴다. 녹색 풀은 금세 노란빛으로 가득 물들어, 촉촉했던 생명을 버리고 땅속으로 숨어들었다. 그리 추악하고 메마른 대지 위에, 저 멀리 걸어가는 청년을 울면서 좇았다.

새카만 눈물이 사방에 드리워졌다. 삶과 죽음의 경계가 그러하듯 청년과 제 사이는 점점 멀어질 뿐이었다. 무엇을 의미하는지 딱히 생각을 이어 가지 않아도 알 수 있는, 그러한 상황. 그러니 필사적으로, 닿지 않는 손을 뻗는다. 점차 멀어지는 거리를 어떻게든 줄이려 발버둥을 쳐 본다. 제발 저를 떠나가지 말라고, 너는 내가 이곳에 와 처음으로 얻은 소중한 가족이라고…….

허나 그리 남긴 기원은, 손 틈으로 흐르는 모래마냥 허망한 것이었다. 허망하여 조각조각 부서져 버리는 것. 그 구슬픈 모래 바다에서 번쩍 눈을 떴을 때, 가랑은 흐릿한 천장을 바라볼 수밖에 없었다. 걱정 가득한 황상의 눈빛이 제게 닿았거늘, 궁인들은 물론이요, 태의까지 엎드린 채 죽여 달라 외치었거늘 모든 것이 아득했다.

……처참함이란, 이런 순간을 두고 쓰이는 말이 틀림없었다.

가랑은 멍한 시선으로 오도카니 누워 아랫배에 손을 얹었다. 똑같이 오목하거늘. 눈을 감기 전과 아무런 차이가 없는 것 같거늘. 허나 그 안에는 아무것도…….

깊은 한이 밀물처럼 쏟아지었다. 슬프고 울적하거늘 눈물조차 나지 않는다. 비어 버린 배처럼, 텅 비어 버린 껍데기만이 남아…… 가랑은 그저 눈을 끔뻑였다.

길경차를 눈앞에 들이밀던 황후의 모습이 눈에 선했다. 제게 맹하다 속삭이던 황후의 모습이, 그 두억시니가 눈앞에서 섬뜩한 웃음을 그리었다. 도대체 왜…… 왜. 세상에 빛조차 보지 못한 어린 핏덩이는 왜 태어나지도 못한 채 죽어야 하는가.

황후에게는, 그저 자신의 권세에 걸리적거리는 하찮은 것일지도 몰랐다. 아직 빛조차 보지 못한 것이니 더. 그러나 가랑에게는 아니었다. 이곳에서 얻은, 유일무이하고 소중한 가족이었다. 생각만 해도 마음이 따스해지는.

……도대체 제가 왜 이런 일을 겪어야 하는가. 저는 왜, 이를 잃어야만 했는가.

갑작스레 눈이 아렸다. 터져 버린 봇물처럼 꾸역꾸역 흘러나오는 그것이 아리고 찝찝하다. 시린 빗물. 아린 상흔. 가슴 먹먹한 그것은 소리 소문 없이 뺨을 타고 파문처럼 번져 나갔다.

황상께서 제게 무슨 말을 건네거늘, 가랑은 그저 그 옷자락을 붙잡고 우는 것만이 가했다. 참담한 음성으로 속삭이시거늘 무어라 하시는지 들리지조차 않는다. 아득하고, 아득하다.

"예에…… 예에 더 있고 싶지 않아요…….."

"떠나자꾸나."

제 구슬픈 속삭임에 마음 아픈 입술이 흔들렸다. 참담하고 음울한 것이 몸을 덮쳐 온다.

"……미안하다. 지켜 주지 못해서."

잃은 것에 대한 그와 가랑의 위치가 같았기에, 그 품 안에서 가랑은 고개를 저었다. 자식 잃은 부모의 분노란 무엇보다 새파란 법…… 진정, 가만두지 않을 것이다. 가랑의 마음속에 새카만 것이 가득 들어섰다.

✻

머잖은 과거, 옥에 갇혔던 기억이 있는지라 가랑은 그 어둠 속으로 다시금 발을 디디는 것이 꺼림칙할 따름이었다. 대국의 옥 또한 소국의 것과 다를 바가 없었다. 퀴퀴한 냄새가 그득했으매 바닥에는 온갖 벌레가 들끓어, 그저 평생도록 다시 구경조차 하고 싶지 아니하였다. 발을 잘못 디디면 등껍데기가 단단한 벌레의 그것이 부서지는 소리가 날 정도였으매, 그 끔찍함에 욕지기가 오를 지경이었다.

가랑은 애써 대수삼 자락으로 코를 가리었다. 퀴퀴한 냄새가 들리지 않으니 벌레 등딱지가 부서지는 소리는 죄인들의 신음 소리에 묻혀 그나마 나은 터였다.

그제야 겨우 섬세한 발을 들이밀 수 있었으매 저 구석에서 칼을 쓴 채녀가 눈에 들어섰다. 흙투성이가 되어 버린 얇은 비단 옷자락, 가득 흐트러진 머리채와 흐리멍덩한 눈동자……. 윤이 나던 피부가 고작 며칠 사이에 푹 꺼진 채였다.

그 모습이 안타깝기도 하사 혀를 끌끌 찼으매, 그 사소한 소리에 채녀가 고개를 번쩍 들어 올렸다. 이어 가랑을 본 그니의 새카만 눈에 묘한 이채가 어리었다.

"마, 마마!"

가득 흥분한 모습이었다. 가랑은 희미한 미소를 그리며 서서히 채녀에게 가까이 다가가, 그니와 눈을 마주치고 조심스레 자리에 앉았다. 시린 바닥에서 한기가 스멀스멀 올라오매, 그 덕에 등골이 서늘했다.

저를 올려다보는 새카만 눈동자를 보건대, 그 다급한 목소리를 듣건대 가랑은 꼭 제가 그 시절의 오라비가 된 것만 같았다. 허면 채녀는 그 시절의 저와 다를 바가 무엇인가. 기묘한 마음이 가랑을 서서히 좀먹었다.

"이 무슨 사달이옵니까. 이리 오셔도 되는 것이옵니까? 옥체는, 강녕하신 것이옵니까?"

걱정으로 점철이 된 채녀의 눈이 저를 올곧게 바라보거늘, 눈앞의 이 채녀는 그 시절의 저와는 전혀 달랐다. 허나 왜, 저 모습에서 그때의 제가 생각나는 것인가. 그때 느꼈던 온갖 괴로움과, 공포와, 슬픔이 고스란히 되살아나 가랑을 덮쳤다. 그저 어미와 동생을 살려달라고 빌 수밖에 없었던 제가 꼭 저기에 앉아 있는 양, 저는 오라비가 되어 그리 비는 저를 지켜보는 양······.

가랑은 대수삼 밑에 숨은 손을 움켜쥐며 마음을 다잡았다. 아랫것 앞에서는 함부로 행동하지 않는 것이 당연한 것이었으매 작금도 다를 바는 없었으므로.

"······채녀께 묻고 싶은 것이 있습니다."

흐르는 음성도 흔들리지 아니한다. 평소와 다를 바가 없었으매 그야말로 가랑다운 것, 채녀는 멍하니 눈을 끔뻑이었다. 이럴 때마저 아름다운 화폭인 양 저리 있는 가랑이 신묘할 따름이었다.

"귀비마마와 폐하 사이에는 어떤 일이 있었던 것입니까."

그리 하문하니 채녀는 고개를 숙이었다. 그렇게, 제가 귀비가 자결

했노라 지껄였던 것을 떠올렸으리라. 또한 가랑이 그를 마음에 담아 두었단 것도 생각하고 있을 것이매…… 채녀는 서서히 입술을 뗐더란다. 어차피 작금 이리 옥에 있을 바에야, 또 사달이 일어났으니 어차피 죽을 목숨……. 누구에게든 옛 주인의 이야기를 전하면 되는 것이 아니겠는가, 그리 생각했을지도 모르는 일이었다.

"……본디 현(玄)가는 명맥은 깊었으나 가진 것은 없었사옵니다. 주인나리…… 귀비마마의 아버님께서는 매번 승상 댁에 찾아갔다가 문전박대를 당하곤 하셨지요."

승상 댁이란 황후의 사가, 즉 훈구의 중심인 문씨 일족의 집을 이르는 것이었다. 가랑은 그저 귀를 기울였다. 오래된 일은 무엇이든 추억이 되는 양, 힘들었던 기억마저 떠올리면 그저 웃음이 나는 양…… 어느덧 희미한 미소마저 떠올린 채녀는 숨을 들이켰다.

"하오나 귀비마마께서 입궁하시고, 폐하의 눈에 들자 현가는 일어서기 시작했사옵니다. 부를 쌓고, 세를 키워 나가고……. 허나 주인나리께서는 잊지 않으셨습니다. 어렵던 시절, 승상께서 문전박대를 하던 것들을요. 하여 승상과 사사건건 대립각을 세우니 그가 황후의 눈에 거슬렸겠지요. 황상께서도 그를 노골적으로 비호하고 나서셨으니 더욱요. 허나 사람들이 모여 있으면, 개중 하나는 다른 생각을 하기 마련이옵니다."

……그래, 어디든 그러한 것이다. 한뜻인 줄 알았는데 나중에 알고 보니 구밀복검이라, 다 뜻을 지닌 채 작야 같은 배를 탔던 자를 팔아넘겨 자신이 살아남는 것이 정사였다.

가랑은 가만히 눈을 내리깔았다. 제가 황후였더라면, 또 저런 것을 보아 지니고 있던 것을 빼앗으려 드는 자가 있다면 어찌하였을까. 제 것을 빼앗으려 드는 자를 없애 버렸을 것이었다. 또한 이이제이라 하

였다. 제 세를 위협하는 타인의 세를 와해시키는 가장 좋은 방법은
그 세를 이용하는 것이었으니.

"황후께서는 그를 염두에 두셨사옵니다. 황후께서는 문씨 가문과
대립하는 것을 두려워했던 자들을 불러 주인나리를…… 귀비마마의
아버님을 죽였나이다."

그들에게는, 귀비의 아비를 죽이면 또 다른 세도를 준다고 약언을
하면서. 물론 그는 약언뿐이었으리라. 한 번 주인에게 검을 들이민
자는 다음에도 그럴 수가 있을 것이니. 이 또한 구밀복검, 달콤한 말
로 현혹한 이후에 가차 없이 버렸을 것이었다. 이 나인이 사라진 이
유도 같은 맥락일 게 뻔했다.

"그를 아신 귀비마마께서는 분노하셨사옵니다만 황후폐하를 어찌
할 수는 없었사옵니다. 허나 주인나리를 배반한 이들에게 철퇴를 내
리는 것은 가하셨나이다. 하여, 황상께 저를 바치셨지요."

이어 채녀는 희미하게 웃었다.

"……그리고 자결하셨나이다."

……그리고 그 죽음에 대해 세간에 알려진 것은 '귀비가 투청을
하니 황상께서 목을 치셨다'. 허나 결국 귀비는 제 목을 내밀어 아비
를 배반한 자들을 황상께 바쳤고, 황상은 견제하고 있던 황후의 세가
더욱 커질 것을 염려해 그를 기꺼이 이용하셨다는 말인가. 당연한 정
사의 이야기가 머릿속에서 그려지자, 가랑은 그 때 황상께서 하셨던
말씀을 떠올렸다.

─ 귀비의, 현(玄)씨 일족은 본디 개국공신의 후손이었으나 오래전
투쟁에서 밀리었지. 하여 저를 밀어내 입에 풀칠조차 어렵게 만든 자
들에 대해 원혼이 있으리라 여겼건만, 세를 얻으니 다시 훈구 쪽에

알랑거리더군. 어찌하겠느냐, 내 뜻과 반대로 나아가는 것을.

  ······그랬던 것인가. 황후는 세도의 중점이었을 귀비의 아비를 죽여 그를 와해시키려 했고, 귀비는 아비를 죽인 자들에게 분노하여 그들을 쳐낼 방도를 강구했다. 표면적으로는 귀비를 중점으로 모인 이들이었으니 귀비가 없어지면 귀비로 말미암아 얻은 그들의 부와 권력을 빼앗아 올 명분이 생기는 터, 허나 자결을 하였다는 것이 그대로 알려졌더라면 그 죽음에 대한 수사가 진행되는 와중에 명분이 취약해질 수가 있었다. 허니 몸종이었던, 믿을 수 있는 채녀를 황상께 바쳐 명분을 만들고 스스로 목숨을 끊었다.

  결국 귀비를 궁지로 몰아 죽게 만든 이는 황후였으니, 주인을 충실히 따랐을 채녀가 황후를 미워하는 것은 당연한 일일 터.

  결단코 바꿀 수 없는 지난 일의 이야기는 저와 오라비의 일처럼, 서글픈 것이었다. 변모한 사람들의 사소한 행동에 누군가는 피눈물을 흘리고, 누군가는 칼을 갈고, 누군가는 모진 고초 끝에 비명을 지를 뿐이다.

  허나 고작 저를 물으려 예까지 발걸음 한 것은 아니었다. 제아무리 서글프고 가슴 아파 눈물을 흘릴지언정 지나간 일은 결단코 변모하지 않으니. 작금 가랑은 들으려 온 것이 아니라, 말을 하러 온 것이었다.

  눈을 내리깐 가랑은 조심스레 아랫배에 손을 얹었다. 얼마 전까지 따스한 진동이 제 손 안에 오롯이 와 닿았었거늘, 작금은 아무것도······ 느껴지지 않았다.

  "······채녀께 부탁할 일이 있습니다."

  그리 속삭이매 채녀는 가랑의 시선을 따라 눈을 굴리었다. 하얀 손이 올라탄 아랫배는 여전히 오목하다. 여전히 오목하긴 하나 며칠 전까지 있던 것이 작금은 존재치 아니하다. 하여 울 듯한 눈시울로, 가랑은 그저 속삭이듯 조곤조곤한 어조로 뇌까렸다.

"……이 나인이 사라졌습니다."

그 소심한 속사임에 채녀의 눈동자에 불이 붙었다. 이 나인이 황후전에 자주 발걸음을 한다, 허니 이 나인을 조심해야 한다…… 그리 말했던 것은 분명 채녀였다. 심문이 시작되었더라면 그니는 곧장 이 나인과 황후를 들먹였을 것이었다. 허니 이럴 때에 이 나인이 사라진 것은 중요한 증좌가 사라진 것과 같으매, 작은 일이 아님을 알 것이었다.

"……폐하께서 곧 채녀를 풀어 줄 것입니다. 허면 무슨 방법을 써도 좋으니, 이 나인을 찾아주시겠습니까."

어차피 적은 같았으나, 이 나인이 없으면 그 적인 황후전과 연결될 고리 또한 존재치 아니하였다. 황후의 성정상 이 나인을 가만히 내버려 둘 것 같지는 않으나, 이 나인도 사람이니 죽이려 들면 발악을 하며 도망칠 터. 찾아낸다면 어떻게든 도움이 될 것이었다. 하여 채녀는 그저 고개를 끄덕였다. 끄덕임을 본 가랑은 여전히 앉은 채로 차가운 그니의 손을 붙잡았더란다.

"고맙습니다. 은혜는 잊지 않겠습니다."

……발 없는 말은 천 리를 간다 하였으매 도성에 파다하게 퍼진 소문은 바람을 타고, 머나먼 타국으로까지 뻗어나갈 것만 같았다.

소의 유씨가 다과를 먹고 소산을 하였으매, 소의는 충격에 앓아누워 결국 별궁으로 요양을 떠나갔고, 홍등이 달릴 정도로 각별히 아낀 소의였으나 황상께서는 그니가 발걸음 한 별궁에 그닥 신경 쓰시지 않는 듯하다……. 달리 아끼시는 이가 생기시지는 아니하였으매 그 대신 미행을 가는 날이 늘었노라, 본디 미행을 자주 다니시긴 했으니 그리 이상한 일은 아니다……. 백성들에게 따스한 황상이셨으니 더 잘 보듬어 주실 것이다…….

이리저리 떠도는 풍문 사이에서 그리, 무정한 시각은 허무한 발걸음만 놀릴 뿐이었다.

8장.
침운浸潤

3년 후, 수염(秀艶) 9년. 미월(未月).

사내는 여인의 향에 취해 넋을 놓았다.

우람한 대목에 몸을 기대어 온천을 살피던 그의 혼백은 반쯤 날아 간 터였다. 그저 오랜만에 온 터, 말이나 붙여 보리라 생각했을 뿐이 었다. 하여 기다리지 아니하고 발걸음 하였건만 눈에 고운 화폭을 그 리고 있을 줄은 뉘 상상이나 했겠는가.

온욕 중인 여인의 나신은 겨울날 눈인 양 새하얗다. 투명하니 고 아한 달빛에 축축이 젖어 있으니 더욱 탐스럽게 고왔다. 아름답게 여 문 가슴의 뽀얀 몽우리 위로 투명한 물방울이 도르륵 구르니, 진정 그것이 절경인가 싶었다. 선과(仙果)를 닮은 그 오돌토돌한 정점이 고운 도홧빛이었으니 한 입 아삭하고 베어 물면 다디단 과즙이 입 안에 뚝뚝 고일 것만 같도다. 옥같이 뽀얀 살결을 더듬어 제 어깨 위 에 연삽한 물을 흩뿌리는 그 자태마저 교태로우니, 당장이라도 저 풀밭에 누이고 밤새도록 탐하고 싶었다.

흐릿한 안개로 뒤덮이기 시작한 사내의 동공이 조심스레 늘어났을 때에, 여인은 조심스런 자맥질을 시작했다. 푸웅덩! 짤막한 여름밤을 씻기는 소리가 시원스레 울려 퍼졌다. 여인이 잠시 수면 위를 탐하면 상체의 곱게 여문 선과가 유혹적인 곡선을 내비치고, 물 밑으로 가라앉으면 하체의 수밀도가 탐스럽다. 밤하늘을 잣아 베틀로 짠 듯한 여인의 검은 머리털이 물결인 양 한들거리니, 그 가슴 시린 미색을 지닌 여인은 설화 속의 교인 같았다. 그 보드라운 다리를 감싼 것은 물고기 비늘이 아닌 아련한 젖빛 피부였건만, 그가 녹의홍상을 걸친 듯 그윽하게 아름다웠다.

아아. 그는 저도 모르는 사이 아득한 한탄을 내뱉었다. 자그마한 별빛을 타고 흐르는 그 음성이 여인의 귓가에도 와 닿은 양, 순식간에 자맥질을 멈춘 여인이 물속에 오롯이 섰다. 그니가 몸을 트매 물결이 아리따이 짤랑였다. 부드러운 파도를 그리는 물결 위에 비친, 사내와 눈을 마주한 그 고운 얼굴에 미소가 떠오른다. 하여 사내는 여인을 따라 입꼬리를 말았더란다.

"선녀신가? 옷가지라도 훔쳐야겠군."

"……류."

부드러운 밤공기에 실려, 그의 귀를 꿰뚫은 만류하는 듯한 음성마저도 달콤할 따름이었다. 미소에는 미소로 화답하는 터, 그는 서서히 걸어 그니에게로 가까이 다가섰다. 첨벙! 비단 옷자락이 따스한 물에 젖어 들었다. 유달리 새카만 눈동자가 저를 보니 마음이 심란하매, 그녀만의 향이 널리 풍기니 정신이 어지러웠다. 그녀만을 오롯이 담은 그의 어두운 눈동자가 흔들리매 낮은 음성도 따라서, 한들한들 몸을 떨었다.

"……궁으로 가니 예 있으리라 하더군. 윤이는 어찌하고 이리 홀로 있는 게냐."

"재우고 나왔사와요. 날이 더워, 온욕을 하고 싶었사온데…… 이리 오실 줄 알았더라면……."

그저 궁 안에 얌전히 앉아서 기다렸을 것을, 수줍은 말은 입 안에 가득 매암 돌을 뿐 결단코 밖으로 흐르지는 아니하였다. 허나 그는 얼굴에 떠오른 여인의 생각을 읽은 터였다. 얼굴을 가득 붉힌 채 손가락을 꼼지락거리는, 그 사소한 모든 것조차 사랑스러웠으니 떨어져 있던 시간이 그저 아쉬웠다.

"칠 주야 만이던가."

"……벌써 그리되었사옵니까?"

그의 주억거림에 그리 답하던 여인은, 그의 목소리가 가라앉았음을 뒤늦게 알았다. 눈을 동그랗게 늘인 채 그를 올려다보거늘 커다란 손이 뺨을 감싸 안았다. 섬세한 손길이 느긋하게 뺨을 타고 흐르매, 그 익숙한 것에 여인은 저도 모르게 배시시 웃었더란다. 달빛에 젖은 이마가 더욱 단아하게 반짝이거늘, 새카맣게 빛나는 눈을 마주한 사내는 자그마한 목소리로 중얼거렸다.

"……월우라."

"예……?"

"이리 보니 그 의미가 참으로 오묘하군."

의미 모를 속삭임이 귓가를 매만져, 가랑이 되물으려 입술을 떼던 찰나였다. 뜨거운 숨결이 바로 코앞으로 다가섰다. 강인한 팔이 순식간에 허리를 훔치고 입술을 겹쳐온다. 저 깊은 곳에서 타오르던 숨결을 앗고, 가지런한 치아를 살살이 훑어가던 혀가 얽혀들었다.

뺨을 쓰다듬던 손이 탐스러운 상체의 둔덕을 매만졌다. 농염한 입

353

맞춤, 숨겨 두었던 숨결마저 앗아 간 강렬한 향이 가랑은 깊은 숨을 헐떡였다. 가느다란 허리를 끌어안은 손아귀의 힘이 강해지자 입 안을 헤집고 있는 것이 그의 것인지 저의 것인지…….

새하얗게 낀 물안개가 부드러이 흘렀다. 처얼썩……. 은빛으로 넘실거리는 곱다래한 윤슬이 파도인 양 몰려와 빈틈없이 몸을 맞댄 두 사람을 감싸 왔다. 온천물에 감싸인 하체는 따스하매, 빈틈없이 맞닿은 상체는 온화하매, 두 입술이 맞닿은 곳은 뜨겁다. 남기는 것이 아까운 듯 샅샅이 훑고, 아낌없이 타액을 섞고 수줍고 여린 살을 탐한다. 그는 하나의 격렬한 격정, 아낌없이 그 모든 것을 맛보던 온기가 서서히 멀어졌다.

"그리웠느니."

그리웠던 음성이 아득한 속삭임을 만들어 냈을 즈음, 멀어진 온기가 아쉬웠던 가랑은 제가 발끝까지 새빨갛게 달아오른 것을 알았다. 그가 황망하여 눈을 굴리다가, 괜스레 그의 단단한 가슴 위에 손을 얹은 가랑은 자그마하게 속삭였다.

"……의, 의복이 젖사옵니다."

얼결에 둘러댄 것이었으나 그의 옷이 아닌 것 같은, 연한 갈색 옷자락 군데군데가 다갈색으로 물든 것은 사실이었다. 손끝으로 더듬어 가니 젖어 버린 옷자락이 축축한지, 물로 뒤덮인 제 손끝이 척척한 것인지 전혀 알 수가 없었다. 그저 제가 더듬은 곳에는 기다란 손자국을 따라 색이 더욱 짙어질 따름, 제 행동에 그는 그저 가득 웃는 낯이었다. 한가득 웃는 낯으로 그 가슴 위에 올라간 손을 겹쳐 왔다.

어둡게 가라앉은 희끄무레한 안개란 미혹인 바…… 두 사람의 입술이 다시금 겹쳐졌다. 기나긴 그림자가 수면 위에 피어났다. 익숙한 여인의 향은 싱그럽고, 입술은 달콤했다. 항시 곁에 두어도 아쉬운 것은 아낌없이 탐할 때는 더더욱 그러한 법, 만족할 줄 모르는 심사는 항시 더한 것을 바라게 된다. 그가 이성을 아낌없이 말리는 터, 손끝으로 붉게 달아오른 살결을 탐하니 그가 비단결처럼 부드러웠다.

깊은 밤 달빛으로 촉촉한 안개가 숨을 죽였다. 밤이슬로 화한 흐릿한 것들이 여인의 화사한 나신을 매끄럽게 적셨으매, 빛접은 여인의 빛있음이 그저 화사하니 한 송이 개화한 모란과도 같다.

여리게 흐트러지는 새하얀 안검 위에 입을 맞춘 사내의 손길이 호선을 그었다. 새카만 눈동자가 안검 속으로 숨어드사 그 안에서 수줍은 부끄러움과, 무언의 허가를 읽은 사내는 물을 가득 머금은 머리채를 쓰다듬었다. 이어 맞닿은 살결의 따스함이란 태고로부터 오롯이 하나인 양 했다.

어느덧 그의 옷가지가 잔잔한 수면 위를 홀로 떠다니다가 구겨지어, 물을 가득 머금고는 깊디깊은 심해로 가라앉았다. 사위가 어두워도 희미한 달빛이 세상을 맑게 비추니 그의 탄탄한 상체가 고스란히 가랑의 눈에 담기었다.

수줍게 고개를 숙이어 그곳에 입을 맞출 때에 단단한 손이 어깨를 쓸어 담고, 부드럽게 솟은 언덕의 정점을 매만졌다. 뇌리를 아득하게 만드는 감각이 척추 끝부터 올올이 돋아나, 한껏 앓는 소리가 입안에서 부서져 내렸다. 선과를 닮은 가슴을 한참 희롱하는 짓궂은 손길이 온몸을 더듬어 가거늘 한껏 달아오른 숨결이 토해지고, 사위를 덮은 물안개가 뇌리를 파고들었다.

"……아아, 류……."

그의 이름을 입에 담으며 그의 목덜미를 끌어안았건만, 정작 불이 난 것은 제 목덜미였다. 목덜미에, 쇄골에, 또 그 밑으로…… 붉은 꽃들이 화사하게 개화해 분분한 비화를 흩날린다. 하얀 배경에 돋아나는 붉은 것들이란 뉘든 색욕에 취하게 하는 터, 오랜만에 느끼는 생소한 감각에 가랑은 몸을 떨었다.

이어 하체의 수밀도를 단단히 움켜쥔 그가 올곧게 안으로 들어섰다. 수줍게 비어 있던, 작금은 이슬이 내려 촉촉해진 곳을 가득 채우는 감각이 익숙지 않아 허리가 절로 꺾였다. 사위를 덮은 것은 풀벌레 울음, 아련한 물소리, 그리고 그 새에 숨어 버린 달뜬 헐떡임……

찰방, 찰방……

그의 움직임을 따라 보드라운 수면이 진동했다. 파문을 일으키는 수면 위에 비치는 그림자의 허리가 낭창낭창 휘었다. 누구의 것인지 가히 구분할 수 없는 숨결이 녹아내려 밤하늘의 아득한 별이 되었다. 잔뜩 일그러진 시야 속, 총총히 박힌 그 빛들이 흐리게 번뜩였다. 살갗을 타고 흐르는 그 고운 빛의 비는 누구의 것이던가. 오롯하지 못한 시야 속, 가랑은 그저 헐떡이며 그 목덜미를 안는 것만이 가했다.

수면이 격렬히 출렁일수록 눈에 담기는 아득한 빛들이 일그러지고, 귀에 담기는 달뜬 신음이 높아져 갔다. 가슴을 파고드는 것은 사랑의 또 다른 표현과, 그로 얻을 수 있는 기쁨……

마침내 격렬히 출렁이던 수면의 움직임이 잦아들고 그가 파르륵 몸을 떨었다. 눈앞의 희미한 불빛이 새하얗게 폭발해, 가랑은 숨을 헐떡이며 목을 꺾었다. 저를 따스하게 안은 품이 있으매 그가 다정히 머리를 쓰다듬어 주는바, 가랑은 그의 목덜미에 조심스레 입을 맞추었다. 그대로 눈을 뜨니 검은 하늘에 별이 총총히 빛나는 것이 비로소 잘 보이는바, 그리하여 가랑은 희미하게 웃었더란다.

"밤하늘이…… 아름답사와요."

수많은 별이 반짝이며 성좌를 이루고, 밝은 달이 휘영청 떠올라 세상을 비추니 그 또한 절경인 바. 허나 작금 가장 빛나는 것은 환희로 가득한 마음일 터였다. 같이 고개를 꺾어 하늘을 바라보던 그는 입가에 호선을 그었다.

"내 눈에는 네가 더 곱다만."

"폐, 폐하."

"왜 갑자기 또 폐하더냐."

분명 조금 전까지는 이름을 불렀던 것 같거늘. 그런 의미를 담은 속삭임에 다시 한 번 발끝까지 새빨개진 가랑은 그저 고개를 숙였다. 그때, 제 몸을 감싸고 있던 안온함이 갑작스레 사라지었다. 온천수의 따스함 대신 바람의 차가움이 몸을 감싼 터, 가랑은 제 발이 땅 위에 있지 않음을 그제야 알았다. 단단한 양팔 위에 대롱대롱 매달려, 내리쬐는 달빛에 고스란히 드러난 제 나신이 부끄러워 몸을 비틀거늘 나지막한 음성이 귀에 얹어졌다.

"윤이는 자고 있다고 하였고."

윤이. 사랑스러운 얼굴로 저를 향해 미소 짓는 얼굴이 떠오르매, 아주 잠시 보지 않은 것임에도 그 아이가 그리웠다. 색색거리는 숨소리가 예까지 들리는 듯하였으매 가랑은 완연한 어미 된 마음으로, 아이를 그리었다.

"허니 회포나 풀러 가자꾸나."

물에 흠뻑 젖어 버린 옷가지를 대충 짜서 걸치고 별궁으로 향하니, 가랑과 류를 본 상궁들이 기겁을 했다. 개도 걸리지 않는다는 여름 감기에 걸리신다 난리를 치기에 보드라운 햇볕 내음이 풍기는 옷가지로 갈아입고 처소로 들어가매, 게에서는 아이 내음이 은은히 풍기었다. 어미 아비가 온 줄도 모르고 세상모르게 자는데 그 아니 사랑스러울 수가 없었다.

고이 잠든 얼굴을 가만히 보고 있노라만 모든 것을 잊게 되니, 황성에서 있던 머리 아픈 일들은 모두 뒷전이었다. 그저 가랑은 고국에 남아 있는 이들의 마음을 뒤늦게 깨달았다. 저를 보던 오라비와 서거하신 선왕, 대비의……. 그저 그 애틋함을 아이를 낳은 지금에야 뒤늦게 알았다.

"……본디 아이는 금방금방 크던가?"

아이를, 윤(潤)이를 본 황상께서 중얼거리어 보모상궁에게서 아이를 받던 가랑은 그저 되물었다.

"예?"

"고작 칠 주야 만에 많이 큰 듯하구나."

……그러던가? 매일 보기에 잘 모르는 것인지, 아니면 본디 그런 것인지. 가랑의 눈에는 품에서 새근새근 자고 있는 윤이가 그저 작았다. 손을 덮은 배냇저고리가 여전히 크고, 옹알거리는 입술은 여전히 조그마해 앙증맞을 따름이었다. 가랑이 손가락을 내밀자, 자고 있음에도 어미가 손을 내민 것을 아는 양 했다. 그 고사리 같은 손으로 손가락을 꼭 쥐어 오니 그 사소한 것에조차 충만해진다.

"제 눈에는 아직도 조그마하옵니다."

"……내 무심하여 미안할 따름이다."

갑작스런 말씀에 가랑은 당혹을 집어삼키었다. 솔직한 심정으로는 혀를 깨물고 싶었다. 그저 솔직히 속삭인 것이었건만 받아들이는 입장에서는 또 다를 수가 있었을 것이었다. 가뜩이나 떨어져 있는 지금에는 마음 쓰고 계실 것이니 더더욱 그러하였다.

아이가 자란 것인지, 자라지 않은 것인지조차 모르는 무심한 아비라……. 가랑은 그저 바쁘신 와중에도 이리 찾아오시는 것에 감사했다. 달마다 몇 번씩, 격무에 시달리면서도 밤에 잠깐씩 이 먼 곳을……. 만에 하나 제가 황상이었더라면 절대로 할 수 없는 일이었기에, 그의 깊은 마음을 듣지 않아도 잘 알았다. 하여 변명을 가득 늘어놓거늘, 보드라운 윤이의 뺨을 쓸어 가던 그는 자연스레 가랑의 말을 가로막았다.

"아니, 그런 말씀이 아니옵고……."

"허니 이제 황성으로 돌아와야 하지 않겠느냐."

……그리 황성을 떠난 지 어언 삼 년이었다. 조정은 물론이요, 내궁에서조차 한때나마 황상의 총애를 받았던 소의 유씨가 있었다는 사실을 망각해 버렸을 것이었다. 허나 윤이를, 황자를 안고 돌아간다면 그야말로 가랑에게는 금의환향이요, 그니들에게는 청천벽력이리라.

허나…… 아직은 그리 돌아가고 싶지 않은 마음이 컸다. 법도며, 격식이며 수많은 것에 얽매여 윤이의 얼굴을 보는 것조차 마음대로 되지 않을 것이 뻔했기에. 평생을 궁에서 살아온 가랑에게도 물론 그가 익숙한 것이었건만, 한 번 이리 정을 붙이니 그 한시도 떼어 놓을 수가 없는 것이 사람의 마음이었다.

"윤이가 돌이 될 때까지만 예 있고 싶사옵니다만…… 아니 되겠사옵니까?"

돌아가야 함을 잘 앎에도 가랑은 조심스레 말문을 떼었다. 반은 투정이요, 또 반은 진담이었다. 물론 돌이 되면 너무 어리니 일 년만, 아니 몇 달만이라도 더……. 그리될 것이 뻔했건만.

"나와 떨어져 지내는 것이 좋으냐?"

이어 그리 물어 오시거늘 반쯤 투정을 부리던 가랑은 말문이 막혀 버리었다. 떨어져 지내는 것이 좋을 리가 있겠는가. 윤이가 예 와서 처음 얻은 가족이었더라면 그는 가랑의 하나뿐인 동반자였다. 윤이조차 그로 말미암아 얻어 소중한 터였다.

계시지 않을 때면 항시 그리웠고, 이리 가끔 얼굴을 뵐 때면 가슴이 방망이질 쳤다. 떠나실 때면 쌓여 있던 그리움은 배가 되어 어깨 위에 내려앉아, 멀리 가시는 걸음을 그저 지켜보는 것만이 가했다.

그럴 때면 그는 떨어지지 않는 걸음을 몇 번이고 그 자리에 붙잡다가, 멀리 가랑이 보는 것을 알고는 애써 미소를 그리며 떠나곤 했다. 허니 지금 이 순간이 소중하고 또 소중할 따름이건만 황상께서는 짓궂으실 따름이었다.

"어미가 되면 지아비는 내다 버리고 싶은 것이 여인의 마음이라더니. 지금이 딱 그렇지 않아."

"아니, 그게……."

"물론 이해는 하겠다만…… 나만 내다 버리고 싶으면 쓰겠느냐? 윤이의 아지가 그러더군. 이제는 서책조차 불쏘시개가 될 것 같다고."

그의 입가에 깊은 미소가 돌았다. 요즘 보모상궁이 저를 보는 눈이 심상찮더니, 서책을 쌓아 둔 제 방에서 그가 열린 적이 없음을 고스란히 지켜본 듯했다. 분명 윤이가 태어나기 전에는 하루 종일 서책에 파묻혀 살았건만 아이가 세상의 빛을 본 이후로 모든 것이 달라졌다. 여염이 아니니 아랫것들이 손이 가는 일들을 하매, 가랑은 그저 그 옹알이를 따라 지켜보고 놀아주면 되었건만 예전만큼 서책에 선뜻 손이 가지 않았다.

"이제는 서책마저 싫은 게냐?"

내가 준 것이거늘? 그리 물어 오시는 듯하여 가랑은 고개를 도리도리 저었다. 싫을 리가 없었다. 다만 예전의 제가 즐거움을 서책에

서만 찾았더라면 작금의 저는 다른 즐거움을 알았을 뿐이었다. 그가 어미 된 즐거움이요, 아이를 보는 고단함조차 잊게 하는 기쁨이었다. 가만히 생각을 거듭하던 가랑은 문득, 그가 저를 놀리고 있음을 깨달았다. 하여 가슴 가득 오기가 생겨 고개를 바짝 치켜 올렸더란다.

"……그럴 리가 있겠사옵니까. 여전히 좋아합니다."

"음? 허면 어찌 그리 두는 게야."

"그야…… 폐하보다는 덜 좋기 때문이 아닐는지요?"

그 한마디에 그가 헛기침을 내뱉었다. 스스로 한 짓이 민망했던 가랑은 몸을 꼬았다. 오기로 내뱉은 한마디 덕에 얼굴에 피가 쏠리고, 손끝이 부드럽게 진동했다. ……어디서 그런 용기가 나 저런 말을 지껄인 것인지. 가랑은 눈치로 슬그머니 그를 살피었다. 입 발린 말들, 공치사에 익숙한 그였건만 그저 허허 웃으실 뿐이었다.

"애매하지만 싫은 말은 아니구나. 이 참 알다가도 모를 일이구나. 고작 며칠 못 본 사이에 사람의 허를 찌르는 방법도 알고."

"……그러려고 그런 것은 아니었사온데."

귀밑까지 붉게 달아오른 가랑은 슬그머니 꼬리를 말았다. 다시금 아이를 아지 품에 안기고, 가랑은 슬며시 손을 겹치었다. 마치 품 안에서 투정을 부리듯 손끝을 꼼지락거리니 강하게 깍지를 껴 주시거늘, 귀에서 들리는 제 심장 소리가 유달리 커다랬다. 작금도 그저 설레고 또 설레어…… 가랑은 구미호에게 홀린 인간처럼 그를 좇았다.

부드러운 달빛이 내리쬐는 길가에서 그가 앞서 만들어낸 발자국에 제 발을 겹치었다. 그의 큰 발자국 안에 제 발이 쏙 들어가니 그가 꼭 품에 안긴 것만 같아 가슴이 아련히 저며 들었다. 그리 풀벌레 소리에, 희미한 달빛에 젖어 나가며 드넓은 숲을 한참 걸었을 때였다.

"……참, 네 무진을 기억하고 있느냐?"

문득 제 자리에 멈추어 선 그가 그리 물어보시매 가랑은 고개를 갸우뚱거렸다. 무진…… 저가 아는 자 중에 저런 이름을 지닌 이가 있던가. 저리 물어 오시는 것을 보면 분명 아는 이를 말씀하시는 것이 틀림없거늘, 가랑의 기억에는 저런 이름이 없었다.

"처음 듣는 이름인 듯하옵니다만…… 누구입니까?"

"전 위장군 말이다."

위장군이란 황제의 호위로서 고국의 별운검과 같은 직책이라고…… 그리 들었던 것이 어렴풋이 기억 속에 있었다. 헌데 전 위장군이라. 기억을 더듬으매 얼굴은 아득해도 떠오르는 것이 있어 그의 목소리가 귀에 왕왕 울렸다.

— 위장군은 폐하를 호위하는 분이 아니셨습니까?

— 소인은 무의 위장군이기 이전에 명원의 신하입니다.

— ……허면 명원으로 돌아가 제 오라비를 섬기셔야지, 어찌 예서 이러고 계십니까?

— 아직 돌아갈 때가 아닙니다.

— ……혼자 가고 싶습니다, 위장군께서 이를 못 알아들으신 것은 아니실 것이라 믿습니다.

— 주상전하께서, 구중궁궐에서 새벽녘 암습을 받은 적이 있지 않으십니까. 혹 공주마마께 그런 일이 있으면 어찌합니까? 하여 소인, 따라서야겠습니다.

— 그런 일이 있었더라면 더더욱 고국으로 돌아가셨어야 옳지 않았겠습니까. 오라버니께 암습이 있었노라…… 제가 작금 그 말을 믿어야 합니까?

— 모르셨습니까? 달포쯤 되었습니다. 동온돌에서 서온돌로 가시

는 사이였다 합니다.

— ……누가 주상전하를 습격한단 말입니까.

— 가능하신 분이 단 한 분, 그 궁에 계시지 않습니까.

……그것이 어미를, 대비 한씨를 의미하는 바임을 누구든 알 것이었다. 하여 가랑은 어미가 그럴 리가 없다고 속삭였었더란다, 가랑이 아는 어미는 엄하기는 하여도 뉘보다 자애로운 분이셨기에. 그리고 얼마 지나지 않아 위장군은 고국으로 떠난다고 하였다. 하여 두 번 다시 볼 일이 없을 이일 줄 알았다, 명원에 있을 어미와 오라비와 동생처럼. 헌데 황상께서 하신 말씀은 의외로운 것이었다.

"그가 돌아왔다."

돌아와? 어찌하여? 대국에 와 벼슬을 하고서도 고국으로 돌아갔더라면 두 번 다시 나오지 않는 것이 일반적이었다. 당장 과거에 급제를 하더라도 용관이 되는 일이 비일비재하니, 무의 관직을 받는 일은 결단코 쉬운 것이 아니었다.

허니 대국의 벼슬을 받고도 굳이 귀향을 했단 것은 고국을 향한 마음이 그 뉘보다 깊다는 것일 터. 돌아왔다는 것은 어불성설 중의 어불성설이었다. 부드러운 바람이 가랑의 귀밑머리를 스치었다. 채 다 마르지 않아 촉촉한 머리털이 뺨에 가득 들러붙었다.

"아니, 쫓겨났다고 해야 옳겠군."

쫓겨나? 도대체 뉘에게? 가랑이 눈을 동그랗게 늘일 때에 황상께서는 그 무엇보다 달큰한 당근을 던지시었다.

"명원의 소식이 궁금하지는 않느냐?"

……별궁에 온 이후로는 오라비와 어미의 서신조차 끊겨 버리었다. 어미. 오라비. 정이. 이제는 모든 것이 아득한 정혼자. 눈을 감으

면 쫓겨나던 그 날의 기억이 선하거늘 그 날의 향은 더 이상 느껴지지 않는다. 명원은 많이 변했으리라, 가랑이 이리 뒤바뀌었듯.

"……아직도 가끔, 꿈을 꾸옵니다."

하여 씁쓰름한 웃음이 입가에 가득 번지었더란다. 가랑은 머나먼 하늘을 올려다보았다. 희미한 묵빛, 청명한 하늘에 시린 별들이 알알이 박혀 있으매 쏟아지는 빛이 고아하니 아름다웠다.

그 하늘은 모든 것이 이 다른 대국에서, 고향 땅과 유일하게 같은 것이었다. 같은 빛을 지녔으매 같은 달이, 별이, 태양이 뜨고 진다. 그리운 향마저 그대로인 것 같지는 아니하였으나 저를 볼 때는 알았다, 저 하늘 밑 어딘가에 그리운 이들이 있을 것이란 것을. 저와 같이, 저를 그리고 있으리란 것을.

"이곳에 오기 전에…… 오라버니께서 그리하시기 전, 어린 시절의 일들을요."

더운 바람이 머리털을 뒤흔들었다. 물기가 마르지 않아 촉촉한 제 것은 변치 않았으나 땅이 달라지니 바람마저 변모한 양, 아직도 기억에 선한 고향의 땅과 다른 향이 풍기었다. 고향의 것은 틀림없이 조금 더 포근하고, 부드러운…….

"어마마마께서는 제가 경서를 읽는 것을 싫어하셨사옵니다. 소첩이 공자를 읽으면 내훈을 주시면서 종아리를 치시고, 육도삼략을 보면 침선거리를 가져다주시며 억지로 앉혀 놓고 시키곤 하셨지요. 손수 한 땀 한 땀 자수를 놓으시면서요."

— 열녀전도, 내훈도 모두 같은 서책입니다. 왜 그리 병서를 고집하십니까. 공주, 이 어미 그 영문을 도저히 모르겠습니다.

— 그저 좋사와요……. 병서를 읽고 싶사와요…….

그 순진무구하던 시절을 생각하면 희미한 미소가 저절로 그려지었다. 뒤돌아보면 가슴 아픈 일들이건만, 어미에게 종아리를 맞은 일들이 좋은 일은 아니건만. 상흔이 없어지지 않았단 어린 날의 제 종아리. 종아리를 맞을 때면 대비 한씨가 그리 미웠더란다. 하고픈 것을 하지 못하게 하는, 하고프지 않은 것만을 자꾸 시키시는 어미가 다 저를 위해 그러심을 그때는 몰랐더란다. 때려 놓고 눈물을 보이는 어미의 품에 안겨 있으면 그 어미를 오롯이 이해할 수가 없었더란다.

허나 이제야 겨우 그 마음을 오롯이 알았다. 자그마한 종아리에 생채기가 하나 생길 때면 어미는 가슴을 부여잡고, 가느다란 붉은 흔적이 두 개로 늘어나면 어미는 피눈물을 흘렸으리라. 어미가 손으로 때린 것은 가랑의 종아리였으나, 마음으로 때린 것은 어미의 마음이었다.

"……그럴 때면 꼭 오라버니께서 오셔서, 어마마마께 좋잖은 소리를 들으시며 저를 데려가곤 하셨사옵니다. 약을 발라 주시고는, 서책을 손에 쥐여 주시다가 다시 어마마마의 품에 안겨 주곤 하셨지요. 하여 저는 항시 어미의 품보다는 오라비의 품을 좇곤 하여서 오라비가 꼭 부모 같았사와요. 어마마마보다 더욱 어마마마 같고, 아바마마보다 더욱 아바마마 같았었지요."

오라비가 제게 있어 부모 같았더라면, 오라비에게 있어 가랑은 자식이었을 것이었다. 마음으로 낳은 자식. 허니 저를 보는 심정의 애틋함을, 그때는 몰랐었더란다. 지금에서야 오롯이 그 마음을 이해했고, 하여 그리 변모한 것도, 또 저를 이리 보낸 것도 어떠한 사연이 있을 것을 이제야 깨달았다. 허면 도대체 그 사연이 무엇이관대, 그리 어여삐 여기었던 저를 좇아내고 백성을 아끼셨던 분이 폭정을 일

삼는단 말인가.

가랑은 어느덧 제 눈앞이 흐릿한 것을 알았다. 아른아른 번져 나
간 것들이 그리운 마음이라, 지나간 기억들이라. 여린 음성이 바람을
타고 흐트러졌다.

"아직도 그 날의 일들이 기억에 선하옵니다. 허니…… 궁금하지
않다 하오면 거짓이겠지요?"

아직도, 떠나오던 그 날을 생각하노라면 얻어맞은 뺨이 홧홧한 것
만 같았다. 마냥 하얀 뺨이 시뻘겋게 부푼 듯 뜨거운데 더더욱 끓어
오르는 것은 마음이라. 허니 위장군이 돌아왔다면 그를 만나고 지나
간 날 무슨 일이 있었는가 물어야만 했다. 오라비에게 사연이 있건
없건 달라질 바는 바이없건만, 예에 있는 가랑이 무언가를 뒤바꿀 수
있는 것은 아니건만…… 무언가를 알아야 불편한 마음이 없을 것 같
았다.

"……내 괜한 소리를 한 것 같군."

잠자코 속삭임을 들으시던 그가 순식간에 가까워졌다. 창졸간에
끌어당겨지어, 가랑이 눈을 동그랗게 늘였을 때에는 수줍은 몸이 그
에게 와락 안긴 터였다. 녹빛 풀벌레가 힘차게 찌르륵, 찌르륵 우는
소리에 맞추어 가랑은 눈을 끔뻑거리었다. 살포시 제 머리를 받치는
손이 따스했고, 빈틈없이 맞닿은 몸이 안온하다.

멍청히 눈을 끔뻑이던 가랑은 슬그머니 손을 들어, 그의 허리를
담뿍 그러안았다. 너른 가슴에 얼굴을 기대니 커다란 그가 더더욱 커
다랗게 느껴졌다. ……사람과 사람 사이의 온기는 세상 그 무엇보다
포근하다.

"고국을 그리워하는 마음을 내 잘 알지는 못해. 하여 섣부른 말
한 마디 건네어 맘을 아프게 했구나. 내 미안할 따름이다."

"……아니옵니다."

오늘 벌써 몇 번째 미안하단 말씀을 듣는 걸까, 그저 황송할 따름이었다. 다른 이들이었더라면 평생을 살더라도 결단코 못 들을 말씀, 가랑은 그 사소할지도 모르는 한 마디에 새삼 그의 애정을 다시 깨달았다. 윤이가 제게 그러듯, 가랑은 제 얼굴을 그의 가슴에 가득 비비적거리었다. 한밤중임에도 찬연한 햇살이 비추는 양…… 그의 품 안에서는 햇살 내음이 가득 풍기었더란다.

"고국이 그리워도…… 이제는 폐하에 곁에 있는 것이 더 좋은걸요."

"그리 듣기 좋은 말만 하는 법은 또 뉘에게서 배웠느냐."

가랑의 속삭임에 그의 웃음소리가 귓가에서 파장인 양 번져 나갔다. 뉘에게 배웠느냐고, 가랑도 제가 저런 입 발린 소리를 하게 될 줄은 정녕 몰랐었다. 한껏 부끄러워 양 뺨 위에 붉은 꽃잎만 붙이고 있거늘 그는 한술 더 떴다.

"찾아다가 상이라도 내려야겠어."

"……폐, 폐하."

슬그머니 품을 벗어나려 하자 더더욱 강하게 끌어당기신다. 숨 막힐 정도로 강하게. 버둥거리는 몸짓마저 막혀 버리었을 때, 귓가에 누군가의 심장 소리가 와 닿았다. 두근, 두근, 두근……. 그런데 그 심장 소리가 그의 것인지, 제 것인지. 오롯이 섞여 버린 두 사람의 두근거림이란 생명의 진동이라, 부끄러울 바 없는 것이거늘 가랑은 괜스레 수줍었다. 그에게도 이 시끄럽게 쿵쾅거리는 소리가 들릴까 싶어서. 그리고 그의 특기는 가랑을 놀리는 것이었지 않았던가.

"놓, 놓아주시어요."

"싫다만."

"폐, 폐하."

"말더듬이가 다 되었구나."

"아니, 그것이 아니옵고……. 하여간 놓아주소서."

"어찌하여?"

내가 왜 그래야 하느냐? 결국 그리 물으시는 것이라 차마 답을 할 말이 없었다. 그의 말이 옳았다, 저는 이유 없이 부끄러워 벗어나려 하지만 이 한적한 곳에서 그는 왜 저를 놓아야 하는가. 하많은 핑계거리조차 생각나지 않으니 입을 벙긋거리는 것조차 불가한 터, 그의 웃음소리가 귓전에서 부서졌다.

"내 지어미조차 보듬어 안지를 못하는 게냐?"

당연히 아니오라, 그리 답해야 했거늘. 저를 놀리는 것이 마냥 즐거우신 게 눈에 선해 가랑은 토라진 듯 입술을 사리물었다. 슬그머니 고개를 숙인 채 도리도리 저으니 다정했던 품이 멀어지었다. 아무래도 가랑이 진정 토라진 줄 아는 모양, 바다을 쳐다보는 뺨을 슬며시 움켜쥐시며 네 삐졌느냐 그리 물어 오신다. 하여 그저 뺨에 바람을 가득 넣어 부풀렸는데, 그때 첫닭이 울었더란다.

꼬끼오…….

시간 가는 것을 모르는 우매한 이들에게 먼동이 텄음을 가르치는 닭 울음이라. 여명의 빛이 안개 가득한 숲 속을 부드러이 비추었으매 초목과 어우러지는 그 여린 햇살은 눈이 시리게 아름다웠다. 허나 가랑에게는 보이지 않는 미였고, 듣고 싶지 않은 소리였다. 뭇 사람들에게는 아침이 옴을 알리는 반가운 닭 울음일 터였으나, 가랑에게는 짧은 밀회가 끝나는 것을 알리는 울음이었다. 동이 트는 반가움이 아닌 이별을 알리는 서글픔 울음이었다.

하여 매번, 저리 목청껏 울어 대는 닭 모가지를 비틀어 버리고 싶은 마음이 굴뚝같았더란다. 밤하늘을 맑게 밝히는 달이 없는 그믐이 찾아와도 새벽녘 여명이 비추어지듯, 그리한다고 새벽이 오지 않을 것은 아니건마는.

"……벌써 시간이 이리되었던가."

미묘한 아쉬움이 가득한 그의 음성에는 허탈함도 함께였다. 이제 황성으로 떠나야 할 시각, 가랑은 저도 모르게 그 소매 자락을 움켜쥐었다. 까끌까끌한 옷소매는 그의 것이 아닌 양 어색하여 더욱 서글 펐다. 영영 떠나시는 것도 아니시거늘 항시 가시는 걸음, 붙들고 싶은 것이 사람의 마음이라.

다시 고개를 들고 물끄러미 그를 올려다보매, 제 얼굴에 번진 안타까움이 그의 눈에도 비치었나 보다. 손끝으로 슬며시 젖은 머리털을 잡으시고, 정수리에 입을 맞추시니 두피에 들러붙은 제 머리털은 축축하고, 그 입술은 뜨거웠다.

가랑은 드맑진 눈동자로 그를 올려다보았다. 서툰 걸음으로 왔던 길을 되돌아가매 옮기는 걸음 마디마디가 서글펐다. 가시는 걸음을 붙잡고 싶으매, 조금이라도 더 함께 있고 싶으매…… 그가 지나간 발걸음을 따라 풀이 눕는다. 연한 초록빛이 짙은 녹색으로 물들어, 가랑은 괜스레 엎어진 풀 위에 그 발을 겹치었다.

고요히 그 뒤를 따르매 이어 저 멀리 별궁이 보이었다. 햇살을 받아 희미한 주홍빛으로 반짝이는 별궁은 서글플 만치 아름다웠다. 부드러운 곡선을 그리며 휘어진 검은 처마 끝으로 아침 이슬이 투욱, 툭 떨어져 내리었다.

분명 스스로를 이기지 못한 채 바닥으로 흘러 버린 연약한 물방울은 순식간에 강자가 되어 버리었다. 떨어져 내린 물방울의 흔적이란 깊게 파인, 강인한 흙더미였다. 따스한 볕은 머나먼 저편에 있고, 소란스러운 그 모든 것들마저 고요히 가라앉아 버리었다.

"……류."

그게 눈에 담기니 괜스레 마음속을 파고드는 비수가 하나 있어, 가랑이 부르매 그가 돌아보았다.

"조금 전…… 이제 황성으로 돌아와야 하지 않겠느냐고 물으셨었지요."

그래…… 오늘도 또다시, 저 멀리 가시는 황상의 뒷모습을 하염없이 지켜볼 수만은 없었다. 가시는 걸음을 붙잡지도, 아쉬워 놓아주지도 못한 채 다시 오실 날을 하염없이 기다릴 수도 없었다.

윤이가 돌이 될 때까지 예 있으면 아니 되겠느냐 속삭였거늘, 실은 이르게 돌아갈수록 좋은 것이 현실이었다. 귀환이 늦어질수록 윤이의 입지는 흔들릴 터였으니. 법도니, 격식이니 하며 아이와 떨어지는 것은 가랑 개인의 일이었으나 윤이의 입지는 수많은 사람의 목이 달린 일이었다. 그리고 무엇보다…… 위장군이 들고 왔을 고국의 소식이 가장, 궁금했다.

"가겠사옵니다. 당장 행장을 꾸리라 할 테니…… 함께 돌아가요."

매도 먼저 맞는 놈이 낫다 하였으니 언젠가 돌아갈 길, 빠른 것이 차라리 좋을 터. 어려운 결정을 한 이와 마주한 눈이 부드러이 휘었다.

삼 년의 잠행은 그예 끝이었다. 올 때는 급하게 행장을 꾸려 내려왔건만 가는 걸음은 자꾸만 더뎌질 뿐이었다. 고작 삼 년. 아이를 잃고, 또 다른 아이를 가지고……. 가득 정이 든 별궁을 나서니 설운 맘이 큰 듯도 하였다.

윤이는 마냥 외출이 즐거운지 연신 웃음빛이었으나 가랑의 마음은 먹먹하기만 했다. 저리 천진난만하게 웃고 있는 윤이는 아무것도 모를 것이었다. 아마 도성으로 간 이후 책봉식을 거행해야 확실해질 터였으나, 윤이는 황제의 장자이지 않은가. 후사가 전무한 작금 유일한 아들. 돌아서는 순간 어떠한 풍파가 이 자그마한 아이를 감싸고 놓아주지 않을지, 작금은 상상조차 되지 않아 떨어지지 않는 발걸음이 무거웠다. 다소 늦은 걸음이라 황상의 자식이 맞느냐 아니냐의 시시비비도 끊이지 않을 터였다.

출발해야 한다는 환관의 목소리를 따라 금빛 덩에 몸을 올리었다. 초조한 시각이 모든 것을 감싸고 지나쳤다. 황상께서 밤사이 말을 타고 다녀가실 정도니 도성과 이 별궁은 그리 멀지 아니했다. 허니 금방 도착할 터…… 무겁게 내려앉은 마음은 시간을, 아랫것들의 발걸음을 붙잡지는 못하였다.

본디 내키지 않은 걸음일수록 빠르게 도달하는 법, 마치 대국에 오던 십오야의 밤이 일각처럼 느껴지던 그 날처럼…… 가마가 멈추어 섰다. 그 아득한 날과 다른 점이란 가랑이 가는 길마다 가랑의 품에 안긴 아이에게 고두를 올린다는 것. 경하 드린다는 아부가 쩌렁쩌렁 울리고, 천세 만세 소리가 청천을 뒤흔들었다.

하여 처음 이곳에 발을 디딘 날과, 도망치듯 떠난 날이 눈앞에 그림처럼 나타나 섰더란다. 사람이란 그리 간사한 법, 허탈한 심정이었다. 금의환향이라, 좋게 넘기려 해도 속이 끓었다.

저 먼발치 보이는 금빛 용포와 아련한 눈빛에 미소를 보내던 가랑은, 그 옆에 서 있는 여인과 눈을 마주했다. 그니의 화사한 붉은빛 옷자락이 한들거리고 머리 위에 높게 올라간 관이 영롱한 빛을 발했다. 만인의 앞인지라 그야말로 생불인 양 자애롭게 웃고 있으나 가랑은 그 안에 무엇이 들었는지, 잊지 아니하였다. 끌려 나가던 그 날의 치욕도 아직 그대로 기억하고 있었다.

가랑은 분노로 흔들리는 손을 대수삼 자락 밑에 숨기고는, 후를 향해 조심스레 허리를 숙였더란다. 이제는 보복을 할 시각이었으매…… 자식 잃은 어미의 분노는 깊고, 푸르렀다.

※

윤이의 책봉식은 가랑이 여지껏 보았던 그 어떤 행사보다 화려했다. 태자도 심지어 번왕조차 아닌 그저 1황자였으나 첫 황손이니 예조에서 신경을 많이 쓴 듯하였다.

황상께서는 윤이를 태자로 삼고 싶은 마음이 없잖아 있으신 듯하였으나 아직 핏덩이인 터, 대신들은 혹시나 싶은 마음에 하나같이 송시절 철종의 예를 들었다. 철종은 열 살임에도 번왕의 지위에 있다가 신종이 병이 들자 비로소 태자가 되었다 하였던가. 그 또한 정후의 자식이 아니기에 일어난 일이었던 터, 작금의 반대 명분으로는 무엇보다도 좋은 선례였다.

법도를 따라 착실히 진행되는 그 화사한 행렬을 먼발치서 지켜보던 가랑은 차게 발걸음을 틀었다. 책봉식에 어미로서 참여할 수 있는 이는 황후이지, 윤이를 낳은 제가 아니었으므로. 또한 제아무리 황후라 할지라도 사람이 많은 이 앞에서 허튼짓은 하지 못할 것이었다. 세상에 빛조차 보지 못한 가여운 첫아이에게 한 짓처럼.

"어디에 가시옵니까."

그때, 가랑을 말로써 붙잡은 이가 있었다. 고개를 돌린 가랑은 그와 시선을 맞대었다. 단단한 이마며 코며, 눈에 익은 얼굴이매 분명 머나먼 기억에 잡히는 것이 있다. 마침 보아야 할 사람이기도 했다. 슬며시 미소로 화답하매 그가 허리를 꾸벅 숙이었다.

"공주마마, 오랜만에 뵙습니다. 강녕하셨사옵니까."

참으로 오랜만에 듣는 공주 소리였다. 이제는 빈마마, 소의마마 소리가 더욱 익숙한 터, 삼 년간 들은 말 때문에 평생을 들어온 그 호칭이 어색하니 이 또한 모순이라.

"……물론 저야 강녕하였습니다. 위장군께서는 어찌 지내셨습니까."

그저 형식적인 물음, 위장군은 말없이 고개를 더욱 조아렸다. 별로 좋지 않았다는 답을 눈치로 알아챈 가랑은 슬며시 발걸음을 옮기었다.

화려한 풍악 소리가 서서히 멀어지다가 마침내 조용한 터, 드넓은 연못의 푸른 수면 위로 가랑잎이 슬그머니 고개를 조아렸다. 가랑은 순식간에 애절해졌다. 찰나에 처연해진 얼굴로 더듬거리며, 애원하듯 속삭이는 입술이 파르라니 떨리었다.

"명원은 어떻습니까. 어마마마께서는, 정이는, 또……."

오라버니는.

입 안이 까끌거리매, 목이 꽉 막혀 그 속삭임이 흐르지 아니하였다. 차마 나오지 않은, 뇌리 속에 갈 곳을 잃어버려 정처 없이 떠도는 그 단어가 그 무엇보다 서글펐다.

"……주상 전하의 계속되는 폭정에 민심이 떠났습니다."

눈치로 그 질의를 알아들은 위장군은 서서히 입술을 떼었다.

"혹독한 가렴주구에 백성들은 피골이 상접해 나무뿌리를 캐어 먹을 지경입니다. 허나 궁에서는 연회가 끊이지 않습니다. 중전마마께서 매일같이 석고대죄를 올리시거늘 전하께서는 본 척도 하시지 않으셨었습니다. 그러다 하루는 중전마마께서 우시며 고하시건대 쓰고 계시던 익선관을 냅다 집어 던지시지 않겠습니까."

자세한 말은 아니었으나 얼추 사태의 심각성을 알 법도 하였다. 후덕한 성품으로 항시 국모의 자애로움을 보여 주었던 중전과, 오라비의 금슬이 얼마나 좋았던가. 정사의 이유로 간택되어 들어온 후궁이 몇 있기는 하였으나 가장 아끼는 이는 항시 본처였다. 다정한 한 쌍의 원앙도 저런 모습을 하지는 않았을 터, 수많은 후궁들로부터 많은 자식을 보았던 선왕과는 전혀 달랐다. 물론 많은 자식을 두는 것이 왕실의 홍복이었으나 오라비에게 여인이란 오직 중전뿐이었다. 제게 지극정성을 쏟은 것보다 더하면 더했지 결단코 덜하지는 아니하였다.

　철모르던 어린 시절에는 그런 중전을 얼마나 시샘하였었던가. 꼭 아비의 애정을 둘로 나눠 가진 듯하여 오라비의 눈길이 중전에게로 가는 것이 그리 싫었더란다. 하여 심술을 부리면 중전은 그저 항시 웃는 낯으로 가랑을 반길 뿐이었고, 싫은 소리 한 마디 하지 않던 오라비는 가랑을 꾸짖곤 하였더란다.

　헌데 그랬던 오라비가, 그리 아끼던 중전의 말을 듣지도 아니한다고 한다. 정사를 돌보시라 만류했더니 도리어 적반하장, 익선관을 냅다 집어 던졌다고 한다. 그것이 저를 이리 보낸 것과, 그 태도의 변화와 무언가 연관이 있지는 아니할는지. 가랑은 그저 머리를 짚고 깊은 한숨을 내쉬었다. 제 눈에 담긴, 연못 위의 자그마한 가랑잎이 한들한들 흔들리는 것이 꼭 제 한숨을 따라 춤추는 것만 같았다.

　"……허면 어마마마와 정이는 어찌 지내고 있습니까?"

　"대군마마께서는 위리안치 되셨사오나 강건하게 지내고 계십니다. 대비마마께서는 대비전 밖으로 나오지 않으시지만 신료들은 계속하여 문안을 드리러 찾아가옵니다."

　가랑은 저도 모르게 다시 한 번 한숨을 내쉬었다. 안도감이 가슴을 파고들었다. 그래도 건강히 지낸다니, 그 사달을 겪고도 무사히 살아 있다니 그저 감사했다. 어미는 신료들의 문안이라도 받을 수 있다니 그나마 상황이 나아 보였다. 정이가 위리안치 되었다니, 그 어린것이 누이와 어미를 찾아 울고 있지는 않을지. 그 어렸던 동생의 얼굴이 떠올라 가랑은 눈을 질끈 감았다.

그래, 위리안치라면 그나마 다행이었다. 그 옛 정혼자의 꼴을 생각해 보라. 괜스레 가랑과 엮여 가장 비참한 꼴을 당하지 않았던가. 그리 이어진 생각 덕에 가랑은 바짝 고개를 치켜들었다.

"허면…… 제 옛 정혼자는 어찌 지냅니까?"

뼈만 앙상했던 팔이, 그 백골이 아직도 뇌리에 강렬히 남아 있었다. 왼팔도 아니고 오른팔이었다. 항시 쓰는 팔을 잃었으니 그는 아무것도 할 수 없을 터, 하다못해 출사를 하기도 힘들 것이었다. 본디 남들과 다른 이들에 대한 차우는 없었으나 외팔은 다른 터, 특히나 오른쪽을 길하게 여기는 터이니 왼손을 쓰는 이들을 고운 눈으로 보지는 아니하였다. 허니 그런 시선 터에 그저 두문불출하리라. 그 온화한 성정상 서책이나 읽으며 허송세월을 하리라.

그 창창한 앞날을 제가 막은 것과 다름이 없었으매 그에 대한 미약한 죄책감이 남아 있었다. 그리된 것이 따지고 보면 모두 제 탓과 다름이 없었으니.

"병판의 장자 말씀이십니까?"

위장군이 되물으매 가랑은 고개를 끄덕였다 그가 입술을 떼니 그 안에서 나오는 소리란 생각 외의 것이었다.

"그는 승여사 정랑(乘輿司 正郞)으로 일을 한 지 꽤 되었습니다."

승여사는 병부 소속으로 노부(鹵簿), 여련(輿輦), 구목(廐牧), 정역(程驛) 및 보충대, 조례(皂隷), 나장(羅將), 반당(伴倘)에 관한 사항을 도맡아 하며 왕의 행차와 관련된 의장관계의 업무와 교통 및 통신의 임무, 그리고 의장이나 위종(衛從)과 연관되는 특수한 병종 또는 종졸(從卒)에 대한 업무를 보는 곳이었다.

정랑이란 정5품 관직으로써 6조의 실무를 관장하는 직책이었다. 청요직으로 간주되었으며, 병조의 정랑은 좌랑과 함께 인사행정을 담당하기도 했다. 삼사 관직의 임명동의권인 통청권과 자신의 후임자를 추천할 수 있는 재량권이 있어 권한이 막강하기까지 했으니 그야말로 요직, 오른팔이 없는 이가 앉을 만한 위치는 아니었다. 하여 묻는 가랑의 입술이 흔들렸더란다.

"그가…… 그가 어찌 정랑이 될 수가 있었습니까?"

"아비가 병판이니 당연한 일이라고 사료되옵니다. 본디 부마가 될 것이라 여겨 천거하지 않았을 뿐, 허나 공주마마께서는 예에 계시옵니다. 허니 곧장 자리에 앉힌 것이 아니겠습니까."

물론 그 배경만 본다면 지극히도 당연한 말이었다. 실제로도 그 같은 이가 어찌하여 부마로 간택되었는지 의문이었던 때가 있었더란다. 허나 어찌 되었든 작금 중대한 것은 그런 것이 아니었다. 그는 오른팔이 없는 이였다. 입술이 떨리니 혀마저 떨리는 터 목소리도 부들거렸다.

"그는 오른팔이…… 없지 않습니까. 분명, 제가 이곳에 당도한 지 얼마 되지 아니하였을 때…… 오라버니께서 보내셨습니다. 하얀 백골을, 그가 준 가락지와 함께……. 헌데 그런 이를 누가 천거한단 말입니까?"

"……공주마마, 무슨 말씀을 하십니까?"

위장군은 영문을 모르겠다는 듯 되물었다. 그 자연스러운 반문을 남긴 위장군은 가랑의 새카만 눈을 똑바로 응시했다.

"그는 멀쩡합니다. 그 사달이 났을 때에 받은 고신의 후유증이 있는 듯하오나 사지에는 이상이 전무합니다."

사지에는 이상이 전무하단 말인즉슨 양팔 다리 모두 건재하단 것, 허나 그때 보았던 것은 아직까지도 뇌리에 선명하였다. 그때, 흑진주인 양 새카만 눈에 비추어진 물품은 새하얗다. 아니, 누러면서도 하얗다. 마디마디는 가느다랬고, 본디 그 곁에는 살이 붙어 있어야 했을 것 같은……

눈이 그 끝에, 왼쪽에서 두 번째요 오른쪽에서 네 번째인 가느다란 것에 끼인 가락지를 보았을 때, 가랑은 흔들리는 시선이 제 손을 내려다보았다. 제 왼손에 끼인, 지금은 연못에 던져 버린 가락지와 같은 것이 그 백골에 끼워져 있었다. 오라비의 서한도, 아직도 토씨 하나 틀리지 않고 기억하고 있다.

— 내 네게 누누이 일렀지 않느냐. 내 인내심은 그리 길지 아니하다고. 허나 이를 어쩐다? 선비가 오른팔을 잃었으니 그는 죽은 것과 진배없지 아니하느냐? 다음에는 네 두개골을 구경할지도 모를 터. 네 이래도 가만히 앉아 있을 게냐?

……헌데 그것이 그 사람의 팔이 아니라? 허면 오라비는 뉘의 것을 보내어 저를 속였던가? 만감이 교차한다는 말은 이럴 때에 쓰는 것일 터였다. 작금 자그마한 가슴을 채우는 것은 오라비가 그런 잔혹한 짓을 저지르지 않았다는 안도감, 속은 것에 대한 분함, 옛 정혼자가 무탈하다는 것에 대한 기쁨……. 온갖 것이 한데 어우러져 제가 어떤 마음을 품고 있는지조차 알 수가 없었다.

허나 그 마지막을 차지하는 것은 단 하나였다. 허면 그때 제가 받은 그 백골은 누구의 것인가? 오라비는 왕이었으니 다른 이의 백골을 구태여 구해 제게 보낼 만한 여유는 없었을 것이었다. 허면 그 주변 사람의 것일 터……. 위장군의 얼굴을 빤히 보거늘 뇌리를 스치는 것이 있었다.

— 주상전하께서, 구중궁궐에서 새벽녘 암습을 받은 적이 있지 않으십니까. 달포쯤 되었습니다. 동온돌에서 서온돌로 가시는 사이였다 합니다.

눈앞의 이 위장군이 전해 주었던, 오라비의 소식.
"허면 위장군, 설마……."
굳어 있던 머리가 빠르게 돌아갔다. 그때, 암습을 받았다던 그가 걱정되어 전서구를 보내었더니 답이 오지는 않았었더란다. 이어 실정에 대한 소식을 들었을 대에 보낸 것에는 즉각적으로 답신이 왔었다.

— 네가 신경 쓸 거리가 아니다. 네 할 일이나 잘 하고 있거라.

……그리고 그리 온 답신은 매우 비뚠 것으로 평상시 정갈했던 오라비의 글씨가 아닌 양 했다. 물론 저 암습이 있었다던 시기에 서신을 주고받지 않은 것은 아니었다. 저 시기와 비슷한 때에 받은 서한은 '보아라, 네 작심하면 되지 않아. 네 이제 송사로써 세를 키우는 일이 시급하다.' 라는 것이었다. 오라비는 그 눈에 익은 정갈한 글씨로, 기쁨이 올올이 묻어나는 글을 써 보냈었더란다.
어찌 되었든 그 정갈할 글씨를 보다가 비뚠 글씨를 보았을 때, 실정을 한다시니 술에 취해 그리된 것이라 여기었었다. 허나…… 만에 하나. 그가 오른손이 아닌 왼손으로 써 그리 비뚤은 것이라면…….

"혹……혹시 말입니다……."

말은 곧 언령인 바, 말하는 바는 그대로 이루어질지니. 생각은 드는데 차마 말이 나오지가 않았다. 그저 불안함은 스멀스멀 커지었다. 의심은 점차 넓어져 차츰 깊고 푸른 바다가 되어 갔다. 가랑은 저도 모르게 그는 아닐 것이라, 흔들리는 눈으로 그리 호소하며 위장군을 올려다보았다. 순식간에 애절해진 안광이란 검은 빛으로 형형하여 더욱이 안타까웠다.

"공주마마께서 추측하는 바가 맞을 겁니다."

파르륵. 여린 호수 위에 떠있던 자그마한 나뭇잎이 진동했다. 자그마한 풍랑에 몸을 내맡긴 그 자그마한 초록빛 잎은 서서히 푸른 물결이 되었더란다. 묵직한 물방울을 이기지 못한 채 차츰차츰 저 깊은 수심으로 가라앉아, 물결과 한 몸이 되어 가……. 그를 보는 가랑의 심사도 함께 가라앉았다.

"아뢰옵기 황송하오나…… 오른팔이 없는 분은 전하십니다."

말 한마디에 세상이 전복했다.

쉴 새 없이 몰아치는 노도가 믿음이란 이름의 모래성을 그대로 덮치었다. 서서히 무너져 내리기 시작한 그 거친 현실이, 가슴 아렸던 믿음이 순식간에 조각나 버리었다. 청천벽력이란 이럴 때 쓸 수 있는 말일 터, 가랑은 새파랗게 메마른 하늘에서 날벼락이 떨어지는 소리를 들었다. 그 굉음에 놀라 다리가 풀리었다. 세상이 샛노랗게 진동하매 다리가 부들거려 제대로 서 있을 수가 없건만, 노랗게 물들어 버린 세상이 저를 향해 손짓하건만 가랑은 입술을 떼 물어야만 했다.

"……무, 무슨 말씀이십니까?"

눈앞에 보이는 위장군조차 샛노랬다. 오한이 일어 이가 딱딱 부딪혔다. 갑작스런 한기에, 가랑은 그 옷자락에 처량히 매달렸다. 그를 올려다보는 새카만 눈이 일렁거린다. 어쩐지 샛노란 눈앞에 흐릿흐릿하다.

"어찌, 어찌…… 어찌하여 그리 망극한 일이 벌어졌단 말입니까?"

"소신이 무를 떠나기 전에, 전하께서 암습을 받으신 적이 있다고 아뢰지 않았습니까."

그랬다. 너무나도 똑똑히 기억하고 있는 일인지라 가랑은 그저 고개를 끄덕이기만 했다. 채신머리없이 이 무슨 짓인지, 스스로를 탓하면서도 작금은 너무나 다급했다. 걱정이 흘러넘치니 어서 귀로 모든 것을 담아야만 했다.

"그때 그리되셨답니다. 신료들끼리 비밀리에 오가는 말이지만, 아마 자객을 보낸 이는 대비마마이실 것이라고……."

위장군이 말꼬리를 흐렸으나, 무슨 말을 담고 있는지는 모를 수가 없었다. 대비 한씨가, 가랑의 어미가…… 덕으로써 사람을 대하라는 그 온순한 여인이 오라비에게 자객을 보냈노라고? 그게 말이나 되는 소리인가.

순간 머리에 찬물을 부은 듯했다. 맹렬히 타오르던 걱정도, 부서진 믿음도 차갑게 식어 서늘하게 반짝였다. 햇살 밑에 타오르는 붉은 것이란 무엇보다도 강렬한 분노였다.

"……위장군, 거기서 한 마디만 더 해 보세요."

애절했던 손가락마저 식어 버리니 그 옷자락에서 멀어지는 터, 가랑의 눈조차 한순간에 식어 버리었다. 이제 어미 된 자는 자식을 기리는 어미의 마음을 잘 알았다. 하여 그 고향 땅에 있을 어미의 마음을 누구보다도 잘 이해할 수 있었다. 보지 않아도 그려지는 것, 듣지 않아도 울려 퍼지는 것…… 그런고로 그런 어미의 마음을 모독하는 이를 매섭게 죄어쳤다.

"그때에도 말씀드렸지만 어마마마께서는 그러실 분이 아니십니다."

"대비마마 처소에 왜 신료들이 드나들겠습니까. 마마의 처소를 생각해 보소서."

가랑은 입술을 사리물었다. 가랑의 처소는 연신 사람들이 들이닥쳐 발 디딜 틈이 없었다. 윤이가 유일한 황자이니 연이라도 만들게끔 자꾸만 얼굴을 들이미는 터, 하루가 멀다 하며 재물이 쌓여 갔다. 이전 홍등이 달렸을 때에도 비슷한 일이 있었건만 그때와는 비교조차 할 수 없을 정도로 어마어마한 양이었다. 그야말로 예전과는 격이 다른 대우였거늘, 그런 가랑의 처소와 대비의 처소가 무슨 공통점이 있다던가.

"……어마마마께 연을 만들어서 무얼 하시려고요? 명원의 주인은 오라버니십니다."

"하지만 대군마마께서 계십니다. 주상전하께서는 폭정을 하십니다."

하여, 지금 왕제와 황자의 입장이 같다고 지껄이는 것인가? 그것도 대국 황제의 유일한 자식과 왕의 수많은 동생의 처지가? 비록 오라비가 자식이 없다 하나 정이는 어렸고, 오라비도 중전도 젊었다. 왕위는 애초에 부계 상속인 법이었다. 그것이 당연한 것, 정이가 적통이라 할지라도 왕제인 이상 받을 수 있는 것은 그저 종친이라는 허울 좋은 이름일 뿐이었다.

"연산군의 선례를 보소서."

……연산군. 폭정을 일삼았던 그가 반정으로 몰락했을 때 폐세자는 열 살의 어린 나이였다. 제법 현명하다는 평을 듣던 폐세자였으나, 어미의 복수를 위해 칼을 간 연산군이기에 자식도 아비를 위해 돌변할지도 모르겠다는 우려를 받았다. 하여 진성대군이 즉위했고, 폐세자는 불우한 인생을 살았다. 그를 그리거늘 위장군은 고요히 한마디를 더 덧붙였다.

"주상전하의 폭정은 좋은 명분이 될 수 있습니다."

"……명분만 그리하겠지요."

폭정이란 반정의 명분이 될 수 있는 법…… 허나 그는 작금 볼 수 있는 시야였다. 가랑이 이리 쫓겨난 것도, 오라비가 암습을 받은 것도 모두 그 명분이 생기기 이전의 일이었다. 그리 실정을 하기 이전에는 군자요, 현왕이라 칭송을 받던 이가 오라비였으니. 그때에도 그런 명분이 있었던가? 또한…… 작금에도 저 명분만으로 모든 것이 가하던가?

"헌데 권세가 뒤따르지 못하면 그러한 일은 일어날 수 없는 법입니다. 신료들이 제아무리 어마마마의 처소에 드나들어도…… 중전마마의 세를 이기실 수는 있으십니까? 그들까지 회유할 수 있으십니까?"

"하여 병판이 있지 않습니까."

외척을 회유하는 것은 불가하지만, 병판이 있다. 즉 군사력이 존재한다. 그것도 공식적인……. 왕의 호위인 운검을 조종할 수도, 금군을 움직일 수도 있으며…… 군권에 대해 가장 잘 아는 자가 든든한 아군이라, 그것이었다. 내부에서 뻗어나간 고름은 치유하기도 힘든 법, 그리고 그 병판의 장자가 가랑의 옛 정혼자였다. 정혼이란 부모끼리 맺은 혼사인바, 먼발치에서 보면 아귀가 하나 딱 들어맞았다.

그래…… 허니 대비를 직접 보고 겪지 않은 이라면 충분히 저런 의심을 할 수도 있는 바였다. 허나 그 어미가 낳고 키운 가랑은 바짝 고개를 치켜들 수밖에 없었다.

"……허면 어마마마께서 오라버니를 해치시려 했다는 증좌가 있습니까?"

"없습니다."

간단하고 허무한 답이 쏟아지었다. ……없다? 증좌가 없노라? 헌데 감히 일국의 대비를 저리 능멸해도 되는 것인가? 정녕 귀가 빠진 이후 이토록 화가 난 것은 처음이었다. 순수하게 분노한 가랑은 긴숨을 들이켰다. 본디 윗사람이란 감정에 휘둘리면 아니 되는 법이매, 그를 함부로 드러내서도 아니 되는 법이니. 서서히 숨을 뱉으며 날카롭게 묻는 음성이 추상마냥 서느랬다.

"헌데 감히 그리 말씀하셔도 되는 겁니까?"

"추측일 뿐입니다. 소신 또한 오랜만에 간지라 명원에 대해 자세히 알지는 못하옵니다."

위장군은 슬그머니 꼬리를 말았다. 단단한 눈매가 아래로 떨어져 발을 받친 흙빛 땅을 바라본다. 아무래도 가랑이 분노함을 눈치챈 듯, 말투가 한층 조심스러워졌다. 그럼에도 해야 할 말은 그대로 내뱉으니 꽤나 강심장이지 않은가.

"그저 주상전하께서 암습을 받으셨고, 그 상흔이 덧나 오른팔을 잘라 내셨다는 것만은 분명합니다."

"……."

헌데 그 애꿎은 화살은 왜 어미에게로 쏟아지는 것인지. 도대체 제 어미가, 일국의 대비가, 한 때는 국모였던 사람이 왜 그런 모욕을 받아야 하는지. 가랑은 입술을 깨물었다. 아린 고통이 뇌리를 타고 오른다. 자금 화를 내어 봤자 제게 도움 될 일은 바이없었으므로.

"……좋은 말씀 많이 들었습니다. 소식을 전해 주셔서 감사했습니다."

꾹 문 입술 틈으로 흘러나가는 음성은 다행히도 흔들리지 아니하였다. 황송하다 지껄이는 위장군이 있었으나 대비에 대해 함부로 지껄인 말이 그저 괘씸하고 또 괘씸해, 가랑은 차게 몸을 틀었다.

처소로 돌아간 가랑은 주변을 물리었다. 습관대로 서책을 찾아 한적한 곳으로 가려 하던 가랑은 고이 깔린 금침을 시야에 담자마자 마음을 바꾸어, 베개에 얼굴을 한가득 묻었다. 화기가 치솟아 속이 답답하매 터질 것만 같았다.

……팔이 없는 일국의 국왕. 암습을 받았다던 오라비. 헌데 자객을 보낸 이가 어미일 것 같단다. 대비일 것 같단다. 연산군의 일화를, 중종반정의 예를 들며 어미가 그럴 가능성이 높다고 속삭였더란다.

냉정하게 따지자면, 정사의 일로 생각하고 보자면 위장군의 말은 물론 틀린 것이 아니었다. 권세를 탐하는 것은 인간의 본능이라, 권세란 부자간에도 나눌 수 없는 것이라 가르치지 아니하던가. 대비에게는 적자마저 있으니 괜한 우려가 아니었다. 뉘든 대비를 의심할 만은 하였다.

허나 대비를 겪어 본 이들은 함부로 말을 꺼내지 않으리라. 이는 딸로서 어미를 생각하는 것이 아니라, 인간으로서 인간을 바라보는 것이었다. 온화하고 자애로운, 그야말로 국모다운 국모. 항시 전해 주었던 가르침은 사람을 대할 때에는 덕으로 모든 것을 포용하라는 그런 말씀. 그런 분께서 권좌를 탐한다는 것은 말이 되지 않아 화가 치솟았더란다. 감히 뉘를 그런 탐욕적이고, 세속적인 인간으로 만드는 것인가.

그리 가득 분노하는 와중에도 오라비에 대한 깊은 연민이 스멀스멀 피어올랐다. 한쪽 팔이 없어, 쓰지 않던 손으로 서한을 쓰느라 그리 비뚠 필체를 보낸 제 오라비. 어찌 옛 정혼자와 나누었던 쌍 지환을 그 손가락에 끼워, 마치 그의 것인 양⋯⋯ 그리 보내셨던가, 어찌하여 그러셨던가.

가랑은 그 시절을 그리었다. 아련했던 그때, 정혼자의 팔 덕에 현실을 깨달은 가랑은 알을 깨고 나왔었다. 오라비는 제 행보 하나하나에 기뻐하며 서한을 보냈다. 애초에 이 대국에 온 까닭이 무엇이었던가. 달기처럼, 그래, 역사 속의 경국지색처럼⋯⋯ 자국을 위해 타국을 망가뜨리라 했던 자가 오라비였지 않았던가. ⋯⋯헌데 애초에 그러한 것이 무슨 필요가 있었던가? 왜 오라비는 제게 그리하라 명한 것이지? 명원에 무슨 이득이 돌아올 줄 알고?

가슴은 답답하고, 답이 나오지 않는 머리는 끊임없이 울려 대었다. 그저 목 놓아 울어 대면 속이라도 편할 것만 같건만 체면상 차마 그리할 수가 없으니 또 갑갑한 것이었다.

한참을 이러지도, 저러지도 못한 채 끙끙거리고 있을 때 어깨 위에 손이 얹어지었다. 몸을 들썩거린 가랑은 바로 고개를 들어 올렸다. 눈과 눈이 마주치는 그 찰나, 태양 같이 찬란한 시선에 가랑은 바로 고개를 꺾었다. 그 안에 담긴, 새파랗게 뒤틀린 제 모습이 추해서.

허나 그의 손은 어깨에서 뺨으로 옮겨 올 따름이었다. 연약한 가랑의 목에 비해 다소 우악스런 힘이 억지로 고개를 꺾고, 피하고픈 시선을 맞대게 했다. 그리 바라본 그는 너무나 눈이 부셨다. 그 눈부신 이가 저를 보더니 한껏 당혹을 삼키었다.

"울고 있었느냐."

……물론 마음으로는 울고 있었건만 겉모습은 아니었다. 눈물자국 하나 없을 것이거늘 어찌 울고 있느냐 물으시던가. 괜스레 제 뺨에 손을 얹은 가랑은 기어 들어가는 음성으로 중얼거렸더란다.

"……아니옵니다."

"아니기는. 내 네 우는 얼굴조차 알아보지 못할 것 같으냐."

……무어라 대꾸할 말이 없었다. 가랑도 이제는 그가 무슨 생각을 하는지 대충 읽을 수가 있으니 그도 그러할 터. 그 어수가 가랑의 뺨 위에 있을 눈물길을 쓸고 지나 섰다. 마치 그곳에 아린 눈시울이 물고를 텄던 듯…… 가랑은 그 손가락이 움직인 곳에서 이유 모를 물기를 느끼었다.

"분명 가슴 아픈 일이 있었음이야. 그리 속이 상했다면 울어야지, 왜 앓고만 있느냐."

마음속에만 가득 고였던 것이 거짓말마냥 물고를 텄다. 가랑은 그 품에 가득 들어 안겨 숨죽여 울었다. 거칠어진 숨소리로 어깨가 들썩이고, 등을 어르는 손길에서는 온화함이 번져 나간다. 답답했던 속이 터져 버린 눈물 속으로 가득 녹아들었다. 그의 옷자락이 젖어 나갈수록 복잡했던 머리가 하얗게 비워진다. 한참을 그리, 말없이 눈물을 받아 주시던 황상의 목소리가 귓가에 부서지었다.

"오늘은 어인 눈물 바람이더냐."

가랑은 그저 답조차 하지 못한 채 흐느꼈다. 생각을 거듭하면, 저를 분노하게 만든 고국의 이야기는 골육상쟁이었다. 뼈를 아우르는 시린 한 자락이, 제 주변의 모든 것을 부서뜨리려 했다. 어미, 오라비, 그리고 저. 담담해야 했건만, 그래야만 했건만 그 너른 품 안에 안긴 저는 너무나도 초라했다. 잔뜩 성이 난 풍랑 위로는 시린 파도가 몸부림쳤다.

"기쁨은 나누면 갑절이 되고, 슬픔은 나누면 반절이 된다 하지 않느냐."

"……위장군에게…… 고국의 이야기를 들었나이다."

등을 다정하게 토닥거리던 손길이 순간 뚝 멈추었다.

"……명원에 사신을 보내 봐야겠군."

허니 더 자세한 일은 그에게서 들으면 될 터, 그리운 고향 땅의 일들이니 마음이 아니 아프겠는가. 게다가 명색이 공주, 사소한 것조차 모두 왕실과 관련된 것이니 지나가는 바람에도 속이 심란한 터였다. 품 안에서 웅얼거리는 음성이 그의 귀에 슬프게 닿았다.

"기억하고 계신지 모르겠사옵니다, 신첩이 백골을 안고 울던 그날이요……."

"……옛 정혼자의 팔이라던 그 백골을 말하는 것이라면. 그 날을 잊을 수가 있겠느냐."

결국, 천혜가 죽었던 그 연못 깊이 가라앉은 그 백골. 가랑은 알지 못하겠지만, 류는 황성에서 그리 서럽게 우는 이를 그때 처음 보았더란다. 헌데 그때 그를 안고 울던 가랑이 그의 눈에는 그리도 아름다워 보였었더란다. 그야말로 인간을 만난 듯했었던 그 시절의 아름다운 여인은, 그 품에서 저를 올려다보았다.

"헌데 그 백골이 오라비의 것이었답니다. 하온데 오라비를 습격한 자객이 어마마마께서 보낸 것일지도 모른답니다."

그리 어렵지 않은 그림이 그의 머릿속에 그려지는 터…… 그저 파르륵 떠는 그녀를 조금 더 강하게 끌어당기었다. 품에 가득 안긴 자그마한 그녀가 파리하다. 새파란 입술이 흔들리었다.

"물론 명분도, 위계도…… 정사의 일로 보아하면 어마마마께서 하신 것일지도 모릅니다. 아니, 서책에서 배운 것들로만 생각한다면 그런 일을 하실 수 있는 분은 대비마마뿐이십니다. 허나 사람으로서 알아 온 어마마마께서는 그런 일을 하실 분이 아니십니다. 그런 일을 하지 못할 성품을 지니신 분이 어마마마십니다."

가느다란 손가락이 가득 흐트러진 머리채를 쥐어뜯었다. 곱게 윤기 흐르는 검은 머리털이 손가락 사이사이에 아로새겨지었다. 아직도, 생전 처음으로 눈시울을 붉히던 어미의 얼굴이 기억에 선했다. 옷고름으로 눈가를 찍어 내던 그 어미의 서러움을, 가슴 아린 감정을 이제야 겨우 이해하건만.

"아무것도…… 모르겠습니다. 오라버니께서는 왜 저를 이곳에 보낸 것일까요? 오라버니를 해치려 한 자들은 또 누구일까요? 왜…… 성군이요, 현자라 불리었던 오라버니께서 폭정을 하신답니까? 무슨 연유로?"

"……실은 네 예 오기 전, 명원의 임금이 서신을 보냈었다."

줄줄 내뱉던 가랑은 그 품 안에서 눈을 동그랗게 늘였다. 도대체 어떤 내용의? 부러 묻지 않아도 그는 조곤조곤한 어조로 낮게 속삭였다.

"9빈의 자리가 비어 있다 들었는데 귀애하는 누이를 보낼 터, 내 울타리 안에 넣고 보호해 달라…… 그런 내용이었지."

……조각조각, 알지 못하는 것이 가득 흩어졌다. 처참한 재가 되어 버린 그것이 제게로 쏟아져 내리었다. 그 회색빛으로 온통 물들어 버린 가랑의 뇌리가 하얗다. 무엇이 진실이고, 무엇이 거짓인지…… 또 어떤 것이 진심이었는지. 작금의 가랑도, 눈앞의 그도 알 수 없는 것이었다. 그리고 그를 대답해 줄 이는 너무나 먼 곳에 있었다. 아득히 먼 곳에.

"왜, 어찌하여…… 말씀해 주시지 않으셨사옵니까. 어찌……."

하여 다리가 풀리었더란다. 속이 갑갑했더란다. 숨이 턱턱 막히매 눈앞에 샛노랗게 물들었다. 바닥에 철푸덕 주저앉아, 가랑은 제게 다가오는 그 옷자락을 붙들었다. 그의 옷자락을 가득 부여잡은 하얀 손 아귀 마디마디에 푸른 힘줄이 돋아났다. 그 손 주인의, 시리도록 푸른 뺨을 타고 흐르는 처량한 구슬들이 애잔하다.

"애초에 그를 말씀해 주셨더라면, 그러셨더라면……."

무심코, 그저 생각나는 대로 지껄이던 가랑은 계속해서 흐느낄 수밖에 없었다. 미리 말씀해 주셨더라면? 그런다고 하여 예 있는 제가 무엇을 할 수가 있는가? 알고 있다 하여 바뀌는 것이 있겠는가. 애초에, 저는 그런 말을 쉬이 믿었겠는가? 오라비가 저리 말한 것이 진정 진심인가? 저를 이리 보내기 위한 명분일 수도 있는 노릇, 예 와서 가득 늘은 것은 의심뿐이라.

냉정히 생각해 보면 지금 제가 내뱉는 것은 헛된 투정이었다. 그를 앞에도 작금 가한 것은, 믿는 이에게 토설하는 투정뿐인지라 더욱 더 서글펐다.

말없이 품에 안아 달래 주는 온기가 있다. 흐느낌이 커지면 밖으로 새어 가지 못하게끔, 더욱 꽉 안아 주시었다. 깊은 섧도, 고국의 안타까운 이야기들도, 오라비가 그에게 보냈다는 서한도……. 어지러이 섞이고 엉켜, 직접 듣고 보지 않았으매 진실이 무엇인지 가늠조차 되지 않았다.

눈물이란 것, 그 서러움은 맘속에 품은 것마저 앗아 가는 양……. 혼란스럽고 또 혼란스러워서, 가랑은 이 노곤한 품 안에서 제가 왜 우는지 그 이유조차 망각해 버리었다.

깊은 파도가 몰아쳤던 속이 잔잔해지매 눈시울을 자극하던 것들이

서서히 가라앉았다. 어깨를 들썩이며 고개를 들어 올리매 축축한 뺨
을, 가득 붉어진 눈가를 스치는 손길이 있었으니.

"눈이 부었느니."

그리 속삭이시더니 얼음을 가져 오너라, 하신다. 작금은 뙤약볕이
작열하는 여름. 얼음이란 것은 시린 겨울에 강이 얼면 그를 캐내어
석빙고에 보관하는 것인지라, 제아무리 황성이라 할지라도 이러한
계절에는 귀한 물건이었다. 허니 가히 황후조차 함부로 내올 수가 없
는 법, 한데 어찌 그런 것을 가져오라 이르시는가. 가랑은 소맷자락
으로 뺨 위에 가득 흐르는 것을 닦았다.

"……얼음이라니요?"

가랑의 입술이 움직일 때, 상냥한 손길이 부드러이 머리를 붙잡았
다. 그대로 무릎을 빌려주시매, 가랑은 아린 눈망울로 그를 한가득
올려보았다. 제 눈시울에 비친 그의 다정한 웃음이 모습이 마음에 그
대로 담기었다.

"부은 데에는 차가운 게 좋다고 하지 않느냐."

"귀한 것이옵니다만……."

"그까짓 게 너보다 귀하겠느냐."

……그러한 의미가 아니라, 그 귀한 것을 곧 가라앉을 부기에 쓰
는 것이 문제란 것이거늘. 괜스레 멋쩍어 맞잡은 손을 바르작거릴 때
에, 환관이 얼음을 가져왔노라 속삭였다. 이어 자그마하고 시린 그것
을, 헝겊으로 둘둘 말아 퉁퉁 부은 눈 위에 올려 주신다. 한 가득 뜨
겁게 달아오른 눈시울 위에 시린 것이 올라오니 그가 묘하게 아리었
다.

"윤이가 널 못 알아볼까 걱정이다."

"윤이가……."

그저 농이었을 따름이었건만, 그 이름을 들은 가랑은 손끝을 떨었다. 이름만 들어도 마음이 따스해지는, 가랑의 소중한 아들. 예에서는 제대로 안아 주지도 못하여 마음이 아픈, 그런 자식.

괜스레 그 이름을 들으니, 정녕 그럴까 걱정이 되었다. 눈이 퉁퉁부은 저를 보며, 그 아이도 울지는 않을지. 어미의 아린 마음을 알아서가 아니라, 붕어눈이 되어 버린 가랑이 뉘이니 알아보지 못하여. 그리고 어미를 찾아 헤맬지도 몰랐다.

하여 가랑은 고개를 바짝 치켜들었다. 눈 위에 올려져 있던 얼음이 바스락, 소리를 내며 바닥으로 떨어졌다.

"정녕, 정녕 윤이가 저를 알아보지 못하면 어찌하옵니까?"

잘 떠지지도 않는 눈 사이로 보이는 그가 웃는 듯했다. 바닥에 떨어진, 반쯤은 물이 되어버린 얼음을 주워 다시금 눈 위에 올려 주시며 속삭이는 말씀이 어딘가 떨떠름했다.

"······그가 그리 걱정이 되느냐?"

"당연히······ 두려울 정도로······."

"허면 네 우는 모습을 보아 아린 내 마음은?"

그는 걱정이 되지 않느냐? 이어 물으시어 가랑은 말문이 턱 막히었다. 하여 입술도 붕어가 된 듯 뻐끔뻐끔거리고 있었을 때, 큼지막한 손이 가득 흐트러진 머리채를 매만졌다. 정돈을 해 주시는 건지, 더 흐트러뜨리는 것인지······ 분간이 되지 않는 아득한 손놀림은 그저 따스했다. 귓가에 익숙한 그 낮은 음성이 아스라이 스치었다.

"내 널 위해 무얼 어찌해 주면 좋겠느냐."

······그는 저를 위해서라면 무엇이든 해 줄 터, 또 해 줄 수도 있을 터. 허나 가랑은 알지 못했다, 제가 어찌해야 좋을지. 고국을 위해 오라비를, 어미를, 또 동생을 위해 무엇을 해야만 하는지. 서한이

오가지 않은 지도 벌써 삼 년, 일단 고국에 무슨 일이 있었는지부터 자세히 알아야 했다. 위장군의 눈과 귀를 통한 것이 아닌, 어미나 동생을 통한 것을.

※

그 길로 명원에 사신을 보냈으나 그가 되돌아오는 날은 아득한 법, 지나가는 하루하루가 그저 무기력했다. 폭풍우가 끝나지 않은 것만 같은 나날이었으매 그저 위안이 되는 것이란 황상의 다정한 손길과 윤이의 천진난만한 미소였다.

해야 할 일은 많았건만, 이리 다시 발을 들이밀었을 때에 다짐한 것이 있었건만 마음속에는 걱정만이 가득 들어차 모든 것이 건성이었다. 수많은 이들이 찾아와 재물을 쌓아 두고, 아첨하는 것을 그저 바라만 보니 하루해가 뜨고 졌다.

사신이 돌아오는 날을 그저 기다리고 있거늘, 채녀 백씨가 오랜만에 발걸음을 했다. 삼 년 만에 보는 얼굴인지라 예전의 저어함은 바이없었다.

"어찌 그리 힘이 없으십니까."

그, 특유의 거침없는 말투가 귀에 콕 박혀 들었다. 꼭 저를 질책하는 듯하였으나 채녀의, 그 오만한 태도가 눈에 거슬리지는 아니하였다. 질책을 받아도 되었다, 이리할 일도 잊고 처져 있는 저는. 도무지 저답지 않은 일이라 가랑은 그저 희미하게 웃었더란다.

"고국의 소식을 기다리고 있어서요. 이 나인은…… 찾으셨습니까?"

"송구하오나 아직 찾지 못하였습니다. 백방으로 수소문해도 나타나지를 않습니다."

"살아는 있는 것일까요……."

가랑은 먼발치를 바라보았다. 중요한 증인이매 혹여나 나타난다면 내궁은 물론이요, 외궁까지 발칵 뒤집어 놓을 위치였다. 허니 황후의 성정상, 없애 버렸을 것이 틀림없었다. 아니, 비단 황후뿐만이 아니라 누구든…… 심지어 가랑, 자신조차도 제게 위해가 될 만한 인간이라면 주저 없이 없애 버리는 선택을 할 터. 그것이 정사란 것이었다.

"살아 있을 것입니다. 시신이 발견되지 않은 것으로 보아 누군가가 빼돌린 건 틀림없을 것이옵니다."

"……이상하지 않습니까."

가랑의 속삭임에 채녀가 고개를 바짝 치켜들었다. 가랑은 슬며시 눈을 내리깔았다. 상 위에는 읽지도 않을 서책이 있던 터…… 예전에는 그리 즐겨 보았던 것이 요즘에는 눈에 통 밟히지 아니하였다. 심경의 변화란 이런 것을 이르는 말일 터, 어찌 제가 이리 변모했던가. 그저 매일같이 고향 생각만이 가득하였다.

"이 나인이 입을 열면 좋은 일은 없을 겁니다. 한데 어찌 살려 두었을까요? 잔인하긴 하지만 없애 버리는 것이 가장 좋은 방법인 것을."

"찾지 못할 곳에 꽁꽁 숨겨 두었거나, 이 나인이 잡혀도 입을 열지 않을 정도의 약점을 쥐고 있거나…… 아니면."

채녀는 입꼬리를 길게 말아 올렸다.

"황후의 휘하에 배신자가 있는 것이겠지요."

가랑이 생각하기에도 그가 가장 그럴듯했다. 찾지 못할 곳에 숨겨 둘 바에야 없애는 것이 속 편한 법이었고, 입을 열지 않을 정도의 약점을 쥐고 있더라도 그치 또한 약점을 쥐고 있는 터. 만에 하나 그치가 공멸을 꿈꾸면 어찌 되는 것인가. 궁지에 몰린 쥐는 항시 고양이를 무는 법, 허면 그 배신자를 알아낸다면 이 나인이 있는 장소도 자연스레 알 수 있을 터. 가랑은 가만히 머리를 짚었다.

누구든 제 약점을 알고 있는 자는 없애는 것이 당연지사, 그것이 정치였다. 허나 이 나인의 시신이 발견되지 않은 것으로 보아 그니가 살아 있는 것은 맞는 듯했다. 아무리 조용히 처리를 한다 치더라도 내궁에 비밀이란 없는 법이었으나, 가랑이 떠난 이후 황후전에서 사달이 있단 이야기는 듣지 못하였다. 허면 아직도 황후 주변에 붙어 있는 이가 일을 벌였단 것인데…… 그자를 어찌 알아낸단 말인가.

가랑은 괜스레 서탁 위에 고이 누워 있는 서책을 쓸었다. 제가 그리 좋아하는 병서, 그중에서도 손자였다. 13편 중 13편에 나오는 것이 용간(用間)이었던가.

손자가 말하기를 간자는 다섯 종류가 있다 하였다. 향간(鄕間), 그 나라의 토착민을 이용하라. 내간(內間), 그 나라의 관리를 매수하라. 반간(反間), 적의 간첩을 역이용하라. 사간(死間), 적지에 들어가 거짓 정보를 퍼뜨리라. 생간(生間), 살아 돌아온 첩자로부터 정보를 캐어라. 반드시 사람을 취하여 적의 정세를 알아야 하는 법이니(必取於人知敵之情者也). 하여 가랑은 지나가듯 속삭였다.

"……황후전에 쓸 만한 아이가 있을까요?"

어떤 간자든 간에 심어 둘 사람이 필요하단 말인 터, 금세 알아들은 채녀는 바로 답을 내려놓았다. 슬며시 말아 올라간 입꼬리는 뱀을 닮았느니.

"잘 아는 아이가 있사옵니다."

가만히 앉아 있는다 하여 소문마저 귀에 닿지 않는 것은 아니었다. 매일같이 많은 사람들이 드나드니 도리어 풍문에는 뉘보다 익숙한 법. 가랑이 황후에 관해 들은 것 중 가장 쓸 만한 이야기는 외간 사내가 황후전에 자주 방문한다는 것이었다.

명분이야 있으니 활용만 하면 될 터. 간자를 이용하는 가장 좋은 방법은 본인이 간자인 줄 모르게 만드는 것이다. 그리고 그는 어렵지 않은 법, 도리어 뉘든 설득하는 것이 어려운 법이다. 또한 설득당한 이가 완전히 자신의 편이 될지는 모르는 일인 것.

솜씨 좋은 채녀 백씨는, 가랑이 황성을 떠나 있던 동안 내궁 안의 눈과 귀가 되어 있었다. 그는 여러 이점이 있는바 지금 같은 상황에는 더더욱 그러하였다. 곧장 황후전으로 발걸음 한 그니는 게 있는 나인을 하나 데려왔으매, 가랑에게 머리를 조아리는 그 나인의 머리털이 유달리 새까맸다. 채녀는 특유의 미소를 그리며 자그마하게 속삭였다.

"열이라 합니다. 인사 올리거라."

"찾으셨나이까."

그리 묻는 계집아이의 모양새가 어딘지 모르게 익숙해, 가랑은 눈을 굴리었다. 아득한 기억을 더듬어가거늘 눈앞에 얌전히 앉아 있는 계집아이의 이름을 부르는 황후가 퍼뜩 기억을 스치었다.

— 열이야.

……그 몇 년 전, 저를 끌어 내치려 했던 때 저를 붙들었던 아이 중 하나였던가. 허면 황후가 가까이 두고 부리는 아이라는 말인 터, 채녀는 어찌 이런 아이를 잘 알고 지낸다고 속삭이는 것인가. 어찌 친해질 수 있었는지, 그조차 신묘할 따름이었다.

"내 근래 묘한 소문을 들어서. 물으려고 발걸음 하라고 했습니다."

"하문하소서."

"황후전에 외간 사내가 드나든다더군요."

"천부당만부당하옵니다. 그런 일은 결단코 없사옵니다."

그 단호한 답은 칼과도 같았다. 애초에 아니 땐 굴뚝에 연기가 날 리는 없는 터, 그런 풍문이 가랑의 귀에까지 들려온 것은 분명 뉘인 가 보았다는 이야기였다.

한데도 딱 잘라 아니라 답하니 능구렁이도 이런 능구렁이가 없는 터였으나, 저 아이가 능구렁이라면 가랑은 능수능란한 너구리였다. 뱁새가 황새를 좇을 수는 없는 법, 뉘인가의 밑에서 평생을 살아온 궁녀 따위가 어찌 감히 저를 볼 수가 있을 것인가.

"풍문이란 무시할 수 없는 겁니다. 만에 하나, 내가 황상께 이를 고하면 어찌 되는 겁니까?"

그는 반 협박이었다. 여인의 부정이란 고대부터 참형에 처하는 것 이매, 그는 황후라 하여도 피해 갈 수 없는 법이었다. 황후가 잘못된 다면 그 가문은 물론 휘하까지 마찬가지. 그 때문인가, 고개를 치켜 든 아이는 가랑과 눈을 똑바로 마주했다. 궁녀가 어디서 감히.

가랑은 날카롭게 눈썹을 올리었다. 보통 이러한 반응을 본다면 곧 장 꼬리를 말아야 하건만, 그 나인은 눈을 가늘게 치켜뜰 따름이었 다. 이어 단호하게 답하거늘, 가랑은 황후전 궁인의 위세가 보통이 아니라는 것을 새삼 깨달았다.

"맹세코 그런 일은 없사옵니다."

"……나야 그 말을 믿겠지만 황상께서도 믿으실지는 모르겠군요."

그러니까, 황상께 속삭이면 황후의 팔다리를 잘라 버릴 좋은 명분 이 될 수도 있다는 것이었다. 그리 뱅 에둘러 말한 것을 알아들었음에도 그니는 얼굴색조차 변하지 아니하였다. 뭐라 반박하려고 입술을 씰룩거리거늘, 단지 그뿐이지 건방지게 입을 놀리지는 않는다. 태도는 건방지기 그지없거늘 말을 아끼는 것은 제법 현명한 아이라는 의미였으나, 제아무리 열심히 달린다 하여도 그 위에 나는 이는 항시 있는 법이었다.

"하실 말이 그뿐이라면, 가 보시지요."

가랑의 속삭임에 나인은 눈초리를 파르륵 떨었다. 고작 이럴 것으로 저를 예까지 왜 불렀느냐, 그리 묻고 싶어 하는 얼굴이었으나 차마 입술을 떼지는 못하였다. 그대로 고개를 숙이고 뒤돌아서는 그 나인을 바라보며 채녀는 어찌 저리 보내느냐, 닦달을 했으나 가랑은 그저 웃었다.

간자란, 꼭 입으로써 토설해야만 유익한 간자가 되는 것은 아니었다. 이쪽의 이야기를 전달하여 내 뜻대로 움직이게 만드는 것이 반간계인 법. 황후의 성정상, 가만히 앉아 있기만 하여도 어떤 식으로든 연락이 올 터였다.

과연, 나인이 떠난 지 얼마 되지 않아 황궁의 상궁이 기어 와 황후께서 찾으신다고 속삭여 댔다. 가랑은, 그가 당장 오지 않으면 불같이 화를 낼 것이란 말을 어렵잖게 알아들었다. 어차피 기다리고 있을 터, 가랑은 주저 없이 황후전으로 발걸음을 옮기었다.

예전 한바탕 일을 벌인 적도 있었건만 황후는 여전히 자신을 잘 꾸미는 이였다. 허나 화사하게 웃는 낯에는 노골적인 적의가 깔려 있었으매 그 예리한 것이 제법 따가웠다.

"그래, 열이를 부르셨다고요?"

언변은 그야말로 청산유수, 부드러우면서도 유들유들하다. 예의 일은 전부 잊어버린 듯, 자애로운 생불이 되어 가랑을 맞이한다. 이

제 이립이 넘은 그니를 마주한 가랑은 여린 눈매를 사뿐하게 내리깔았다. 열이라니, 그게 뉘입니까? 그리 시치미를 떼고 되묻고 싶었다. 모든 일을 해결해 줄 이 나인을 찾기 전까지 최대한 황후를 약 올리고 싶은 맘이 가득했으나 지금 그럴 수는 없는 법이었다.

"예."

"도대체 이 사람의 무엇이 궁금하셔서요? 직접 물으시지 않고요."

진정 반가운 이를 만난 듯 사근사근 웃는 낯, 상냥함을 가장한 부드러운 어투. 뉘든 깜빡 속아 넘어갈 것만 같은 태도였건만 오묘한 뼈가 숨어 있다. 앞에서 대놓고 묻지도 못할 바, 도둑고양이처럼 무얼 살금살금 캐내고 있느냐는 의미였다. 어디서 감히 내 뒤를 캐내고 있느냐는 속삭임이다. 허나 작금은 맞서야 할 때, 언제까지고 주저앉아 있을 수는 없는 노릇이었다. 하여 눈을 치켜뜨고 입술을 열거늘 손끝이 떨려온다.

"아시지 않습니까."

한마디에, 서느런 정적이 허공을 훑고 바닥으로 향했다. 느긋이 턱을, 그 뺨을 괴고 있던 황후의 속이 탁상 위로 떨어지었다. 텅! 손과 탁상이 부닥치는 그 크지 않은 소리가 요란했다. 생불다웠던, 그 온화함으로 위장했던 새파란 미소가 조각났다. 생불이 야차가 되는 것은 단 한 순간, 바로 지금이 그때였다. 순식간에 진중해진 황후의 입술 위에 붉은 실핏줄이 한껏 도드라진다.

"……그가 진실이라 믿으십니까?"

"풍문이 그리 들렸을 뿐, 제가 감히 판단할 일은 아니라고 생각합니다만."

떨리는 손을 감추고 애써 냉정하게 대꾸했거늘, 눈짓으로 선명한 경고를 보내던 황후는 갑자기 까르륵 웃었다. 진정 즐겁다는 듯, 마치 천진난만한 어린 소녀가 된 양…… 청량한 음성이 구석구석 울려 퍼지었다. 그에 가랑은 웃고 있는 이에게도 공포를 느낄 수 있음을 깨달았다. 그리 천진난만하게, 순진무구하게 웃거늘 어찌 온몸에 소름이 올올이 돋는단 말인가.

"그래요…… 외간 사내라……. 그리 비치어질지도 모르겠군요. 내 해명하지요."

시린 눈시울을 올올이 붉은 황후가 입을 다물자, 마치 기다렸다는 듯 병풍 뒤에서 한 사내가 기어 나왔다. 총기 넘치는 눈매가 가랑을 마주하자 부드러이 휜다. 그는 무조건적인 호감을 담고 있었기에, 잘 못 본 것인가 싶어 가랑은 눈을 끔뻑였다. 허나 다시금 세상의 빛을 보았을 때 눈에 담긴 것이란 절도 있게 숙여진 허리뿐이었다.

"장건이라 하옵니다."

"아비가 키운 이입니다. 문씨 가의 식솔로 제게는 오라비 같은 이니, 외간 사내란 얼토당토않은 말씀이지요."

상냥한 황후의 음성이 뒤따랐으나 가랑에게는 들리지 않은 것이었다. 분명 제게 저리 허리를 숙이고 있는 이는 처음 보는 자 같거늘, 그 이름은 유달리 익숙했다.

건. 외자 이름인 데다가 흔한 자이기에 그 이름 또한 많이 들어본 것일 수도 있을 터. 허나 고국에 있던 자들 중 건이란 이름을 지닌 자는 기억이 나지 않았으니 예에서 들은 것이 틀림없었다. 왜 이리 익숙한 것인가. 어디에서 들어본 것인가.

풀리지 않을 의문에 고개를 갸웃거리고 있자니 웃음기 섞인 음성이 울리었다.

"이제 오해가 풀리셨습니까?"

가랑은 비뚤게 웃었다. 오해가 풀리었느냐고? 진실이라 믿느냐 물었을 대부터 제 알 바가 아니라고, 저와 관계없는 일이라 답했건만 저리 이야기하는 것을 보니 황후가 의도한 바가 무엇인지 알 법했다.

외간 사내가 황후궁에 드나든다는 풍문이 가랑이 귀에 들렸단 것은 이미 어느 정도 파다하게 퍼진 소문이라는 것일 터. 허나 아니라 속삭이며 물고 늘어지는 까닭은, 차후 저런 말이 다시 제 귀에 들려오면 가랑이 떠들고 다닌 것으로 여기겠다는 의도이리라.

고로 뉘가 말하든 간에 올가미로 목을 묶어 버리겠다 속삭이는 것인 터, 가랑은 딱 잘라 부정해야 했다.

"누누이 말씀드리건대 소첩이 오해하고 말고는 관계가 없는 일이옵니다. 판단은 황상께서 하셔야지요."

"소의, 못 본 사이 꽤나 대담해지셨군요."

대견스럽다는 듯, 정녕 칭찬을 하는 듯한 속삭임이었다. 허나 그 사근사근함은 결국 네 발칙하다 이야기하는 것뿐이었으니 그 또한 창과 방패였다.

"내가 그렇다면 그런 겁니다. 잘 아시면서 무얼 그리 토를 달으십니까?"

"그런 것이옵니까? 처음 알았나이다."

가랑은 천연덕스럽게 대꾸했다. 다른 때였더라면 발톱을 숨겼을 것이었건만 작금은 내놓고 공격을 할 때였다. 선즉제인 후즉제어인(先則制人 後則制於人 -항우본기)이라 하였다. 저의 목을 대놓고 옭아매려 하거늘 가만히 앉아 있다면 그는 천치나 할 짓인 법이다.

"내궁에서는 내 말이 곧 법도가 아니겠습니까?"

"폐하께서 그리 말씀하시면 그렇다고 알아 두겠습니다. 헌데 이만 물러가도 되겠습니까? 윤이가, 황자가 어미 품이 아니면 계속해서 칭얼거려서요."

결론은 조롱일 뿐, 가랑의 말이 이어지자 웃고 있던 후의 얼굴이 서서히 볼만해졌다. 푸르게 질려 가는 것인지, 붉게 달아오르는 겐지. 파들파들 떨리는 입술을 바라보자 묘한 희열을 깨달은 가랑은 고운 조소를 남기고는 자리에서 일어서 싸하게 뒤돌았다. 저를 노려보는지 뒤통수가 따끔거리었다.

그저 무시한 채 복도로 나오매 물건이 바닥으로 떨어지는 소리가 참으로 시원스러웠다. 그런 그니를 말리는, 건이란 자의 음성이 제법 다급했다. 바깥으로 소음이 흐르는 것을 걱정하는 양.

십 년 묵은 체증이 내려앉은 듯했다. 절로 미소가 그려지매 처소로 느긋한 발걸음 옮기던 가랑은 머리를 갸웃거렸다. 그, 건이라는 자. 이름이 어찌 그리 익숙하던가? 그리 기억을 더듬는데 뇌리를 스치는 것이 있었다.

初面(초면).

凡說之難 在知所說之心 可以吾說當之(범세지난 재지소설지심 가이오설당지)

무릇 설득의 어려움은 상대의 의중을 살펴 자기의 이야기를 적중시키는 데 있다.

……그 삼 년 전 이맘때쯤의, 과거. 금녀의 구역이라는 과거장에 들어가 제가 직접 시제를 썼었다. 그리고 그때 그 과거에서 장원으로 급제한 이의 이름이…… 저런 이름이었던 듯했다.

허면 황상께서는 어찌, 황후의 사람을 장원 급제자로 뽑으셨던 것인가.

곧장 처소로 돌아온 가랑은 보모상궁이 데려온 윤이를 품에 안아 얼렀다. 어미 품을 알아보는 모양, 점점 감겨 가는 눈을 한 윤이는 자그마한 손가락으로 제 손을 강하게 쥐어 온다. 자그마한 눈을 몇 번 깜빡거린 윤이는 어느 순간 색색거리며 고운 숨결을 내뿜을 뿐이었다. 황홀한 숨결이 가랑의 귀에서 그대로 살아났다. 고이 감긴 두 눈, 그림자를 드리우는 속눈썹이 제법 기니 고왔다.

그리 아이가 곤히 잠들어 가는 것을 보던 가랑은 생각을 거듭했다. 머릿속을 어지럽게 떠다니는 단편적인 생각을 모아, 자그마한 조각을 맞추어 간다.

장건이 어떤 식으로 답을 했기에 황상께서는 그를 장원으로 뽑은 것인가. 황후의 아비, 즉 승상이 주워 온 업둥이라 하였으니 황상께서 그를 모르셨을 리는 없었다. 도대체 그는 어떤 식으로 답안을 썼기에 황후의 사람이란 것을 아시면서도 황상께서는 그를 뽑으신 것인가. 어찌 그때…… 시제가 세난이었던 것인가.

— 본디 세난은 한비가 신하가 임금께 말을 올릴 때에 입조심을 해야 한다며 지은 문장이라 하였습니다만.

— 하여?

— 다른 유학에 비해 해석의 갈래가 적을 듯하니, 단순히 해석을 쓴다고 하여 타인들보다 우위에 설 수는 없겠지요. 허면 저를 뽑아야만 하는 이유에 대해 구구절절 늘어놓으렵니다.

저는 저리 답했고, 황상께서는 네 답이 옳다 간접적으로 답하셨다. 허면 장건도 틀림없이 비슷한 이야기를 써 놓았을 터였다. 저를 뽑아야만 하는 연유에 대해 어찌 써 놓았기에 그 황상을 설득한 것인가. 장건이 무어라 지껄여 놓았는지, 그를 보아야 무엇이든 할 수 있을 듯했다.

허나 세월은 무정한 법, 그 과거가 끝난 지 벌써 삼여 년이었다. 아직도 답안을 보관하고 있을 것인가. 만에 하나 보관한다 치더라도 제가 그를 볼 수 있을런가. 황상께 속삭이면 무엇이든 해 주실 터였건만 그가 다른 빌미를 내줄 것만 같았다.

"……얼굴이 심각하군."

하염없이 시간이 흘렀던 것인가? 분명 멀리서부터 고했을 것이었건만 귀에 들리는 바는 바이없었다. 그저 제게는 급작스레 나타난 것인 양, 익숙한 목소리는 항시 그리 울리었더란다. 가랑은 저를 향해 앉는 그를 향해 슬그머니 눈을 마주했다.

"류."

"그래. 무슨 생각을 그리 골똘히 하기에 내 오는 것도 몰랐느냐?"

그는 핀잔 비슷한 투정이었다. 이어 가랑의 품에서 곤히 잠든 윤이를 받아 가시더니 그 입가에 부드러운 미소를 그리신다. 아이의 꼭 감긴 눈과 눈을 마주하시는 그 모습, 그 품에서 잠들어 있는 자그마한 아이……. 두 사람의 옆모습이 자꾸만 눈에 밟히었다.

아직 어린아이였으나 그와 참으로 닮았다. 단단한 이마하며 오뚝 솟은 콧날이며…… 저와 닮은 모습이 도무지 보이지 않을 정도로. 가랑의 눈에는 두 사람의 모습이 한 폭의 그림 같아, 마냥 곱고 사랑스러워…… 그리하여 희미하게 웃었더란다.

"하여 서운하십니까."

"서운하다마다. 와도 알은체를 하지 않으니."

즉답이 떨어지었다. 진지하게 대꾸하시는 것도 아니고, 장난스런 어투셨으나 가랑은 그저 아무런 말도 할 수가 없었다. 황상께서는 항시, 바쁘신 와중에도 저를 살뜰하게 챙겨 주시곤 하셨으므로. 별궁에 있었을 때에도 빠르면 사흘, 늦어도 달포에 한 번씩은 꼬박꼬박 와 주시지 않으셨던가. 저는 그러한 성품이 못 되니 그저 미안할 뿐, 장난인 양 서운하다고 하셔도 무어라 할 말이 없을 따름이었다.

"오늘은 무얼 했기에 그리 넋을 놓고 있느냐."

"황후전에 다녀왔사온데……."

가랑이 조곤조곤 중얼거릴 적 그가 윤이의 통통한 뺨에 입을 맞추었다. 그리 보이는 뺨마저 쏙 빼닮은 터 부전자전이란 말이 이런 때에 걸맞은 것인 듯했다. 색색거리는 숨소리가 가랑의 귀에는 마냥 달콤하기만 하여, 저도 모르게 미소를 그릴 때에 황상께서 보모상궁을 부르셨다.

곤히 잠든 윤이를 품에 안은 그니가 처소 밖으로 나가거늘 안은 품이 두 번이나 바뀌었음에도 여전히 고운 숨소리를 내는 윤이는 마냥 천진난만했다. 하여 가랑은 괜스레 입술을 비죽 내밀었다. 그런 가랑을 보는 황상의 음성에는 웃음이 가득 서려 있었더란다.

"다녀왔는데?"

"장건이란 자를 만났사와요. 지난 과거의 장원이라 하였사온데 그가 의뭉스러워서……."

그러니까, 그때의 과거는 황후를 중심으로 똘똘 뭉친 훈구를 견제할 만한 인재를 뽑기 위한 것이었다. 장원이란 그러한 인재들의 구심점이 될 수도 있을 터, 헌데 어찌하여 그런 위치에 황후전을 드나드는 이를 뽑은 것인가. 그런 의미의 속삭임에 마주한 그의 미소가 조각난 듯했다. 어딘가 비틀린, 그리하여 서글프고 마음 아픈 것.

"천혜가 죽었을 때……."

목이 메는 양 그가 말을 끊었다. 황녀, 천혜는 그의 동복누이로 선황의 둘뿐인 적자 중 하나였다. 허나 안타깝게도 어린 나이에 세상을 달리한 이였다. 가량이 정이를 생각하면 안타까운 마음이 가득하니 그는 더더욱 심할 터, 두 번 다시 볼 수 없는 혈육을 향한 마음은 누구든 애틋한 법이었다.

"그때 당시 12황자도 함께 죽었었다."

얼추 그 이야기를 들었던 기억이 되살아났다. 12황자와 천혜, 황후가 죽인 것이 아닐까 추측하였으나 선황께서 그를 덮으라 하였다고 했던가? 헌데 이 일이 도대체 장건과 무슨 연관이 있는 것인가?

"12황자의 어미, 미인은 아들을 잃은 충격에 목을 매달았다. 그 미인이 명원 출신이었지."

그리고 장건 또한 명원 출신이라 하였던가? 허면 저 목을 맸다는 미인과 모종의 연관이 있기에 이야기를 하신 것일 터. 가량은 알고 있는 사실을 하나하나 떠올렸다. 황상의 동복누이, 천혜가 죽었을 당시 그 둘을 죽였노라고 공공연하게 알려졌었다던 이가 황후였다고 하지 않았었던가. 즉 미인과 장건이 연관이 있노라면 황후에게는 개인적인 원한이 있다고 볼 수도 있는 것이매…… 채녀의 속삭임이 다시 귓가에서 되살아났다.

― 배신자가 있는 것이겠지요.

허나 한 가지, 걸리는 것이 있었다. 건은 일찌감치 승상이 업어 키운 업둥이라 하지 않았던가. 정확히 몇 살 때부터 키운 것인지는 알 수 없으나 적어도 황후가 태자비가 되기 전부터 황후의 사가에서 키워졌을 터였다. 허면 애초에, 저 목을 맸다는 미인 측에서 문씨 가에 맡긴 아이였다는 이야기인가. 부러? 어떻게?

"그 과거 당시, 이부원외랑은 한신의 이야기를 썼었다만……."

한신이라 함은, 한나라의 그 한신인 것인가.

사기의 회음후열전(淮陰侯列傳)에 의하면 매우 가난하여, 끼니조차 제대로 먹을 수 있는 형편이 되지 못했다 하였다. 사람들은 한신을 무능력하다 여기었지만 실상은 발톱을 숨긴 호랑이로, 후일 한고조에게 그 재능을 인정받아 전장을 지배했으매 결국 한 제국을 확립시킨 일등공신이었다. 허나 결말은 토사구팽(兎死狗烹), 한 제국을 만드는 데 공헌한 일등공신은 한 제국의 사람들에 의해 비참한 결말을 맞이했을 뿐이었다.

"네 예에 오니 다시 정사에만 신경을 쓰는구나. 돌아오지 말라고 할 걸 그랬다."

그가 자신에게는 신경 쓰지 않는다, 그리 돌려 말씀하시는 것임을 알아들은 가랑은 빙그레 웃었다. 별궁에 있을 때에는 어리디어렸던 윤이에게 치여, 예에서는 정사에 치여 항시 뒷전이라. 마음 같아서는 모든 걸 맡겨 두고 있으라고 속삭이고 싶으신 것일지도 몰랐다.

허나 차마 그러실 수는 없었으리라. 정사란 결국 명분의 다툼인 터, 내궁의 일이 제아무리 외궁까지 이어질 수 있다고 하더라도 내궁에서 명분을 만들어야 오롯한 해결이 가능한 법이었다.

그리고 이는…… 그가 섭섭하게 생각할지는 몰라도, 가랑의 일이었다. 애초에 황후의 가면에 속은 이도 저였고, 그의 경고를 무시한 이도 가랑이었다.

"……저와 함께 있는 것이 싫으십니까?"

가랑은 여리게 속삭이며 그의 팔에 매달렸다. 슬그머니 손을 내려 부드러운 손을 그의 단단한 손 위에 겹치거늘, 그러한 제 행동도 목소리도 어색하여 꼭 제 것이 아닌 양 했더란다. 그저 나름대로의 아양과 교태, 달콤하게 흔들리는 입술이 고운 선율을 토로했다. 한껏

꾸며 낸 음성이 나비인 양 살랑거리다가 그의 귓가에 사뿐히 주저앉
았다.

"제가 이리 돌아오지 않았더라면 더 좋으실 뻔하셨사와요? 먼발치
에 있어야 더 애틋하여 설레는 것이옵니까?"

"그럴 리가."

"하오시면……."

그리 나름대로의 아양과 애교를 부리던 가랑은 말을 마칠 수가 없
었다. 따스한 것이 제 입술을 단단히 누르는 터, 새털마냥 가벼운 입
맞춤이 감질났다. 서로의 숨결을 앗는 깊은 입맞춤이 아님에도 심장
이 두근거리었다. 올올이 돋아난 감각이 살 떨리는 설렘을 속삭인다.
그저 홍조가 양 뺨에 가득 돋아날 따름, 가랑은 순식간에 붉어진 얼
굴로 그의 옷자락을 붙잡았다.

"근래 들어 아양이 늘었구나."

나지막이 속삭이시는 음성에 가랑은 배시시 웃었다. 고개를 바짝
추켜올리고, 눈과 눈을 마주했다. 그의 새카만 눈동자 안에 한 가득
담긴, 가득 붉은 제 모습이 생소하다.

"싫으십니까?"

"그건 아니다만…… 네가 자꾸 변하는 것만 같아 무섭군."

웃음기 섞인 장난스런 속삭임에 가랑은 그 뺨에 입을 맞추었다.
소심한 입맞춤이었으나 그 마음만큼은 대담할 따름, 조곤조곤한 음
성이 그의 귓가 밑에서 나지막이 울려 퍼지었다.

"제가 류를 이리 부르는 한, 그럴 일은 없사와요."

그에 살포시 미끄러진 손이 옷고름을 건드린다. 잠들지 않은 조팝
나무의 달이 희미하게 일그러졌다. 어둠이 깊게 내리깔린 밤의 장막
은 두꺼웠다.

아침 일찍 황상께서 현 이부원외랑, 장건의 답지를 보내 주셨으매 까만 글씨가 제법 빽빽하였다. 세난이란 한비가 쓴 것으로 임금을 설득하는 방법에 대해 논한 것이다…… 그리 시작하는 제법 정직한 답지였다. 허나 결국 중요한 것은 단 두 개였다. 한신에 관한 오래된 고사와 포곡조(布穀鳥).

회음의 백성 중에서 한신을 업신여기는 한 젊은이가 한신에게 말하기를, "네가 비록 키는 커서 큰 칼을 잘도 차고 다니건만 속은 겁쟁이일 뿐이다." 이후 사람들 앞에서 한신을 모욕하며 말하기를, "네놈이 죽기를 두려워하지 않으면 나를 찌르고, 죽음을 두려워하면 내 가랑이 사이로 기어 나가라." 이 때 한신은 그를 한참 동안 물끄러미 바라보다가 몸을 구부려 가랑이 밑으로 기어 나갔다. 이 일로 시장 사람들은 한결같이 한신을 겁쟁이라고 비웃었다.(淮陰屠中少年有侮信者, 曰「若雖長大, 好帶刀劍, 中情怯耳.」 衆辱之曰「信能死, 刺我. 不能死, 出我袴下.」 於是信孰視之, 俛出袴下, 蒲伏. 一市人皆笑信, 以爲怯.)

후일 이 고사에서 생겨난 말이 과하지욕(跨下之辱)이었다. 곧 한신의 고사를 이름은 때를 기다리고 있단 소리였으리라. 허면 포곡조는 무슨 의미가 있는 것인가. 구슬픈 목소리로 울어 대는 그 새에 대하여 떠오르는 것은 한 가지, 탁란뿐이었다. 남의 둥지에 알을 낳는 어미 새. 알에서 나온 새끼는 그 둥지의 새끼보다 먼저 태어나 둥지 밖으로 알을 밀어 버리는 잔혹성을 지녔다. 장건은 자기 자신을 포곡조로 본 것인가? 태어나지 않은 알을, 태어난 새끼들을 밀어 버리기 위해 알 속에 숨은 채로 기다리고 있는…….

— 배신자가 있는 것이겠지요.

……채녀의 목소리가 다시금 머리를 울리었다. 그 배신자는, 이 나인을 숨긴 자는 바로 이자다. 아마 교묘하게 황후를 조종했으리라. 잠시 보았음에도 꽤나 가까운 사이로 보였음 즉, 그 황후가 오라비 같은 이라고 떠들어 대는 것을 보아하매 가랑은 그저 직감했다. 입 안의 혀처럼 굴며 조언하는 척, 그니를 위하는 척…… 내궁을 주무르는 황후의 팔다리에 실을 묶었을 것이었다. 그러므로 당장 그치를 만나야 옳았다.

하여 아랫것을 시켜 이부원외랑을 불러오라 속삭이매, 마치 기다렸다는 듯 달려온 장건은 가랑을 향해 은밀한 미소를 내비쳤다.

"소의마마를 뵈옵니다. 진즉 소신을 찾으실 줄 알았건만 생각 외로 늦으셨사옵니다."

그 오묘한 말투에 가랑은 순간 당혹을 되삼키었다. 무어라 표현하면 좋을까, 참으로…… 가벼웠다. 경쾌한 감각의 가벼움이 아닌 경박한 감각의 가벼움이다. 치욕을 참고 가랑이 밑을 기어간 한신이 아닌 치욕을 주려 가랑이 밑으로 기어가라 속삭이던 시정잡배를 빼닮았다고 하면 옳을 터.

"……바쁜 걸음을 이리 주시어 감사할 따름입니다. 폐가 되지는 않으셨습니까?"

저쪽이 경박하든 말든 간에…… 상냥하게 꾸며 낸 음성은 최소한의 예였다. 평생 귀하게 살아온 가랑 자신이었다. 허나 그 공치사가, 입 발린 말이 맘에 차지 않은 듯 장건은 인상을 찌푸렸더란다.

"마마, 소신은 예에 오래 머물 수 없습니다. 연유야 아실 것이라 믿습니다."

찡그린 인상과 맞물린 것은 불쾌함을 토설했다. 그가 진담인지 농인지 구분이 가지 아니하건만 분명한 것은 하나. 꼭 필요한 이야기만 간단히 전달하는 것이 좋을 터, 그런 의미였다.

즉 조정 일을 하는 도중에 불려왔고, 문씨 가의 업둥이이니 대립하는 이에게 와 있는 것이 껄끄럽다는 말이었다. 그리고 황후가 심어 놓았을 황후전의 나인이 있을지도 몰랐다, 지금 찾고 있는 이 나인처럼.

……그 태도가 제법 안하무인이긴 하건만 아쉬운 이는 가랑이었다. 또한 저리 나오는 것이 이해되지 않는 바도 아니다. 어찌 되었든 여기까지 기어 온 명분이 필요하다는 것, 허면 그를 만들어 줘야 했다.

황후전에 드나든다는 그 풍문을 이용하면 좋을 터, 그를 입으로 떠들어 댄다면 남은 이야기는 필담을 통해 하면 안온할 것이었다. 하여 가랑은 지필묵을 꺼내 들었다. 새카만 먹을 머금은 가느다란 붓이 투명한 화선지 위를 스치었다.

이 나인은 어디에 있습니까?

"폐하께 황후전의 일을 고하였더니 용안이 좋지 않으시더군요. 요즈음 조정에서도 날을 세우고 계실 터인데 내궁에서까지 분란을 일으키면 쓰겠습니까? 제가 황후께 직접 이리 아뢰면 월권이니, 원외랑을 부를 수밖에요."

조곤조곤한 속삭임과 손은 따로 놀았다. 하여 장건은 눈으로 종이를 훑고 귀에 들리는 말을 곱씹었다. 겉보기에는, 괜한 분란을 일으켜 아니 그래도 촉을 세우고 있을 황상을 자극하지 말라는 말이었다.
사이좋은 이들이니 내심으로는 진정 그리 생각할지도 몰랐다.

　허나 정사란 엄연히 다른 법. 훈구를 칠 명분은 많을수록 좋은 터,
죄는 가중되는 법이니. 제가 황후전에 드나드는 것 또한 좋은 명분이
될 수도 있는 노릇이었다. 그는 슬그머니 붓을 받아 들었다.

　"고작 그를 물으시려 소신을 예까지 부른 것이옵니까?"

　그 답에 가랑은 눈을 치켜 올렸다. 그치의 손이 흔들렸다.

　어찌 나인을 소신에게서 찾으십니까?

　"황후폐하와 신은 가족과 다름없습니다. 승상께서 제 아버지 같으
신 분이시니."

　명분을 주니 잘도 입을 놀려 대었다. 가랑은 다시금 붓을 놀렸다.

　시신이 발견되지 않은 것으로 보아 감쪽같이 사라진 것이니 황후
폐하의 주변인이 남몰래 숨긴 것이겠지요. 생각건대 이 나인을 숨길
만한 이는 원외랑, 그대밖에 없습니다.

　"가족과 다름없다는 말이 곧 혈육을 의미하는 바는 아니지 않습니
까."

　부드럽게 새겨진 글자를 보던 장건의 얼굴에 미묘한 웃음이 돋아
난다. 그를 가만히 올려다보던 가랑의 손이 다시금 춤을 추었다. 붓
이 스쳐 지나간 자리에 한 떨기 글자들이 수놓아지니 그 필체가 가
히 고아했다. 귀인의 필체가 따로 있는 양 했다.

어디에 두셨습니까?

소신은 때를 기다리는 포곡조입니다. 하오니 아직까지는 알을 부
술 수가 없습디다.

삼 년 전의 일을 잊지는 않으셨겠지요. 저는 황후를 용서할 수 없
을뿐더러, 당연히 죗값을 받아야 한다 생각합니다. 허면 황후를 꺾어
야 하거늘 그를 위해 이 나인이 필요합니다. 협언을 하든 설득을 하든
그때 있던 일을 들을 수 있을 터이니.

기나길게 새겨지는 것들을 보던 장건은 비틀린 입꼬리를 유순하게
말았다. 붓을 다시금 고쳐 쥐며 입으로 나불거리었다.
"어찌 그리 의심을 접으시지 않으십니까. 함께 자라온 누이를 뵈
러 가지도 못한단 말씀이십니까?"
"이미 소문이 파다할 정도면 사태가 심각함은 아시지 않습니까."

뉘든 쉬이 찾을 수 있으나 결단코 찾을 수 없는 곳. ·

……누구든 쉽게 찾을 수 있으나 찾을 수 없는 곳? 이는 무슨 창
과 방패란 말인가? 아무래도 쉽게 가르쳐 줄 생각은 없는 모양, 이런
식으로 확연한 명분을 들고 가려는 듯…… 시원스레 꺾이는 손이 새
카만 글자를 만들어 냈다.

이 나인은 게에 있습니다.

9장.
반격反擊

요사이 황후는 그저 초조했다. 마음에 근심만이 가득하여 눈앞이 깜깜하고 정신마저 혼미하매 꼭 자기가 황후 문씨가 아닌 양……. 조정도 차츰 어린 핏덩이에게 들러붙는 터, 내궁마저 오롯이 다스리기가 힘이 들었다.

분명 제대로 틀어쥐고 있거늘 무언가 기괴하게 비틀려 삐끄덕거리는 소리를 냈다. 건이 예에 드나드는 것을 뉘가, 그리 와전하여 소문을 냈던가. 아니 그래도 풍전등화거늘 자꾸만 일이 벌어지매 골치가 딱딱 아팠다.

슬그머니 머리에 손을 얹자 울화가 치미는 양 숨이 턱 막히었다. 그에 땅이 꺼져라 한숨을 내쉬니 황후의 아지가 그니를 따라 남몰래 깊은 숨을 내쉬었다. 분명 조심스레 내쉰 것, 허나 오랜 시간 붙어 있던 것인지라 금세 그 깊은 설움을 알아보았다. 황후는 고개를 바짝 들어 그니를 응시했다.

"아지."

"예, 폐하."

"어찌 그리 한숨을 쉬어."

"……폐하의 얼굴이 많이 상하시어서요."

걱정으로 떨리는 그 음성을 들은 황후는 제 얼굴을 매만졌다. 까슬까슬한 뺨이 꼭 제 것이 아닌 양…… 손바닥 위로 다가오는 감각이 어색하다. 면경을 보면 분명 어딘가 야위었을 터, 아름답고 고아한 황후로 남으려 했건만 초조함이 그대로 얼굴에 드러나는 모양이었다. 애써 입술을 조금 더 깨문 황후는 눈을 말았다. 그래서는 아니 되었다. 저는 곧 황후, 내궁의 주인이요, 문씨 가의 귀한 딸이지 않은가.

생각을 잇다가 그니는 다시 한숨을 내쉬었다. 황후이고 문씨 가의 딸이면 무엇하누. 요사이 조정의 판도는 매일같이 변모했다. 이쪽에 붙어 알랑거리던 이들은 이제 핏덩이와 그 어미에게 붙어 아첨을 토해 댔다. 권세에 들러붙는 부나방이란 그런 것들, 교묘한 줄타기를 이어 나간다. 그나마 이부와 병부를 아직까지는 틀어쥐고 있어 대놓고 반발하지는 않건만 무엇 하나 약점이 잡히기만을 기다리는 듯했다.

그래…… 그치들도 예 밑에서 너무 오래도록 있었다고 생각할 터. 누구든 뱀의 머리가 되고 싶어 하지 계속 용의 꼬리로 남아 있고 싶어 하지는 아니하는 법. 세월이 흐르니 허무한 모래 알갱이 같은 것들이거늘, 손끝마저 우아한 황후는 느긋하게 턱을 괴었다. 한숨 섞인 음성이 아른아른 허공으로 타올랐다.

"권불십년…… 그래, 권불십년이라고 하지."

"……폐하."

"물론 내게는 해당되지 않을 줄 알았어, 아지. 그 핏덩이만 없었더라면……. 아니, 없어진다면……."

그저 그렇기만 했더라면 지금 골치 아픈 일은 없었더란 말이었건만 그 중얼거림이 섬뜩했던 까닭은 무엇인가. 황후의 아지는, 그니를 젖 먹여 키운 어미는 문득 옛일을 떠올렸다. 승상이 선물한 새. 그리고 뱀. 하여 젖 먹여 키운 어미는 조곤조곤 그니를 달래었다.

"뉘 들으시면 어찌하시려고 그런 말씀을 하시어요?"

"들으라면 들으라지. 어린 나이에 죽는 게 드문 일은 아니잖아, 심지어 황성에서조차도."

또한 한 번을 없앴는데 두 번이라고 불가할까.

가볍게 지나가는 어투에는 뼈가 있었으매, 그야 틀린 지껄임은 아니었다. 선제 때에도 무사히 자란 이들보다 어린 시절에 요절한 이들이 더 많은 터였다. 흔하게는 수두에, 가끔은 이유조차 알지 못하고, 또 정녕 드물게 천혜와 12황자처럼……. 퍼뜩 그날의 일을 그리던 황후는 눈을 내리깔았다.

"……왜 이름을 윤이라고 지었을까."

"예?"

"천혜와 함께 죽은, 그 미인이 낳은 황자의 이름도 윤이었어."

12황자. 작금 생각하면 어리고 힘없는, 선제에게 애정조차 받지 못하고 죽은 이후에 곡조차 듣지 못했던 가여운 아이였다. 허니 기억하라는 것이신가. 그 이름을 들을 때마다 되새기라는 것이신가. 천혜가, 그 아이가 죽은 것을 잊지 말라고 하심인가. 아니면 그 일 때문에 결국 이리 몰락해 가는 저를 바라보라는 것인가. 아니 그래도 태극궁 뒤뜰을 거닐 때면 그날의 일이 생각나거늘.

……허면 만에 하나, 천혜가 그리 죽지 않았더라면 제가 지금 이

꼴을 하고 있지는 않았을 것이던가. 천혜가, 그 어렸던 이가 아비인 선제의 손에 사달이 났었더라면……. 기막힌 일이긴 하겠건만 저는 편하지 않았을까. 적어도 잃어버릴 것들에 대해 이리 염려를 하고 있지는 않았을 것이었다.

황후는 서탁 위에 고스란히 놓인 연적을 매만졌다. 귀하디귀한 옥을 깎아 만든 용이, 여의주를 문 채 금방이라도 승천할 듯 생생하건만 이지가 없는 눈은 그저 저를 바라볼 뿐이다. 도대체…… 이가 무엇이관대.

"……그때 일은 폐하의 잘못이 아니옵니다. 아직도 마음에 담아 두고 계십니까."

"완전히 털어낼 수는 없지. 그저…… 그때 내가 그러지 않았다면. 아니, 무시했더라면. 모른 척했더라면 적어도 태후와 이렇게 틀어지지는 않았을 거잖아. 아니, 적어도…….."

— 연유는 중요치 않아요, 황후. 무엇이든 그는 작금 전혀 중요하지 않아.

아무것도 모르는 태후는 그저 자신의 딸이, 천혜가 비명횡사한 것만을 생각했었다. ……눈을 감으면 떠오르는 날이 있다. 12황자가 지껄이고, 그를 들은 천혜의 얼굴이 새파랗게 질리고, 생각할 것도 없이 12황자를 냅다 밀어 버렸던 자신. 시퍼렇게 아가리를 벌린 넓고 푸른 연못에 마치 꽃이 지듯 떨어지며 얼결에 천혜를 붙잡았던 황자의 손. 그저 입에 감기면 달았던 물이 무서운 것임을 생애 처음 깨달은 그 날.

"천혜가 죽지 않았더라면, 12황자만 죽었더라면 태후가 날 이렇게까지 무시하지는 못했겠지."

— 왜 그랬던가. 천혜는 태자비를 제법 잘 따랐느니.

저를 어여삐 여기었던 선제도 그때만큼은 제게 서슬 퍼런 음성을 냈더란다. 자식 잃은 비통함이 파르라니 취한 그 서늘함은 제가 내 뱉은 말에 차츰 누그러졌었다. 누그러짐은 결국 자책과 설움으로 이 어졌다. 모든 것은 결국 선제의 과실이었으매…… 하여 덮으라 명하 시었다. 네가 다소 오해 속에서 힘들 것이나 불초한 딸의 명예를 지 켜 달라 속삭이셨다. 선제께서는 말을 번복할 수 없는 황제였기에.

……그때, 아니 된다고 말했어야 했다. 이기심 때문에 12황자를 밀어 버렸듯 이기적으로 나갔어야 했다. 선제만이 저를 어여삐 여기 었다고, 선제께서 불러 준 이름에 홀라당 넘어가 순진하게 그 말을 좇지 말 것을. 적어도 선제가 진정으로 은애했던, 허나 세도가의 등 쌀에 밀려 내색조차 하지 못했던 태후에게만은 이야기하라고 했어야 했다. 그 시절의 사정을 잘 알고 있는 아지는 희미하게 웃으며 손을 뻗어 왔다.

"지난 일입니다, 폐하. 되돌아보시어도 후회만 남으시어요."

"그야 그렇지만…… 그냥 갑갑해서 투정 좀 부려 봤어."

아지의 말이 백번 옳아 황후는 고운 옥빛 연적으로 다시금 눈을 훑었다. 천치 같은 인간들. 이가 예에 있는데 아직도 찾지 못한 것으 로 알려졌으리라. 아니, 이제는 모든 이들의 기억에서 잊혔을 것이었 다. 도대체 이가 무엇이관대, 결국 모든 이들의 뇌리에서 사라질 것 이 무엇이관대 그때 그리 발칵 뒤집어졌던 것인가. 갑갑해지는 속에 황후는 가슴 위에 손을 얹었다. 깊게 숨을 쉬어도 도무지 풀리지가 않았다.

"……건이를 불러 주세요, 아지."

"건이를요?"

다소 꺼림칙한 음성으로 되묻는 말에 황후는 고개를 끄덕였다. 어떻게 풍문이 났든 간에…… 맘을 달래 줄 이가 필요했다. 그리고 건은 아비와, 또 오라비들과 다르게 저를 죄어치지 않고 이야기를 들어 주는 이였다. 피는 섞이지 아니하였으나 같이 자라 온, 황후에게 있어서는 가장 마음 편한 혈육이었다.

❈

'뉘든 쉬이 찾을 수 있으나 결단코 찾을 수 없는 곳.'

가랑은 십수 번 그 말을 되새기었다. 그도 사정이 있으니 맞추지 못할 속삭임은 남기지 아니하였을 터, 생각을 거듭하던 가랑은 정녕 오랜만에 서책을 들고 처소 밖으로 빠져나왔다.

익숙하고도 한적한 태극궁 뒤뜰 정원으로 향하는 터 청명한 산들바람이 귀를 스치었다. 그 미풍에 몸을 떠는 나뭇잎이 목소리를 높여 창을 불러 댔다. 사각사각 스치는 소리란 자연의 즐거움이었다. 고요히 진동하는 수면이 아름다운 윤슬을 새겨 갔다. 깊고 푸른 연못 위로 잉어들이 팔딱팔딱 뛰어올랐다. 잠시 수면 위로 우아한 황금빛 몸을 드러낸 잉어가 다시금 집으로 돌아갈 때에 여린 물방울이 사방으로 튀더니, 눈앞에 일곱 빛깔 채홍이 드리워졌다.

분명 아름다운 광경이었다. 아름답건만…… 생각건대 이 곱다란 곳에서 참 많은 일이 있었다. 이 깊고 푸른 못은 죽은 딸을 위해 흘린 태후의 눈물이 만든 것이었다. 그 눈물 깊은 곳 어딘가에는 제가 던져 버린 오라비의 팔이 있으리라.

쓰라린 마음에 괜스레 발로 모래를 차니 푸른 연못으로 그 자그마한 알갱이들이 우수수 떨어졌다. 먹이를 주는 줄 아는 양 시름없는 잉어들이 그 주변으로 가득 몰려들었다. 물속에서 한들한들 흩어지는 잉어의 금빛 지느러미가 따사로운 태양 밑에서 아름답게 번뜩였다. 우아한 유선형 몸으로 춤을 추는 잉어들이 자꾸만 허공으로 뛰어올랐다. 아름다우면서도 평온한 광경이다.

여린 미소를 덧그리며 가랑은 정자에 몸을 올렸다. 서탁 위에 서책을 올려놓으매 오랜만에 다가온 종이의 감각이 낯설지만은 아니했다.

'뉘든, 쉬이 찾을 수 있으나……'

풀 수 없는 문제를 내지 않는 것이 질의를 던지는 이들의 특징이라면 특징이었다. 허면 서책 안에서 얼마든지 답을 얻을 수 있을 터, 만에 하나 없더라도 생각을 정리하기에는 좋은 것이었다. 하다못해 자그마한 실마리라도 얻을 수 있으리라. 하도 읽어 너덜거리는 서책이 손끝에 잡히고, 곧 익숙한 글자가 눈에 가득 들어섰다.

명군지소도제기신 이병이이의 이병자형덕야(明主之所導制其臣者 二柄而已矣 二柄者 刑德也), 명군이 그 신하를 지도하고 통제하는 것은 두 개의 자루로 두 개의 자루란 형과 덕을 이름이다…….

그리 시작한 서책을 한참 읽으니 목이 아파 고개를 바짝 들어 올렸다. 손끝으로 뻐근한 목을 매만질 적 가랑의 눈에 묘한 인영이 담기었다. 익숙한 황금빛 옷자락과, 익숙지 않은 자색 옷자락.

가랑은 저도 모르게 동공을 가득 찌푸렸다. 잘못 본 것이 아닌 양 다시 한 번 확인하려는 듯…… 허나 몇 번을 보아도 맞았다. 황상이었다. 그리고, 처음 보는 여인이었다.

순간 심장이 바닥으로 쾅 떨어지는 듯했다. 황망하게 굳은 가랑의 동공이 기다랗게 늘어났다. 저도 모르게 그대로 시선이 고정되어, 그들을 가만히 쳐다보았다. 꽤나 가까운 사이인 듯했으나 예를 지키는, 절도 있는 몸가짐들이 고스란히 눈에 담기었다.

귀인만이 걸칠 수 있는 자색 피복이 산들바람에 흐드러지게 뒤섞였다. 높이 올린 고계 사이사이로는 화려한 장신구가 제 진가를 자랑하며 번뜩였다. 청옥을 좋아하는 듯 갖가지 떨잠도 비녀도 모두 곱게 다듬어진 새파란 돌덩이로 장식된 터였다.

본디 태생부터 귀하고 그만큼 귀히 자라온 듯한 여인의 미소에는 미묘한 수심이 묻어 나오던 바인지라 귀인답게 하얀 것이 이유 없이 음울해 보였다.

허나 그 얼굴이 어떻든⋯⋯ 그가 저 아닌 다른 여인과 걸어가는 모양새가 가랑의 눈에는 곱게 비치지가 않았다.

곱게 비치지 않을 뿐이던가? 속이 거칠게 뒤틀렸다. 이러면 아니 되거늘, 그를 알고 있거늘. 도대체 뉘이기에 처음 보는 이가 황상과 저리 친밀하게 걸음을 옮기는가? 제가 예 없던 삼 년간 무언가 있었던가?

괜스레 파들거리는 주먹을 움켜쥘 때에 황상과 눈이 마주쳤다. 저를 보는 눈이 반가움에 화사하게 휘거늘 가랑은 그저 입술을 비죽 내밀었더란다.

그를 못 보았던 듯 그가 고개를 숙였다. 무어라 입술이 움직이매 주름이 지기 시작한 여인의 눈매가 휘었다. 그가 꼭 서로를 희롱하는 듯 보이는 것은 눈의 착각인가, 마음의 착각인가.

이윽고 그와 여인이 나란히 다가오매 가랑을 본 그니가 눈을 빛냈다. 부드러운 미소를 그린 여인이 입술을 떼었다. 윗사람을 대하는 것도, 그렇다고 아랫사람을 대하는 것도 아닌 모호한 태도였다.

"처음 뵙사옵니다, 소의마마. 득남을 경하드리옵니다."

가까이서 보건대…… 그늘진 미소를 그린 그니는 제법 나이가 있어 보였다. 제아무리 우아한 낯으로 세상을 응시해도, 타고난 고귀함으로 의태를 뒤집어써도 그 안에 숨겨진 시름이란 제법 깊은 것인 듯했다. 감사하다, 입 발린 말을 내뱉으니 그니는 눈으로만 활짝 웃었다.

"황자께서 폐하를 쏙 빼닮았다 생각했는데 이리 뵈니 소의마마를 더욱 닮았습니다. 요즘 참으로 즐거우시겠어요."

"……예?"

"여인의 일생 중 가장 즐거울 때는 첫아이가 제 품에서 노닐 때랍니다. 옹알이를 하는 것을, 아장아장 걷는 것을 보고…… 그때의 기쁨은 평생 잊을 수가 없지요."

가랑은 그저 굳은 입술을 억지로 움직였다. 윤이가 제 품에 있을 때를 생각하며 희미한 미소를 그리었다. 그때에는 세상 만물과 모든 시름을 잊을 수가 있었다. 그나마도 법도에 밀려 제대로 돌볼 수가 없으나, 같이 있을 수 있는 그 짧은 시간 동안에는 세상 그 누구보다 행복한 것은 자명했다. 가랑이 눈을 내리깔 무렵 여인은 고개를 돌리었다.

"폐하, 늦게 도달해 송구스럽사옵니다만 신첩은 이만…… 태후폐하를 뵈러 가겠습니다. 호의는 감읍하오나 서둘러 돌아가야 할 듯해서요."

"이야기해 놓겠습니다. 조심해서 귀환하시기를 바랍니다."

황상의 정중한 답에 여인은 허리를 꾸벅 숙이더니 서둘러 자리에서 벗어났다. 우아한 발걸음으로 빠르게 멀어지는 것을 보던 가랑은 고개를 들어 올렸다. 뒤틀린 속을 지녔음에도 거슬리는 것은 하나, 그가 여인에게 속삭이는 경어. 그의 경어를 들을 만한 이가 세상에 몇이나 되던가. 기껏해야 황성에서는 황태후뿐.

다시 말하자면 저리 급하게 사라진 이가 황태후와 비등한 지위일지도 모른다는 것이었다. 하여 가랑은 굳은 얼굴로 조심스레 입술을 뗐다.

"뉘……시옵니까?"

"아, 네 처음 보느냐. 문왕비시다."

문왕비, 그러니까 문왕의 정실. 문왕은 선제의 서장자였다. 사사로이 따지면 그의 형, 고로 문왕비란 어염의 법도로 따지자면 그의 형수가 된다. 그리 친밀해 보인 까닭도 혈육이기 때문이었으니…… 결국 오해였으매, 속이 뒤틀린 제 자신이 우스운 꼴이었다. 헌데도 그리 한 번 뒤틀린 속은 쉬이 나아지지가 않았다.

"윤이의 책봉식에 오시려다 늦으셨기에 이제 도달하셨다더군."

"……어찌 늦으셨답니까?"

"문왕께서 늦은 수두를 앓으시기에 늦게 출발할 수밖에 없다고 하시었다. 작금은 꽤 호전되셨다더군. 헌데……."

그 잠깐 사이, 바투 다가온 손이 가랑의 얼굴을 붙들었다. 큼지막한 손에 단단히 붙들려 그를 자연스레 올려다보거늘 깊은 숨결이 뺨 위로 다가왔다. 눈과 눈을 마주하매 단단한 입술이 부드러이 움직였다.

"네 얼굴이 어찌 그리 어두우냐."

그 속삭임. 가랑은 조개마냥 입술을 꽉 문 채 고개를 틀었다. 입술을 단단히 압박하는 이가 파들파들 떨리었다. 혀끝으로 비릿한 향이 아스라이 번져 나가거늘, 제가 도대체 왜 이러는지 스스로를 이해할 수가 없었다.

"너……."

눈치로 상황을 짐작한 양, 그런 가랑을 보며 황상은 그저 웃었다. 뺨을 움켜쥐던 손이 밑으로 흘러 대수삼 밑에 숨은 가랑의 손을 붙잡았다.

본디 선제의 서장자인 문왕과 사이가 좋은 편이었다. 그러한 문왕은 번왕으로 봉해지기 전 길례를 올렸기에, 황성 밖에 살았어도 문왕비와는 자주 얼굴을 맞댔던 편이었다. 가족이니 절로 친해질 수밖에 없었을 터, 허니 멀리서 볼 때는 오해할 법한 상황일지도 몰랐다. 특히나 처음 보는 이였으니 더욱.

"이젠 알고도 남지 않아. 내가 은애하는 이는 너뿐이란 것을."

그리 듣거늘, 진담이라는 것을 알거늘 가랑의 표정은 여전히 시무룩했다. 한껏 그림자를 드리운 가랑의 얼굴을 보매 그가 진중하게 물었다.

"아직도 내가 미쁘지 아니하냐?"

"……아니요. 그런 것이 아닙니다. 아옵니다."

……물론 미쁘지 아니한 것도 아니다. 분명 믿고 있었다. 알고 있기까지 했다. 저를 향한 섬세한 마음하며 평상시의 태도를 보아하면. 제게 속삭이신 것들을 그리자면. 잘 알고 있건만, 그랬건만……. 가랑은 이어 중얼거리며 말꼬리를 흐렸다.

"알고는 있사와요. 알고는 있사온데……."

머리로는 이해해도, 마음이 따라가지는 못했다. 그래서 이리 속이 뒤틀린 것이다.

입술을 비죽 내민 가랑의 눈이 그렁그렁했다. 이제야 겨우 깨달은 것. 그럼에도 이리 불편한 마음을 지닌 이는 꼭 제가 아닌 듯하여,

가슴이 자꾸만 미어져 서글프다. 알고 있음에도, 제가 그저 잠깐 사이에 오해한 것인데도 어찌 이리 속이 아린 것인가.

황망히 젖어 버린 눈망울을 굴리거늘 흐릿하게 안개 낀 눈매 사이로 그의 얼굴이 한가득 담기었다. 저를 보는 용안은 오묘한 미소다. 가랑이 눈을 끔뻑이자 창졸간에, 마주 잡고 있던 손을 당기신다. 자연스레 그 품에 가득 안겨 눈을 끔뻑, 끔뻑……. 가득 고여 있던 옥루가 소리 없이 뺨 위를 또르륵 굴렀다. 턱에 고인 방울이 마침내 바닥으로 툭 떨어졌다.

"너 말이다."

단단한 음성이 귀를 어루만졌다. 큼지막한 손이 머리를 단단히 받치더니 가볍게 쓰다듬는다. 애정 어린 손놀림이었다.

"가끔 이러는 게 귀엽구나. 다시 말할 터이니 잘 들어, 유가랑."

그 이름을 들은 가랑은 눈을 동그랗게 떴다. 저를 저리 부르신 것은 처음이시니 그의 입에서 나온 제 이름이란 어색하고 까끌까끌할 뿐이었다. 그토록 가랑이다 속삭일 때에는 월우라고 부르시더니. 상냥한 음색이 귀에 은은한 종마냥 울리었다.

"내게 있어 여인은 너뿐이다. 내게 있어 오직 너만이 인간이고 사람이지. 지금까지 그랬듯 앞으로도 매한가지."

자그마한 씨앗이 흠뻑 물에 젖어 싹을 틔우면, 그가 꽃이 되게 하는 것은 따사롭고 다정한 햇볕이다. 그 관심과 애정을 받아나 마침내 피어난 꽃은 그윽한 향을 내비치며 저를 키운 햇살을 바라보고, 좇고, 경배하니……. 가랑은 꼭 제가 그 자그마한 씨앗이 된 듯했다. 이제 겨우 화사하게 개화한, 한 떨기 장미.

"허니 불안해하지 말거라. 걱정하지도 말아. 네가 염려할 만한 일은 애초에 만들지 않을 터."

자연스레 손을 올려 그의 허리를 그러안은 가랑은 아직도 눈물이 고인 눈으로 고요히 미소를 지었다. 눈을 깜빡이니 한껏 맑아진 시야에 또 다른 이가 담기었다. 체념? 아니면 슬픔인가? 그가 아니면 노(怒)인가. 아니…… 아무것도 읽을 수 없는 얼굴이다. 도대체 무슨 생각을 하는지 알 수 없는 낯을 한, 황후가 그 자리에 서 있었다.

싸늘하게 굳은 황후 문씨의 검은 눈동자가 가랑을 응시했다. 두꺼운 허물로 꽁꽁 감싸인 그것의 빛은 섬뜩한 잔상이었으나 무엇도 보이지가 아니하였다.

도대체 황후는 저 자리에 서서 무엇을 하고 있었던지. 왜 이리 바라보는 것인지. 가랑이 눈을 동그랗게 늘일 때에, 황후는 우아한 발걸음을 옮기었다. 꼿꼿이 세운 등과 도도하게 잡아당긴 턱이 세상 그 누구보다 당당하였더란다. 그야말로 황후의 위엄을 고스란히 보여주는 듯하였으나 금시에 쓰러질 듯 위태로워 보이는 것은 눈의 착각이 아닐 터였다. 새파란 초목 저편으로, 그니는 뒤따르는 수많은 궁인들과 함께 차츰 자그마한 점이 되어 갔다.

찰나, 그쪽에 정신이 팔려 있거늘 그의 음성이 귀에 감겨들었다. 아무래도 제 얼굴이 싱숭생숭했던 모양, 웃음기가 반이요, 걱정이 반인 음성이었다.

"미덥지 못한 얼굴을 하거늘…… 네게 어이 약언해 주랴."

그저 먼발치 서 있던 황후에게 신경이 팔려 있던 것이었건마는, 그는 그리 생각한 모양이었다. 굳이 황후의 이야기를 꺼내고 싶지도 않았기에 가랑은 슬그머니 그 가슴에 입술을 댔다. 단단한 몸을 감싼 옷자락에서는 그의 향이 가득했다. 말로 형언할 수 없는, 오로지 그에게서만 풍기는 가슴 시린 향.

한껏 얼굴을 비비적거린 가랑은 슬그머니 고개를 들어 올렸다. 저를 내려다보는 그 다정한 시선에 흠뻑 젖은 가랑은, 햇살을 향해 자라나는 덩굴마냥 슬며시 입술을 내밀었다. 소심한 음성이 푸르른 바람을 감싸고 그대로 덩굴의 잎사귀가 되어 흩날렸더란다.

"약조 따위는 없어도 되옵건만……."

입 맞춰 주시어요. 마주한 눈이 휘었으매 가랑은 손끝으로 제 입술을 툭툭 건드렸다. 그리고 괜스레 부끄러워 손을 등 뒤로 감추었더란다. 그가 보지 못하도록 꽁꽁 숨겨 놓고는, 등 뒤로 감춘 손끝을 꼼지락거리었다. 잘 정돈된 손톱이 마주하고, 동글동글하니 말랑거리는 손끝이 서로 맞부딪힌다. 이어 제 손끝이 마주친 것처럼 살포시 입술이 겹치었다. 간지러운 감각에 한껏 취하니 그는 사람을 호리는 것, 하여 여린 어깨가 파르라니 떨리었더란다.

머리채를 뒤흔드는 바람이 흩어졌다. 맘을 뒤흔드는 그 바람이란 것은 내면에서 내리는 비에 설레며 부드러운 색으로 젖어 들었다. 한가득 촉촉해진 것, 그것은 뒤설레는 눈동자라. 애운했던 것은 한가득 찬란한 빛으로 피어나 가슴에 한가득 아로새겨지었으니. 깊은 섭섭함마저 한순간 찬란해지는 것, 이가 사랑이라.

이어 그 온기가 서서히 멀어졌을 때 다사로운 빛에 한가득 취한 가랑은 한껏 수줍어 속삭였다.

"……이걸로 족하옵니다."

"정녕?"

짓궂다. 곧장 되물으시거늘 어린아이의 심술보마냥 짓궂으시다. 예? 그리 입모양으로 되묻거늘 그의 입술이 휘었다. 눈도, 입술도 고운 반달을 그리었으니.

"나는 모자라거늘."

"……폐하."

"이럴 때에는 또 폐하지."

평소에는 잘도 이름을 부르면서, 불리해지면 폐하더구나. 그런 속삭임에 복사뼈까지, 그 이름처럼 도홧빛으로 물들은 듯하였더란다. 양 뺨을 그 고운 빛깔로 속속들이 물들인 가랑이 그의 눈에는 그저 사랑스럽다. 하여 다시금 머리를 끌어당기어 새하얀 이마에 입술을 맞댄 그는 싱그러운 눈웃음만을 그 자리에 가득 남기었다.

"……밤에 보자꾸나. 허면 마저 읽고 있으려무나."

황상께서 턱짓을 하시매 서탁 위에는 읽다 만 서책만이 덩그러니 놓여 있었다. 여린 바람에조차 힘없이 술렁이는 가녀린 책장.

……그를 망각하고 있었다. 황망하게 굳어 힘없이 혀를 날름거리는 그 하얗고 검은 것들을 바라보는데, 웃음소리와 여린 발자국 소리가 지나간 시간들인 양 차츰 멀어져 갔다.

다시금 자리에 얌전히 앉아 바람에 흩어지는 서책 장을 매만지던 가랑은 저도 모르게 희미한 미소를 덧그리었다. 무심코 올려다보니 눈 끝에 맺힌 처마, 그 위로 펼쳐진 하늘이 유달리도 드넓고 푸르렀더란다.

※

'뉘든 쉬 찾을 수 있으나 결단코 찾을 수 없는 곳.'

무정히 흘러가는 시간은 누구도 잡을 수 없는 법이었다. 쉬지 아니한 채 그저 덧그리는 것은 건이라는 작자가 남기고 간 오래된 속삭임뿐이었다. 그가 무엇인가 고민하는 와중에 세월은 빠르게 몸 위를 덮치었고, 그 제법 오랜 기간 동안 가랑은 그 의미에 대해 줄기차게 곱씹어야만 했다.

허나 인생사는 언제나 알 수 없는 시기에 뜻하지 않게 풀어지는 법이었다. 오래도록 풀리지 않은 고민거리가 대차게 풀리는 날은 그렇게 다가왔다.

명원에 발걸음 했던 사신이 드디어 귀환한 날이었다.

뙤약볕이 작열하던 날에 출발한 그치는 나뭇잎이 붉게 옷을 갈아입다가 서서히 바닥에 쌓이는 날이 되어서야 고향에 발을 디뎠다. 그야말로 해바라기인 양 그의 귀환을 기다렸던 가랑은 그저 애틋하게 물들었다.

공적으로 황상을 알현한 그치가 가랑의 처소로 뒤늦은 발걸음을 옮기었다. 느긋한 오후, 채녀와 차를 들이켜며 담소를 나누고 있던 가랑은 순식간에 조급해졌다. 눈앞에 예의 바르게 앉아 있는 그치를 보며 서둘러 입술을 떼매, 답을 속삭이는 사신의 얼굴이 그리 좋지는 못하였다.

"마마께서 심려하실 만한 일은 없는 것으로 사료되옵니다."

심려할 만한 일이 없다는 것은 즉 변고가 없다는 말이다. 어미와 동생에게 변고가 없더라면, 그리하여 몸만이라도 성하게 잘 지낸다면 천만다행이 아닌가.

가랑은 깊은 안도의 한숨을 내쉬었건만 소식을 지니고 온 사신의 얼굴은 그저 파리했다. 기나긴 여독이겠거니 싶었건만 은근슬쩍 가랑의 눈치를 살피는 것이 아무래도 심상치 않았다. 좌불안석인 양 연신 눈알을 굴리는 것도 그러하였으니. 가랑은 슬그머니 책상에 손을 올리었다.

"……헌데 안색이 좋지 못합니다. 무슨 일이 있으셨습니까?"

"망발을 들은지라 그 충격이 여타 남아 있을 따름이옵니다."

"……무슨 망발 말씀이십니까?"

되물으며 가랑은 그저 실소를 머금었다. 고국에 있을 때를 그리노라면, 대국의 사신이 감히 망발이란 말을 담을 만할 위치는 아니었으므로.

가끔 보던 대국의 사신들이란 그 태도가 가히 오만방자했었다. 그치들은 언제나 콧대가 하늘에 솟을 듯 높았으매 그저 말 한 마디에 조차, 사소한 농에조차 얼굴을 시뻘겋게 물들이곤 했다. 그러고는 자신과 황상을 능멸하는 것이냐며 도리어 큰소리를 치곤 했더란다.

이번에도 필시 그런 것일 터, 가볍게 치부하고 물었건마는 그치는 넙죽 엎드렸다. 이런 얼굴을 보여 송괴하다 어쩐다 공치사를 늘어놓더니 오라비를 만났을 때의 일을 그대로 읊었더란다.

— 무의 사신?

그치가 명원에 도착했을 때에는 연회가 한창이었더란다. 이게 무슨 예가 아니냐며 역관이 목소리를 높였건만 오라비는 심드렁하게 되물었다.

— 그대들을 맞이하려 연회를 꾸렸건만 그대들이 늦어 내 미리 술을 좀 마셨소. 아니 되오?

그야말로 안하무인, 그리 속삭인 오라비는 그 태가 고운 술병을 입에 대고 목울대를 움직였다. 이른 아침이었건만 이미 거하게 취한 듯 멀리서도 술 냄새가 진동했다고 하였다. 눈빛은 기괴했으니 그야말로 광인을 보는 듯하였다. 명색이 대국이기에, 황상의 체모가 달려 있기에 그들은 평소대로 목소리를 높였을 따름이었다. 그러자 오라

비가 사신들을 향해 빈 술병을 집어 던졌더란다. 그러더니 왈,

— 예를 갖추라? 과인이 듣자 하니 과인이 귀애하는 누이가 황제의 애첩이라, 사사로이는 처남과 매부이지 않은가. 허면 과인이 작금 손아랫사람에게 감읍하다 사배를 올려야 하는가?

하였단다.

……그저 가만히 듣던 가랑은 저도 모르게 동공을 늘리었다. 그저 사신의 거만한 태도 때문에 한소리 들은 것을 가지고 저리 논한다고 생각했건만, 저리 전하는 것을 들으니…… 실로 가관이지 않은가.

모골이 송연해지매 그야말로 식겁했다는 말이 예에 걸맞을 터. 오라비의 간이 배 밖으로 나온 것이 틀림없었다. 행여나 이야기가 퍼진다면 사달이 일어나면 일어났지, 고요히 넘어가지는 않을 것이었다. 가뜩이나 황후나 승상의 귀에 저런 소리가 들어간다면 더더욱.

두가 아려 온다. 가랑이 머리를 짚자 그가 그치의 눈에는 만족스러운 반응이었던 듯, 잘도 입을 나불거리었다.

"무례하기가 하늘을 찌르거늘, 정녕 실성한 것이 아니온지 다들 말이 많았사옵니다."

"……말이 많으시군요. 제 혈육입니다만."

가랑이 새파랗게 속삭이니 그치는 곧장 입을 다물었다. 오만방자한 것은 사신의 특성인 양, 아니면 가랑이 명원의 사람이라는 것을 잊은 듯 그치의 뚫린 것에서는 거침없는 말이 튀어나왔다.

물론 대국의 신하로서 지껄이는 그의 처사가 이해가 가지 않는 것은 아니나, 면전에서 혈육의 욕을 듣는 것은 뉘든 기분 나쁠 것이었다. 순식간에 고요해진 그를 눈으로 찍어 누르며 가랑은 다시금 물

었다.

"폐하께서는 무어라 하셨습니까."

"웃으시며 덮으라 명하실 뿐이었습니다."

……옛말에 아내가 어여쁘면 처가 말뚝에도 절을 한다 하였던가?
그 말이 왜 갑작스레 생각이 나는 것인지. 어찌 되었든 황상께서 맘
상하지 않으셨다면 다행인 터, 혹시 모르니 밤에 뵈면 조심스레 속삭
여 보리라. 맘 상하시지 않으셨는지, 혹여 앙금이 생기셨더라면 훌훌
날려 버리시라고.

"……허면 어마마마께서는 어찌 지내신답니까. 정이도 궁 밖에 있
다고 들었습니다만 홀로 적적해하시지는 않으십니까."

"표면적으로는 금족령이건만, 실상 왕이 하루 종일 감시를 하고
있었습니다. 왕이 깨어 있을 때에는 항시 눈에 드는 곳에 앉아 있으
셔야 하였고 그렇지 않은 날에는 아랫것들의 목이 달아나니 실로 살
벌하였습니다."

골육상쟁을 눈으로 겪고 온 사신은 몸을 부르르 떨었다. 그리 듣
거늘, 또 사신이 몸을 떠는 것을 보거늘 옛일이 하나 머릿속을 스치
었다.

— 그래, 네 말대로 과인 또한 처음에는 믿지 않았다. 허나 증좌가
뚜렷했지. 그 증좌는 추호의 의심조차 할 수 없는 것이니라.

— 나 또한 작금도 그리 믿고 싶으나 증좌가 있는 한 어찌할 수
없지 않느냐? 역모는 그 삼족을 멸하느니 과인의 뜻만 있다고 하여
그 죄를 덮을 수 있는 것은 아니다.

……그 시절, 오라비가 쏟아부었던 언령의 소낙비가 가랑을 다시

금 세차게 때리었다. 오라비가 어미를 아직까지도 쥐어 잡고 있었으
니 어미는 살아도 살아 숨 쉬는 것이 아닐 터. 생때같은 어린 자식마
저 떼어 놓고서, 정작 자신은 강아지인 양 목줄이 매여 정이를 보러
갈 수도 없으니 그 속이 얼마나 뒤집어지시겠는가.

　─ 공주, 이 어미가 그리했을 리 없지 않습니까. 억울합니다, 공
주…….

　허니 어미의 음성도 따라 생각났더란다. 옷고름으로 눈가를 찍어
내던 그 모습이 아련한 화폭인 양 눈앞에 아득히 맺혀져 심기를 어
지럽혔더란다. 가랑의 아득한 기억 속에 어미는 항시 대쪽 같았다.
제 종아리를 치던 어미의 모습은 두억시니 같았고, 이후 저를 안아
주며 눈물을 보이는 어미는 부처 같았더란다.
　하여 가랑에게 있어 오라비가 따스함의 결정체였더라면 어미는 태
산이었다. 고고하니 무너지지 않은, 평생토록 그 자리를 지키고 서
있을 줄로만 알았던 든든한 등. ……그런 어미를 위해 해 줄 수 있는
일이, 아무것도 없었다. 가랑은 너무나 먼 곳에 있었으므로.
　"……마마, 감히 물어도 되겠사옵니까? 노비가 듣건대 명원의 대
비와 왕의 사이는 극악하다고 들었사옵니다만."
　여지껏 가만히 앉아 있던 채녀가 갑작스레 끼어들었다. 그에 상념
에서 헤엄쳐 나온 가랑은 채녀를 돌아보았다. 오라비와 어미의 사이
가 극악하던가. 가랑이 기억하기로 그 먼 과거에는, 어미와 오라비의
사이도 나쁘지 아니하였다. 그저 둘이 반목했던 것은 가랑 때문이었
지, 둘 사이는 문제가 아니었다.
　평상시에는 얼굴 붉히는 일조차 없던 서모와 양자였다. 오라비는

연치 비등한 어미에게 예를 다했고, 어미는 그런 오라비에게 정성을 다했다. 가랑이 병서를 읽다 걸리는 일만 없었더라면 어미가 언성을 높일 일도 없었을 터. ……허나 작금은?

"……아마 그럴 겁니다. 갑작스레 왜 물으십니까?"

그래…… 아마도. 허니 어미를 역모로 몰고, 어미를 감금하였다가 이제는 옆에 두고 감시하는 것이리라. 권좌를 빼앗길까 두려워서. 그 답에 채녀는 샐쭉하니 웃었다.

"허면 어찌 옆에 두고 지켜보는 것입니까? 사이가 그리 좋지 않으시면 차라리 멀리 두는 것이 낫지 않겠습니까? 폐하께서 황후폐하를 보지 않으시듯이."

그리 생각할 수도 있겠다. 철천지원수를 가까이 두는 것은 뉘든 원하지 않는 바, 허나 그것이 정치라면 다른 법이었다. 원교근공(遠交近攻)이라 하였다. 진시황 때 먼 나라와 친교를 맺고 가까운 나라를 쳤으니 그가 곧 세상을 평정한 발판이 되었더라. 이는 곧 오강시대의 전략고였으니. 그 고사를 생각한 가랑은 상냥한 음성으로 자그마하게 속삭였다.

"양 폐하의 경우는 굳이 가까이하지 않아도 되기 때문입니다. 승상께서 옆에 계시니까요. 본디 벗은 가까이하고 적은 더 가까이 두는 법이라 하였습니다. 곁에 둔다면 감시하거나 회유하는 것이 용이하기 때문이거늘……."

……그리 지껄이던 가랑은 순간 굳어 버렸다. 장건이 지껄였던 말이 순식간에 뇌리를 꿰뚫었다.

'뉘든 쉬이 찾을 수 있으나 결단코 찾을 수 없는 곳.'

어디에선가 벼락이 내리친 듯했다. 개벽의 굉음이 시끄러운 소음을 만들었다. 원교근공, 먼 나라와는 친교를 맺고 가까운 나라는 친다. 친우를 멀리 두고 적은 가까이 둔다. 혹은 벗은 가까이 두되 적은 더 가까이 둔다.

……장건은 황후와 그 가문을 적으로 규정하고 있을 터, 그럼에도 그를 가까이 두고 있었다. 이 또한 원교근공이었다. 또한 지금 찾고 있는 이 나인은 황후와 그 가문에게 있어서는 적과 다름이 없었다. 이 나인이 입을 여는 순간 황후가 했던 짓은 역모에 준하는 것이 되므로. 또한 이 나인에게 있어 저를 없애려 했을 황후 또한 적이었다. 벗은 가까이, 적은 더 가까이. 지금 그 말을 실현하고 있는, 적을 지척에 두고 미소를 그리며 지내고 있는 장건은 지금 제 동료를 어디에 숨겨 두었을 것인가?

황후의 사가.

……그야말로 뉘든 찾을 수 있으나 결단코 찾지 못할 만한 곳이었다.

그 누가 생각이나 했겠는가. 황후가 없애고자 했던 이를 버젓이 살려 그니의 사가에 숨겨 두었음을. 만에 하나 황후가 이 나인이 살아 있다는 것을 알았을지라도, 제 사가에 숨겨 두었으리라고는 생각조차 하지 않았을 것이었다. 그는 충분히 자신을 기만하는 것이었으므로. 또한 세상 그 어느 누가, 감추려는 것을 맹수의 아가리에 집어넣으려 하겠는가.

허나 맹수에 아가리에 들어갔기에 그니는 도리어 무사했던 것이다. 애초에 궁인이란 궁에서 평생을 살아가는 존재, 그 수만 해도 족히 수천이었다. 그 사가의 식솔들이란 이 나인이 뉘인지 알아보지 못할 것이었으니 그저 종복이 새로 들어왔다고 여기었으리라. 그니의 얼굴을 아는 황후도 황성에만 머물었을 것이니, 또한 이 나인이 죽은 줄 알고 있을 터이니 들킬 염려도 없었으리라.

허니 뉘든 찾을 수 없는 곳이었다. 또한 바로 코앞에 있으니 맘만 먹었더라면 뉘든 쉬이 찾을 수 있는 곳이지 않는가. 단지 생각지도 못했을 뿐. 이가 바로 심리전이라면 심리전이었으니.

적진의 한가운데에 들어가 몸을 숨긴다. 마치 아군인 양 위장한다. 은닉이라, 나름대로 훌륭한 전술이다. 허면 문제는 하나. 게에 있을 이 나인을 어찌 밖으로 끌어온단 말인가? 가랑은 예에 있고, 배신자인 장건은 승리가 확실할 때까지는 몸을 낮추고 있을 것이었다. 허니 먼저 이 나인을 빼돌리지는 않으리라. 빼돌리려고 맘을 먹었더라면 벌써 황상 앞에 데려다 놓았을 터이니.

"……마마? 마마."

생각이라는 심해 속으로 점차 가라앉아 가거늘, 뇌리의 안개를 꿰뚫는 목소리에 가랑은 고개를 쳐들었다. 채녀가 저를 보고 있었다. 짙은 갈색 눈빛이 낮게 가라앉은 채였다.

"말씀을 하다 마시어서요."

"잠시 다른 생각을 했습니다. 어찌 되었든 적을 가까이 두는 것은 그리 나쁜 처사가 아니에요. 의심이 가니 의심할 만한 짓을 함부로 하지 못하도록 옆에 붙여 두는 것입니다."

감시하기 더없이 좋은 위치라는 의미에 채녀는 납득했다는 듯 고개를 끄덕였다. 채녀를 바라보며 가랑은 자꾸만 차오르는 상념을 애써 끊어 내었다. 이 나인의 이야기는 사신이 나간 이후에 꺼내도 늦지 않았다.

작금 중요한 것은 눈앞의 사신과 고국의 이야기였다. 소중한 혈육들의 가슴 아린 이야기이기에 잘 들어 두어야만 했다. 주욱 궁금해 왔던 소식들이 아니었던가. 그 덕에 슬픔에 몸부림친 시절도 있지 않았던가.

"그리하여 어마마마께서는 어찌하고 계십니까?"

"몸을 낮추고 살고 계시옵니다. 그나마 마마 덕에 대비전으로 찾아드는 사람들은 제법 있었습니다만…… 참, 그리고 보니 대비가 마마께 전하라 하신 서한이 있사옵니다."

어미의…… 서한? 잊을 뻔했다며 말을 늘인 그치가 소맷자락에서 주섬주섬 서신을 꺼내 건네었다. 어미의 서한 하면 예전에 읽다 만 그것이 떠올랐다. 아스러지듯 타오르는 불꽃에 타올라 버린 가엾은, 그 검은 심상. 하여 그를 받는 제 손이 꼭 남의 것인 듯 희미하게 진동했다. 하얀 것이 가을날 갈대인 듯하여 괜스레 껄끄러웠더란다, 그 보드라운 종이가. 파들거리며 서한을 펼치자 익숙한 서체가 눈에 가득 들어선다. 아득히 들어차 짧고도 긴 이야기를 만들어 낸다.

공주.

잘 지내고 계시는 듯하여 다행입니다. 소식이 없는 동안 많이 걱정했건만 어미도 몸 성하니 걱정 마세요. 묻고픈 것 많으나 어미를 보는 눈이 많아 길게 쓸 수 없을 듯합니다. 하여 정녕 미안하건만 어미가 하고자 하는 말만 남기겠습니다.

공주는 어린 시절부터 경서를 보아 오셨으니 잘 아시겠지요. 군주의 덕과 나라를, 사람을 다스리는 법에 대해서 말입니다. 풍문을 듣고, 또한 장군에게 소식을 들어 아시겠지요. 명원의 사정이 그리 좋지 못합니다. 토탄에 빠진 백성들의 눈물이 하늘을 진동시켜 중천도 따라 울고, 간신이 넘쳐나니 국운이 기울어 갑니다. 하여 몇몇 이들이 하늘을 뒤집을까 생각하고 있습니다.

……하늘을 뒤집는다, 곧 역천(逆天). 다른 말로는 모반. 역모.

가랑은 그 모순적임에 실소를 머금었다. 오라비는 어미가 역모를 저지르려 하였다며 저를 예로 내몰았다. 그리 어미의 가문이 풍비박산 났고, 그 어린 정이조차 어미와 생이별이었다. 저와 어미와 정이, 그리고 외가까지 셋을 조각조각 찢어 놓은 것이 하늘을 뒤집는다는 바로 그것이었다.

허나 정작 그때의 일은 거짓이고 작금은 진정 일을 저지를 계획을 하는 자들이 있단다. 이 무슨 가장 예리한 창과 가장 굳건한 방패란 말인가.

생각해 보거늘 이해가 가지 않는 시점은 아니었다. 오라비가 폭정을 해 댄다니. 가렴주구에 백성들이 굶주리고 탐관오리가 넘쳐난다니. 정신이 제대로 박힌 신료들로서는 가만히 보고 있을 상황이 아니긴 했다. 충언으로도 이제는 모자라다는, 되지 않겠다는 판단을 그예 내린 것이었다. 하여 모반을 계획하고 있노라고…….

허나 상황이 이러한 터, 국고조차 바닥날 지경이니 자금을 댈 곳이 없습니다. 내 염치 불구하고 공주께 부탁드립니다. 부디 손을 내밀어 주시지 않으시겠습니까.

……고로 모자란 자금을 대 달라? 무서운 소리, 가랑은 머리를 짚었다. 적어도 간단하게 생각할 일은 아니었다. 도의적으로는 물론이요, 정치적으로도 함부로 움직이면 안 될 일이다.

제가 끼어들어서 나올 결론은 둘 중 하나, 대국의 간섭으로 보아 목소리를 높이는 이들이 있으리라. 간섭으로 보지 않는 이들이라면 대국의 비호라는 명분을 손에 쥐게 될 것이니 환영하겠지. 적어도 가랑이 살아 있는 한 대국으로부터 호의를 받을 수 있다며 좋아할지도 몰랐다.

그리고…… 공식적으로는 황제의 애첩인 가량이 끼어드는 순간, 이 모반은 실패할 수 없는 반정이 된다. 명원에서는 가량의 뜻이 곧 황상의 뜻과 다름이 없을 터였으므로.

"……마마, 안색이 파르라니 질리셨사옵니다. 괜찮으시옵니까?"

"네…… 그저 고국의 사정이 좋잖다고 해서요."

가량은 서둘러 서신을 구기듯 접었다. 불규칙하게 구겨진 종이가 제 손아귀에서 한껏 비명을 내질렀다. 아프다, 내 상흔이 아리다…… 그리 구슬프게 외치는 듯하다. 대수삼 아래 슬그머니 손을 숨긴 가량은 서둘러 사신을 내보냈다. 뒷걸음질 치는 그 뒷모습을 바라보던 가랑은 채녀를 보며 새털마냥 속삭였다.

"아무래도 이 나인이 있는 곳을 찾은 듯합니다."

그에 채녀가 귀를 쫑긋 세웠다. 허리를 곧추세우니 그야말로 구미가 당긴 모양, 순식간에 영명한 눈빛을 하고 가랑을 올려다본다. 허나 아쉽게도 초를 쳐야만 했다. 다른 장소는 생각나지 않음에도 어디까지나 추측에 불과한 것이고, 맞다 하더라도 숨어 있는 이를 찾아올 뾰족한 방도가 없었다.

"허나 그니를 빼 올 뾰족할 방도가 없습니다."

"어디라고 생각하시옵니까?"

"황후의 사가요."

……황후의 사가? 채녀는 속으로 실소를 머금었다. 그리하여 찾지 못했던 것인가. 게 있을 거라고는 상상조차 하지 못했고, 황후의 사가이니 함부로 뒤질 수도 없는 노릇이었다. 아직까지 훈구의 우두머리는 명실상부 황후였으므로.

허면 어찌해야 옳은가, 채녀는 진지하게 가라앉은 눈알을 굴리었

다. 도성에서 황성을 제외한다면 가장 웅장한 집, 그가 황후의 사가
였다. 그런 황후의 사가에 발걸음 한 적은 많았다.

본디 채녀가 섬기었던 귀비의 아비는 황후의 사가에 발걸음 하면
자주 쫓겨나곤 했었다. 그때는 그치들이 참으로 매정하다 생각했거
늘 작금은 그가 권력을 지닌 자의 본능적인 두려움 때문임을 알았다.
허니 애초에 싹을 틔우지 못할 정도로 씨앗을 짓이겼던 것이다.

허나 그리 귀비의 아비가 문전박대를 당하여도 행색이 꾀죄죄한
이들은 도리어 그 안에서 밥을 얻어먹곤 했었으니…… 채녀는 문득
그들을 떠올렸다. 초라한 행색, 새카만 온몸, 상처투성이인 손발까
지.

"……폐하께서는 마마와 함께 빈민가에 자주 발걸음 하시지 않으
셨사옵니까?"

하여 물었더란다. 그게 도대체 언제의 일인지. 윤이가 태어나기 훨
씬 전의, 뒤돌아보면 아득한 추억인 모든 것들. 가랑은 고개를 끄덕
였다. 묘책이 생각난 듯 채녀는 선선히 웃었다.

"문씨 가는 항상 빈민들에게 후해 어울리지 않는 인정을 베풀곤
하니, 그들을 보내 보시지요. 잠입은 어렵지 않을 것이옵니다."

— 저도 글을 배우고 싶어요. 허나 아버지께서 계집애가 무슨 글
이냐면서…… 이렇게 멀리서 구경만 하라셔요. 구경하는 건 괜찮다
고요.

— 섭섭해서요…… 허면 마님께서 아이를 낳으면 그때, 아가도 함
께 오는 것이어요?

그 이야기를 들으니 떠오르는, 그 어렸던 아이의 속삭임. 빈민가에

서의 기억이란 그저 지독했던 냄새뿐인 줄 알았건만 사람도 남았던 모양이었다. 허나 아이만 딸랑 들여보낼 수는 없는 법, 함께 들어가 상황을 볼만한 이가 있으면 좋으련만. 가만히 머리를 잡은 가랑은 믿을 만한, 좋은 인물을 하나 떠올렸다. 대비도 언급했던 이였다.

위장군.

그가 있었다.

가랑은 곧장 위장군을 불러들였다. 그간 사정을 속삭이자 다소 미심쩍은 얼굴로 알겠노라 순순히 답을 내놓아, 가랑은 이 나인의 용모파기를 건네었다. 허면 이제 황상께서 미행을 나가시는 날을 기다려야 했다. 달에 한 번 다가오는 그 날에는 처량한 비가 내리었다.

구름이 채 감추지 못한 달 주변으로 금환이 희끄무레한 안개를 둘러쳤다. 추적추적 쏟아지는 풍윤의 비가 만드는 소음은 처량할 따름이니 이가 모순이라. 가랑은 쏟아지는 비에 축축이 젖어 나갔다. 도롱이를 걸치고 삿갓을 쓰고, 나막신을 신으니 빗길을 걸어가기에는 무엇보다 좋은 차림이었다.

헌데 나막신이라는 놈, 익숙지 않으니 제법 불편했다. 진흙탕 길을 걷는 걸음이 어린 오리가 걸어가듯 뒤뚱뒤뚱하다. 그가 꽤나 불편해 보였던 듯 그가 슬그머니 팔뚝을 잡고 속삭였다.

"두고 올 걸 그랬다."

"……어째서요?"

"날이 궂어서."

가랑의 팔을 잡은 그의 손 위로 투명한 물기가 방울졌다. 도르륵 굴러 저 밑으로, 밑으로 떨어져 내린다. 흠뻑 젖은 땅을 꿰뚫는 그 자그마한 물방울에서 힘찬 기상이 가득 묻어 나왔다. 보이는 것처럼 연약하지 않다고 속삭이는 듯.

"네 젖어 가는 모습이 꽤나 안쓰럽다. 춥지는 아니하냐."

"……류의 손이 따스하여 춥지 않습니다."

그에 괜찮다 속삭이는 음성이 빗소리 저편으로 아득하게 묻혔다. 사박사박 옮아 가는 발걸음 소리도 청아한 빗소리에 함께 녹아내렸다. 가느다란 가을비가 세상을 은은히 덮어 가거늘 그 어찌 평온하던지. 말없이, 그저 미소만으로 서로를 감싸며 초록빛 오솔길을 걸어가는데 그에 맘이 충만했다.

익숙한 길을 따라 이어지는 청아한 빗소리. 맞닿은 손의 온기와 고운 빗소리에 젖어 나가는 가랑의 눈에 어느 순간 허름한 빈민굴이 담기었다.

짚으로 얼기설기 지은 움집들이 비에 젖어 있으니 더욱 애참해 보이는 바, 그럼에도 저 멀리서 익숙한 이를 알아보는 아이들의 얼굴은 밝았다. 하늘에서 쏟아지는 검은 눈물에 젖어가며 황상을 향해 달려오거늘, 와락 안겨 들거늘 새카만 얼굴이 뉘들보다 빛나 보였다. 그가 나름대로의 빛있음이라, 가랑이 희미하게 웃을 때였다.

"마님! 오랜만에 뵈어요!"

조르륵 달려온 연이가 반갑다며 입을 놀려 댔다. 아이들에게 붙잡힌 황상께서는 저쪽으로 이끌려 가시매, 그를 눈꼬리로 살핀 가랑은 슬그머니 연이의 손을 붙잡았다. 분명 마지막으로 보았을 때, 이 손은 가랑의 손보다 훨씬 자그마했었다. 헌데 이제는 제 손과 크기가 비등하다. 세월의 힘은 누구도 이길 수가 없는 것이건만 변하지 않은 것은 있다. 비에 젖은 그 가여운 손이 여전히 새카맣고 거칠었다. 하여 연이를 부르는 목소리가 괜스레 흔들렸더란다.

"……연아."

"예?"

"나 좀 도와주련?"

항시 도움의 손길을 받기만 했던 아이가 눈을 동그랗게 늘였다. 얼굴은 새카만데 그 눈의 흰자는 유달리도 하얗다. 가랑은 그 머리 위에 손을 얹었다.

"내가 찾던 게 황후폐하의 사가에 있다는구나."

보드라운 제 손 끝에 감기는, 비에 젖어 촉촉한 새카만 머리카락이 유달리도 거칠었다. 가랑은 눈 밑으로 연이를 내려다보았다. 거짓을 내뱉으려니 심장이 쿡쿡 찔려 왔다.

"그래서 몇 번 찾아가 보았는데 대문 안으로 들어갈 수조차 없더구나. 번번이 내쫓겼단다. 하지만 너 같은 아이라면 받아 주실 거라고 하더구나."

"몇 번 가 본 적이 있긴 해요. 갈 때마다 참 잘해 주시기도 했고……."

기억을 더듬던 연이의 속삭임이 천진난만하다. 비에 축축이 젖은 아이의 눈동자가 떼구르르 굴러갔다. 가랑은 떨어지지 않는 입술을 억지로 비집었다.

"내일 사람을 보낼 테니 그 사람과 함께 가 주지 않겠니?"

고개를 돌려 아이의 눈을 피한 가랑은 슬그머니 한마디 덧붙였다. 위장군을 이들 틈에 숨겨 보내는 것이니 연이와 단둘이 보낸다면 눈에 엄청 띌 것이 뻔했기에.

"동가홍상이라고, 여럿이 가면 좋겠구나."

"알겠어요."

아이가 천진난만하게 대답하거늘 괜한 걱정이 마음을 가득 채웠다. 혹여 게 안에서 무슨 일이라도 있어 불똥이 아이들에게 튀는 것은 아닐까 싶었으니. 허나 가랑에게는 이 수밖에 없는 바, 이들 틈에

숨어들 위장군이 잘 해 주기를 바랄 뿐이었다. 그것이 무엇이든 간
에.

❉

느지막이 일어난 가량은 고국에 보낼 서한을 끼적거렸다. 여러 이
야기를 듣고 보았건만 이상하게도 어미에게 전할 말이 없었다. 수십,
수백 번 붓을 놀렸으나 남은 것은 검은 흔적뿐이니 제 맘이 그리 싱
숭생숭한 것인즉. 채 밖으로 나오지 못한 새파란 한숨이 가슴에 아로
새겨졌다. 하얀 화선지와 먹물로 새카맣게 물든 제 손이 참으로 대조
적이지 않은가. 희미한 미소를 그릴 때에 어린 날의 기억이 머리를
스치었더란다.

— 요임금께서 말씀하시기를, "아, 그대 순이여. 하늘의 역수가 그
대 몸에 있으니 진실로 그 중도를 지켜라. 사해가 곤궁하면 천록이
영원히 끊어질 것이다."(堯曰「咨 爾舜 天之曆 數在爾躬 允執其中
四海困窮 天祿永終.」)

……그 날도 터진 종아리에 오라비가 고약을 발라 주던 날이었다.
아직까지도 눈앞에 선명한 그 날의 아린 기억. 속삭이는 제 목소리는
천진난만했고 답하는 오라비는 정곡을 찔려 진중했었다. 지금 되돌
아보면 그리 함부로 떠들어 대는 제 머리통을 한 대 후려치고 싶을
따름이건만.

— 임금이 정사를 잘 돌보지 못하여 사해의 인민이 곤궁해지면 임

금의 부귀 또한 끊어질 것이라는 말씀이다. 임금의 부귀는 곧 백성의 부귀에서 온단 거란다.

— 허면 임금이 잘살려면 백성이 잘살아야 한단 말씀이어요?

— 그런 거지.

중도란 결국 군자의 덕, 삼성(三星)의 왕도정치를 중도라고 표현한 것이다…… 오라비가 그런 말을 덧붙여 했으나 어렸던 그때에는 그런 게 귀에 들어오지 않았었다. 다정한 손길이 따끔거리는 상흔 위를 다정하게 어르는 터라 도리어 얼굴 위에 미소가 한가득 피어났다. 그야말로 만천의 순진무구함이었다.

— 허면 오라버니께서 상감마마가 되었을 때에는 백성들이 다 부귀하겠사와요?

순진무구한 속삭임에 종아리에 와 닿던 손길이 그 자리에서 뚝 멈추었다.

— 무슨 소리를 하는 게야.

— 임금이 잘살려면 백성이 잘 살아야 한다고 하셨잖아요? 가랑이가 잘살려면 임금이신 오라버니께서 잘살아야 하니, 오라버니는 가랑이를 위해서라도 틀림없이 그렇게 하실 거여요.

가랑은 목을 꺾어 오라비와 눈을 마주했다. 어린아이의 순진무구함이 마음에 들었던 듯 오라비가 눈을 고운 반달로 접었다. 가랑이 볼 수 있던 것은 그저 그 미소뿐이었다. 그 안에 그늘진 것도, 슬프게 드리워지는 그 복잡한 의미도…… 알 수 없는 것에 사무친 그 감각조차, 그 시절의 가랑은 아무것도 읽을 수가 없었다.

— ……그래. 그래야만 하고말고.

지금 생각건대…… 바르게 다스리겠노라, 그 날 오라비는 딸 같은 누이 앞에서 그리 맹세한 것이었다. 그랬던 분이 나라를 뒤엎고 있다니, 가당키나 한 소리던가. 그렇기에 더욱 가만두고 볼 수가 없는 노릇일지도 모른다. 그래야 옳은 것이다.

허나 흔들리는 손길이 남기고 간 검은 그림자에는 알아볼 수 있는 것이란 바이없었다. 결국 가타부터 지껄일 수조차 없었던 가랑은 붓을 내려놓았다. 어미가 원한 것은 자금이었으니 그것만 보내면 문제가 될 것은 없을 터였다. 아니…… 없지는 않았다. 자꾸만 쿡쿡 찔려오는 제 마음이 문제라면 문제인 터.

손이 절로 미끄러졌다. 가녀린 손끝이 서탁을 긁고 바닥을 향해 내리꽂혔다. 새카만 시선이 그저 희고 검은 화선지를 멍하니 응시했다. 누구도 고를 수가 없기에 이리 서한을 보낸 어미가 그저 원망스럽다. 상황을 이리 만든 오라비가 미웠다. 뉘는 죽이고, 또 뉘는 살리고. 그 사람들에게 향하는 그리움의 크기는 비등하건만 왜 혈육 중 하나를 골라야만 하는가. 눈앞에 흐릿한 안개가 가득 끼어들 무렵이었다.

"마, 마마!"

나인 하나가 기겁을 하며 뛰어 들어왔다. 사소한 일에도 호들갑을 떠는 것은 궁인들의 일상인 터라, 가랑은 그저 주변에 한가득 쌓인 검은 화선지를 꾸깃꾸깃 접었다. 그와 함께 접힌 것은 제 마음이었다. 아득한 날의 부끄러움과 그리움이 그곳에 하얗게 머물렀다.

"왜 그러느냐."

"조정이 발칵 뒤집혔사옵니다. 황후폐하의 사가에 도둑이 들었다 하옵니다."

화선지를 꾸깃꾸깃 접던 손아귀가 잠시 굳었다. 도둑? 위장군의 얼굴이 뇌리를 스치었다. 빈민가 사람들 틈에 숨어 황후의 사가에 들어간 위장군은 이 나인을 찾느라 고분고투했을 것이었다. 어디에 있는지를 모르니 사람들 몰래 이 잡듯 뒤졌을 터, 허니 누군가에게 걸렸더라면 도둑으로 오인받을 수는 있었으리라. 그가 아니기를 바라야 하건만 아무래도 그 이야기인 것 같은 느낌을 지울 수가 없었다.

"황후폐하 동기분들의 처소를 아주 발칵 뒤집어 놓았사온데 특히 이부원외랑이 기거하는 곳 근처가 심하다 하더이다. 하여 병부시랑께서 도둑을 잡겠노라 호언장담하시며 군사를 데려갔사온데, 그러하였사온데……."

나인이 조심스레 말꼬리를 흐렸다. 본디 사병을 둘 수 없게 한 것이 이 나라의 법이었다. 사병을 둘 수 있는 이들은 행성을 돌보는 왕들 정도, 허니 승상 정도의 세도가라면 도둑을 잡겠답시고 군사를 빌려 갈 수는 있을 듯했다. 물론 황상의 허가가 떨어졌다는 전제하에.

생각을 이어 가던 가랑은 손끝으로 책상을 툭툭 건드렸다. 나인이 이리 이야기하는 까닭은 문제가 있기 때문이리라. 헌데 예에서 문제가 있을 일은 하나뿐이었다.

"황제폐하께옵서 뒤늦게 그를 아시어 격노가 하늘을 찌른다 하옵니다."

아니나 다를까, 가랑은 그저 눈을 늘였다. 군사를 데려갔다는 것을 뒤늦게 아셨다는 말이 의미하는 바는 병부시랑이 황상께 고하지 아니하고, 황상의 명을 사칭하여 군사를 데려갔다는 것이리라.

허나 한 가지, 가랑이 아는 한 황상께서는 그런 일로 분노하실 분은 아니셨다. 분명 그가 황상을 능멸한 것은, 기고만장한 것은 물론 맞았을지도 몰랐다. 하지만 도리어 그렇기에 그가 좋은 명분이 될 수 있는 터, 황상께서 외척을 싫어하시는 것은 이미 모두 알고 있는 일이었다. 그러니 그치들을 어찌 대하든 적어도 조정에서는 이를 감히 감싸 줄 수는 없을 터였다. 실로 미련한 일이었다.

"하여 병부시랑을 파직하고 하옥하였는데 그치가 집에 든 도둑이 위장군이라 주장한다고 하더이다. 아무도 그 말을 믿지는 아니하옵니다마는."

"……주안상을 좀 가져다주련."

가랑은 슬며시 열린 창밖을 올려다보았다. 하늘을 보니 어느덧 새카맣게 물들어 있으니 시각이 꽤나 늦은 듯싶었으니. 그깟 일에 격노하실 분은 아니시나 평소보다 배는 피로해하실 것을 알았다. 그를 달래는 것은 가랑의 몫, 허나 동문서답이라 여기었던 듯 나인이 고개를 바짝 치켜들었다.

"예?"

"곧 폐하께서 오실 것 같구나. 노하신 심사를 달래 드리는 게 내 일이 아니겠느냐."

빙그레 웃으며 속삭이니 고개를 바짝 숙인 나인이 다시금 밖으로 뛰어나갔다. 얼마 지나지 않아 아랫것들이 주안상을 봐 왔으매, 대여섯 가지 안주가 놓인 꼴이 황성의 것치고는 제법 조촐했다.

여린 눈동자로 색이 고운 적들을 살피며 의미 모를 한숨을 내쉴 때에 시위 소리가 들리었다. 슬그머니 열린 문틈으로 황상께서 들어오시매 그가 반가웠던 가랑은 자리에서 벌떡 일어섰다. 예 같은 것은 갖추지 않은 지 오래되었으니 이제는 그저, 그 앞에 걸어가 설 뿐이었다.

헌데 가까이 다가가 본 그의 안색이 썩 좋지는 못하였다. 노골적으로 파리한 것은 아니었다. 타인들이 볼 때는 평소와 다름없는 모습일 터였다. 그러나…… 가랑은 알았다, 제가 눈물 없이 우는 얼굴을 그가 잘 알듯이.

안타까움에 소리 없이 마음이 물들어 간다. 가랑은 마주한 뺨에 손을 얹었다. 엄지손가락으로 그 턱을 쓸어 가매 황상께서 제 손을 움켜쥐신다. 단단한 입술이 살며시 움직였다.

"왜 그러느니."

아무런 말을 할 수가 없어 가랑은 배시시 웃었다. 조정의 일로 그리 화를 낼 분은 아니시거늘 제법 마음고생은 하신 듯했다. 아니면 신료들의 음성에 휘둘렸거나. 평소보다 배로 피로해 보이시니 안쓰러울 따름, 슬그머니 눈을 감으니 뺨에 다정한 온기가 맞닿았다.

"……벌써 들었군. 그깟 일에는 신경 쓰지 말거라. 어찌 되었든 나쁜 일은 아니니까 말이다."

……그런즉 그쪽과 연관된 이야기는 전혀 듣고 싶지 아니하다, 그리 속삭이는 것이었다. 가랑이 고개를 끄덕이자 희미한 미소를 그린 그가 자리에 앉았다. 오늘따라 그의 눈에 담긴 처소의 정경이 어색했다. 조촐한 주안상, 그리고 주변에 가득 널브러진 검은 화선지까지. 다소 어색한 눈길로 말없이 술잔을 매만지신다. 아직까지 술 맛을 모르는 이가 어인 주안상을 눈앞에 두고 있는 것인지.

"웬 주안상이더냐."

"……명원에서는 비 오는 날에 전과 술을 먹곤 하온데, 어제 비가 왔었잖아요."

하루 늦은 핑계로 그리 고향 이야기를 꺼내었거늘 떠오르는 것이 있다. 사신이 지껄였던 그 이야기. 오라비의 망발. 이 나인의 일에, 또 어미가 보낸 서신에 신경이 쓰여 잊고 있었다. 분명 여쭈겠다고 생각하고 있었거늘.

"헌데…… 속이 상하지는 않으셨사와요?"

가랑은 조촐하게 차려진 주안상 앞에 다소곳하게 앉아 술을 따르며 속삭였다. 잔에 함초롬히 맺혀 부드러운 파도를 내비치는 술의 빛깔이 유난히도 투명했다. 맑은 계곡 물이 그러할까, 고운 비췻빛 바닥이 그대로 비치어 보여 드맑은 면경을 보는 듯도 하였다.

"무엇이?"

무엇에 속이 상했음을 묻는 것인지. 술잔을 뱅뱅 돌리며 그 향취에 취해 가는 황상께서 물으셨다. 이미 조정 이야기는 하지 않기로 하였으니 그 세도가의 이야기는 아닐 터, 한껏 민망해진 가랑의 목소리가 괜스레 기어 들어갔다.

"그, 오라비가 했다는……."

"아아, 그것 말이냐."

사사로이는 처남과 매부인데 손아랫사람에게 사배를 해야 하느냐고. 한참 뒤늦은 질문을 던지는 가랑은 모를 것이었다, 속이 상하기는커녕 유쾌했음을. 예의와 법도를 그리 따져 대는 곳인지라 도리어 신선한 마음이었다.

"틀린 말씀도 아니거늘 속이 상할 게 있겠느냐."

술잔이 꺾이고 그의 목이 꺾였다. 가랑은 내리깐 눈매로 슬그머니 그의 눈치를 살피었다.

"처가 어여쁘면 처가 말뚝에 절을 한다 하지. 말뚝에조차 그러할진대 어찌 감히 처남께 사배를 받겠느냐."

속삭이시며 가랑을 보는 눈이 휘었다. 분명 웃고 계신다. 그저 깊은 안도감이 찾아와 가랑은 귓불 밑을 붉게 물들이고 빈 잔에 술을 채웠다. 술 주전자 주둥이가 고운 목소리로 음률을 뽑아내었다. 청명하니 마치 고운 평경을 울리는 것과도 같다.

"그래, 맘은 좀 풀렸고? 소식을 들으니 어떠한 듯하더냐?"

"……잘 모르겠습니다."

가랑은 꾸물거렸다. 꽤나 묵직한 술병이 상 위에 자리를 잡았다. 허망한 빛으로 가득 들어찬 그, 눈. 그 깊은 곳에 담긴 것들이 제법 복잡했다.

"어미가 모반을 하였단 명목으로 저는 예 오게 되었지만, 어미는 정녕 모반을 꾸며야 할 것 같다고 하더이다."

"폭정이 극에 달했다 들었느니."

그러니 꿈틀거리는 기세가 보이는 것은 당연하단 속삭임이었다. 물론 그의 말이 옳음을, 그간 역사 속에 있었던 일들을 너무나도 잘 알고 있었다. 어느 쪽의 손을 들어줘야 하는지도, 머리로는 너무나 잘 알고 있었다.

허나 마음은 아니었다. 그저 어느 쪽의 손을 들어주지 아니하고 방관하면 좋겠건만 그러할 수도 없었다. 어미가 손을 내밀어왔으니 그를 잡거나, 놓거나. 정해진 결과는 어차피 골육상쟁에 불과했고 선택지도 둘뿐이었다.

"허나…… 성사하면 쫓겨나는 이는 제 아비 같았던 오라비옵고 실패하면 죽는 이는 제 어미와 동생이지 않습니까."

"편히 생각하거라."

그리 말씀하시거늘 이가 편히 생각할 만한 것이던가. 달이 슬며시 감추어 버린 그의 눈빛이 따스한 것인지, 차가운 것인지. 가랑은 그의 손아귀에 가만히 자리 잡은 술잔을 바라보았다. 청명한 비췻빛이 수려한 곡선을 그리는 그것. 그런 가랑을 본 그가 눈으로 묻는다, 너도 한 잔 하겠느냐고. 가랑은 눈짓으로 웃었다. 아직도 술을 즐길 줄 모르니 그저 어색한 웃음뿐이었다.

그것이 거절의 의사임을 보신 그는 다시 한 잔, 주저 없이 잔을 꺾었다. 쓰디쓴 향이 예까지 풍기거늘 어찌 저걸 즐길 수 있을까, 가랑은 잠시 다른 생각을 했다. 허나 이윽고 들려오는 황상의 음성이 제법 시렸다.

"네 평생 듣고 보아 온 것이 무엇이냐. 무엇을 배워 왔느냐. 그 위에 서서는 무얼 바라보고 행해야 했는가."

……가랑이 평생 본 것은 경서였다. 어미도 분명 서한에서 그를 언급했었다. 공주는 어린 시절부터 경서를 보아 오셨으니 잘 아시겠지요. 군주의 덕과 나라를, 사람을 다스리는 법에 대해서 말입니다. 어미이기에, 동생이기에 손을 뻗어 달라는 것이 아니었다. 이성으로 생각하고 판단을 내리라는 맵찬 이야기였다.

경서란 무엇인가.

성현들의 지혜를 담고 있는 서책으로 그들이 이야기하는 것은 사람을 바르게 다스리는 법이었다. 그것이 병법으로서든, 무엇으로서든. 이어 빈 술잔을 가만히 내려다보던 그가 자그마하게 속삭였다.

"……가끔은 혈육에 대한 판단도 이성적이어야 할 때가 있는 법이다. 가슴은 아리겠지만 모질어야 할 때도 있으니."

그 머나먼 과거, 오라비가 제게 그리 모질었듯이. 가랑은 가지런히 눈을 내리깔 때, 장지문에 궁인의 검은 그림자가 짙게 드리워졌다. 이윽고 껄끄러운 음성이 방을 가득 채웠다.

"……폐하, 황후폐하께서 납시어 계시옵니다."

"도대체가 말입니다……."

쨍그랑! 황후의 손에서 미끄러진 찻잔이 산산조각 났다. 고운 진녹색 찻물이 허공을 핥다가 서서히 추락해 갔다. 하얗고 고운 손끝을 차갑게 적신 찻물이 옷자락마저 좀먹어 가거늘, 그 서느런 것이 뇌리마저 함께 집어삼키는 것만 같았다. 황후는 축축한 손끝으로 관자놀이를 짚었다. 도움이 되지는 못할망정, 혹이나 붙여 주는 혈육이라니.

"아버님께선 무얼 하고 계셨습니까? 아니, 애초에 오라버니는 무얼 하는 분이시랍니까?"

딸의 서슬 퍼런 분노에 승상은 고개를 숙인 채 입술을 깨물 수밖에 없었다. 무얼 하고 있었느냐고, 무얼 하는 사람이냐고. 글쎄…… 실은 승상 자신도 잘 알지 못했다. 그 아들놈이 무슨 생각을 하고 있는지. 어찌 그런 경거망동을 저질렀는지. 제가 낳은 놈이건만 그 속은 전혀 알지 못했다. 물론 그건 눈앞의 딸도 매한가지.

쾅! 결국 분을 이기지 못한 딸아이가 서탁을 있는 힘껏 내리쳤다. 온몸에 소름을 올올이 돋게 만드는 굉음, 그 소음에 놀란 승상은 어깨를 슬그머니 들썩였다. 덕분에 가슴이 쉴 새 없이 두근거렸다.

"도대체 도둑 따위가 든 것이 무슨 대수라고! 감히 군사를 허가도 없이 움직일 생각을 한단 말입니까! 그것도 이런 시기에!"

그니의 고함에 세상이 벌벌 떨었다. 그야말로 시퍼런 화기였다. 물론 승상도 대꾸하고 싶은 마음만큼은 가득했다.

정치란 결국 명분의 싸움, 명문가에 도둑이 들었단 것은 체면이 떨어지는 일이니 대수는 맞았다. 허니 오라버니는 그 체면 때문에 저리 나선 것이라고, 그리 이야기하고팠으나…… 입이 열 개라도 그를 정당화할 수는 없었다. 군권이란 그러한 것, 발등에 불이 떨어져 승상 또한 골치가 딱딱 아파 왔다. 그런 식으로 할 것이었더라면 아예 조정과 황상의 눈을 가렸어야만 했다.

"……허나 그 도둑이 한 장군을 닮았다고 하지 않았사옵니까. 그가 꺼림칙했던 모양입니다."

그래도 아들자식이 한 일이기에, 슬그머니 사족을 달밖에. 허나 딸아이의 말은 맵고도 차가웠다.

"그래서 더 미련하다 생각지는 않으십니까? 만에 하나 위장군이 정녕 도둑이었다고 칩시다. 허나 증좌도 없이, 또 일까지 친 마당에 뉘가 그 말을 믿어 준답니까?"

구구절절이 옳은 말뿐이었다. 사족을 달긴 했으나 애당초 승상조차 아들의 말을 믿을 수가 없었다. 너무나도 속이 뻔히 뵈는 거짓말이라, 그리 생각했었다. 그 꼿꼿한 위장군 한씨가 무에가 모자라기에 도둑질을 한다던가? 그것도 권문세가의 정점인 문씨 가에 들어와서.

……자식 편을 들어주고 싶은 아비조차 이리 생각하거늘 세상천지 뉘가 그 말을 믿을 것인가. 한숨이 하롱하롱 바닥을 파고들거늘 매섭게 몰아치는 딸아이의 음성이 제법 날카롭다.

"또한 정녕 위장군이었더라면 더더욱 그리하시면 아니 되었습니다. 그가 누구입니까. 폐하의 사람이요, 소의와 동향이지 않습니까."

"……허면 황상께서 이 일을 만드신 것이라고 여기시는 것입니까."

"그럴지도 모르지요. 정녕 오라버니께서 제대로 본 것이 맞다면요."

황태후와 황상에게 있어, 황후와 그 가문은 쳐내야만 할 가시였다. 태후는 아득한 과거의 일 때문에, 황상께서는 권세 때문에……. 내궁에서 제가 한 짓이 많으나 그간 눈감았던 것은 일망타진이 불가했기 때문이리라.

허나 작금, 그가 가능한 명분을 쥐었으니 어찌 나오실지. 제발 이가 더욱 커지지 아니하고 하옥되었다는 오라비 선에서 끝나야만 했다. 그렇게 만들어야만 옳았다.

"……황상께 명분을 쥐여 드리면 아니 되었습니다. 성질 같아서는 오라비를 가문에서 내쫓고 모른 체하고 싶습니다만, 어머니께서 눈물을 보이실 테니 구제는 해야겠지요."

"방도가 있었더라면 아비가 진즉 나섰습니다."

황상의 진노가 하늘을 찌른다니 감히 말조차 붙일 수가 없었다. 자식의 허물은 곧 잘못 가르친 부모의 것, 그 앞에서는 승상도 죄인이었다. 그저 다른 이들에게 불똥이 튀지 않게끔 시선을 돌리게 하는 것이 최선. 가엾지만 못난 자식 놈, 구제할 방도가 없으니 모른 체할 수밖에 없었다. 승상이 생각하기에도 괘씸하기 그지없어서 더더욱.

"……천혜가 있지요."

황후는 중얼거렸다, 슬픈 눈망울이 언제나 서탁 위에서 고고하게 자리를 지켰던 연적으로 향했다. 곱고 귀한 옥이 고아한 빛을 내뿜는다. 과연, 저게 진정 연적인 것인가. 선제께서 연적이라 하셨으니 연적이 되었을 뿐이었다.

"심히 아까운 명분이나…… 구제를 시키려면 작금은 이것뿐이로군요."

꽤나 큰 그것을 집어 든 황후는 자리에서 벌떡 일어섰다. 아득한 날의 기억, 고운 눈빛이 아직도 눈앞에 어른거리거늘 그가 이미 십여 년 전의 일이었다.

※

가랑은 그 누구보다 우아한 발걸음을 한 걸음씩, 서서히 들이미는 황후가 한겨울철에 피는 꽃을 닮았노라고 생각했다. 나무 사이사이에 매달린 자그마한 설빙화. 그예 맺혀 버린 상고대. 한때의 덧없는 아름다움이기에 더욱 곱고 황홀한 것. 그러나 언젠가 사그라질 것을 알기에 서글픈.

그런 그녀는 가랑을 한 번 눈 끝으로 흘끗거리더니 자리에 앉았다. 늦은 밤임에도 화사한 치맛단이 나풀거리다가 고이 접히는 소리가 유난히도 요란하다. 그런 황후를 대하는 황상의 표정은 결코 좋지 못했으니.

"……예까지 어인 일이시오?"

"신첩의 오라비가 무식하여 일을 냈사온데 그쯤하고 넘기시지요."

적반하장, 일을 쳤음에도 그녀의 태도는 오만하고 당당했다. 가랑은 새삼 그 옆모습에서 콧대 높은 자신감을 읽었다. 결국 모든 일은 자신의 뜻대로 되고야 말 것이라는 뿌리 깊은 믿음, 한 치의 의심조차 할 수 없는 굳건한 마음이다. 그에 황상께서는 기가 차신 듯 헛웃음을 내뱉었다.

"그게 그저 넘어갈 일이던가?"

"못 넘어갈 것도 없지요. 소국의 왕이 사사로이 처남이라 이르시는 것도 묵과하지 않으셨습니까?"

황후는 태연한 얼굴로, 특유의 여유로운 말씨로 사람의 속을 긁었다. 옆에 앉아 가만히 듣기만 하는 가랑이 민망할 지경이었으나 감히 끼어들 위치는 아니어서 입을 다물밖에. 매섭게 내뱉는 황후의 서슬이 퍼렇다.

"신첩의 오른팔을 쳐내셔도 좋습니다. 허나 오른팔만 쳐내시지요. 그 이상을 원하신다면 신첩도 가만히 앉아 있지는 않겠습니다."

"황후께서 무얼 하실 수 있기에?"

대세조차 기울어가는 판국에 무엇을 할 수 있기에 그리 기고만장한 것인가? 그러한 의미를 담은, 조소에 가까운 질문이었다. 황후 또한 잘 알고 있었다. 애초에 시국이 이런 이상, 조정 쪽에서는 황후가 할 수 있는 일 따위는 없었다. 허니 이리 온 것이었다.

"신첩이 할 수 있는 일은 폐하를 움직이는 것입니다."

기막힌 속삭임이었다. 가랑이 생각하기에도 가장 불가능한 일이 황상을 움직이는 것이거늘, 그리 내뱉는 황후는 자신만만했다.

"애초에 그냥 넘어가실 리가 없으셨겠지요. 신첩도 잘 알고 있사옵기에 거래를 청하러 왔나이다."

빠르게 내뱉은 황후는 들고 온 것을 내밀었다. 바닥 위로 떨어진 그 묵직한 물건이 떨려오거늘, 가랑은 그것이 꽤나 아름다운 물건이라 생각했다. 사각형으로 된 함은 옥으로 깎은 용과 여의주로 장식이 되어 있어, 금방이라도 승천할 듯 생동감이 있으매 어디서 흔히 볼 수 있는 물건은 아니었다. 헌데 용도가 무엇이던가? 그저 보면 그 용도가 짐작이 가지 않은바, 황상께서는 눈으로 그를 한 번 흘끗거렸을 따름이었다.

"이가 무엇이관대?"

그는 진정 몰라서 묻는 것이 아니었다. 이것을 들고 와 눈앞에 내민 까닭이 무엇이며, 나를 움직일 명분이 무엇이냔 속삭임이었다. 허니 이제는 말을 잘 해야 할 때, 황후는 손끝으로 그 설운 물건을 쓸었다.

"선제께서 신첩에게 하사하신 물건입니다. 신첩에게 하사하실 때에는 연적이라 하셨습니다만…… 설마 연적 따위로 폐하와 거래할 수 있지는 않겠지요."

— 태자비, 그대가 가져가거라.

— 어찌 신첩에게 주시는 것이옵니까?

— 내 이 때문에 딸을 잃었다. 아들도 잃었다. 내 경솔함이 만든 일이 아니겠는가. 황후는 태자비를 원망하지만…… 태자비가 그리하지 않았더라면 나도, 황후도 더 큰 것을 잃었겠지. 허니 가져가서…… 남들이 무어라 물으면 연적이라고 하거라. 그러다 혹, 나중에 황후나 태자가 태자비를 쳐내려 할 때에 보여 주거라.

처음으로 손을 잡아 주시며 선제께서는 다정한 눈을 빛내셨더란다. 그리고 그때, 알았다. 선제가 제게 보이는 애정은 진정 저를 어여삐 여기기에 보내는 것이 아니란 것을. 그저 저는 버팀목일 뿐, 그럼에도 선제의 그 계획적인 다정함이 그리도 기꺼웠었다.

— 미안하다. 태자비에게 짐을 떠맡겨서.

……그날의 기억이 아직도 선하다. 눈물 섞인 선제의 음성이 귀에 어른거리었다. 선제께서는 이런 날이 오리란 것을 예견하고 계셨을지도 모른다. 넓은 황성에서 그나마 저를 어여삐 여기는 척이라도 했던 분이 선제 한 분뿐이셨으니.

머나먼 과거의 기억은 따스하거늘 손끝에 와 닿은 옥의 감각이란 차갑기 그지없었다. 하여 황후는 한 마디, 한 마디 씹어 뱉듯이 속삭였더란다.

"선황폐하의 인장입니다."

가량은 저도 모르게 눈을 길게 늘였다. 인장, 그것도 황제의 인장이니 곧 옥새였다. 명원의 경우 태조께서 쓰시던 국새를 대물림하여 쓰기에 하나뿐이지만 이 대국은 달랐다. 새 황제가 즉위하면 옥새를 새로 만들어 썼고 선제의 인장은 국고에 보관하곤 했으니.

허면 국고에 있어야 할 선제의 인장을 왜 황후가 가지고 있는가. 저게 황상을 움직일 어떤 명분이 되는가. 하여 되묻는 황상의 음성이 심드렁했더란다.

"그래서?"

"과거, 선제께서 인장을 잃어버리셨던 일을 기억하십니까? 정확히 이야기하자면 간 큰 도둑이 옥새를 훔쳐 갔었던 것이었지요."

옥새란 권력의 상징적인 물건이다. 하여 그 비등한 것을 만들어 누명을 씌우는 일도 다반사였으니 그를 뉘가 훔쳐 갔다는 것은 그야말로 대사건이었으리라. 선제는 분기탱천하였을 것이고, 황실의 권위는 땅바닥으로 떨어졌을 것이었다. 태극궁을 지키고 있었을 나인과 환관, 병졸들은 틀림없이 그 목이 달아났겠지. ……얼추 대략적인 이야기만 들어도 그 시절의 일이 자연스레 상상이 갔다. 황후는 추억이 서린 양 그 옥빛 물건을 손끝으로 고이 감쌌다.

"하여 조정은 발칵 뒤집혔고 선제께서는 격분하셨습니다. 도둑이 잡히면 신분 고하를 막론하고 그 구족을 멸하겠다 공언하셨지요. 또한 폐하께서 그 자리에 앉아 계셔서 아시겠지만…… 공언한 말씀은 쉽게 번복할 수도 없습니다."

황후가 고개를 들어 올렸다. 그런 황후를 내려다보는 황상의 눈길이 참으로 심드렁했다. 잔인할 지경으로 차가워 가랑은 제가 아는 황상이 아닌 양 했다. 새삼, 가랑은 둘 사이의 깊은 골을 깨달았다.

"하온데 그때 옥새를 훔쳐 간 이가 천혜였던 것은 아십니까?"

황후의 눈이 타오르거늘, 가랑은 속으로 실소를 머금었다. 어린 나이에, 그 고운 연못에 빠져 죽은 가엾은 아이라 생각했거늘. 단지 그뿐이라고 생각했거늘, 선제의 옥새를 훔쳐 간 이가 정녕 황상의 동생이라면 그 얼마나 깜찍한 일이던가?

"그리하여 천혜를 밀어 버리었다?"

맵고도 찬 음성이었다. 황후는 타오르는 그 눈빛으로 생긋 웃었다.

"그 시절 천혜는 어렸습니다. 그리고 선제폐하의 애정에 목말라했습니다. 그리고 옥새가 무엇인지, 그 의미조차 잘 모르는 어린아이였지요. 아니 그랬겠습니까? 열 살도 되지 못한 아이였는데. 하여 태극궁에 들어갔다가 부황께서 항시 옆에 끼고 있는 물건을 보고 훔쳐 온 겁니다. 그를 가지고 있으면 부황께서 저를 돌아볼까 하고요."

그리 듣거늘 그 어린 마음이 이해가 되지 않는 것은 아니었다. 어린 시절 애정에 목말라 하는 것은 뉘든 매한가지일 터, 허나 황성 안에서 그리 순수했던 것 또한 죄라면 죄였으리라. 그 어린아이는, 무심코 저지른 짓이 노도가 되어 황성을 덮칠 줄 몰랐으리라. 그가 비극이었으리라.

"헌데 아시다시피 조정은 발칵 뒤집혔고 선제께서는 불같이 화를 내셨습니다. 구족을 멸하겠다 나서셨으니 천혜는 제가 한 짓의 의미를 눈치로 깨닫고 속으로 앓아 댔지요. 헌데."

황후가 깊은 숨을 내뱉었다.

"12황자가 그를 알았습니다."

12황자는 천혜와 함께 그 못에 빠져 죽은 이였다. 어렵지 않은 그림이 그려진다. 천혜가 가슴에 품고 있던 비밀을 그가 알았고, 우연 찮게 그를 안 황후는 12황자를 처리하려 했다. 선제가 옥새를 들고 간 이는 신분고하를 막론하고 구족을 멸한다 했으니 황후도 안온한 위치는 아니었을 테니.

"함께 연못을 거닐던 그때 12황자가 말하더군요. 부황이 찾고 계 신 것을 천혜가 가지고 있는 것을 보았다고요. 허니 조례 때 조정에 나가 부황께 말씀을 올리겠다고. 그때 신첩은 선택해야 했습니다."

싸한 음성이 방 안 구석구석을 메웠다. 가득 차오른 한기가 너울 너울 흐드러져 구슬펐다. .

"선제께서는 구족을 멸한다 공언하셨습니다. 황태후께서는 힘이 미약하십니다. 허니 조정에서는 얼마든지 어린 천혜가 한 짓을 다르 게 꼬아 바라볼 수가 있었고, 그를 검으로 삼아 휘두를 수가 있었지 요. 허면 그 명분 앞에 폐하는 물론, 태후폐하와 신첩까지 안온하지 는 못했을 겁니다."

주저 없이 내뱉는 그 얼굴이 섬뜩할 뿐이었다.

"그리하여 12황자를 죽였어야 했습니다."

"그리고 천혜도 함께 죽었다는 건 **빼놓는군**."

"대신 폐하께서 지금 그 자리에 앉아 계시지요. 선제께서 왜 신첩 을 곁에 두셨는지 이제 이해가 가십니까? 신첩이 작금 이 일을 조정 에 고하면 어찌 될 것 같습니까?"

선명한 인상이 아로새겨진다. 만에 하나, 그 시절 천혜가 그를 들 고 갔다는 것이 알려졌더라면 선제가 공언한 것이 있으니 신료들이 들고 일어섰을 것이었다. 가뜩이나 태자의 동생이 들고 갔으니 의심 은 배가 되었으리라.

당시의 황후, 현 태후의 힘은 미약했으니 신료들이 지껄이는 것을 막을 수는 없었을 터. 허면 지금 이 대국의 주인은 다른 이였을지도 몰랐다. 지금이라도 알려진다면 그때의 일은 철저히 조사해야 한다고 지껄일지도 몰랐다, 번왕으로 봉해진 그때의 황자들이. 그리고 천혜가 뉘에게인가 매수를 당했다고 조작을 할 수도 있는 법이었다.

"정통성을 운운하시겠다? 작금 그 소리를 하는 게요?"

"혼자 죽을 수는 없지요. 신첩이 많은 걸 바라는 것도 아니잖습니까? 오라비가 저지른 잘못은 분명 역모에 준하는 대죄인 건 잘 압니다."

속사포마냥 지껄인 황후의 눈이 차게 빛났다.

"허나 그 일은 오라비 선에서 끝내 주시지요. 천혜를 살리려 했던 그 시절의 신첩을 생각해 주소서."

"천혜를 생각한 게 아니라, 태자비 자리에서 쫓겨날 후를 생각한 것이 아니었소?"

"어찌 되었든 그때 신첩이 황후폐하와 틀어지면서까지 지킨 것은 폐하의 그 자리입니다. 물론 그 자리를 지켰기에 신첩도 이리 궁에 앉아 있는 것이겠지만요."

자신을 위한 길이었건만, 결국은 상부상조라는 뜻이다. 그 고운 물건이 황후의 손에서 황상의 품으로 옮겨 갔다. 뚜껑을 여시매 그 안에는 인장 대신 서한이 있었다. 오래된 듯, 누렇게 바랜 종잇장. 황상께서 손끝으로 그를 집어 드시어 펼치시매 그 안에 적힌 빛바랜 글은 단 한 자뿐이었다.

『忍』

……참을 인이 세 개면 살인도 면한다 하였다. 고로, 무슨 일이

있든 간에 이번 한 번은 참으라. 선명한 필체로 올올이 남긴 선제의 유지였다.

종잇장에 깊게 아로새겨진 그 글자가 누군가의 가슴속에서 바스러졌다. 슬프게 짓이겨진 채 불타올라 검은 잔상만을 깊게 남겨 갔다.

가랑은 눈앞에 앉은 황후가 그저 괴기스러웠다. 본디 무서운 이인 줄은 알았거늘 이 정도일 줄은 꿈에도 생각하지 못하였다. 물론 저 시절은 지금보다야 어렸으니 생각이 짧았을 것은 이해한다. 그렇다 하여 사람을 그리 쉽게 죽일 수가 있는 것인가. 경황이 없었을 상황이었음 또한 이해한다.

허나 살생이란 것은 언제나 최후의 방도이며, 최후의 방도라 할지라도 해서는 아니 되는 일이었다. 누구를 위해 타인의 목숨을 해친다는 것이 가당키나 한 말이던가, 제아무리 냉혹한 정사의 일이었더라도. 12황자 또한 황후의 혈족이거늘.

가랑이었다면, 가랑이 저 상황에 처해 있었더라면. 일단 12황자를 설득하려 하지 않았을까. 그가 말을 듣지 않았더라면 그보다 발 빠르게 천혜를 끌고 선제께 갔으리라. 가서 천혜가 옥새를 찾았다는 둥, 거짓을 지껄이면서. 그러한 방안도 있을 터였거늘…… 가장 극단적인 선택을 한, 어찌 이리 모질고 잔인한 이를 부처 같다고 여겼을 수가 있었는가.

……선제께서는 이를 어찌 생각하셨던 것인가. 어찌하여 이런 것을 남기셨던가. 태자를 위하여 그리했다니 차마 나무랄 수가 없었던 것인가. 그리하여 그저 두 사람을, 이유 없이 물에 빠뜨려 죽였다는 오해를 안고 살아갈 황후를 가엾게 여기셨던가. 하여 이러한 유지를 남기신 것인가. 그 시절의 일이 안쓰럽고 안쓰러우니 한 번만 넘어가 달라면서.

그리하여 참을 인(忍)인가.

"허니 이 사람의 말을 들어주지 않으시겠다면 이를 들고 태사께 가겠습니다."

얼음 같은 눈동자가 결연한 속삭임을 토로했다. 반협박, 오만한 태도를 고수하는 그 손끝은 부들부들 떨리고 있었더란다. 오래 지난 일이기에 말처럼 모든 것을 발칵 뒤집을 수는 없을 터였으나 성난 파도를 몰고 올 수는 있을 터였다. 하여 서슬 퍼런 경고를 남긴 황후는 싸늘하게 자리에서 일어섰다. 이윽고 자그마한 걸음으로 찬바람을 일으키며 저 멀리 사라져 버리었다.

짧은 사이에 폭풍우가 몰아친 양 두 사람이 남은 자리가 서느랬다. 시커멓고 숨 막히는 정적에 감싸인 공기가 묵직하게 바닥으로 내리깔리기에, 아무런 말도 할 수가 없었다. 곱고 소박한 주안상 위 가득한 음식들이 서서히 식어 간다. 아롱아롱 타오르는 초의 눈물이 가느다란 촛대에 기다란 흔적을 남기거늘 딱딱하게 굳어 버린 그가 싸늘하고 을씨년스럽다. 손톱으로 단단한 그것들을 속절없이 긁어 가던 가랑은 자그마하게 속삭였다.

"……알 것 같아요."

그가 저를 돌아보았다. 가랑은 섬세한 필체로 새겨진 참을 인(忍)을 눈으로 훑었다. 마음으로 새겼다. 소리 없이 구겨진 그것이 뉘인가의 가슴에 파고들었다. 선황의 유지였기에 자식 된 도리로서는, 또한 황상의 성품으로서는 지킬 수밖에 없는 것. 가랑은 그런 그를 뉘보다 잘 알아 마음이 먹먹했다. 하여 더듬더듬 중얼거리었다.

"폐하께서…… 저 시절의 일을 모르셨을 것 같지는 않기에……. 황후폐하를 꺼려하시는 연유를 이제 겨우……."

……황상께서는 다정하셨더란다. 가장 낮은 곳마저 몸소 돌보시매

인간의 소중함을 뉘보다 잘 아셨다. 헌데 황후는 사람을 해치는 일을 아무렇지 않게 저질렀다. 그것이 당연한 일이었노라, 자신이 잘한 선택이라 속삭이기까지 했으니 두 사람의 성품은 극과 극을 달리는 터, 그야말로 물과 기름이었다. 허니 결단코 섞일 수가 없었으리라.

"왜 내가 그 일을 알 것이라 여기느냐. 나도 모르는 게 많은 인간이거늘."

"모르셨더라면 황후폐하를 이토록 꺼려하지는 않으셨겠지요?"

"……가끔은 섭섭한 소리를 하는구나."

속삭이시더니 싸했던 공기가 따스해질 정도로 바짝 다가붙으셨다. 가랑이 눈을 끔뻑거리자 나지막한 음성이 귀에 감겨든다.

"네가 좋아 다른 이들이 눈에 들어오지 않는 것으로 여기면 아니되고?"

"……폐하."

아무래도 그 시절 이야기는 더 하고 싶지 않으신 모양이신 듯, 가랑도 순순히 그 뜻을 따랐다. 스산한 가을바람이 방 안에서 구슬픈 울음을 토해 냈다. 무엇보다 밝은 샛노란 보름달이 세상 그 어떠한 것보다 아름다웠다.

휘영청 뜬 달이 서서히 저물고 느지막이 떠오른 태양이 하늘을 붉게 물들여 갔다. 태양이 남중했을 무렵 나타난 위장군은 새파랗게 질린 이 나인을 끌고 왔다. 그래…… 황후의 오라비 일 따위, 어찌 되든 좋았다. 언제든 내궁의 일은 내궁에서 끝을 낼 수가 있는 법이었다.

※

결국 그는 병부시랑이 단독으로 저지른 일이 되어 버리었다. 그리 판명이 나, 병부시랑이자 황후의 오라비였던 그는 파직 후 외로운 귀양길을 떠나갔다. 먼발치서 그를 지켜보던 황후는 안도의 한숨을 내쉬었다. 그리 길을 떠나는 오라비가 가엾기는 했으나 결국은 자업자득이었다. 그 불똥이 집안에, 궁극적으로 자신에게 튀지 않은 것이 얼마나 다행이던가.

"한시름…… 덜었구나."

이후 황후전에 고요히 틀어박힌 황후는 깊은 한숨을 내쉬었다. 화무십일홍이요, 권불십년이라 하였다. 결국 권세란 모래였다. 아무리 꽉 움켜쥐고 있어도 손가락 사이사이를 허무하게 빠져나가는 알갱이들이 있다. 시간이 흐르면 흐를수록 그는 점점 더 흐트러져 어느 순간 남은 것이라곤 바이없게 되느니.

황태후처럼 이름뿐인 황후로 살지 않겠노라 그리 다짐했던 시절이 있었거늘 어느덧 제가 그 길을 걸어가고 있었다. 이제 저는 이름뿐인 황후요, 꺼져 가는 권력자였다.

……도대체 어디서 무엇이 잘못된 것인가?

"성급하셨던 것 같습니다. 더 큰일이 있을 때에 그만한 명분을 어디에서 찾으시려고요."

저물어 가는 태양이 나름대로 승리한 일이었기에, 한 배를 탄 이끼리 축배를 들던 터였다. 어울리지 아니하게 사모관대를 단정히 차린 건의 지껄임이 오묘했다. 황후는 오늘따라 그 이질적인 모습에 기묘한 위화감을 느끼었다. 특유의 빈정거리는 어조는 익숙한 그것이건만, 평소처럼 정감 있는 밉상이건만. 허나 애써 아무것도 아닌 것으로 치부한 황후는 빙그레 웃으며 툭 쏘아붙였더란다.

"설사 군사를 허가 없이 움직이는 것보다 큰일이 있겠느냐? 다른 오라비들이 이같이 무식한 일만 저지르지 않는다면 더 큰일이 있을 리가 있겠느냐."

"……그럴까요?"

다소 늦은 답변이 기묘하다. 슬며시 돌아본 건의 새카만 눈동자는 기묘한 희열로 번뜩이는 채였다. 이유 모를 오한이 몸을 덮치었다. 겨울날 시린 한기에 맨몸으로 맞서면 이런 감각이 찾아오는가. 조소가 가득한, 빈정거림으로 가득 차오른 그 차디찬 속삭임이 황후의 귓가에서 아득하게 부서졌더란다.

"제가 보기엔 분명히 있는데요."

그런 것이 있던가? 화근은 미리미리 제거해 두는 성격이기에 그럴리는 없었다. 제가 괜히 12황자를 밀어 버리었던가. 분명 무언가 있으리란 말을 들을 정도로 일을 허술히 처리하는 성품이 아니었다. 하여, 후는 인상을 아득히 찌푸리며 네 무슨 말을 하느냐 물으려 하였다. 도대체 무슨 소리를 지껄이는지 이해가 되게 속삭여 달라, 부탁이란 걸 하려 하였다.

허나 그때 장지문이 왈칵 열리었다. 얼굴이 새파랗게 질린 나인이 뛰어 들어와 바닥에 바짝 엎어졌다. 웬만한 일이라면 저리 호들갑 떨지 않는 아이였기에 의아할 따름이었다.

"……폐, 폐, 폐하! 황후폐하!"

"열이야? 무슨 일이니?"

"이 나인이, 이 나인이 나타났사옵니다!"

그게 누구던가? 이씨는 본디 흔한 성이었기에 황성 안에도 이씨 성을 가진 궁인이 수백에 이를 터였다. 고개를 갸웃거리던 황후는 저도 모르게 열이가 속삭인 것을 곱씹었다.

"……이 나인?"

"그, 소의전의 이 나인 말이옵니다!"

열이의 다급한 속삭임에 기억이 하나 스치었다. 몇 해 전이었던가, 소의의 궁인이었던 그 아이. 몸이 좋잖은 노모가 있어 참으로 주무르기 쉬운 아이였다. 하여 소의전에서 무슨 일이 있었는지 그 아이를 통해 들었다. 그 아이를 통해 일도 도모했다. 하여 소의가 오랜 시간 그리 멀지 않은 별궁에서 지내지 않았던가.

그리고 소의를 별궁으로 보낼 때에 이 나인을 통해 길경을 먹였었기에…… 이 나인을 없애라 하였다. 만에 하나 후일 그 일을 들키면 내궁은 물론 외궁까지 발칵 뒤집어질 것이었으니, 화근은 제거해야 옳았으므로.

그때 이 나인을 없애기로 한 자가 누구였던가.

— 없애 버리렴.

제 목소리가 귓가에서 되살아났다. 그 명을 들은 자가…… 바로 눈앞의 건이지 않은가. 까맣게 잊고 있었던 사실을 떠올린 황후는 저도 모르게 눈앞의, 혈족 같은 이에게 언성을 높였더란다.

"건아, 이 어찌 된 일이더냐?"

"말씀드렸잖습니까, 더 큰일이 있을 거라고요."

그 어떠한 일도 없었다는 듯 평이하게 대꾸하는 건의 음성이 심드렁하다. 그저 눈을 길게 늘인 황후는 건에게 지난 일을 캐물어야만 했다.

"내 분명 죽여 없애라고 하지 않았느냐. 하여 네가 없앤 것이 아니었니."

"황후폐하, 혹 장 미인을 기억하십니까?"

장 미인? 후궁은 분명 제 손으로 채웠으나 그 인물이 수백이라, 성과 이름까지 일일이 기억하지는 못하였다. 가뜩이나 4부인과 9빈이 아닌 미인 정도라면 더더욱. 아니, 작금 그것이 중요한 바가 아니지 않은가. 이 나인에 대해 묻는데 장 미인이 뜬금없이 왜 튀어나오는 것인가? 하여 눈빛을 매섭게 굳혔거늘 건은 태연한 음성으로 되물을 뿐이었다.

"폐하께서 밀어버린 12황자의 어미요. 명원 출신의 장 미인."

요즘 들어 왜 자꾸 그 시절의 일이 튀어나오는 것인가? 제게서도, 다른 이들에게서도. 제 입에서 나오는 소리는 제가 필요해서 지껄이는 것이기에 참을 만하건만 다른 이에게서까지 그 시절의 이야기를 듣고 싶지는 아니하였다. 하여 인상을 험악하게 일그러뜨리자 건이 비뚤게 웃었다.

"……까맣게 잊고 계셨지요? 사람 일은 참으로 알 수가 없는 법입니다."

"황후폐하, 윤 상궁이옵니다."

무슨 소리냐 물으려 할 때 나지막한 목소리가 울려 퍼지었다. 윤 상궁이라면 태후의 상궁들 중 하나였으니 필시 태후의 지껄임을 전하러 왔을 터였다. 고부지간이건만 남보다 못한 사이였으니 이게 무슨 것인가 싶어 고개를 들었다. 황후의 옷이 바스락거리는 소리에 서느런 그림자는 선명한 음성을 토로했더란다.

"지금 당장 태후전으로 오라는 명이옵니다."

"태후전으로? 무슨 일이 있더냐?"

"가 보시면 아옵니다. 후궁들까지 모두 태후폐하께서 직접 부르셨사옵니다."

담담한 지껄임에 황후의 속이 뒤집어졌다. 오지 않으면 좋잖은 꼴을 볼 수도 있다는 경고였으므로. 한차례 그 그림자를 가만히 노려본 황후는 순순히 자리에서 일어섰다. 여남은 이야기는 조금 이따 하자 꾸나, 건에게 그리 지껄이고 서둘러 발걸음을 옮기었거늘 건은 의미 모를 미소를 그리며 그 뒤를 좇았다.

무슨 정신으로 도달했는지 모르는 태후전의 공기는 무겁고도 싸늘 했다. 허나 그보다 무겁고 시린 것은 수많은 사람들의 시선이었다. 태후의, 모여 있는 후궁들의, 궁인들의, 심지어 소의의 품 안에 안겨 있는 자그마한 아이의 그것마저……. 개중에는 얼마 전까지 제 발 밑에서 아첨을 부리고, 입 안에 든 혀처럼 굴던 이도 있었더란다. 아 니, 대부분이 그러하였다. 감언이설로 제 발을 핥아 대던 이들의 눈마저 싸한 것을 보건대 어지간히 심상찮았다.

이제 와서 등을 돌리시려고. 입술을 사리물 때에 환관들의 팔에 이끌린 여인 하나가 바닥에 엎어졌다. 그니가 고개를 바짝 들어 올리 거늘 초췌한 얼굴이 눈에 익었다. 예전에 황후, 자신이 몇 번 노리개 거니 금덩이거니 하는 것을 던져 준 적이 있던 것 같다. 그걸로 자당 을 봉양하렴, 그리 속삭이면 화색이 돋은 얼굴로 있던 일을 이것저것 속삭이곤 했더란다. 그리고 작금도 그때와 다를 바가 없었다.

그런 그니는 초췌한 얼굴을 눈물로 적셔가며 호소한다.

몇 해 전 소의께서 소산하신 일은 모두 황후께서 계획하신 일이셨 다, 소의께서 자시면 아니 되는 것이 들은 다과를 소의께 올리라 했 다, 또한 황후께서는 모든 후궁들에게 백선피와 자초를 먹이셨었 다…….

멀리서 들려오는 속삭임이 계속될수록 경악의 시선들이 황후에게 로 옮아 왔다. 그 시선이 아프거늘, 따갑거늘. 황후는 손을 세게 움켜쥐었다. 시선들이 강렬해질수록 억장이 뒤집어졌다. 가라앉지 않는 속이 분노로 붉게 타올랐다.

"그래서요?"

흔들리는 황후의 입술이 마치 그 분노처럼, 세상 그 어떠한 것보다 새빨갰다. 한 치의 망설임조차 없이 위언을 토해 내는 그 입술이 기괴하게 일그러지었다. 아낌없이 비틀리며 선명한 조소를 새기었다.

"지금 나인 따위의, 그것도 나인인지 아닌지 확실하지조차 아니한 이의 말을 듣고서는 나를 이리 추궁하는 것입니까? 이 나라의 국모를?"

그는 그간 보아 온 황후의 모습이 아닌지라 다들 의아할 따름이었다. 평소의 우아하고 상냥한 모습이란 온데간데없으매 화난 야수 한 마리가 게 서 있었다. 붉고 고운 입술을 휜 그니는 선명한 속삭임을 남기었다.

"그래요, 저 계집의 속삭임대로 내 그리했다 치지요. 허면 증좌는?"

나인 하나의 속삭임으로는 무엇도 증명할 수 없을 터였다. 그때 이 나인에게 이야기했듯, 도리어 황후를 모함하는 것으로 몰아가는 것도 가능하다. 그렇기에 빠득빠득 이를 갈며 당당한 요구를 토해 냈다.

"내 그리했다는 증좌가 있어야 하지 않겠습니까?"

사람들이 저마다 입술을 사리물었다. 말을 아끼며 혀를 사린다. 하여 황후는 저편에 앉은 소의를, 빈을 보았다. 어린아이를 품에 안은 채 서 있는 그니는 참으로 인형 같았다. 투명한 시선으로 흔들림 없이 저를 보거늘 언제나처럼 무슨 생각을 하는지 읽을 수가 없었다. 그런 그니의 파리한 입술이 흔들린다.

"⋯⋯이미 몇 해가 지난 일이기에 물증을 찾기는 힘드나 증인은 있지요."

여리고 담담한 그 음성이 파문인 양 번져 나갔다. 투명한 시선을 한 여인은 황후 뒤에 굳건히 서 있는, 이질적인 사내를 한차례 쳐다보았다.

"이 나인을 데려온 이가 이부원외랑인 것은 알고 계시옵니까?"

그에 황후는 매섭게 몸을 틀었다. 똑바로 마주한 건 여느 때처럼 웃고 있었다. 그 밉상인 미소가 익숙한데 익숙하지가 아니하다. 의미 모를 감정이 심장에 차올라 뇌리를 덮쳐눌렀다. 강하게 짓누르고 주저 없이 짓이겨 버린다.

그런⋯⋯ 것이었나. 그렇기에 더 큰일이 있을 것이라 속삭여 댄 것인가.

"황후전에 외간 사내가 드나든단 소문이 있을 적, 소첩이 물었지요. 그에 황후께서는 가족 같은 이인 이부원외랑이 드나드는 것을 타인들이 착각한 것이라 하셨습니다."

그랬던 적이 있었다. 다른 이도 아니고 혈육 같은 건을. 이부원외랑 장건에 대한 이야기를 모르는 이는 없을 터였다. 문씨 가의 업둥이, 본디 자비심 깊은 승상이 어느 날 주워 온 명원 출신의 어린 사내아이에 대한 것을. 하여 그때, 황후는 그것이 어지간히 우스운 구설이라 생각했었다. 같이 나고 자라 내외조차 하지 않은 이를 어찌 외간 사내라 지껄인단 말인가?

"그러한 이부원외랑이 말하기를 이 나인이 그간 머문 곳이 폐하의 사가였다 하더이다. 분명 삼 년 전 그날, 이 나인이 다과를 가져다주었고요. 그 일이 있기 전부터 이 나인은 황후폐하께 소의전의 일을 고하기도 하였습니다. 그런 이 나인이 왜 폐하의 사가에 있는 것이옵니까? 정녕…… 폐하께서 모르시는 일이시옵니까?"

정황상, 황후가 모르는 일이 될 수가 없었다. 조곤조곤한 음성으로 물어 오거늘, 숨통을 조여 오거늘, 그리하여 발뺌을 해야 하거늘 그리할 수가 없었다. 궁인과 신료가 눈이 맞아 황후를 모함하려 한다고 언성을 높여야 했거늘 건이 저를 보는 눈빛에 차마 입술이 떨어지지 아니하였다. 키워 준 은혜가 있거늘, 함께 자란 정이 있거늘 어찌…… 어찌 건이 제게 이럴 수가 있는가.

건이 제가 명한 대로 이 나인을 처리했더라면 이런 날은 오지 않을 터였다. 헌데 어찌 건은 제 명을 거부했는가. 어찌…… 이리 뒤통수를 후려갈길 수가 있는가. 기묘한 감정이 심장에 가득 차올랐다. 그리하여 아렸다.

황후는 그, 건과 눈을 마주했다. 네가 어찌 이럴 수가 있느냐, 무슨 말이라도 해 보아라…… 제발. 그리 속삭여야 했거늘 입술이 떨어지지 않았다. 공허한 가슴을 가득 채우는 그 기묘한 감각이 정신이 혼미할 지경이었다.

사위가 고요한 가운데에, 모두들 제 입술을 보고만 있거늘 황후는 그저 건을 응시할 수밖에 없었다. 세상에 오로지 단둘만 존재하는 듯했다. 평소와 다름없는 건의 눈빛이 심장을 찌른다. 그에 날카로운 상흔이 생기었다. 쩍 벌어진 그것은 시뻘건 울음을 토해 낸다. 아프다, 아프다 우짖는다.

"……황후, 왜 말씀이 없으십니까."

가만히 지켜보던 태후가 물음을 던지었다. 황후는 입술을 사리물었다. 손끝 발끝이 부들부들 떨려 왔다. 가득 짓이겨진 입술 새로 흔들리는 음성이 애써 흘러 나갔다.

"신첩이…… 무슨 말을 하든 간에 믿고자 하시는 것만 믿으시겠지요. 항시 그러셨듯이."

"항시 말했듯 연유는 중요하지 않습니다, 황후."

연유는, 명분은 언제나 중요하지 아니하다. 그 결과만이 눈에 들어올 뿐. 틀린 말은 아니었다. 명분이란 결국 휘두르기 위해 존재하는 검일 뿐이다. 중대한 것은 휘둘린 그 검이 무엇을 베었느냐의 문제. 알고 있음에도 태후의 담담한 음성이 심장을 찔렀다. 그 시절의 선택이 잘못된 것이었던가, 결국 이리될 것이었거늘.

"이리 처결할 사안이 아님에는 모두 동의하실 터, 조정에 알리겠습니다. 허니 다른 명이 떨어질 때까지 황후께서는 근신하고 계세요."

……근신하라고? 저 조신한 말을 돌려 노골적으로 표현하자면, 황후전에 들어가 입 다물고 앉아 있으라는 소리였다. 황상께서 무슨 결정을 내리시든 반발은 불가하단 뜻이었다.

저 윗자리에서 저를 내려다보는 태후의 눈빛이 차갑다. 그저 못박힌 듯 굳어 건과 태후를 번갈아 바라보던 황후는 매서운 발걸음을 돌리었다. 뾰족한 방도가 없었다.

※

며칠 새 조정에서 쏟아지는 비난의 화살은 생각 외로 날카롭고 거칠었다.

용종을 해한 것은 역모와 다름이 없는 일이다, 인두겁을 쓰고는 그런 일을 벌일 수가 없다며 하나같이 음성을 높여 댔다. 게다가 후궁들에게 자초와 백선피를 먹이고 있음이 알려지니 파장은 더욱 거셌다. 가뜩이나 이전 병부시랑의 일을 유하게 넘어간 것을 좋잖게 보는 이들이 넘쳐났기에 한층 더 원색적인 비난이 쏟아졌다. 황후를 폐위시켜야 한다, 더하여 사사해야 한다는 목소리도 들끓었다.

황후가 그리되면 그 식솔도 매한가지, 황후의 목을 조르는 것은 단지 그니에게만 해당하는 일은 아니었다. 훈구는 연좌를 피할 수가 없을 터, 그런 고로 조정에서는 대대적인 물갈이가 일어날 것이었다. 그런 물결 속 선택은 오롯이 명분을 손에 쥔 소의의 몫이었다. 결정은 황상께서 내릴 것이나 그 황상을 뒤흔들 힘은 소의에게 있었으므로.

그 때문인 것인가, 소의전은 다른 날보다 더더욱 사람들로 들끓었다. 세력이 돌아가는 판도를 보아하면 결과는 뻔했기에 그니들의 입술은 아첨으로 가득 붉었다. 일일이 쫓아낼 수도 없는 노릇, 그저 건성으로 대꾸를 하던 와중 승상이 덜컥 소의전에 들어섰다. 오자마자 큰절을 정중하게 올리더니 서서히 무릎을 꿇어서 가랑은 당황한 음성을 내뱉을 수밖에 없었다.

"……승상께서 예엔 어쩐 일이십니까?"

"갑작스런 발걸음에 당황하실 바는 알겠지만…… 청이 있어 무례를 범하옵니다."

청? 승상씩이나 되는 인물이 일개 후궁에게 무슨 청이 있다고. 위태로운 자리이나 아직까지는 승상이 할 수 있는 일이 가랑이 할 수 있는 일보다 많았다. 적어도, 아직까지는 그러하였다. 하여 되묻는 가랑의 음성이 제법 흔들렸더란다.

"청……이라니요?"

"염치불구하옵니다만…… 부디 딸아이를 구명해 주소서."

승상의 딸이라면 곧 황후였다. 애초에 황후는 아들만 다섯 끝에 본 귀한 고명딸이라 했던가. 자식을 위하는 부모의 맘은 뉘든 같을 터였기에 저리 나오는 바가 이해되지 않는 것은 아니었다. 허나 어찌 제게 구명을 바라는가. 황후의 잘잘못을 따지기 이전, 가랑에게는 무언가를 결정할 힘이 없었다.

"……예? 무슨 말씀이십니까?"

"제 못난 자식이 한 일이 마마께 어떤 일이었는지는 잘 아옵니다. 마마께서 용서하실 일이 아닌 줄도 아옵고, 용서를 구해서도 아니 되옴을 아옵니다. 허나 부디, 부디 딸아이의 목숨만은 살려 주소서."

저를 보는 눈빛도, 그리 부탁하는 목소리도 간절했다. 간절함을 넘어 애절하기 그지없었다. 부모란 이러한 것, 아비의 사랑이란 또 이러한 것 터. 가랑 또한 그 애틋한 마음을 모르지는 않았다. 부모가 무슨 죄던가. 죄는 자식이 저질렀거늘 어찌 속앓이는 이 가여운 부모가 해야 하는가. 그리 생각하면서도 가랑은 손사래를 칠 수밖에 없었다.

"아니…… 그것이 아니라 제게 그러한 힘이 있을 리가 없잖습니까. 폐하께 가셔야지요."

"폐하의 마음을 움직일 수 있는 분이 마마뿐인 것은 삼척동자도 아옵니다."

그런즉, 황상께 살랑거려 목숨만은 보전해 달라고 부탁하라. 그 마음을 이해하지 못하는 바는 아니었으나…… 가랑이 왜 그래야 하는가. 어찌 황상을 움직여 황후를 구명해야 하는가. 어찌 되었든 가랑은 황후에게 당한 것이 많았다. 자식을 잃을까 노심초사하는 승상의 마음과 같았기에, 아니 그보다 더욱 애참하고 비참했기에 이 나인을 찾아 헤맨 것이었다. 그러니 황후가 비참해지기를 바랐다. 그때의 자신처럼.

"……마마께서도 아실 것이옵니다. 자식을 잃은 고통이 무엇인

475

지요."

승상이 쓰게 웃었다. 자식 잃는 고통, 그를 단장(斷腸)이라 하였다. 진나라의 환온이 촉을 정벌하려 강을 건너려 할 때에 병사 한 명이 새끼원숭이를 잡아 왔다고 하였던가. 그 새끼원숭이의 어미는 슬피 울며 환온이 탄 배를 따라오더니 가까스로 배에 오르자마자 죽고 말았다. 죽은 어미 원숭이의 배를 가르니 창자가 온통 끊어져 있었더란다. 그리하여 단장, 자식을 잃는 고통은 창자가 끊어지는 것보다 아리다는 것. 하여 애참한 승상의 눈동자가 촉촉했다. 울듯이 일렁거린다. 한참이나 어린 가랑에게 고개를 숙였다. 음울한 그림자가 바닥을 덮었다.

"마마께는 원수겠지만…… 소신에게 있어 딸아이는 보물이옵니다. 소신이 잘못 키워 그리 극악무도한 짓을 저지른 겁니다. 모든 것은 소신이 잘못 키운 죄이니 차라리 소신을 벌하소서. 소신을 죽이고 딸아이는 살려 주소서."

바닥에 엎어진 승상 주변으로 물기가 가득했다. 노쇠한 몸이 떨렸더란다. 하얗게 센 머리채가 들썩였더란다. 뜨겁고, 찝찝하고, 아린 그것. 보고 있던 가랑이 뭉클해질 지경이었다. 황후가 제게 자비가 없었듯 저 또한 황후에게 자비가 없어야 했거늘 승상의 모습에 마음이 흔들렸다. 그 시절 제 마음이 생각났다. 승상의 흔들리는 음성이 아득히 울리었다.

"무엇이든 다 하겠나이다. 생각만 해도…… 견딜 수가 없습니다. 딸아이가, 향이가 없는 삶을 상상조차 할 수가 없나이다."

"……조정에서는 이가 모반과 다름없는 일이라 한다지요. 허니 제가 함부로 말씀드릴 수 있는 일은 아닌 줄 압니다."

가랑은 띄엄띄엄 중얼거리었다. 모반이란 무엇인가. 혈육마저 죽일 수 있는 것이 권세, 제가 대국까지 오게 된 이유, 그리고 고국에서 벌어지려 하는 일……. 저와 관련된 일들이 먼저 떠올랐으나 어찌 되었든 사람이 다치는 일이란 것은 변함없는 사실.

지금 같은 경우 이미 그 시절 당시 다친 이들이 있었다. 허니 그때 다친 이들과 연관이 있는 자들이라면 더더욱 분노하고 있을 터, 이는 가랑 혼자만의 일이 아니었다. 그러니 눈앞의 승상이 아무리 가여워도, 자식을 잃을까 노심초사하는 그 마음을 잘 알아도, 예까지 찾아와 고개를 조아리는 것을 이해해도…… 단지 그것뿐이었다. 무엇도 답해서는 아니 되는 것, 그것이 가랑이 작금 해야 하는 일이었다.

"승상의 인품은 익히 들어 알고 있습니다. 폐하께서도 한쪽으로 치우친 권세를 싫어하실 뿐, 승상은 인간으로서 꽤나 좋아하십니다. 폐하께서 승상을 보아 좋게 해결하려 하실지도 모릅니다."

그 속삭임에 승상이 고개를 들어 올렸다. 늙어 주름진 얼굴에 어린아이 같은 눈물이 흐르고 있었다. 가슴이 너무도 아려 참을 수가 없는 그것. 가랑은 구슬프게 얼룩진 그 눈물을 애써 외면했다.

"허니 돌아가세요. 제가 할 수 있는 일은 없습니다."

"마마……."

"돌아가세요."

망연자실한 눈빛이 저를 가만히 바라보았다. 깊은 통탄으로 얼룩진 승상이 비틀거리며 자리에서 일어섰다. 그가 떠나는 뒷자리로 눈물자국이 아득하게 남았다.

그래…… 부모란 저러한 것일 터였다. 자식의 일이라면 물불을 가리지 않으며 때로는 더한 고통마저 감내하는. 저런 아비가 키웠는데 황후의 성품은 어찌 그리 모질었는가.

헛된 물음을 던지며, 승상이 나간 자리를 가만히 바라보던 가랑은 자리에서 조심스레 일어섰다. 나인들이 어디를 가시느냐 물어 대기에 가랑은 그저 웃기만 했다. 태극궁을 벗어나자 조심스런 발걸음이 서느런 바람 위를 배회했다. 추워지기 시작한 계절, 스산한 바람이 불면 알록달록하게 물든 낙엽들이 떨어졌다. 봄날 화우를 흩뿌리듯 그리 곱게 졌다.

마음 한 구석에 남아 있는 쓰디쓴 슬픔이 바람에 녹아들었다. 이제 진정 일을 저지른 자는 끝을 맞이하고 있거늘, 그게 원했던 바였거늘 마음은 여전히 쓰라렸다. 차마 다 풀어지지 않은 그것에 가랑은 쓰게 웃었다.

몸을 튼 가랑은 결단코 가고 싶지 않았던 곳으로 발걸음을 옮기었다. 먼발치에서 본 황후전은 참으로 삭막했다. 군졸들이 겹겹이 에워싸고 있으매 평상시의 그 화려함과는 거리가 멀었다. 가랑이 아는 황후전은 항시 사람들의 발걸음이 끊이지 않았던 그런 곳이었거늘.

가랑이 가까이 다가서자 병졸들은 순순히 길을 터 주었다. 황후전 안으로 들어서자 황후의 궁인들이 가랑을 보더니 기겁을 해 댔다. 오래된 광영의 끝이려니, 가랑을 보는 눈이 결코 곱지가 못했다.

희미한 웃음을 그리며 가랑은 황후의 처소 안으로 발을 들이밀었다. 그 짧은 며칠 동안 마음고생이 심했을 터였건만 황후는 변함없이 아름다웠다. 이리 갇혀 있건만, 찾아올 이도 없건만 화사한 피복에 가체, 장신구까지 평소의 모습과 다를 바가 없었다. 꼿꼿이 편 허리며 도도하게 당긴 턱이며 가랑이 알고 있는 당당하고 오만한 모습 그대로였다. 허나 파르르 떨리는 입술은 그러하지 못하였다.

"……왜 오셨습니까. 나를 놀리러 오셨습니까?"

"조금 전, 승상께서 폐하의 목숨만은 살려 달라 하시더이다."

가랑의 속삭임에 황후가 피식 웃었다. 아버님도 참 괜한 일을 하신다, 눈으로 그리 속삭여 댔다. 그 눈길을 피한 가랑은 툭 내뱉듯 속삭였다.

"하온데 그때…… 왜 그러셨습니까?"

황후는 눈을 늘렸으나 가랑은 그를 보지 못하였다. 앙금이 진 마음, 차마 마주하고 싶지 않았던 이. 승상이 오지 않았더라면 결단코 마주하지 않았을 것이었다. 이곳에 발걸음조차 하지 않았으리라. 쳐다보고 싶지도 않은 길경을 마주했던 그날이 아직도 생생하다. 그날을 눈앞에 그리면 손발이 부들부들 떨려 왔다. 하여, 그저 황상께서 결정을 내리시는 날까지 기다리려 하였다. 그리고 황후의 마지막을 먼발치에서 바라만 보려 하였었다.

어찌 그랬느냐고, 가랑은 제 물음에 제가 답했다. 권세를 위해 그리하였으리라. 슬하 자식이 없는 황상께서 후사를 얻으면 갖가지 명분을 취할 수가 있으니. 그리고 황후에게 있어 황상의 자식이란 도구일 뿐이었으리라. 살아 있는, 자신과 똑같이 길을 걸어갈 수 있는 사람이 아닌 권세를 위한 물건이었을 것이다. 허니 그리 잔혹할 수가 있었을 테지.

"……폐하께서 제게 앗아 가신 것, 폐하께는 아무것도 아닐지 모릅니다. 하나 제게는 아니었습니다. 승상께서도 그를 잘 알고 계시더이다."

가랑의 중얼거림에 황후는 말이 없었다. 대꾸조차 없었다. 그리하여 가랑은 고개를 들어 황후와 눈을 마주했다. 아름답고 오만한 황후 문씨. 상황이 이러함에도 그 눈빛이 당당했다. 나는 잘못한 것이 전혀 없노라 속삭이는 그것. 가랑은 그를 보며 희미한 속삭임을 덧그렸다.

"하온데 제게 미안하다, 잘못했다 한 마디 못 해 주십니까."

……그리고 가랑도 내뱉고 나서야 알았다. 마음이 편치 않은 것은, 채 풀리지 않은 알맹이는 그것이라는 것. 물론 사과를 받아 봤자 바뀌는 것은 아무것도 없었다. 죽은 이가 되돌아오는 것은 아니며, 그 시절로 돌아가 잃은 것을 지킬 수 있는 것도 아니다. 그럼에도…… 그 시절의 일이 잘못된 것이었음을 황후가 알았으면 했다. 법도에 따라 죗값을 치르는 것을 보는 것이 아니라, 일을 저지른 사람의 사과 한 마디가 듣고 싶었다.

"이제 와서 그럴 필요는 없을 것 같습니다."

허나 대꾸하는 황후의 음성은 차갑고 단호했다. 빙설이 그러하듯, 단칼에 잘라 버린다. 그러고는 적반하장 격으로 매섭게 쏘아붙였다.

"빈께서는 내게 이리 복수를 했지 않습니까. 그것으로 된 것 아닙니까?"

"……복수요?"

가랑은 저도 모르게 되물었다. 복수? 이가 복수인가? 그 한 마디에 빙그레 웃을 수밖에 없었다. 기가 차서 저도 모르게 새는 것이었다.

"하신 일의 죗값을 받으신 것뿐입니다."

담담하게 중얼거리자 황후는 인상을 찌푸렸다. 고운 아미가 일그러지니 눈주름이 깊게 패였다. 아무래도 장건의 일을 염두에 두고 있는 양, 그를 똑바로 보던 가랑은 말을 덧붙였다.

"폐하께서는…… 홀로, 외로이 황성을 나가시게 될 겁니다. 그 곁을 지키는 이는 아무도 없을 거예요. 결국은 모두 등을 돌리겠지요, 이부원외랑이 그러했듯이. 허나 그들을 원망하지는 마소서. 잊지도 마소서."

저주에 가까운 속삭임이었다. 가랑은 헛웃음을 쏟아 내며, 슬픈 눈물을 그리며, 깊은 통탄에 젖어 나가며 속에 담은 말을 쏟아 내었다.

"승상께서는 모든 것이 자식을 잘못 키운 자신의 죄라 하였으나, 결국 모든 것은 황후폐하의 죄입니다."

가랑은 몸을 일으켰다. 그 치맛자락에서 일어난 찬바람이 황후의 뼈를 파고들었다. 그것은 무엇보다 시리고 아렸다.

……탐이 났다.

태어나길 귀하게 태어나 항시 더 높은 곳만을 보고 살아왔더란다. 그리하여 그 높은 곳에 발걸음을 들이밀었다. 나라의 어미가, 하늘의 딸이 되어 오랜 시간을 살아왔다. 허니 후대도, 제 손으로 만들어 평생토록 높은 곳에서 내려가고 싶지 아니하였다. 제 손에 쥔 것은 꼭 움켜쥔 채. 평생 놓치지 않은 채로.

그러나 지금 돌아보면 모두 헛된 욕심이었을 뿐, 아비가 넌 예에 어울리지 아니하다며 뜯어말릴 때에 그를 알았어야 했다. 그저 높은 벼슬을 하는 이에게 시집을 가 궁주 자리라도 꿰어 찰 것을 그랬다.

들어오는 날, 화사하게 열린 하늘이 저를 반기었었거늘. 나가는 날은 처량하고 초라할 따름이었다.

그로부터 얼마 지나지 않아, 황후전에 황명이 담긴 조서가 도착했다. 기나긴 조서의 결론은 결국 황후 문씨를 폐하여 서인으로 삼고 궁에서 내친다는 것이었다.

황후 문씨, 이제 폐후가 된 그니는 그 조서를 보며 허망한 웃음만을 덧그렸다. 삶은 덧없는 법, 꽃이 한철이듯 권세 또한 그러한 것이니. 걸음을 옮기자 새하얀 옷자락이 바닥을 스치었다. 그래도 그간 정이 들었던 듯, 황후전 나인들이 발걸음 마디마디 사이로 울음을 터뜨렸다. 서느런 바깥 공기에 젖어 나가며 상여 같은 하얀 가마 앞에

섰을 때, 폐후의 눈에 밟힌 이가 있었다.

그 익숙한 이가 서서히, 아주 천천히 가까이 다가온다. 무슨 염치로 제 앞에 이리 당당히 설 수 있는지 그가 궁금했다. 다른 이였더라면 매섭게 쏘아붙이며 뺨이라도 올려붙였을 터였건만, 이상하게 그에게는 아무런 말을 할 수가 없었다. 폐후에게 있어 그는 오라비였다. 친동기보다 더 친동기 같았다. 뉘보다 더 자신을 잘 이해해 주는 이였다.

어린 시절, 아비에게 받은 새가 생각났다. 그 새가 제 손을 쪼았을 때 폐후는 그가 괘씸하여 뱀을 풀어 놓았더란다. 뱀은 새를 한입에 답삭 삼키었고 아비는 저를 혼내었으나 건은 저를 달랬었다. 속상한 것은 알겠건만 새 또한 소중한 생명이니 그리 험히 다루어서는 안 된다 가르쳤었다. 하여 믿고, 의지하고, 그리 따랐더란다. 오라비이자 스승 같던 이였기에.

비틀거리는 걸음걸이가 그에게로 향했다. 여느 때보다 창백한 얼굴로 가까이 다가서자 그가 저를 내려다본다. 평소와 다르게 차가운 눈빛이 아리게 다가와, 무어라 물을 수도 없었다. 폐후는 그저 이름을 뇌까렸다.

"……건아."

손을 내밀었다. 익숙하고 또 익숙한 뺨으로 그를 뻗었다. 손은 금방이라도 닿을 듯하거늘 제 속삭임은 닿지 않았다. 차마 나오지도 아니하였다.

"네 어찌……."

어찌 나를 배신했느냐, 그리할 수가 있느냐. 날 쳐낼 검을 숨겨 두었다가 그리 데리고 나타날 수가 있느냐, 그리 날 베어 버릴 수가 있느냐. 입 안에서 속삭임이 부서져 내렸다. 폐후는 애틋한 눈길로 건을 올려다보았거늘, 건은 슬며시 고개를 꺾으며 뻗어 오는 손길을 피할 뿐이었다.

"아직 잘못을 모르시는군요."

씁쓸한 음성이 귀에 어른거린다. 잘못을…… 모른다고. 대관절 무엇 때문에 건이 이리 나오는지 알 수가 없어 폐후는 눈을 동그랗게 떴다.

잘못은 자신에게 있는 것이 아니라 눈앞에 있는 건에게 있는 것이 아니었던가. 적어도, 그니는 건에게 잘못한 것이 있지는 않았다. 도리어 건이 저를 쳐낼 검을 숨겨 둔 것이 문제였다. 그가 잘못이요, 그가 건이 제게 행한 죄였다.

"무슨…… 무슨 말이더냐."

"애기씨, 어린 시절에도 일러 드리지 않았습니까. 살생이란 무슨 이유하에서도 정당화될 수는 없습니다. 한낱 짐승조차 그러할진대 인간이면 어떻겠습니까. 왜 그를 지금도 모르신단 말입니까."

"나, 나는……."

어린 시절처럼 애기씨라, 다정히 이르는 그 앞에서 폐후는 더듬거렸다. 지독한 불꽃이 가슴속에서 빛을 발했다. 탈 것이 없으면 결단코 타오르지 않을 그것은 영겁의 불꽃인 양 끝이 없었다. 그에 속이 상하고 마음이 상했다. 타오르는 그 지독한 마음의 이름이 배신감이란 것을, 폐후는 그제야 알았다.

"잃고 싶지 않았어, 내가 쥐고 있는 것들을……. 그를 잃으면 나는 내가 아니지 않아."

권세는 폐후가 가진 전부였다. 가진 것이란 그것밖에 없었다. 세도가인 문씨 가의 고명딸로 태어나, 태자비가 되어, 또 황후가 되어……. 자신에게 쏟아지는 모든 찬미는 거짓이었다. 아름다운 외모를 지녔다는 말도, 생불이라는 말도 진실로 마음에서 우러나온 것이 아님을 너무 일찌감치 알았다.

처음에는 속이 훤히 들여다보여 그가 싫었으나 차츰, 그에 중독되어 갔다. 끊임없는 아첨들은 너무나도 달콤했다. 올려다보던 이들이 제 발 밑에서 허리를 굽히고 있을 때의 짜릿함이란 너무나도 강렬한 기억인지라, 그가 없으면 살아갈 수 없을 듯했다.

"건아, 사람들은 나를 보고 내 곁에 있는 것이 아니었어. 그저 우리 가문의 권세가 탐나서, 내가 쥐고 있는 것들에 붙어 무언가를 얻기 위해…… 그들은 내 발에 입을 맞추었다. 기꺼이 그리들 했어."

찰나, 애절해진 폐후는 타오르는 마음조차 잊고 그 옷자락을 붙들었다. 정갈한 관료복이 손끝에 잡히는데 그가 너무나도 시렸다. 눈시울이 일렁거렸다. 세상이 흐리니 목소리도 건의 모습도 모두 떨리었다.

"내가 그를 지키기 위해서는 어쩔 수 없었다. 나는, 내가 가진 것을 빼앗길 수가 없었어."

"……제가 저번에 장 미인을 기억하느냐고 물었었지요."

그랬었다. 그 이후로 곧장 태후전에 불려갔더니 이 나인이 나타나 근신에 처해졌다. 그리고 이런 꼴이 되어 건과 만나는 것은 그 이후로 이번이 처음이었다. 다시금 장 미인에 대해 묻는 건의 얼굴에 쓰디쓴 미소가 번져 나갔다. 항시 밉상이었던 건의 얼굴에, 무엇보다 어울리지 않는 떨떠름한 비소라니. 폐후는 순간 그가 제가 알던 건이 맞나 싶어졌다. 침통함으로 가득 찬 음성이 제 귀에 와 닿았다.

"그분은 제 누이십니다."

……그리고 미인 장씨는, 아들이 죽어 목을 매었다. 그 실의와 처참함을 이기지 못하고 스스로 목숨을 끊었다. 미인 장씨의 아들, 12

황자를 죽인 이는 폐후였다. 자신이었다. 결국 미인 장씨를, 건의 누이를 죽인 이 또한 폐후가 되는 것인가.

"폐하를 처음 뵈었던 때 제가 다섯 살이었을 겁니다. 그때, 부모님께서 돌아가셨기에 누이께서는 한참 어린 저를 승상께 맡기셨었습니다. 승상께서는 누이의 부탁을 흔쾌히 받아 주셨지요."

그 속삭임에 기가 막혀 웃음이 나왔다. 헛웃음이 가득 흘러들어간다. 그리하여 살생이란 어느 때에도 정당화될 수가 없다고 지껄이는 것인가. 제 혈육이 그리 죽었기에. 그리하여 기회를 엿보고 여지껏, 검을 갈고 있었던 것이던가.

"애기씨께서는, 권세를 위해 애기씨의 발등에 입술을 맞댄 분들과 다를 것 같습니까?"

이어 들리는 담담한 음성이 폐후의 심장을 찔렀다. 사정없이 비틀고 도려내 버린다. 저를 내려다보는 그 쓴 눈빛이 차갑다. 주저 없는 음성이 피를 토하는 생채기를 벌렸다.

"제가 볼 땐 애기씨도 똑같습니다."

"건아, 너마저…… 너마저 날 그렇게만 보았던 게냐."

건은 폐후의 그 애틋한 시선을 외면했다. 그래도 오래도록 함께 지낸 이이기에, 귀를 막고 눈을 가렸다. 냉정해지려면 그리 해야만 했다.

"이제는 잘못을 아시겠습니까?"

"……알고 말고 할 것이 있겠느냐? 이미 조정에서 이리 결론이 났고, 조정이 그렇다고 이야기하면 그런 것이겠지. 내 생각 따위는 관계없이."

속사포마냥 지껄이는 그니는 오만하고 당당했다. 지독히도 콧대 높은, 건이 잘 아는 폐후다운 것이었건만 그는 울 듯 애잔한 눈빛으

로 보이는 오기였더라. 건은 제 옷자락을 붙잡은 그니의 팔목을 움켜
쥐었다. 가볍게 힘을 가해 저 멀리 떨어뜨렸다. 살포시 놓은 손이 허
공을 힘없이 배회했다.

"애기씨께서는……."

그 지껄임은 바람에 치여 멀리 사라져 버리었다. 부서진 모래성마
냥, 허망하게 흩어져버렸다. 폐후의 귀에는 들리지 아니하는 것. 무
어라 속삭였는지, 무슨 말을 한 것인지. 이윽고 마주한 눈이 슬프게
휘었다.

"……종종 찾아뵙겠습니다."

"네 무슨 염치가 있어 내 사가에 오겠다고 말하는 게냐."

폐후는 애써 그 말을 끊었다. 건 덕에, 문씨 가는 풍비박산 수준이
었다. 오라비들은 죄다 파직되어 위리안치 된 판국, 아비는 그나마
겨우 직책을 부지했다. 황상께서도 아비와는 꽤나 친밀하셨던 모양
이었다, 그리 곁에 두신 것을 보아하면. 물론…… 염치가 있으니 스
스로 그만두실 터였다.

"허면 마지막 가시는 길이라도 바래다 드리겠습니다. 그간 정이
있으니."

건은, 조금 전 매섭게 떼어 냈던 폐후의 팔을 잡았다. 상여 같은
가마까지 인솔하려는 그 발걸음이 떨어지려는 찰나, 이번에는 폐후
가 그 손을 쳐냈다.

"……되었다."

이상도 했다. 지독한 감정이 속 안에서 끊임없이 타오르거늘 눈앞
의 건을 미워할 수가 없었다. 저를 이 꼴로 만든 것은 결국 눈앞의
건이었거늘. 희미한 미소를 덧그린 그니는 하얀 가마에 몸을 실었다.
기나긴 세월을 살았던 황궁과의, 초라하기 그지없는 작별이었다.

시간은 빠르게 흘러갔다.

미운이라도 있다 없으면 허전한 모양, 가랑은 텅 빈 황후전을 보며 그러한 것을 느끼었다. 속이 오묘하게 불편했다. 큰일이 한바탕 조정을 뒤흔들고 지나갔건만 황성은 여느 때와 다름없이 평온하다. 금세 평온해졌다.

익숙한 뒤뜰 정자에 올라 서책을 보고 있노라니 조금 더 시려진, 스산한 가을바람이 몸을 감싸 왔다. 얇은 책장이 손끝에 잡히매 그 가느다란 것이 불어오는 바람에 몸을 떨었다. 한 자, 한 자 눈으로 더듬어 가거늘 익숙한 그림자가 그 뒤에 불쑥 나타났다.

"……매번 같은 것을 보면 지겹지도 아니하더냐?"

"볼 때마다 새롭습니다만……. 폐하, 이 시각에 예까지는 어찌 오신 것이옵니까?"

아직은 날이 밝았기에 한 소리였다. 해가 짧아지긴 했으나 아직 중천이요, 정사에 한참 임하고 계실 시각이거늘. 그 타박에, 가랑 앞에 자연스레 앉은 그가 인상을 찌푸렸더란다.

"내 네 덕에 게으름도 부릴 수가 없구나. 골치가 딱딱 아파 잠시 도망쳤거늘."

투정에 가랑은 슬그머니 서책을 덮었다. 눈을 똑바로 마주하는데 오늘따라 그 새카만 눈이 유달리도 반짝였다. 천진난만한 어린아이의 호기심 가득한 눈빛이 저러할까. 골치 아픈 사람의 눈빛이 아니어서 가랑은 순간 서책을 잡은 손을 굳혔다. 표지의 거친 질감이 한껏 굳어 버린 손을 탔다.

"왜 그러시옵니까?"

"조정에서 국모의 자리는 하루도 비워 둘 수 없다고 하나같이 읍성을 높여 대더군."

……그럴지도 모르겠다. 황후란 단지 황제의 정비가 아니었다. 상징적인 나라의 어미, 내궁의 일을 통괄하는 이, 그리고 권세의 중심. 허니 신료들은 뉘든 자신의 여식을 그 자리로 밀어 넣으려 할 터였다. 머리로는 뉘보다 잘 아는 것임에도 속이 쓰라렸다. 누군가가 간택된다면 저는 먼발치서 그를 지켜봐야만 하는가. 윤이가 황자로 책봉되었을 때처럼.

"가례감을 설치하라, 누구의 여식이 알맞도다……. 하나같이 떠들어 대던 참이었다."

그 속삭임을 듣는데 입술이 굳어 갔다. 언감생심, 그 자리가 욕심이 나는 것은 아니었다. 욕심을 내서는 안 되는 위치임을 알고도 있었다. 헌데 그가 다른 이에게 맞절을 하는 모습이 자연스레 머리에 그려지어 속이 뒤틀렸다. 저는, 저는 그놈의 법도에 따라 신랑 없는 가례를 치르었거늘. 옛일까지 겹쳐지자 억장이 무너질 것만 같았다. 굳은 입술이 파르르 떨리었을 적 갑작스레 그가 가까이 다가붙었다. 더운 숨결이 귓가에 바로 와 닿았다.

"……헌데 굳이 그럴 필요가 있겠느냐."

뜨거운 손길이 어깨 위에 올라왔다. 무슨 말씀을 하시려는 것인가? 가랑은 눈을 끔뻑이며 되물을 수밖에 없었다.

"……예?"

"신료들에게 딸을 독수공방시키고 싶으면 가례감을 설치하라 했지. 황후 자리는 비워 둘 수 없지만 간택할 생각은 전혀 없거든. 이에 대해서는 어찌 생각하느냐?"

제 생각이 중요한 일이던가. 어찌 그리 물으시는가. 그러신다고 신료들이 그저 알겠노라 하고 넘어가는가? 독수공방이든 뭐든 신료들이 중요하게 여기는 것은 그러한 것이 아닐 터였다. 허울뿐인 황후여도 그 자리를 붙들고 있으면 여러 도움은 될 터이니. 뉘든 욕심을 낼 자리긴 해, 제 머릿속에 그리 돌아가는 생각에 제가 시무룩해진다.

"어찌 얼굴이 그러느냐?"

아무래도 제가 입술을 비죽 내밀고 있었던 모양, 그의 손가락이 입술에 닿았다. 가랑은 고개를 도리도리 저었다.

"아무것도……."

"허면 답해 줘야지."

"예?"

"내 지금 묻고 있다만?"

황상의 그, 형형한 눈빛이 다시금 번뜩였다. 순진무구한 어린아이가 호기심을 발할 때의 눈빛을 닮았다. 그를 장난기라 하면 옳을까. 가랑은 눈을 끔뻑였다. 그의 손등이 제 뺨을 탔다. 부드러이 쓸어간다.

"신료들도 동의했고, 너만 동의하면 일은 일사천리로 진행될 것이거늘."

"무슨…… 말씀이십니까?"

되물을 수밖에 없었다. 황상께서 무어라 하셨던가. 황후 자리는 비워 둘 수가 없으나 간택할 생각은 없다, 어찌 생각하느냐……. 그런즉 내궁에 있는 사람들 중 하나를 올리겠다는 의미신가. 부인, 3비가 있으니 그녀들 중 하나가 올라서면 조정 쪽에서도 제법 만족스럽게 생각할 터였다. 허면 그에 대해 어찌 생각하느냐고?

갑자기 고국에 있는 어미 생각이 났다. 어미 또한 본디 후궁이었다가 정궁이 된 즉, 그리하여 오라비와 사달이 난 것은 아닐는지. 뇌를 가득 차지한 복잡한 실타래가 끊임없이 꼬일 때, 저를 오롯이 보고 있던 황상께서 손을 움켜쥐었다.

"왜 그리 눈치가 없어."

"……예?"

"그 자리가 네 자리라 생각해 보지는 않았더냐."

그러니까…… 후가 되어 달라는 말씀이신가? 가랑은 그저 제 귀를 의심했다. 가랑은 기껏해야 자그마한 소국의 공주였다. 허나 예는 대국, 그리고 그는 천자였으니. 그의 마음을 의심하는 것은 아니건만 신분의 차이란 분명 존재하는 것이었다. 허니 제 처지에 가당키나 한 자리인가. 분명 오르지 못할 나무였기에, 욕심내면 안 될 것을 너무나도 잘 알고 있었거늘.

"황후라 해도 나라의 국모라 생각하지 말거라. 황제의 정후라 생각하지도 말아."

제 생각을 그대로 읽은 듯한 말씀이 귀에 어른거렸다. 저를 바라보는 눈이 한없이 따스했다.

"그저 내 오롯한 아내로, 내 처로. 그리 여기어라. 그리고 앞으로는 그리 살아."

귀에 와 닿은 음성이 영원처럼, 마치 그렇게 남았다.

"허니 황후가 되어 주겠느냐."

황후가 되어 주겠느냐, 되어 주겠느냐, 겠느냐……. 그 말씀이 제 귀를 감싸고 뱅뱅 돌아 온 세상이 새하얗게 물들었다. 내리쬐는 따사로운 가을날 햇빛에 그 무엇보다 눈이 부시다. 저를 감싸는 서느런 바람마저 온화하다.

오롯한 아내로, 그 처로.

처음 예에 발걸음 했을 때 인정하지 못했던 것들이 머리를 매암 돌았다. 가랑이 아닌 엽려에게는, 머리로는 이해해도 마음으로는 받아들일 수 없던 것들. 공주였기에 그가 세상에서 가장 서글프고 가슴 아픈 것이었더라. 마음 둘 곳 없던, 누구보다 콧대 높은 이가 인정할 수 없었던 것이었더라.

그를 가만히 올려다보는 가랑의 눈이 깊게 일렁거렸다. 그니의 새카만 그 눈은 깊은 바다를 닮아 있었느니. 심해란 보고 있는 이를 미혹하는 것이매, 보고 있으면 저도 모르게 뛰어들게 된다. 죽어 가는 것을 알면서도 그에 빠져 한없이 허우적거린다. 끊임없이 헤엄치게 한다.

"답은?"

진중한 음성이 귀에 걸리는데 그가 더없이 달콤했다. 가랑은 손을 떨었다. 몸을 떨고 눈을 떨었다. 그 사소한 떨림은 어디에서 기인하는 것인지 도통 알 수가 없었다. 붉은 입술이 동그랗게 벌어졌다. 눈앞이 끊임없이 흐려온다.

"제가…… 제가 탐을 내도 되는 자리이옵니까?"

"자리라 생각하지 말라 일렀지 않아."

다시 한 번, 국모와 정후가 아닌 한 사람의 아내라 생각하라 이르셨다. 물론 의무가 등에 얹어지지 않는 것은 아니었건만, 그보다 먼저인 것은 오롯한 자신의 처라 하신다. 뺨에 닿은 손이 입술을 훔쳐 간다. 다정스런 손길으로, 눈빛으로 저를 탐한다. 녹여 가신다.

"허니 작금 필요한 답도 둘 중 하나겠군. 그리하겠다, 아니하겠다."

불쑥 얼굴이 가까이 다가온다. 숨결마저 오롯이 느낄 수 있을 정도로 가까이 다가붙어 물으신다.

"대답은?"

"류……."

그 이름을 읊조리며 가량은 깊은 숨을 들이켰다. 숨을 들이켜니 제 심장마저 오롯이 들이켜진 양, 거센 진동이 귀에 아득하게 와 닿았다. 행여 이 소리가 그에게 들릴까, 소심해진 가량은 양 뺨을 붉게 물들였다. 떨려 오는 손끝이 말하려 하는 것은 무엇일까. 깊게 흐려지는 눈앞은 말마저 앗아 간 양, 자꾸만 더듬거리게 했다.

"정녕…… 저로 괜찮으신 것이옵니까? 전 드릴 수 있는 것이 아무것도 없사온데……."

"또."

단호한 답이 떨어지었다. 자리라 생각하지 말라 하였거늘 어찌 자꾸 정치적인 것을 이끌어 생각하느냐, 그런 속삭임이었다. 그러나 생각을 하지 않을 수가 없었다. 평생 본 것이 그러한 것이기에, 또 정녕 미안해서. 그의 입술이 다시 열리었다.

"네 자꾸 그리 속삭이니 섭섭하다. 네 왜 줄 것이 없다고 생각하느냐."

제가 줄 것이 있던가? 타국 출신, 그것도 조그마한 명원이니 다른 세도가의 여식들에 비해 줄 것이 없는 것은 옳았다. 그리하여 미안할 뿐, 언감생심 바라보기도 불경할 뿐. 뺨에 그리고 입술에 차례로 그의 온기가 닿았다.

"너, 그리고 윤이. 내 삶에서 가장 소중한 것들이다. 네가 없었으면 내 결코 얻지 못했겠지."

눈물이 핑 돌았다. 가량이 더듬더듬 손을 뻗자 그가 그 팔을 잡아당기었다. 창졸간에 그 품에 와락 안긴 가량은 눈을 끔뻑거렸다. 뜨겁고 아린 것이 양 뺨을 탔다. 턱을 타고 구르는, 아득하게 떨어지고 드리워지는 그것은 가슴 시린 것이 아니었다. 아파도 기뻐서 아려 오는 것이기에 그마저도 기꺼웠다.

492

"자, 그러면 답은 어찌 되느냐?"

"그리 말씀하시는데 어찌…… 어찌 거절할 수가 있겠사옵니까."

가랑은 슬그머니 손을 들어 뺨을 구르는 그 이슬들을 닦아 냈다. 갈 곳을 잃어버린 속삭임이 입 안에서 아득히 부서졌다. 제 소심한 속삭임에 황상께서는 맑은 햇살인 양 활짝 웃으셨다.

"기꺼이…… 기꺼이 그리하겠나이다."

"그래야지."

맑게 갠 청천이 두 사람을 오롯이 덮었다. 여린 구름 틈새로 쏟아지는 햇살이 그 무엇보다 따사로울사 사소한 것 하나에조차 마음이 충만했다. 하얀 태양빛 장막이 단단한 대지 위에 검은 그림자를 아로새겼다. 깊게 얽힌 두 그림자. 따뜻한 빛깔로 물든 그 위, 높은 창천마저 환히 웃었더란다.

10장.
춘우春雨

사람은 평판을 쌓는 데 평생을 투자하건만, 그리 쌓아올린 평판이 무너지는 것은 단 한 순간의 일인 법이다.

서느런 가을이 흘러가고, 혹독한 겨울도 지나서고, 마침내 따사로운 봄이 찾아왔다. 지난 가을에 입후한 황후 유씨에 대한 풍문은 마치 봄바람 같았다. 물론 민심이란 놈은 변덕스럽기에, 처음에는 혹한기의 매서운 칼바람을 떠오르게 했었다. 생불이었던 폐후를 내쫓고 황상을 꼬여 낸 소국의 요녀. 종종 달기로 비유되며 경국지색이란 그런 것을 이른다며 덩달아 입방아를 찧곤 했었다.

그러나 폐후 문씨가 했던 일들에 대해 알려지며 민심은 뒤집어졌다. 간악한 폐후에 맞선 아름답고 의로운 이라, 그리 손바닥 뒤집듯 풍문이 바뀌었다.

그런 대국 무의 황후 유씨, 가랑은 오늘도 가득 부른 배를 붙잡고 경서를 읽는 참이었다. 책장 하나를 넘기자 부드러운 태동이 일어 가

494

랑은 아랫배에 손을 얹었다. 그러자 툭, 하고 발길질이 일었다. 가득 부른 배로 시선을 옮긴 가랑은 괜스레 중얼거리었다. 아가야, 아가야 하고 뇌까리다가 저도 모르게 미소를 덧그렸다.

근래 들어 평온하고, 행복해서…… 가슴이 도리어 저려 왔다. 그저 저 한 몸은 행복하거늘 고국의 일이 자꾸만 눈앞에 밟혀 왔다.

……역천이 성사됐다니 그가 곧 반정이 되는 터, 새로 옹립된 어린 동생의 인정을 위해 사신이 온 참이었다. 몇 달 전 위장군을 통해, 자금이 모자라다는 어미에게 재물을 건네준 것이 자꾸만 심장을 찔러 왔다. 허면 오라비는 어찌 되었는가.

과거를 살피면 폐주는 유배가 되는 터라, 어린 시절을 그리 포근하게 해 준 이가 나락으로 떨어졌단 것이 기껍지만은 않았다. 가슴이 저렸다.

가랑은 슬픈 미소를 눈에 그리며 애써 상념을 지워 나갔다. 배 속의 아이를 위해, 또 저 자신을 위해 서책에 빠져 잇노라니 궁인이 그림자를 드리웠다.

"폐하, 명원의 사신이 뵙기를 청하옵니다."

올 것이 온 양…… 무슨 소식을 가져왔는지 벌써부터 심장이 아려 온다. 들라 속삭이니 머리가 희끗한 이가 와 고개를 숙이거늘 그 태가 묘하게 눈에 익었다. 아득히 바라보는 그 시선을 따라 그치는 숙인 고개를 따라 바닥에 넙죽 엎드렸다. 익숙한 음성이 귀를 간질였다.

"공주마마, 오랜만에 뵙사옵니다."

매일같이 황후폐하 소리를 듣다 공주 소리를 들으니 반가우면서도 어색해, 가랑은 멋쩍게 웃었다. 그치가 서서히 고개를 들어 올려 가랑은 눈을 마주했다. 늙어 주름진, 저가 마지막으로 보았을 때보다 더더욱 깊게 패인 눈. 그치가 누구인지를 알아본 가랑은 멋쩍은 웃음마저 딱딱하게 굳혀 버리었다. 말문이 잘 트이지 않아 입술을 떼는 데에 제법 오랜 시간이 걸리었다.

"……오랜만이에요, 부원군."

오라비의 정실, 중전…… 즉 폐비의 아비였다. 가랑과는 그리 사이가 좋지 아니했었다. 작금은 그치가 가랑의 얼굴조차 보기 싫어할 것이었다. 사위를 몰아내고 옹립된 이가 가랑의 동생이었으므로. 그럼에도 노쇠한 얼굴은, 그 음성은 담담할 따름이었다.

"주상전하께서 공주마마께 서한을 전하라 하셨나이다."

주상이란 오라비를 이르는 말일 터. 할 말을 내뱉는 그치에게는 상투적인 인사말조차 없었다. 하기사, 명원에 있을 때부터 그러한 관계였지 않은가.

부원군이 소맷자락에서 주섬주섬 하얗고 까만 종잇장을 꺼내 서탁 위에 올려 두거늘 그 주름진 손이 어찌 그리 애잔하던지. 차마, 그 서신을 눈앞에서 펼쳐 볼 용기가 나지 않았던 가랑은 손끝으로 그것을 쓸었다. 평소의 것과 다르게 거칠고 단단한 질감이었다.

"오라버니께서는…… 어찌 지내십니까?"

침묵이 어색해, 가랑은 괜스레 질문을 던지었다. 묻지 않아도 아는 것이었다. 제아무리 폭정으로 인해 축출되었다 하나 유배지에서 얼마나 참담할 것인가. 제 처지가 비참하리라, 가랑이 처음에 그러하였듯이. 슬프고 가슴 아픈 상황을 어찌 견디고 있을지.

옛 기억이 머릿속에 아른거리어, 눈시울이 붉어질 적 담담한 음성이 귀를 때리었다.

"자결하셨습니다."

무언가 묵직한 것이 뒤통수를 후려갈기는 듯했다. 그리 골이 울리니 세상이 진동한다. 가랑은 눈을 동그랗게 늘였다. 그야말로 되물을 수밖에 없는 말이었다. 스스로의 귀를 의심하게끔 한다.

"……예?"

"허면 신은 물러가겠습니다."

부원군은 가타부타 더 할 말이 없다는 듯, 냉정하게 답한 채 자리에서 일어섰다. 그대로 떠나가는 발걸음 소리가 귀에 아득하게 울렸다.

민망해하는 궁인과 함께 덩그러니 남겨진 가랑은 떨리는 손끝으로 서한을 짚었다. 자결하셨노라고. 그런 분이 서한을 남기셨노라고. 그런즉 유언이신 것인가. 아비, 선왕이 서거하셨을 때가 갑작스레 떠올랐다. 죽은 이에 대한 기억은 언제나 애틋한 법이거늘, 이상하게 작금은 무감각했다. 귀는 분명 의심했으나 마음은 동하지가 아니한다.

허나 검은 글씨가 눈에 비치어지니 그를 읽지 않을 수가, 없었더란다.

조심스레 들어 올리니 흔들리는 아련한 불빛에 그가 비추어진다. 익숙한 필체가 아롱아롱 눈에 담기었다. 정갈하나 어딘가 어색한, 채 오롯이 다듬어지지 못해 어설픈 필체가 마음을 울리었다. 왼손으로…… 이리 쓸 정도면 얼마나 노력을 하셨다는 것인지.

월우, 보아라.

오라비가 직접 지어 주었던 그 이름이 눈에 담기었다. 이…… 얼마 만에 보는 제 이름이던가. 어찌, 어찌 오라비는 제 이름을 이리 다정하게 써 두셨는가. 순식간에 얼어붙었던 마음에 균열이 생기었다. 그저 귀만 의심했던 조금 전 상황이 어설플 정도로, 괜스레 벅차오르는 마음이 서러워 눈시울이 아려 온다. 흔들리는 손길로 서한을 펼치매 힘겹게 한 자 한 자 새겨 간 것들이 눈이 아닌 마음에 담기었더란다. 오롯이, 또 깊숙이.

　네 이를 읽기는 할까. 그리하여 내 말을 믿어 주기는 할까. 그리 못되게 굴던 오라비가 이리 서한을 남기었으니 네 성정에 화톳불에 던져 버리지는 아니할까. 그리 수많은 고민에 밤을 새우면서도 결국 이리 붓을 들었다. 이 졸렬한 오라비가 이리 글을 쓰노니, 네 이를 읽기를 바라는 마음과 읽지 않기를 바라는 심정이 동시에 심장 안에서 애끓는구나.

　네 이를 볼 때 내 어찌 되었을까를 그려 보았단다. 이미 두 번 다시 너를 만나지 못하게 되어 있겠지. 그를 앎에도 내 이리 네게 서찰을 남기는 까닭은 내 그저 졸렬하기 때문이지는 아니할까. 월우야, 이런 나를 많이 원망하였느냐.

　……원망했느냐고? 진지하게 물어보시기에 가랑은 멍하니 생각을 거듭했다. 원망…… 했던 것 같다. 미워했던 것도 같다. 그러나 그 원망도 미움도 점차 사라져 갔었다. 도리어 오라비와의 애틋한 추억과, 그 시절의 마음이 남아 미워할 수만은 없었다. 사정이 있겠느니 그리 생각했었다, 그리 여길 수밖에 없었다.

　원망했음이야.

　이어지는 말씀이 확정적이다. 그 한 마디에 저보다 오라비의 서러움이 더 올올이 묻어 나온 듯했다. 마치 제 원망을 받고 싶지 않았다는 듯……. 가랑은 떨리는 눈빛으로 익숙한 글자를 쓸어갔다.

내 그리 너를 매몰차게 대하고 손찌검마저 하였으니, 나를 세상의 전부라 그리 여기었던 네 발밑이 조각났겠지. 네 힘들 걸 알면서도 널 겁박하는 말만 가득 남기었으니 네가 나를 원망하지 않을 수가 없겠더구나. 뒤늦게 생각하건대 내 네게 너무하였나 싶다가도 내가 그리 나오지 아니하였더라면 너는 여전히 나를 좋은 오라비라 생각하고 있었을 게야. 좋은 오라비라 생각하고 어린 시절처럼 나를 좇았겠지, 내가 네 세상에 전부인 듯이. 허나 그러면 아니 되었느니. 나는 좋은 오라비가 아니기에.

아직 네가 내게 보낸 서한들이 기억에 아른거리는구나. 내 네게 그리 모질었음에도 내게 다가온 네 서한은 그리도 따스했다. 내 무슨 일을 하는 것인지 걱정하는 네 말이 눈에 담기니, 네 목소리가 귀에 어른거리는 듯하였다. 네가 마치 그 말을 내 곁에서 하고 있는 것만 같았어. 그 고운 입술로 나를 말리고 다정한 음성으로 내게 바른 소리를 지껄이는 듯했지.

너는 기억하지 모르겠으나 네가 어린 시절 요왈에 대해 이야기하던 때가 떠올랐었다. 그때, 나는 네게 좋은 군주가 되겠노라고 약언했느니. 생각건대 그를 지켜야 할 듯도 싶었으나 네 내 곁에 없으면 의미가 없는 노릇이었다. 하여 그 시절이 생각나 내 당장 대극에 쳐들어가 너를 보듬고 황상께 내 누이를 돌려 달라 몇 번이고 읍소하고 싶었다.

월우야, 나의 월우야. 네 이름자를 이리 손으로나마 담으니 가슴이 먹먹하구나. 내 아직도 너를 처음 본 날이 눈에 선연하거늘 너는 벌써 이리 자라 어미가 되었구나. 또 다른 아이를 배어 산

달이 다가온다 하더구나. 내 눈에는 아이가 아이를 낳는 듯하여 기분이 오묘한 참, 네가 낳아 너를 닮을 아이가 참으로 어여쁠 듯싶어 기쁘기도 하였다.

허나 혹 그것 아느냐. 네 갓 태어났을 적, 대비께서는 네가 여아여서 많이 실망하신 듯 보였느니라. 한동안 너를 보지도 않으셨지. 허나 나는 그때 막 딸을 잃었기에, 사람의 품을 찾아 손을 뻗는 널 내 품에 안는 순간 네가 내 딸인 듯하였다. 생각해 보렴, 월우야, 나는 그때 막 첫 자식을 잃은 어린 아비였단다. 너는 그런 내게 다가온 새로운 딸이었다. 내게로 다가온 넌 그대로 내 자식이 되었다. 한 줌도 되잖은 자그마한 손으로 내 손가락을 움켜쥐는 네 붉은 온기가 내 가슴을 끓게 했다. 하여 너와 첫눈을 마주한 그 순간부터, 내 네가 아바마마의 딸이 아닌 진정으로 내 딸이기를 간절히 바랐느니라.

가랑도…… 알았다. 자식을 잃는 고통이 무엇인지. 그리하여…… 오라비의 마음을 알 것만 같았다. 오라비가 무슨 생각으로 저를 보고, 저를 키우고, 저를 그리 대하였는지 선명히 머릿속에 그려지었다.

어미가 종아리를 때리면 손수 고약을 발라 주던 그 손. 종아리가 부어 뒤뚱거리면 손수 업고 문안 인사를 다니던 등. 아플 때면 밤을 새워 머리맡을 지키던 그 얼굴. 한껏 애틋해져 서한을 보는데 예전 오라비가 제게 속삭였던 말이 귀에 아득히 와 닿았다.

— 오라버니, 오라버니는 왜 저를 월우라 불러요? 아바마마 어마마마는 저를 가랑이라 하시는데.

— 네가 태어나던 날은 보름이었단다. 쏟아지는 달빛이 그윽할 참 너를 처음 보았으니, 네가 달빛인지 달빛이 너인지……. 내 장주지몽을 그때 이해하겠더구나. 그리하여 아바마마께 네 이름이 월우가 어떻겠느냐 올렸더니, 아바마마께서 어린 네게 너무 무거운 이름이라 하였지. 허나 난 네게 이보다 더 잘 어울리는 이름은 없으리라 생각되는구나. 밤을 밝히는 달빛은 어깨를 잔잔히 적셔 오는 희망과도 같은 것이란다. 넌 내게 있어 그런 달빛과 다름없으니.

……오라비에게 있어 저는 그 딸이었다. 갓 태어나 세상을 등진, 오라비가 잃어버린 하나뿐인 군주였다. 정녕 저는 오라비의 피가 이어진 하나뿐인 자식이었다.

그를 뒤늦게 깨달아 눈시울이 아득해진다. 얼어붙은 마음이 한순간에 녹아내려 머리가 핑 돌기 시작한다. 손이 떨리고 발이 떨리고 몸이 떨렸다. 제가 딸이라면서, 자식 잃은 고통도 잘 알고 계시면서. 어찌 저를 이곳까지 보내신 것인가. 어미, 대비를 두 자식을 가지고 겁박까지 하시면서.

그리하였거늘, 그랬거늘. 내 어찌 너를 애정하지 않을 수가 있겠어. 어찌 내가 너를 사랑하지 않을 수가 있었겠어. 내 어찌 너를 그리 매몰차게 대하며 사지로 내몰 수가 있었겠느냐.

아느냐, 그리할 때 내 가슴이 찢어졌느니라. 내 속으로 남몰래 울었다. 네가 견뎌야만 했을 핍박과 조롱들이 내게로 쏟아지는 양 애참하였느니라. 내가 때린 것은 네 뺨이었으나 실상 무너진 것은 나의 마음이었다.

마음이 무너진 이는 무엇이든 할 수 있는 법이다. 할 수 없는 일이 없는 법이지. 하여 모든 것을 손에서 놓고, 어깨 위에 가득 올라갔던 짐도 풀어 놓았단다. 내 비록 승천하지는 못할 것이나 홀가분하구나. 그리 나는 이제 떠나간다. 떠나가. 훨훨 날아 미움과 원망이 가득한 속세를 벗어날 게다. 허니 두 번 다시 너를 볼 수 없음이야. 너도 매한가지일 것이고. 허나 오라비가 졸렬하여 네 오해를 그대로 두고 떠나기는 억울하였다. 하여 이제 와서 뒤늦게 고하고자 하느니.

대비마마께서 정이를 옹립하려 하신 것은, 내가 즉위한 이후부터 꾸준히 있던 일이었다.

가랑은 소리 없이 입을 틀어막았다. 제가 한결같이 외친 말들이 귀에서 메아리쳤다. 어마마마께서는, 그럴 분이, 아니시다, 아니시다…… . 그것은 괴로운 비수가 되어 심장을 비틀었다.

뒤늦게 생각하건대 오라비는? 그 오라비는 제게 그리 대할 분이셨던가? 자식 잃은 고통을 단장이라 한다. 허니 눈으로 직접 보아 그리 여기었을 뿐, 제게 그럴 때 오라비는…… .

그를 처음 알았을 때에는 나도 분기탱천하였느니. 대비께서 어찌 이러실 수 있는지, 네가 말했듯 나 또한 믿기지 아니하였느니라. 대비께서는, 분명 평생을 보아 온 그분은 그러실 분이 아니셨기에. 허나 증좌들이 하나하나 드러나기 시작하자 불안했느니라. 마침내 확증마저 찾아냈지. 신료들의 눈에 확증이 들어서는 순간 대비마마는 물론이요, 너도, 정이도 모두 죽음 목숨이지 않아. 아니, 대비마마와 정이는 구사일생으로 살 길이 있었건만 너는 불가했다. 내 딸인 너는 불가했어. 그러니 내 선택할 길이 없었다.

내 정녕 군주였더라면, 나라를 먼저 생각했더라면 어린 정이를 옹립하기보다는 내 자리를 지키는 쪽을 택했어야 옳았었겠지. 신료들에게 그 증좌를 넘기고 대비마마를 폐하고 너와 정이에게 사약을 내렸어야 옳았다. 비록 혈족을 버린 잔인한 군주라는 평을 받을지라도 종묘사직이 외척에 의해 좌지우지되는 것보다야 그가 바람직했을 터이니.

허나 차마 그리할 수가 없었느니라. 내가 그 길을 택한다면 너를 죽였어야 했지 않아. 그것도 내 손으로 말이다.

……마음이 가득 무거워져 고개를 들 수가 없었다. 권세란 부자지간에도 나눌 수 없는 것이라 하였거늘, 아무리 딸처럼 여기었다지만 고작 자신 때문에. 이유 모를 눈물이 뺨을 타고 부드러이 흘렀다. 차라리…… 그때, 죽었어야 했다. 오라비는 저를 죽이셨어야 했다. 이리 제 어깨 위에 짐을 얹고, 마음에 빚을 얹고 이리 가실 것이라면.

종묘사직과, 내 딸인 너. 무엇이 중요한지 무게를 재지 않아도 알아야 했건만 내 그릇이 좁아 군주가 아닌 필부에 불과한 터였다. 네 미소가, 나를 오라비라 부르며 따르는 그 손이, 어린 시절 내가 글을 읽어 주면 그를 어깨너머로 배우며 곧잘 다른 서책을 들고 와 투정을 부리는 그 얼굴이. 네 모든 것에 내 뇌리에 박혀 지워지지 아니하니 내 어찌 하찮은 내 자리를 지키려 너를 해하겠느냐. 그런 마음이라도 먹었겠느냐.

월우야. 너는 몰랐겠지만, 나는 사랑했느니라. 그리하여 그를 가르쳐 준 너를 지켜 주고 싶었느니라. 네 계속 예에 있었더라면 필시 목숨이 위태로웠을 터, 네 정혼자가 작금 그리 싫하게 보여도 어찌 변모할지 모르는 터 차라리 대국으로 가는 게 낫다 싶었다. 네 현명하니 대국에서 잘 헤쳐 나갈 것이고, 내가 닦달하면 필시 네 어떻게든 세를 만들어 내지 않았겠느냐. 그리하여 핍박을 받는다 여길 대비마마와 정이를 도울 것이지 않았겠어. 허면 필시 대비마마께서도 원하시는 걸 얻게 될 터, 혼인을 빙자해 너를 이용하지 않을 터, 내 광증을 보이면 역천의 명분마저 얻을터, 그리 명분을 얻으면 신료들의 반대도 없을 터. 일거양득이 아니었겠어.

그리하여 그랬느니.

내 이 군주의 자리 따위, 내 목숨 따위 너보다 소중하지 않았느니.

늦게나마 고하건대 네 정혼자였던 이는 상한 곳 없이 멀쩡하단다. 네 받았던 그 백골은 내 것이니. 네 그를 보며 올 모습이 눈에 선했건만 내 사랑하는 이들이 내가 죽어 없어지면 된다 하니 조금이나마, 잔인한 심술을 부려 보았단다. 허나 그 덕에 넌 그곳에서 잘 해 주었고, 결국 나는 쫓겨나 정이가 왕이 되었으니 대비마마의 소망이 이루어진 것이 아니겠느냐. 그러므로 너는 내 죽음을 기뻐해야 하느니라. 널 낳은 어미가 기뻐하고 또 기뻐하지 않느냐. 그를 이루는 데 공헌한 네 비로소 효를 행한 것이니 자랑스러워해야 하느니.

네 내가 한 말을 기억하느냐. 네 달기가 되라 했었지. 월우야, 경국지색이란 나라를 기울게 할 정도의 미인을 이르는 말이다. 실로 나라를 망친 이는 나였건만 그 원인에는 네가 서 있지 않아. 그런 고로 내게 있어 경국지색이란 너이지 않겠느냐.

나만의 달기야, 너는 홀로 세상을 등질 나를 위해 울지 말거

라. 이리 졸렬한 글자나마 남기고 떠나가는 나를 위해 옥루를 보이지는 마. 내 나를 향했던 네 원망과 슬픔 그리움마저 모두 가지고 떠날 터. 앞서 태어날 네 아이를 보지 못하는 것은 한이 되겠지만 이 오라비는 만족하며 눈을 감는다. 널 지킨 것에 만족하느니라. 사랑하는 나의 딸을 지킨 것에 기뻐하느니라. 허니 마지막으로 한 가지만 더 부탁해도 되겠느냐. 아비답지 않은 아비의 마지막 부탁이니, 네 꼭 행할 것을 믿으며 눈을 감을 터.

내 진실로 바라느니,

부디 네가 영원토록 행우하기를.

……그 뒤로 이어지는 말은 존재치 아니하였다.

가랑은, 가랑은 제 뺨을 적시는 것들이 무엇인지 알 수가 없었다. 가슴이 먹먹하매 아무런 생각을 할 수가 없었다. 어찌 마지막 부탁마저 제가 행우하기를 바라실 수가 있는 것인가? 어미는 어찌 그리 감쪽같이 저를 속일 수가 있던 것인가?

혼란스럽고 서러워, 끊임없이 제 눈에서 시작되어 뺨을 타는 것들을 막을 재간이 없었다. 다른 때였더라면, 다른 일이었더라면 아랫것이 보고 있어 결단코 하지 않을 짓이었다. 때문에 궁인도 어지간히 당황한 양 가랑을 부르는 음성이 떨렸다. 그런 궁인 또한, 어인 옥루를 보이시느냐 물을 재간조차 없었다. 그니가 보았던 황후는 항시 의연하고 굳건한 모습이었기에.

"폐, 폐하……?"

가랑은, 흔들리는 손으로 서한을 들은 채 비틀거리며 자리에서 일어섰다. 오라비의 팔이 생각났다. 제가, 연못에, 던져 버린, 그 하얀 것. 제 터진 종아리에 약을 발라 주고, 등에 업어 주던 그 단단한 팔.

부원군이 나간 자리를 따라 급하게 달리는 제 발걸음이 흔들리는 것은 눈앞이 흐리기 때문일까. 아니면 온몸이 흔들리는 까닭인가.

문을 왈칵 열어젖히자 자리를 지키던 이들이 눈을 동그랗게 늘였다. 가랑은 그니들의 시선을 무시한 채 흔들리는 발걸음을 놀렸다. 기나긴 복도를 빠져나와 밖으로 나오매 검은 하늘은 끊임없는 억겁의 비를 쏟아 내는 터였다.

가랑은 기나긴 눈물을 드리우며, 당황하는 궁인들을 뒤로한 채 비 사이로 뛰어들었다. 오라비의 팔이 있을 태극궁으로 달리거늘 눈앞이 흐린 덕인지, 어느 순간 발이 꼬인 가랑은 그대로 고꾸라졌다.

철퍽! 바닥 가득이 고인 물방울이 사방으로 튀었다. 바닥 가득 고인 천루(天淚)에, 그 괴로움에 뒹굴던 가랑은 다시 일어나야 한다는 생각조차 하지 못했다. 거북이인 양 엉금엉금 기다가 그대로 우뚝 멈추어 섰다. 오도카니 서자 눈에 담긴 것은 하얗고 검은 하늘이다.

숨이 턱하고 차오른다. 뺨을 타고 흐르는 것이 제 눈물인지 빗물인지 바닥에 고인 것인지 알 재간이 없었다. 소리 높은 울음을 토해 내며, 비에 젖어 가기 시작하는 서한을 가슴 깊이 끌어안았다. 아득한 숨소리와 뒤섞인 울음이 빗소리에 아득히 파묻혀, 가랑은 그리운 이를 부르며 차가운 대리석 바닥에 얼굴을 묻었다.

"오, 오라…… 오라버니……."

그를 들어줄 이가 없기에, 애타게 부르는 이가 존재치 아니하기에 갈 곳을 잃어버린 비통한 외침이 하늘을 갈랐다. 뼈를 아우르는 애통함이 손끝에조차 묻어 나온다. 아직도 기억하는 그 시절의, 그 사람의 온기. 지나간 일들이 뼈를 아우른다. 그때, 애틋한 그 사람이 가랑에게 준 것들이…….

— 어디 보자…… 오두막집 려(廬) 자란다. 십팔사략을 읽고 있었구나.

— 내 얼마나 놀랐는지 모르겠지. 아프지 말거라, 항시 네가 아프면 내 대신 아파 주고 싶은 걸 아느냐. 월우야, 어서 털고 일어나야지. 행화가 지천이니 오라비와 함께 꽃구경을 가야 하지 않겠어.

— 이제 이 오라비는 왕이다. 아바마마께서 승하하셨음에도 내, 아바마마를 위해 눈물조차 보이지 못했구나. 그들에게 있어 나는 신왕이요, 아바마마는 사왕(死王)이니 승하하신 아바마마는 안중에도 없더구나. 아비를 잃은 자식의 슬픔을 모르는구나. 사람이 죽었는데, 신료들의 눈에 왕은 사람이 아닌 왕일 뿐인가 보다…….

……가랑을 있게 했다.

저를 살아가게 했고, 지금의 저를 만들었다. 그 시절이 없었더라면 저 또한 없는 이. 저를 업어 키우며 고이 조각한 이는 그 오라비였다.

그 시린 한 자락이 마음속에서 오롯이 조각났다. 조각조각 흩어지는 그 편린. 불균형하게 흔들리는 그 조각들이 삐걱거렸다. 오묘한 소음은 아득한 기억의 조각들을 끊임없이 되새기게 했다. 떠오르는 것은 아득한 추억, 새겨지는 것은 눈물, 남은 것은 상처……. 온몸을 적시는 빗물은 그 그리운 이의 피눈물이었더란다.

가랑은 목을 꺾어 흐린 하늘을 보며, 목소리를 높일 수밖에 없었다. 하얀 눈꺼풀이 파르륵 흔들렸다.

숨이 차오른다. 참을 수 없는 괴로움에 시달리던 가랑은 엉금엉금 기어가다가 겨우 몸을 일으켰다. 저를 말리는 궁인들을 무시하고, 정처 없는 걸음을 놀렸다. 곱던 옷자락이 진흙 범벅이 되어서야 겨우 도달한, 그 익숙해야 할 못.

시퍼렇고 푸른 아가리를 벌린 못을 향해, 가랑은 주저 없이 달려들었다. 그 팔에, 두 번 다시 만날 수 없는 아비의 품에 다시금 안기고 싶었다. 지금 당장 어떻게 되도 좋으니, 제게 그 넓고 푸른 사랑을 아낌없이 베푼 그 사람의 애정을 다시 한 번…….

그러나 생과 사의 경계가 아득하듯이, 가랑과 그 그리운 이의 팔 또한 매한가지였다. 어느 순간 다가온 억센 팔이 제 어깨를 단단히 잡았다. 깊고 푸른 물가를 향해 달려 나가려 애를 쓰는데, 제 몸은 못에 박힌 듯 움직이지가 아니하였다.

가랑은 쏟아지는 비에 젖어 나가며, 저를 잡은 이를 돌아보았다. 어느덧 이야기를 듣고 뛰쳐나오신 듯 황상께서 거기 계시었다. 가랑은 비에 촉촉이 젖은 얼굴로 애처롭게 속삭였더란다.

"놓아주세요……."

"아니 된다."

단호한 답이 귀에 떨어졌다. 왜 아니 된다는 걸까. 그분께서 같은 하늘 밑에 계시지 않는다는데. 이제야 뒤늦게 깨달은 그분의 변함없는 애정에, 저를 향한 사랑에 이리도 목이 메는데. 그러니까 같은 곳에, 잠시라도 있고 싶은 마음뿐인데.

"류, 오라버니가 저기에 있어요……. 제가 던져 버린, 오라버니의 팔이……."

더듬더듬 속삭이는 제 얼굴을 적신 것은 빗물인가, 눈물인가. 가랑은 온통 저를 만류하는 그에게 가득 매달렸다.

"한 번만이라도 좋으니까, 다시…… 뵙고 싶어요. 오라버니를, 아버지를……. 저를 키웠던 너른 그 품에, 한 번이라도 좋으니까 닿고 싶어요……. 그 품에서 죄송하다고 말씀드려야 해요, 그간 오해하고 있어서…… 자식인 제가, 오라버니를 믿고 있지 않아서……."

그것이 살점조차 없는 백골이라 할지라도.

허나 그는 단호했다. 이대로 두면 정녕 가랑이 저 깊고 푸른 못에, 천혜가 죽은 그 연못에 뛰어들 것을 잘 알고 있기에…… 억지로라도 가랑을 처소에 데려다 놓아야만 했다. 하여 아랫것들이 억센 손아귀들이 가랑을 질질 끌고 가거늘, 가랑은 오라비의 팔이 있을 그 연못을 끊임없이 돌아보았다. 가득 일그러진 입술 위로 상처 입어 구슬픈 짐승이 우짖었다.

"오, 오라버니……. 오라버니……!"

하늘을 적시는 아름다운 봄비가 점차, 그 못과 멀어지는 가랑을 축축이 물들였다.

어깨 위로 쏟아지는 비가 세상 그 무엇보다 무거웠다.

※

— 어찌 그러실 수가 있으시었던 것입니까. 저는, 도무지 이해할 수가 없습니다.

그 길로 곧장, 가랑은 고국에 발걸음을 했었더란다. 황후가, 그것도 가득 부른 배를 안은 채 타국으로 발걸음 하는 것은 선례를 찾아볼 수 없는 일이었다. 굉장히 이례적인 사건이었으나 대국에서는 모두들 입을 다물고, 고국에서도 매한가지였다. 드물게 목소리를 높이는 저에게 어미는 차게 웃으며 대꾸했다.

— 수양대군의 딸께서 납시셨군요.

— 어마마마께서 제게 무어라 가르치셨더이까. 덕으로 사람을 품으라, 사람을 다스리는 것은 덕이다…… 그러셨던 분이 어마마마시옵니다. 헌데 어찌 오라버니께…… 오라버니께 그리하실 수 있으셨단 말입니까. 권좌가, 옥좌가 그리 탐나셨단 말입니까?

— 공주, 물론 이 어미도 한때에는 그럴 것이라 여겼습니다.

한 많은 음성이 너울너울 귀에 닿았다. 가랑은 그때만큼 어미가, 대비가 어색했던 적이 없었다. 마치 제가 알던 사람이 아닌 양했다.

— 덕으로써 사람을 다스리면 만사가 해결될 것이라 믿었던 시절이 있었지요. 어미는, 아비에게 그리 배워 세상사 덕으로 사람을 품으면 모든 것이 순탄할 줄로만 알았습니다.

— 허면 어찌 오라버니께만은 그것이 아니 되셨단 말씀이십니까? 어마마마, 오라버니는 제게 아버지셨습니다. 아버지이며 또 다른 어머니셨습니다. 어마마마께서는…… 제게 부모와 같은 분을 해치신 것이란 말입니다.

— 공주.

어미로서는 분명 섭섭할 말을 울며 토설했으나, 여타 말이 없던 대비는 단호할 뿐이었다.

— 어미는 선왕의 후궁이었습니다. 공주와 다르게 어미는 자식이 없어 정궁이 될 수 있었습니다. 정궁이 된 이후 선왕께서는 어미가 수태하는 것을 원치 않으셨지요. 또 다른 적자를 얻으면 세자가 위태로워질 수도 있었으니까요.

……그러셨던가? 허나 어미는 두 명의 자식을 낳았다. 저와, 정이. 아비와의 추억을 덧그리면 어미가 저리 말하는 것이 도통 이해가 가지 않았다. 늘그막에 본 딸이라고 저를 얼마나 어여삐 여기셨던가. 남들이 다 어려워하는 선왕의 무릎은 항시 제 것, 슬그머니 엉덩이를 들이밀면 와락 안으시며 머리를 쓰다듬고는 하셨더란다. 같이 수라를 들 때면 좋은 음식은 제 앞에 모두 올려주곤 하셨더란다.

— 공주를 가졌을 때…… 어의는 경하드린다 외치었건만 밤에 중궁전에 오신 선왕께서 하신 말씀이 무엇인지 아십니까?

— …….

알 수가 없어 가랑은 입을 다물었었다. 나이가 들어도 여전히 고운 어미의 얼굴이 섬뜩하게 일그러졌다.

— 만에 하나, 태어난 아이가 사내라면 그 아이가 무사히 자랄 것이라는 생각은 하지 마시오.

그런즉…… 아이가 죽을 것을 각오하고 있으라는 말. 소름이 올올이 고개를 치켜 올렸다. 눈앞에서 어미가 미소를 그리었다. 그 미소는 웃음이 아니었다. 애달픈 설움이 올올이 밀려와 어미가 된 딸을 적셔간다.

— 허나 다행히 태어난 이는 공주였습니다. 늘그막에 본 딸이요, 세자와는 연관이 없으니 아니 어여뻤겠습니까. 선왕께서는 마냥 공

주가 어여뺐겠지요. 세자와…… 폐주와 둘이 공주를 끼고돌거늘 내 눈에는 선왕이 그 누구보다 가증스러웠습니다. 원망스러웠습니다. 자식을 죽이겠노라 겁박해 놓고 어찌 그리 예뻐할 수가 있단 말입니까. 그리 공주가 자라거늘, 공맹을 논하며 병서를 읽어 대거늘……. 어미는 공주가 왕자였다면 얼마나 좋았을꼬, 몇 번이나 그리 생각했습니다. 공주가 왕자였더라면, 그리 서책을 좋아하는 왕자였더라면. 그랬더라도 선왕께서는 내 자식을 어여삐 여기실 수 있었을 것인가.

……그 모순 가득한 감정을, 가랑은 도통 이해할 수가 없었다. 아들이라면 무사히 자랄 생각을 버리라 선명한 겁박을 남기었던 자거늘. 그리하여 아비가 원망스럽고 가증스러운 것은 이해가 가거늘. 허나 어찌, 그런 것이 궁금하던가. 어찌 궁금해할 수가 있는가.

— 선왕께서 어미에게 그 한마디만 하지 않았더라면, 그저 수태해서 기쁘다고만 속삭여 주셨더라면 어미는 만족했을 겁니다. 공주가 아들이었다 할지라도 말입니다. 공주가 그리 따랐던 폐주를 쫓아내지도 않았겠지요. 허나 그러시지 않으셨기에 어미는 숨구멍이 필요했습니다. 하여 선왕의 눈을 속였습니다. 그리 정이를 가졌을 때 선왕은 한탄하며 같은 경고를 남기더이다. 이후 정이가 태어났을 때…… 공주는 아비의 표정을 보지 못하여서 모를 겁니다.

그리 섬뜩하고 끔찍했노라 속삭인 어미는 말을 이었다. 깊은 한숨을 토로해 간다.

— 하루하루 자라는 정이를 보며…… 어미는 택해야 했습니다. 어

512

미냐, 지어미냐. 그리고 세상에 모정을 이길 연모 따위는 존재치 아니하는 법이지요.

그 말을 들은 순간, 가랑은 뻣뻣하게 굳어 버리었다. 무엇인가 묵직한 것이 뒤통수를 후려갈기는 듯했다. 모정을 이길 연모 따위는 존재하지 않는다, 그리하여 분기탱천했다……. 가랑은 파들파들 떨며 물었더란다.

— 어마마마, 그 말씀인즉…….
— 설마하니 공주, 선왕께서 천수를 다 하셨다 여기신 겁니까?

어미의 눈빛이 번들거린다. 가랑은 그것이 광기라고 생각했다. 설마 했던 것이 현실이 되어 눈앞에 들이닥치니 또다시, 제 세상이 조각났다. 눈앞의 이는 제 어미가 아니다. 사려 깊고 심성 고왔던 대비 한씨가 아니다.

— 인간이란 미련하여 직접 눈으로 보지 않는 이상 믿지 않고는 하지요. 헌데 그러한 믿음이 조각나는 것이 얼마나 참혹한 일인지 알고 계십니까? 어미도 선왕의 경고를 그저 무시했던 터였습니다. 그래도 자식이거늘 진정 그리하지는 아니하겠지 여기었지요. 헌데 공주께서는 기억하실지 모르시겠지만…… 정이가 아주 아프던 날이 있었습니다. 사경을 넘나들고 있었지요. 그럼에도 선왕께서는 정이를 찾지도 아니하시더군요. 하여 어미는 우는 정이를 안고 편전에 들르던 터였습니다. 어미를 맞이하는 내관의 얼굴이 좋지 못하더군요. 고하겠노라 속삭이는 내관의 입을 틀어막자 귀에 들리는 소리가 있었

습니다. 그리 사경을 헤매는 자식을 두고 선왕께서는…… 폐주의 외조부와, 폐비의 아비와 머리를 맞대고 계시더이다. 이제 중전의 핏덩이에게 먹인 약효가 나타날 텐데…… 하시면서!

한탄처럼, 한숨처럼 깊은 덧붙임이 아른거리었다. 저를 보는 대비의 눈이 지나간 한으로 가득 타오르고 있었더란다.

— 하여 어미는 선왕을 없애야만 했습니다. 생각 외로 어렵지 아니하더이다. 지아비도 없애었거늘 남의 자식은 못 없앨 성싶습니까?
— 꼭…… 그러셔야 하셨습니까.

가랑은 흔들리는 음성으로 물었다. 눈앞의 어미가 대국의 폐후와 다를 바가 없다고, 그리 느끼었다. 살생이란…… 가랑이 배워온바, 알아온바 어느 때에도 허용할 수 없는 범위의 일이었다.

— ……저는 평생 세 분의 아버지를 뵈었습니다. 딸의 악행을 감싸며 딸자식만은 살려 달라 제 앞에서 무릎 꿇고 우신 아버지가 계셨습니다. 극악무도한 짓을 저지른 딸이나 그분께는 소중한 자식이기에, 딸 대신 자신을 죽이라 토설하셨지요. 아이에 관한 일이라면 물불 가리시지 않은 분도 계셨습니다. 자식을 잃었을 때에는 어미보다 더 분노하셨지요. 아이는, 자신의 인생에서 얻은 가장 값진 것이라 속삭이시는 분이십니다. 또 다른 분께서는…….

세 번째 아버지 생각이 나자 눈시울이 아른거리었다. 그간의 추억들이, 아련한 기억들이 모든 것을 흐리게 만들었다.

― 마음으로 낳은 자식이라 칭한 자식에게조차…… 친부모보다 더욱 애틋한 정성을 쏟으신 분입니다. 그 마음으로 낳은 자식을 위해, 그 자식을 낳은 어미의 죄를 사하셨습니다. 그 어미가 원하는 것을 위해, 마음으로 낳은 자식을 살리려 스스로를 내던지셨지요. 제 목숨을 던지면서까지요. 세상에는 모정만 존재하는 것이 아닙니다. 부정이란 것 또한 애틋하며…… 간절하기 그지없는 것입니다. 모정이 그러하듯 부정 또한, 열 손가락 깨물어 아프지 않은 것은 존재치 않습니다. 저를 바라볼 때의 무한한 애정과, 정이를 보시던 안타까움……. 제가, 제가 그조차 기억하지 못한다고 말씀하시지는 않을 것이시겠지요. 선왕께서는 만에 하나, 당신의 말씀이 사실이었더라도 곧장 후회하시고 정이를 살리셨을 분이십니다.

가랑은 씨근덕거리는 눈으로 대비를 똑바로 바라보았다.

― 대비께서는…… 내 두 분의 아비를 죽인 비정한 분입니다. 그 잘난 권좌에 대한 탐욕 때문에 인간의 도리를 저버린 잔혹한 분이십니다. 허니 내 살아생전…… 정이를 이 명원의 왕으로 인정하는 날은…… 결단코 오지 않을 겁니다.

눈앞의 당신은 더 이상 내 어미가 아니다, 그런 고로 정이 또한 내 동생이 아니다…… 딸이 그리 외치는 소리에 대비는 눈 하나 깜빡하지 아니하였다.

― 그리하시지요, 황후폐하. 허나 그 복중태아가 남아라면, 폐하께

서는 훗날 이 어미의 마음이 어떠했는지…… 아주 잘 알게 되실 겁
니다.

저주 같은 그 음성을 쏟아 내면서.

……그것이 벌써 몇 해 전의 일이던가.

꽤 오래 지난 일 같거늘 아직도 눈을 감으면, 그 시절의 일들을 꿈
에서 보곤 한다. 오늘도 그런 날이었기에 느지막이 눈을 뜬 가랑은
서글픈 미소를 그리었다.

과거의 일이란 언제나 시간에 묻혀 사라지는 법이거늘 그 시절의
일들은 다른 듯했다. 아직도 잊을 수가 없었다. 떠오르면 자꾸 속이
상하고, 아직까지도 마음이 저려 온다. 오라비는 저를 위해 눈물을
보이지 말라고 했거늘, 저는 아직까지는 차마 그리할 수가 없었다.
흐르는 눈물을 손등으로 닦은 채 깊은 숨을 내쉴 적 소리 소문 없이,
장지문이 왈칵 열리었다.

"폐하?"

어린 음성을 낸 그니가 빠꼼, 하고 얼굴을 들이민다. 한가득 미소
를 그린 가랑은 제게 도도도 달려오는 그니를 와락 그러안았다. 통통
하고 사랑스러운 뺨에 입맞춤을 남기니 아이가 까르륵 웃음을 터뜨
린다. 그러더니 뺨을 심통 맞게, 둥글게 부풀리었다.

"저, 저…… 저 좀 숨겨 주시와요."

"……무슨 일이 있나요?"

"그냥 숨겨 주시와요!"

떼쓰기에는 이만한 일인자가 없는 터였다. 볼멘소리를 제법 단호
하게 외친 아이는 두리번거리더니 이불 속으로 숨어들었다. 물론 그
나이 대 아이들이 그렇듯, 얼굴만. 예를 갖추어 화사하게 차려입은

옷자락이 고스란히 눈에 들어오거늘, 아이는 모를 터였다.

그가 귀여워 가랑은 웃을 수밖에 없었다. 웃으며 그 숨은 꼴을 보고 있건대 채 닫히지 않은 문틈 사이로 익숙한 인영이 보였다. 황금빛 옷자락이 다급스럽게 펄럭거린다. 다소 지친 듯 이마 위에는 여린 땀방울이 구르는 채였다. 가쁜 음성이 귀에 걸리었다.

"예 있느냐? 방금 들어가는 것을 보았거늘, 한참을 좇았다. 어찌 그리 날랜지."

"……."

가랑은 말없이 턱짓을 했다. 고개를 따라 그의 시선이 돌아가거늘 가랑 바로 뒤에, 빼꼼 나온 버선발이 그저 자그마했다. 성큼성큼 다가간 그는 이불을 걷고 아이의 허리를 답삭 붙잡았다. 곧 허리에 떠오른 그니가 발버둥을 쳤다.

"요 녀석."

"폐, 폐하아."

누구를 부르는 것인지, 아이는 애교를 떨듯 뒷말을 길게 늘였다. 둥글게 늘어난 눈이 글썽글썽하다. 그가 가볍게 꿀밤을 먹이는 시늉을 하자, 아이는 아양을 떨어 댔다. 아무래도 혼나는 것을 아는 양……. 이럴 때에는 꼬리가 아홉 개는 달린 것만 같았다. 황상께서 제 애교에 약한 것은 어이 알고서.

"잘, 잘못했사와요."

"……오늘은 또 어떤 말썽을 부렸답니까?"

그 부녀를 보며 가랑은 한숨을 쉬었다. 제 배로 낳았으나 도대체 뉘를 닮았는지 모를 딸아이였다. 하루라도 말썽을 부리지 않는 날이 없었으니, 황성 안의 눈과 귀는 온통 이 어린 딸아이에게 쏠려 있다 해도 옳았다.

강연장에 몰래 숨어들어 신료들의 관복을 찢어 놓는 것은 예삿일이요, 수라간에 숨어들어 신료들이 먹을 음식에 장난을 치는 것은 덤이로다. 그런 일을 막기 위해 항시 궁인들을 붙여 두었으나 귀신같이 사람들의 눈을 피해 숨어 사건을 하나씩 치곤 했으니, 오늘도 그런 날인 듯했다.

"모후의 온실을 쑥대밭으로 만들어 놨더군. 화단을 엉망으로 만든 것은 그나마 봐줄 만했거늘, 아끼시는 새들까지 날려 보냈다. 모후께서 아주 화가 단단히 나시었지."

"이, 일부로 그런 건 아니었사와요! 그냥 새들이 너무 예뻐서, 만져 보려다가……."

그래, 항상 일부러 그런 것은 아니었다. 신료들의 관복을 찢은 것은 관복색이 예뻐 당겨보다 그리하였노라 속삭였고, 음식에 장난을 한 것은 소금이며 설탕을 더 타면 어떤 맛이 날까 궁금해서 그리하였다고 속삭였던가? 그렇게 변명을 토해 내는데 눈앞에 일이 너무나도 선했다. 고개를 절레절레 흔들던 가랑은 제법 단호하게 딸을 불렀다.

"황녀."

그러자 바짝 고개를 들어 올린다. 영락없이 저를 닮은 새카만 눈동자가 그렁그렁했다.

"황녀께서 아끼는 장신구를 잃어버리면 어떤 기분이 들겠습니까?"

"어…… 화가 날 것 같사와요. 그러면 월우는, 속이 상해서 하루 종일 울 거여요."

"태후폐하께서도 같은 마음이시지 않겠습니까. 어서 가서 태후폐하께 죄송하다 말씀드리세요."

"그, 그치만……."

이어 속삭이는데 목소리가 바닥으로 기어 들어갔다.

"불같이 화내시는데, 무서웠어요."

"어서."

허나 가랑은 단호했다. 단호할 때의 가랑은 그 누구도 말리지 못했다. 그를 잘 알고 있던 아이는 입술을 비죽 내밀고는 서서히 발걸음을 옮기었다. 무척이나 가기 싫은 모양, 그 느린 발걸음이 참으로…… 처절했다.

아이가 처소를 빠져나간 이후 그가 바닥에 털썩 주저앉았다. 아무래도 골치가 딱딱 아프신 모양, 머리를 짚으신 채.

"근래 들어 황성 안이 조용한 적이 없군."

"뉘를 닮았는지 모르겠습니다."

가랑도 따라 고개를 저었다. 윤이는 벌써부터 의젓하건만, 어린 시절부터 사고 한 번 친 적이 없건만 딸아이는 정말이지…… 말괄량이였다. 말질이란 그 아이를 위해 탄생한 일이 틀림없었다. 하는 짓도 기상천외하니 더더욱 문제, 망가져 버린 태후의 온실은 또 어찌 원상복구를 해야 할지.

"내 볼 땐 너를 꼭 닮았다. 네 어렸을 적에 딱 저랬을 것 같거든."

……제가? 아니, 적어도 저리 사고를 치고 다니지는 않았다. 어린 시절의 기억이라고는 서책을 읽다가 대비에게 끌려가 종아리를 맞은 것뿐. 하여 가랑은 입술을 비죽 내밀었더란다. 도대체 그는 저를 어찌 생각하고 있으신 것인가. 애초에 저리 말질을 부릴 정도로 활달한 성격도 되지 못하는 터이거늘.

"안 그랬사와요."

"모든 게 네 판박이지 않아. 외모도 그렇고 성격도, 또한 이름까지."

"……이름은 폐하께서 지으셨잖아요."

가랑은 자그마하게 투덜거리었다. 그때…… 대비를 보고 온 뒤, 얼마 지나지 않아 가랑은 딸아이를 낳았다. 무에가 그리 서러운지 구슬피 울어 대는 그 아이 위로 여린 달빛이 쏟아지었더란다. 하여 오라비가 제게 속삭이던 말들이 다시 하나하나 떠오르던 참, 한껏 애틋해진 가랑은 아이를 따라 울었다.

갓 태어나 붉은 그 아이는 사랑스러웠으나, 세상 그 누구보다 어여뺐으나 감히 손을 뻗어 안아 줄 수가 없었다. 눈을 마주칠 수조차 없었다.

황상께서는 그런 저를 달래 주셨다. 계속 우울해하는 가랑을 잘 보듬어 주셨기에, 그때에도 그러한 참…… 가랑은 갓 태어난 아이가 된 듯 서럽게 울 수밖에 없었다.

한참을 울고 나자 겨우 서러움이 물러간 터였다. 황상께서는, 저보다 먼저 울음을 그치고 고이 잠든 아이를 안아 들으시며 자그마한 음성으로 속삭이셨더란다.

— 월우가 어떻겠느니.

그 속삭임에 가랑은 퉁퉁 부어 버린 눈으로 그를 올려다보았다. 그 눈에 담긴 제 꼴이 참으로 추했었다.

— 아이의 이름 말이다.

그 이름은 네게도 특별하고 내게도 특별한 의미이지 않느냐, 그리 덧붙이셨더란다. 그리 월우의 딸은 월우가 되었다. 소중했던 추억과,

가슴 아린 기억과 모든 기쁨을 한 번에 담아서. 그도 그 시절이 생각난 듯 싱긋 웃으며 덧붙였다.

"그랬지."

"어찌 되었든 저는 저리 장난을 치지는 않았습니다. 작금도 류는 저를 골리곤 하시니…… 류를 닮은 게 분명합니다."

"……그러면 좀 섭섭하다만."

하시더니 가까이 다가붙으셨다. 세월이 지나도 변치 않는 그의 눈빛에 촉촉이 젖은 가랑은 얼굴을 붉혔다. 분명 저를 놀리는 것임을 잘 앎에도 설레는 마음을 달랠 수가 없었다.

"윤이도 나를 닮고, 월우마저 나를 닮았다면 널 닮은 아이도 있어야 하지 않겠느냐?"

그러니 하나 더 낳아 주련? 그런 속삭임에, 수줍은 처녀가 된 가랑은 고개를 돌리었다. 애써 그 시선을 외면하고 속삭여댄다.

"……워, 월우가 저를 닮은 게 맞는 듯합니다."

"그리 거부하면 상처받거늘."

"아직…… 아직 대낮이옵니다."

그리 속삭이자 짓궂게 웃으신다. 그가 꼭 장난스러운 어린아이의 얼굴 같다. 그런 고로 월우는…… 그와 가랑의 소중한 딸은, 류를 닮은 게 틀림없었다. 그가 황제로 자라지 않았더라면 월우처럼 천진난만하고 호기심 많은 소년이지 않았었을까.

"허면 밤에는?"

이어 물으시기에 가랑은 발끝까지 새빨개졌다. 아직까지도 수줍음을 타는 것이 그의 눈에는 여간 귀엽지가 않았다. 하여 그대로 고개를 숙여 입술을 앗았다. 다정하게 겹쳐진 것 사이로 온기를 앗고, 숨결도 한껏 빼앗아 간다. 그 안에서 느낄 수 있는 것은 가랑의 향이었다. 숨 깊은, 언제나 포근한, 또한 더없이 사랑스러운……. 그는 가슴을 빠듯하게 만드는 것이었다. 짧은 입맞춤 후, 슬그머니 멀어진 그의 음성이 은밀하다.

"……기대하고 있으마."

허허허 웃으시더니 저 멀리, 걸음을 옮겨 가신다. 아무래도 정사를 돌보다가 태후께서 월우의 이야기를 전해 오셔서, 아이를 찾느라 잠시 납시신 듯했다. 그 뒷모습을 아득히 바라보던 가랑은 그저 웃을밖에.

깜빡 오수마저 들 정도로 평온하고 따사로운 오후였다. 이제 제법 자수에 익숙해진 가랑은 바늘을 들었다. 한 땀, 한 땀 피어오르는 수들을 보면 마음이 뿌듯해진다. 그리 몇 바늘을 놓았을 참 고이 닫혔던 문이 또다시 왈칵 열리었다. 그 소음에 놀란 가랑이 고개를 바짝 들어 올리자, 눈에 넣어도 아프지 않을 아이 둘이 게 서 있었다.

……헌데 윤이 손에 단단히 잡힌 월우의 꼴이 제법 심각했다. 방금 전까지만 해도 고왔던 옷자락은 오물로 뒤덮인 채였고, 얼굴은 닭똥 같은 눈물로 가득 젖어 있었다. 적잖게 당황한 가랑의 음성이 흔들렸다.

"이…… 이 무슨 일입니까?"

"으헝, 으헝, 모후폐하……."

울며불며, 다시금 가랑에게로 달려든다. 분명 태후께 보낸 것 같거늘, 왜 반시진도 채 지나지 않아 이런 꼴로 돌아온 것인가? 가랑은 옆에 의젓하게 서 있는 아들을 돌아보았다.

"태자, 도대체 무슨 일이 있던 겁니까?"

"전서구를 잡으려다가 넘어졌다 하옵니다."

아들의 한숨에 가랑은 당혹을 숨길 수가 없었다. 전서구? 뉘에게 서한을 보낼 일이라도 생겼던가? 아니, 애초에 월우는 아직 글을 잘 몰랐으니 서한을 쓸 일도 없을 터였다. 허면 도대체 무슨 일을 저지르려고 비둘기를 잡으려 했단 말인가. 가랑은 딸아이의 팔을 붙잡을 수밖에 없었다.

"황녀, 도대체…… 전서구는 왜 잡으려 하신 겝니까."

"태, 태후폐하께…… 날아간 새 대신 다른 새를 드리려고……. 하온데 생각나는 게 전서구밖에 없고, 또 제가 잡을 수 있는 게……."

더듬더듬 말을 늘어놓는데 순순하고 엉뚱하기 그지없었다. 가랑과 눈을 마주하자 딸아이는 더 크게 울음을 터뜨린다.

"자, 잘못했사와요……."

정말이지…… 그 순수함이 귀여워 가랑은 웃음을 터뜨릴 수밖에 없었다. 그리하여 딸아이의 이름을 부르며 와락 그러안을 수밖에 없었더란다. 어미의 유쾌한 웃음에 소동을 지켜보던 아들, 윤이마저 피식 웃을 뿐이었다.

이윽고 윤이와 함께 상궁들의 손에 이끌려 가는 월우는 내내 울상이었다. 태후를 뵈러 가기가 어지간히 싫은 모양, 혼날 것이 걱정인 모양이었다. 오라비가 듬직하게 곁을 지켜 주고 있건만. 그리 소중한 두 자식이 다시금 눈에서 멀어지거늘 문득 지나간 서한이 뇌를 긁었다.

……마치 숨결처럼, 마음에 남은 그분. 영원처럼 남은 그 애정.

가랑은 아직도 간직하고 있는 그 서한을 꺼내 들었다. 오래되어 누렇게 변질되어 버렸으나 그 안에 담긴 마음까지 변색되는 것은 아니었다. 그렇기에 오라비의 선택에 더더욱 가슴이 저며 들었다. 아이들이 자라나며 애정은 더더욱 깊어지는 터, 그렇기에 더더욱 오라비의 선택에 가슴이 아릴 수밖에 없었다.

저에 대한 오라비의 깊은 사랑은 알아도, 그렇기에 우지 마라 속삭인 그 말을 이해해도…… 결국 저는 오라비를 위해 울 수밖에 없었다. 영원토록 그 시절의 일을 곱씹으며, 추억에 젖어 가며 가슴 아파해야 했다. 그것이 남은 이의 역할이었다.

'……어깨 위에 마음 안에 짐을 가득 쌓아 두시고는, 제 행우를 바라셨습니까. 오라버니께서는 홀로, 외로이 그리 떠나가시고는 저는 마냥 기뻐하며 웃기를 바라신 것입니까,'

물어도 그 시절과 매한가지로, 제게 답해 줄 이는 존재치 아니하였다. 마음 깊은 곳에 새겨 가듯 서한을 눈으로 담은 가랑은 정성껏 그를 접었다. 곱게 접힌 누런 것을 가만히 내려다보던 가랑은, 여리게 타오르는 촛불에 그를 들이밀었다.

눈앞을 가려 오는, 흘러가는 추억들을 좀먹는 불꽃이 아름답게 타올랐다. 한들한들 흔들리는 여린 불꽃이 남긴 연기가 가슴속에 영원토록 타오를 글자를 새겨 갔다.

내 바라느니, 부디 행우하기를.

〈춘우 完〉

작가 후기

안녕하세요, 김청아입니다. 봄기운이 무럭무럭 올라오는 때에 춘우가 끝이 나서, 신기한 기분이에요. 생애 처음 써 본 로맨스 소설이 이렇게 책으로 나오니 더요.

춘우는 정말 우연한 계기로 쓰게 된 글입니다. 오랫동안 쓰던 글을 끝낸 이후 한동안 슬럼프에 시달렸었습니다. 어떤 글을 써도 손에 잡히지 않았었죠. 이대로 절필하겠구나 싶었던 때 오래된 노트북에서 발견한 시놉시스가 춘우였습니다. 원래 썼던 다른 장르의 소설을 로맨스 소설로 각색했던 거였어요. 주제는 경국지색이라는 사자성어에 대한 재해석이었죠.

언제 이렇게 각색을 해 두었나 싶어서 간단하게 쓰기 시작했는데, 다른 글은 전혀 손에 잡히지 않는 와중에도 유달리 술술 써졌습니다. 그래서 쓰게 된 글이에요. 완결까지 쓰고 돌아보니 다른 때보다 더 뿌듯했습니다. 간단하게 쓰기 시작해서 완결까지 낸 소설은 처음이

었거든요……;;

　끝까지 읽으시면서 몇 가지 의문이 생기셨을지도 모르겠네요. 그 중 두 가지, 결국 제가 한 재해석은 오라비의 서한에 나타나지요. 하지만 그 오라비가 과연 옳은 선택을 한 걸까요? 어떻게 그런 선택을 할 수가 있었을까요? 가랑의 생각대로 정말 좋은 오라비였을까요?

　대비도 마찬가지겠죠. 대비가 분명 화가 날 만한 상황이긴 했지만, 그 이야기를 제삼자가 들었다면 조금 다른 각도에서 바라볼 수가 있었을 거예요. 선왕은 정이에게 몸에 좋은 약을 먹였다고 하지는 않았지만, 그렇다고 해서 몸을 해하는 약을 먹였다고 하지도 않았거든요. 그저 약효가 나타날 때가 되었을 뿐이라고 했죠. 그러면 선왕이 정이에게 먹인 건 좋은 약일까요, 나쁜 약일까요?

　읽으신 분들마다 다 다른 생각을 하실 거예요. 이렇게 글 내에서 다 말하지 않은 것들은 상상에 맡기겠습니다.

　여기까지 읽어 주신 독자님들, 고생하신 뿔미디어분들께 감사드립니다.

　항상 투정 들어준 우리 꼬꼬패밀리 고마워요.

　그리고 우리 화경이 고마워. 언제나 사랑해.

— 김청아 드림

춘
우

1판 1쇄 찍음 2014년 4월 23일
1판 1쇄 펴냄 2014년 4월 29일

지은이 | 김청아
펴낸이 | 정 필
펴낸곳 | 도서출판 **뿔미디어**

편집장 | 이재권
기획·편집 | 주종숙, 정시연

출판등록 | 2002년 9월 11일 (제1081-1-132호)
주소 | 경기도 부천시 원미구 상동로 117번길 49(상동) 503호
전화 | 032)651-6513 / 팩스 032)651-6094
E-mail | scarlets2012@hanmail.net
블로그 | http://blog.naver.com/dahyangs
홈페이지 | http://bbulmedia.com

값 9,800원

ISBN 979-11-315-1133-6 03810

도서출판 뿔미디어 홈페이지 OPEN*!!*

안녕하세요.
지금껏 저희 뿔미디어를 응원해 주신
독자님들의 성원에 힘입어
이번에 새롭게 홈페이지를 오픈하였습니다.

저희 뿔미디어는 홈페이지에서 독자님들께서
보다 빠른 출간 소식과 미리보기 등
알찬 내용을 제공하기 위해 많은 노력을 기울였습니다.
또한 독자님들에게 도서 할인, 이벤트 등
다양한 혜택을 제공하고자 합니다.

저희 뿔미디어 홈페이지 오픈을 계기로
한층 더 독자님들과 가까워질 수 있는 기회가 되었으면 합니다

보다 많은 관심과 사랑 부탁드리며,
앞으로도 더 좋은 컨텐츠 제공에 힘쓰도록 하겠습니다.

감사합니다.

-도서출판 **뿔미디어** 올림-

 www.bbulmedia.com